ALEKSEJ SALNIKOV

DE AFDELING

AD VERBUM

Deze uitgave is mede mogelijk gemaakt door het
Russische Instituut voor Literaire Vertalingen

DE AFDELING

Aleksej Salnikov

Vertaald uit het Russisch door Maarten Tengbergen

Oorspronkelijke titel 'Отдел'

Proefgelezen door Kevin Custers

Boekomslag en lay-outinterieur gemaakt door Max Mendor

Uitgevers Maxim Hodak & Max Mendor

ALEKSEJ SALNIKOV

DE AFDELING

Vertaald uit het Russisch door Maarten Tengbergen

Deze uitgave is mede mogelijk gemaakt door het
Russische Instituut voor Literaire Vertalingen

UITGEVERIJ GLAGOSLAV

INHOUD

De personen in de roman worden aangeduid met verschillende namen. Voor de overzichtelijkheid hieronder een lijstje:

Igor (hoofdpersoon): Igor Petrovitsj; Petrovitsj
Olga (Igors vrouw): Olja; Olga Vitaljevna
Misja (Igors zoontje): Misjka
Igor Vasiljevitsj (collega): Vasiljevitsj; de klerenkast
Fiel (collega): Michail; Misja; Misjka
Jonkie (collega): Sasja; Aleksandr; Aleksandr Sergejevitsj
Rinat Iosifovitsj financieel directeur): Rinat; Renat
Sergej Sergejevitsj (chef): Sergej Sergejevitsj Veretnin; Sergejevitsj; SS

HOOFDSTUK 1

Voor de vijfde keer in anderhalf uur belde ze hem om te vragen wanneer hij nou thuiskwam. Sinds Igor was ontslagen bij de organen van de veiligheidsdienst, was zijn vrouw veranderd in een zeldzaam despotisch kreng. Alle vijf de keren dat ze belde, herinnerde ze hem eraan dat ze werd opgehouden op haar werk en dat hij het dus was die hun zoontje moest ophalen van de kleuterschool.

'Hoor 's,' kon Igor zich ten slotte niet langer inhouden. 'Heb je daar niks beters te doen dan voortdurend telefoontjes te plegen?'

Zijn irritatie viel gemakkelijk te begrijpen. Hij reed in zijn auto eindeloos rondjes door een vreemde wijk, als een verdwaalde snorder op zoek naar een klant, zonder dat hij de plek kon vinden waar hij werd verwacht voor een sollicitatiegesprek. Zowel zijn GPS, het navigatiesysteem van Yandex en Google Maps als ook de mensen op straat – allemaal wezen ze hem de weg naar een desolaat gebouw met een door de jaren heen verweerde schoorsteenpijp van rode baksteen, die uitstak boven een scheefgezakte betonnen muur. Langs de lage oktoberhemel waartegen de schoonsteenpijp zich aftekende, dreef langzaam naar onbekende bestemming een massieve, naar alle kanten uitdijende wolk. En die trage voortbeweging langs de hemel verdiepte Igors gevoel van wanhoop. Naar het gebouw met de schoorsteenpijp leidde een onverhard kleiig paadje dat was afgesloten met een afbladderende houten slagboom. Dit gebouw kon toch onmogelijk het FSB-kantoor zijn waar een officier met een hem vaag bekend voorkomende naam hem een paar dagen geleden zo dringend had gevraagd te verschijnen.

Zijn vrouw belde voor de zesde keer en Igor besloot een tijdje onbereikbaar te zijn. Hij stapte uit, liet zijn telefoon achter in de auto en kroop onder de slagboom door. Aan de andere kant van de muur was alles nog troostelozer dan het van buitenaf had geschenen, waarschijnlijk omdat hij eerst vanuit zijn warme droge auto over de slagboom heen had gekeken, zonder dat hij de naargeestige wind die ononderbroken, met mottige regendruppels over het ommuurde terrein blies, aan den lijve had gevoeld en gehoord. De bosjes die in de hoeken van de muur groeiden, zagen eruit als ongeschoren oksels. Het onverharde paadje boog zich als een vraagteken rond het gebouw met de schoorsteenpijp, als wilde het de nieuwsgierigheid prikkelen van de bezoeker die zich afvroeg waarom de voordeur van het gebouw zich aan de achterkant bevond. In de gevel waar Igor nu tegenaan keek, zaten alleen grote ramen, opgedeeld in tal van vierkante ruitjes. Ze waren zo stoffig dat de mensen die zich erachter bevonden, als er daar tenminste mensen waren, geen gordijnen nodig hadden. Rechts van de ramen hing een regenpijp waarvan het onderste stuk had losgelaten, terwijl de plekken waar de verbindingsstukken aan elkaar waren gelast, zwart uit waren geslagen. Naast de regenpijp stond een sombere, grofgebouwde kerel in een afgedragen blauwe overall een sigaret te roken. Igor zwaaide in zijn richting in de hoop dat de man zou blijven staan en hem zou helpen zijn weg te vinden in die idiote topografische doolhof waarin hij was beland. Maar toen de man het voor hem bestemde handgezwaai van Igor had opgemerkt, gooide hij zijn peuk op de grond en liep weg, waarna hij ergens aan de zijkant van het gebouw een deur opende en verdween.

Klootzak, dacht Igor bijna gelaten.

Van binnen maakte het gebouw met de schoorsteenpijp, afgezien van twee stoomketels en een WC-lucht, die zich vermengde met de geur van chloorkalk, een verlaten indruk. Igor liep wat rond en bestudeerde de vergeelde posters met veiligheidsvoorschriften en een leeg ophangbord voor blusbenodigdheden met de silhouetten van een brandhaak, een bijl en een kegelemmer. Daarna ontdekte hij twee deuren van opslagruimtes met de opschriften *Lassers* en *Loodgieters*. Hij rukte zonder resultaat aan de deurkrukken, het geluid weerkaatste tegen de betegelde vloer als een echo die deed denken aan het klikken van hoge hakken. Igor moest denken aan zijn vrouw en een lichte golf van leedvermaak overspoelde voor een moment de ergernis die hij steeds sterker in zich voelde opkomen. Ten slotte stuitte hij op een deur die uitkwam in een trappenhuis. Hij liep de trap op naar boven. Op de eerste verdieping zag hij een schemerige gang zonder één enkel raam, die slechts verlicht werd door een paar lampjes van veertig watt. Aan weerszijden van de gang bevonden zich deuren. Igor duwde zonder aan te kloppen de eerste de beste deur open en stak zijn neus naar binnen.

In het vertrek waren de tegels vervangen door linoleum, de oude vloerplanken eronder kraakten onder Igors voeten. Een dikke, gedrongen man, die met zijn rug naar de deur toe zat en ingespannen naar het scherm van een notebook tuurde, was iets aan het typen op een geruisloos toetsenbord. Zijn volledig kale schedel glansde even op en daarachter vandaan klonk het dof en onverschillig:

'Ja, wat moet je?'

'Een chocoladetoetje,'[1] flapte Igor er bijna uit, maar hij hield zich in en zocht naar de juiste woorden om zijn vraag zo in te kleden dat hij niet helemaal als een idioot overkwam. Toen de man achter zijn notebook merkte dat een antwoord uitbleef, draaide hij zijn hoofd om.

'O ja,' zei hij en het leek zowaar of hij een beetje teleurgesteld was. 'Goed, ga maar zitten, hierzo.'

Hij wees op een stoel naast zijn bureau. Geïntrigeerd door zijn onverschilligheid ging Igor gehoorzaam zitten. De man ging verder het toetsenbord te bespelen met zijn mollige vingers. Hij droeg geen trouwring aan zijn rechterhand.[2] Tien minuten lang leek het of hij het bestaan van zijn bezoeker totaal was vergeten. Igor zat verveeld te wachten, terwijl hij uit zijn ooghoeken de inrichting van de werkkamer opnam. Die leek nog het meest op de residentie van een schooldirecteur uit de tijden van de Sovjet-Unie – met van die vitrinekasten waarin tijdschriften werden bewaard, verkleurde vaantjes aan de muren, bestofte sportbekers op de vensterbank en een rode draaischijftelefoon op het bureau. De stoel onder de man achter zijn notebook kraakte. Het sporttenue dat hij droeg, viel niet te rijmen met zijn benauwde, piepende ademhaling. Igor vroeg zich onwillekeurig af: als die kaalkop al zo moeilijk ademt terwijl hij alleen maar op zijn stoel zit, wat voor geluid zou er dan niet uit zijn luchtpijp komen als hij zich van de ene plek naar de andere verplaatste?

'Daar ben je dus,' zei de man zo onverwachts dat Igor zich een ongeluk schrok en met zijn van het lange zitten gevoelloos geworden achterwerk omhoogveerde uit zijn stoel.

De dikzak schoof na een paar keer proberen een kromgetrokken bureaulade open, haalde er een kantoormap met het opschrift *Dossier* uit, knoopte het lintje los, inspecteerde de inhoud en vroeg, terwijl hij op een eigenaardige manier met zijn wangen bibberde:

'Igor Petrovitsj? Klopt dat?'

'Klopt,' knikte Igor.

De dikzak kwakte de map terug in de la en schoof deze na enkele pogingen weer dicht. Hij richtte zijn ogen op zijn bezoeker en Igor begon zich onder die blik ongemakkelijk te voelen. Het was of de dikzak de ogen van iemand anders ingeplant had gekregen, alsof in de kassen van een Zwitserse witte herder de oogjes van een pitbull waren getransplanteerd.

'Laten we elkaar gelijk maar tutoyeren, Igor Petrovitsj,' zei de dikzak. 'Ik heet Sergej Sergejevitsj, ik ben de chef hier en ik ben het die jou heeft gebeld.'

De dikzak maakte in het geheel geen aanstalten om hem de hand te reiken. En Igor van zijn kant dacht dat als hij zelf als eerste zijn hand zou uitsteken, dit zou neerkomen op een soort zelfvernedering, gezien de manier waarop ze hem bij zijn vorige baan hadden bejegend en de gevolgen die dit had gehad voor zijn gezinsleven. Genoeg vernederingen, besloot hij. En zo kwam het dat de kennismaking tussen Igor en Sergej Sergejevitsj werd ingezet met een ongemakkelijke stilte waarin de twee elkaar vijf seconden lang aanstaarden.

'Weet je wat wij hier doen? Heb je geen inlichtingen ingewonnen bij je voormalige collega's?'

In deze laatste vraag van de dikzak klonk voor de goede verstaander een zeker sarcasme door. Igor snoof verachtelijk, maar Sergej Sergejevitsj vatte dit gesnuif anders op dan Igor het had bedoeld. Igor wilde op die manier zijn verbittering tonen – zo van, laat ze maar doodvallen, die voormalige collega's – terwijl Sergej Sergejevitsj het interpreteerde als een uiting van minachting voor het werk van hemzelf en zijn collega's.

'Oké, begrepen,' zuchtte Sergej Sergejevitsj. 'Maar je bent toch maar mooi komen opdagen. Of zit je soms helemaal aan de grond? Wedden dat je niet eens ergens een baantje als hoofd van een bewakingsdienst aangeboden hebt gekregen? En zelfs als boekhouder bij een of ander constructiebedrijf willen ze je niet?'

'Nergens willen ze me,' gaf Igor eerlijk toe.

'Kijk eens aan,' zei Sergej Sergejevitsj vergenoegd. 'Daar heb je het bewijs dat de zondige weg van corruptie tot niets leidt.'

Igor bestudeerde het gezicht van de dikzak om erachter te komen of de man nu de spot met hem dreef of niet, maar zijn aandacht werd afgeleid door de kleine paarse adertjes op de wangen van de ander. Als kind al hadden dat soort adertjes op het gezicht van oudere mensen hem schrik aangejaagd.

'Dat je niet al te spraakzaam bent, is alleen maar goed,' zei Sergej Sergejevitsj, die blijkbaar net als Igor het gezicht van de ander bestudeerde en daarbij zijn eigen conclusies trok. 'Want als het je vroeger al aangeraden was om te zwijgen, zal het dat nu dubbel en dwars zijn, mocht je ermee akkoord gaan om weer actief te worden op je eigen vakgebied.'

Als ik vroeger wat minder spraakzaam was geweest, had ik hier nu niet gezeten, dacht Igor met een zekere spijt.

'Wat wordt er van mij verwacht?' vroeg Igor.

Sergej Sergejevitsj kraakte met zijn stoel, klapte zijn notebook dicht en keek Igor aan met een blik die hem het klamme zweet deed uitbreken.

'Al mijn opdrachten uitvoeren, Igor Petrovitsj. Je zult begrijpen, dit is een tweede kans voor je en als de staat je die geeft, mag je je handjes toeknijpen. Als je eenmaal de moeite hebt genomen om hierheen te komen, wil dat zeggen dat je die kans ook inderdaad wilt grijpen, of heb ik het mis?' En zonder op antwoord te wachten vervolgde hij: 'Ik heb het soort mensen nodig dat als ik zeg "Ga naar Thailand en speel voor Thaise hoerenmadam," die persoon enkel vraagt "Wanneer vertrek ik?" en het verder aan mij overlaat hoe hij beschermd wordt tegen aids of wat dan ook. Ik moet er zeker van zijn dat die persoon niet naar het eerste het beste krantje holt met informatie dat de FSB Siamese bordelen protectiegeld aftroggelt en zijn eigen mensen daar neerzet.'

Igor begreep dat dit een speldenprik was in zijn richting en hij voelde zich rood aanlopen.

'En de make-up?' vroeg hij gemelijk.

'Hoezo make-up?' antwoordde Sergej Sergejevitsj niet-begrijpend.

'Moet je je eigen make-up meenemen naar Thailand of krijg je die ter plaatse uitgereikt?'

'Ha, humor – zo mag ik het horen,' zei Sergej Sergejevitsj goedkeurend op de schimpscheut van Igor, zonder verder een spier te vertrekken. 'Humor, zeker in een onschuldige vorm als deze, heeft een positieve uitwerking op het collectief, maar bedenk wel dat ik behalve jou nog een stuk of wat van dat soort grappenmakers onder mijn hoede heb, durf je de concurrentie aan?'

Geen probleem, dacht Igor bij zichzelf, maar hij deed er het zwijgen toe. Hij kon maar niet begrijpen dat hij nu wéér hier terecht was gekomen, onder de vleugels van deze mensen die dankzij hun speciale pasjes en sterretjes op hun epauletten beslissingen namen over het leven van andere mensen die niet beschikten over de juiste pasjes of sterretjes hadden die bij een lagere rang hoorden. Hier speelde kennelijk de raadselachtige magnetische kracht die mensen aantrok om bij te dragen aan de bescherming van het vaderland. Veel van de mensen die in de ban waren van dit magnetisme, bouwden luxueuze generaalshuizen of verrijkten zich met protectiegeld, of ze hoorden net als Igor geduldig moppen aan over Thaise hoeren – van een dusdanig niveau dat Igor, als zo'n mop werd verteld door een andere werkgever, iemand zonder het aureool van een persoon die bijdraagt aan de verwezenlijking van een hoger doel, iemand zonder sterretjes en pasjes, allang geprobeerd zou hebben het tafelblad te verbrijzelen onder de vette kop van de man.

Sergej Sergejevitsj interpreteerde Igors stilzwijgen op zijn eigen wijze en zei:

'Goed, Igor Petrovitsj, waar het dus om gaat, ik zal er geen doekjes om winden. Officieel maken wij natuurlijk deel uit van de FSB, je kunt nog altijd in een dronken bui met je pasje zwaaien als er onderweg ergens een probleem is. Maar als je op een heuse FSB'er stuit, dan kun je wel inpakken. Jij hebt dan bij wijze van spreken een acht in handen, maar hij een aas. Dus als je dan begint te zeiken, dan vlieg je er ook bij ons uit. Jij bent hier tot de eerste de beste keer dat je het verknalt, voor jou staan tien andere sukkels klaar. En dan nog dit. Het gaat om een gezamenlijk project met Defensie, alles is geheim, in alle stadia. Het budget is daarom al in het stadium van toewijzing in stukjes opgedeeld, vervolgens is de boel nog een paar keer opgedeeld en ten slotte is wat er overbleef bij ons terechtgekomen. Je ziet zelf in wat voor een miserabele ruimte wij hier kantoor houden, je kunt beter thuis naar de plee gaan, dan gaan je schoenen langer mee. Potloden, pennen, cartridges – alles moet je zelf kopen, voorlopig nog wel tenminste. Ook het personeel hier is zelfs voor jouw begrippen niet bepaald van het hoogste allooi. Ik zal geen namen noemen, maar een of andere lul had op internet een afspraakje gemaakt met een jochie van elf, en daar kwam trammelant van. Om een lang verhaal kort te maken, die kerel werd uit de organen getrapt, maar vanwege zijn staat van dienst hebben ze dan toch besloten om hem bij ons een baantje tot aan zijn pensioen te bezorgen. Zijn vrouw heeft hem op straat gezet, dus heeft hij hier zijn bivak opgeslagen, zo kan de stakker naar hartenlust genieten van alle luxe bij ons op kantoor. Maar dat is waarschijnlijk nog altijd beter dan op water en brood zitten. Ze hebben zelfs geprobeerd ons op te schepen met de dochter van een of andere generaal, toen die vlotjes een heel gezin op een zebrapad omver had gereden. Daarna hebben ze oudergewoonte besloten tot een soort opschorting van straf, tot de dag dat haar kind veertien jaar zou worden. En ze was nog niet eens zwanger, kun je je voorstellen?'

'Dat kan ik,' beaamde Igor.

'Ik kan je natuurlijk niet alle details toevertrouwen, mij is ook niet alles verteld,' ging Sergej Sergejevitsj door, 'maar alles bij elkaar kun je niet zeggen dat het hier erg zwaar werk is. Ik durf zelfs te zeggen dat je het niet eens echt werk kunt noemen. In vertrouwen gezegd, ik weet zelf niet goed wat ik hier eigenlijk doe. Soms zit ik thuis en denk ik, waar de fuck ben ik mee bezig? Jij zult dat gevoel ook nog wel krijgen. Alleen Jonkie heeft daar geen last van, die is opgegroeid in deze constellatie, snap je wel. Maar jij bent nog van de generatie van vóór de perestrojka, of niet?'

'Het staat allemaal in mijn dossier,' merkte Igor op.

'Zo is dat,' zei Sergej Sergejevitsj, zonder dat het duidelijk was of hij hiermee Igors opmerking bevestigde dan wel zijn eigen gedachten onderstreepte. 'Met andere woorden, het is hier natuurlijk een bende, maar dat zul je nog wel kennen van vroeger. En ik mag hopen dat je je wilde haren inmiddels een beetje kwijt bent geraakt en geleerd hebt je waffel te houden.'

Na dat op gemoedelijke toon gezegde 'waffel houden' voelde Igor opnieuw het bloed naar zijn hoofd stijgen.

'Hier kun je het je simpelweg niet permitteren om klokkenluidertje te spelen en dat meen ik,' verduidelijkte Sergej Sergejevitsj. 'Als je een filmpje voor jan en alleman op YouTube zet of documenten gaat scannen voor Wikileaks om allerlei idiote dingen hier bij ons aan het licht te brengen, dan garandeer ik je dat je daar niks mee bereikt. En dat is dan nog in het beste geval. In het slechtste kunnen ze teruggrijpen op bepaalde vervelende dingetjes van jou uit het verleden, en dan mag je vrouw je pakjes komen afleveren in kolonie Nr. 13, als je begrijpt wat ik bedoel.'

Igor was er lang niet zeker van of zijn vrouw pakjes zou komen afleveren in dat afgelegen Siberische strafkamp. Op het moment twijfelde hij er zelfs aan of ze tenminste de moeite zou nemen om pakjes per post naar hem op te sturen, of dat ze überhaupt zou antwoorden op zijn brieven. Blijkbaar vertaalden dergelijke gedachten zich op een of andere manier in bepaalde spiertrekkingen op zijn gezicht, want Sergej Sergejevitsj vroeg:

'En, heb je misschien nog vragen? Is er misschien nog iets niet helemaal duidelijk? Voor de dag ermee, het is beter om nu maar meteen allerlei misverstanden uit de weg te ruimen, zodat je later niet in de verleiding komt om de held te gaan uithangen. Stel je maar voor dat je een baantje als kampbewaker in Auschwitz aangeboden hebt gekregen, dan kan het altijd nog meevallen, dan behoed je jezelf voor bepaalde romantische droombeelden, mocht je die nog hebben na de vorige keer.'

'Mag je hier roken?' vroeg Igor.

'Eerlijk gezegd ben ik daar geen voorstander van,' bekende Sergej Sergejevitsj. 'Persoonlijk hou ik in mijn vrije tijd meer van lekker vreten, zoals je wel kunt zien. En onder werktijd ook,' voegde hij er, Igors gedachten lezend, aan toe. 'Maar oké, het mag, je moet alleen wel het ventilatieraampje open-zetten. De as kun je in die beker daar deponeren, en daarna moet je die schoonspoelen.'

Er viel opnieuw een ongemakkelijke stilte, die ermee te maken had dat Igor al zijn sigaretten had opgerookt tijdens zijn zoektocht naar het kantoorgebouw en eigenlijk had ver-wacht dat Sergej Sergejevitsj er eentje van hemzelf zou aan-bieden. Want de adertjes in het gezicht van zijn toekomstige baas moesten het gevolg zijn van een overmatig gebruik van alcohol en tabak, zo had hij geconcludeerd. Nu vroeg Igor zich af hoe hij dit zo tactisch mogelijk moest oplossen, terwijl Sergej Sergejevitsj ondertussen wachtte op het moment dat Igor bij het ventilatieraampje bedachtzaam aan zijn sigaret zou gaan trekken. Igor begon demonstratief op zijn zakken te kloppen.

'Aha, dat is dus jouw manier om indirect een sigaretje te bietsen. Momentje,' zei Sergej Sergejevitsj, terwijl hij het pootwerk van zijn stoel deed kraken en in één beweging de hoorn van het telefoontoestel pakte, deze tussen wang en schouder vastklemde, met zijn ene hand het toestel vastgreep om te voorkomen dat het zou gaan glijden, en met de wijs-vinger van zijn andere een paar keer aan de schijf draaide.

Nu pas merkte Igor de ronde wandklok boven de deur van de werkkamer op. Het was acht over half vijf. Pas toen de wijzer op tien over half vijf stond, ging de duidelijk hoorbare kiestoon over in een soort schor gegrom. Sergej Sergejevitsj snoof verontwaardigd bij het horen van dit gegrom.

'Zit je daar soms te slapen? Kom me 's een sigaretje bren-gen, vriend.'

De hoorn liet een half vragend, half verontwaardigd kort gesis horen.

'Waarvoor ben je dan wel in dienst genomen?' vroeg Ser-gej Sergejevitsj niet zonder gif in zijn stem. 'Vooruit, breng dat sigaretje, dan schelden we elkaar daarna wel de huid vol, kun je gelijk kennis maken.'

De hoorn liet opnieuw een gesis horen, dit keer met een duidelijkere vraagintonatie. Daarop wierp Sergej Sergejevitsj een taxerende blik op Igor.

'Nee, god mag het weten,' zei hij. 'Misschien iets voor Fiel, maar voor jou vast niet. Hoewel, als we hier nog een paar maanden zo zitten te pezen, krijgen we allemaal interesse in elkaar. Maar vooruit, we wachten op je, genoeg geliflaft.'

Sergej Sergejevitsj legde de hoorn met een klap terug op de haak en Igor had de indruk dat hij opgelucht ademhaalde.

'Op die manier,' zei hij, alsof hij Igor iets duidelijk wilde maken.

Een minuutje later werd er nadrukkelijk op de deur geklopt.

'Sodeflikkers!' riep Sergej Sergejevitsj in plaats van 'binnen'.

In de deuropening verscheen diezelfde grof gebouwde kerel in zijn overall die geen notitie had genomen van Igor toen deze bij de slagboom naar hem had gezwaaid.

'Is dat 'm?' vroeg de klerenkast lichtelijk teleurgesteld, terwijl Igor de bemodderde legerkisten van de man monsterde. 'Waar je 't over had, de kantoorrat?' ging hij verder, alsof hij het over iemand had die niet in de kamer was, waarschijnlijk omdat hij op grond van zijn lichaamsbouw meende dat hij zich dit soort vragen, op een dergelijke toon gesteld en in het bijzijn van de betreffende persoon, best kon permitteren.

'Ja, dat is 'm,' antwoordde Sergej Sergejevitsj in dezelfde trant als de klerenkast, zodat Igor nog meer het gevoel kreeg of hij lucht was. 'Hoogstpersoonlijk. De schandvlek op het onbezoedelde aangezicht van de staatsdienst. Hij is trouwens een naamgenoot van je, alleen met een andere vadersnaam: Petrovitsj.'

'Mooi, dat valt dan alweer mee,' zei de klerenkast tevreden en hij verklaarde zijn tevredenheid aldus: 'Hoef ik tenminste niks moeilijks te onthouden, zoals met onze Renat of Rinat of hoe die ook weer heet ...'

'Rinat,' zei Sergej Sergejevitsj.

'Goed, goed,' antwoordde de klerenkast. 'Ga je mee een sigaretje roken, Igor uh ... hoe was het ook alweer?'

Igor begreep dat het tijd was om op te staan en handen te schudden.

'Igor Petrovitsj,' zei hij tegen de klerenkast, terwijl hij zijn best deed te bewijzen dat zijn handdruk niet zo slap was als je op het eerste gezicht zou kunnen denken, dat je niet op een eerste oppervlakkige indruk moest afgaan.

'Igor Vasiljevitsj,' stelde de klerenkast zich voor om meteen daarop spottend commentaar te leveren: 'Kijk 's aan, zo te zien getrouwd, maar toch met een rechtse rukhand die sterker is dan die van Jonkie.'

Igor deed of hij het grapje van de klerenkast niet gehoord had, en ook Sergej Sergejevitsj ging er niet op in. Het viel Igor op dat Igor Vasiljevitsj net zo min als Sergej Sergejevitsj een trouwring droeg.

'Oké, Igor Petrovitsj, kom mee, tijd om ons terug te trekken en een sigaretje op te steken.'

Igor knikte en ze liepen de werkkamer uit. Op de gang zei de klerenkast over zijn schouder in de richting van de nog openstaande deur:

'Anders begint-ie weer te zeiken dat "ik door jullie schuld astma en suikerziekte en hoge bloeddruk krijg."'

Ze liepen naar het trapportaal en gingen één verdieping naar boven. Daar leek ook een gang te zijn, maar de deur ernaartoe was met twee dikke planken kruiselings dichtgespijkerd. De traptreden hielden hier op en het portaal op deze verdieping zag er frisser uit dan beneden door de onbewoondheid die het ademde. Het was alsof alles zojuist gewit was, zelfs de dichtgespijkerde deur was wit geverfd. Het leek of de schilders onmiddellijk na hun werk waren weggegaan en alle spullen zo hadden achtergelaten. In de hoek lagen nog hun met kalkresten beklonterde kwasten en op de vensterbank voor het half geopende raam stond een emmer met uitgelopen vegen witte verf. Igor Vasiljevitsj wees op de emmer en zei:

'De asbak.'

Daarna hield hij Igor een sigaret voor, stak er zelf een op en gaf hem een vuurtje.

'Dus je komt hier werken,' zei de klerenkast na de eerste haal.

Igor knikte en vroeg:

'Wat doen jullie hier eigenlijk?'

Igor Vasiljevitsj grijnsde.

'Heeft de baas mist gespoten?'

Igor knikte.

'Heeft hij je een dienstreisje naar Thailand beloofd?'

Igor knikte opnieuw.

'Ach, iedereen hier heeft daar zo zijn gedachten over,' zei Igor Vasiljevitsj, terwijl hij een wolk rook uitblies over Igors hoofd. 'Jonkie beweert dat wij een soort ruimtewezens verhoren. Hij zegt dat een of andere hoge pief nog in de tijd van Medvedev had besloten om een wit voetje bij hem te halen. Als Medvedev zeg maar in plaats van technologische innovaties zou overschakelen op buitenaardse intelligentie, dan zouden ze onmiddellijk met ons bij hem aankomen, want wij hebben de nodige expertise. Hier heb je alle documenten en de hele mikmak, een lijst met operaties, rapporten van verhoren, enzovoorts. Maar of dat nu waar is of niet, daar moet jij je hoofd maar niet over breken, eigenlijk speelde die hele geschiedenis al in de tijden van de Sovjet-Unie. Ik kan je niks vertellen, want ik heb met SS afgesproken dat ik mijn klep zal houden. Renat denkt dat we op de een of andere manier voor iemand aan de top de zaakjes van vastgoedspeculanten toedekken.'

Igor wist niet goed wat hij moest antwoorden op deze lange monoloog en maakte een onbestemd brommend geluid ten teken dat hij begreep waar Igor Vasiljevitsj het over had.

'Ik mag alleen hopen dat niet iedereen daar aan de top krankjorum is. Als ze ons hier houden, zou dat toch moeten betekenen dat er een of ander hoger doel is, dat er iets wordt nagestreefd. Je moet hier tegenover je superieuren zelfs nog meer rekenschap voor alles afleggen dan normaal. Een tyfushoeveelheid papierwerk dat je hier hebt, verschrikkelijk gewoon, zelfs jij als boekhouder zou er gek van worden. Waarvoor al die moeite om dingen toe te dekken als het gewoon een crimineel project onder de hoede van de FSB was? Want jij bent hier lang niet de enige sukkelaar die nergens anders een baantje kan vinden. De ene helft zou onmiddellijk akkoord gaan met het eerste het beste criminele flutzaakje als dat op de man af aan ze werd gevraagd, en de andere helft zou eerst een tijdje tegenspartelen maar bij nader inzien toch akkoord gaan. Wat ik maar wil zeggen – als je toehapt, krijg je misschien zo je eigen ideeën over wat er hier speelt. Benieuwd wat jij ervan gaat denken.'

'En hoe wordt er betaald?'

'Ik kom ermee rond,' antwoordde Igor Vasiljevitsj ontwijkend.

Igor moest een glimlach onderdrukken. Hij had nooit kunnen begrijpen waarom mensen zich zo geneerden om over hun salaris te praten. Alle mannen die hij ooit gekend had, vertelden zonder probleem over bepaalde homoseksuele ervaringen die ze in hun jeugd hadden opgedaan, over het feit dat ze hem niet omhoog kregen bij hun eigen vrouw, over de meest intieme bijzonderheden uit hun echtelijke leven, maar als het dan ging om het bedrag dat ze eerlijk verdienden voor hun eerlijke arbeid, dan bleek er ineens een of ander mysterieus taboe op financiële naaktheid te rusten. Igor sprak zelf ook niet graag over het geld dat hij verdiende. Hij wilde zijn verbazing uitspreken over dit eigenaardige fenomeen, maar iets weerhield hem bij de aanblik van de enorme schoenen van de klerenkast. En ook Igor Vasiljevitsj zelf had opeens niets meer te zeggen, zodat de rest van de rookpauze in stilzwijgen verliep.

Ze gingen terug naar beneden, naar het kantoor van Sergej Sergejevitsj. De klerenkast vond het om de een of andere reden nodig om Igor een schouderklopje te geven, maar ging zelf niet naar binnen en verdween achter een van de andere deuren in de gang. Igor had al begrepen dat Sergej Sergejevitsj er vreemd genoeg niet van hield als er op zijn deur werd geklopt, dus ging hij net als de eerste keer onaangekondigd naar binnen. Sergej Sergejevitsj zat weer het toetsenbord te bespelen en vroeg vanachter zijn kale schedel:

'En, heb je alles te horen kregen over vastgoedspeculanten? Wat heb je besloten?'

'Wat, zijn er verder geen vragen? Zo van, hoe ziet u zichzelf als lid van ons collectief over een jaar, of over vijf jaar?'

Sergej Sergejevitsj maakte een beweging met zijn hoofd alsof hij een poging deed zich naar Igor toe te keren en hem aan te kijken, maar hij slaagde er niet in zich in zo'n positie te manoeuvreren dat hun blikken elkaar kruisten, daarom zei hij alleen:

'Ga maar naar Rinat in kantoor nr. 5, die zal je verder helpen.'

Kantoor nr. 5 bleek gemakkelijk te vinden. Het was het enige vertrek dat was aangeduid met een nummer. Igor ging ervan uit dat de sfeer van informaliteit bij het leidinggevend kader ingang had gevonden in het hele gebouw, en dus viel hij zonder kloppen het kantoor binnen. Maar het volgende moment klonk ergens rechts, vanachter een stellingkast met mappen, de vraag of hij nooit geleerd had om aan te kloppen. Hierdoor overrompeld merkte Igor niet meteen dat er op de vloer geen linoleum lag maar parket, en dat de deur van het vertrek in tegenstelling tot de andere deuren – die van simpel hout waren en met een laagje olieverf waren bestreken – keurig netjes was afgewerkt. Behalve enkele glazen stellingkasten en het parket bevonden zich in het vertrek nog een alleszins moderne computertafel en een draaistoel met armleuningen, terwijl er ook pvc-ramen waren aangebracht en een onzichtbare airco warme droge lucht het vertrek in blies.

'Sergej Sergejevitsj heeft me gestuurd,' zei Igor tegen de stellingkast.

Vanachter de kast glipte net zo'n soort kantoorrat als Igor zelf tevoorschijn. Hij leek zelfs ongeveer even oud, maar in tegenstelling tot Igor, die een driedelig pak aan had, droeg de rat net zo'n blauwe overall als Igor Vasiljevitsj, zij het wel een schone en eentje die beter op zijn maat was toegesneden. Daaroverheen droeg hij een schoon blauw werkjasje, terwijl er onder de overall en het jasje een wit overhemd en een met de kleur van de overall harmoniërende blauwe stropdas te zien waren. In plaats van legerkistjes droeg hij een soort rijglaarzen met witte veters. En als hij geen gouden dasspeld had gedragen, had men Rinat voor een vertegenwoordiger van de naoorlogse generatie projectingenieurs uit de Sovjet-Unie kunnen houden.

'Rinat Iosifovitsj,' stelde de nieuwe collega zich voor. 'Rinat,' herhaalde hij nog eens, waarbij hij in het bijzonder de nadruk legde op de 'i'.[3]

Igor stelde zich op zijn beurt voor, terwijl hij zich onwillekeurig probeerde in te denken in de ouders van de vader van Rinat Iosifovitsj toen die ooit besloten hadden, in een poging om in de gunst te komen bij de burgerlijke stand en de Leider der Volkeren, hun zoon 'Iosif' te noemen.[4] Al met al maakte Rinat met zijn aristocratische bleekheid en professorale voorkomen, de alerte blik van zijn Tataarse ogen in combinatie met zijn Slavische gelaatstrekken, en de manier waarop er een pakje sigaretten in een keurig rechte hoek uit de borstzak van zijn overall stak, een positieve indruk op Igor.

'Sergej Sergejevitsj zei dat u mij zou bijpraten over het een en ander,' verklaarde Igor zich nader.

Rinat Iosifovitsj knikte zakelijk zonder dat hij aanstalten maakte over te schakelen op een familiaal getutoyeer, waarmee hij Igor nog meer voor zich innam. Hij gebaarde Igor met zijn rechterhand, waaraan wel een trouwring prijkte, dat hij hem moest volgen, en verdween weer achter de stellingkast.

Daar trof Igor een reusachtige, manshoge brandkast aan. Rinat Iosifovitsj was bezig om met het nodige geknars een sleutel, die hij ergens vandaan had getoverd, rond te draaien in het slot. Uit het binnenste van de brandkast werd weer een andere sleutel opgediept, waaraan een papieren label met het cijfer 8 hing, en vervolgens nog twee stempels, een ronde en een rechthoekige, plus een stempelkussen, aan de onderkant waarvan met een soort rode nagellak ook weer een nummer geschreven stond. Igor stak zijn handen al uit om dit alles in ontvangst te nemen, maar Rinat Iosifovitsj sputterde afwerend:

'Ho, ho, eerst een officiële verklaring van ontvangst tekenen.'

Waarop ze zich naar de schrijftafel van de man begaven, zodat Igor zich afvroeg waar die poespas met dat handgebaar om mee te komen naar de brandkast nou eigenlijk voor nodig was geweest.

Rinat Iosifovitsj kwam aanrollen met een tweede draaistoel, liet Igor opzij van de tafel plaatsnemen, haalde uit een laadje van de tafel een papier en een balpen tevoorschijn en antwoordde op Igors vragende blik, op een toon alsof hij het tegen een zwakbegaafde had:

'Dit is een sollicitatieformulier. Zo hoort het. Gericht aan Sergej Sergejevitsj Veretnin.'

'Wat moet ik invullen onder "plaats van tewerkstelling"?' vroeg Igor.

'Schrijft u maar "afdeling",' antwoordde Rinat Iosifovitsj, die inmiddels geheel in beslag werd genomen door het uit zijn schrijftafellaadjes en de stellingkast bijeenzoeken van allerlei cahiers en het opstapelen daarvan naast Igors formulier.

'En onder "aard van de betrekking"?' vroeg Igor.

'Schrijft u maar "opsporingsambtenaar".'

Toen Igor het formulier had ingevuld en gezegd had 'klaar', pakte Rinat Iosifovitsj het papier tussen twee vingers bij een van de hoeken vast, wierp er een vluchtige blik op en zei:

'Datum en handtekening,' waarop hij het formulier te-
ruggaf aan Igor.

Toen Igor het formulier, voorzien van datum en handtekening, opnieuw aan Rinat Iosifovitsj overhandigde, pakte
deze het papier weer tussen twee vingers beet, wierp er andermaal een vluchtige blik op, fronste als een schoolmeester
ontevreden zijn wenkbrauwen bij het zien van Igors hand-
schrift en gaf het andermaal terug aan Igor.

'Nee, "afdeling" moet met een kleine letter en tussen aanhalingstekens.'

Igor begon de hoofdletter te veranderen in een kleine
letter en probeerde om het woord heen aanhalingstekens te
flansen. Bij het zien van dit vernuftige correctiewerk vertrok
het gezicht van Rinat Iosifovitsj van afgrijzen. Hij griste het
papier onder Igors balpen vandaan en stak hem een nieuw
formulier toe:

'Vult u liever een nieuwe in.'

Toen Igor ten slotte met het zweet op zijn voorhoofd bij
Sergej Sergejevitsj kwam om hem het formulier te laten on-
dertekenen, deed de koelte in het kantoor van de chef hem
weldadig aan. Bij de aanblik van Igor die, de uitputting nabij,
met de mouw van zijn colbertje over zijn gezicht veegde, raadde Sergej Sergejevitsj hoe zijn ondergeschikte eraan toe was.

'Aha, onze Tataar heeft je sterretjes laten zien.'

Rinat Iosifovitsj bestudeerde de handtekening en het
stempel van Sergej Sergejevitsj zo minutieus dat het leek of
hij het voor mogelijk hield dat Igor deze in de gang vervalst
had, of dat Sergej Sergejevitsj zelf iets niet correct had gedaan.

'Vooruit dan maar,' zei hij op een toon waarin tot Igors
verbazing teleurstelling doorklonk. En hij stopte het formulier weg in zijn bureau. 'En nu mag u de foto's geven voor uw
pasje. U heeft toch wel foto's laten maken? We gaan nu eerst
alles regelen voor de overdracht van uw werkkamer, hier zijn
alvast de formulieren die u moet tekenen voor ontvangst van
de sleutel, de stempels en het stempelkussen.'

Igor had het gevoel of hij alle zeven cirkels van de bureau-cratische hel had doorlopen toen hij de formulieren vijf keer achter elkaar had overgeschreven. Maar dit alles bleek nog maar kinderspel vergeleken bij de daadwerkelijke overdracht van kantoor nr. 8.

In kantoor nr. 8 bevonden zich maar heel weinig voor-werpen. Er stond een gammele geel gelakte schrijftafel, zo een als Sergej Sergejevitsj ook had, met daarop een toet-senbord dat zo vuil was dat het leek of het als vleesplank was gebruikt, plus een computermuis die net zo beduimeld was als de klapdeurtjes van een openbaar toilet. De printer, computerkast en oude monitor, met een scherm nauwelijks groter dan een postzegel, zagen er al niet appetijtelijker uit. Voor het raam hingen lichtgroene gordijntjes, zoals Igor die bij Sergej Sergejevitsj niet had gezien. Daarentegen ontbra-ken de vaantjes en sportbekers, terwijl ook de vitrinekast bij de muur leeg was. Verder waren er een paar stoelen, een telefoon, een buste van Tsjajkovski en een matje bij de deur. Je zou denken dat de tijdelijke overdracht van deze spullen op naam van Igor niet al te veel tijd in beslag zou nemen. En inderdaad ging alles in het begin heel vlotjes, helemaal niet in de stijl van Rinat Iosifovitsj. Igor slaagde er zonder problemen in te tekenen voor de gordijntjes, de kast, de buste en het matje, maar toen het de beurt was aan de computermuis, die in een van de inventarisboeken van Rinat Iosifovitsj omschreven stond als 'Manipulator van het type *mouse*, fabrikant *Lenovo*, inventarisnummer *715*,' liep het spaak. De fabrikant van de muis bleek niet Lenovo te zijn, maar Hewlett-Packard, en het inventarisnummer ontbrak zelfs geheel.

Rinat Iosifovitsj verzocht Igor dringend te blijven waar hij was, rukte de muis met snoer en al uit de poort van de computer en verdween voor een kwartier, waarna hij terug-gekeerde met een muis die precies dezelfde leek maar beter bleek te voldoen aan de eisen van de man.

'Juist,' zei hij en hij begon met loerende kattenogen een van zijn inventarisboeken door te bladeren. 'Dan hebben we nog twee stoelen.'

'Eentje met geslepen messen in de zitting en de ander met afgetrokken lullen[5]?' mompelde Igor nauwelijks hoorbaar, om onmiddellijk weer stil te vallen toen hij de blik van Rinat Iosifovitsj op zich gericht voelde en zag dat diens kattenogen plotseling heel waakzaam keken.

'Pardon?' vroeg Rinat Iosifovitsj. 'Is er iets mis met een van de stoelen?'

'Nee, nee, het is niks,' zei Igor.

De stoelen bleken de verkeerde inventarisnummers te hebben. Rinat Iosifovitsj pakte ze en verdween opnieuw, met achterlating van Igor die moedeloos op een puntje van de tafel ging zitten. Toen Rinat Iosifovitsj terugkwam, had hij weer twee stoelen bij zich, maar dit keer betere en schonere. Bij een verder nazicht van de inventaris kwam aan het licht dat er in Igors werkkamer geen wandklok hing. Er werd een exemplaar dat Igor onweerstaanbaar deed denken aan de klok in het kantoor van Sergej Sergejevitsj, aangerukt en vlak boven de deur opgehangen. Daarna vloog Rinat Iosifovitsj nog verschillende keren abrupt weg, als een gier die zich losscheurt van een verlaten bergtop, om voor een tijdje te verdwijnen en vervolgens in Igors nest terug te keren met nieuwe buit: een emmer waarop met rode olieverf de letters *M.T.* geschreven stonden, een gietijzeren presse-papier, een geel uitgeslagen karaf met geslepen drinkglas, een zwabber en een plastic prullenmand.

Toen Rinat Iosifovitsj op het raam afstormde, was Igor bang dat hij de dode vliegen in het kozijn zou gaan tellen en weg zou rennen om de ontbrekende exemplaren op te halen. Maar de man trof er slechts een granieten asbak aan, waarna hij tot rust kwam, Igor liet tekenen voor ontvangst en ten slotte een sigaret opstak. Igor snoof gretig de uitgeblazen rook op, maar Rinat Iosifovitsj reageerde niet op deze hint hoewel hij die ongetwijfeld had opgemerkt. Igor ving de nadenkende blik van de uit zijn ooghoeken naar de deur kijkende Rinat Iosifovitsj op. Aan de klink bungelde een stuk touw dat aan het uiteinde afgebeten leek.

'Is er ook een diensthond voor mij voorzien?' vroeg Igor in een poging sarcastisch uit de hoek te komen, terwijl hij met zijn hoofd in de richting van het touw knikte.

'Nee, die is niet voorzien,' antwoordde Rinat Iosifovitsj peinzend en hij keek Igor heel ernstig aan. 'Weest u op uw hoede. Ze zijn in staat om het gebouw tot de laatste steen leeg te roven. Ze bestaan het om per dag twee pakjes sigaretten te bietsen. Ik heb puur uit academische interesse de tel bijgehouden. Maar nu gaan we tekenen voor de werkkleding, twee sets, weest u er zuinig op, ze moeten een jaar mee, en de schoenen ook.'

'Kijk,' zei Rinat Iosifovitsj een paar minuten later toen ze waren afgedaald naar de begane grond en hij het opslagkamertje met het opschrift *Loodgieters* opendeed. 'Dit hier is uw kastje, nummer acht, en hier is de sleutel ervan, gelieve te tekenen, juist. Het wapen mag u niet de hele tijd bij u dragen, alleen vlak voor een operatie en alleen na ondertekening van een verklaring van ontvangst. Maar u lijkt me er de persoon niet naar om er gebruik van te maken. Kunt u überhaupt een vuurwapen hanteren?'

Voordat Igor kon antwoorden, werd hem een boek met veiligheidsvoorschriften onder de neus geduwd, waarvoor hij zonder na te denken automatisch tekende.

'Nu kunt u het,' zei Rinat Iosifovitsj.

'Luistert u goed,' instrueerde hij Igor toen ze terug waren in kantoor nr. 8. 'Deze stempel hier' – en hij zwaaide een ronde stempel als een rammelaar heen en weer voor Igors neus – 'is bedoeld om het rapport van een verhoor te waarmerken, mocht u toestemming krijgen daarbij aanwezig te zijn. En deze hier' – en hij zwaaide opnieuw met een stempel, dit keer een rechthoekige – 'is om de details van een operatie te waarmerken. En dit' – hij zwaaide met een stuk karton dat eruitzag als een speelkaart – 'zijn uw login en paswoord voor de computer, daar hoeft u verder niets meer aan te doen, alstublieft, raakt u ze niet kwijt. De stempels kunt u in deze lade wegstoppen, die gaat op slot, houdt u de sleutel bij u,' en hij stak Igor de zoveelste van een label voorziene sleutel toe.

'Als u de monitor te klein vindt, kunt u er eentje meenemen van huis. USB-sticks kunt u beter niet van huis meenemen. Je mag wel alles van huis meenemen, maar hiervandaan mag niets meer mee terug. Hier tekenen om u daarmee akkoord te verklaren.'

Toen Igor ten slotte alleen achterbleef, zat hij eerst een paar minuten over de monitor heen naar de deur te staren. Hij vond het aan de deurkruk bungelende stuk touw geen prettig gezicht en verschoof daarom zijn tafel zo dat hij met zijn rug naar de vitrinekast bij de muur kwam te zitten, met links van hem het raam en rechts de deur. Na zich aldus geïnstalleerd te hebben, zette hij zich voor de computer, zonder een poging te doen deze aan te zetten. Hij had tijd nodig om op adem te komen na de wervelwind waarin Rinat Iosifovitsj hem meegezogen had.

Hij voelde zich als iemand die vliegensvlug alle standjes van de bureaucratische Kamasutra had moeten uitvoeren. Een totale vermoeidheid in al zijn leden vermengde zich met het gevoel van een onbegrijpelijke voldoening in heel zijn organisme.

Igor had zich nog niet losgemaakt uit deze gemoedstoestand of Igor Vasiljevitsj stak alweer zonder aan te kloppen zijn hoofd om de deur.

'Ga je naar huis of ben je van plan hier net als Fiel te blijven overnachten?'

Ze keken allebei naar de wandklok die half zeven aangaf.

'Kun je me een lift geven? Ik woon hier niet ver vandaan,' vervolgde Igor Vasiljevitsj. 'Mijn eigen kar staat bij de garage. Die heb ik aan een paar zuipschuiten uit de buurt gegeven om ernaar te kijken, ze zijn er al een week mee aan het klooien. Alle collega's hier hebben me al een keer meegenomen, alleen jij nog niet. Wacht maar op me bij de slagboom, dan ga ik me vast omkleden.'

Igor kon zich de klerenkast in niets anders voorstellen dan in die afgedragen overall en afgelopen schoenen. Omdat hij het nu eenmaal beloofd had, maar vooral ook omdat hij nieuwsgierig was om te zien hoe zijn collega er in zijn dagelijkse plunje uit zou zien, besloot hij in zijn auto bij de slagboom te blijven wachten. Hij kortte de tijd door aan de telefoon te bekvechten met zijn vrouw, die in de tussentijd ontelbare keren had gebeld. Igor had niet eens gekeken naar het aantal gemiste oproepen om maar niet bij voorbaat zijn humeur te laten bederven.

Het was inderdaad allemaal nogal pijnlijk. Op hoge toon vertelde zijn vrouw hoe ze was opgebeld op haar werk, hoe ze door de files heen naar de kleuterschool was gescheurd om hun zoontje op te halen en hoe de juf net had gedaan of er niets aan de hand was maar haar ondertussen wel had kunnen wurgen. Ze reageerde ontzet toen ze hoorde dat Igor weer werk had gekregen bij de veiligheidsorganen.

'Heb je je weer ingelaten met dat crapuul! Heb je niks geleerd van de eerste keer! Maakt 't je niet uit dat andere vrouwen al twee kinderen hebben, eentje die allang op school zit en dan nog een kleintje, terwijl ik bij mijn vriendinnen doorga voor een ouwe vrijster die op het laatste moment nog iets heeft weten te regelen. Wanneer kom je eindelijk 's thuis?'

'Zodra ik klaar ben, kom ik,' zei Igor.

'Ach zo, geweldig, weer net als vroeger. Waar je geweest bent, wat je hebt gedaan – nergens mag over gepraat worden. En naar mij luister je niet eens, wat wil je eigenlijk?'

Ze had zich zo opgefokt tijdens de paar uur dat Igor niet geantwoord had dat ze begon op te dreunen wat hij tijdens hun huwelijk allemaal verkeerd had gedaan, van voren naar achteren en van achteren naar voren, alsof ze een toonladder opzei. Toen haar eindeloze stroom verwijten Igor ten slotte te veel werd, legde hij de telefoon op de passagiersstoel naast zich neer. Hij luisterde naar de ongearticuleerde piep- en knarsgeluiden uit de speaker waarin de afzonderlijke woorden van zijn vrouw niet te herkennen waren, terwijl hij toekeek hoe de druppels van de miezerige druilregen zich ophoopten op de voorruit. Toen hij op grond van het geluid dat uit de speaker kwam, raadde dat zijn vrouw een vraag stelde, pakte hij de telefoon weer op, zei een paar keer neutraal 'ja ja' en legde hem weer terug op de stoel naast zich. Toen hij ten slotte in de verte Igor Vasiljevitsj zag naderen, zei hij tegen haar:

'Sorry, thuis praten we wel verder over alles, ik heb nu echt geen tijd,' en hij verbrak de verbinding.

Hij was even bang dat zijn vrouw gedurende het jaar dat hij werkeloos thuis had gezeten, ongevoelig was geworden voor altijd maar weer dat 'sorry, ik heb geen tijd' en terug zou kunnen bellen om haar litanie op nog hogere toon voort te zetten, maar de telefoon bleef stil. Om niets aan het toeval over te laten stuurde hij, terwijl hij de klerenkast over het kleiige paadje zijn kant op zag baggeren, haar nog snel een sms'je na: 'Ik bel zodra ik vrij ben.' En tijdelijk gerustgesteld door deze tactische echtelijke zet, stopte hij zijn mobiele telefoon weg in de borstzak van zijn colbertje.

Aan de in de auto klimmende klerenkast was deze laatste beweging niet ontgaan. Hij toonde Igor vol begrip zijn door brede mondplooien omrande glimlach, bestaande uit twee rijen tanden die met de regelmatige afstand van een millimeter in het tandvlees leken te zijn ingeplant.

'Ruzie?' vroeg de klerenkast en hij prikte Igor met een vinger in zijn zij. 'Is je vrouw een kuifkip[6]?'

'Nee, haar ouders schijnen uit Siberië te komen,' antwoordde Igor.

'Die van mij was wel een kuifkip,' zei Igor Vasiljevitsj, terwijl hij de stoel voor zichzelf in de juiste stand zette en de veiligheidsgordel over zijn omvangrijke borstkas spande, waarbij hij Igor onwillekeurig deed denken aan zo'n plaatje van een revolutionaire matroos die zich had omgord met een mitrailleurband. 'Ze kon niet eens haar handen thuishouden, ze rekende erop dat ik toch niks terug zou doen, want ik zou het wijf met één klap tot moes hebben geslagen. Het was maar goed dat ze niet bij mijn hoofd kon. Daaronder raakte ze me waar ze me maar raken kon. Vooruit, rijden maar.'

Buiten werktijd droeg Igor Vasiljevitsj een grijs pak met een openstaand colbert, een wit overhemd zonder stropdas en gele schoenen van matglanzend leer. Deze respectabele outfit maakte zijn voorkomen er nochtans niet respectabeler op. Hij zag er met dat pak en die schoenen nog altijd even hobbezakkerig uit. Toen hij dan ook een brillenkoker uit zijn zak opdiepte en een bril met een fijn montuur en rechthoekige glazen op zijn neus plantte, kon Igor zijn lachen bijna niet houden. Het lachen verging hem echter toen hij zag hoeveel modder Igor Vasiljevitsj op zijn schoenen had meegenomen in de auto.

In het begin van de rit wilde het gesprek niet vlotten.

'Voor ik het vergeet,' begon Igor Vasiljevitsj en hij haalde een rood pasje uit zijn zak tevoorschijn en gaf dit aan Igor. 'Niet verliezen.'

Igor knikte alleen en stopte het pasje in zijn borstzak.

Daarna begon de klerenkast, blijkbaar uit verveling, wat om zich heen te kijken tot hij op de achterbank een kinderzitje ontdekte.

'Hoe oud?' vroeg hij.

'Zes,' antwoordde Igor kortaf.

'Eentje?' vroeg Igor Vasiljevitsj, waarop Igor enkel met een zucht antwoordde. Daarna reden ze opnieuw een tijdlang zwijgend verder, terwijl de auto heen en weer schudde op het pokdalige wegdek van het industrieterrein, dat ze allebei als plaats van hun broodwinning hadden uitgekozen.

Igor keek tersluiks naar Igor Vasiljevitsj. Op zich had hij er niets op tegen om een gesprekje te beginnen met de klerenkast, maar de onderwerpen die deze aansneed, waren van het soort dat er na een paar zinnetjes niets meer te zeggen viel. Wat moest hij antwoorden op de overhandiging van het pasje? Een plechtig dankwoord uitspreken? Wat moest hij antwoorden op de vraag over zijn kind? Vragen of Igor Vasiljevitsj zelf kinderen had? Die zou dan iets geantwoord hebben over die lamzak van een zoon of over die dochter die zijn geld uitgaf aan flutkleren. Misschien had hij kunnen beginnen over kleinkinderen, wat een toepasselijk gespreksthema leek, zeker omdat Igor hier in de auto de klerenkast wat beter van dichtbij kon opnemen en gezien had dat hij er even oud uitzag als Sergej Sergejevitsj, en die was toch al duidelijk over de vijftig. Maar kleinkinderen zijn vaak een bijzonder heikel onderwerp. Soms laat hun komst op zich wachten, of verbiedt een ex na een scheiding alle contact met de kinderen en kleinkinderen. Of er-ger nog, er zijn wél kleinkinderen en hun fotootjes zitten in de portemonnee, of nóg erger, ze staan op de smartphone samen met nog wat filmpjes – en die moet je dan allemaal gaan bekij-ken, terwijl je tegelijkertijd je ogen op de weg moet houden.

'Hier heb je altijd files,' waarschuwde Igor Vasiljevitsj. 'We kunnen beter omrijden, hierzo naar links.'

Igor gehoorzaamde, maar op de weg die ze insloegen, stond een defecte tram en de auto's die eromheen probeerden te rijden, blokkeerden beide trambanen, waardoor de trams uit de tegenovergestelde richting ook niet verder konden en er zich daar een steeds langere file vormde, terwijl ook de rij wachtende trams achter de defecte tram almaar aangroei-de. En ten slotte liep alles definitief vast. Te midden van de benzine- en gasdampen, tussen de hysterisch tegen elkaar claxonnerende automobilisten, midden in die radeloze ver-keerschaos schuifelde een bezorgde, steeds natter wordende agent wat heen en weer.

'Ik zou er alles voor over hebben om ook zo'n baantje te hebben, gewoon rustig aan,' knikte Igor Vasiljevitsj in de richting van de verkeersagent.

'Maar bij jullie gaat het er toch ook vrij rustig aan toe, heb ik zo de indruk, of is er wel eens hoogspanning?' vroeg Igor.

'Binnenkort krijgen we een stormachtig dagje en een stormachtig nachtje,' zei Igor Vasiljevitsj. 'Waarschuw je vrouw maar alvast dat je dan niet thuiskomt.'

'Ha, dan kan ik haar beter nu alvast voorbereiden,' grijnsde Igor.

'Ach ja,' zei Igor Vasiljevitsj eveneens met een grijns, 'dat was ik weer zo'n beetje vergeten, hoe dat is. "Wat, alweer! Kom je nou weer niet thuis! De kinderen kennen je alleen nog maar van foto's!"'

'Nee, dat valt wel mee,' antwoordde Igor. 'Zover is het nog niet gekomen, maar ja, een zekere spanning geeft het natuurlijk wel ...'

'Een zekere spanning,' zei Igor Vasiljevitsj hem om de een of andere reden na. 'Tja, soms gebeuren er van die dingen bij ons, dan kom je thuis en ben je blij dat niemand vraagt hoe het ermee gaat, want eigenlijk gaat het altijd klote.'

'Gaat het er zo hard aan toe?' vroeg Igor behoedzaam.

'Niet echt, maar dat is natuurlijk maar hoe je het bekijkt, het hangt ervan af waar je vroeger gewerkt hebt. En ik weet bij welke dienst jij vroeger zat, dus denk ik dat je het allemaal nogal ruig zult vinden. Aan de andere kant zijn er heel wat collega's die kantoorwerk weer verschrikkelijk vinden, nog veel verschrikkelijker dan werken in het veld, maar voor jou zal dat geen probleem zijn.'

'Waarom ben je hier eigenlijk blijven werken?' vroeg Igor. 'Je zou toch zeggen dat je op grond van je leeftijd weg zou kunnen.'

'Ik doe het uit idealisme,' antwoordde Igor Vasiljevitsj met een vage glimlach, waaruit niet viel op te maken of hij nou een grapje maakte of niet.

Igor verzonk in een somber gepeins en zijn somberheid verdiepte zich nog toen ze helemaal vast kwamen te zitten in het verkeer. Terwijl een of andere lul in de auto achter hen, blijkbaar uit ergernis om de aanblik van het kofferdeksel en de nummerplaat van Igors wagen, om de haverklap op zijn claxon drukte. Om wat afleiding te hebben zette Igor de radio aan.

'Relax,' raadde Igor Vasiljevitsj wat er in hem omging. 'Als je niet geschikt was, zouden ze je niet gebeld hebben. Ze hebben je uitgebreid doorgelicht, ze hebben je zelfs geschaduwd. Sterker nog, ik ken jou beter dan jij jezelf kent. Ik heb jou uitgekozen, dat wil zeggen, ik en Sergej Sergejevitsj. Want jij bent een redelijk evenwichtig persoon, je weet misschien zelf nog niet hoe koelbloedig je wel niet bent, je gaat weloverwogen te werk als een boa constrictor. Je bent natuurlijk wel nieuwsgierig, maar dat is niet zo erg. In zekere zin is dat zelfs wel goed. Als je geïnteresseerd bent in wat er zich afspeelt, betekent dit dat je op zoek zal gaan naar antwoorden en dat je die misschien ook vindt en wie weet ga je die ook wel met ons delen.'

Igor had niet eens gemerkt dat hij een sigaret had opgestoken. Die had hij blijkbaar uit zijn zak opgediept toen hij hoorde dat ze hem geschaduwd hadden.

'Volgens mij beschikt zelfs de leiding over weinig informatie,' zei Igor Vasiljevitsj. 'Dat blijkt ook wel, want als de leiding niet veel weet, gaan ze extra mist spuiten. Foei, wat zitten we hier benzinedampen in te ademen, doe het raampje dicht, dan maar liever passief roken.'

Igor deed gehoorzaam het raampje dicht.

'En de statistiek – hoe zit het daarmee?' vroeg Igor Vasiljevitsj.

'Ik heb nog geen statistische gegevens onder ogen gehad,' zei Igor.

'Je begrijpt me verkeerd,' fronste de klerenkast. 'Ik bedoel statistiek in het algemeen, heb je dat gestudeerd?'

'O, bedoel je dat. Wel, bij ons op het instituut werd dat wel gegeven, maar dat is lang geleden, meer dan tien jaar. En het was meer een soort bijvak, zoals filosofie of Engels.'

'Oké, ik snap 't,' zuchtte Igor Vasiljevitsj gelaten. 'Maar al heb je dan ná de perestrojka gestudeerd, dan toch wel vóór de puinzooi die we nu hebben, hè? Toch niet zoals ze tegenwoordig die sufkoppen van kinderen onderwijzen? Dan krijg je van die managers die in hun schuldbekentenis nog geen zin zonder fout kunnen schrijven. Of van die mensen met een tien voor taal die nauwelijks een fatsoenlijk woord Russisch kunnen uitbrengen.'

'Maar als jullie mij dan zo goed bestudeerd hebben ...,' begon Igor.

'Ach, het was gewoon een retorische vraag. Met dat soort vraagjes kan ik jou eindeloos vervelen, het zal de leeftijd wel zijn.'

De automobilist achter hen ging maar door met claxonneren. Igor Vasiljevitsj had al een paar keer gezegd: 'Wat wil die nou?' En toen Igor het raampje opendeed om zijn peuk weg te gooien en de achterbuurman nogmaals toeterde, drong het geluid met alle scherpte tot de oren van de klerenkast door. Hij slaakte een diepe zucht en klom energiek de auto uit. De van zijn gewicht bevrijde auto veerde opgelucht op.

Igor Vasiljevitsj liep naar de wagen van de geïrriteerde toeteraar en maakte bij het raampje wat gebaren, die Igor in de reeds invallende duisternis bij het schijnsel van de koplampen en straatlantaarns nauwelijks kon onderscheiden.

'Ik hoefde zelfs niet met mijn pasje te zwaaien,' zuchtte de klerenkast toen hij Igors auto weer met zijn lichaam had volgeladen. 'Ik hoefde hem maar even donker aan te kijken met mijn bakkes. Kijk zo.' En hij zette zo'n onheilspellend gezicht dat Igor onwillekeurig moest glimlachen en zich gelukkig prees dat niet hij maar iemand anders die blik had uitgelokt.

Zo zaten ze nog een minuut of veertig hun tijd te verlummelen in de verkeerschaos en hoewel de automobilist achter hen zijn ergernis had ingetoomd, keek Igor Vasiljevitsj nog van tijd tot tijd met een voldane grijns achterom. Igor werd onaangenaam getroffen door deze, zoals het hem voorkwam, vorm van leedvermaak om een verslagen tegenstander.

'Oké, bedankt, hoewel ik te voet waarschijnlijk sneller thuis was geweest, maar in ieder geval ben ik droog gebleven,' zei Igor Vasiljevitsj bij wijze van afscheid toen hij ergens in een buitenwijk bij een doorsneeflatgebouw de auto van zijn lichaam ontlastte.

Igor drukte hem de hand en dacht even na of hij de passagiersstoel terug zou zetten in zijn vorige stand, maar hij bespaarde zich de moeite en belde direct zijn vrouw.

'Moet ik onderweg nog iets kopen?' vroeg hij met een ietwat afwezige stem om de indruk te wekken dat hij net een belangrijk onderhoud achter de rug had, en om niet schuldbewust over te komen, wat zijn vrouw zou kunnen aangrijpen om opnieuw een scène te maken.

Gedurende de periode dat Igor niet geantwoord had op haar telefoontjes, was zij blijkbaar helemaal over haar toeren geraakt en had ze iedereen afgebeld – van haar vriendinnen tot haar moeder – om uiteindelijk enigszins tot bedaren te komen bij de laatste. Schoonmama was Igor eigenlijk wel goedgezind en had er geen belang bij dat het gezin uiteenviel. Zij had na de dood van haar man de hoop op een nieuw echtelijk bestaan nog niet opgegeven en een kleinzoontje dat door zijn ruziënde ouders bij oma werd gedumpt, zou haar kansen op amoureus vlak kunnen ondermijnen. Ze was misschien zelfs wel tevreden dat Igor weer ging werken voor de organen, want ze hield ervan om 'zich bij de bevoegde instanties grondig te informeren' over al haar potentiële lovers. Ze zei dat niet met zoveel woorden tegen haar dochter, ze kleedde dat anders in en vond fraaiere bewoordingen, maar in ieder geval werkte dit alles toch kalmerend op dochterlief.

'Duurt het nog lang?' vroeg zijn vrouw met de ietwat schorre stem die ze altijd had als ze zich al had ingesmeerd met allerlei zalfjes, omdat ze nergens meer naartoe hoefde, niet meer hoefde te koken en geen bezoek meer verwachtte.

'Ja ja, ik kom zo, over een kwartiertje,' zei Igor. 'Dus, moet ik nog iets kopen?'

'Nou, misschien een yoghurtje of zoiets, voor de kleine. Of kom anders maar zo snel mogelijk thuis.'

Dit was op zo'n vreedzame toon gezegd dat Igor het verdacht vond en nattigheid voelde. Voor alle zekerheid besloot hij maar haast te maken. Bij de ingang van zijn flat keek de conciërge hem bestraffend aan, alsof ze al van alles op de hoogte was. Binnen zat zijn zoon in zijn eigen kamertje met een koptelefoon op en leek zich voor te bereiden op de zoveelste scheldruzie tussen zijn ouders, klaar om zo nodig het volume maximaal op te voeren, zodat hij niet al die wederzijdse verwijten over hoe ze elkaars leven vergald hadden, hoefde aan te horen. Maar Igor werd al met al vriendelijk onthaald door zijn vrouw, die voor de verandering niet in de woonkamer televisie zat te kijken, noch in de slaapkamer druk in de weer was met haar notebook, noch in de keuken achter een glas wijn met een sceptische blik naar de koelkast zat te kijken. Nee, ze liep hem op zachte pantoffels tegemoet, kuste hem zelfs en zei: 'Foei, wat ben je nat, regent het echt zo hard,' waarop Igor antwoordde: 'Het giet.'

Terwijl hij zijn jas en schoenen uitdeed, vroeg zijn vrouw:

'En, wat is het voor baan, ben je tevreden?'

'Ik moet het nog aanzien,' zei Igor. 'Maar zo op het eerste gezicht lijkt het wel oké, al is het er allemaal nogal shabby, weet je, echt zo'n kantoorgebouw in de stijl van het socialistisch realisme.'

'Met een buste van Dzerzjinski[7]? Of een portret?'

'Nee, bij mij in het kantoor staat vreemd genoeg een buste van Tsjajkovski.'

Zijn vrouw grinnikte, terwijl zijn zoon, die uit zijn ooghoek had gezien dat er licht brandde in het halletje, zijn hoofd om de deur van zijn kamer stak en licht bevreesd naar zijn beide ouders keek (Igor voelde plots zijn geweten knagen). Hij kwam aangelopen, sloeg zijn armpjes om Igors benen en vroeg:

'Gaan jullie geen ruzie maken?'

'Nee hoor, echt niet,' zei zijn moeder.

Het zoontje had genoeg aan deze belofte om zijn vader meteen weer te vergeten en haastig terug te keren naar zijn computerscherm, waar zich iets interessants afspeelde.

Terwijl Igor een douche nam, stond zijn vrouw al die tijd met een vreemde blik naar hem te kijken, zodat Igor ten slotte vroeg waarom ze toch zo keek.

'Ik ben gewoon wat aan het nadenken, eigenlijk was het nog niet eens zo'n slecht jaar toen je op zoek was naar jezelf,' zei ze met een zucht.

Igor keek haar ongerust aan door de straaltjes water die van zijn voorhoofd naar beneden lekten. Hij wist niet goed wat hij daarop moest zeggen. Toen hij haar zo zag staan, vroeg hij zich af waarom iemand die wel onmiddellijk was gestopt met roken zodra ze wist dat ze zwanger was, nog altijd vasthield aan bepaalde gewoontes uit haar studietijd en er nu net zo bij stond als vroeger in de gemeenschappelijke keuken van de studentenflat: met haar stuitbotje tegen de wastafel geleund, terwijl ze haar pantoffels over de tegels liet glijden en haar voeten voortdurend verzette om niet helemaal weg te slippen, en met haar vingers op haar mond. Als eerste reactie kwam natuurlijk weer de frase 'Je wist toch van tevoren met wat voor iemand je ging trouwen' in hem op, maar die had hij al eerder in de strijd geworpen en daar was nooit iets goeds van gekomen. Hij had dat zinnetje al zo vaak te pas en te onpas gebruikt dat zijn vrouw alleen al kwaad werd als ze de hoofdpersoon in een of andere film hetzelfde hoorde zeggen (en het grappige was dat dan in diezelfde film de echtgenote van de hoofdpersoon bij die woorden gelijktijdig ook een scène begon te schoppen).

'Ik vond het zelfs wel aandoenlijk, je was zo zielig, net een klein poesje,' zei ze.

'Maar ik vond het helemaal niet zo fijn om zielig te zijn,'
antwoordde Igor laconiek. 'Het was een ellende. Niet het einde van de wereld, maar leuk was het zeker niet om geen ene
moer te doen te hebben. En jij ging soms helemaal door het
lint, zoals vandaag ook weer.'

'Ach ja, dat is zo,' zei ze verzoenend.

'Zullen we alles maar afschuiven op PMS?' stelde Igor
voor.

'Waarom ook niet? Maar jij had zelf na je ontslag ook van
die stemmingswisselingen waarbij vergeleken PMS niks was,
het leek meer op een regelrechte menopauze. Maar moet je
nú eens kijken, alsof je nooit ontslagen bent. Het lijkt zelfs
of je ineens je rug weer recht houdt.' En ze kwam tegen hem
aan staan en krauwde met haar vingers tussen zijn schouderbladen.

'Aha, en of mijn kont ineens weer dik is geworden,' zei
Igor. 'Kan ik weer krukjes onder mijn krent doormidden
breken.'

'Maar even serieus, vertel 's wat meer,' vroeg ze toen haar
man schoongewassen en afgedroogd aan de keukentafel
plaatsnam en aan zijn avondeten begon. 'Ik ben nieuwsgierig
naar hoe het daar is, wie werken er? Toen ze je ontsloegen,
zei je dat het een verschrikking was, gaat het daar dan niet net
zo'n verschrikking worden, ook al heb je dan werk?'

'Dat kan ik nog niet zeggen, of het een verschrikking zal
zijn of niet. Zeg, je zit me gewoon … Voor wie werk jij eigenlijk?'

Zijn vrouw schoot in de lach.

'Nee, echt,' zei Igor, 'ik ben nog maar net aangenomen
en ik heb nog maar een paar mensen gezien, wat kan ik nou
zeggen?'

'Zeg dan tenminste wie jullie chef is, is hij nog jong? Daar
hou ik van, een jong ventje en toch al met een hoge functie,
terwijl van die ouwe zakken als jij dat moeten pikken. In de
afdeling naast ons had je ook zo'n manager, de zoon van de

baas. Man, je had 's moeten zien hoe al die oudgedienden uit hun dak gingen.'

'Je bedoelt datzelfde ventje dat een lading paddo's opvrat en door het raam naar buiten kroop?'

'Ja ja, die was het, maar daar gaat het nu niet om.'

'Maar goed, onze chef is niet iemand op wie je zou vallen, een beetje te oud voor je,' zei Igor. 'En te dik bovendien.'

'Ajakkes,' zei zijn vrouw.

'Het is echt een geweldig vet varken,' zei Igor.

'En vast nog kaal ook,' raadde ze.

'Tja, of hij nou echt kaal is of alleen kaalgeschoren, daar wil ik vanaf wezen,' antwoordde Igor met een gezicht waaruit sprak dat hij geen specialist was op het gebied van haarkap-kunst. 'Maar zijn schedel is een biljartbal die als het ware organisch verbonden is met zijn dikke lijf. En stel je voor, hij zit in sportkleren op zijn werk. Alleen een gouden ketting om zijn nek ontbreekt er nog aan, en ringtatoeages.'[8]

'Aha,' zei zijn vrouw. 'Ringtattoos. En heeft hij een secre-taresse?'

'Die heeft hij niet, volgens mij is hij zijn eigen secretares-se.' Igor wachtte even tot hij in zijn hoofd de woorden had gevonden om hier een grappige draai aan te geven en voegde eraan toe: 'Hij doet het helemaal alleen met zichzelf.'

Zijn vrouw begreep niet onmiddellijk wat hij bedoel-de, maar toverde toch een glimlach tevoorschijn toen ze in Igors stem een humoristische ondertoon hoorde. En toen ze het grapje eenmaal doorhad, glimlachte ze nog eens, maar dit keer spontaan. Pas na deze glimlachjes voelde Igor dat hij eindelijk weer thuis was, daarvoor was het net of hij er niet echt was geweest. Alsof hij ergens op verkenning was in bezet gebied. De lampjes in het gipskartonnen plafond, die in een rechthoek langs de randen waren ingeschroefd, begonnen warm te glanzen als een kerstslinger, hoewel het zijn vrouw was die zowel dat gipskartonnen plafond als die lampjes er tijdens een echtelijke ruzie met het oog op een renovatie na de vreselijkste beledigingen door had gedrukt (Igor had liever één grote ronde lamp midden aan het plafond gehad), en hoewel Igor elke keer als hij die lampjes zag, weer herinnerd werd aan zijn capitulatie. En ook de keukengordijntjes, die ze met het hele gezin waren gaan uitkiezen maar waarbij uiteindelijk zijn vrouw weer haar zin had doorgedreven, riepen geen onaangename associaties meer op, ze deden zelfs sympathiek aan. En ook zijn vrouw zelf zoals ze nu was, zonder make-up, huiselijk, met het haar in een paardenstaart, scheen vertrouwder en ongekunstelder dan normaal. Igor moest opeens denken aan vroeger toen hij zich als puber mateloos kon ergeren aan zijn eigen ouders die 's avonds urenlang in de keuken zaten te lullen en te ruziën. Hij zag zijn vader weer aan tafel zitten in zijn onderbroek en over zijn buikje gespannen goorblauwe T-shirt. En hij herkende opeens zichzelf, zoals hij daar zat met alleen zijn boxershort aan, terwijl hij een oordeel velde over zijn superieuren en naar aanleiding daarvan nogal flauwe grappen debiteerde. Net op dat moment kwam zijn zoontje aangestampt om te vragen of hij wat mocht eten.

'Er is soep, maar dat lust je niet,' zei zijn moeder.

'Is er helemaal geen yoghurt?' vroeg hij.

'Altijd maar yoghurtjes, je barst toch al uit je hemd,' antwoordde ze.

'Hij is er gewoon uitgegroeid,' zei Igor met een blik op zijn zoon en het stukje blote buik van een paar centimeter dat zich inderdaad aftekende tussen zijn pyjamabroek en de benedenzoom van zijn hemd.

Het zoontje trok zijn broek op en zijn moeder zei:

'Toe maar, trek maar op tot aan je oksels. Wil je thee?,' waarop zoonlief instemmend knikte.

'Vooruit, vertel verder,' zei ze tegen Igor, terwijl ze in de weer was met haar zoon.

'Hij is van de oude stempel, weet je, door de jaren heen gehard, iemand die al in de Sovjet-Unie is begonnen bij de

KGB of bij de militairen. Hij drukte me natuurlijk met mijn snufferd op mijn dossier, ik kreeg het er wat benauwd van. Hij maakte maar steeds van die stekelige opmerkingen dat zoiets niet weer mocht gebeuren. Ik mag dat eigenlijk wel: iedereen doet of zijn neus bloedt, niemand weet zogenaamd iets, maar ondertussen weten ze er alles van en beseffen ze heel goed dat ik ook wel weet dat zij dat weten. Maar ja, dat onderwerp hebben we al …'

Zoonlief gluurde over de rand van zijn beker naar Igor en het was duidelijk dat hij brandde van verlangen om iets te vragen, maar dan konden ze hem wegsturen uit de keuken en hij vond het juist zo interessant om te horen wat zijn ouders tegen elkaar zeiden, dus hield hij wijselijk zijn mond.

'Er is er nog een, een naamgenoot van mij,' zei Igor. 'Qua lichaamsbouw een tweede Valoejev.[9] Hij speelt de rol van raisonneur in een theater, als je het mij vraagt. Je weet niet goed wat je van hem moet denken. Hij lijkt op een toneelspeler die zich met zijn personage vereenzelvigt. Hij zegt alles recht voor zijn raap, of het nou om hemzelf gaat of om iemand anders. Komt zelfverzekerd over. Maakt grove grappen. Je zou bijna denken dat ze een acteur uit een toneelgezelschap hebben uitgenodigd om de antagonist van de baas te spelen. Hij speelt met verve een rol waarin hij zich helemaal heeft ingeleefd. Hij improviseert. Maar alles bij elkaar lijkt hij me toch een geschikte kerel.'

'Bij ons in de klas is Serjozjka er ook zo een,' liet zoonlief zich opeens horen. 'Hij wil graag Batman zijn en iedereen moet hem ook "Batman" noemen, maar toch noemen ze hem gewoon allemaal Serjozjka.'

'Wegwezen jij!' joeg zijn moeder hem de keuken uit. 'Zit hier met zijn grote oren … Je hebt je thee op – en dus gaan we naar bed. Anders gaat hij later nog …'

'Dan heb je nog een Tataar, hij is daar een soort boekhouder en financieel directeur tegelijk,' vervolgde Igor toen ze de slaapkamerdeur van het zoontje hoorden dichtvallen. 'Dat is me helemaal een portret, maar wel een heel degelijk type. Als iedereen daar zo was als hij, of in het algemeen, als alle mensen zo waren, zou het nergens zo'n puinhoop zijn als nu. Stel je voor, een Tataar met een Duitse aanpak, met nazi-methoden, zeg maar, alleen het uniform ontbreekt er nog aan.'

'Ja zeg, een Tataar met een Duitse aanpak, en dan nog financieel directeur en boekhouder! Een echte superheld dus, zoals in *Ultimate Spider-Man*,' grapte zijn vrouw.

'Nee, maar serieus,' zei Igor met de hand op zijn hart om nog overtuigender over te komen. 'Volgens mij houdt hij op materieel vlak de hele boel bij mekaar. Hij ziet er echt uit als een boekhoudkundige zenboeddhist die het licht heeft gezien. Hij is de enige met een adequaat ingericht kantoor. Hij alleen houdt de wind eronder in de hele tent. Hij zou je bevallen.'

'Als je maar niet net als de vorige keer bij die goeroe in zijn papieren naar compromitterend materiaal gaat snuffelen en hem ter verantwoording gaat roepen,' zei zijn vrouw.

'Zelfs als ik de kans zou krijgen, zou ik waarschijnlijk toch niks vinden,' zei Igor met volle overtuiging. 'Je ziet aan die zelfverzekerde kop van hem dat je kunt zoeken tot je een ons weegt, hij heeft zijn zaakjes piekfijn in orde. Het is een slimme jongen, dat zie je zo, hij heeft het niet voor niets tot die positie geschopt. Het gaat hier duidelijk niet om zijn plaats op de ambtelijke ladder, maar om documenten die onberispelijk in orde zijn.'

'Dat zie ik graag – die ogen van jou die beginnen te twinkelen,' zei zijn vrouw. 'Niet dat dit per se iets goeds voorspelt, maar toch vertedert het me, net als indertijd bij Misjka, toen die vier was en griep had.'

'Maar zelf zie ik dat niet zo graag,' antwoordde Igor. 'Dus als je merkt dat het zover is, moet je onmiddellijk ingrijpen.'

'En hoe is het met de jongedames daar bij jullie op de nieuwe werkplek?' vroeg ze.

Het was de eeuwige vraag die steeds weer werd gesteld, al sinds de eerste dagen van hun huwelijk. Ooit was deze vraag heel geladen, omdat zijn vrouw er op grond van de ervaringen met haar eigen ouders van uitging dat alle mannen er alleen maar aan denken om 'buiten de pot te piesen', en ze ziekelijk jaloers was op alles en iedereen. Maar met de jaren waren de scherpe kantjes eraf gegaan, Igor bleek niet de schuinsmarcheerder te zijn die ze zich had voorgesteld. En toen die jaloezie eenmaal voorbijging, voelde Igor zich zelfs beledigd, hij had het gevoel of zijn vrouw vroeger tenminste nog bepaalde verwachtingen koesterde ten aanzien van hem, maar dat ze er zich op een gegeven moment van overtuigd had dat hij gewoon een sukkelaar was.

'Volgens mij zijn daar helemaal geen vrouwen,' zei Igor. 'En ook niet geweest. Want gewoonlijk laten jullie bepaalde sporen na. Je zou bijvoorbeeld verwachten dat er ergens nog een poster ter ere van Vrouwendag zou rondslingeren of dat er nog ergens een fles martini zou staan of wat dan ook. Maar niks van dat alles. Wie weet, misschien hebben ze expres een collectief met alleen mannen bij elkaar gezocht.'

'Misschien wel,' beaamde zijn vrouw. 'Bij ons op het werk heb je voor de helft mannen en voor de helft vrouwen, maar tussen de vrouwen zijn er eeuwig en altijd intriges, groepjes die om de een of andere reden samenspannen, beledigingen over en weer. Ik kijk wel eens naar zo'n serie op televisie, een politieserie met evenveel mannelijke als vrouwelijke hoofdpersonen, en dan snap je niet wat voor "puur professionele" betrekkingen die mensen erop nahouden. Je hebt dan zo'n IT-medewerkster die daar vanwege haar bloemetjesjurk kapot wordt getreiterd en voor gek wordt versleten door de andere vrouwen, ook al hadden die nog zo veel doctorsgraden toen ze in dienst traden bij de FBI.'

'Da's waar,' glimlachte Igor. 'Weet je nog die systeembeheerder die op de dag dat hij bij jullie verscheen, een T-shirt droeg met paardjes erop – wat hebben ze hem dat ingepeperd!'

'Ze hebben het tot op de dag van vandaag nog over die roze paardjes, alleen niet waar hij bij is, maar onder elkaar.

Achter zijn rug noemen ze hem malle Eppie. Maar ja, eigenlijk is het ook wel een mafkees, zo'n ineengedoken mannetje. Hoewel die al bijna dertig is, woont hij nog steeds bij zijn mama, de perverseling.'

Igor zelf had niet het idee dat de systeembeheerder een perverseling was, maar hij knikte met haar mee. Hoewel het idee om bij je moeder te wonen, of liever nog ergens helemaal in je eentje, om al was het maar een tijdje een vrijgezellenbestaan te lijden, hem zo gek nog niet leek.

'Ik vind dat toch echt,' ging zijn vrouw verder. 'Hij is nota bene veel intelligenter dan veel van die figuren die voortdurend hun auto en hun vrouw inwisselen. Maar je licht onder de korenmaat zetten en liever op een idiote manier het bescheiden mannetje uithangen, terwijl je jezelf ondertussen misschien wel slimmer vind dan alle anderen en je je in het geniep vrolijk maakt over de stupiditeit van de mensen om je heen (ik bijvoorbeeld ben een volstrekte onbenul op het gebied van computers), dan heb je toch een afwijking. En dan dat personeelsfeestje, zijn mammie begon hem al om tien uur te bellen om te vragen waar die was en wat hij uitspookte. En naar zijn ongelukkige gezicht te oordelen was ze hem waarschijnlijk aan het chanteren met een hartaanval van haar. Ik zou zo'n moeder onder een kussen hebben gesmoord.'

Igor herinnerde zich hoe zij hem vandaag ook steeds weer had gebeld, maar liet niet merken dat hij daaraan dacht.

'Jij was trouwens zelf ook zo iemand toen je pas was gaan studeren,' zei ze. 'Alleen werkte de gsm-verbinding toen nog niet zo goed. Weet je nog dat je moeder mij een bitch noemde, dat ze mij in staat achtte een kind te krijgen van een ander om maar zo snel mogelijk een flat te krijgen. Weet je nog?'

Wat die 'bitch' betreft zat ze er niet zo ver naast, dacht Igor stilletjes, met een scheve glimlach, maar hij zei enkel:

'Mij heeft ze dat nooit zo recht in het gezicht gezegd, ze zat er alleen wat over te smoezelen met mijn zus en mijn pa. Vader was trouwens vóór jou. En jouw eigen moeder vond ook van alles en nog wat van mij. Dat je zwanger zou raken en ik je dan meteen zou laten zitten. Zij dacht ook dat het mij alleen te doen was om de flat en om het zomerhuisje en die moestuin van je oma. En ze belden jou ook steeds op, omdat ze bang waren dat we niet gewoon verkering hadden, maar dat ik je wilde verkopen aan een bordeel of een orgaanhandelaar.'

Zo zaten ze daar allerlei herinneringen op te halen aan de eerste jaren van hun huwelijk en Igor voelde zich steeds behaaglijker. Als kind had hij een buurmeisje met wie hij ook zo gezellig kon babbelen: ze wisselden van gedachten over boeken, gingen samen naar de bibliotheek en maakten samen fietstochtjes. En door deze herinnering was het of zijn vrouw nog dichter bij hem kwam te staan.

'Komt er nog iemand een verhaaltje voorlezen?' riep zoonlief uit zijn kamer. 'Of zijn jullie romantisch bezig?'

'Dat is waar ook, we zouden streven naar wat meer regelmaat,' zei zijn vrouw, nadat ze haar smartphone op de keukentafel had omgedraaid met het schermpje naar boven. 'Als jij nou vanavond gaat voorlezen, dan ga ik zolang mijn serie uitkijken, heb ik net gedownload ...'

Het zoontje had zelf al het licht in zijn kamer uitgedaan en het nachtlampje aangeknipt. Hij had zich ook al had toegedekt en gluurde met zijn donkere ogen, even donker als die van zijn moeder, over de rand van zijn deken, net zoals hij over de rand van zijn beker had gegluurd.

'Papa,' zei hij toen Igor wilde gaan voorlezen uit het boek dat hij net had gepakt.

Het was stil, alleen een zwakke maar gestage regen tikte tegen de blikken bekleding van de vensterbank en tegen de ruiten. Verder hoorde je hoe de televisie in de ouderlijke slaapkamer begon te brommen.

'Papa,' zei het zoontje nog eens, 'neem je mij een keer mee om naar de acteur te kijken?'

'Welke acteur?' vroeg Igor niet-begrijpend.

'Nou, je zei toch dat er bij jullie op het werk een acteur was.'

'O, die, maar dat is geen echte acteur, alleen iemand die lijkt op een acteur in een toneelstuk,' zei Igor, terwijl hij bij zichzelf dacht dat Igor Vasiljevitsj en zijn zoon elkaar maar beter niet konden ontmoeten, want Misjka zou dan onmiddellijk alles doorvertellen wat in de beslotenheid van de huiselijke kring was gezegd.

'Dat maakt niet uit,' zei het zoontje inschikkelijk. 'Maar ik zou het toch wel interessant vinden om hem te zien.'

'Misschien mag je een keer mee,' loog Igor. 'Maar er is niks interessants te zien bij ons, het is net als bij mama op haar werk, precies zulke meneren en mevrouwen, alleen zonder mevrouwen.'

'Ik heb op de televisie gezien hoe de FSB terroristen vangt,' zei het zoontje. 'Ga jij nu bij hun werken?'

'Vroeger heb ik er ook al gewerkt, hoor, maar dat weet jij niet meer,' zei Igor.

Zijn zoontje lag te woelen onder zijn deken. Het was duidelijk dat er door zijn hoofd een complexe gedachte speelde die zich niet verder kon ontwikkelen zonder bepaalde vergezellende lichaamsbewegingen.

'Maar vroeger was je toch boekhouder, net als mama, maar nu hébben jullie daar toch al een boekhouder,' zo redeneerde hij. 'Ga jij dan nu boeven vangen?'

'Ik heb zelfs een pistool op mijn naam,' schepte Igor op. 'Ik kan hem alleen niet mee naar huis nemen, ze geven die enkel als je eerst een verklaring tekent en daarna nemen ze hem weer af. Dan moet je wéér tekenen.'

'Jammer,' zei zijn zoon, die anders wel een paar plannetjes zou weten voor het pistool. 'En wie ga jij vangen? Terroristen? Ik denk niet dat er bij ons in de stad terroristen zijn.'

'Misschien wel,' probeerde Igor zich ervan af te maken. 'Misschien gaan we ze gewoon vangen voordat ze iets doen.'

Zoonlief was tevreden met dit antwoord. Hij bleef nog even doorwoelen, maar vroeg dit keer niets meer.

'Het kan ook dat we helemaal geen terroristen gaan vangen,' kon Igor zich niet inhouden, terwijl hij zijn zoon in de
glunderende ogen keek. 'Er is daar bijna niemand die begrijpt
wat we precies doen. Een van ons denkt dat we ruimteman-
netjes vangen, net als de *Men in Black*.'

'Wauw,' zei het zoontje fluisterend. 'Die meneer heeft ze
zeker al gezien, daarom denkt hij dat. Heb jij ze al gezien?'

Igor moest denken aan Sergej Sergejevitsj en antwoordde:

'Buitenaardse wezens heb ik niet gezien, maar wel een
tijdreiziger uit het verleden. Hij is onze baas.'

'Hoe kan hij dan de baas zijn als hij uit het verleden komt?
Misschien komt hij uit de toekomst? Misschien heb je het
door elkaar gehaald?'

'Nee, hij komt echt uit het verleden,' zei Igor stellig. 'Hij
heeft daarvandaan niet alleen zichzelf meegenomen, maar
ook zijn hele kantoor.'

'Ga je het me vertellen als je iemand vangt?'

'Ja natuurlijk,' zei Igor. 'Maar jij mag daar met niemand
over praten,' waarschuwde hij, beseffend dat zijn zoon er alles
uitflapte op de kleuterschool.

HOOFDSTUK 2

'Jij rijdt vaak mee met Petrovitsj, heb je hem nog steeds niet verteld dat wij de mensen die we verhoren, vermoorden?' vroeg Jonkie aan Igor Vasiljevitsj.

Die typische gewoonte van Jonkie om iedereen ongegeneerd te tutoyeren irriteerde en verbaasde Igor, te meer omdat Jonkie nauwelijks meer dan een puber was of in ieder geval die indruk wekte door zijn slangachtig gekromde postuur en de vette bruinige haarslierten die boven zijn puisterige voorhoofd glad waren weggekamd. Als hij zich in de rookhoek op de tweede verdieping bij hen voegde, zijn sigaretjes met kersensmaak tevoorschijn haalde en er zelfverzekerd eentje opstak, had Igor elke keer de neiging om hem een tik tegen zijn achterhoofd te geven en hem weg te jagen. Maar Igor Vasiljevitsj scheen zich totaal niet te storen aan Jonkies gedrag en daar had hij blijkbaar zo zijn redenen voor.

'Ik heb wat vage toespelingen gemaakt dat het allemaal niet zo simpel ligt,' antwoordde Igor Vasiljevitsj, vanuit zijn hoogte naar beneden kijkend.

'Je lijkt mijn pa wel, die maakte ook altijd van die vage toespelingen. Zo van – nog even en ik ben pleite. En ja hoor, op een dag, daar was hij dan ook echt pleite, spoorloos verdwenen. Er is toen ook aangifte van verdwijning gedaan. Later bleek dat hij gezond en wel was, hij was er gewoonweg vandoor gegaan en had van tevoren iedereen gewaarschuwd. Hier is het net zo.'

'Sorry, maar al die lulverhalen van jou over je pa hangen me behoorlijk de keel uit,' zei Igor Vasiljevitsj. 'Ik ken hem zo langzamerhand al beter als mezelf.'

Fiel, die op de vensterbank naast de asbak-emmer met opgedroogde kalk zat, moest glimlachen. Hij rookte zelf niet, maar kwam er altijd bij zitten voor de gezelligheid. Hij was rond de dertig. Hij leek op een acteur die geknipt was om een positief en heldhaftig personage uit te beelden, maar in deze omgeving leek er voor hem eerder een komische rol weggelegd. Elke repliek van hem werd door Jonkie en Igor Vasiljevitsj beantwoord met zinspelingen op de knapenliefde. Igor verwachtte elk moment dat Fiel zou ontploffen en de anderen te lijf zou gaan of tenminste Jonkie een mep voor zijn kop zou geven, maar alle grapjes leken langs hem af te glijden en hij lachte gewoon met iedereen mee. Igor besloot er maar niet te veel over na te denken wat er zich werkelijk in Fiels hoofd afspeelde, wat hij echt dacht van zijn collega's en welke seksuele fantasieën hij erop nahield.

Ze verzamelden zich al bijna een week lang geregeld in de rookhoek om de tijd te doden. Ze kregen nooit gezelschap van Sergej Sergejevitsj en Rinat Iosifovitsj. De eerste rookte niet en was te zwaarlijvig, dus dat viel wel te begrijpen, maar waarom de tweede wegbleef, was niet duidelijk. Ze praatten over van alles en nog wat, wat er maar in hen opkwam. Ze jenden uit verveling Jonkie met zijn passie voor computerspelletjes, bespraken echtelijke perikelen, wisselden van gedachten over het nieuws en gaven hun mening over YouTube-filmpjes. Fiel installeerde zich gewoonlijk op de vensterbank, terwijl Jonkie en Igor Vasiljevitsj bij het raam tegen de muur geleund stonden. Igor zelf stond op de trap met zijn achterwerk tegen de leuning te roken, waarbij hij om de zoveel tijd een treetje hoger klom om dicht genoeg bij de emmer te komen en daar de as van zijn sigaret in te tikken.

Nadat ze eerst de tuinwerkzaamheden van Igor Vasiljevitsj hadden besproken, waren ze overgestapt op het onderwerp dat iedereen op dit moment het meeste bezighield: de mededeling van Sergej Sergejevitsj die ochtend dat ze vannacht niet in hun eigen bed zouden slapen.

'Maak jij je maar niet te sappel, Petrovitsj,' stelde Igor Vasiljevitsj Igor gerust. 'Jij staat zogezegd aan de zijlijn. Niemand gaat jou dwingen bloed te vergieten. Wil je niet, dan doe je niet mee. Tenzij zich een noodsituatie voordoet, kun je gewoon naar een andere kamer gaan. Jij hoeft alleen maar te verhoren. Dat is alles.'

'Waarom hebben we dan een wapen nodig?'

'Ach, er kan daar zomaar een dolle hond rondlopen, je weet maar nooit, of er wordt rotzooi getrapt, zei Igor Vasiljevitsj. 'Op een keer moesten we zo'n plaatselijke pief hebben, toen kreeg je daar een hele volkstoeloop en moesten we de hele bende kapotschieten. Je komt van alles tegen. Maar het zijn toch voornamelijk dronkenlappen en drugsverslaafden, dus maak je maar niet druk. Laat de baas zich maar liever druk maken. Of Renat, die is doodsbang dat we daar iets uit zijn inventaris zoekmaken.'

'Toch zit ik wel wat in de piepzak,' bekende Igor, wat hem een welgemeende glimlach van Fiel opleverde. 'Dus we gaan gewoon mensen doodmaken?'

'Zo is het,' zei Igor Vasiljevitsj. 'Ik raad je trouwens aan om eerst nog een tukje te doen, want jouw werk is nogal saai, je zou ervan in slaap sukkelen.'

'De eerste keer zal hij vast niet in slaap sukkelen,' verklaarde Jonkie stellig. 'Maar als we een paar keer achter elkaar worden opgeroepen, dan begint het mij ook te duizelen.'

Igor begaf zich gehoorzaam naar de ontspanningsruimte op de begane grond, waar Fiel gewoonlijk zijn tijd doorbracht, en strekte zich uit op de bank. Maar hij kon de slaap niet vatten en liet zijn ogen ronddwalen: nu eens bleef zijn blik rusten op de ijskast van het roemruchte Sovjetmerk *Joerjoezan* in de hoek, dan weer op de tafel met het stapeltje schone borden, de rij geslepen glazen en het boeketje lepels en vorken dat in een van die glazen stak, en dan weer op het grijze, ietwat bollende scherm van het uitgeschakelde ouderwetse televisietoestel. Hij moest de hele tijd denken aan een voorval van twee jaar geleden, toen een onbeduidend, dikdoenerig crimineeltje uit een naburige wijk, die in zijn onnozelheid af en toe wat informatie over een paar plaatselijke smerissen doorgaf aan een voormalige studiegenoot van Igor, op een dag zomaar dood was aangetroffen. Geliquideerd in de stijl van Italiaanse afrekeningen tijdens de drooglegging, wat eigenlijk niet strookte met zijn lage rang in de hiërarchie. Drie maatjes van het crimineeltje, vijf prostituees, een werkster en nog wat onduidelijke figuren lagen daar ook verspreid door het huis te baden in het bloed. En de muren waren helemaal doorzeefd met kogels, alsof er een doelgerichte militaire actie was uitgevoerd. Een van de slachtoffers, die als een soort lijfwacht van het crimineeltje wat bijverdiend had, lag met opengesneden slagaders in de badkuip. Op hem werd alles afgewenteld: een posttraumatisch oorlogssyndroom, gecombineerd met een overmatig gebruik van alcohol, zou deze Afghanistanstrijder parten hebben gespeeld. Toen al had Igor niet veel geloof gehecht aan deze uitkomst van het gerechtelijk onderzoek, te meer omdat degenen die met het onderzoek belast waren, zelf niet erg overtuigd leken van hun eigen versie. Nu begon Igor des te meer te twijfelen. Hij wist niet wat hij ervan moest denken. Hij was er niet zeker van of het bij dit bloedbad en het door Igor Vasiljevitsj genoemde incident om één en dezelfde moordpartij ging, want voor de afrekening in dat huis was de mankracht van wel tien Igor Vasiljevitsjen nodig en niet van eentje, zelfs niet als die moreel werd bijgestaan door een bescheiden pedofiel en een puisterige puber. Hij probeerde zich voor de geest te halen welke ongewone criminele zaken zich de afgelopen jaren in de stad hadden afgespeeld, maar Igor kon zich niet herinneren dat er ooit een echt vooraanstaand persoon uit de onderwereld zomaar in zijn eigen huis was vermoord.

Omdat Igor begreep dat hij toch niet zou kunnen slapen, begaf hij zich naar zijn kantoor om wat te surfen. Hij deed dat via zijn telefoon om Jonkie, die met bepaalde administratieve taken was belast, niet de kans te geven in zijn downloadgeschiedenis te neuzen. Hij vermoedde natuurlijk wel dat zijn activiteiten op internet sowieso door iemand werden gevolgd, maar de abstracte figuur van een anonieme gluurder stootte hem toch minder af dan zo'n puberventje die ineengekromd voor zijn scherm *World of Warcraft* zat te spelen en tegelijkertijd Igors logbestanden inkeek. Door alle gewroet in zijn geheugen viel het wachten hem al met al minder zwaar. Zijn verdenking dat de moord op het crimineeltje door niemand anders gepleegd kon zijn dan door de mensen met wie hij op het ogenblik samenwerkte, werd sterker.

Igor begon zijn collega's nu met geheel andere ogen te bekijken, maar omdat hij hen inmiddels al een tijdje kende, viel het hem zwaar om van het ene moment op het andere zijn mening over hen bij te stellen. Hij voelde een zekere sympathie voor hen, alleen al vanwege het feit dat ze hem zonder al te veel problemen in hun midden hadden opgenomen. Een vriendelijk onthaal werkt ontwapenend, zelfs als het gezelschap waarin je wordt onthaald, zich bezighoudt met duistere zaakjes.

Buiten was het al helemaal donker toen Jonkie buiten adem bij hem binnenviel.

'Dus hier ben je,' zei hij. 'We hebben je eerst op de bank gezocht en daarna dachten we dat je hem voortijdig was gesmeerd. Maar toen zagen we dat je auto er nog stond. Kom 's meehelpen om wat in te laden.'

'Hadden jullie me niet gelijk hier kunnen gaan zoeken?' vroeg Igor even later, toen hij gehoorzaam met Jonkie meesjokte naar diens kantoor, waar hij een of ander log, met folie omwikkeld voorwerp bij de hoeken moest beetpakken.

'We moeten hem later weer terugslepen,' waarschuwde Jonkie zwaar ademend, toen ze het gevaarte naar het trapportaal hadden gezeuld. 'Hoewel, misschien kan het ook wel zonder ons, we kunnen onze krachtpatser en Rinat voor de ploeg spannen.'

'Ik zie al voor me hoe jij Rinat inspant,' zei Igor, terwijl hij per ongeluk een paar keer met de metalen zijkant van het gevaarte tegen de trapleuning stootte. 'Is het nog ver?'

'Tot de garage,' zei Jonkie. 'Als we eenmaal buiten zijn, wordt het makkelijker. Alleen oppassen dat we bij de uitgang niet uitglijden over het bevroren stoepje, zelfs zonder dit kloteding kan je daar zomaar je nek breken.'

Bij de uitgang werden ze opgewacht door Igor Vasiljevitsj en Fiel, die onder de buitenlamp stonden te roken.

'Hop, hop,' moedigde Igor Vasiljevitsj hen aan, alsof hij zijn lijfeigenen tot spoed maande.

'Jij zou trouwens best in je eentje dit ding kunnen sjouwen,' antwoordde Jonkie.

'Maak 't nou,' zei Igor Vasiljevitsj. 'Ik mag niet van de dokter. Ik ben al te oud.'

Fiel wilde Igor en Jonkie te hulp schieten, maar hij kon nergens een plek vinden om het gevaarte vast te pakken, zodat hij met een confuse glimlach op zijn gezicht naast hen bleef meelopen, toekijkend hoe de twee voortdurend weggleden op de bevroren bandensporen. Vlak bij de garage – een kubusvormig bakstenen bouwsel helemaal aan het einde van het paadje met de slagboom – snelde Fiel vooruit en opende attent een van de vleugels van de ijzeren poort. Deze schuurde met zijn onderrand over de bevroren grond en maakte een galmend gongachtig geluid.

'Ik heb de wagen maar vast wat warm laten lopen,' zei Fiel.

'Keigoed,' zei Jonkie, die zich als eerste door de ontstane opening heen wurmde. Het gelige schijnsel van een paar lampjes in de garage viel naar buiten. Igor knikte Fiel dankbaar toe, maar deze maakte alleen een wegwuivend gebaar.

Ze laadden het gevaarte achter in een bestelwagen van het merk Gazelle, schoven het tussen twee zitplaatsen in en wisten zich het zweet van het voorhoofd.

'Dat gaat me nog eens mijn rug kosten,' zei Jonkie duister. 'Hoeveel tijd hebben we nog? Kan ik nog even gaan pissen?'

		

De vraag was retorisch bedoeld, maar Igor en Fiel keken toch op hun horloge, hoewel Igor niet eens wist wanneer ze eigenlijk zouden vertrekken en hij zag dat Jonkie zelf al zijn telefoon tevoorschijn had gehaald om te kijken hoe laat het was.

'Geen telefoons meenemen, hoe vaak is dat al niet gezegd,' zei Fiel met zijn onafscheidelijke glimlach. 'We lopen nog eens tegen de lamp vanwege jou.'

Jonkie pareerde de opmerking niet op de hem eigen laatdunkende wijze, op de toon van iemand die een treetje hoger in de rangorde staat dan zijn gesprekgenoten, maar trok zich gehoorzaam terug in het duister van de nacht, zodat Igors mond bijna openviel van verbazing. Fiel merkte Igors verbazing op, maar trok alleen een onbestemde grimas, die iets moest betekenen als 'zo gaat dat bij ons' of 'altijd hetzelfde liedje'. Igor klopte zich voor alle zekerheid op zijn zakken, hoewel hij zeker wist dat hij zijn telefoon op zijn bureau had achtergelaten. Ook dat ontging Fiel niet, hij glimlachte begripvol.

Er ging nog een half uur heen met allerlei drukke voorbereidingen. Ze kregen door Rinat Iosifovitsj pistolen uitgereikt, tekenden voor ontvangst en gordden, worstelend met hun overalls, de holsters om. Ze leken op paarden die zich voor een kar spanden.

'Als het aan mij lag, zou ik iemand als u, Aleksandr, liever helemaal niets geven,' kon Rinat Iosifovitsj niet nalaten Jonkie de les te lezen. 'U jaagt mij al schrik aan als u een nietmachine in uw handen houdt.'

'Jij zou het liefst helemaal niemand iets geven,' antwoordde Jonkie. 'Als het aan jou lag, zouden we te voet daarnaartoe moeten en ook te voet weer terug.'

Over het gezicht van Rinat Iosifovitsj gleed een uitdrukking waaruit je zou kunnen opmaken dat Jonkie een gedachte had uitgesproken die hij liever voor zich had gehouden.

Igor kreeg van Rinat Iosifovitsj een verzegelde envelop in A4-formaat overhandigd. Omdat hij die nergens kwijt kon, stopte hij hem maar weg onder zijn overall ter hoogte van zijn buik.

'Wat is daar nou weer de logica van?' bemoeide Jonkie zich er opnieuw mee. 'Had die papieren dan al eerder aan hem gegeven, dan had hij ze in zijn zak kunnen steken. Vanwaar die geheimzinnigdoenerij, wij zijn er daar toch zelf ook bij en horen toch ook alles?'

Vervolgens kreeg Igor Vasiljevitsj van Rinat Iosifovitsj een glazen flesje waarin één enkel pilletje rondtinkelde. Daarbij keken ze allebei onwillekeurig naar Jonkie, in kennelijke afwachting van weer een commentaar, maar deze deed er het zwijgen toe. Daarop trad er een algehele stilte in, waardoor Igor zich steeds ongemakkelijker begon te voelen en zijn handen lichtjes begonnen te trillen. Ten slotte werkten ze zich de Gazelle in: Igor, Jonkie en Igor Vasiljevitsj achterin en Fiel achter het stuur.

'Had SS niet even de moeite kunnen nemen om ons uit te wuiven en ons succes toe te wensen,' zei Jonkie toen ze wegreden en Rinat Iosifovitsj, die de slagboom had opengedaan, hen nazwaaide.

'Zeur niet, man,' zei Igor Vasiljevitsj. 'Geef je blaffer liever hier.'

Jonkie hield verder zijn mond, haalde zijn pistool tevoorschijn en reikte het aan met de kolf naar voren.

'We mogen nog blij zijn dat je de patroonhouder er niet in hebt gedaan, oen,' zei Igor Vasiljevitsj, die controleerde of het pistool wel ongeladen was. 'Pak aan, Fiel, voor er ongelukken gebeuren.'

Hij wurmde zich door de bestelwagen heen naar voren, gaf het pistool af, keerde terug en zette zich tegenover Igor. Deze verwachtte dat Igor Vasiljevitsj een paar smakelijke anekdotes zou gaan vertellen over Jonkie en zijn pistool. De hele situatie en het veelbetekenende gezicht van Igor Vasiljevitsj leken daar althans op te wijzen, maar hij begon over heel iets anders.

'Maak je niet ongerust,' zei hij. 'Wij gaan hier niet de superheld uithangen. We zijn gewoon een bijeengeraapt zootje.

Maar we doen tenminste ons werk. En die anderen zijn ook maar doodgewone mensen, of hooguit een beetje afwijkend, anders zouden we niet bij ze op bezoek gaan. Maar ze zien er wel heel gewoontjes uit. Van het soort dat je bij duizenden op straat ziet rondlopen. Neem nou Jonkie, je zou denken wat een soeplulletje, maar die hangt hier nou toch al een paar jaar rond en brengt het er lang niet slecht af. Hij heeft niet de kolder in zijn kop gekregen en zit ook geen duimen te draaien. Terwijl jij toch al wel een zekere ervaring hebt, niet op dit gebied natuurlijk, maar helemaal een groentje ben je nu ook weer niet.'

Igor kon niet zeggen dat hij zich erg bemoedigd voelde door deze woorden.

'Waarom vertel je me dat,' antwoordde hij. 'Ik zal ter plekke wel zien hoe 't gaat.'

Hij wist niet waar ze heen reden, de stad zag er bij nacht onherkenbaar uit. Er waren geen files, natuurlijk niet, want het was al na middernacht. Igor betrapte zich erop dat hij het jammer vond dat er geen files waren. Hij wilde het moment waarop hij kennis zou maken met het begin van de geplande actie, zo lang mogelijk uitstellen.

'Jezus, hoe vaak heb ik je niet gezegd dat je niet met je poten op dat kloteding moet zitten,' zei Jonkie.

Igor Vasiljevitsj zat inderdaad met zijn voeten op het gevaarte dat daar stil op de bodem lag. Igor had het gevoel of ze in een lijkwagen reden en dat het gevaarte een doodskist was die nog maar kortgeleden was afgeleverd door de doodskistenfabriek en nog niet eerder geopend was.

'Je zit er zelf ook met je poten op,' beet Igor Vasiljevitsj hem toe.

Zonder de zolen van zijn werkschoenen van het gevaarte af te halen antwoordde Jonkie:

'Maar ik weet tenminste hoe ik mijn voeten moet neerleggen en jij niet. Hij schommelt toch al heen en weer bij elke hobbel, straks dondert hij nog om.'

'Wat is het eigenlijk voor ding?' vroeg Igor.

'Dat is om verklaringen op te nemen tijdens het verhoor,' zei Jonkie.

'Moeten we die dan de hele tijd met ons meezeulen?' vroeg Igor, die voor een kort moment nog meer geschokt was door dit vooruitzicht dan door het perspectief van de aanstaande moord. 'Hoeveel trappen moeten we op?'

Igor Vasiljevitsj en Jonkie begonnen breed te glimlachen toen ze de uitdrukking op Igors gezicht zagen.

'Nee hoor,' zei Jonkie. 'Hierop worden alleen maar gegevens opgeslagen met bluetooth, dat gaat via dit ding hier ...'

En hij klopte op iets onder zijn zitting: een voorwerp dat Igor in het halfdonker van de Gazelle voor een emmer had gehouden. Onder Jonkies knokkels klonk het ook als een emmer.

'Hij blijft hier,' knikte Igor Vasiljevitsj in de richting van Jonkie. 'Hij past op de myelofoon[10] en ziet erop toe dat de wielen van de wagen er niet afgehaald worden.'

'Ik ben natuurlijk vooral druk met het wegjagen van de Tadzjieken,' zei Jonkie. 'Die hebben tegenwoordig een soort van parkings rond de flatgebouwen georganiseerd en als we daar onze wagen neerzetten, vragen ze er geld voor.'

De omvang van de absurditeit van het hele gebeuren begon zich steeds duidelijker voor Igors ogen af te tekenen. Onder de indruk hiervan zei hij de rest van de rit niets meer. Hij kwam pas weer tot zichzelf toen hij uitstapte via het door Fiel geopende achterportier, de vorst in zijn gezicht voelde en hij het voorwerp dat hem eerder een gewone emmer had geleken, door Jonkie toegestopt kreeg.

'Dat komt over de hersenpan heen te hangen, alleen niet je eigen maar van degene met wie je gaat praten,' legde Jonkie uit. 'Met die kant, dus daar waar geen sensoren zitten, naar voren.'

Igor knikte en deed of hij het begreep.

Igor Vasiljevitsj werkte zich zwaar ademend langs Jonkie naar het achterportier en sprong ook naar buiten.

'Succes,' wenste Jonkie hun toe en hij stak zijn hand op, waarna Fiel het portier dichtsloeg en Jonkie alleen in de auto achterbleef.

Het bleek dat Fiel de wagen had geparkeerd aan de kant van de straat met de even nummers, terwijl ze aan de oneven kant moesten zijn. Fiel wilde alweer terugkeren naar zijn plaats achter het stuur, maar Igor Vasiljevitsj hield hem tegen bij zijn schouder.

'Laat maar, we lopen wel naar de overkant.'

Ze staken de tweerichtingsstraat over vlak voor een traag voortkruipende, als een stofzuiger brommende en met een oranje licht knipperende veegwagen en liepen naar de andere kant van een langwerpig flatgebouw van vijf verdiepingen, stammend uit de tijd van Chroesjtsjov.

'Straatveger ontmoet man met lege emmer,'[11] zei Igor.

'Zo is dat,' antwoordde Igor Vasiljevitsj.

Igor had het gevoel of ze in hun donkerblauwe jasjes en overalls op medewerkers van een internetprovider of technische dienst leken. Het klopte alleen niet dat ze op hun jasjes geen embleem hadden, dat viel onmiddellijk op.

Igor Vasiljevitsj leidde hen rechtstreeks naar ingang nr. 3 en trok de deur met een ruk open, wat een klaaglijk en lichtelijk obsceen gekreun ontlokte aan de elektromagneet van het intercomsysteem.

'Wij gaan voorop,' zei Fiel, terwijl hij Igor beleefd opzijduwde en zich achter Igor Vasiljevitsj aan de trap op naar boven haastte.

Op de overloop van de eerste verdieping beloerde een oud vrouwtje met een ongerust gezicht hen door een kier van haar deur. Vanuit het appartement ernaast klonk muziek: daar was Vysotski zijn liedje over paarden aan het zingen[12] met een nog nauwelijks te herkennen stem, waarschijnlijk omdat het cassettebandje en de recorder waarop het werd afgespeeld, hun beste dagen hadden gehad.

'Ik wilde de militie al bellen,' beklaagde het vrouwtje zich bij Igor Vasiljevitsj.

'Wij zijn van de militie, mevrouwtje, er is een melding binnengekomen.'

'Hebben jullie nieuwe uniformen?' vroeg ze.

'Inderdaad, mevrouwtje, uitgereikt na de laatste herevaluatie. Doet u de deur maar dicht, over een minuutje is het weer stil.'

Het vrouwtje deed gehoorzaam de deur dicht, maar Igor had het gevoel of ze door het spionnetje bleef staan gluren en daarom probeerde hij zich zo op te stellen dat hij zich niet in haar gezichtsveld bevond.

'Hoeveel keer heeft hij de buren geen wateroverlast bezorgd, niet te tellen,' klonk de dunne stem van het vrouwtje vanachter de deur.

Fiel stak resoluut zijn hand in de verdeelkast en klikte op een tuimelschakelaar, waarna de muziek direct stilviel en er aan de andere kant van de deur de verontwaardigde kreten van minstens twee mensen klonken.

'Lijken daar heel wat drank ingeslagen te hebben, ondanks het verbod om na elven nog alcohol te kopen,' fluisterde Fiel verontwaardigd.

'Zo te horen hebben ze zich vol zitten hijsen met bier,' fluisterde Igor Vasiljevitsj, die vlak bij de deur stond, terug.

Ondertussen waren in het rumoerige appartement gedecideerde voetstappen te horen en klikte er een metalen grendel. Maar de deur was nog niet helemaal open of Igor Vasiljevitsj gaf er een duw tegen en stapte met uitgestoken arm over de drempel heen de duisternis in. De duisternis was slechts van korte duur, want Fiel klikte opnieuw op de schakelaar en daar begon ook Vysotski weer met jankende uithalen van zijn basstem te zingen.

'Doe de deur achter je dicht,' zei Fiel tegen Igor en ook hij glipte snel het appartement in.

Igor volgde hen naar binnen. Terwijl hij de voordeur achter zich dichttrok, keek hij met een schuin oog naar de deur van de badkamer. Daar klonk een moment lang het gerommel van spullen die van een plankje vielen, naar het geluid te oordelen een hele rits spuitbussen met scheerschuim of iets dergelijks. Daarna trad er een stilte in.

De cassetterecorder in het rokerige keukentje was onmiddellijk opgehouden te janken na het gerommel. 'Héé-héé-héé!' begon een onbekende stem verontwaardigd te protesteren om het volgende moment weer te verstommen. Igor bleef nog wat dralen in het halletje, terwijl hij zijn blik liet ronddwalen over het vuile oranje behang met verbleekt patroon en over een plank boven zijn hoofd die vol stond met skilatten in verschillende kleuren, stoffige inmaakpotten en allerlei troep. Ondertussen schoot Igor Vasiljevitsj alweer tevoorschijn vanuit de badkamer. Hij liep snel de verschillende vertrekken door om zich ten slotte bij Fiel in de keuken te voegen. Vandaar wenkte hij Igor om ook te komen. Igor begaf zich in de richting van het keukentje, zich afvragend of daar wel genoeg plaats was voor iedereen.

Er bleek nog minder plaats te zijn dan hij had verwacht, want midden in de keuken lag, met zijn gezicht naar beneden, een man in een blauwwit gestreept matrozenhemd. Het was eigenlijk meteen al duidelijk dat hij dood was. Een andere man, die door Fiel bij zijn nek werd vastgehouden, zat op een krukje bij het raam toe te kijken hoe Igor Vasiljevitsj de pil uit het glazen flesje in een glas bier liet vallen en er met de steel van een lepel in begon te roeren. Het was een schriel mannetje van onbestemde leeftijd met de stoppelige wangen van een alcoholist, die alleen een boxershort aan had. Igor stond er altijd verbaasd over dat hij nog nooit van zijn leven een verstokte alcoholist met een baard had gezien: ze waren of gladgeschoren (zoals Igors vader) of hadden net zulke borstelige stoppelwangen als deze hier (zoals ook een vorige buurman uit Igors flat en een buur op het terrein waar Igor een zomerhuisje had).

Het gezicht van het mannetje was naar beneden gericht, het leek of hij gespannen ergens over na zat te denken. Hij ademde met een piepend geluid en zag eruit alsof hij elk moment kon overgeven.

'Heeft Verka jullie soms gestuurd?' vroeg hij ten slotte aan het linoleum onder zijn voeten. Igor keek naar de teennagels van de man, die donkerblauw waren van het vuil, en naar zijn voeten met de opgezwollen aderen en de gekloofde huid. Hij werd hierdoor nog meer afgestoten dan door het lijk op de vloer.

Igor Vasiljevitsj hield even op met roeren.

'Zo zou je het kunnen stellen. Alle ellende komt immers van de vrouwtjes. Die van jou zal ook wel voor de nodige ellende zorgen.'

Het mannetje wendde zich opnieuw tot het linoleum.

'Ze liegt altijd dat ze barst.'

'Wij gaan nu 's checken of ze liegt of niet,' zei Igor Vasiljevitsj en hij legde de lepel neer op het keukentafeltje tussen een vuile blauwe asbak en een roestige oude broodtrommel. 'Hier, drink op.'

Hij stapte op het mannetje af, die het glas al wilde beetpakken, maar Igor Vasiljevitsj duwde zijn hand opzij en snauwde:

'Mond open, sukkel.'

Het mannetje gehoorzaamde. Hij boog zijn hoofd achterover en deed zijn mond open. Igor zag zijn ogen, helder en blauw als bij een baby, maar omringd met bijna zwarte randen en schilferige rimpels. Zijn keel begon te schokken, zoals bij een katje of een kuikentje, toen hij probeerde door te slikken wat Igor Vasiljevitsj hem in zijn mond goot. Zonder naar Igor te kijken trok Igor Vasiljevitsj met zijn voet een plastic krukje onder de tafel vandaan en zei over zijn schouder:

'Hier, ga zitten.'

Igor pakte gehoorzaam het krukje en ging zitten.

'Gaat dit lang duren?' vroeg hij.

'Hangt ervan af,' antwoordde Igor Vasiljevitsj. 'In dit geval is er alcohol in het spel, in combinatie met een lage lichaamsmassa. Een paar minuten.'

Iedereen begon zwijgend af te wachten, zelfs het mannetje maakte geen aanstalten om zich los te rukken en uit het raam te springen. Hij zat er weer bij met zijn hoofd naar beneden en zijn handen op zijn knieën. Op zijn linker onderarm had hij een vervaagde tatoeage waarop alleen nog de letters 'DMB,' de afkorting van demobilisatie, te onderscheiden waren, maar het jaar waarop hij afgezwaaid was, viel niet meer te ontcijferen. Op zijn linkerschouder was een meeuw getatoeëerd, die leek op het logo van het Moskouse Kunsttheater.

Om toch iets te doen te hebben begon Igor een nog rokende peuk in de asbak uit te drukken. Die was waarschijnlijk achtergelaten door de bezoeker die haastig naar de deur was gelopen om hem open te doen. In de ingevallen stilte hoorde je hoe er iets ritselde in de broodtrommel. Tegenover Igor, aan de andere kant van de tafel, lag een plas bier waar een flink uit de kluiten gewassen kakkerlak, die druk met zijn lange voelsprieten heen en weer bewoog, zich te goed zat te doen. Nu pas, nadat alles weer tot bedaren was gekomen, merkte Igor op dat Igor Vasiljevitsj en Fiel huidkleurige handschoenen droegen, terwijl zijn eigen handen onbedekt waren. Niemand had eraan gedacht hem ook handschoenen te geven.

'Is je bedrading wel in orde?' vroeg Fiel, terwijl hij het mannetje aan zijn schouder schudde.

'Watte?' antwoordde deze.

'Er brandt iets,' zei Fiel.

Igor, die wat doelloos om zich heen had gekeken en inmiddels gebiologeerd naar het aanrecht zat te staren, waar een vette druppel aan de mond van de kraan hing en maar niet wilde vallen, rook plotseling de geur van aangebrand plastic. Onwillekeurig draaide hij zijn hoofd naar het gasfornuis om te kijken of alle pitten wel uit stonden.

'Misschien heb ik ergens een stekker niet goed uit het stopcontact getrokken,' opperde Fiel en hij wees met zijn kin op een stopcontact vlak naast Igors schouder. Igor rook aan het stopcontact, maar de brandlucht kwam niet daarvandaan, het rook ergens onder de tafel. Hij overhandigde Igor Vasiljevitsj het emmerachtige voorwerp dat hem was toevertrouwd, en kroop, met een schuin oog kijkend naar de onsmakelijke voeten van het mannetje, onder de tafel. Terwijl hij rondtastte op de vloer, kwamen zijn handen vol te zitten met as, stof en aangekoekte etensresten. Ten slotte ontdekte hij een peuk die tussen de rand van het linoleum en de plint was gerold en daar nu zachtjes lag te smeulen. Igor drukte de peuk uit op de radiator, sloeg de rondvliegende vonkjes proestend van zich af en kroop weer tevoorschijn.

'Zeg, mannen, wat hebben jullie in mijn strot gegoten,' vroeg het mannetje lijzig, terwijl hij met zijn heldere ogen naar Igor Vasiljevitsj keek. 'Ik ben zo high als een papegaai.'

Igor Vasiljevitsj deed alsof hij niets had gehoord en zei tegen Igor:

'Jezus, kijk je handen eens.'

Igor stapte over het lijk heen en liep haastig naar het keukenaanrecht, maar dat stond bijna tot de kraan toe vol met vuile vaat. Nergens was een wasmiddel of zeep te bekennen.

'De badkamer kun je maar beter mijden,' raadde Igor Vasiljevitsj zijn gedachten. 'Wie er niet aan gewend is, zal ervan over zijn nek gaan. Er ligt daar een open schedel.'

Igor verstijfde. Hulpeloos begon hij aan zijn handen te ruiken, die inmiddels stonken als oude sokken.

'Gewoon afspoelen en droogwrijven aan je broek of aan dat gordijn daar,' adviseerde Fiel, die al gezien had dat Igor een wantrouwende blik had geworpen op een grijze handdoek die broederlijk naast een brandschone rasp aan een en dezelfde spijker hing. Igor draaide voorzichtig de kraan een beetje open, spoelde een paar keer zijn handen af en wreef ze ter hoogte van zijn heupen droog aan de achterkant van zijn broek. Hij kwam pas tot rust toen zijn handen begonnen te ruiken naar stoffig textiel.

'Hygiëne staat garant voor een goede gezondheid,' liet het mannetje zich horen.

'Orde boven alles,' bevestigde Igor Vasiljevitsj. 'Het eerste wat je straks moet doen voor je gaat eten, is je handen met chloor wassen. Sterker, ik zou met zulke handen niet eens mijn knuppel durven uitwringen.'

'Alsof wij het zo goed voor elkaar hebben,' merkte Fiel op. 'Vergeleken met ons eigen toilet is het hier gewoon het paleis van Versailles.'

'Dat is waar,' beaamde Igor Vasiljevitsj. 'Ik ben al een paar maanden van plan om de boel wat op te kalefateren, maar ben er nog niet aan toegekomen.'

'Al een week lang zitten we aan te modderen met die schijtpot,' zei Fiel.

'Jij woont daar toch, is het dan niet jouw taak om voor het gemak te zorgen?' zei Igor Vasiljevitsj.

'Nee, nou wordt-ie mooi,' antwoordde Fiel sarcastisch. 'Ik heb dus wel van mijn eigen geld een douche geregeld. De hele cabine, de tegels, de vloer, waar jullie overheen liepen toen de lijm nog niet was opgedroogd, alles, en dan zou ik nu ook nog eens het toilet in orde moeten brengen? Is dat niet wat te veel gevraagd, kameraden!'

'Dimon hier is trouwens een puike loodgieter en met tegels kan hij ook goed overweg,' mengde het mannetje zich in het gesprek, terwijl hij op het lijk aan hun voeten wees. 'Hij doet alles in eer en geweten, voor een normale prijs.'

Igor Vasiljevitsj schrok op, alsof hij ontwaakte uit een boze droom, en overhandigde Igor het emmerachtige voorwerp.

'Doe het zelf maar, hierzo zet je hem aan.'

Igor nam de emmer in ontvangst en draaide aan de schakelaar die hem was aangewezen (het apparaat begon vervaarlijk te snorren, als een transformatorhuisje, maar verder wees niets erop dat het ding werkte). Daarna stapte hij schrijlings over het lijk heen, waarbij hij even de schouder van Igor Vasiljevitsj raakte, en zette het apparaat op het hoofd van het mannetje.

'Het is donker hier,' klonk het hol van binnen.

'Er gaan nu wat vragen aan jou gesteld worden en jij moet daarop antwoorden,' zei Igor Vasiljevitsj, terwijl hij op de emmer klopte. 'Heb je dat begrepen?'

De emmer knikte bevestigend.

'Jawel,' antwoordde het mannetje. Blijkbaar beviel de holle resonantie van zijn stem hem zo goed dat hij zijn best deed het effect ervan nog te vergroten door met een diepe bas op zangerige toon te galmen: 'O bloedrood bloemetje'.[13]

'Je hebt er ook die sprookjes beginnen te vertellen over Pinokkio,' zei Igor Vasiljevitsj in vertrouwen tegen Igor.

'Moet ik al beginnen?' vroeg Igor en nadat hij een bevestigend knikje van Igor Vasiljevitsj had gekregen, zette hij zich weer op het krukje en haalde de envelop tevoorschijn die aan één kant vochtig was geworden van zijn zweet. 'Kunnen jullie niet even een raampje openzetten?' vroeg hij. 'Het is hier snikheet.'

Fiel, die het mannetje niet meer bij zijn nekvel vasthield maar met de armen over elkaar stond toe te kijken, draaide zich om naar het ventilatieraampje, waarbij hij per ongeluk een lege roestige bus met grote rode stippen en het opschrift *suiker* van de vensterbank stootte. Toen hij zich bukte om die op te rapen, zei Igor Vasiljevitsj:

'Het raampje kan beter dicht blijven, alleen jij hebt het warm, Igor. Dat komt van de zenuwen. Fiel zal anders nog een stijve nek krijgen van de tocht, dan gaat hij later met een schaapachtig lachje de hele tijd over zijn nek zitten wrijven om jou een schuldgevoel te geven.'

'Ik zet hem op een kier,' zei Fiel toch maar. 'Het is hier inderdaad een beetje benauwd.'

Op de droge kant van de envelop stond zo goed als niets. In de linkerbovenhoek stond alleen met kleine cijfertjes het nummer *146* gedrukt en rechtsonder was een streepjescode aangebracht. Igor voelde aan de envelop om te bepalen waar de verzegelde inhoud zich bevond, zodat hij bij opening niets zou beschadigen. Daarna scheurde hij opzij voorzichtig een reep van de envelop af. Te oordelen naar de kalme gezichten van Igor Vasiljevitsj en Fiel deed hij alles juist. Nadat hij met twee vingers binnen in de envelop had rondgetast, trok hij ten slotte een gewoon A4'tje tevoorschijn. Aan de ene kant stond met kleine lettertjes een tekst getypt, de andere kant was blanco.

'Geef de envelop en die reep papier maar hier,' stak Igor Vasiljevitsj zijn harige hand uit naar Igor, hoewel hij zelf al de afgescheurde reep van tafel had gepakt. Na de rest ontvangen te hebben, verwijderde hij zich naar het toilet, waarvandaan even later te horen was hoe er papier in kleine stukjes werd gescheurd en de wc werd doorgespoeld.

'Ik geloof dat ik zijn favoriete stekkie heb gevonden,' knikte Igor Vasiljevitsj bij terugkeer in de richting van het mannetje. 'En zijn lievelingsboek.'

Hij haalde iets dat op een sleutelhanger leek, uit zijn zak en legde het neer op tafel. Igor zag dat het een klein formaat dictafoon was.

'Hierzo,' zei Igor Vasiljevitsj. 'Die moet je gebruiken. Als je er geen ervaring mee hebt – kijk, zo zet je hem aan. Stel de vragen en zie hoe hij reageert.'

'Hoe weet ik hoe hij reageert als ik zijn gezicht niet zie?'

'Dat is verder jouw zaak, hoe je dat doet.'

Igor zette de dictafoon aan (ondertussen hing Igor Vasiljevitsj over het apparaatje en Igor heen om te controleren of alles wel correct verliep) en bestudeerde het vel papier.

Elke regel begon met een nieuw nummer. Helemaal onderaan stond een vraag met nummer 'honderdachtenzestig'. Igor keerde terug naar het begin en las de eerste regel op:

'Van welke katten houdt u het meest: witte of rode?'

Igor Vasiljevitsj stak zijn hand uit naar de dictafoon en zette hem af.

'*Retake*,' zei hij. 'Eerst het nummer van de vraag oplezen en dan de vraag stellen. Opnieuw.'

Terwijl Igor Vasiljevitsj als een reusachtige eik over hem heen gewelfd stond, zette Igor de dictafoon weer aan en sprak het nummer van de vraag in, gevolgd door de vraag zelf. Het mannetje, dat kennelijk wat zat weg te soezen onder zijn emmer of enigszins buiten westen was onder invloed van de ingenomen pil, maakte geen aanstalten om te antwoorden. Fiel klopte van boven op de emmer en het mannetje schrok op.

'Komaan – antwoorden als je iets gevraagd wordt,' zei Fiel. Daarop sprak het mannetje zijn voorkeur uit voor schildpadkatten met een witte buik en kin.

'Vraag nummer twee,' ging Igor verder. 'Vindt u het leuk om kruiswoordpuzzels op te lossen?'

'Vroeger wel,' antwoordde het mannetje. 'Van die puzzels die in het dagblad *Arbeid* stonden en in tijdschriften, zoals op de achterpagina van *Mens en wet.*'

'Vraag nummer drie,' las Igor. 'Heeft u een schaaktitel?'

'Derde categorie bij de jeugd.'

Fiel keek naar hem met een mengeling van respect en deernis.

'Vraag nummer vier,' vervolgde Igor bijna mechanisch, terwijl hij zich afvroeg welke reactie hij geacht werd te observeren. Inmiddels werd zijn aandacht in beslag genomen door de uitdrukking op het gezicht van Fiel. 'Heeft u ooit de oude veste van Kazan bezocht?'

'Misschien toen ik nog kind was,' zei het mannetje. 'Mijn oma woonde in Kazan. Maar ik ben niet honderd procent zeker.'

'Vraag nummer vijf,' zei Igor. 'Welke woorden komen in u op als u een appel zou moeten beschrijven?'

'Rood,' antwoordde het mannetje. 'Rond, groen, zuur.'

'Vraag nummer zes,' zei Igor. 'Heeft u op de binnenplaats wel eens bladeren in brand gestoken?'

'Wie heeft dat nou niet?' grinnikte het mannetje.

'Vraag nummer zeven,' zei Igor. 'Hoeveel vrienden had u toen u in militaire dienst zat?'

'Drie,' antwoordde het mannetje. 'Vasjan, Gosjka Jeremejev en Serjoga Dolgich.'

'Vraag nummer acht,' zei. 'Slijpt u vaak uw keukenmes?'

'Nou, als die bot wordt slijp ik hem, kijkt u zelf maar,' zei het mannetje en hij deed een poging om op te staan, blijkbaar om zijn bezoekers het mes te laten zien, maar Fiel hield hem tegen.

'Vraag nummer negen,' zei Igor. 'Heeft u wel eens iets in een openbaar vervoermiddel laten liggen?'

'Ik heb een keer met mijn dronken kop een vriend in de trolleybus achtergelaten,' zei het mannetje. 'En in '89 hebben ze in de tram mijn hele salaris gerold.'

Igor zweeg, in de veronderstelling dat het mannetje verder zou gaan met het opsommen van voorwerpen die hij in het openbaar vervoer armer was geworden. Zijn intonatie scheen daar tenminste op te wijzen. Toen hij over zijn salaris was begonnen, leek hij zijn zin niet beëindigd te hebben met een punt, maar met een ander leesteken: een beletselteken of een komma. Maar hij hield verder zijn mond.

'Ga maar door,' fluisterde Igor Vasiljevitsj. 'Anders dommelt hij weer in.'

'Vraag nummer tien,' zei Igor. 'Herinnert u zich nog een gedicht dat u op school hebt moeten leren?'

'Asadov: *De Zigeuners zingen*,' kondigde het mannetje aan en hij begon het gedicht van deze sentimentele volksdichter uit de tijden van de Sovjet-Unie te reciteren. Na twee minuten voordracht maakte Igor zich op om hem te onderbreken, maar Igor Vasiljevitsj waarschuwde hem met zijn wijsvinger dat niet te doen.

'Ik ken ook nog *Borodino*[14] uit mijn hoofd,' zei het mannetje toen hij klaar was met Asadov.

'*Borodino* hoeft niet,' weerhield Igor hem. 'Vraag nummer elf. Heeft u wel eens last van duizelingen?'

'U bedoelt na een paar glaasjes?' begreep het mannetje de vraag niet. 'Toen ik jong was, had ik dat soms, tegenwoordig minder, maar ik heb wel last van hoogtevrees. Als we over een brug rijden, durf ik niet uit het raam te kijken.'

'Vraag nummer twaalf,' zei Igor en hij hield even in toen hij de vraag las, maar daarna stelde hij hem toch. 'Heeft u last van hoogtevrees?'

'Dat zei ik toch net – ja, ik ben bang voor hoogtes,' antwoordde het mannetje met stemverheffing, omdat ze hem tweemaal hetzelfde vroegen, waarna hij er nog aan toevoegde: 'Zo bang dat ik er schijt van krijg.'

'Vraag nummer dertien,' zei Igor. 'Heeft u in uw jeugd rauwe brandnetels gegeten?'

'Welnee,' zei het mannetje resoluut. 'Er was één gozertje bij ons in de buurt die dat kon. Die rolde dan een blaadje in elkaar en zei dat het heerlijk smaakte, maar niemand durfde het hem na te doen.'

'Vraag nummer veertien,' zei Igor. 'Kunt u autorijden?'

'Natuurlijk,' antwoordde het mannetje.

Zo volgde in willekeurige volgorde de ene vraag na de andere. Igor had er spijt van dat hij niet had geluisterd naar de goede raad van zijn collega's om van tevoren een dutje te doen, want bij vraag nummer zestig begon hij te knikkebollen. En bij nummer zevenenzestig slaakte hij tot zijn eigen verbazing plotseling een geeuw. In navolging van hem begonnen Fiel, Igor Vasiljevitsj en het mannetje onder de emmer ook aanstekelijk te geeuwen. Fiel moest niet alleen geeuwen, maar begon zelfs al wat heen en weer te schommelen en steeds vaker van houding te veranderen, al hield hij zich voorlopig nog staande. Hij stond tegen de vensterbank geleund, waarbij hij nu eens op alle twee zijn handen steunde en dan weer op één en zelfs bijna op een ellenboog. En ook Igor Vasiljevitsj verplaatste zijn gewicht voortdurend van het ene been op het andere. Ten slotte pakte hij een krukje dat ergens in een hoek stond, en ging erop zitten, met zijn vuist onder zijn wang. Tijdens het stellen van de vragen keek Igor naar hem vanuit zijn ooghoeken. De klerenkast zat braaf te luisteren, als een kind dat voor de zoveelste keer hetzelfde sprookje voorgelezen krijgt.

De vragen op de lijst waren soms ronduit bizar. 'Heeft u ooit met uw hoofd naar beneden gehangen tot u het bewustzijn verloor?' 'Welke voetbalclub wekt de meeste ergernis in u op?' 'Hoeveel honden heeft u in de loop van uw leven in totaal versleten?' 'Heeft u getracht te stoppen met roken en zo ja, hoe vaak?' 'Waar viert u het liefst oud en nieuw?' Enzovoorts. Igor beperkte zich inmiddels niet meer tot het louter stellen van de vragen maar bedacht voor zichzelf ook de antwoorden, die hij dan vergeleek met die van het mannetje. Hij vond het niet leuk als het antwoord van de ander spitsvondiger was dan dat van hemzelf. Al met al ging hij zo op in de tekst dat hij helemaal vergat wat er uiteindelijk stond te gebeuren.

'Vraag nummer 168,' zei Igor. 'Op welke verdieping zou u willen wonen als u de keus had?'

Terwijl Igor het vel papier omdraaide om zich er nogmaals van te vergewissen dat er verder geen vragen meer op stonden, antwoordde het mannetje:

'Ik heb mijn verdieping al gekozen, in '82, toen ik deze flat bij wijze van spreken met mijn eigen handen heb gebouwd.'

Zonder op een teken van Igor te wachten verhief Igor Vasiljevitsj zich van zijn krukje en tilde de emmer van het hoofd van het mannetje. Die had nog niet met zijn ogen tegen het licht kunnen knipperen of Fiel, die al die tijd op zijn ellenboog leunend slaperig voor zich uit in het donker had staan staren, maakte zich los van de vensterbank (Igor had zelfs de indruk dat Fiel nog half sliep), om het volgende moment het mannetje vast te pakken, zijn hoofd in een nekklem te nemen, hem tegen zich aan te persen en hem weer los te laten – waarna het mannetje zonder een kik te geven zijwaarts op de grond viel. Igor hoorde de lucht piepend uit zijn geplette longen komen. Het mannetje kwam neer bij de tafel, schampte met zijn schouder de rand van het tafelblad en bleef ten slotte met zijn gezicht naar beneden vlak aan Igors voeten liggen. Alles was zo snel in zijn werk gegaan dat Igor niet eens kans had gezien om op te springen. Terwijl hij naar de opnieuw tegen de vensterbank leunende Fiel keek, bedacht hij dat het raar zou staan als hij alsnog op zou springen. Daarom vroeg hij alleen:

'Wat nu?'

Igor Vasiljevitsj trok het velletje papier met de vragen tussen Igors vingers vandaan en begaf zich weer naar de wc.

'Zo doen we dat,' zei Fiel zonder enige borstklopperij, op de toon van een slager die voor de zoveelste keer een wat traag van begrip zijnde leerjongen uitlegt hoe een karkas in stukken wordt gesneden.

Igor dacht bij zichzelf dat Jonkie zich op wel zeer dun ijs begaf als hij Fiel weer eens op stang probeerde te jagen met zijn grapjes.

Uit de wc klonk opnieuw het geluid van papier dat in stukjes werd gescheurd en van water dat werd doorgespoeld. Igor Vasiljevitsj kwam terug en zei vanaf de keukendrempel:

'Volgens mij zijn we niets vergeten.'

'Volgens mij ook,' zei Fiel. 'Heb je alle kamers gecontroleerd?'

'Ik heb het hele paleis aan een grondige inspectie onderworpen,' zei Igor Vasiljevitsj sarcastisch en hij slingerde het krukje waarop hij tijdens het verhoor had gezeten, terug in de hoek. 'Kom, tijd om af te nokken.'

Ze verlieten het appartement. In het trapportaal was niemand, het oude vrouwtje was misschien al in slaap gevallen, gerustgesteld door de ingevallen stilte, maar evengoed probeerde Igor met zijn rug naar het spionnetje toe te staan.

'Het lijkt me een slot met een veergrendel,' overlegde Igor Vasiljevitsj bij zichzelf. Hij gooide de deur dicht en draaide aan de klink. 'Inderdaad, een veergrendel.'

'Gaat niemand ons verdenken?' vroeg Igor toen ze weer buiten waren.

'Ach, gewoon een uit de hand gelopen dronkenmansruzie,' zei Igor Vasiljevitsj. 'Niks bijzonders, zoiets komt da-

　　　　　　　　　　　

gelijks voor. Als je naar het nieuws kijkt, sta je versteld van
wat er allemaal gebeurt, daar zijn wij vergeleken niks bij.
De haren op je reet gaan er recht van overeind staan en de
rillingen lopen je koud over de rug. Dan heb je bijvoorbeeld
twee mensen die zitten te schaken, de een wint en de ander
is kwaad – en het eindigt met vijf lijken. Het is natuurlijk niet
fraai wat we doen, maar wij doen het tenminste op bevel van
het vaderland, achter dit alles schuilt een hoger doel. Oké, het
is erg dat er in het landsbelang zulke doelen moeten worden
nagestreefd, maar het is nog erger als de burgers elkaar zomaar zonder enig hoger doel naar de kloten helpen. Ik mag
dan al heel wat meegemaakt hebben, maar er zijn gevallen
waar ik met mijn verstand echt niet bij kan. Dan heb je bijvoorbeeld een brave huisvader – en bang! Daar geeft hij zijn
zoontje met een krukje een dreun voor zijn harses, omdat
het kind zijn speelgoed niet heeft opgeruimd. Of een vrouw
die te veel zout in de soep heeft gedaan en die, als haar man
daar iets van zegt, hem vijftien keer achter elkaar een mes in
zijn lijf plant en daarna ook nog haar kind uit het raam mikt.
Let op, zelf springt ze niet uit het raam, maar om de een of
andere reden flikkert ze wel het kind naar buiten. En wat
dacht je van wraakacties in het verkeer? Wat daar aan primitieve instincten naar boven komt! Neem nou zo'n spelletje
als "Schep een oud vrouwtje op het zebrapad en krijg twee
jaar gratis rijkshotel."'

'Dat is allemaal alleen maar zelfrechtvaardiging,' zuchtte Fiel.

'Tegenover jou rechtvaardigt het vaderland zich ook,' zei
Igor Vasiljevitsj. 'Het staat jou toe, of sterker nog, draagt jou
op om mensen te vermoorden, maar ondertussen verbiedt
het je om kleine jongetjes te neuken, te roken in openbare
ruimtes, de gevoelens van gelovigen te kwetsen en alcohol
te kopen na elf uur 's avonds.'

'Probeer je me nu te testen op loyaliteit?' vroeg Fiel met
berustend neergeslagen blik en geenszins van zijn stuk gebracht.

'Nee,' zei Igor Vasiljevitsj resoluut. 'Ik meen het. Hoe zie jij dat: wat hadden die sloebers van vanavond volgens jou misdaan?'

'Iets zullen ze toch wel misdaan hebben,' antwoordde Fiel met dezelfde neergeslagen blik.

'Kom op zeg, wat zijn we weer op onze qui-vive.'

Op Fiels gezicht verscheen een brede glimlach, blijkbaar had hij een binnenpretje.

'Even serieus,' zei Igor Vasiljevitsj kregel, waarna hij op dezelfde gedempte toon als waarop het hele gesprek al had plaatsgevonden, vervolgde: 'Dieper vallen dan nu kun jij niet. Je zit in een depressie, je vrouw heeft je laten zitten, met wie je toch ooit iets gehad moet hebben, jullie hebben tenminste een dochtertje op de wereld gezet. Maar nu woon je op kantoor. Je kreeg de kans om bij ons te komen en dat heb je gedaan. En waarom? Om een hoger doel? In ieder geval niet uit carrièreoverwegingen. Eerder zo van goddank, ze willen me tenminste nog ergens hebben.'

'En als het nou toch om een hoger doel was?' wilde Fiel weten.

'Moest je dan om dat hogere doel te bereiken zo nodig eerst jongetjes neuken?' kaatste Igor Vasiljevitsj terug en Fiels gezicht versteende. 'Anders zouden ze gelijk in het begin toch al wel gezegd hebben: "Kom op, Fiel, het is voor het vaderland, voor een hoger doel."'

Fiel deed er het zwijgen toe en Igor Vasiljevitsj ging door:

'Het gaat hier om mensenlevens, Fiel. Misschien is het allemaal niet nodig. Wie weet komt het allemaal over een paar jaar bij een nieuwe perestrojka boven water en dan zijn jij en ik, en jij ook – hij wees op Igor – een soort stalinistische beulen. En dan zit jij, Fiel, nog meer in de shit dan nu. Wat denk je van zo'n vooruitzicht? En je eigen vaderland zal je aan de schandpaal nagelen, dezelfde mensen die jou nu de bevelen geven.'

'Waar wil je nou naartoe?' vroeg Fiel.

'Nergens naartoe,' zei Igor Vasiljevitsj.

Je reinste Dostojevski, dacht Igor.

Al pratende waren ze aangekomen bij hun Gazelle en nog altijd zetten ze hun woordenwisseling voort. Fiel had zijn hogere ideële doel laten varen en was overgeschakeld op banale berekening. Hij was domweg van plan in dienst te blijven tot aan zijn pensioen om daarna een moestuintje te beginnen. Maar Igor Vasiljevitsj liet hem hier niet mee wegkomen en deed zijn best om de aardse beweegredenen van zijn collega onderuit te halen door te stellen dat deze op pensioen gek zou worden van verveling, omdat een moestuin niets voor hem was. In de loop van zijn betoog gebruikte Igor Vasiljevitsj te pas en te onpas de woordcombinatie 'jongetjes neuken' en Igor kreeg de indruk dat dit onderwerp hem veel meer interesseerde dan Fiel zelf. Jonkie zette het achterportier van de wagen open en luisterde met een vergenoegde uitdrukking op zijn gezicht naar de woordenwisseling tussen zijn collega's, totdat hij zich niet langer kon inhouden en zei:

'Stap in, misschien kunnen we de discussie over seks met minderjarigen beter in de auto voortzetten.'

'Straks rijdt hij nog tegen een lantaarnpaal als hij op zoek gaat naar argumenten. Zijn gezicht wordt een donderwolk als je hem iets aan het verstand wil brengen ...,' gromde Igor Vasiljevitsj, maar hij wurmde zich toch de auto in.

'Ik hoef niets te zoeken, ik heb alles al gevonden,' beet Fiel de in de wagen verdwijnende rug van Igor Vasiljevitsj toe, waarna hij zich naar de bestuurdersplaats begaf.

'En, hoe ging het?' vroeg Jonkie toen de bestelwagen zich in beweging zette.

'Waar voel jij je nu eigenlijk schuldig om?' bleef Igor Vasiljevitsj maar fulmineren tegen Fiel. 'Je maakt soms per nacht zonder probleem een stuk of wat mensen koud en ondertussen voel je je schuldig dat je op jongens valt. Is dat niet belachelijk? Dat is toch een vorm van schizofrenie. Óf je vermoordt niemand en je hebt een schoon geweten, óf je moordt wel en je hebt ook geen wroeging als het om jongetjes gaat. Ik ben alleen bang dat dit voor ons allemaal ooit nog eens slecht gaat aflopen. Je kunt niet met je ene voet in het ene kamp staan en met je andere voet in het andere. En als je nou echt iemand had verkracht, maar nee, je was meteen de lul, bij het eerste het beste jochie. Misschien dat je een soort van toeval had, vanwege een vitaminegebrek of zo, misschien was het iets biochemisch. Iemand anders had gedaan of hij gek was en had zich ook nog vrolijk gemaakt over al die idioten die erin trapten.'

'Dat doettie vaak – iemand eindeloos op zijn dak zitten,' nam Jonkie Igor in vertrouwen. 'Als hij op stoom komt, begint hij tegen iedereen te zedenpreken.'

'Alsof jou nog goede zeden bij te brengen zijn, zak,' stortte Igor Vasiljevitsj zich op Jonkie. Toch leek hij geleidelijk stoom af te blazen, alsof Jonkie een veiligheidsventiel in hem had opengedraaid. 'Ze hadden jou al meteen vanaf je geboorte elke dag met een soldatenriem moeten afrossen. Al zou dat natuurlijk niks hebben geholpen.'

'Maar hoe is het gegaan?' vroeg Jonkie nogmaals.

'Probleemloos,' antwoordde Fiel.

'Zoals je zelf kunt zien, iedereen is gezond en wel uit de strijd teruggekeerd,' bevestigde Igor Vasiljevitsj. 'Volgens de boekjes. We hebben er wel twee man extra bij moeten nemen. Stel je voor, die waren op bezoek bij een oude kameraad om een biertje te drinken. Maar goed dat er geen kinderen bij waren of een hond.'

Igor huiverde van binnen. Aan die mogelijkheid had hij nog niet gedacht, hij moest er niet aan denken wat er dan had kunnen gebeuren.

'Ik weet nog een keer, dat was helemaal klote. Een man woonde ergens op zijn eentje, dat hadden ze geconcludeerd toen ze hem een tijdje hadden geobserveerd. Maar daar waren ze voortijdig mee gestopt en ondertussen was er het een en ander veranderd: die man was opgehouden met drinken

of met spuiten, daar wil ik vanaf wezen, in ieder geval was
zijn vrouw met haar zoontje bij hem teruggekeerd. En daar
verschenen wij opeens ten tonele. Er stond een opgetuigde
kerstboom. Kortom, een hel was het.'

Het was te merken dat dit een nogal pijnlijk onderwerp
was, want Jonkie, die zijn mond al open had gedaan om wat
te zeggen, hield zich in terwijl hij tersluiks naar Igor Vasiljevitsj keek. Igor moest er opeens weer aan denken hoe het
mannetje ontzield op zijn zij was gevallen en daarna verder
was gerold. Hij stelde zich voor hoe dit zijn eigen zoontje had
kunnen zijn en plotseling voelde hij dat hij moest overgeven.
Hij rukte zo hard aan de handgreep van het portier dat het
openschoot, en stak zijn hoofd naar buiten. Hij zag het asfalt
onder zich voorbijflitsen en terwijl hij werd vastgehouden
door Igor Vasiljevitsj en Jonkie, die allebei onmiddellijk op
hem toe waren gesprongen, gaf hij een paar maal achter elkaar gal over.

Fiel reed kalm de berm in en bracht de wagen gelijkmatig
tot stilstand.

'Laten we ergens spuitwater kopen,' stelde Igor Vasiljevitsj
voor, terwijl hij Igor kalmerend op de rug klopte.

Igor schudde zijn hoofd van nee, maar Jonkie zei:

'Ik ga wel snel even, hier vlakbij is iets.' En hij sprong over
Igors hoofd heen en rende weg.

'Je stelde je voor hoe het je eigen zoon had kunnen zijn?'
raadde Igor Vasiljevitsj.

Igor knikte tegen het wegdek en begon zich overeind te
werken. Hij had het zich niet alleen voorgesteld, maar zelfs
het gevoel gehad of het echt was gebeurd. Hij had zelfs gezien welke kleren zijn zoontje aan had. Oma had hem eens
een paar bontgekleurde gebreide kousen cadeau gedaan en
zoonlief hield ervan om met die kleurige kousen over het la-
minaat te glijden alsof hij aan het schaatsen was. Thuis had hij
altijd een shirtje aan met daaronder een pyjamabroek of een
onderbroekje met autohelden uit de serie *Cars.* En het was

met dat broekje, die bijna tot zijn knieën reikende kousen en dat shirtje dat Igor hem voor zich had gezien. Hij herinnerde zich hoe de lucht piepend uit de dodelijk geplette longen van het mannetje was gekomen en begon opnieuw te kokhalzen.

'De volgende keer als je voelt dat je moet overgeven, geneer je dan niet en kots maar gewoon in de wagen,' zei Igor Vasiljevitsj. 'Het zou niet best zijn als we je van straat bij elkaar hadden moeten rapen en dan je nabestaanden hadden moeten uitleggen hoe je de pijp was uitgegaan. Denk aan je gezin.'

'Misschien was ik wel gewoon wagenziek,' probeerde Igor zich te rechtvaardigen, terwijl hij de tranen uit zijn ogen veegde en weer op adem kwam. 'En was het gewoon toeval dat het net nu gebeurde.'

'Hoe dan ook, haal verder niet van die halsbrekende toeren uit. Diep ademhalen.'

Niettegenstaande het verbod van Jonkie legden Igor en Igor Vasiljevitsj hun voeten op het aggregaat dat daar nog lag, en staken de sigaretten aan die Fiel naar achteren had doorgegeven.

'Had je verdomme geen hele container kunnen kopen?' zei Igor Vasiljevitsj tegen Jonkie die aan kwam rennen met een tweeliterfles. En toen Jonkie uitgleed over het treeplankje en bijna met zijn hoofd op de straatstenen smakte, voegde hij er nog aan toe: 'Toe maar, val ook nog maar een gat in je kop.'

'Poten weg,' beval Jonkie nadat hij zich had afgeklopt. De twee Igors trokken zonder morren hun voeten in, waarop Jonkie zich weer concentreerde op het ding waarvoor hij direct verantwoordelijk was. Hij gaf de fles aan Igor Vasiljevitsj en begon het gevaarte tussen de stoelen te omwikkelen met folie.

'Geef mij ook 's een slok,' zei Fiel.

'O jee,' zei Igor Vasiljevitsj toen hij schuim uit de fles op de folie morste.

Jonkie vloekte hartgrondig toen Igor Vasiljevitsj en Fiel hierom moesten lachen.

'Weten jullie wel hoeveel zo'n ding kost! Jullie zouden alleen al in je broek schijten als ze jullie zouden vragen om even naast dat bakbeest op wacht te staan.'

'En hoeveel kost dat ding dan wel?' vroeg Igor Vasiljevitsj, die zijn hand al uitstrekte om de fles terug te ontvangen van Fiel. 'Als we het 's naar de schroot brachten en met een lege kist bij Renat aan kwamen zeulen, terwijl we deden of we die nauwelijks konden tillen, dan zou je zijn smoel 's moeten zien.'

'Eigenlijk geen gek idee,' zei Jonkie, die de fles overnam van Igor Vasiljevitsj, er een slok uit nam en ook spuitwater morste op de folie. 'Zeg, pedofilie kan toch niet via speeksel worden overgedragen, hè?'

'Pas maar op dat jij niemand besmet met je maagdelijkheid,' gaf Igor Vasiljevitsj hem meteen lik op stuk, waarop Jonkie zich verslikte.

'Vooruit, deur dicht, het is hier om te vernikkelen,' maande Fiel de anderen. 'Wat zitten jullie daar toch te morsen? Is het echt zo moeilijk om wat voorzichtiger te drinken?'

Igor Vasiljevitsj stapte over Igors benen heen en deed het portier dicht.

'Gaat het al een beetje beter?,' vroeg hij.

Igors in de buitenlucht opgefriste hoofd voelde inderdaad al wat beter aan en ook zijn maag was tot rust gekomen. Hij haalde zijn mond van de fles, waaruit hij met kleine slokjes had zitten drinken van het spuitwater, dat tegen zijn gehemelte prikte en het koolzuur tot in zijn neus joeg, en knikte van ja.

'Gas geven, vooruit, verder,' commandeerde Igor Vasiljevitsj, hoewel Fiel eigenlijk al zonder zijn commando, zodra het portier was dichtgeslagen, de wagen in beweging had gezet.

'Wil je niet afgelost worden?' vroeg Igor Vasiljevitsj aan Fiel. 'Je was wat afgetrokken toen onze Igor zijn gal uitspuwde.

'Welnee, alles is prima,' antwoordde Fiel, terwijl hij met wakkere ogen achterom keek.

'Dan ga ik even pitten,' zei Igor Vasiljevitsj.

'Maar het is niet ver meer. Voor je inslaapt zijn we er al,' zei Fiel.

Jonkie had ongemerkt de fles uit Igors handen gepakt en bijna in één teug half leeggedronken. Igor keek door het achterraampje naar buiten en betrapte zich op de gedachte dat het oranje geknipper van de stoplichten geruststellend op hem werkte. In enkele grote flatgebouwen die ze onderweg passeerden, was hier en daar nog een raam verlicht en ook dat werkte geruststellend op hem, hoewel er zich in de appartementen waar nog licht brandde, van alles kon afspelen, zoals hij inmiddels zelf had ondervonden. Hij keek lange tijd naar een wolkenkrabber die nog maar kort geleden in het centrum was gebouwd. Het hele gebouw was in duisternis gehuld, alleen ergens op de veertiende of vijftiende verdieping brandde in het trappenhuis nog een eenzaam lichtje. Daar stond, in het zwakke schijnsel van wat een lampje van de noodverlichting leek, een menselijk figuurtje te roken.

'Hoezo niet ver meer, we rijden nu toch nog door het centrum,' wierp Igor Vasiljevitsj tegen.

'We rijden om het centrum heen,' legde Fiel uit.

'Jij had taxichauffeur moeten worden,' zei Igor Vasiljevitsj.

'Ze hebben de taximeters afgeschaft, wat heeft dat nu nog voor zin?' kaatste Fiel terug op de hem eigen onderkoelde wijze.

'Je had beter gelijk de snelweg kunnen nemen,' gaf Igor Vasiljevitsj zich niet gewonnen. 'Op de ring had je plankgas kunnen geven.'

'Ik weet niet, iets zei me dat we beter deze route konden nemen.'

Igor Vasiljevitsj bedaarde en deed er verder het zwijgen toe. Aanvankelijk voerde Fiel hen door een wirwar van zijstraatjes, die steeds smaller werden en overal behangen waren met allerlei uithangborden en reclameaffiches. Bijna elke boom onderweg was omwikkeld met knipperende lichtjes. Door het nachtelijke duister en de snelle rit waren het vuil en de hier en daar al gevallen sneeuw niet te zien. Het leek of ze ergens in een oud Europees stadje door steegjes vol kerstverlichting reden. Later nam het aantal uithangborden af, al verdwenen ze nog niet helemaal, ze vielen nu minder op en ook de met lichtjes omwonden bomen werden schaarser. Ten slotte kwamen ze uit op een straat die Igor goed kende en waarlangs hij elke ochtend zelf naar zijn werk reed. Het was een brede straat met aan weerszijden populieren en hoge lantaarnpalen. Achter de bomen stonden reusachtige nieuwbouwflats, maar die waren nu niet te zien. De lantaarns verlichtten alleen het asfalt vlak onder zich, terwijl ze de duisternis achter de stralenbundels die ze afwierpen, juist verdiepten en daar een ondoordringbare zwarte muur optrokken. Ten slotte kwamen ze op een brug. Toen ze erover heen reden, zag Igor hoe er beneden hen een passagierstrein, met in het nachtelijke duister zwak verlichte slaapwagons, geruisloos voorbijgleed.

Even later werd het wegdek hobbelig. Ze werden telkens heen en weer geschud als de bestelwagen door een kuil reed die door het vrachtverkeer in het asfalt was uitgesleten. Op het laatst was er helemaal geen bestrating meer. Jonkie sloeg zijn armen om het aggregaat en siste Fiel toe dat hij voorzichtiger moest rijden.

'Op de heenweg reed je wel normaal.'

'Toen waren we nog op weg,' legde Fiel uit, maar Igor begreep die uitleg niet. Toen ze op een gegeven moment helemaal door elkaar werden gerammeld en er binnen in het apparaat een poing-poingachtig geluid klonk, alsof er een veer sprong, slaakte Jonkie een hartgrondige kreet en wierp een dodende blik op Fiel.

Bij de slagboom stond Rinat Iosifovitsj hen al op te wachten.

'Sta je hier al lang de nachtwaker uit te hangen?' riep Igor Vasiljevitsj langs Fiels hoofd heen in de richting van het half opengedraaide bestuurdersraampje.

Igor kon niet horen wat Rinat Iosifovitsj antwoordde, omdat de bevroren grond luid knarste onder het koude rubber van de banden toen Fiel vaart minderde, maar Igor Vasiljevitsj had het antwoord blijkbaar wel verstaan, want hij zei vol begrip:

'Ach zo,' waarna hij er, waarschijnlijk als antwoord op een vraag van Rinat Iosifovitsj, aan toevoegde:

'Soepeltjes. Zonder al te veel problemen.'

Toen ze waren doorgereden naar de garage en Igor uit de wagen sprong, merkte hij aan de zware manier waarop zijn schoenzolen op de betonnen vloer neerkwamen, hoe moe hij wel niet was. En hoe stijf zijn benen waren na de lange rit.

'Ik heb een pilletje voor je opgespaard,' zei Igor Vasiljevitsj toen Rinat Iosifovitsj op hem afliep, en hij schudde met het flesje dat hij uit zijn zak had gehaald.

Rinat Iosifovitsj fronste ontevreden en wreef nerveus met zijn hand over zijn slaap, terwijl Igor Vasiljevitsj Fiel, die zich naast hem stond uit te rekken alsof hij net wakker was geworden, een por gaf met zijn ellenboog, waarop ze allebei – Igor Vasiljevitsj en Fiel – begonnen te glimlachen. En ook Igor kon een glimlach niet onderdrukken. In het schijnsel van de garagelampjes, die leken op de verlichting in een of ander rommelhok of ergens backstage in een theater (als kind had Igor in de plaatselijke club wel eens meegespeeld in een nieuwjaarstoneelstukje, dus wist hij wat voor licht er achter de coulissen brandde), deed het hele gebeuren hem denken aan een of ander idioot mysteriespel waarbij de garage in zijn vermoeide ogen de vorm aannam van een toneeldecor. Hij had het gevoel of ze helemaal niet weg waren weggeweest maar daar gewoon een paar uur hadden gestaan en nu alles nog eens moesten repeteren – de overhandiging van de dienstwapens, het inladen van het aggregaat in de Gazelle – alleen dit keer in omgekeerde volgorde.

Ze liepen allemaal in ganzenpas achter Rinat Iosifovitsj aan naar zijn opslagruimte en daar werd de voorstelling nog eens herhaald. De boekhouder bestudeerde minutieus de wapens en telde de patronen, waarna ze moesten tekenen. Voor de gebruikte pil moest Igor Vasiljevitsj een verklaring invullen, terwijl iedereen in een halve cirkel rond het tafeltje waar hij zat te schrijven, geschaard stond. Igor hoopte bij god dat Igor Vasiljevitsj het formulier al bij de eerste poging helemaal correct zou invullen.

'Hebben jullie de dictafoon niet zoekgemaakt?' vroeg Rinat Iosifovitsj en Igors hart sloeg een slag over. Maar Igor Vasiljevitsj stak zijn hand in zijn broekzak en legde het ding met een harde klap op tafel alsof het een dominosteen was. Daarna keek hij schalks over zijn schouder naar Igor en verkneukelde zich over het wit weggetrokken gezicht van zijn collega.

'Voorzichtig, alstublieft,' verzocht Rinat Iosifovitsj. 'Draagt u hem over aan Igor Petrovitsj en tekent u hier.'

'Sodeknetter, Rinat,' zei Igor Vasiljevitsj. 'Al dat pietlullige gedoe, kan het niet wat gemoedelijker, kunnen we dit niet morgenochtend of overmorgen afhandelen?'

'Morgen is het overzicht weg,' redeneerde Rinat Iosifovitsj.

Toen ze het gevaarte terug hadden gesleept naar het hok van Jonkie, toen Fiel de wagen aan kant had gemaakt onder het toeziend oog van de anderen, toen de verantwoordelijkheid voor de dictafoon officieel was overgedragen aan Igor – toen dit alles was gedaan, begon de ochtend al te schemeren. Ergens aan de andere kant van de muur begonnen de eerste trams te knarsen. Igor wist niet of het wel zin had om nog naar bed te gaan, hij zou toch niet kunnen slapen, hij was zo moe dat hij helemaal over zijn slaap heen was. Toen Igor, Fiel, Jonkie en Igor Vasiljevitsj zich verzamelden in de rookhoek, had Igor het gevoel of hij tien koppen koffie achter elkaar had gedronken. Door het raam van het trapportaal begon zich de blauwige dageraad van de voorwinter af te tekenen.

'Mijn god, wat een kleine oogjes heb jij, Petrovitsj,' zei Igor Vasiljevitsj. 'En kijk je handen 's trillen. Ben je wel in staat om me een lift naar huis te geven?'

'Wanneer gaan ze die ouwe brik van jou nou 's oplappen?' foeterde Jonkie. 'Hoe lang is meneer nog van plan zich door anderen te laten rijden?'

'Ze zeggen maar steeds dattie bijna klaar is,' zei Igor Vasiljevitsj ontwijkend.

'Het zal wel lukken, denk ik,' stelde Igor hem gerust.

'Nee, maar effe serieus, we zijn toch geen taxichauffeurs,' kwam Jonkie er weer tussen.

'Ik heb je al zo vaak gezegd, neem die van mij nou,' stelde Fiel voor. 'Ik zit hier toch maar.'

'O ja, bedankt voor het aanbod,' veerde Igor Vasiljevitsj op. 'Maar wat als iemand er een kras op maakt of als er iets anders mee gebeurt? Dan heb ik straks gezeik met TWEE wagens tegelijk.'

'Daar ben je toch voor verzekerd,' zei Fiel.

'En als niet alles wordt gedekt? Je weet maar nooit.'

'Wat ben je toch een zwartkijker,' zei Fiel. 'Je lijkt mijn tante wel.'

'Het is een kleine moeite, ik moet toch die kant op,' probeerde Igor de gemoederen te bedaren.

'Maar het kost je driemaal zo veel benzine als die klerenkast bij je in de auto zit, je krijgt problemen met je vering en je moet telkens die stoel verschuiven, die van mij klikt al niet meer vast, dat komt vast door hem,' kwam Jonkie er opnieuw tussen om het vuurtje weer wat aan te wakkeren.

'Bij mij lijkt het nogal mee te vallen,' zei Igor.

'Zolang als het duurt,' zei Jonkie bemoedigend.

De ochtendschemer had al plaatsgemaakt voor een soort wazig halfduister als voorbode van de komst van het volle daglicht toen ze allemaal, na eerst nog een paar koppen koffie en thee op Fiels kamertje te hebben gedronken, eindelijk huiswaarts togen.

'Die klootzak van een Renat is 'm al gesmeerd toen het nog donker was,' brieste Igor Vasiljevitsj tegen het nog verse autospoor dat door de rulle sneeuw liep.

Igor keek vanaf zijn bestuurdersplaats tersluiks naar hem. Sinds hij zijn werkzaamheden had aangevangen in deze afdeling, was hij er al zo aan gewend geraakt dat Igor Vasiljevitsj met hem meereed, dat hij het vreemd zou hebben gevonden als er niemand naast hem had zitten mopperkonten. Hij zou wel eens willen weten hoe Igor Vasiljevitsj 's ochtends naar zijn werk kwam, maar om de een of andere reden durfde hij dat niet te vragen. Verder vroeg hij zich af voor wiens auto er geen plaats meer zou zijn in de garage als de wagen van Igor Vasiljevitsj weer gerepareerd was, maar ook daar wilde Igor liever niet naar vragen, omdat hij bang was dat het wel eens zijn eigen auto zou kunnen zijn.

'Lekker om zo vroeg in de ochtend te rijden,' zei Igor Vasiljevitsj. 'Het is de eerste keer dat wij tweetjes zo weinig verkeer tegenkomen. We kunnen rustig doorrijden net als in de goeie ouwe tijden van de Sovjet-Unie. Ik weet niet of je het je nog herinnert, maar vroeger werd er voor elke lulhannes een begrafenisoptocht georganiseerd, dan schuifelde de hele stoet midden over de weg en gooiden ze overal sparrentakken. Kom daar nu eens om, je wordt meteen gelyncht.'

Igor Vasiljevitsj had nog steeds dezelfde nette kleren aan, alleen was hij bij het invallen van de eerste vorst over zijn colbertje heen een schapenleren jas gaan dragen, waarin zich, naar het rinkelende geluid te oordelen, een bos levensgrote huissleutels bevond. Hij gooide zijn jas altijd op de achterbank en Igor was bang dat de sleutels er tijdens het rijden uit zouden glijden en dat hij dan, eenmaal thuis, weer terug moest keren naar de flat van Igor Vasiljevitsj. Hij zag zo duidelijk en levendig voor zich hoe hij dan aan kwam rijden bij zijn verkleumde collega, die van de kou stond te trappelen voor de ingang van het gebouw, dat hij er telkens met argusogen op toezag dat de sleutels niet waren blijven liggen op de vloer of op de achterbank van de auto.

Igor liet de opmerking van Igor Vasiljevitsj over de begrafenisrituelen uit grootmoeders tijd langs zich heen glijden, maar inderdaad, de tijden dat er op straat alleen nog maar trolleybussen en autobussen reden, wist hij zich nog goed te herinneren, alleen had hij geen zin om het daar nu over te hebben.

'Ik bel mijn vrouw even,' zei Igor.

'Dat is goed, bel maar,' stond Igor Vasiljevitsj hem toe.

'Ha, Olja,' begon Igor toen zijn vrouw antwoordde. 'Ik heb vandaag een vrije dag omdat ik deze nacht doorgewerkt heb. Ik haal Misjka wel op van de kleuterschool.'

'Te gek,' antwoordde zijn vrouw. 'Vandaag heb ik het juist nogal druk, zodat ik wat later thuis kom.'

'Verdorie, Olja,' klonk het ontevreden uit Igors mond. 'Je wilt dat we wat vaker samen zijn. Maar dan kan ík weer niet en dan jíj weer niet.'

'Het financieel verslag moet eerst af. Ik zit hier nog eventjes, goed dat jij vrij bent.'

'Je kunt het meenemen naar huis,' stelde Igor voor. 'Dat doe je toch wel vaker.'

'Zo vlak voor Oudejaarsavond wil ik niet nog 's thuis gaan werken. Ik kom als het klaar is, dan ben ik vrij.'

'Altijd hetzelfde,' zei Igor.

'Toe, Igortje, niet boos worden,' suste ze.

'Dan moet jij later ook niet boos worden,' zei Igor, hoewel hij wel wist dat ze toch boos zou worden als hij onverwachts werd opgehouden op zijn werk. Om de een of andere reden had zij wel het recht om daar eindeloos over door te zagen, maar hij niet.

'Oké, afgesproken, ik zie je,' zei ze en ze verbrak de verbinding.

                    ALEKSEJ SALNIKOV

Voordat Igor kans had gezien om te vragen wanneer ze elkaar dan zouden zien, was er alleen nog maar een zoemtoon te horen.

'Krijg de fuck,' zei Igor met gedempte stem tegen zijn telefoon, waarvandaan hij werd aangekeken door zijn zoontje, wiens foto op het startscherm van zijn smartphone prijkte.

Igor Vasiljevitsj had blijkbaar besloten er tactvol het zwijgen toe te doen, maar lang hield hij dat niet vol.

'Ze bedriegt je toch niet, hè,' vroeg hij en die vraag bracht Igor enigszins van zijn stuk, want daar had hij eigenlijk nog niet zo aan gedacht.

'Nee, dat lijkt me sterk,' antwoordde Igor. 'Maak het nou niet erger dan het is. We zien elkaar toch al alleen maar als we vrij hebben. Als het bonje is tussen ons, kunnen we de jaloezie er niet nog 's bij hebben. Straks ga je nog voorstellen om haar te schaduwen.'

'En jijzelf?' vroeg Igor Vasiljevitsj.

'Met wie zou ik haar dan moeten bedriegen, met SS soms?' vroeg Igor gepikeerd.

'Da's waar,' gaf Igor Vasiljevitsj toe. 'Jonkie zou eigenlijk achter de meisjes aan moeten zitten, maar zelfs hij komt er niet aan toe.'

'Trouwens,' herinnerde Igor zich plotseling de vraag die hij steeds weer vergat te stellen. 'Hoe is hij eigenlijk zo bij ons terechtgekomen?'

'Ach, hij verspreidde handleidingen voor het maken van bommen op internet. En hij hitste de skinheads op om die bruine apen uit de Kaukasus de keel door te snijden, terwijl hij de Kaukasiërs ophitste om Russen koud te maken. Hij had blijkbaar behoefte aan dat soort verzetjes. En verder had hij nog de account van een officier van justitie gehackt op *Vkontakte*[15] en die volgestopt met allerlei extremistische lulkoek, zodat de man gelazer kreeg met een heleboel vrienden. Sommige van hen zien die officier na dit akkefietje nog altijd als een nationaal-bolsjewist. Er zwaaide toen heel wat voor Jonkie, maar zijn pa heeft hem uit de penarie geholpen, want die is generaal. Hij is weggelopen bij zijn gezin, maar bekommert zich nog wel om zijn zoon. Hoewel, als je het nuchter bekijkt, wat de fuck is Jonkie daar eigenlijk mee opgeschoten? In de bak zou hij zijn tijd nu al wel uitgebromd hebben, maar hoe lang de stakker nu nog bij ons moet blijven mag de duivel weten.'

Igor Vasiljevitsj dacht even na en voegde eraan toe:

'Maar eerlijk gezegd lijkt hij zelf niet weg te willen. Er is dus blijkbaar iets bij ons wat hem wel bevalt.'

'Wat hem bevalt is dat hij op papier voor de FSB werkt, maar dat er eigenlijk bijna geen zak te doen is.'

'Dan moet je na het weekend maar 's zien of er echt geen zak te doen valt,' reageerde Igor Vasiljevitsj. 'Jij gaat nu wat afstand nemen van wat je vannacht hebt gezien, maar dan komt er weer een nieuwe operatie aan. En zo vliegt de tijd ongemerkt voorbij.'

Igor knikte, omdat hij begreep dat Igor Vasiljevitsj gelijk had.

'En hoe heb je je vuurdoop ervaren?' vroeg Igor Vasiljevitsj.

'Kan ik nu nog niet zeggen,' antwoordde Igor eerlijk. 'Op dit ogenblik voel ik me totaal leeg.'

'Denk eraan dat je dit weekend maar beter niet naar nieuws over misdaden kunt kijken,' raadde Igor Vasiljevitsj hem aan. 'Daarvan kan je bloeddruk de hoogte in schieten. En allerlei speelfilms met moord en doodslag zou ik ook niet aanraden. Als je nog niet gehard bent, kan dat er zo inhakken dat je naar de fles grijpt. Kijk liever iets op de satelliet, iets van Disney of zo. Zelf heb ik een zender met oude kinderfilms uit de tijd van Sovjet-Unie. Die heb jij waarschijnlijk ook. Kijk daar maar naar. Overigens kunnen we nu het beste maar een glaasje nemen, om de stress weg te spoelen.'

Ze waren al bijna bij de flat van Igor Vasiljevitsj.

'Niet nodig, voorlopig voel ik nog geen stress. Het is allemaal nog niet helemaal tot me doorgedrongen,' bekende Igor, terwijl hij de indruk probeerde te wekken dat hij beter besefte wat er in hem omging dan Igor Vasiljevitsj dacht.

'Oké, vooruit dan maar. Als er iets is, bel me gerust, je kunt dat soort dingen beter met iemand delen dan ze opkroppen,' drukte Igor Vasiljevitsj hem op het hart, waarna hij zijn schapenleren jas van de achterbank griste, de auto uit klom, met zijn vlakke hand op het dak klopte alsof hij Igor succes toewenste en zich rinkelend met zijn sleutelbos in de richting van het flatgebouw begaf.

Igor keek voor de zekerheid toch eerst nog even om naar de achterbank. En pas nadat hij zich ervan overtuigd had dat Igor Vasiljevitsj daadwerkelijk het flatgebouw had betreden, reed hij langzaam weg.

Igor had het gevoel of hij alles wat er gebeurd was, alleen maar gedroomd had. Zijn hersenen stootten elke mogelijkheid dat er die nacht werkelijk een moord had plaatsgevonden, af. Toch had hij, zelfs toen hij al thuis was en wegdommelde en ook nog later toen hij zijn zoontje ophaalde van de kleuterschool, het gevoel dat de verdrongen herinnering hem achtervolgde in de vorm van een zwarte wolkenkrabber op wieltjes, met een verlicht trappenhuis waarin zich één menselijk figuurtje aftekende.

's Avonds betrapte hij zich erop dat hij zat te kijken naar zijn zoontje die op de vloer van de woonkamer met zijn verzameling autootjes aan het spelen was, zonder dat hij hem eigenlijk zag, en dat hij al een paar uur met hem aan het praten was en grapjes maakte, maar meteen weer vergat wat hij had gezegd en waarover hij een grapje had gemaakt. Zoals Igor Vasiljevitsj had aangeraden, zette hij een televisiezender met kinderprogramma's op, maar hij merkte totaal niet wat er uitgezonden werd. Ik zit helemaal kapot, dacht hij bij zichzelf. Hij had zich altijd gehouden voor iemand die moeilijk van zijn stuk te krijgen was, maar nu was hij zo futloos als een kwal op het strand.

Hij voelde zich nog altijd een afgetrokken theezak toen hij opschrok van het geluid van een sleutel die in het slot van de voordeur werd omgedraaid.

'Mama!' riep Misja en hij vloog naar de deur.

Igor voelde een steek van jaloezie: zelf werd hij nooit met zoveel enthousiasme begroet door zijn zoontje. Ergens was hij verbaasd dat hij zich druk maakte om dit soort dingen, maar het volgende moment verbaasde hij zich alweer over zijn eigen verbazing. Was het echt zo vreemd dat de vraag of zijn zoontje wel van hem hield, hem niet koud liet? Deze gedachte tolde rond in zijn hoofd en verdween weer, waarna hij zich eens zo leeg voelde.

Igor liep ook naar de deur om zijn vrouw te begroeten. En terwijl hij haar jas ophing, viel het Olga blijkbaar op hoe mat hij was en hoe uitdrukkingsloos zijn blik, want ze vroeg:

'Wat zie jij er vandaag bescheten uit. Gisteren straalde je nog. Gaan ze je soms weer op straat zetten?'

Igor wilde haar toevoegen dat ze maar beter op staande voet haar boeltje kon pakken en samen met haar zoon kon ophoepelen naar een plek zo ver mogelijk hier vandaan, er-gens diep in de binnenlanden, maar hij hield zich in.

'Bedankt voor de hoge dunk die je van me hebt,' zei hij op een toon waaruit moest blijken dat hij gekwetst was, maar het kwam er met weinig overtuiging uit.

'Ben je moe omdat je vannacht niet hebt geslapen?' pro-beerde zijn vrouw te raden wat er aan de hand was.

Igor knikte van ja, omdat dit eigenlijk wel klopte.

Ze had verder geen tijd om zich te verdiepen in Igors pro-blemen en concentreerde zich op haar zoontje. Ze omhelsde hem uitgebreid en hij sprong haar om de hals en ze begonnen ergens druk over te praten, terwijl Igor, opnieuw ten prooi aan somberheid en lusteloosheid, alleen maar naar het ge-knuffel van zijn vrouw en zoon staarde, alsof hij keek naar het scherm van een televisie waarvan het geluid uit stond.

'Wat is er gebeurd?' vroeg ze.

Igor maakte alleen een afwimpelend gebaar.

Als een robot liep hij met zijn vrouw mee naar de badka-mer, joeg het zoontje dat zich daar samen met zijn moeder

wilde wassen, weg naar zijn eigen kamer en volgde haar daarna naar de keuken. Later luisterde hij op het voeteneinde van
Misjka's bed mee toen ze hem een verhaaltje voorlas, totdat
het kind ten slotte bij hem op schoot kroop. Even mechanisch had hij seks met zijn vrouw, waarna hij nog een poosje
op bed naar het plafond bleef staren tot ze insliep. Om haar
niet wakker te maken met zijn gedraai van zijn ene zij op de
andere trok hij zich terug in de keuken. Hij ging bij het raam
staan en stak de ene sigaret na de andere op tot hij een heel
pakje had opgerookt.

Zijn vrouw schrok ten slotte wakker door de leegte
naast haar. Ze kwam geruisloos als een geestverschijning
in haar nachtjapon op hem toegelopen. Igor zag een witte
weerspiegeling in het raam opflitsen, maakte van schrik een
sprongetje en haatte zich het volgende moment om deze
reactie. Ze legde haar handen op zijn schouders en vroeg of
het wel goed ging met hem. Igor had geen zin om te antwoorden. Ver beneden hem, op een oude ijshockeybaan
naast de school, hield een groepje jongens een wedstrijd. Ze
speelden ijshockey met hun voeten en gebruikten een plastic
bierflesje als puck. Terwijl Igor naar hen keek zocht hij naar
de juiste woorden om zijn vrouw te antwoorden zonder haar
schrik aan te jagen of haar met een of andere ongelukkige
formulering te kwetsen.

'Ik kon gewoon de slaap niet vatten,' zei hij ten slotte zo
ongedwongen mogelijk, maar hij ergerde zich er zelf aan hoe
vals dit klonk. 'Verder is alles oké.'

'Ik hoop dat jullie daar niet met een of andere zogenaamd
speciale opdracht rondhangen in sauna's,' zei zijn vrouw op
schalkse toon, terwijl ze haar armen om zijn buik sloeg. 'Kom
mee slapen.'

'Ik zou liever een baantje hebben in een fabriek waar echte
namaakgoederen worden geproduceerd,' antwoordde Igor,
tevreden dat hij zijn vertrouwde schertsende toon had te-
ruggevonden. Die toon ging hem zowaar heel natuurlijk af.

'Huishoudelijke apparaten of zo. Ik rook nog even een paar peuken uit de asbak op en dan kom ik. Echt, alles is oké.'

'Neem die van mij maar, die liggen hier al zes jaar,' bood zijn vrouw aan en ze overhandigde hem een pakje sigaretten dat ze uit een keukenlaatje tevoorschijn had gehaald. 'Ik ga vast, dus je gaat geen gekke dingen uithalen? Je ziet eruit als een treurige basset hound.'

Igor moest oprecht lachen om haar bezorgdheid en gaf haar een kneepje terwijl ze terugliep naar de slaapkamer. Even was de zwarte wolkenkrabber die hem achtervolgde verdwenen, maar toen zijn vrouw weg was, kwam die weer met hernieuwde kracht aanrollen.

'Alles oké,' zei hij fluisterend tegen de jongens die op de ijshockeybaan achter het flesje aan holden. 'Echt waar, alles is oké.'

HOOFDSTUK 3

De volgende ochtend, toen Igor zich in zijn auto naar zijn werk begaf, belde Igor Vasiljevitsj hem halverwege op om te vertellen dat de chef hun een extra vrije dag had gegeven en dat hij daarom rustig kon uitslapen.

'Wat nou "uitslapen", had je niet een beetje eerder kunnen bellen?' maakte Igor zich kwaad. 'Ik ben er al bijna. Dus ik kan rechtsomkeert maken? Of wat?'

'Ga maar gewoon weer terug naar huis,' kalmeerde Igor Vasiljevitsj hem. 'Hoe voel je je trouwens?'

'Niet geweldig. Toen ik gisteren wakker werd, heb ik de hele dag als een kip zonder kop rondgelopen. Is dat normaal?'

'Natuurlijk is dat normaal,' antwoordde Igor Vasiljevitsj. 'En als je nog een jaartje zo blijft doorlopen, zou dat ook doodnormaal zijn. Dat betekent dat je nog niet helemaal een sociopaat bent. Het zou zelfs heel normaal zijn als je na zoiets bijvoorbeeld naar de fles zou grijpen en we je nooit meer terug zouden zien. Zo zou een normaal persoon tenminste reageren. Daarom zijn wij ook geselecteerd, want aan ons zit een steekje los.'

'Ik begrijp het,' zei Igor al begreep hij er niets van.

'Je begrijpt dat het niet te begrijpen is,' probeerde Igor Vasiljevitsj spitsvondig uit de hoek te komen. 'Heb je geen zin om bij me langs te komen? Dan nemen we een glaasje. Ik had Fiel ook al uitgenodigd, maar die wil niet.'

'Wil je zo vroeg in de ochtend al drinken?' vroeg Igor, die inmiddels probeerde rechtsomkeert te maken, terwijl de andere weggebruikers hem daartoe geen kans gaven, en de ergernis hierover klonk door in zijn stem.

'Waarom ben je nou zo pissig?' vroeg Igor Vasiljevitsj. 'Nee, natuurlijk niet 's ochtends al, dan zouden we binnen de kortste keren uitgeteld zijn. Nee, Ik dacht eraan om naar mijn buitenhuisje te gaan en een barbecuetje te doen. Jij bent daar nog nooit geweest.'

'En wie rijdt ons dan terug?' wilde Igor weten. 'Een van onze tweederangs FSB-mannetjes?'

'Als Fiel mee zou komen zou hij de Bob zijn, want die drinkt niet. Hij heeft zich blijkbaar voorgenomen om eeuwig te leven.'

'Maar hij gaat dus niet mee.'

'Daarna wilde ik Jonkie nog vragen, maar die geeft niet thuis op zijn telefoon.'

'Een doodgeboren kindje dus,' vatte Igor het plan samen. 'Met je tweetjes worstjes roosteren en zuipen is geen zak aan, waar vinden we godverdomme nog een derde?'

'Tja, het mag blijkbaar niet zijn. Jonkie lijkt me niet afkerig van een glaasje, maar we zouden er inderdaad niet weg gekund hebben, dan hadden we mooi daar gezeten,' gaf Igor Vasiljevitsj toe en ze namen afscheid.

Igor had voor zijn vertrek ontbeten, maar toen hij begreep dat hij nergens naartoe hoefde, had hij het gevoel of hij voor de tweede keer wakker was geworden, waarop zijn maag hem onmiddellijk liet verstaan dat hij honger had. Hij liet zich in het verkeer meevoeren in de richting van een fastfoodrestaurant, een pizzeria die dag en nacht open was. In de grote ramen kon je slaperige bedienden de tafels zien schoonvegen. De parkeerplaats bij de pizzeria was leeg en Igor besloot er halt te houden voor een tweede ontbijt en te wachten tot de ergste verkeersdrukte voorbij was.

Toen hij eenmaal binnen was en zich een vrije voetganger voelde, keek hij met leedvermaak naar de auto's die te midden van de benzine- en gasdampen en vorstige stofwolken bijna stilstonden in de ochtendschemer, en naar een trolleybus met bevroren ruiten waarachter de hoofden van de passagiers als één zwarte schaduwmassa afstaken. De man aan de kassa had een hese ochtendstem en een enigszins verkreukeld slaperig voorkomen, hoewel de bedrijfskleding die hij droeg schoon en gladgestreken was. Ook dat bezag Igor met welgevallen, hij voelde zich alweer monter en goedgeluimd. Het gesprek met Igor Vasiljevitsj had de laatste restjes slaperigheid uit hem weggeblazen. En net toen hij in een opperbeste stemming koffie en een pizza had besteld (terwijl hij hiermee bezig was, had zich achter hem een lange rij gevormd, allemaal studenten en kantoorbedienden die een hapje wilden eten, wat Igors stemming er alleen nog maar beter op maakte, want het gebeurde maar zelden dat hij helemaal vooraan in een rij stond) en hij met het dienblad naar een tafeltje in de hoek liep, naar een plekje dat hem meteen beviel, net op dat moment werd hij gebeld.

Eerst wilde Igor het telefoontje negeren, omdat er gebeld werd via een hem onbekend nummer in de stad, maar het bellen hield aan.

'Goedemorgen, neemt u me niet kwalijk dat ik u zo vroeg stoor,' klonk een stem aan de andere kant van de lijn. 'Mijn naam is Oleg, ik werk voor dezelfde dienst als u.'

'Ach zo,' zei Igor nietsvermoedend, zijn mond vol.

'U weet waarschijnlijk wel dat u een beetje gecontroleerd wordt,' zei de mysterieuze Oleg.

'Dat zal best, maar waarom belt u?'

'Wel, u heeft wat zitten neuzen om meer te weten te komen over de mensen met wie u samenwerkt. U heeft zitten snuffelen op internet.'

'Ja, dat klopt, ik heb wat zitten snuffelen, ik wilde gewoon liever niet via mijn werkcomputer op internet gaan. Je hebt bij ons zo'n minderjarig lulletje,' begon Igor uit te leggen, terwijl hij voelde hoe zijn goede humeur als sneeuw voor de zon verdween.

En het volgende moment besefte hij waarom. Een minuut geleden was hij nog een vrij man, losgerukt van de ketenen van werk en gezin, en nu werd hij ineens bij zijn nekvel gegrepen. 'Wat is het probleem?'

'Gewoon, als iemand dat wil kan hij zonder moeite een verband leggen tussen uw huidige werkplaats, de mensen waarmee u samenwerkt en de resultaten van uw zoekopdrachten. Vreemd dat u daar niet eerder aan gedacht hebt.' Oleg sprak zeer hoffelijk, maar tegelijk op een onuitstaanbaar kakkineus toontje dat behoorlijk op de zenuwen werkte.

'Wat een paranoïde gedoe,' zei Igor.

'Als u zich bewust was van het belang van een en ander, zou u wel een andere toon aanslaan, maar ik neem aan dat u niet geheel op de hoogte bent van wat er speelt.'

'Dat kunt u wel zeggen,' antwoordde Igor.

'Laten we het erop houden dat dit nu eenmaal zo gelopen is,' probeerde Oleg hem gerust te stellen. 'Maar ik kan u verzekeren dat als u in dezelfde trant doorgaat, als u bijvoorbeeld rond gaat neuzen om informatie te vergaren over operaties die in het verleden hebben plaatsgevonden, dat u dan niet alleen het leven van uw huidige collega's op de afdeling en dat van uzelf op het spel zet, maar ook dat van uw vrouw en kind.'

'Is dit een dreigement?' vroeg Igor, die op slag versteende.

Oleg zuchtte diep, begon zelfs een beetje te sputteren alsof hij beledigd was, en zei:

'Nee, dit is geen dreigement, tenminste niet van onze kant. Het komt van buitenaf, daar hebben we rekening mee te houden. Doet u dit alstublieft niet meer. Zorg voor een niet-geregistreerde simkaart als ik u een advies mag geven, en ga ergens snuffelen op plaatsen die geen link hebben met de plekken waar u normaal verblijft. Zo is er in de pizzeria waar u zich op dit moment bevindt, gratis wifi. Dat biedt een uitgelezen kans, mits u het daar niet al te vaak doet. Maar dan nog, wat levert het uiteindelijk op? Een paar huis-, tuin- en keukenmoorden, meer niet. Daar dieper in duiken en het leven van anderen op het spel zetten, is onverantwoord.'

'Goed, ik begrijp wat u wilt zeggen,' zei Igor.

'Dan wens ik u verder een prettige dag toe,' antwoordde Oleg en hij verbrak de verbinding.

Een groepje jongeren die een paar tafeltjes verderop druk ergens over zaten te praten, barstten los in een luid gelach en Igor dacht dat ze lachten om zijn beteuterde gezicht, maar ze keken helemaal niet zijn kant op.

Igor had zin om nu meteen in de pizzeria een sigaretje op te steken. Natuurlijk was het zoeken van informatie over collega's via je telefoon het stomste wat je kon doen, om het zachtjes uit te drukken. Igor schaamde zich voor zijn eigen onnozelheid, maar tegelijkertijd voelde hij ook een zekere opluchting toen hij bedacht dat alles nog veel slechter had kunnen uitpakken, dat ze hem tenminste eerst hadden gewaarschuwd zich niet te bemoeien met zaken die hem niet aangingen. Dit in tegenstelling tot de vorige keer. Hoewel ze hem die vorige keer eigenlijk ook eerst hadden gewaarschuwd, herinnerde hij zich, terwijl hij het laatste stuk van zijn inmiddels hard geworden en daarom naar karton smakende pizza opat. Nu naar huis rijden en zich daar in zijn eentje overleveren aan allerlei paranoïde gedachten – dat lokte hem niet aan. Misschien kon hij alsnog Igor Vasiljevitsj bellen om akkoord te gaan met de barbecue? Maar hij moest toegeven dat hij daar eigenlijk totaal geen zin in had, hij had nog alle gelegenheid om op het werk met Igor Vasiljevitsj van gedachten te wisselen. Om zijn sombere stemming te verdrijven belde hij zijn vrouw, maar hij moest lang wachten vooraleer ze antwoordde, en toen ze eindelijk opnam siste ze geïrriteerd:

'Ben je gek geworden, ik zit midden in een vergadering.'

En ineens viel ze weg, alsof haar chef in een vlaag van woede haar hoofd had afgehakt.

Mevrouw zit in een vergadering, dacht Igor met een schamper lachje. En als om zijn overtolligheid te accentueren griste een kleine magere bediende achteloos het plastic dienblad en het kartonnen eetgerei vlak onder zijn neus vandaan en begon de tafel schoon te vegen. Igor stond op met een ongemakkelijk gevoel en begaf zich naar de uitgang.

Zoals hij al verwacht had, waren er niet zoveel auto's meer op de weg, de meeste waren al afgeslagen naar allerlei zijstratjes en zorgden daar voor nieuwe opstoppingen. Igor stapte in zijn wagen, zonder een idee te hebben waar hij nu naartoe moest en waar hij wat afleiding kon vinden, totdat hij plotseling zag hoe een gezinnetje dat leek op dat van hem – dat wil zeggen een man, een vrouw en een kind – zich in de richting begaf van het etablissement dat hij zojuist had verlaten. Terwijl hij naar het kind keek, herinnerde hij zich hoe blij hij altijd was als hij wat vroeger werd opgehaald van de kleuterschool. Hij kon ditzelfde gevoel niet nog eens in zichzelf oproepen, maar herinnerde het zich als een feit dat als het ware vermeld stond in zijn persoonlijke dossier en was opgeslagen in zijn geheugen. Onverwachts kwam uit de diepten van zijn brein nog een ander feit bovendrijven: zijn hevige jaloezie op een jongetje met één glazen oog. Vervolgens kwam de herinnering boven aan twee kinderen in zijn groep: de zoon van een wijkagent en de dochter van een officier van justitie. Hij herinnerde zich weer de algehele jaloezie die met name de zoon van de wijkagent wekte in de groep, want zijn vader had een pistool. Die agent leek een soort superheld, vergelijkbaar met de toen aan Igor nog onbekende James Bond. Daarentegen zei het begrip 'officier van justitie' hem in die tijd helemaal niets, het was alleen in zijn geheugen blijven hangen als een rare woordcombinatie.

Igor veronderstelde dat zesjarige kindertjes van toen en die van nu weinig van elkaar verschilden, dat het allemaal in principe nog dezelfde hersenloze schepsels waren. En daarom besloot hij dat zijn zoontje heel blij zou zijn als hij plotseling verscheen om hem weg te rukken uit de klauwen van de juf en de kinderverzorgster, net zo blij als hijzelf was toen hij nog een kind was en vroeger werd opgehaald.

Terwijl hij afreed op het getraliede hek rond de kleuterschool, keek hij automatisch naar het pleintje dat voorbehouden was aan de groep van zijn zoontje. De kinderen waren net buiten gekomen voor een pauze. Igor kon niet direct zijn zoontje onderscheiden te midden van de chaotisch door elkaar heen krioelende en in de sneeuw wroetende kinderen. Alleen de struise kinderjuf, van wie Igor de voor- en vadersnaam nooit kon onthouden, stak duidelijk af tegen de rest en was goed herkenbaar.

'Jegorov, kom eraf!' schreeuwde ze, net op het moment dat Igor uit de auto stapte.

'Hé daar, meneer, waar gaat dat naartoe?' brulde ze, toen Igor door de poort het speelplein van de school betrad. Haar toon stond Igor niet aan, maar hij waardeerde haar waakzaamheid.

'Ik kom mijn zoon halen,' legde hij uit, terwijl hij op haar afliep.

'Is er iets gebeurd?' vroeg de juf ongerust.

'Nee hoor, gelukkig niet, alles is in orde,' zei hij op geruststellende toon. 'Ik heb onverwachts een extra dagje vrij gekregen, dus ik dacht …'

Hij stond altijd verbaasd over de drukke bezigheden van kindertjes op een speelplein. Wat deden ze daar eigenlijk, wat viel er nou te beleven tussen die houten bouwseltjes, heuveltjes en kromgetrokken klimrekken? Maar evengoed wisten die kinderen zich daar altijd best te vermaken. Ze deden hem denken aan een gezelschap krankzinnigen die iets zagen wat er niet was, of die met catatonische schokbewegingen steeds één bepaalde handeling verrichtten, zoals: geconcentreerd met een schepje in de sneeuw pulken, in een kringetje rondrennen of eindeloos tegen de veranda schoppen. Toen bekend werd dat Igor zijn zoon wat eerder kwam ophalen, werd het ineens helemaal stil en begonnen alle kinderen vader en zoon aan te staren, als zombies die hun verdwaasde en verwarde activiteiten hadden onderbroken bij het horen van een verdachte menselijke kuch.

'Moet je verder niets meer meenemen?' vroeg de juf aan Igors zoontje, op zo'n poeslief toontje alsof ze zelf geloofde dat Igor zou denken dat ze altijd op dat toontje met haar pupillen praatte. De jongen schudde ontkennend zijn hoofd. Vanonder zijn muts staken plukken haar die vastgeplakt zaten aan zijn bezwete voorhoofd. En deze haarplukken ontroerden Igor zozeer dat er een golf van vertedering door hem heen sloeg.

'Dààg!' riepen de kinderen Igor en zijn zoontje na, waarop Igor zich omdraaide om ook dag te zeggen en zijn zoontje zo dramatisch naar hen begon te zwaaien dat het leek of hij aan boord stond van het laatste stoomschip dat wegvoer richting Turkije, terwijl de roden reeds bezig waren de kleuterschool in bezit te nemen.

'Waarom heb je me opgehaald?' vroeg het zoontje.

'Ik ben vandaag vrij, daarom had ik tijd om je op te halen,' antwoordde Igor en hij glimlachte langs zijn rechterarm naar beneden waar het kind zijn hand vasthield met zijn rode wantje.

'Is mama thuis?' vroeg hij.

Igor voelde weer een steek van jaloezie.

'Nee,' zei hij zo opgewekt mogelijk, 'je kunt niet alles tegelijk hebben – en mij en mama en eerder weg.'

Het zoontje liet vanachter zijn andere want waarmee hij zijn mond bedekte, een korte woeste schaterlach horen (zijn moeder gaf hem vaak een standje als hij zo lachte).

'Wat dacht je, zullen we naar de bioscoop gaan?' vroeg Igor, omdat hij geen zin had om nu al terug te keren naar huis, hoewel dat meeslepen van een kind naar de bioscoop, de dierentuin of een binnenspeelplaats hem wel erg deed denken aan al die treurige alleenstaande vaders die hij kende.

'Laten we liever in de bioscoop een grote emmer popcorn kopen en dan naar huis gaan,' stelde het zoontje voor. In tegenstelling tot Igor wilde hij om de een of andere reden graag naar huis.

Igor wilde zeggen dat er uit zo'n grote emmer heel wat popcorn in zijn auto gemorst zou worden, maar hield zich in.

'Man, wat ben jij toch een vreetzak,' zei hij tegen zijn zoon, die daarop opnieuw zijn korte, woeste lach liet horen en zijn mond met zijn want bedekte.

'Daar doe ik de hele dag mee,' verdedigde hij zich.

'Ga je die dan niet met mij delen?' vroeg Igor.

'Je krijgt een beetje,' antwoordde zoonlief.

'Oké, we gaan.'

Het zoontje kroop tevreden in zijn kinderzitje en gespte zich vast.

Uiteindelijk verliep de dag zo succesvol dat Igor al begon te hopen op een nieuw telefoontje met de mededeling dat hij nóg een dag vrij zou krijgen. Natuurlijk belde er niemand, maar dat veranderde niets aan zijn goede stemming.

De hemel was helder en maanverlicht. Igor reed vlot naar zijn werk, alsof de weg erheen was geolied met een smeermiddel. Hij was tweemaal zo snel op kantoor als normaal. Toen hij binnenwipte bij de chef, bleek die nog niet eens gearriveerd te zijn.

Om zijn landerige ochtendstemming te verdrijven ging hij langs bij Fiel. Die zat net naar een nieuwsuitzending te kijken met een tevreden en raadselachtige uitdrukking op zijn gezicht. Igor betrapte zich op de gedachte dat Fiel misschien iemand geneukt had, terwijl iedereen thuis had zitten uitrusten, en dat hij die iemand ergens op het terrein van het gebouw onder de grond had gestopt, maar hij besloot daar maar niet naar te vragen, te meer omdat Fiel op alles wat Igor zei, enigszins afwezig antwoordde en er niet echt een gesprek met hem op gang kwam.

Laat ook maar, dacht Igor, en hij ging naar Igor Vasiljevitsj. Die bleek in tegenstelling tot Fiel graag bereid tot een praatje, al scheen hij niet in een opperbeste stemming te zijn. Zonder zijn gebruikelijke stekelige toespelingen informeerde hij omstandig naar de wijze waarop Igor zijn extra vrije dag had doorgebracht. Toen Igor merkte in welke stemming zijn collega verkeerde, gaf hij slechts lauwtjes antwoord. Bovendien viel het hem moeilijk om iemand die zijn gezin niet kende, te vertellen hoe hij zijn vrije tijd in de familiekring doorbracht.

'Kom, laten we liever een sigaretje opsteken,' zei Igor Vasiljevitsj, toen hij merkte dat Igor weinig zin had om te antwoorden. 'Zolang het nog kan. Als Renat en SS straks komen aangestormd, kan het maar zo zijn dat we elkaar pas vanavond weer zien.'

Onderweg klopten ze aan bij Jonkie zonder al te veel illusies dat hij er al was, want hij kwam meestal te laat, waar hij altijd wel een goede reden voor had, al was het wel duidelijk dat hij zich gewoon versliep. Maar dit keer kwam Jonkie zowaar zijn kamer uit met een grote kop koffie in zijn hand. Igor Vasiljevitsj gaf onmiddellijk te kennen dat hij ook wel een slokje lustte, en ook Igor dacht, terwijl hij naar een van de wit geverfde ramen keek en de verse lucht uit de kieren in het trapportaal opsnoof, dat het geen gek idee zou zijn om tijdens de rookpauze ook wat koffie te drinken. Toen hij dat te kennen gaf, zei Jonkie dat alle kopjes, behalve het exemplaar van hemzelf, bij Fiel stonden.

'Ach man, lul niet, je hebt toch een hele voorraad koppen van huis meegenomen,' zei Igor Vasiljevitsj, waarop Jonkie inbond.

'Maar ik ga jullie zelf inschenken, anders maken jullie hier alles met je poten vuil of morsen jullie,' zei Jonkie en hij gaf de kop die hij in zijn hand hield, aan Igor Vasiljevitsj. 'Hou zolang even vast.'

Igor Vasiljevitsj nam meteen luid slurpend een slok en zei met een zucht:

'Aàh, dat smaakt goed. Tenminste nog iéts goeds.'

'Wat is er dan slecht?' vroeg Jonkie uit de duistere diepten van zijn werkkamer, waar overal losse draden hingen en technische troep rondslingerde.

'Zal ik zo zeggen, in de rookhoek,' zei Igor Vasiljevitsj met een donkere stem. 'Het laatste nieuws.'

Terwijl Jonkie in de weer was met zijn koppen en de koffie, kwam Sergej Sergejevitsj zwaar de trap naar de eerste verdieping opgebonkt en groette zijn mannen:

'Zeg, makkers, is Rinat er nog niet?'

'De duivel mag het weten,' antwoordde Igor Vasiljevitsj somber. 'Wat mij betreft kan die maar beter helemaal wegblijven.'

'Ochtendhumeurtje?' vroeg Sergej Sergejevitsj, uithijgend bij de deur van zijn kantoor.

'Eerst vertel ik mijn maten wat er is, daarna jou.'

'Is er iets met je auto?'

'Ja ja, met de auto,' antwoordde Igor Vasiljevitsj.

In het trapportaal schoot een schim voorbij. Igor dacht eerst dat het Rinat Iosifovitsj was, maar omdat de schim zich niet in de gang bij hen voegde, maar doorflitste naar de tweede verdieping, concludeerde Igor dat het Fiel moest zijn die alvast naar de rookhoek ging om op hen te wachten. Uit de werkkamer van Jonkie schalde een lach.

'Ha, dus het gaat om die auto van jou?' vroeg hij. 'Ik dacht al dat je met je dronken kop iets uitgevreten had.'

'Ik heb gisteren helemaal niks gedronken,' antwoordde Igor Vasiljevitsj. 'Drinken met jullie – daar is geen zak aan. Stelletje schoolmeisjes, godverdomme. De een drinkt helemaal niet, de ander zit onder de plak bij zijn wijf en de derde is volgens mij de moedermelk nog niet ontgroeid.'

'Ga dan maar zuipen met Rinat, lul,' zei Jonkie. 'Altijd dat gekanker van jou.'

'Waarom nodig je mij nooit uit om te komen barbecueën,' vroeg Sergej Sergejevitsj. 'Iedereen is al eens bij je op bezoek geweest in je buitenhuisje, behalve ik.'

'Ik ben bang dat jij dan in je eentje alle vlees in één keer naar binnen schrokt,' zei Igor Vasiljevitsj met onverholen afkeer.

Sergej Sergejevitsj klopte voldaan op zijn buik, maar zei niets en verdween in zijn kantoor.

'Weet jij trouwens waarom hij Rinat niet meer uitnodigt in zijn huisje?' vroeg Jonkie, terwijl hij met een paar kopjes zijn kamer uit kwam en er eentje aan Igor gaf. 'Heeft hij je dat niet verteld?'

Ook al had hij nu één hand vrij, toch gaf Jonkie met zijn voet een trap tegen zijn deur, zodat die met een klap dichtviel. Daarna begaven ze zich allemaal naar de rookhoek. Igor Vasiljevitsj hield zich verder stil.

'Vasiljevitsj wist niet dat die al na één druppel de kolder in zijn kop krijgt. Jij dacht dat die Rinat zo'n gelikt mannetje was, hè? Maar thuis schijnt hij hem wel eens te raken, alleen houdt zijn vrouw hem in toom, voor dat mens moet je oppassen, ik geloof dat ze instructrice *close combat* is of zoiets.'

'Wat nou instructrice,' bemoeide Igor Vasiljevitsj zich ermee.

'We waren daar een keer met zijn allen, plus nog iemand die jij niet kent, echt allemaal, behalve SS. Onze Rinat ging daar dus helemaal uit zijn dak en dronk zich lazarus, vanwege hem konden we daar een dag of drie niet weg. Hij regelde in de buurt een stuk of wat snollen, van die griezels zoals in de film *The Hills Have Eyes*, en bazuinde rond dat Fiel op jongetjes geilt, zodat een van die snollen kwam aanzetten met haar zoon. Fiel schrok zich een ongeluk toen hij dat jochie zag en vluchtte bijna het dak op. Het jochie zoop wodka en rookte als een tweede Vasiljevitsj, en klauwde iets uit zijn auto, een radiocassetterecorder en een mobieltje, geloof ik. Ik heb me in een kamertje boven opgesloten en me daar koest gehouden zolang die orgie van hen aan de gang was.'

'Je hebt me daar alles ondergekotst,' onderbrak Igor Vasiljevitsj hem.

'En ik heb ook van boven op je asters gepist,' ging Jonkie verder. 'Omdat ik niet naar beneden durfde, want daar was een of andere spatlap van een jaar of zestig die maar steeds probeerde me te pijpen en zei "wat een lekker ventje". En als ik van de bovenverdieping door het raam was gesprongen, had ik mijn nek kunnen breken, want het is daar bij jou allemaal zo verschrikkelijk hoog, het lijkt wel een torenflat.'

'Niks van aan, de hoogte bij mij is heel normaal.'

Terwijl Jonkie al rokend en koffie slurpend zijn verhaal deed, kwamen ze aan in de rookhoek, waar Fiel al op zijn vaste plekje op de vensterbank zat te wachten. Hij hoorde Jonkies relaas aan met een vergenoegde glimlach op zijn gezicht, zonder dat je wist of hij nu plezier beleefde aan het verhaal of dat hij die ochtend domweg in een goed humeur was.

'Laat me niet lachen – normale hoogte!' zei Jonkie. 'Je plafonds zijn wel vijf meter hoog. Later dacht ik dat ik me dat misschien verbeeld had, maar de volgende keer dat ik bij jou was, wist ik het zeker – het is echt zo. Maar goed, waar waren we? Hoewel Rinat dus die snollen had opgetrommeld, was hij niet meer in staat om iets met ze te beginnen, het enige waar hij nog wel toe in staat was, was zich helemaal uitkleden, rondwaggelen over het terrein en zuipen. En Vasiljevitsj werd zowat door die kutten verkracht. Maar goed dat Rinats vrouw daar opeens verscheen. Ze begon ze allemaal links en rechts in mekaar te rammen. Ze was bij SS het adres van het buitenhuisje te weten gekomen en was daar aangekomen op het moment dat het feest al op zijn einde liep. De plukken haar vlogen in het rond, zelfs Vasiljevitsj kreeg ervan langs. De snolletjes zat ze met een schop achterna. Rinat kreeg een bloempot op zijn harses kapotgeslagen toen hij haar zijn pasje wilde tonen, maar er vergeefs naar zocht in zijn bloterik.'

'Hoe weet je dat allemaal?' vroeg Igor Vasiljevitsj. 'Jij was toch boven, je kon toch niks zien?'

'Maar ik kon wel heel goed zien dat ze jouw tuinkabouters met een stuk ijzer aan gruzelementen sloeg. Ze hakte ze eerst de koppen af en sloeg ze daarna in kleine stukjes.'

'Renat mocht van geluk spreken dat ze haar woede begon af te reageren op de kabouters,' zei Igor Vasiljevitsj. 'Daarna was ze uitgeraasd.'

'Niet alleen Rinat mocht van geluk spreken,' corrigeerde Jonkie hem. 'Iedereen mocht dat, ik inbegrepen.'

'Het interessantste …,' begon Igor Vasiljevitsj.

'Het interessantste was nog,' viel Jonkie hem in de rede, 'dat toen we bij Rinat op bezoek waren om zijn verjaardag te vieren, in zijn eigen buitenhuisje, zij een totaal ander persoon bleek te zijn. Zo'n typisch Russisch huisvrouwtje met een F-cup.'

'Dat wou ik ook net zeggen,' zei Igor Vasiljevitsj.

'En toen ze ons wat inschonk,' ging Jonkie verder, 'sprak ze ons allemaal netjes aan bij onze voor- en vadersnaam, zelfs mij. De kinderen vielen ons niet lastig. En ze had heerlijke hapjes gemaakt, ik heb me daar helemaal volgevreten. En Rinat dronk alleen maar tot hij een heel klein beetje aangeschoten was en hield toen ineens op, als op commando. En er was prachtig weer besteld. Normaal hou ik niet zo van dat soort uitjes van jullie, maar toen had ik het naar mijn zin.'

'En als vrouw valt ze ook goed mee,' zei Igor Vasiljevitsj op fluistertoon, terwijl hij met een schuin oog naar het trapportaal keek.

'Ha, hoe weet jij dat nou?' vroeg Jonkie.

Igor Vasiljevitsj wees met zijn duim in de richting van Fiel, die schuldbewust glimlachte.

'Ik heb ze een keer op zijn kamer betrapt,' zei Igor Vasiljevitsj zachtjes.

'Krijg nou wat!' barstte Jonkie los. 'Fiel, jij bent een echte seksmachine. Je deelt je liefde aan iedereen uit. Ik zou dat ook graag doen, maar niemand wil me.'

'En die spatlap dan, toen je bij mij in het buitenhuisje was? Die was bereid je met huid en haar op te vreten. God man, je hebt daar een prachtige kans laten liggen,' zei Igor Vasiljevitsj met een stem die al wat opgewekter klonk dan eerder die ochtend.

'Ik had me de eerste keer iets romantischer voorgesteld,' zei Jonkie nuffig en iedereen moest lachen.

　　　　　　　　　

Igor merkte dat het lege kopje in zijn hand koud aanvoelde
en vroeg aan Igor Vasiljevitsj:

'Waarom ben jij vanochtend zo somber?'

'Ik somber?' vroeg Igor Vasiljevitsj. 'Nee, ik ben niet somber, maar godverdomme kwaad. Weet je wie we hebben koud
gemaakt? Mijn automonteur, stel je voor, hoe is 't godsmo-
gelijk!'

Als je naar het gezicht van Igor Vasiljevitsj keek, kon je
moeilijk je lachen houden, maar de gedachte aan de dood van
de automonteur stond Igor nog zo helder voor de geest dat
het lachen hem verging. Toch school er een komisch element
in deze situatie. Dat kon hij niet ontkennen.

'Hoe ben je daarachter gekomen?' vroeg Fiel meteen.

'Hoe? Nogal wiedes,' antwoordde Igor Vasiljevitsj ge-
prikkeld. 'Kom ik daar in de garage voor de zoveelste keer
vragen hoe het er nou mee zit. Ze liggen daar al ik weet niet
hoe lang te rotzooien met mijn autootje. Al weken. Je kunt
net zo goed naar de sloop gaan om daar een nieuwe kar
in elkaar te laten zetten. Maar goed, ik kom dus binnen –
en daar zitten ze met zijn allen aan de fles. Niemand is aan
het werk, net zoals wij nu. Ik zeg: "Wat doen jullie, stelletje klootzakken? Wanneer kan ik nou weer eens achter het
stuur kruipen?" Zeggen ze tegen mij: "We hebben nu andere
zorgen aan onze kop, er is een collega van ons vermoord."
Ze zitten daar dus, helemaal down, en leggen uit dat hij van
plan was om met vrienden een biertje te drinken, maar dat
een of andere gestoorde freak hen allemaal heeft afgemaakt
en pleite is gegaan. Ze beloven hem op te sporen, maar hebben daar weinig fiducie in. Je begrijpt dat ik op dat moment
al bepaalde donkerbruine vermoedens begon te koesteren
en slechte voorgevoelens kreeg. "Wie is er dan vermoord,"
vraag ik. "Zo te zien zijn jullie hier toch met je allen." Krijg
ik een telefoon onder mijn neus geduwd en beginnen ze me
snikkend allerlei foto's te tonen. En verdomd. Het was hem.
Godverdegodver. Heb je ooit?'

'Hoe kan het dan dat jullie elkaar toen niet herkend hebben?' verbaasde Jonkie zich.

'Tja, elke keer als ik kwam, was hij in de smeerkuil aan het werk. Dan zag hij alleen mijn benen, terwijl ik hem ook nauwelijks kon zien. Ik was er natuurlijk niet helemaal goed van. Ik heb maar een glaasje gedronken op zijn zielenheil. Kun je nagaan, de man leidde een onopvallend leventje en hoe hij ten slotte aan zijn einde is gekomen, zal niemand van zijn nabestaanden ooit te weten komen.'

'Kan ons ook gebeuren. We kunnen maar zo spoorloos verdwijnen,' zei Fiel.

'Om de dooie dood niet,' reageerde Igor Vasiljevitsj op zo'n afgebeten toon dat Igor niet eens tijd had om zich zorgen te gaan maken over de mogelijk spoorloze verdwijning van zijn eigen lichaam en de vergeefse naspeuringen van zijn naasten naar zijn lot. 'Aan mijn reet wat ze daar aan de top ook mogen beslissen – ik zal zoiets niet laten gebeuren.'

'Nou, ik zou best gewoon willen verdwijnen,' zei Jonkie. 'Dan zouden mijn ouwelui tenminste nog de illusie hebben dat ik in leven was. Als ze precies zouden weten wat er aan de hand was, zouden ze zich veel kloteriger voelen.'

'Pas op of ik sla je voor je bek,' dreigde Igor Vasiljevitsj en iedereen hield zijn mond.

Fiel draaide onrustig heen en weer op zijn vensterbank. Igor had de indruk dat hij na dit gesprek de anderen om een sigaretje wilde vragen.

'Ik heb trouwens alles gekocht voor het toilet,' zei hij ineens, terwijl de anderen, in sombere gedachten verzonken, geconcentreerd stonden te roken. Iedereen schrok op.

'Wil je ons soms allemaal aan het werk zetten?' vroeg Igor Vasiljevitsj.

'Pas als we wat meer vrije tijd hebben,' zei Fiel. 'Als het zover is, beginnen we.'

'Doe je dat op eigen kosten of heb je Renat via SS ingeschakeld?' vroeg Igor Vasiljevitsj, hoewel hij al bij voorbaat het antwoord wist, net als Igor en Jonkie. Fiel glimlachte breed.

'Het heeft me zo'n tien mille gekost, ik heb voordelig ingekocht, maar daar gaat het nu niet om,' zei Fiel. 'Dat maakt allemaal geen zak uit, ik ga geen financiële bijdrage aan jullie vragen, ik vraag alleen maar om me naar vermogen wat te helpen, tegels leggen is een heidens werk, ik heb de douche ook al in mijn eentje moeten doen ...'

'Dat had je nou niet van tevoren tegen ons moeten zeggen,' probeerde Igor Vasiljevitsj Fiels verwachtingen de kop in te drukken. 'Iedereen gaat nu voor jou wegkruipen in zijn eigen hok, met de deur op slot. En probeer jij ons daar maar 's uit te krijgen.'

'En het stinkt daar als de pest, ik doe het liever in de bosjes,' zei Jonkie.

'Dat zou ik maar liever laten,' zei Igor Vasiljevitsj. 'Als het straks lente wordt, mag je daar de hele troep zelf opruimen.'

'Het was daar toch al helemaal ondergescheten,' verdedigde Jonkie zich.

'Maakt niet uit wie daar zit te schijten,' zei Igor Vasiljevitsj. 'Je bent er zelf over begonnen. Je bent er gloeiend bij, dus knap je het zelf maar op.'

'Als het nodig is, hebben we nog altijd een voorraad nieuwe en pasklare chemische beschermingspakken,' zei Fiel. 'En gasmaskers voor overgevoelige types.'

'Alsof Renat je die zal uitreiken ...,' zei Igor Vasiljevitsj.

'Die krijgen we als je hem er maar niet speciaal naar vraagt,' antwoordde Fiel.

Igor Vasiljevitsj en Jonkie keken Fiel vol verwachting en ontzag aan.

'Wat nou?' vroeg Fiel, die onder hun blikken zowaar begon te blozen. 'Dachten jullie nou echt dat de koffie die jullie bij mij drinken, uit mijn persoonlijke voorraad kwam? Dat ik die voor jullie KOOP? Waarom zou ik dat doen? Jullie zijn toch geen kleine jongetjes voor wie ik iets leuks moet kopen.

Rinat zou er beter aan doen de voorraadkamers af te sluiten in plaats van de troep die we hier moeten aantrekken achter slot en grendel te bewaren. Dat hij de wapens goed opbergt zodat we er niet bij kunnen, oké. Maar die werkkleding van mij is snel afgedragen – moet ik dan op mijn knieën bij hem gaan smeken om nieuwe? Die geeft hij toch niet.'

'Fiel, je bent reuze,' zei Igor Vasiljevitsj.

'En wat bewaart hij daar nog meer waar wij geen weet van hebben?' vroeg Jonkie begerig.

'Daar liggen van die camera's, een soort registratieapparaten,' antwoordde Fiel. ' Weet je nog dat er een plan was om videoverslagen in te dienen in plaats van die kloterapporten van vijftig bladzijden die we nu moeten opstellen? Zodat de leiding op grond van de geregistreerde getuigenissen alles kon verifiëren? Die heeft hij dus achterovergedrukt. Daar durf ik mijn hoofd onder te verwedden.'

'Hij heeft er vast een in zijn auto geïnstalleerd,' zei Jonkie. 'Wat ik je brom.'

'Dan ken je Rinat nog niet,' zei Fiel. 'Ik denk eerder dat hij er een verpatst heeft en van het geld een nieuwe voor zichzelf heeft gekocht.'

'Zijn jullie nou helemaal gek geworden?' hoorden ze Sergej Sergejevitsj beneden krampachtig en amechtig roepen. 'Ik schreeuw me hier een ongeluk! Kijk 's op jullie horloges! Genoeg geouwehoerd! Wat zouden jullie ervan denken om 's aan het werk te gaan?'

Ze daalden af naar de eerste verdieping. Aan het eind van de gang bevond zich daar een lokaal waar vroeger misschien politieke informatiebijeenkomsten en partijvergaderingen werden gehouden. In het lokaal stonden vier rijen stoelen opgesteld, net als in een bioscoop. Van de deur liep een gangpad tussen de stoelen door naar een klein podium. In de hoek stond een hoge houten standaard van spaanplaat, waaroverheen een soort rood, met geel franje afgezet laken gespreid lag. Op het laken was een buste van Lenin geplaatst. Toen

Sergej Sergejevitsj zich installeerde achter het spreekgestoelte, bogen de planken van het podium door. Zelfs vanaf de achterste rij, waar Igor zat, was goed te zien hoe de vloer bewoog. Igor keek naar de in het schijnsel van de tl-buizen vervaarlijk wankelende standaard, bang dat de buste elk moment van het laken kon glijden en op de grond in diggelen kon vallen. Rinat Iosifovitsj, die op de voorste rij vlak bij het podium had plaatsgenomen, zat half omgedraaid met een schuin oog naar de achterste rijen te kijken, wat ook niet bevorderlijk was voor de stabiliteit van de plankenvloer. De bril van Rinat Iosifovitsj blonk, net als de metalen hoekbeschermer van de leren aktetas op zijn schoot.

'Veel bijzonders valt er niet te melden,' begon Sergej Sergejevitsj. 'Jullie hebben je samen naar behoren gekweten van je taak. Nu is het tijd voor het papierwerk. Een en ander dient volgens het boekje te worden afgewerkt. Ik begrijp dat dit voor zich spreekt, maar elke keer wordt er toch weer misgekleund. Er zijn strenge regels waar we ons aan te houden hebben. Ik snap dat wekenlange inactiviteit soms verslappend werkt en dat het bijna Nieuwjaar is. Er is er een die niets gedaan krijgt omdat hij zijn privézaakjes niet op orde heeft. En het lijkt ook ondankbaar werk – je eigen medeburgers naar de kloten helpen. Maar hoe vaak moet ik het nog zeggen? Alle veiligheidsdiensten doen het, op de ene manier of de andere. Ze maken hun medeburgers af ter beveiliging van de staat en de rest van de bevolking. Zolang jullie niet concreet op de hoogte zijn van het doel van dit alles, kan je maar beter geen ondermijnende activiteiten ontplooien onder je collega's.'

'Kun je dan misschien toch nog even uitleggen wat dat concrete doel nu eigenlijk precies is, in plaats van mist te spuiten?' vroeg Igor Vasiljevitsj. 'Daardoor krijg je telkens weer een ongewenst personeelsverloop.'

'Van hogerhand is men van mening dat het zinvoller is om jullie in het ongewisse te laten,' antwoordde Sergej Sergejevitsj. 'Ik dring er zelf iedere keer op aan om alles te vertellen, maar dan zeggen ze dat het daardoor, puur psychologisch gezien, zwaarder gaat worden. Je weet zelf wel dat de samenstelling van de afdeling al een paar keer volledig vernieuwd is, we hebben al van alles geprobeerd. Dus, kameraden, laten we zo goed mogelijk alles naleven en maak het mij en jezelf niet moeilijker dan het al is.'

Lenin keek het lokaal in met zijn zelfverzekerde gipsen ogen, alsof hij het publiek precies hetzelfde wilde zeggen.

'En geen rare fratsen uithalen,' ging Sergej Sergejevitsj verder. 'Hoe vaak heb ik dat al niet gezegd, maar toch is er telkens weer iemand die probeert goede sier te maken met fraaie literaire zinswendingen of cynische grapjes. Het is wel te begrijpen dat jullie dingen die volkomen idioot lijken, wat willen opleuken, daarboven begrijpen ze dat ook wel. Maar maak het niet te bont. Ik zou zelfs willen aanraden om maar helemaal niet te proberen leuk over te komen, al is dat vergeefse moeite, want ik weet dat er toch altijd weer iemand opduikt die de behoefte voelt om grappig uit de hoek te komen.'

Igor kon zich niet voorstellen hoe je op een grappige manier over een verhoor kon schrijven. Hij had een paar oude rapporten gelezen om af te kijken hoe je er een moest schrijven, maar behalve een gedetailleerde beschrijving van het interieur en de lichaamsbewegingen van de ondervraagde en zijn metgezellen stond daar niets bijzonders in.

'En dan nog iets. Michail, ik zeg je dit waar iedereen bij is, zodat ze jou daar bij gelegenheid aan kunnen herinneren,' zei Sergej Sergejevitsj en Igor begreep dat SS het tegen Fiel had. Het trof hem onaangenaam dat deze een naamgenoot was van zijn zoon. 'Hou op met die liquidatiemethoden van jou, hou op de mensen de nek om te draaien. Verander je signatuur. Anders lijkt het nauwelijks meer op huiselijk geweld, wat moeten de mensen er wel niet van denken. De smerissen zijn nu op zoek naar een voormalige of nog actieve commando, die probeert te infiltreren in de wereld van dronkaards

　　　　　　　　　　　　　ALEKSEJ SALNIKOV

en drugsverslaafden om ze daarna uit de weg te ruimen. Er was toch een keuken, heb ik begrepen. Kon je daar geen mes vinden?'

Gedurende de monoloog van Sergej Sergejevitsj voelde Igor hoe zijn ziel als het ware zijn lichaam verliet, omdat ze de bizarre inhoud van zijn woorden niet langer kon verdragen. Ze keek nu vanaf het plafond naar het zaaltje onder zich en naar de mensen die er zaten, luisterend naar de toespraak van SS en zijn enigszins doffe, goedmoedig vermanende stem, die niet helemaal in samenklank was met zijn boodschap.

'Het was gewoon omdat Igor er voor het eerst bij was,' antwoordde Fiel. 'Vasiljevitsj wou hem per se vlak naast zich hebben. Ik denk niet dat Igor het op prijs zou hebben gesteld als ik vlak voor zijn neus dat mannetje met een mes was gaan bewerken. Hij zat daarna toch al helemaal stuk, je weet zelf hoe dat soms gaat.'

Sergej Sergejevitsj nam Igor aandachtig op. Deze daalde uit de hemel neer op aarde en beaamde:

'Misschien ben ik inderdaad wel een overgevoelig type, in ieder geval ben ik er nog altijd niet van bekomen. En als Fiel ook nog eens een mes was gaan gebruiken, dan weet ik niet hoe ik er nu aan toe zou zijn. Ik ben op zijn zachtst gezegd niet zo gewend aan dit soort dingen.'

'Dat begrijp ik goed,' zei Sergej Sergejevitsj en aan zijn stem was te horen dat hij dit ook meende, dat hij oprecht begrip had voor de situatie zoals die zich had voorgedaan. Igor las in zijn varkensoogjes zelfs iets van meegevoel.

'Oké,' rondde Sergej Sergejevitsj af. 'Iedereen naar zijn eigen hol. Niet langer getreuzeld. Wat minder rookpauzes, des te sneller is het werk gedaan en des te sneller zijn jullie ervan af.'

'Alsof we dat zelf niet snappen,' zei Igor Vasiljevitsj, terwijl hij zich overeind werkte en ook de anderen, inclusief Igor, een voor een opstonden.

'En dat geldt dus met name voor jou,' zei Sergej Sergejevitsj tegen Igor Vasiljevitsj.

Op zijn kamer zette Igor zijn computer aan, waarna hij peinzend achteroverleunde op zijn stoel. Al voor de operatie had hij zich een nieuwe monitor en een nieuw toetsenbord aangeschaft (de muis kon er wat hem betreft mee door). Die hadden door Rinat meteen inventarisnummers opgeplakt gekregen. Zo had Igor op het werk, nog voordat hij zijn eerste salaris had ontvangen, al zijn zenuwen en een deel van zijn geld verloren, wat hem als specialist met een hogere economische opleiding en gewoon als iemand, begiftigd met een gezond verstand, niet lekker zat. Nu moest hij allereerst een beschrijving maken van een appartement waar hij nauwelijks iets vanaf wist. Ook dat leek hem een volkomen zinloze bezigheid.

Met het nodige gekraak en gesteun bracht zijn computer moeizaam Windows XP ter wereld. Terwijl Igor de barensweeën van het apparaat gadesloeg, kon hij zich nauwelijks bedwingen om niet nog een sigaretje op te steken en zich te vergasten op een extra kop koffie, die hem des te meer zou smaken nu hij wist dat die onder Rinats neus vandaan was weggekaapt. Maar Igor hield zich in en opende Notepad. Toen hij op het teerblauwe icoontje daarvan drukte, werd hij via allerlei associaties herinnerd aan Fiels geaardheid.[16]

De instructies had hij de vorige week al tijdens de periode van gedwongen nietsdoen gelezen en daarna nog verschillende malen herlezen, voordat hij de smaak te pakken had gekregen van de babbelpraatjes in de rookhoek. Uit het pak formulieren met schematische plattegrondjes van appartementen die in zijn bureaulade werden bewaard, koos hij het exemplaar dat beantwoordde aan het door hen bezochte appartement en arceerde hij de plekken waar hij zelf geweest was, namelijk het halletje en de keuken. Om het later, als hij koortsachtig bezig was met het schrijven van het rapport, weer gemakkelijk terug te kunnen vinden, voorzag hij het plattegrondje van een rechthoekig stempel, met daarop zijn handtekening, en dateerde het.

De blanco pagina op Notepad stemde hem mismoedig, maar toch werkte deze mismoedigheid in zekere zin kalmerend op hem, want hierdoor werd de realiteit van plotselinge invallen in andermans woningen en omgedraaide nekken enigszins gedempt.

Eerst werd hij geacht te beschrijven wat zich bij binnenkomst links van hem in het halletje had bevonden. Het probleem was dat hij eigenlijk niet echt naar links had gekeken, en bovendien had er geen licht gebrand in het halletje. Volgens hem was daar een ingebouwde muurkast geweest. Igor duidde op het plattegrondje de plaats waar zich de muur van het halletje bevond, aan met het cijfer 1 en schreef op zijn Notepad-pagina: 'Onder cijfer 1 een witgeverfde wandkast.' Volgens de instructies moesten aan elk beschreven onderdeel van het interieur minstens tien regels, op basis van lettergrootte 10, worden gewijd. Igor voegde eraan toe: 'De knoppen aan de kastdeuren dienen tevens om er kleding aan op te hangen, er hangen verscheidene jassen.' Nu had hij al twee regels, er restten er nog acht. Igor merkte hoe zijn hersens, als gebalde spieren, tot het uiterste gespannen waren, maar tegelijkertijd voelde hij zich machteloos. Hij zou net als op school willen spieken bij zijn buurman. Hij kon zich niet voorstellen dat Igor Vasiljevitsj met zijn beperkte intellect in staat was meer tekst uit zich te persen dan de twee regeltjes die Igor tot nu toe had geproduceerd. Hij wilde zo snel mogelijk overgaan tot de beschrijving van de keuken, die vol stond met allerhande voorwerpen, waarvan alleen al de loutere opsomming twee bladzijden in beslag zou nemen. Het meest irritante was nog dat hij in oude rapporten had gelezen hoe zijn voorganger zijn blik speels over de muren had laten glijden, terwijl hij zelf niet de moeite had genomen om zijn ogen wat beter de kost te geven. Na een half uur lang op het scherm van zijn monitor getuurd te hebben, kreeg hij plotseling een lumineuze ingeving en noteerde hij het volgende: 'Aan de achterste deurknop hangt een soort bruinige, met schapenwol gevoerde pelsjas. Verder is er nog een felrood donsjack met olympische ringen en het opschrift "Sotsji 2014", daaronder schijnt een geruite mantel te hangen. Het schoeisel naast de kast bestaat uit viltlaarzen, legerkistjes, enkele paren oude dameslaarzen, afgedragen pantoffels (in een ervan zit een gat op de plek van de grote teen), winterschoenen en rubberen laarzen. Dit alles staat schots en scheef door elkaar, zonder enig systeem. Het linker bovengedeelte van de kast staat een beetje open, daar zijn een stapel kranten en een grote glazen inmaakpot te zien. Zowel de pot als de kranten zijn bedekt met een laag stof. De kast is onprofessioneel geverfd, zowel beneden als boven kun je zien dat de verf is uitgelopen. Hij is alleen aan de buitenkant geverfd, de kopse kanten van het half openstaande deurtje zijn ook niet geverfd. Op een van de kastdeuren is met tape een iconenkalender geplakt (ik kan me niet herinneren van welk jaar).' Igor durfde niet te zeggen of dit alles ook in werkelijkheid zo was, maar in ieder geval had hij tien regels bij elkaar. Op dezelfde manier, zwetend van de zware hersenarbeid, beschreef hij de rechterhelft van het halletje, waarbij hij het deurkozijn met zoveel overgave be- schreef dat het leek of er sprake was van een architectonisch en artistiek meesterwerk.

Een paar uur later, toen het buiten al helemaal licht was en de lage winterzon zo verblindend naar binnen begon te schijnen dat hij de gordijnen dicht moest doen, was Igor bij de keuken aanbeland en besloot hij een pauze in te lassen. Daar kwam bij dat de koffie die hij die ochtend had gedron- ken, hem noodzaakte een bezoek te brengen aan het nog niet gerenoveerde toilet op de benedenverdieping. Op hetzelfde moment dat hij de deur van zijn werkkamer krakend open- de, kwamen – zich uitrekkend, zwaar zuchtend en met hun vingers knakkend – ook Fiel en Igor Vasiljevitsj hun vertrek uit gewankeld.

'Jij hebt net zulke rode ogen als Jonkie,' zei Igor Vasiljevitsj tegen Igor.

　　　　　　　　　　　ALEKSEJ SALNIKOV

'Ik moest huilen van moedeloosheid, omdat ik niet wist wat ik op moest schrijven,' zei Igor.

'Tot waar ben je gekomen?' vroeg Fiel met een stem die om de een of andere reden jaloers klonk.

'Tot de keuken,' antwoordde Igor.

Bevleugeld door hun korte moment van vrijheid stoven ze alle drie met veel rumoer de trap af.

'Laat je me straks zien wat je hebt geschreven?' vroeg Fiel. 'Dan laat ik dat van mij ook zien. Niet het verhoor, maar de hele lulkoek eromheen.'

Igor keek onderweg naar Igor Vasiljevitsj, als wilde hij hem om toestemming vragen.

'Geen probleem,' zei Igor Vasiljevitsj. 'We doen dat altijd onder mekaar, anders word je helemaal mesjogge. Jullie zijn nog jong, maar ik krijg zo langzamerhand een geheugen als een zeef. SS zit daar natuurlijk over te zeiken, maar op deze manier schieten je soms details te binnen die je zijn ontschoten. Je kijkt even bij iemand anders en je weet het weer.'

Aangekomen bij het toilet, lieten ze Igor Vasiljevitsj als oudste voorgaan. Hartgrondig vloekend sopte hij over de natte vloer.

'Er zou bij de uitgang een matje gelegd moeten worden,' brulde hij door de waterval die hij produceerde heen. 'Maar aan de andere kant zou die hartstikke gaan stinken, en we kunnen dat ding nergens wassen.'

Daarna was het de beurt aan Fiel, als medewerker die langer op deze plek had gewerkt dan Igor.

'Je hebt een mooi plannetje uitgebroed,' riep Igor Vasiljevitsj door de deur heen tegen Fiel. 'Kunnen we eindelijk eens fatsoenlijk onze behoefte doen, totdat het stevig begint de vriezen en de leidingen weer springen.'

'Dat was toen hier nog niemand woonde,' mompelde Fiel vanuit de wc. 'Maar nu is het hier warm en circuleert er water door de leidingen, er gaat niks springen. Het belangrijkste is nu om de handen uit de mouwen te steken, dan zien we later wel verder,' waarop hij weer naar buiten kwam en een uitnodigend gebaar maakte tegen Igor.

Igor bereikte de wc-pot via een speciaal neergelegde rij bakstenen. Sinds hij zijn werkzaamheden op de afdeling had aangevangen, had hij zich als beproefd toiletbezoeker al gewend aan dat geglazuurde, gebarsten en gelig uitgeslagen geval dat zich daar op een sokkel van enkele treden als een troon verhief en er onvoorspelbaar uitzag als een vrouw. Als hij aan het touwtje trok om door te spoelen, was hij er mentaal op voorbereid dat er helemaal geen water uit de stortbak kwam, of dat er integendeel juist een geweldige vloedgolf werd geproduceerd, alsof er een brandkraan werd opengedraaid. Ook was hij erop bedacht dat het water bulderend in het gat van de wc verdween, zonder één enkele druppel in de pot achter te laten, om daarna nog lange tijd ergens in de diepten van de afvoer na te borrelen, net alsof het op zijn weg huizen, auto's en bomen had meegesleurd, of dat het water juist weer teruggutste in de pot. Evenzo was hij erop voorbereid dat het tot aan de rand in de pot bleef staan of er juist overheen gulpte, waarna hij haastig zou moeten wegvluchten over de rij bakstenen.

Terwijl Igor deed wat hij moest doen, waren Igor Vasiljevitsj en Fiel uitgerekend op dat moment aan het zwijgen, alsof ze stilletjes luisterden naar de geluiden die uit de wc kwamen. Igor voelde zich daar zeer onbehaaglijk onder.

'De zeep komt trouwens ook uit de voorraad van Rinat,' nam Fiel hen in vertrouwen toen ze samen hun handen wasten in de douchecabine.

De volgende twee dagen deed Igor niets anders dan proberen zich de details van de operatie voor de geest te halen, deze te noteren en zijn eigen aantekeningen voor de volledigheid te vergelijken met die van Fiel en Igor Vasiljevitsj, waarbij hij er zo'n draai aan trachtte te geven dat niemand zou denken dat hij het gewoon gekopieerd had. Daarna, toen de anderen allang klaar waren en om de haverklap bij hem aanklopten om te vragen of hij mee kwam roken, was hij nog drie dagen lang bezig om het opgenomen interview met het mannetje te ontcijferen en aan te vullen met notities over het gedrag van de ondervraagde. Igor stelde tot zijn voldoening vast dat de dictafoon, hoe bescheiden van omvang ook, er goed in was geslaagd het achtergrondgeruis te dempen en elk kuchje in de keuken nauwgezet had geregistreerd. Want ook de reacties van de collega's moesten kort worden samengevat, evenals de wijze waarop Igor zelf op de vragen en antwoorden had gereageerd. Aangezien Sergej Sergejevitsj dringend verlegen zat om het rapport, bracht Igor een heel weekend door op het werk, wat zoals te verwachten viel op weinig begrip kon rekenen bij zijn vrouw. Zowel zaterdagavond als zondagavond kreeg hij van haar bij thuiskomst de wind van voren en van achteren. Ze had er de pest in dat hij twee vrije dagen achter elkaar zomaar weg was gebleven. Hij herinnerde haar eraan dat zij, toen hij de vorige keer een extra vrije dag had, nauwelijks enthousiasme had getoond dat hij thuis was, en zelfs tegen hem tekeer was gegaan vanwege de popcornkruimels die ze in de kamer van hun zoon had gevonden. Zowel vader als zoon hadden er toen flink van langs gekregen. 'Ik was toen zo moe als een hond. Snap je dat dan niet?' zei ze met een zachte, verongelijkte stem, omdat ze wel begreep dat ze niet sterk stond.

Maandagavond overhandigde Igor het stenogram aan de al op het punt van vertrekken staande Sergej Sergejevitsj. Hij voelde een vreemde lichtheid in zijn hele lichaam, het kon hem totaal niets meer schelen of hij alles wel juist had gedaan en of er geen drukfouten in de tekst stonden, waar hij in het begin juist zo nauw op had toegezien. Hij voelde zich nog lichter worden toen hij vernam dat Igor Vasiljevitsj al met iemand anders was meegereden. Sergej Sergejevitsj bladerde het stapeltje papieren door en stopte alles weg in een bruine envelop, net zo een als waarin de vragenlijst had gezeten, waarna Igor deze nog moest voorzien van zijn ronde stempel en handtekening.

'Dat is dat,' zei Sergej Sergejevitsj. 'Morgen mag je meehelpen met de wc, Misja heeft iedereen gemobiliseerd, inclusief Rinat Iosifovitsj, zodat jij er ook niet aan ontkomt.'

'Zijn ze dan nog niet klaar?' verbaasde Igor zich. 'In een paar dagen had het toch gedaan moeten zijn.'

'Misja wil het genot zo lang mogelijk rekken,' zei Sergej Sergejevitsj. 'Net als bij tantraseks.'

'Maar de kinderen van de kleuterschool van mijn zoon moeten thuis in quarantaine zitten,' zei Igor en hij loog niet, want die ochtend had zijn vrouw hem gebeld om dat mee te delen, waarbij ze in het bijzonder had benadrukt dat dit vroeger geen probleem zou zijn geweest maar nu wel, omdat Igor almaar op zijn werk was en het zoontje dan tot 's avonds laat alleen thuis zou moeten blijven, met alle mogelijke gevolgen van dien. 'En mijn vrouw,' vervolgde Igor, 'heeft weer eens hoogspanning op haar werk.'

'Neem hem dan mee hiernaartoe, dan is het probleem opgelost,' zei Sergej Sergejevitsj met een stem alsof dit de gewoonste zaak van de wereld was, al was het wel duidelijk dat hij hiermee wilde voorkomen dat Igor zou beginnen over zijn recht op buitengewoon verlof.

'Mag dat dan?' vroeg Igor.

'Waarom niet?' verbaasde Sergej Sergejevitsj zich. 'Mensen nemen kinderen soms zelfs mee naar zwaar beveiligde locaties, terwijl het hier bij ons op het ogenblik kalmpjes is, bijna huiselijk. Laat Jonkie maar een beetje op hem passen, hij heeft voorlopig toch geen flikker te doen. Opvoedkundig gezien misschien niet eens zo'n slecht idee.'

Toen Igor weer thuis was en 's avonds met zijn vrouw in bed naar een of ander programma op de televisie lag te kijken, vertelde hij haar van het voorstel van zijn chef. Ze moest er niets van hebben.

'En dat kind maar meeslepen naar allerlei tochtgaten, zodat hij kou vat zeker,' begon ze op te spelen, hoewel ze daarvoor al aan het wegdommelen was. Igor had gehoopt dat haar reactie in haar halfslaap niet al te vinnig zou zijn, maar hij vergiste zich.

'Wat is dat nou toch?,' wierp hij zachtjes tegen. 'Altijd als ik wat zeg, is het bij jou onmiddellijk "nee." Dat is toch niet normaal, of wel soms?'

'En je kind meeslepen naar het werk – vind jij dat wel normaal?'

'Ik vind het niet normaal dat jouw baas een hekel heeft aan kinderen en erop tegen is dat jij Misjka meeneemt naar het werk,' zei Igor. 'Bij jullie is het lekker schoon en warm, je zou hem prima een paar daagjes mee kunnen nemen.'

'Hij kan beter thuis blijven dan rondhangen tussen die collega's van jou,' was hierop haar antwoord. 'We laten gewoon een telefoon bij hem achter, geen probleem.'

'En als hij niet antwoordt, hoe knijp je er dan zo snel tussenuit? Of moet ik dan hals over kop hiernaartoe scheuren, bang dat er iets met hem is gebeurd?'

'Goed dan,' zei ze. 'Neem jij hem dan maar mee. Maar wat krijgt hij daar te eten? Waar moet hij slapen?'

'Je hebt daar overal van die eettentjes in de buurt, Jonkie gaat me die laten zien, hij is daar beter thuis dan ik,' zei Igor. 'En een plekje om wat te slapen vinden we ook wel. Mijn god, ik ben zelf ook eens tijdens een quarantaine met mijn moeder mee geweest naar een bouwplaats en ik heb het er levend afgebracht. Er is niks gebeurd, ik heb geen enkele baksteen op mijn kop gekregen.'

Terwijl hij dit argument aanvoerde, herinnerde hij zich hoe hij bijna in de ventilatieschacht van een flat in aanbouw was gedonderd en zijn hand had opengehaald aan een spijker, maar hij besloot dat het in dit geval verstandiger was om een en ander onvermeld te laten, zeker omdat zijn vrouw toch wel gevoelig bleek voor zijn argumentatie.

'In godsnaam dan maar,' zei ze. 'Neem hem maar mee naar allerlei gribussen, maar als er iets gebeurt, mag je zelf op zoek gaan naar een ziekenhuis.'

'Er gebeurt niets,' zei Igor stellig, hoewel hij daar diep in zijn hart minder zeker van was dan zijn stem zou doen vermoeden.

Het lukte inderdaad om de verantwoording voor het zoontje af te schuiven op Jonkie, die wonderlijk genoeg een zorgzame oppas bleek te zijn. Terwijl de volwassenen allemaal bezig waren met het vervangen van de afvoerpijpen en waterleidingen en het doortrekken van de verwarmingsbuizen naar het toilet – een klus waar eigenlijk loodgieters voor nodig waren, maar die kwamen niet, of ze kwamen wel maar wisten niet waar ze hun lasapparaat moesten aansluiten, of ze wisten dat wel maar lasten iets op de verkeerde plek of op de verkeerde manier – kortom, terwijl iedereen druk was met de renovatie, kweet Jonkie zich voorbeeldig van zijn taak als kindermeisje. Hij nam het zoontje mee uit ontbijten en uit lunchen en ook nog voor een tussendoortje ergens heen (alleen voor het avondeten nam Igor hem mee naar huis) en was de godganse dag met hem bezig, zodat Igor het gevoel had alsof hij zijn zoontje niet meenam naar zijn werk, maar net als vroeger naar de kleuterschool. Nadeel van Jonkies opvoedkundige methode was alleen dat als het jochie een volwassene tegenkwam, hij deze aansprak met de naam die alleen gebruikt werd achter de rug van de betrokkene. Dus met 'meneer Vasiljevitsj', 'meneer Fiel' en 'meneer SS' (als Sergej Sergejevitsj dit 'SS' hoorde, zag je de bolletjes op zijn slapen half boos, half geamuseerd heen en weer rollen).

Igor Vasiljevitsj proestte het uit van het lachen toen het jochie Rinat Iosifovitsj 'meneer Renat' noemde. Het moest de financieel directeur worden nagegeven dat hij hier niet moeilijk over deed en Igors zoon niet vermanend begon toe te spreken. Hij blikkerde alleen een keer met zijn bril in de richting van Jonkie.

'En, wat doen jullie daar zoal?' vroeg Igor aan zijn zoon toen ze op de derde avond van de quarantaine terugreden naar huis.

De ogen van de jongen begonnen vrolijk te glinsteren in de achteruitkijkspiegel.

'We nemen een *Team Fortress server* of iets anders met een spraakchat, dan vraag ik in de microfoon of er Russen zijn, terwijl oom Sasja aan het spelen is. Of we spelen in één team. Hij heeft me een Steam-account cadeau gedaan, daar kan ik *Left 4 Dead* op spelen, zelfs deel 2. En ook *Team Fortress*. Er is een uitgebreide set als je een gekochte versie hebt, en een niet-uitgebreide die je gratis kan downloaden. Ik heb de uitgebreide. Heavy daar is de top. Hij heeft een mitrailleur en hij kan zichzelf beter maken met boterhammen.'

Igor stelde zich voor hoe de kleuterjuf hem of zijn vrouw opnieuw zou vragen of zoonlief niet te veel tijd doorbracht op zijn computer en hoe ze dan iets verontschuldigends terug zouden neuzelen, waarna zijn vrouw in een pedagogische driftaanval zou proberen om de tijd die het jochie achter het beeldscherm doorbracht, in te perken, maar dan niets anders zou kunnen bedenken waarmee ze hem kon bezighouden, terwijl hij, Igor, zich dan net zo zou voelen als het zoontje wanneer zijn ouders ruzie maakten. Daarna zou alles weer terugkeren naar normaal, waarbij alleen Igor en zijn vrouw nog tegen elkaar tekeergingen, terwijl zoonlief weer gewoon achter zijn computer zat en zijn van enthousiasme overslaande stemmetje verried dat het computervermaak inmiddels een nieuw stadium van intensiviteit had bereikt.

'Papa, weet je wat voor soort spelletjes er zijn?' vroeg het zoontje. En hij vervolgde, Igors bange vermoedens bevestigend: 'Je kunt proberen keizer van Japan te worden, of je kunt ergens een huis bouwen en een ondergrondse ruimte graven en alles om je heen researchen.'

Thuis sprak zijn vrouw dezelfde bange vermoedens uit toen het zoontje, na haastig een hapje gegeten te hebben, onmiddellijk achter zijn computer kroop en op het duidelijk aangeleerde toontje van een persoon die totaal bezeten is, uitriep:

'Nu ga ik alle games downloaden!'

'Rustig maar,' probeerde een na het avondeten ontspannen Igor zijn vrouw te kalmeren. 'Het had allemaal veel erger kunnen zijn. Jonkie had hem ook allerlei vieze woorden kunnen leren.'

Zij bleek doof voor Igors wanhopig sussende gefluister, dat gooide voor haar alleen maar olie op het vuur, want er klonk een soort paniek in door, een angstig voorgevoel dat er elk moment weer een eindeloze ruzie kon uitbarsten.

'Had hij hem maar vieze woordjes geleerd,' zei ze ook fluisterend, terwijl de crème op haar gezicht lijkbleek glom. 'Schuttingtaal kent hij toch allang van de kleuterschool, en als hij met nieuwe woordjes aan was komen zetten, had hij tenminste nog de blits kunnen maken binnen de groep.'

Haar redeneertrant dreef Igor altijd tot het uiterste. Hij begreep maar niet hoe ze het altijd weer klaarspeelde dat hij zich uiteindelijk schuldig begon te voelen.

'Olja,' siste Igor haar toe,' waar slaat dat in godsnaam op! De goede jongen heeft zijn best gedaan, hoewel hij mij niets verplicht is, laat staan onze zoon. Hij heeft zelfs een eetgelegenheid gevonden waar ze normale gerechten serveren en geen blikvoer of zoete broodjes. Hij is de hele tijd met hem opgetrokken, alsof het zijn eigen zoon was, en jij kraamt dit soort onzin uit.'

Zij greep de prijzende woorden over Jonkie aan om verder te kijven. Igor wist al waar het op uit zou draaien en had er spijt van dat hij niet wijselijk zijn mond had gehouden en tegen haar in was gegaan.

'Hoor hem praten,' snauwde zijn vrouw, die zich steeds minder in de hand hield en al niet meer fluisterde maar was overgeschakeld op een halfluid volume dat elk moment nog verder kon worden opengedraaid tot schreeuwniveau. 'Hoor hem, meneer heeft iemand anders gevonden, terwijl je zoon bij jou was. Maar je zit wel de hele tijd op mij te vitten dat ik een slechte moeder ben ...'

'Wanneer heb ik dat dan ...'

'Terwijl je hem wel zelf gelijk dumpt bij een vreemde, zonder daar ook maar een moment over na te denken. Er had god weet wat met hem kunnen gebeuren. Die mafkees had hem zomaar porno kunnen laten zien, dat had je dan pas achteraf gehoord. Hij had van alles met hem kunnen doen, je hebt daar totaal niet op toegezien.'

Igor dacht bij zichzelf dat de beste manier om het verdorven personage in Jonkie zoals dat in de verbeelding van zijn vrouw bestond, wakker te roepen, was: om de vijf minuten bij hem binnenvallen in zijn werkkamer en met een knipoog vragen wat ze aan het doen waren. Hij wilde dit argument aanvoeren, maar dan zou zij het onmiddellijk gebruikt hebben om aan te tonen met wat voor onvoorspelbare idioten hij samenwerkte, en er god weet wat niet allemaal bij gesleept hebben. Maar ze begon zelf al.

'Het ontbrak er nog maar aan dat je hem niet aan die pedofiel van jullie hebt gegeven,' zei ze halfluid. 'Gewoon om van hem af te zijn. Maar wie weet, misschien heb je dat ook wel gedaan, mij vertel je toch nooit wat.'

'Maar jij vertikte het zelf om hem mee te nemen,' fluisterde Igor inmiddels witheet van woede. Om de een of andere reden voelde hij zich persoonlijk beledigd door de aanval op zijn collega's. 'Jij hebt makkelijk praten nu de quarantaine al bijna voorbij is. Neem hem dan tenminste morgen nog een dagje mee naar je werk, naar die normale mensen van jou. Bij mij mag er dan een pedofiel op het werk zijn, maar in hoeverre jouw collega's eigenlijk wel normaal zijn, is nog maar de vraag. Wie weet wat er allemaal tussen zit.'

'Je weet toch dat ik hem niet mee kan nemen, omdat ik zelf mijn collega's heb verboden kinderen mee te nemen naar het werk, het is geen kleuterschool bij ons. Ons collectief bestaat bijna helemaal uit vrouwen, stel je voor, veertig FSB-spionnes bij elkaar gepropt in één ruimte.'

Dat zijn vrouw probeerde een luchtige toon aan te slaan en haar stem weer dempte tot fluisterniveau, stelde Igor gerust. Hij bedacht plotseling hoe hij de ruzie kon temperen door over iets anders te beginnen, maar op dat moment stoof zoonlief bij hen binnen en sleurde zijn ouders mee naar zijn kamer.

'Moeten jullie kijken wat ik heb gebouwd!'

Moeder begon hem de mantel uit te vegen omdat hij zo hard schreeuwde, maar ging toch met interesse naar het beeldscherm kijken, waarna ze zich achter de computer zette en haar zoontje tot krijsende wanhoop dreef door daar zo'n tweeënhalf uur te blijven zitten. 'Nog héél even,' zei ze steeds. 'Nog héééél even!' deed het jongetje haar door zijn tranen heen sarcastisch na, terwijl hij zich voortdurend met zijn gezicht wanhopig in zijn kussen liet vallen, totdat hij ten slotte moegekrijst in slaap viel, want het was al heel laat. Igor lukte het uiteindelijk om zijn vrouw los te plukken van de computer en mee de kamer uit te voeren.

Voordat ze de kans kreeg terug te keren naar hun ruzie, sneed Igor ter afleiding een gespreksonderwerp aan dat haar zou moeten interesseren.

'Jij had het over Fiel, die is trouwens wat breder georiënteerd dan we dachten. Hij heeft het gedaan met de vrouw van onze financieel directeur.'

Igor zag de ogen van zijn vrouw geïnteresseerd opflikkeren en vervolgde:

'Ik heb dat een week geleden, of eerder nog, gehoord. Ik kon het zelf nauwelijks geloven.'

'Dus hij doet het met allebei?' vroeg ze op een toon waaruit je zou kunnen opmaken dat een dergelijke veelzijdigheid in mannen haar wel aanstond. Ergens diep in haar hoofd vlakte ze de streep uit waarmee ze eerder zijn naam had doorgehaald. Alsof ze erop rekende dat ze misschien ooit met hem in aanraking zou komen en zijn kwaliteiten in de praktijk zou kunnen testen.

'Ja,' zei Igor, 'kun je nagaan.'

'En wat vindt de financieel directeur daarvan? Is dat dezelfde als die Rinat Iosifovitsj?' vroeg ze.

'Die weet er niks van,' antwoordde Igor.

'Het gaat er daar hevig aan toe bij jullie,' zei zijn vrouw goedkeurend. 'Passionele verwikkelingen.'

'Dat is nou een schoolvoorbeeld van een steek in de rug die wordt toegebracht door iemand van wie je dit het minst zou verwachten.'

Zijn vrouw moest smakelijk lachen.

'Wat je zegt,' zei ze, 'wie had dat kunnen denken. Als ik een man was, zou ik mijn vrouw waarschijnlijk zonder enig probleem aan hem hebben toevertrouwd.'

'Maar ik zou dat niet zomaar doen,' zei Igor. 'Hij is veel te knap.'

'Meen je dat nou?' zei ze. 'Ik dacht dat het zo'n type was die bruiloftsfeestjes organiseerde, een soort modeontwerper of designer, zoals je die ziet in Amerikaanse films.'

Igor zag de keuken voor zich die hij tot in detail, met opoffering van zijn vrije dagen, had beschreven. Hij herinnerde zich weer hoe Fiel daar, met zijn ellenboog op de vensterbank leunend, had gestaan, en zei:

'Nee, zo eentje is het zeker niet, geloof me. We zouden eigenlijk met zijn allen een nieuwjaarsfeestje moeten organiseren, dan zou je hem met eigen ogen kunnen zien. Pas alleen op dat je dan niet in een onbewaakt ogenblik, als je wat aangeschoten bent, je mond voorbijpraat tegen Rinat.'

Ze gaf hem een stompje tegen zijn schouder.

'Overigens had hij totaal geen belangstelling voor onze Misjka,' zei Igor half lachend. 'Hij is druk met het regelen van een nieuw toilet bij ons. Zijn vrouw heeft hem het huis uit geschopt, toen met dat schandaal. Sindsdien woont hij op kantoor.'

'Waarom huurt hij dan geen flatje?'

'God mag het weten.'

Daarmee liep het gesprek ten einde. Mevrouw verzonk in gedachten en stelde geen vragen meer over Fiel. Ze gingen in bed televisie kijken, hoewel je moeilijk kon spreken van echt kijken, want Igors vrouw, die zich meester had gemaakt van de afstandsbediening, zapte op haar gemak van de ene zender naar de andere, totdat ze stuitte op een film over vampiers met in de hoofdrollen een jonge Kirsten Dunst en Brad Pitt. Maar al snel werd de film onderbroken door een reclameblok en begon ze opnieuw te zappen. Igor keek niet langer naar het beeldscherm en richtte zijn blik op de armen van zijn vrouw die boven de deken uitstaken. Zelfs in het zwakke licht van de televisie en het nachtlampje kon Igor zien dat haar huid er anders uitzag dan vroeger. Toen hun zoontje werd geboren, had ze net zo'n huid als het kind nu – bedekt met een heel fijn netwerk van nauwelijks waarneembare lijntjes – en ook haar handen leken op die van hem: ze waren een heel klein beetje mollig. Maar nu leek het of de huid op haar handen strak was getrokken, het fijne netwerk was helemaal verdwenen, het was of ze gladde, je zou haast denken glacéhandschoenen aan had, en ook haar knokkels leken scherper uit te steken. Igor had de indruk dat ze de laatste tijd sowieso sterk vermagerd was. De nachtjapon die ze een jaar geleden gekocht hadden, slobberde nu wat om haar heen. Igor wilde vragen of ze niet ziek was, maar was een beetje bang dat ze venijnig zou reageren. Bovendien zou ze, als ze echt ziek was, daar beslist geen geheim van hebben gemaakt.

Nadat ze alle zenders had afgezapt en daarbij steeds weer terecht was gekomen in een reclamespot, een sportwedstrijd of een kookprogramma, keerde ze terug naar haar vampierfilm. Na een tijdje meende Igor dat ze was ingeslapen, en hij bukte zich over haar heen, maar zij voelde die beweging en draaide zich ook naar hem toe, waarna ze hem om een of andere reden op de hand tikte.

'Wil je misschien koffie?' vroeg Igor.

'Hoezo koffie, vlak voor het slapen gaan?' antwoordde ze. 'Liever thee, als je toch naar de keuken gaat.'

'Ik weet niet of koffie zo slecht is,' zei Igor met een schorre schraapstem, terwijl hij de deken van zich afwierp en zijn bijna gevoelloos geworden benen van het bed zwaaide. 'Ik kan op elk moment, of het nou overdag is of 's nachts, een kop nemen zonder dat ik er last van heb.'

Igor stommelde naar de keuken en toen hij met twee kopjes terugkeerde, zat zijn vrouw aan de telefoon. Terwijl ze haar kopje in ontvangst nam, knikte ze hem dankbaar toe.

'Mag ik de afstandsbediening?' vroeg Igor fluisterend.

Ze wuifde met haar hand alsof ze wilde zeggen 'pak maar en stoor me niet.' Igor deed zijn eigen rondje, snel wegzappend bij de vampiers, reclamespotjes en kookprogramma's die hij onderweg tegenkwam, totdat hij stilhield bij een thriller, maar daar werd al meteen iemand de nek omgedraaid en hoewel dat er minder gruwelijk uitzag dan in het echt, zapte hij toch snel weg. Hij herinnerde zich dat er op TLC gewoonlijk een programma te zien was met banketbakkers die taarten maakten, waar hij meestal erg rustig van werd, en dus zocht hij deze zender op. Maar op TLC was op dat moment niets rustgevends te zien, in plaats van taarten waren er een paar trainers bezig een groepje cheerleaders af te jakkeren en klaar te stomen voor een wedstrijd, wat er nóg opzwepender uitzag dan de onthullende video's over Sovjet-bouwbrigades die tijdens de perestrojka werden getoond. Igor zapte verder en vond plotseling iets dat hem kortstondig kalmeerde, namelijk een klusprogramma, dat zijn aandacht trok omdat het toevallig net over de renovatie van een toilet ging. Een gezet mannetje met een lichtblauw petje dat op onverklaarbare wijze bleef vastzitten op zijn dikke hoofd, en met een strak over zijn buik spannende spijkeroverall aan, rekende op de onnavolgbare wijze van een goochelaar af met oude tegels, een kapotte wc-pot en roestige leidingen en verving alles met hetzelfde gemak door iets nieuws. De scherven van de weggebikte tegels kwamen niet in zijn ogen terecht, hoewel hij niet eens een veiligheidsbril droeg (terwijl Igor Vasiljevitsj wel zo'n bril op had, maar evengoed stukjes in zijn ogen kreeg), en ook de tegellijm werd bij hem niet hard op de meest ongelegen momenten. Toen het mannetje de oude leidingen te lijf ging, bleek er geen enkele buis te zijn waar geen beweging in te krijgen was, die hopeloos verroest was of die aan een andere zat vastgelast. Igor begon te geloven dat het gebouw waar zijn afdeling huisde, vervloekt was vanwege alle daden die ze begingen, waarna hij opnieuw van de ene zender naar de andere begon over te springen.

Ondertussen hing zijn vrouw nog steeds aan de telefoon zonder de afstandsbediening terug te eisen. Ze gaf de persoon aan de andere kant van de lijn steeds kortaf antwoord, maar het was duidelijk dat ze zeer geïnteresseerd was in wat ze te horen kreeg en dat ze eerder onverschilligheid veinsde dan dat het haar echt koud liet. Het irriteerde Igor dat ze, toen het gesprek eindelijk werd afgebroken omdat het al zo lang had geduurd, gelijk weer terugbelde en vroeg: 'En, hoe ging het verder?' Igor zag zijn kans schoon om door te zappen naar een zender waar Engelse historici hun mening gaven over een fameuze Duitse pantsercommandant die tijdens de slag om Koersk tachtig Sovjettanks kapot had geschoten, wat Igor nog meer ontstemde dan het telefoongesprek van zijn vrouw.

Igor bracht de kopjes terug naar de keuken, zijn vrouw had haar thee helemaal koud laten worden, ze had er geen slok van genomen. Hij goot de thee weemoedig in het aanrecht, zich er mentaal op voorbereidend dat zij zich plotseling zou herinneren dat ze die nog niet had opgedronken, waarop hij dan moest antwoorden dat hij de thee door de gootsteen had gespoeld. Daarop verbaasde hij zich weer over zichzelf, omdat hij zich zo druk maakte om dat soort kleine dingen. Teleurgesteld in zichzelf stak hij maar weer een sigaret op. Terwijl hij rookte, praatte zijn vrouw maar door. Nog altijd teleurgesteld in zichzelf, stak hij geërgerd een tweede sigaret op en slofte met de asbak terug naar de slaapkamer, in de hoop dat zijn vrouw notitie van hem zou nemen, maar ze keek alleen met een schuin oog in zijn richting, zonder de telefoon neer te leggen, waarna ze opstond van het bed en het raam een stukje openzette. Igor deed het nachtlampje uit en begon te kijken naar enkele Franse historici die in de plaats waren gekomen van de Engelse en de oorlog van 1812 belichtten vanuit hun eigen Franse invalshoek. Uit de verhalen die hij al op school had gehoord over de oorlogen in de negentiende eeuw, was hem vooral bijgebleven hoe de mensen het klaarspeelden om in gesloten gelederen af te lopen op de kanonnen en granaatkartetsen van de tegenstander en zich met de borst vooruit bloot te stellen aan het vijandelijke vuur. Hij werd zo meegesleept door de verhalen van de Fransen dat hij niet merkte dat zijn vrouw inmiddels uitgepraat was. Zij dacht dat Igor kwaad was op haar en pakte voorzichtigheidshalve niet meteen de afstandsbediening van hem af, maar toen ze daar alsnog een poging toe deed, trok Igor zijn hand weg.

'Wacht even,' zei hij afwezig.

'Ben je boos op me?' vroeg ze en het was niet duidelijk of ze nu op haar beurt boos was om zijn boosheid of dat ze juist gevleid was door zijn boosheid, wat zou betekenen dat hij jaloers was.

'Wie was dat eigenlijk?' vroeg Igor quasi terloops, al klonk zijn terloopse toon niet al te overtuigend.

'Dat was Irka, haar oudste dochter heeft problemen,' antwoordde ze. 'Geef nou hier.'

Met irritante hardnekkigheid trok ze aan de afstandsbediening.

'Die nou niet zo vervelend,' zei ze. 'Geef nou.'

Igor klemde de afstandsbediening nog steviger vast.

'Ik kijk nog even en dan krijg jij hem, volgens mij is het zo afgelopen.'

'Wat nou, zo afgelopen, ze gaan maar door over Borodino,' zei ze klagerig en ze gaf weer een ruk aan de afstandsbediening, waarna Igor met een zucht zijn vingers ontspande.

'Ga jij je boekje maar lezen,' zei ze met een opgewekte klaterstem.

Igor pakte gelaten zijn e-reader van het nachtkastje. Hij herinnerde zich ineens dat hij allang van plan was om die op te laden, maar daar nog niet toegekomen was. De reader gaf geen enkel teken van leven toen hij op het aan/uit-knopje drukte. Hij ging in en om het nachtkastje op zoek naar de oplader, die hij ten slotte aantrof in een stekkerdoos waar het ding samen met enkele telefoonopladers ingestoken zat. Om de reader aan de praat te krijgen moest het apparaat eerst minstens enkele minuten stroom in zich opzuigen. Igor ging in de tussentijd languit op bed liggen met zijn handen onder zijn hoofd en vroeg aan zijn vrouw, omdat hij niets beters te doen had en geen zin had om naar de vampierfilm te kijken:

'Wat is er aan de hand met die oudste dochter van Irka? Voor zover ik me kan herinneren, heeft ze altijd al problemen gehad met die dochter, al vanaf de tijd dat ze nog maar een jaar of acht was. Waarom zit ze de jongste niet achter de broek?'

'Ze wil een of andere Dagestaan in huis nemen,' legde zijn vrouw uit. 'Om bij hen te komen inwonen. Een student, hij heeft geen geld om zelf iets te huren. Bovendien is er liefde in het spel.'

'Ho, wacht eens even,' verbaasde Igor zich. 'Ze wou van de zomer toch ook al iemand in huis nemen.'

'Dat was een Russische jongen, uit de provincie, van de theateropleiding, maar die nieuwe is uit de parallelgroep met vreemde talen.'

Igor was even stil, verwonderd over de rijkelijke hoeveelheid liefde waarover Irka's oudste dochter beschikte, en over de sterke zenuwen die haar ouders moesten hebben.

'Zij hebben nog een appartement dat hun oma heeft nagelaten,' zei ze. 'Daar is het allemaal om te doen. Die dochter denkt dat ze eraan toe is om op zichzelf te wonen, maar haar ouders zijn als de dood dat ze per ongeluk zwanger raakt voor ze afgestudeerd is. Irka heeft zelf in haar jonge jaren haar ouders in alle staten gebracht toen ze in haar vierde jaar een kind kreeg.'

'Maar nu is alles toch goed met haar?' merkte Igor op. 'Zowel haar carrière als haar gezinsleven?'

'Het is nu ook alweer haar derde huwelijk. Eerst is ze gescheiden van die ene die ze in haar studententijd had leren kennen, daarna van de tweede, en van nummer drie heeft ze nu een tweede dochter.'

'Een leuk leventje vol afwisseling,' zei Igor bewonderend. 'Wat zijn wij toch saai.'

Zijn vrouw moest om de een of andere reden dom lachen en Igor keek haar verbaasd aan.

'Onze Misjka zit nu nog op de kleuterschool,' zei ze. 'Maar straks als hij naar de grote school gaat, krijgen wij ook onze portie ellende over ons heen. Zelfs als zou blijken dat hij heel goed leert, kan er nog van alles misgaan. Je moest eens weten wat er allemaal wordt rondverteld. Dan is er weer een onderwijzeres die de pest heeft aan een kind, dan ligt er weer een kind niet goed in de groep, dan dit, dan dat. En Irka ligt er nu al wakker van dat ze haar omaatje gaan noemen als er een ongelukje gebeurt. Ze had al een bruidegom voor haar oudste dochter op het oog, maar ja, we leven niet meer in de middeleeuwen, tegenwoordig kun je ze niet meer tegen hun zin uithuwelijken.'

'Maar dat is nog altijd beter dan wanneer je dochter op haar dertiende in zee gaat met de Hare Krishna's,' herinnerde Igor zich een bepaald geval.

'Wie zal zeggen wat beter is. In ieder geval, als je erover begint na te denken wat Misja allemaal zou kunnen uitspoken als hij wat ouder is, dan rijzen de haren je te berge.'

Igor kon zich zijn zoontje niet voorstellen als volwassene. Van zijn eigen vader en moeder en van andere bejaarde kennissen wist hij dat veel ouders hun zonen en dochters altijd bleven zien als kleine kinderen, ook al waren ze twee keer zo groot als zijzelf.

'Ik kan me nog niet voorstellen hoe hij zal zijn als hij volwassen is,' zei hij. 'Voorlopig zie ik hem nog als een klein katje dat al een beetje gegroeid is maar niet verder meer zal doorgroeien. En bij ons thuis is alles zoals het hoort. Gewoon een harmonisch gezinnetje.'

'Hoor hem,' zei ze en ze verdween uit de slaapkamer.

Voordat Igor tijd had zich af te vragen waar zijn vrouw zo haastig heen ging, hoorde hij uit de badkamer water in de wasbak stromen. Hij waagde het niet om de vampiers in te wisselen tegen een ander programma, maar pakte zijn e-reader, zonder deze los te maken van de oplader, zodat hij zich helemaal naar het andere eind van het bed moest verplaatsen en op zijn zij moest gaan liggen om te kunnen lezen. Hij was al een tijdlang van plan om te beginnen aan Woodhouse, omdat hij als kind met plezier had gekeken naar de Engelse serie over Jeeves en Wooster. Op zijn reader stond een versie met een voorwoord. In plaats van dit voorwoord vluchtig door te bladeren, zoals hij gewoonlijk deed, begon Igor het aandachtig te lezen. In het voorwoord werd vermeld dat Woodhouse had samengewerkt met de nazi's. Igor probeerde zich te herinneren of er ooit een Russische schrijver was geweest die had samengewerkt met de nazi's en daarna toch nog werd gelezen, maar hij kon zo gauw niemand bedenken. Om de een of andere reden moest hij denken aan Günter Grass,[17] wiens naam hem ontschoten was toen hij op het werk Fiel iets had willen aanraden om te lezen. Op dat moment waren niet alleen de voor- en achternaam van de schrijver hem ontschoten, maar had hij zich niet eens de woordverbinding 'blikken trommel' kunnen herinneren. Maar nu was die titel hem zowaar weer te binnen geschoten, alsof zijn geheugen

   ALEKSEJ SALNIKOV

had uitgepakt met een of andere speelkaart en die plotseling
op tafel had neergelegd. Igor was bang dat hij de volgende dag
zowel de naam van de auteur als de titel weer vergeten zou
zijn en herhaalde in zichzelf 'trommel, trommel, trommel' om
zich dit goed in te prenten. Hij toverde zich zelfs het beeld
van een trommel voor ogen, eentje met draagkoorden en al
en met een patroon van witte en rode tanden op de zijkanten,
maar hij kende zich goed genoeg om deemoedig te erkennen dat hij zich de volgende dag alleen het woord 'tanden'
of 'koorden' nog zou weten te herinneren. Mijn God, dacht
hij, als ze eens wisten wat voor een onnozelaar ze als collega
hadden aangenomen.

Zijn vrouw keerde terug met een tube crème en begon,
zittend op de rand van het bed, met haar rug naar Igor toe,
opnieuw haar gezicht in te smeren. Igor merkte dat, hoewel
hij daartoe eerst zijn hoofd had moeten omdraaien, want hij
lag zelf ook met zijn rug naar haar toe.

'Wat doe je?' vroeg hij.

'Ach, alles wat ik op mijn gezicht heb gedaan, is er vanavond alweer afgegaan,' legde ze uit. 'Je moet het eigenlijk
vlak voor het slapen aanbrengen, ik was vandaag wat te ge-
haast.'

'We hebben te lang zitten niksen,' zei Igor.

'Of liever liggen niksen,' verbeterde zijn vrouw hem,
terwijl ze nog altijd met haar rug naar hem toe bleef zitten.
Daarna duwde ze de afstandsbediening onder Igors achterwerk en ging op haar zij liggen, met haar gezicht onveranderlijk van hem afgewend.

'Geef me 's een zoentje,' zei Igor.

'Nou vooruit,' zei zijn vrouw met een vreemde intonatie,
die Igor niet van haar kende.

Haar ogen leken hem verdacht rood aangelopen, alsof ze
had gehuild in de badkamer, maar Igor zei daar liever niets
van: het ontbrak er nog maar aan dat ze kwaad werd om zo'n
opmerking als zou blijken dat ze helemaal niet gehuild had,

dat Igor het zich maar verbeeld had vanwege de nachtcrème die haar huid bleker had gemaakt. Igor legde zijn lectuur opzij en begon heen en weer te zappen alsof er niets aan de hand was. Toen hij was aanbeland bij zijn History Channel, was er een uitzending over de Romeinen, die Igor minder konden boeien, omdat het al zo lang geleden was dat die hadden geleefd.

'Je Fransen hebben de aftocht geblazen,' zei zijn vrouw deelnemend.

Igor zat helemaal niet in over de afwezigheid van de Fransen op het beeldscherm. Het liet hem ineens volslagen koud wat zich daar op de televisie afspeelde. Het toestel was voor hem plotseling een even ver object geworden als de maan die in het donker haar bleke schijnsel afwierp. En er kroop zo'n zoete weemoed in zijn ziel dat hij zachtjes wilde janken, zonder te weten waarom.

HOOFDSTUK 4

Zonder dat Igor er erg in had, was november afgelost door december. De quarantaine van zijn zoontje was voorbij. Het toilet waaraan ze allemaal zo hard hadden gewerkt, was al op de tweede dag gaan lijken op een alledaags gebruiksvoorwerp, alsof dat altijd al zo geweest was, hoewel het nu natuurlijk in zo'n lichtblauw betegeld vertrek met wastafelruimte veel prettiger was geworden om er je behoefte te doen. En eind november waren in de stad reeds de eerste nieuwjaarslichtjes in de straten verschenen. De cola- en pepsiflesjes waren, op advies van marketingspecialisten, versierd met nieuwe etiketten waarop aanlokkelijke reclameleuzen prijkten in de trant van 'ruil tien kroonkurken in voor een familie knuffelberen' en 'breng de feestdagen door in een wintersportgebied.' Maar de stad zelf scheen er ondanks de naderende feestdagen stiller bij te liggen dan normaal, omdat alles ondergesneeuwd was. Er lag zoveel sneeuw dat Rinat Iosifovitsj, ondanks zijn gebruikelijke gierigheid, gedwongen was ergens een sneeuwruimer te huren, anders zou de garage onbereikbaar zijn geworden en zou er, mocht het nodig zijn, zoals in het geval van een dringende operatie, niet kunnen worden uitgereden.

'Officieel zijn wij een tijdelijk gesloten ketelhuis dat voor alle zekerheid in stand moet worden gehouden,' zei Rinat Iosifovitsj, die blijkbaar de kosten van het dagelijkse onderhoud van het terrein nauwkeurig had berekend. 'Je hebt dus niet alleen de situatie dat wij het enige ketelhuis in de stad zijn dat verwarmd moet worden door een ander ketelhuis, maar daar komt nog bij dat wij hier een heel wagenpark te onderhouden hebben. Ik zal jullie de finesses besparen, maar eigenlijk zouden jullie beter gebruik kunnen maken van het openbaar vervoer.'

'Geef jij dan maar het goede voorbeeld,' werd hem van repliek gediend door Igor Vasiljevitsj, die eindelijk zijn eigen auto, een massieve zwarte terreinwagen, gerepareerd en wel had teruggekregen.

Na dit voorstel liet Rinat Iosifovitsj schielijk al zijn stiekeme bezuinigingsplannetjes varen.

De sneeuw die de laatste dagen was gevallen, had op alle collega's een rustgevende en doezelende uitwerking. Ze kwamen steeds minder vaak samen in de rookhoek, iedereen begon meer tijd door te brengen in zijn eigen kamer. Hoewel Rinat Iosifovitsj indertijd had verboden om meegebrachte elektronische apparatuur mee terug te nemen naar huis, besloot Igor dat, gezien het feit dat mobiele telefoons wel werden meegenomen naar het werk en niet werden afgepakt, hij net zo goed zijn e-reader mee kon nemen, en dat deed hij dan ook.

Toen er op een ochtend weer een werkvergadering werd gehouden, kwam Igor net als de anderen slaperig en vreedzaam gestemd het lokaal binnensloffen, alsof de eerder begane moord onder de sneeuw bedolven was geraakt en daar ingevroren tot het voorjaar zou blijven liggen. Dus was er voorlopig geen reden om je ergens druk over te maken. Igor zat daar met zijn benen uitgestrekt onder de stoel voor hem, terwijl zijn blik nu eens afdwaalde naar het raam, waarachter alles wit en grijs was, en dan weer onverschillig bleef hangen aan Lenin, die even onverschillig terugkeek. Sergej Sergejevitsj, die zoals gewoonlijk bij elke beweging de vloer onder zich deed doorbuigen, sprak over diverse huishoudelijke kwesties en disciplinaire zaken en verklaarde dat het geen gek idee zou zijn om, nu ze de toiletklus geklaard hadden, ook de tweede verdieping onder handen te nemen.

'Dit zijn allemaal van die praktische kwesties,' zei Sergej Sergejevitsj, 'maar er is ook nog een ander klein dingetje. Ze zouden Hollywood graag weer eens willen uittesten.'

Igor spitste zijn oren, omdat Igor Vasiljevitsj als reactie op deze aankondiging ontevreden gromde en Fiel zo abrupt op zijn stoel heen en weer begon te schuiven dat de zitting kraakte, terwijl Rinat Iosifovitsj zijn hoofd omdraaide om te zien hoe het publiek reageerde.

'Had dat dan meteen gezegd,' foeterde Igor Vasiljevitsj. 'Een echte jezuïetenstreek, iedereen zat al lekker onderuit-gezakt in zijn stoel te luisteren naar die oude riedel van jou, denkend dat er niks bijzonders meer zou komen – en dan krijg je ineens dit.'

'Tja, moet je horen,' zei Sergej Sergejevitsj lichtelijk ont-stemd – en zijn ontstemming sloeg hem op de borst waardoor hij het benauwd leek te krijgen – 'je beseft toch wel waar je werkt, niemand heeft je beloofd dat het er hier altijd kalmpjes aan toe zal gaan.'

'Volgens mij is dit systeem van ons hier één grote puin-zooi,' antwoordde Igor Vasiljevitsj. 'Jonkie is al tijden bezig om het aan de hand van allerlei schema's in elkaar te flansen, maar wat heeft hij uiteindelijk voor mekaar gekregen?'

Jonkie begon verontwaardigd op te spelen, maar bond in onder de blik van Igor Vasiljevitsj.

'Puinzooi of niet, maar er is een bevel van hogerhand,' reageerde Sergej Sergejevitsj.

Om de een of andere reden keek iedereen opeens naar Igor.

'Ja,' zei Sergej Sergejevitsj na een korte pauze, 'ik denk dat het zo langzamerhand tijd wordt om onze nieuweling te vertellen dat hij nog niet weet wat ons werk hier allemaal inhoudt.'

'Laten we het niet zoals de vorige keer tot het allerlaatste moment uitstellen,' waarschuwde Igor Vasiljevitsj.

'Inderdaad, beter van niet,' beaamde Sergej Sergejevitsj. 'Dus, Igor ...'

'Dus, Igor,' onderbrak Igor Vasiljevitsj zijn baas en hij draai-de zich op zijn stoel naar Igor toe, waarbij hij zich half over Fiel heen boog – deze dook een beetje ineen, maar ook hij bleef Igor met aandachtige, bijna zwarte ogen aankijken – 'er zijn twee soorten operaties. Ik zal het je in het kort uitleggen, anders gaat je hoofd ervan tollen. De eerste soort operatie heb je al gezien, die is met de auto ergens naartoe rijden en een pilletje meenemen voor de persoon die je gaat verhoren. De tweede soort operatie is als ik met Fiel iemand van buiten meeneem hiernaartoe en jij gaat die ondervragen, zonder dat we die een pilletje geven, zodat de persoon in kwestie niet braaf gaat antwoorden, maar keet begint te schoppen en naar huis wil, want hij zal niemand iets vertellen. Dat hakt er meer in dan de eerste soort, want de ondervraagde zal serieus in paniek raken en in tranen uitbarsten. Je zult er niet vrolijk van worden. Je voelt je echt klote, want je weet hoe het met hem gaat aflopen.'

Daar gaan we weer, dacht Igor somber en hij vroeg:

'Dus moeten we weer van die idiote vragen stellen en zorgen dat we daarop antwoord krijgen?'

'Ja,' zei Igor Vasiljevitsj. 'Ik zou je alleen willen voorstellen om zelf een zooi van die pilletjes die ze ons gewoonlijk meegeven, te slikken, als Renat daar tenminste niet moeilijk over gaat doen, want die houdt zich aan een of ander quotum. Zelfs ik heb het er moeilijk mee.'

'Trouwens,' onderbrak Sergej Sergejevitsj hen. 'Daarboven zeggen ze dat het uittesten naar verwachting een MAAND zal gaan duren, dus het zal niet bij één geval blijven in december. Om te beginnen is voor nu meteen een student beloofd, maar wie er daarna komt, is nog niet meegedeeld.'

'God-ver-dom-me,' zei Igor Vasiljevitsj tegen Sergej Sergejevitsj met nadruk op elke afzonderlijke lettergreep. 'Ze zijn daar volgens mij hartstikke gek geworden. Hij werkt nog maar net bij ons.'

'Ik zeg het maar alvast, anders begin je later te jammeren,' beet SS hem toe. 'Ze vinden dat hij de eerste test naar behoren heeft doorstaan en dat hij zich in het algemeen goed heeft gehouden.'

Ergens voelde Igor zich gevleid door deze loftuiting, maar tegelijk schaamde hij zich dat hij nog altijd gevoelig was voor dit soort dingen. Dat was echter naar alle waarschijnlijkheid terug te voeren op het gebruikelijke carrièrisme van iemand die binnen het overheidsapparaat werkt, iets waar buitenstaanders altijd grapjes over maken

'Maar begrijp je dan niet dat je niet iemand een maand lang op één plek verhoren kan laten afnemen? Dat is nog nooit goed afgelopen,' zei Igor Vasiljevitsj.

Sergej Sergejevitsj liep paars aan.

'En begrijp jij dan niet dat dit niet anders kan?' antwoordde hij. 'Heb je misschien een alternatief voorstel?'

'Misschien wel,' zei Igor Vasiljevitsj. 'Misschien kan het geen kwaad om de mensen te vertellen waar ze hier eigenlijk mee bezig zijn. Misschien moet je dat risico maar nemen? Wij zetten toch maar mooi hun leven op het spel.'

'Ik wist dat het daar weer op uit zou draaien,' antwoordde Sergej Sergejevitsj. 'Kun je niet 's wat anders verzinnen om ruzie over te maken?'

'Oké, Petrovitsj, zullen we maar gaan,' stelde Igor Vasiljevitsj voor, demonstratief Sergej Sergejevitsj negerend.

Igor verkoos de hiërarchische verhoudingen in acht te nemen en wierp voor alle zekerheid een vragende blik op zijn chef. Sergej Sergejevitsj knikte en Igor Vasiljevitsj beantwoordde die knik met een blik waaruit een lichte afkeer sprak.

'Renat, de sleuteltjes,' zei Igor Vasiljevitsj, maar Rinat Iosifovitsj toonde geen enkele reactie en bleef onbeweeglijk zitten, totdat ook hij een knikje kreeg van Sergej Sergejevitsj. Pas toen verhief hij zich langzaam van zijn stoel en ging hij Igor en Igor Vasiljevitsj voor naar zijn kantoor, waar hij Igor na tekening van ontvangst een bos sleutels overhandigde. Zijn gezicht stond daarbij vermoeider dan ooit.

'Je hebt een kop alsof we daar een illegale schoenmakerij met driehonderd Vietnamezen gaan aantreffen,' merkte Igor Vasiljevitsj op.

'Ik had gehoopt dat het nog even zou duren voordat Hollywood weer op het programma zou staan,' verklaarde Rinat Iosifovitsj de uitdrukking op zijn gezicht.

'Zo zie je maar, het is weer zover,' zei Igor Vasiljevitsj en hij nam Igor mee naar beneden, terwijl hij hem voortdurend gebaarde te volgen, als een zwijgende geestverschijning die de weg wees naar een geheime schatkamer. Zo belandden ze uiteindelijk bij een deur met het opschrift *Verdeelkast*, die Igor, als leek op het gebied van elektriciteit, nooit geprobeerd had te openen. Achter de deur bleek zich een vrij grote, lichte en droge ruimte te bevinden. De wanden waren bedekt met gelige tegels en het stond er vol met hoge, zilverglanzende, metalen kasten. Overal in het vertrek was een nauwelijks hoorbaar elektrisch gesnor te horen. Igor Vasiljevitsj leidde Igor naar een kast in de verste hoek en begon een sleutel rond te draaien in het slot. Een geheime uitvalsbasis van de CIA, fantaseerde Igor, die onwillekeurig moest denken aan de tv-serie *Chuck*.

'Eerst hadden we hier een codeslot,' legde Igor Vasiljevitsj uit. 'Maar die is later stuk gegaan en toen wilden ze een soort vingerscanner installeren, maar dat leek weer wat al te dikdoenerig en er was ook geen budget voor. Plus – wie zou de boel komen repareren als er wat mee gebeurde.'

Er bleek geen bodem in de kast te zitten. In plaats daarvan liep er een vrij brede metalen ladder bijna loodrecht naar beneden in de richting van een volslagen duisternis.

'Ik ga als eerste naar beneden,' zei Igor Vasiljevitsj. 'Kijk hoe ik het doe, anders breek je nog je poten of je nek.'

Rammelend met de sleutelbos daalde Igor Vasiljevitsj voorzichtig treetje voor treetje af tot hij oploste in het duister. Even later klonk uit de diepte het geluid van zijn voetstappen, gevolgd door de geleidelijk wegstervende echo ervan. Het klonk alsof Igor Vasiljevitsj door een lange metalen buis bonkte. Opeens sprong er geluidloos een geelbruine rat op Igors voeten af – om het volgende moment weer schielijk

   ALEKSEJ SALNIKOV

weg te schieten. Dit gebeurde zo onverwachts en snel dat Igors hart niet eens de tijd had om een slag over te slaan. Uit de duistere afgrond sloeg een golf warme lucht, vermengd met de geur van stof, metaal en smeerolie, naar boven.

Igor hoorde Igor Vasiljevitsj opgelucht iets grommen en in de duisternis klonk een soort platsend geluid, alsof er een vlieg met een krant werd doodgeslagen. Daarna knipperde er even een lichtje in de verdeelkast en opeens verdween de duisternis onder aan de ladder. Igor zag een cementen vloer, waarop de ladder rustte, en besloot niet langer te wachten tot Igor Vasiljevitsj hem met holle stem zou roepen, maar begon alvast op eigen houtje naar beneden te klimmen.

'Sneller een beetje,' kon Igor Vasiljevitsj zich niet inhouden.

Sneller. Moet ik me soms met mijn kop vooruit naar beneden storten? dacht Igor giftig.

Beneden bevond zich een groen geverfde gang. In het doodse, niet-flikkerende witte licht van een lange rij neonbuizen, die het plafond in twee gelijke helften verdeelden, waren alle oneffenheden van de verf en op de vloer goed te zien. Bij Igors voeten waren in het beton voor eeuwig de pootafdrukken gefossiliseerd van een hond die ooit voorbij was gerend over het pas gestorte cement.

'Hier heeft Fikkie gerend,' zei Igor Vasiljevitsj, die bij een uit de muur stekende zekeringenkast in de weer was en Igors blik opving. 'Heeft zich onsterfelijk gemaakt op de *Walk of Fame*, later hebben we hem Monroe gedoopt. Kom 's hier.'

Vanaf de plaats waar Igor Vasiljevitsj stond, kon je zien dat de gang niet eindigde bij een metalen deur, zoals Igor aanvankelijk had gemeend, maar zich in tweeën vertakte: de ene zijgang liep in een wijde boog naar rechts, volgens Igors berekeningen in de richting van de garage, terwijl de zijgang links lang en recht was. In de muren van deze linkergang bevonden zich enkele deuren. Igor Vasiljevitsj opende ze een voor een met de sleutels en knipte er het licht aan, alsof hij wilde controleren of de lampjes nog brandden.

'Hier is de plee,' zei Igor Vasiljevitsj, terwijl hij de eerste en lelijkste deur, een krakend houten geval, opendeed. 'Daar is vroeger het een en ander om te doen geweest, zoals je zult begrijpen.'

Igor wierp gedwee een blik naar binnen, alsof hij het met glanzend witte tegels afgewerkte vertrek wilde taxeren. In een van de hoeken, achter een gelige wasbak en onder een handdroger, stond een emmer met een zwabber erin.

'En hier is de ontspanningsruimte,' zei Igor Vasiljevitsj terwijl hij de volgende deur – ditmaal een zware, als van een kluis – opende. 'Ook hier is veel om te doen, nog altijd. Zoals je ziet, overal sofa's langs de muren, die zouden we mooi kunnen gebruiken in onze kantoren, er zijn er genoeg. Maar Renat ligt dwars en wil ze niet afstaan.'

Igor wierp opnieuw een gedweeë blik naar binnen, maar concludeerde bij zichzelf dat een verblijf in dit benauwde vertrek met zijn betimmering van houten platen en een geur die deed denken aan een badhuis, niet al te ontspannend zou zijn.

'Hier ga je waarschijnlijk op ons wachten,' veronderstelde Igor Vasiljevitsj. 'Je kunt hier allemaal boekjes lezen die nog over zijn gebleven uit de tijden van de Sovjet-Unie, je kan je volzuigen met socialistisch realisme en marxistische dialectiek.'

En hij wees op een boekenkast en een salontafeltje.

'De vijftigdelige Lenin, verschillende jaargangen van *Onze jonge technicus* en romanschrijvers uit die tijd. Kortom, je kunt beter iets van huis meenemen.'

'Als ik me goed herinner, werd in *Onze jonge technicus* ook sciencefiction gepubliceerd,' nam Igor het op voor het tijdschrift, waar hij ooit als kind op geabonneerd was geweest.

'En hierzo heb je iets waar je je beter niet kunt vertonen,' zei Igor Vasiljevitsj met een frons en hij opende met tegenzin een deur, waarachter een flets verlicht vertrekje schuilging. 'Hier zit Jonkie een soort eigen ding in mekaar te knutselen. Als je bedenkt wat een dunk dat ventje van zichzelf heeft, kun je je een beetje voorstellen wat hij hier aan het uitvreten is. Hij noemt het een "decoder", een of andere professor heeft hem daar warm voor gemaakt. Hij verbeeldt zich dat alles nu om hem draait. Kijk, hij heeft niet eens de moeite genomen zijn papieren daar op te ruimen. Ze zouden hem 's moeten dwingen een grote schoonmaak te houden.'

Binnen in het vertrekje stond weer zo'n metalen kast en daarin zat een brievenbusachtige spleet, waaruit een lange en brede strook papier stak. Het papier was zo ver uit de spleet naar buiten gekomen dat de losse uiteinden ervan, die onder het stof en de spinnenwebben zaten (stof en rag waren niet meer afzonderlijk van elkaar te onderscheiden), op de grond slingerden. Igor Vasiljevitsj scheurde de strook papier af en schudde hartgrondig vloekend de viezigheid eraf.

'Een hel voor astmalijders,' zei hij en hij rolde het papier met beide handen op als een oude papyrusrol. 'Die neem ik mee, dan kan hij zijn lol op.'

Toen ze bij de volgende deur belandden, zei Igor Vasiljevitsj:

'En dit is jouw kamer. Treed binnen, doe alsof je thuis bent.'

Hij drukte op het lichtknopje en deed een pas opzij om Igor door te laten. Igor Vasiljevitsj stond pal onder de lamp die daar hing. De schaduwen van zijn wenkbrauwen en neus vielen recht naar beneden op zijn ogen en bovenlip, waardoor zijn gezicht gelijkenis begon te vertonen met een prentje uit een stripverhaal. Igor had weinig zin om naar binnen te gaan, bang dat hij sowieso heel wat tijd in die kamer zou moeten doorbrengen, maar hij overwon zichzelf.

De werkkamer leek op een vertrek waar in films mensen worden verhoord. In het midden stond een tafeltje zoals je die ziet in fabriekskantines: met plastic randen om het blad en buispoten. Bij het tafeltje, aan de kant van de deur, stond een krukje met een rode plastic zitting. Daartegenover prijkte een zetel met rugleuning en armleggers. Op de vloer lag een dikke kabel die van de muur naar de achterkant van de zetel liep. De zetel was helemaal behangen met veiligheidsriemen, waardoor hij deed denken aan een elektrische stoel. In een van de zijmuren was een grote spiegel ingebouwd. Igor zwaaide naar zijn eigen spiegelbeeld, dat bijna op hetzelfde moment van binnenuit verlicht werd, want Igor Vasiljevitsj, die zich ongemerkt had verwijderd, had in het vertrek daarachter het licht aangedaan. Daarvandaan zwaaide hij terug naar Igor. Zijn gezicht stond duister en deed weer denken aan een afbeelding uit een stripboek. Om de een of andere reden gaf hij een zwaai aan de lamp met kegelvormige blikken kap die daar aan een lang snoer van het plafond naar beneden hing. Vervolgens stapte hij opzij en deed het licht uit, zodat Igor weer geconfronteerd werd met zijn eigen spiegelbeeld.

Igor keek omhoog en zag dat er boven hem net zo'n lamp met net zo'n kap hing.

'Oké, ik ga ervandoor,' zei Igor Vasiljevitsj terwijl hij zijn hoofd om de deur stak. 'Jij mag hier blijven wachten.'

'Hier op deze plek?' vroeg Igor, die weinig zin had om misschien wel een paar uur op het krukje te gaan zitten wachten.

'Nee, nier per se hier, heel Hollywood behoort jou toe, maar blijf wel beneden,' zei Igor Vasiljevitsj en hij verdween.

Igor liep zijn werkkamer uit en keek hem na. Igor Vasiljevitsj verwijderde zich zonder zich te haasten of om te kijken, met de hem kenmerkende vastberaden tred, door de boogvormige gang. Igor wachtte tot hij na de bocht uit het zicht was verdwenen en begaf zich naar de ontspanningsruimte. Al viel daar niet veel te ontspannen, dacht hij bij zichzelf.

Bij de boekenkast had de naaldhoutachtige badhuislucht zich vermengd met de onmiskenbare geur van bestofte boekenplanken en papier dat door vochtwerking muf was geworden. Met dichtgeknepen neus trok Igor het eerste het beste exemplaar uit de dicht opeengepakte rij boeken en zette zich voorzichtig, alsof hij ergens op bezoek was, op de rand van een van de leren sofa's.

Wat doe ik nu, schaamde Igor zich plotseling voor zijn eigen bedeesdheid en hij probeerde relaxed achterover te leunen.

Overigens hoefde Igor niet lang te wachten. Hij was nog maar een keer of tien gaan verzitten, nu eens zijn gewicht verplaatsend in de richting van de ene leuning en dan weer in die van de andere, afhankelijk van het been dat het stijfst aanvoelde, en hij had nog geen kans gezien om zich echt te verdiepen in de naoorlogse lotgevallen van de bestuurders van maaidorsers, zoals beschreven in het boek, noch tijd gehad om zich naar behoren in te leven in de heroïsche geest van de socialistische competitie, of er klonken luide voetstappen in de gang.

Hij sprong haastig op, niet wetend of hij het boek terug zou duwen tussen de andere op de plank of gewoon neer zou smijten op het salontafeltje midden in de kamer, waar al een paar andere boeken rondslingerden. De stappen kwamen zo snel naderbij dat Igor het boek toch maar snel op het tafeltje gooide, waar het met een harde klap plat neerkwam. De klap weergalmde door de hele gang en overstemde het geluid van de voetstappen, waarna de echo weer terugkeerde naar Igor. Voor het almaar aanzwellende rumoer uit vloog plotseling een enigszins bleke Rinat Iosifovitsj de kamer binnen met een bruine envelop en een inventarisboek onder de arm. Toen hij de verbaasd opkijkende Igor zag, haalde hij diep adem alsof hij net heel hard had gelopen, en smeet hij de envelop en het boek neer op hetzelfde tafeltje. Daarna toverde hij een balpen vanonder zijn overall tevoorschijn en overhandigde deze zwijgend aan Igor.

Het geluid van de voetstappen kwam dichter en dichterbij en passeerde de deur van de ontspanningsruimte om vervolgens weer weg te ebben. Rinat Iosifovitsj keek naar Igor, die zich ongerust afvroeg of hij niet in actie moest schieten, en zei:

'Blijft u rustig zitten, wat zouden we ...'

Rinat Iosifovitsj vond de pagina die hij nodig had en liet Igor tekenen.

'Ik heb de dictafoon boven laten liggen,' zei Igor. 'Moet ik hem zelf gaan halen of brengt u hem?'

'De dictafoon is niet nodig,' antwoordde Rinat Iosifovitsj, waarna hij het inventarisboek dichtklapte en onmiddellijk wegglipte door de nog op een kier staande deur.

Igor haalde zijn schouders op, pakte de envelop en liep naar de verhoorkamer. Vlak voordat hij naar binnen stapte, merkte hij tot zijn ergernis dat zijn handen lichtjes trilden. Hij ging naar de wc, dronk uitgebreid water, hield een tijdlang zijn hoofd onder de kraan en stond daarna nog uitgebreid onder de handdroger.

Toen hij binnenkwam in de verhoorkamer, was hij er getuige van hoe het laatste verzet van de persoon die hij moest verhoren, werd gebroken. Fiel hield de persoon in een nekklem, terwijl Igor Vasiljevitsj, scheldend op zijn vingers die niet mee wilden werken, bezig was hem met alle stoelriemen vast te snoeren. Het slachtoffer maakte geen geluid, over zijn hoofd was een soort zwarte kap getrokken.

'Wat sta je daar, ga toch zitten,' zei Fiel tegen Igor.

Igor geneerde zich om te gaan zitten terwijl Igor Vasiljevitsj nog druk in de weer was, maar het volgende moment richtte deze zich in zijn volle lengte op en liep haastig de kamer uit, onderweg Igor om de een of andere reden een schouderklopje gevend. Fiel snelde hem achterna.

'Wat doe ik met die capuchon?' hield Igor hem bij zijn ellenboog tegen.

'Die neem je af als je begint,' zei Fiel. 'Geen paniek, wij zijn hier vlakbij.'

Als wilde hij zijn woorden over hun nabijheid nader toelichten, wees Fiel met zijn hoofd in de richting van de spiegel. Waarop ook hij verdween.

Igor legde de envelop op tafel, liep naar de persoon op de stoel toe en stak aarzelend zijn hand omhoog om de kap af te nemen. Stel je voor dat daaronder iemand uit zijn kennissenkring zou zitten. Die mogelijkheid viel niet helemaal uit te sluiten en Igor had geen benul hoe hij dan zou moeten reageren. Hij trok de kap voorzichtig aan de punt naar zich toe.

De van zijn kap bevrijde persoon kneep zijn ogen dicht en schudde met zijn hoofd.

'Pardon,' zei Igor om de een of andere reden en hij frommelde de kap in elkaar en legde hem weg op een van de hoeken van de tafel, waarna hij plaatsnam op het krukje en behoedzaam de envelop begon te openen, ondertussen de door Fiel en Igor Vasiljevitsj gevangengenomen persoon uit zijn ooghoeken opnemend.

Het was een jongeman van een jaar of twintig, zonder snor maar met een beginnend blond schippersbaardje. Zijn geheel kaalgeschoren, bezwete schedel blonk onder de lamp als een kristallen bol. Toen Igor merkte dat de gevangene het zweet in zijn ogen kreeg, stond hij op, wreef het gezicht van de jongeman schoon met de kap, ging weer zitten en wierp een blik op de spiegel, als was hij in staat door het amalgaam heen te onderscheiden of de gezichten van zijn collega's goedkeuring dan wel afkeuring uitdrukten.

'Hoe heet u?' vroeg Igor zo luid dat hij er zelf door werd verrast.

De gevangene, die nog altijd met zijn ogen tegen het licht knipperde, keek naar Igor en leek moeite te hebben een antwoord te formuleren.

'Uw voornaam is genoeg, of anders uw voor- en vadersnaam,' hielp Igor hem. 'Wat u maar wilt.'

'Waarom ben ik hier?' vroeg de jongeman, terwijl hij de snoeren bekeek waarmee zijn handen aan de armleuningen waren vastgebonden.

God, daar gaan we, dacht Igor terwijl de schrik hem om het hart sloeg, en hij keek opnieuw naar de spiegel alsof daarvandaan een verlossend woord moest komen.

'Antwoordt u alstublieft op de vraag,' zei Igor en hij probeerde zijn stem gedecideerder en strenger te laten klinken. 'Uw voornaam, of anders voornaam plus vadersnaam.'

'Dmitri Joerjevitsj,' antwoordde de gevangene, die zijn best scheen te doen ouder te lijken dan hij in werkelijkheid was. Igor kon een glimlach niet onderdrukken.

'Kijk 's hier, Dmitri Joerjevitsj,' zei Igor, terwijl hij de lijst met vragen uit de envelop haalde. 'We gaan een test doen. U moet een aantal vragen beantwoorden, daarna ondertekent u een verklaring dat u er geen ruchtbaarheid aan zult geven en dan mag u gaan en staan waar u wilt.'

De jongeman haalde opgelucht adem en ging er ontspannener bij zitten.

'Ik dacht dat jullie mij gegijzeld hadden,' zei hij. 'Ik dacht dat als jullie eenmaal je gezicht hadden laten zien – dat het dan gedaan was met mij.'

'Welnee, het is nog lang niet gedaan met u,' zei Igor halfluid, met afgewende blik. 'En als we losgeld zouden willen hebben, hadden we beter iemand anders kunnen gijzelen. Als ik het goed begrijp, zijn er geen oligarchen bij u in de familie.'

'Was het maar zo,' zei Dmitri oplevend. 'Maar nee, die zijn er niet. Ik ben opgevoed door mijn tante, die is vorig jaar overleden. Ze heeft me een driekamerflat nagelaten, die heb ik geruild tegen een tweekamerflat en een eenkamerflat. In de tweekamerflat woon ik zelf en de eenkamerflat verhuur ik en daar betaal ik mijn studie van.'

'Wat studeert u?' vroeg Igor, die zich erop betrapte dat hij het verhoor willens en wetens aan het rekken was.

'Ik studeer voor programmeur,' antwoordde Dmitri. 'Als ik zou uitleggen welke specialisatie precies, zou dat te lang gaan duren. Dus voor het gemak – gewoon programmeur.'

'Maar in ieder geval dus niet voor jurist,' zei Igor met een knipoog.[18]

Dmitri lachte breeduit en vroeg, heen en weer schuivend in zijn riemen:

  ALEKSEJ SALNIKOV

'Waarvoor dient deze stoel?'

'Die hoort bij de test,' zei Igor. 'Daarmee worden bepaalde reacties van jou geregistreerd, ik weet niet precies welke. Mijn taak is het alleen om vragen te stellen. Zullen we beginnen?'

'Doet u maar,' stemde Dmitri toe.

Igor hoorde hoe het wolfraamdraadje in de gloeilamp snorde en hoe er iemand, Fiel of Igor Vasiljevitsj, heen en weer liep door de gang. Voor hij begon, waarschuwde hij de jongeman, weer beseffend dat hij gewoon tijd probeerde te rekken:

'Verbaas je alleen niet over de vragen, die zijn volslagen idioot.'

'Maakt me niet uit,' zei Dmitri.

'Vraag nummer één,' zei Igor op langgerekte toon, terwijl hij op de lijst tuurde en tegelijk de gevangene in het oog hield. 'Kweekt u kamerplanten?'

'Bedoelt u hennep?' lachte Dmitri. 'Nee, daar doe ik niet aan. Tante heeft me een geranium nagelaten, maar die kweek ik niet, die geef ik gewoon water.'

'Vraag nummer twee,' las Igor weer op gerekte toon. 'Bent u geabonneerd op een YouTube-kanaal?'

'Natuurlijk,' antwoordde Dmitri, op een toon alsof dit de gewoonste zaak van de wereld was. 'Ik ben geabonneerd op heel wat kanalen. Ik heb zelfs mijn eigen kanaal. Ik maak let's play-filmpjes op YouTube. Ik dacht, als ik daarmee beroemd word, vind ik misschien een sponsor, maar ze hebben zitten snijden in het budget en nu is het moeilijker geworden om naamsbekendheid te krijgen en daar een fatsoenlijke cent mee te verdienen.'

'Vraag nummer drie,' las Igor. 'Hoe zou u, op een schaal van één tot tien, uw eigen sociale vaardigheden inschatten?'

Daar kon Dmitri niet direct op antwoorden en terwijl hij nadacht, luisterde Igor naar de stappen in de gang die zich nu eens verwijderden, dan weer dichterbij kwamen en zich vervolgens opnieuw verwijderden.

'Vijf of zes,' zei Dmitri ten slotte, waarna hij nog even nadacht en preciseerde: 'Eerder zes.'

'Vraag nummer vier,' vervolgde Igor. 'Wat voor dromen verschijnen het meest in uw slaap: rationele, surrealistische of nachtmerries?'

Na deze vraag verzonk Dmitri opnieuw in een langdurig gepeins, waar Igor alleen maar blij mee was.

'Moeilijk om daar zo meteen op te antwoorden,' zei Dmitri. 'Ze lopen door elkaar. Surrealistische en nachtmerries. Nachtmerries en rationele. Surrealistische en rationele. Maar eerlijk gezegd kan ik dromen niet zo goed onthouden.'

Igor knikte, ten teken dat dit antwoord volstond, en ging verder:

'Vraag nummer vijf,' zei Igor. 'Wat vindt u van de stelling dat materie kan denken?'

'Natuurlijk niet,' zei Dmitri stellig. 'Stenen die denken? Zand?'

Om de een of andere reden vond Igor dat de materie hiermee onrecht werd aangedaan.

'Vraag nummer zes,' zei Igor. 'Verzamelt u iets?'

Igor herinnerde zich dat er vroeger door iedereen wel iets verzameld werd. Een op de vijf verzamelde postzegels, anderen spaarden etiketten van luciferdoosjes en weer anderen sigarettenpakjes, terwijl dergelijke hobby's tegenwoordig vooral iets voor kinderen waren, die daartoe werden aangezet door de marketingafdelingen van grote firma's, gespecialiseerd in de productie van waardeloos kinderspeelgoed.

'Nee, ik verzamel niets,' antwoordde Dmitri. 'Daar ben ik al te oud voor, maar ik heb een vriend die helemaal gek is van allerlei naziprullaria zonder dat hij zelf een extremist is. Hij verzamelt gewoon hun speldjes en munten en dat soort dingen.'

'Vraag nummer zeven,' begon Igor, maar Dmitri onderbrak hem.

'Mag ik een beetje water?' vroeg hij.

'Ja natuurlijk,' zei Igor. 'Ik zal even wat gaan halen.'

Toen Igor terugkwam uit het toilet met een glas water, zag hij hoe Dmitri druk aan het blazen was in de richting van de tafel.

'Ik probeerde het vel papier weg te blazen,' legde Dmitri uit, toen hij de vragende blik in Igors ogen zag.

'En, is het gelukt?' vroeg Igor, hoewel hij zag dat de lijst met vragen nog onveranderlijk op dezelfde plaats lag.

'Kijkt u zelf maar, geen beweging in te krijgen,' zei Dmitri. 'De afstand is te groot.'

Igor gaf zijn gast te drinken, bracht het glas terug naar de wc en trof bij terugkeer Dmitri opnieuw aan bij het trainen van zijn longen. Zodra ze het verhoor hervatten, klonken er op de gang opnieuw voetstappen die dichterbij kwamen en zich weer verwijderden. Bij vraag nummer zestig kreeg Igor genoeg van dat geluid. Hij legde het vel papier opzij en liep de gang op – waar hij verbaasd werd aangekeken door Fiel.

'Hou alsjeblieft op met dat heen en weer geloop,' verzocht Igor hem op gedempte toon.

'Jij bent niet de enige die nerveus is,' zei Fiel, waarop hij niettemin gehoorzaam verdween door de volgende deur, die toegang gaf tot het vertrek achter de spiegel.

Igor ging terug naar zijn tafeltje.

'Mogen de riemen wat losser?' vroeg Dmitri. 'Mijn linkerbeen slaapt.'

'Ben je moe?' antwoordde Igor, terwijl hij bij zichzelf overlegde of hij weer plaats zou nemen op het krukje of zou blijven staan tijdens de rest van het verhoor.

Hij had weinig zin om op het krukje te gaan zitten, of omdat het nogal laag was, of omdat de tafel te hoog was, dat was moeilijk te zeggen, in ieder geval zat het niet echt lekker. Igor wist niet of je al staande mocht verhoren, maar besloot dat, als het niet mocht, Igor Vasiljevitsj wel zou ingrijpen, waarna de vraag en het antwoord opnieuw zouden worden opgenomen.

'Duurt het nog lang?' vroeg Dmitri, terwijl hij een moeilijk gezicht trok.

Igor zwaaide met het vel papier:

'Kijk maar. Eén velletje in totaal.'

'Hangt af van de lettergrootte,' reageerde Dmitri.

Igor liet zijn ogen gaan over het vel papier om na te gaan hoeveel vragen hij al had gesteld en hoeveel er nog over waren, maakte in gedachten een aftreksom en zei:

'Er zijn nog 108 vragen over. Hou je dat vol?'

'Ik zal wel moeten, ik heb begrepen dat ik geen andere keus heb,' zei Dmitri.

Ze gingen verder. Igor verbaasde zich al niet meer over de vragen. Eén ervaring had volstaan om zich neer te leggen bij de idiote fantasie van de samensteller van de vragenlijst. Igor stond eerder verbaasd over de vastgesnoerde Dmitri die op de vraag welke anime-helden hij kende, niet eens vroeg wat dat was (Igor wist het zelf niet), maar zo'n vier minuten lang allerlei Engelse en Japanse namen opdreunde.

'Ik kan ook nog een hoop manga-helden noemen,' zei Dmitri, nadat hij weer wat op adem was gekomen en de zich in een lichtelijke staat van uitputting bevindende Igor aankeek. 'Maar dan krijg je wel veel overlappingen. Moet ik dat doen?'

Igor keek weer naar de spiegel, alsof hij daarvandaan een antwoord verwachtte, en schudde van nee.

'Lijkt me niet nodig,' zei hij. 'Laten we liever verder gaan, des te eerder zijn we klaar.'

De vraag over anime was nummer honderdzeven. Bij vraag honderdtweeëndertig ('Op welke leeftijd heeft u geleerd uw schoenveters te strikken?') bekroop Igor de lust om het vel papier doormidden te scheuren, Dmitri los te maken, samen met hem naar boven te klimmen en hem op vrije voeten te stellen. Bij nummer honderdachtenvijftig ('Wat denkt u, hoeveel kilometer zou u in één etmaal te voet kunnen afleggen') werd dit verlangen schier onbedwingbaar. Het enige wat hem weerhield, was het besef dat, ook al zou hij op dat moment een wapen ter beschikking hebben, hij nauwelijks kans zou maken zichzelf, Dmitri en misschien daarna ook nog zijn zoon en zijn vrouw te beschermen tegen de grijpgrage klauwen van Fiel en Igor Vasiljevitsj. Terwijl hij doorging de ene vraag na de andere te stellen en met een half oor luisterde naar Dmitri's antwoorden, werkte hij ondertussen verschillende vluchtplannen uit, waarin hoe dan ook een rol zou zijn weggelegd voor een oorverdovende dreun met het lage krukje. Igor keek er voortdurend naar als naar een reddingsboei, maar telkens weer zag hij in gedachten voor zich hoe het zou aflopen: Igor Vasiljevitsj zou hem met één hand bij zijn nekvel grijpen als een katje, moeiteloos optillen en wegsmijten in een hoekje.

Toen de laatste vraag, zoals gewoonlijk nummer honderdachtenzestig, gesteld was, slaakte Igor een zucht en wreef over zijn neusbrug, alsof hij dodelijk vermoeid was, maar in werkelijkheid bereidde hij zich voor op het moment dat Fiel kalm de kamer zou binnenlopen en op de hem eigen wijze zijn zoveelste slachtoffer de nek zou omdraaien, waar Igor liever geen getuige meer van wilde zijn. Ongeveer een minuut lang stond hij daar het zweet van zijn voorhoofd te wissen, zonder dat het geluid van voetstappen of van een deur die geopend werd, te horen was. Hij hoorde alleen in de lamp boven zich het wolfraamdraadje snorren. Toen hij begon te beseffen dat de dramatische pauze wel erg lang had geduurd, richtte hij zijn blik op de spiegel, waarvandaan zijn ineengedoken spiegelbeeld hem hulpeloos aankeek. Een paar ogenblikken lang bleef hij naar het spiegelbeeld staren.

'Is er iets?' vroeg Dmitri, die ook wel voelde dat er iets niet klopte.

'Dezelfde mannen die jou hier gebracht hebben, zouden nu moeten komen om je los te maken,' zei Igor tegen zijn spiegelbeeld. 'Ze worden blijkbaar wat opgehouden.'

'Kunt u dat dan niet doen?' vroeg Dmitri.

'Inderdaad, dat kan ik niet,' richtte Igor zich opnieuw tot zijn spiegelbeeld. 'Daar heb ik de bevoegdheid niet voor. Ik ga wel even kijken wat er is ...'

'Brengt u alstublieft nog wat water mee,' riep Dmitri de weglopende Igor na en deze liet met een handgebaar weten dat hij dat zou doen.

In de gang was niemand. Igor stak zijn hoofd om de deur van het vertrek achter de spiegel. Na de verlichte verhoorkamer leek het of het daar aardedonker was.

'Hé,' zei Igor, 'wat doen jullie daar?'

'Igor,' klonk uit de duisternis de stem van Igor Vasiljevitsj. 'Voel je alsjeblieft niet beledigd, maar dit zijn nu eenmaal de regels. Toon allebei je handen, zodat ik ze kan zien.'

Igor haalde zijn schouders op, deed de deur wat verder open en stak beide handen met de palmen naar voren omhoog. De plotseling ergens van opzij opduikende Fiel begon Igor te fouilleren op zijn broek, zijn mouwen en zijn bovenlijf.

'Hadden jullie me niet meteen bij de ingang kunnen controleren?' vroeg Igor gepikeerd. Aan de ene kant voelde hij een soort opluchting dat hij had afgezien van zijn vluchtplan, aan de andere kant voelde hij zich persoonlijk gekrenkt omdat ze hem nog altijd niet vertrouwden.

'Zelfs Fiel en ik controleren elkaar nog elke keer,' bekende Igor Vasiljevitsj met gedempte stem, als om zich te rechtvaardigen.

'Dat jullie het met elkaar doen, snap ik wel,' probeerde Igor met een scheve glimlach sarcastisch uit de hoek te komen. 'Maar ik heb zelf nog geen uitnodiging ontvangen om toe te treden tot dat exclusieve mannenclubje van jullie.'

'Kom op, zeg,' zei Igor Vasiljevitsj. 'Het heeft er domweg mee te maken dat er hier vóór Fiel en Jonkie een knaap werkte die tijdens een verhoor bijna de hele afdeling met een briefopener van kant heeft gemaakt.'

'Clean,' zei Fiel, die hiermee blijkbaar doelde op het resultaat van de fouillering.

'Ga jij maar zolang naar de ontspanningsruimte,' raadde Igor Vasiljevitsj Igor aan. 'Je kunt beter niet toekijken. Of ga maar liever meteen naar boven. Wij redden het hier ook wel zonder jou, dat snap je wel.'

Igor begaf zich schoorvoetend op weg naar de bovenwereld. Fiel liep de gang op en wachtte tot Igor uit het zicht was verdwenen. Igor wist dat Fiel zijn moorden in stilte afhandelde, maar verwachtte toch enig rumoer te horen dat zou duiden op een beëindiging van Dmitri's aardse bestaan.

Igor hoorde inderdaad een hard geluid toen hij zijn voet op de onderste trede van de ladder zette, maar dat was geen doodskreet, het was Igor Vasiljevitsj die hoestte. Uit de gang voerde een luchtstroom de geur van tabaksrook naar Igor toe.

Terwijl hij nog op de ladder stond, hoorde hij hoe de ketelruimte, die tot nu toe steeds stil was gebleven, een soort brommend geluid begon te produceren. Toen hij naar buiten kwam uit de verdeelkast, trof hij naast een van de vier stoomketels Rinat Iosifovitsj en Jonkie aan. Ze keken allebei geconcentreerd naar hun telefoonschermpjes. Igor liep op hen toe en vroeg door het lawaai en gebrom heen wat ze aan het doen waren.

'We spuien de ketel,' zei Jonkie. 'Dat duurt zo'n twintig minuten.'

'Waarom moet dat?' vroeg Igor.

'Er wordt van uitgegaan dat als een ketel een tijdlang niet in bedrijf is geweest, zich daar gas kan ophopen en dat de boel kan ontploffen als je hem niet eerst doorblaast,' legde Jonkie uit.

'Dus jullie gaan hem verbranden?' verbaasde Igor zich. 'Waar de fuck zijn jullie mee bezig?'

'We verbranden zijn lijk,' corrigeerde Jonkie zonder een spier te vertrekken, waarop Igor zijn eigen gezicht voelde vertrekken.

'En er blijft geen botje van hem over?' vroeg Igor, terwijl hij probeerde zijn kalmte te bewaren.

'Jawel, die blijven over,' antwoordde Jonkie opbeurend. 'Maar wij hebben in Hollywood een speciale vergruizer staan en de kruimeltjes spoelen we gewoon door de plee.'

Het viel Igor op dat iedereen het plotseling over Hollywood had, terwijl daar eerder met geen woord over was gerept.

'Daar komt nog eens gedonder van,' voorspelde Igor. 'De militie valt binnen en vindt de kelder hier, en dan krijgen wij alle onopgeloste moorden in de stad in onze schoenen geschoven.'

Igor ving een snelle blik op van Rinat Iosifovitsj, waaruit je zou kunnen opmaken dat het collectief met SS aan het hoofd inderdaad het een en ander zou kunnen worden aangesmeerd, maar dat de militie hem, Rinat Iosifovitsj, toch niets zou kunnen maken. Dat zullen we nog eens zien, dacht Igor niet zonder haat en hij wendde zijn blik af.

'Wij worden goed gedekt,' reageerde Jonkie luchtig op Igors bezorgdheden.

'Die dekking kan zomaar ineens wegvallen,' ging Igor door. 'Misschien zijn ze op dit eigenste moment al bezig iemand in de boeien te slaan of met pek en veren overdekt de laan uit te sturen, terwijl wij ons hier zitten te amuseren.'

Maar ook deze overweging vermocht Jonkie niet van zijn stuk te brengen. Hij concentreerde zich gewoon opnieuw op het schermpje van zijn telefoon, alsof Igor een soort schimmige verschijning was die tijdens een feestmaaltijd was komen aanzetten met allerlei rare onheilspraatjes en daarop weer was verdwenen. En Rinat Iosifovitsj gedroeg zich al net zo, waarop Igor besloot om dan maar echt te verdwijnen en zich terug te trekken in zijn kamer op de eerste verdieping. Als ze hem nog ergens voor nodig hadden, zouden ze hem wel roepen, zo redeneerde hij, maar nu voelde hij zich zo dodelijk vermoeid dat hij nauwelijks nog op zijn benen kon staan en het liefst ergens stilletjes in een donker hoekje was weggekropen. Hij wist niet hoe de anderen zich voelden, maar het verbaasde hem dat ze zich niet net zo voelden als hij.

Toen Igor bij zijn kantoor was aanbeland en de deurklink al in zijn hand hield, bedacht hij zich en liep verder naar boven, naar de rookhoek, om zichzelf twintig minuten later, rokend en as morsend op de vloer, te betrappen in het vergaderlokaal. Er leek niet zoveel tijd verstreken te zijn sinds alles hier 's ochtends vroeg was begonnen, maar toch was het buiten al donker. Igor besloot het licht uit te laten om zijn aanwezigheid niet te verraden. Hij had geen gevoel meer in zijn benen. Hij moest denken aan het slapende been van Dmitri, dat nu waarschijnlijk voor altijd ingeslapen was. Igor kreeg het nog meer te kwaad. Hij probeerde zich te ontspannen door zijn benen te strekken, maar dat hielp niet en hij slingerde ze dan maar over de rugleuning van de stoel voor zich. Op hetzelfde moment herinnerde hij zich een voorval uit zijn kinderjaren, toen ze met de hele school naar de bioscoop waren gegaan om naar *Witte woestijnzon*[19] te kijken. Een jongen uit een hogere klas, die achter hem zat, had toen net zo zijn benen over de rugleuning van Igors stoel geslingerd en daar vlak naast Igors hoofd met zijn voeten zitten bungelen, totdat een van de leerkrachten, als hij zich goed herinnerde een leerkracht militaire scholing, dit had gemerkt. Die had de jongen ter plekke, in de zaal, ongenadig op zijn lazer gegeven. Een pijnlijkere situatie kon je je nauwelijks voorstellen, maar hierna kwamen er in Igor alleen maar nog pijnlijkere gedachten op. Zowel in dat voor hem zo vernederende voorval als in de gebeurtenissen van vandaag school een totale uitzichtloosheid, met het verschil dat de uitzichtloosheid van toen alleen maar schijn was geweest, terwijl er nu sprake was van een waarachtige uitzichtloosheid, waarbij in principe geen enkele militaire instructeur te hulp zou snellen. Niet wetend wat hij met zijn peuk aan moest, wreef hij hem uit tegen zijn schoenzool en stak hem weg in de ruime borstzak van zijn overall. Daarna tastte hij in zijn broekzak naar het pakje sigaretten, stak er nog eentje op en gaf zich over aan zelfverwijtende gedachten, omdat dit pas zijn tweede operatie was en hij er nu al helemaal doorheen zat. Misschien school achter dit alles toch een hogere bedoeling, want de reactie van Sergej Sergejevitsj op de stekelige opmerkingen van Igor Vasiljevitsj en de vertwijfelde spiertrekkingen die hiermee gepaard gingen, leken veelzeggend. Met name de ontreddering op het gezicht van zijn chef sprak boekdelen.

Uit de draaikolk van deprimerende zwarte gedachten kwam plotseling een volkomen heldere, door het analytische deel van zijn hersenen geproduceerde conclusie bovendrijven. Hij moest ineens denken aan de dameslaarzen die hij in de gang van het vermoorde mannetje had gezien, en aan de naam van een vrouw die hij had genoemd. Daaruit maakte Igor op dat hun operaties niet gelinkt konden worden aan duistere vastgoedpraktijken, want het mannetje was blijkbaar niet de enige eigenaar van de flat en niet zomaar een alleenstaande oudere, wat betekende dat de woning na zijn dood rechtens toekwam aan zijn nabestaanden. En die allemaal afmaken, en dan nog alleen maar vanwege een of ander luizig Sovjetflatje uit de tijden van Chroesjtsjov – dat zou zelfs voor hun krankzinnige ketelhuis wat te veel van het goede zijn. Igor knapte zo op van deze gedachte dat hij die almaar door zijn hoofd liet malen, terwijl hij ondertussen zeker wel een half pakje sigaretten oprookte en de peukjes telkens weer in zijn zak stopte, totdat ten slotte Jonkie zijn hoofd om de deur van het vergaderlokaal stak en achter zich de gang in riep:

'Hier is niemand!'

Uit de gang antwoordde de stem van Igor Vasiljevitsj:

'Waar is hij dan?'

'Zoeken jullie mij soms?' riep Igor quasi onschuldig tegen de inmiddels weer gesloten deur.

Jonkie keek weer om de hoek naar binnen en deed het licht aan.

'Dus hier ben je?' zei hij opgelucht.

Voordat Igor Vasiljevitsj een blik in het lokaal had kunnen werpen, had Igor zijn benen al van de stoel gehaald. Ze hadden blijkbaar allemaal gedacht dat hij hem gesmeerd was of zichzelf iets had aangedaan. Igor Vasiljevitsj wierp een onderzoekende blik op Igor en richtte daarna zijn pijlen op Jonkie. Hij bekeek hem met een blik of diens armzalige, in-eengedoken, puisterige verschijning louter verachting in hem wekte en vroeg:

'God man, wat vreet je daar toch uit in de wc? Is die van jou zo klein dat je niet goed kunt mikken?'

'Het is daar pikdonker,' zei Jonkie. 'Als je van de gang komt, zie je niks.'

'Kon je niet even de moeite nemen het licht aan te doen?' bemoeide zich de ineens uit het niets opduikende Fiel ermee.

'Ik ben na die vorige keer nogal huiverig om ergens het licht aan te doen, thuis ben ik soms ook al bang,' zei Jonkie.

Igor concludeerde dat ze weer iets voor hem verzwegen hadden, en besloot Jonkies woorden te onthouden om hem er later over uit te horen, maar het volgende moment werd deze conclusie alweer verdrongen door die andere, zojuist in hem opgekomen conclusie dat ze dus toch niets te maken hadden met illegale vastgoedpraktijken.

'Had dat dan meteen gezegd, dan was ik niet zo tegen je uitgevaren,' zei Igor Vasiljevitsj tegen Jonkie. 'Ik ben toch geen monster? Dacht je dat ik zoiets niet zou begrijpen?'

Jonkie antwoordde dat Igor Vasiljevitsj op dit moment wel degelijk op een monster leek.

Terwijl ze daar alle drie – Jonkie, Fiel en Igor Vasiljevitsj – in de deuropening tegen elkaar stonden te foeteren, had Igor de indruk dat ze hem ondertussen voortdurend onderzoekend opnamen.

'Wat maken jullie je druk?' vroeg hij terwijl hij opstond. 'Waren jullie me kwijt?'

'Ja, potverdriedubbeltjes,' zuchtte Igor Vasiljevitsj op een toon die deed denken aan het beertje uit *Egeltje in de mist*,[20] dat vergeefs op zoek is naar zijn vriendje. 'Eerst dachten we dat je voortijdig naar huis was afgetaaid, stom natuurlijk, maar dat was wel te begrijpen geweest, in principe. Daarna hebben we in de garage gekeken, maar nee, je wagen stond er nog. En toen zijn we door het hele gebouw op zoek gegaan.'

Ze zagen er alle drie enigszins geschrokken en bijna schuldbewust uit. Met een scheve mond vroeg Igor:

'Hadden jullie me niet gelijk de waarheid kunnen vertellen over Hollywood en de moorden die daar gepleegd worden? Is er misschien nog meer wat jullie mij niet verteld hebben?'

Het drietal keek Igor confuus aan, niet begrijpend wat hij van hen wilde.

'Tja, wie zal het zeggen,' daagde Igor hen uit. 'Misschien zitten jullie wel in de orgaanhandel, of moet het hart van een ondervraagde vijand worden opgegeten, of wie weet bevindt er zich onder Hollywood nog een tweede Hollywood, of een onderaardse landingsplaats voor helikopters, waarvandaan we overmorgen vertrekken voor een strafexpeditie in een of ander dorpje dat we gaan platbranden.'

'Aha, nu snap ik het,' zei Igor Vasiljevitsj. 'Je voelt je beledigd dat we je niet meteen alles hebben verteld, waar of niet?'

'Ik ben bang,' antwoordde Igor, 'dat er voor mij nog iets verzwegen wordt. Alsof het zo moeilijk is om mij direct in te lichten over alle aspecten van het werk hier.'

'Is de voortvluchtige terecht?' klonk uit de gang de stem van Sergej Sergejevitsj.

'Ja, ja,' klonk het als uit één mond en zelfs Igor antwoordde mee, trachtend net zo losjes over te komen als de anderen.

'Ik zei toch dat hij hier ergens moest zijn,' riep Sergej Sergejevitsj, waarna hij zich, te oordelen naar het geluid van een dichtvallende deur, weer terugtrok in zijn kantoor.

'Eigenlijk,' zei Igor met gedempte stem, 'heb ik zin om me helemaal te bezatten. Sorry dat ik het zeg. Ik begrijp heel goed, beste vrienden, dat jullie dit al heel lang doen en dat jullie het zijn die de zwaarste klus moeten opknappen, maar

　　　　　　　　　　　ALEKSEJ SALNIKOV

wat ik niet begrijp is dat jullie dit al zo lang volhouden. Ik denk dat ik aan twee keer wel genoeg heb, alleen de drank kan me nog redden van ...'

Het lukte Igor niet de juiste woorden te vinden om weer te geven hoe hij op dit moment bezig was zijn verstand te verliezen, maar uit de uitdrukking van begrip, medeleven en bereidheid om met hem mee te drinken die op de gezichten van Igor Vasiljevitsj, Jonkie en zelfs Fiel te lezen was, viel op te maken dat ze heel goed begrepen wat Igor wilde zeggen. Igor Vasiljevitsj wierp een korte blik op Jonkie en die knikte meteen:

'Ik ga zo de ketel stilzetten en dan zal ik wat gaan halen.'

'En ik ga de botten opruimen als de ketel is afgekoeld,' zei Fiel toen Igor Vasiljevitsj een blik op hem wierp. 'En ik breng jullie ook naar huis en kijk of er geen ongelukken gebeuren.'

'Als je er maar voor zorgt dat ze daar niet een maand lang blijven liggen,' zei Igor Vasiljevitsj. 'Anders krijg je midden in de nacht een geestverschijning op bezoek.'

'Ha, ha,' zei Fiel. 'Denk je dat je mij, na alles wat we hier al hebben uitgespookt, nog bang kan maken?'

'Ja, dat denk ik,' antwoordde Igor Vasiljevitsj eerlijk, met een stem die klonk of hij nu al beschonken was.

Veertig minuten later zaten ze al in Fiels kamertje wodka te drinken. Igor Vasiljevitsj had voorgesteld om iets minder sterks te drinken, bijvoorbeeld droge rode wijn, maar Igor zei dat hij daar het zuur van kreeg en dan moest kotsen. Rinat Iosifovitsj deed een poging om zich in hun gezelschap in te dringen, maar wilde niet in de kosten delen. En ook gezien de vorige drankervaringen met hem leek het beter om hem maar meteen af te poeieren, wat ze dan ook deden. Rinat Iosifovitsj repte zich daarop onmiddellijk naar SS om te verklikken dat zijn werknemers onder werktijd alcohol genoten. SS belde naar Igor Vasiljevitsj, maar voerde kennelijk weinig overtuigende argumenten aan, want zijn ondergeschikte blafte hem het een en ander toe en verbrak het volgende moment de verbinding. Daarbij drukte Igor Vasiljevitsj per ongeluk het knopje van de luidspreker in, zodat alle aanwezigen in de kamer konden horen hoe er tot besluit nog gezegd werd: 'Ach, flikker toch op, stelletje flikkers,' wat de stemming er goed inbracht, want iedereen had al wat op en ook Fiel deelde in de algehele lallerige sfeer.

Direct na de eerste paar glaasjes voelde Igor zich al een stuk relaxter. Zijn verstand vertelde hem dat hij op deze manier snel zou veranderen in een verstokte dronkaard, maar zijn gevoel zei hem dat hij thuis in zijn eentje toch niets zou gaan drinken omdat hij alleen in gezelschap kon doorzakken, en hier op het werk was het pas de eerste keer dat hij dronk. Eerder had hij niet eens gemerkt dat ze hier allemaal voortdurend aan het hijsen waren.

Geheelonthouder Fiel stond in een hoekje vlak bij de deur, alsof hij klaar was om in geval van nood onmiddellijk het vertrek te verlaten. Igor Vasiljevitsj en Igor zaten weggezakt op de twee uiteinden van de bank met tussen hen in een asbak waar ze hun as in aftikten. Toen Igor Vasiljevitsj een keer langs de asbak heen mikte, zei Fiel: 'Pas op dat jullie mijn bed niet in brand steken.' Jonkie had plaats genomen achter een tafeltje en vervulde de rol van bijschenker, terwijl hij zelf ook meedronk.

'Zodra de dingen uit mijn handen beginnen te vallen en ik begin te morsen, weet ik dat ik genoeg heb gehad,' had Jonkie in het begin van het drinkgelag met de nodige kennis van zaken al meteen gewaarschuwd, wat door iedereen was weggelachen, met een blik van 'ja dat kennen we van je,' en ook Igor had lacherig gereageerd, hoewel hij zich tegelijk een beetje had geschaamd dat hij de hebbelijkheid van de anderen om Jonkie neerbuigend te behandelen, zomaar overnam. Als asbak gebruikte Jonkie een leeg koffieblikje, afkomstig uit de voorraden van Rinat Iosifovitsj. Op het tafeltje stonden wat simpele hapjes, welke precies kon Igor zich de volgende ochtend niet meer herinneren.

'Geeft het niet dat wij hier roken?' vroeg Igor Vasiljevitsj om de zoveel tijd door de rookbanken heen aan Fiel. De rook kon nergens ontsnappen, behalve door een heel klein ventilatieraampje.

'Als het me te erg wordt, zeg ik het wel,' antwoordde Fiel telkens.

Na het vierde glaasje maakte Igor zijn collega's deelgenoot van de gedachte die bij hem was opgekomen in het vergaderlokaal.

'Alsof we dat niet allang hadden begrepen,' begonnen ze allemaal met de nodige wegwerpgebaren en verachtelijke snuifgeluiden door elkaar heen te roepen. 'Je moet wel een ongelooflijke debiel zijn om je zinnen te zetten op een eenkamerflatje ergens in een smerige achterbuurt, en daar dan nog de FSB bij te betrekken,' zei Igor Vasiljevitsj.

Fiel en Jonkie onderstreepten bijna elk woord van Igor Vasiljevitsj met een hartgrondig geknik.

'Maar waar gaat het dan wel om?' vroeg Igor beduusd. 'De lijken laten we in het appartement liggen en als we iemand hier brengen, verbranden we die, en die verhoren zijn volgens mij gewoon een lachertje. We rotzooien maar wat aan met dat ding van Jonkie.'

'Wat ik doe, is geen rotzooi, maar pure wetenschap,' zei Jonkie zelfvoldaan, met een al enigszins dubbele tong.

'Hou toch op, jij met die "wetenschap" van je,' zette Igor Vasiljevitsj hem op zijn plaats. 'Je doet niks met de resultaten, maandenlang zit je daar op je krent *WoW* te spelen of *DotA* of op je fluit.'

Ondanks deze ondubbelzinnige toespeling moest niemand lachen en ook de toon waarop Igor Vasiljevitsj het hatelijke grapje maakte, had iets vanzelfsprekends, alsof Jonkie dit gewoon verdiend had, zoals een pubertje die tijdens het roken door zijn vader wordt betrapt en terecht een tik tegen zijn achterhoofd krijgt.

Jonkie en Igor Vasiljevitsj begonnen een verhitte discussie, wat Jonkie er niet van weerhield om ondertussen de toegestoken glaasjes bij te vullen. Igor voelde hoe hij doorstroomd werd met een weldadige warmte, zoals hij die gewoonlijk niet onder invloed van wodka maar van martini voelde, maar hij vond het beter om deze constatering niet te delen met zijn collega's, want Jonkie en Igor Vasiljevitsj zouden dan maar al te graag hun discussie onderbreken en overschakelen op het maken van allerlei sarcastische opmerkingen over een dergelijke vergelijking. Fiel, die leek aan te voelen dat Igor ergens mee zat, zond hem vanuit zijn hoek een brede glimlach, zette de televisie aan en begon te kijken naar een of andere stompzinnige serie op Rusland 2. Igor begon om de een of andere reden ook naar het scherm te staren, zonder echt te volgen wat zich daar afspeelde en zonder te begrijpen waarom Fiel daar nu zoveel belangstelling voor had, totdat hij tussen de acteurs een jongetje ontdekte. Wat de fuck, dacht Igor. Hij hoopte dat hij het bij het verkeerde eind had, maar besefte tegelijkertijd dat er geen andere verklaring was voor het kijkgedrag van zijn collega. Het nogal troebele lampje aan het plafond en de ondoorzichtige vensterramen gaven het gevoel dat ze nog altijd ergens in een soort ondergrondse bunker zaten. Net als Hitler, dacht Igor en hij herinnerde zich de mensen die ze hadden vermoord, waarop hij opnieuw van alle kanten omhuld werd in een verstikkende deken van somberte.

'Jij hebt me toch zelf op het idee gebracht dat we misschien wel worden ingezet in de strijd tegen aliens, want hoe valt het anders te verklaren en te rechtvaardigen wat hier gebeurt, terwijl je aan de andere kant beweert dat je wel degelijk weet wat er werkelijk aan de hand is maar dat niet mag zeggen,' hoorde Igor de wanhopige stem van Jonkie en hij begon weer te luisteren naar de discussie.

'Ik?' zei Igor Vasiljevitsj. 'Je denkt toch niet dat ik ze zie vliegen? Zoiets heb ik nooit gezegd. Ik heb alleen gezegd dat we mensen vermoorden die niemand zal missen, dat is alles.'

'Ik weet nog heel goed dat je het gezegd hebt, ik herinner me alleen niet meer bij welke gelegenheid,' sprak Jonkie hem tegen. 'En ik weet ook nog heel goed dat eigenlijk alle versies van jou afkomstig zijn.'

'Die zijn niet van mij afkomstig, maar van SS,' zei Igor Vasiljevitsj. 'Hij kent de waarheid, maar wil die niet met jullie delen. Anders zou jullie wereldbeeld instorten.'

Fiel moest hartelijk lachen, om iets op de televisie of om wat Igor Vasiljevitsj zei.

'Onze Misja heeft daar schijt aan, bij hem valt er niet meer veel in te storten,' raadde Igor Vasiljevitsj wat er in hem omging.

'Daar zat ik dus ook aan te denken,' zei Fiel.

'Zeg, Fiel,' zei Jonkie tegen hem. 'Jij drinkt dus niet, maar als er hier nu íemand dronken lijkt, ben jij het wel.'

'Dat zul je altijd zien,' reageerde Igor Vasiljevitsj op Jonkies opmerking. 'Als er op een feestje thuis gedronken wordt, lijken zelfs de kinderen wel dronken.'

'Collega's,' kwam Igor er ineens tussen met een gedachte die onverwachts bij hem was opgekomen en die hij bang was weer te vergeten. 'Waarom behandelen jullie mij als een kasplantje? Ik wilde dat in het vergaderlokaal al weten, maar jullie draaiden eromheen. Nu wil ik een antwoord.'

'Wie behandelt jou dan zo?' stoof Jonkie op en hij vertrok zijn toch al lelijke gezicht, dat er onder invloed van de alcohol niet fraaier op was geworden, tot een nog lelijkere grimas. Waar geen puisten zaten, was zijn huid nog witter weggetrokken, en waar wel puisten zaten, was ze rood aangelopen.

Igor wist zo gauw niets te antwoorden, maar Igor Vasiljevitsj sprong voor hem in de bres.

'Nee, maar dat klopt wel, zo wordt hij inderdaad be-handeld,' zei hij. 'Want er is bij ons onder de personen die verhoren afnemen, een groot verloop, er is altijd gezeik met ze, dat is nu eenmaal zo. Ze houden het gewoon voor gezien. Eentje is zelfs letterlijk op de vlucht geslagen, hij is nog altijd spoorloos.'

'Ze vermoeden dat hij is gaan downshiften,' zei Jonkie. 'Dat hij een rustiger baantje heeft gevonden via een paar toe-vallige kennissen.'

'Het is blijkbaar niet iedereen gegund om mensen te verhoren en te weten dat de ondervraagde na vraag num-mer honderd en zoveel niet meer onder ons zal zijn,' zei Igor Vasiljevitsj. 'We hebben hier al van alles meegemaakt. Schietpartijen hebben ze geprobeerd te organiseren. Eentje is ondergedoken in een gekkenhuis, misschien wel voorgoed. Kennelijk beïnvloedt zo'n gesprekje je perceptie. Het is één ding als ze tegen je zeggen dat het gaat om vijanden van het volk of weet ik veel, maar het is een heel ander verhaal als je helemaal niet weet hoe of wat.'

'Kom op zeg, wat is het probleem?' wierp Jonkie tegen. 'Waarom nemen ze niet gewoon een of andere beul uit de militie, iemand die betrapt is op martelpraktijken? Of een kleuterjuf, een op de drie zal daarna gewoon weer naar huis gaan en rustig inslapen.'

'Dat hebben ze toch ook al geprobeerd,' zei Fiel vanuit zijn hoek.

'Da's waar,' viel Igor Vasiljevitsj hem bij. 'En hoe is dat afgelopen?'

Het meest frappante was dat Igor Vasiljevitsj hier niet op doorging en niet vertelde hoe dat was afgelopen, maar dat hij gewoon zijn betoog voortzette:

'Om de een of andere reden is er altijd wel iemand bij wie de ondervrager er ten slotte aan onderdoor gaat. Je hebt er dan bijvoorbeeld eentje die eerder onschuldige mensen in mekaar heeft geramd, louter en alleen om de statistieken van *cold cases* wat op te fraaien, maar dan pats-boem – hij stort in elkaar als er een of andere zwerver voor wie hij normaal gesproken zijn neus ophaalt, naar de andere wereld wordt geholpen.'

'En hoe gaan jullie er zelf mee om?' vroeg Igor, terwijl hij Fiel en Igor Vasiljevitsj om beurten aankeek.

De twee wisselden een blik uit. Igor had het gevoel of hij de betekenis van de blik tussen hen nooit echt zou kunnen doorgronden.

'Ik heb dat al verschillende keren proberen uit te leggen,' zei Igor Vasiljevitsj. 'Er komen massa's mensen om zonder ons toedoen. Maar om te voorkomen dat er niet nog meer mensen omkomen, moeten wij personen die een bedreiging vormen, uit de weg ruimen. Als de staat heeft gezegd dat ze een bedreiging vormen, betekent dit dat zij daarboven iets weten wat wij niet weten.'

'Dat riekt naar nazisme,' zei Jonkie. 'Ik zit er zelf tot over mijn oren in, ik ontken mijn eigen betrokkenheid niet, ik zeg niet dat ik schone handen heb, maar die manier van denken van jou getuigt van een fascistische mentaliteit. Zo verdedigden zich de commandanten van de concentratiekampen ook tijdens hun processen.'

'Nazisme, dat is als je mensen massaal vernietigt,' antwoordde Igor Vasiljevitsj. 'Op grond van etnische overwegingen of een ander principe. Daar doen wij niet aan mee.'

'Nee, ik bedoel dat jullie allebei zo doodgemoedereerd bevelen uitvoeren,' zei Jonkie.

'Tja, iemand moet ze toch uitvoeren,' zei Igor Vasiljevitsj. 'En ja, dat gaat dan inderdaad, zoals je zegt, "doodgemoedereerd." Soms is het nu eenmaal nodig om zoiets doodgemoedereerd te doen. Het is maar waarin je gelooft. Jij bijvoorbeeld gelooft niet in een god, en ik ook niet, maar ik geloof wel in de staat – en de noodzaak daarvan. Ook jij gelooft wel ergens in. Elk geloof brengt met zich mee dat er gedood moet worden. Elke ideologie vereist slachtoffers, daar kom je niet onderuit. Ook het kapitalisme kost heel wat levens, maar daar ga je toch ook niet het geld de schuld van geven?'

'Het anarchisme vereist niets,' zei Jonkie. 'Het ontkent elke macht van enig mens over enig ander.'

'Dat wordt op papier ontkend,' zei Igor Vasiljevitsj. 'Bij de mieren werkt dat misschien, of bij de bijen, maar wij zijn apen, gewoon hoogontwikkelde wezens, die onder alle omstandigheden een hiërarchische structuur opbouwen, of we dat nu leuk vinden of niet. In de ideologie van het anarchisme ligt het principe van onderdrukking van de menselijke natuur al besloten, want het dwingt de mens niet te zijn wat hij is. Of te zijn wat hij niet is. Of hoe heb ik dat vroeger ook alweer gezegd?'

'Zowel het een als het ander heb je gezegd,' antwoordde Fiel.

'Volgens mij heb je nu wel genoeg gehad,' voegde Jonkie Igor Vasiljevitsj toe.

'Dat ik genoeg heb gehad, zul je nog een paar keer moeten herhalen tot het echt zo is,' zei Igor Vasiljevitsj nuchter als een ervaringsdeskundige, maar met een door de drank al hees geworden stem. 'Als jij tenminste niet voor die tijd al buiten westen ligt. Overigens is er niet veel te drinken meer over.'

'Je merkt zelf wel als het genoeg is,' zei Fiel tegen Jonkie. 'Grijp in als het moment daar is.'

'Zodra hij begint allerlei worstelgrepen op mij begint te demonstreren?' vroeg Jonkie gemelijk. 'Hopelijk zijn we voor die tijd al op weg naar huis.'

'Dat hangt van mij af of jullie dan al op weg zijn,' grinnikte Fiel. 'Jullie hebben hem nu al aardig om.'

Desalniettemin bleven ze nog behoorlijk lang doorhijsen. Geleidelijk aan maakten de warmte en kalmte in Igors lichaam plaats voor een sterke verbale geldingsdrang. Toen ze allemaal hun mening begonnen te geven over bepaalde boeken en tv-series, voelde ook Igor de onweerstaanbare behoefte om zich met zijn eigen opvattingen te mengen in de algehele discussie. Hoewel hij voortdurend probeerde de controle over zichzelf te behouden, bereikte hij het moment waarop voor hem alleen nog maar het nu bestond, het punt waarop hij moest balanceren als een acrobaat op het slappe koord. Ten slotte brak het door Fiel voorspelde ogenblik aan waarop Igor Vasiljevitsj om het even welke opmerking van Jonkie aangreep om voor te stellen, hem allerlei pijnlijke worstelgrepen te leren. Dan zou Jonkie in zijn leven nooit meer enig probleem hebben en zou niemand zich meer zorgen over hem hoeven te maken. In Igor waren inmiddels alle emoties vervaagd, er restte in hem alleen nog een soort primitieve lacherigheid. Daarom vond hij het ijzingwekkende gekrijs van Jonkie vermakelijk en moest hij zelfs lachen bij de gedachte dat Igor Vasiljevitsj zijn collega wel eens per ongeluk de nek zou kunnen breken. Bij elke hartverscheurende kreet van Jonkie barstte Igor in lachen uit. Hij zag de tronie van Igor Vasiljevitsj al voor zich als die beteuterd zou staan kijken naar het ontzielde lichaam van zijn collega aan zijn voeten.

Daarna was er nog een andere, niet minder grappige scène toen Fiel probeerde de autosleutels af te pakken van Igor Vasiljevitsj. Die verzette zich daartegen met het argument dat hij best in staat was iedereen zelf weg te brengen, terwijl hij ondertussen zijn best deed Fiel in een houdgreep te nemen, maar die kronkelde steeds weer onder hem vandaan. Ook Igor voelde zich in staat zelfstandig naar huis te rijden, maar hij slaagde er niet in zijn sleutels te vinden, want die waren in zijn dagelijkse kleren blijven zitten (zoals hij zich later, toen hij weer nuchter was, zou herinneren).

Vervolgens was er een zwart gat in zijn geheugen, want ze waren maar door blijven drinken, waarbij ze steeds weer een laatste glaasje namen: als afzakkertje, voor onderweg en om het af te leren. Het volgende wat Igor zich 's ochtends herinnerde, was hoe ze gedrieën – hijzelf, Jonkie en Igor Vasiljevitsj – bij de garage stonden en toekeken hoe Fiel de robuuste auto van Igor Vasiljevitsj naar buiten manoeuvreerde, terwijl een strakke wind met kleine priemende sneeuwvlokjes recht in hun gezicht blies.

Daarna was er opnieuw een gat in zijn geheugen. Ten slotte was hij wakker geworden van een beltoon, die aanvankelijk lange tijd als een vrolijk melodietje had doorgeklonken in zijn droom, waar het drinkgelag nog altijd voortduurde, de televisie aanstond, een geel lampje aan het plafond brandde en iedereen zich verzameld had, inclusief Rinat, Sergej Sergejevitsj en de vermoorde Dmitri, plus nog een grote zwarte hond die tussen de mensen door liep en Igor zijn zware poot toestak. Igor nam de telefoon op, luisterde naar het getier van zijn vrouw, hoorde haar een tijdlang aan en begon toen pas, na om zich heen gekeken te hebben, te beseffen dat hij niet thuis was, maar in de auto van Igor Vasiljevitsj zat, vastgesnoerd in de gordel op de passagiersplaats, terwijl naast hem Fiel met beide handen het stuur vasthield en af en toe een licht verwijtende blik in zijn richting wierp.

'Ja, we hebben ons hier met de jongens zitten bezatten,' biechtte Igor zijn vrouw eerlijk op, terwijl hij Fiel met handgebaren te kennen gaf dat hij nu eerst het een en ander moest uitpraten met zijn vrouw en dat daarna Fiel nog wat mocht zeggen. 'Het was gewoon een zware dag, dat is alles.'

'En komen er nog veel van die zware dagen?' vroeg ze. 'Weet je wel hoe laat het is?'

'Eerlijk gezegd niet,' antwoordde Igor.

'Kon je me niet bellen tijdens die zuippartij van jullie?' vroeg ze.

'Eerlijk gezegd niet,' herhaalde Igor, niet de moeite nemend een fantasierijker antwoord te bedenken, maar verkiezend zich zoveel mogelijk te houden aan dezelfde frase, die als vanzelf uit zijn mond rolde bij elke zin die zijn vrouw met een vraagteken op het eind uitsprak.

'Schaam je je niet, debiel?' krijste ze.

Igor antwoordde weer in dezelfde trant en zijn vrouw gooide woedend de hoorn op de haak.

Igor draaide zich om naar Fiel, bereid om ook diens verwijten welwillend aan te horen. Hij bevond zich in het stadium waarin de toestand van kater nog niet was ingetreden, maar de ergste roes al was weggeëbd, en waarin hij alles rondom met ongewone scherpte en gretigheid waarnam: een fase die gevolgd werd door een draaierige lichtheid in het hoofd en een onweerstaanbare slaaplust.

'Zijn we wakker?' vroeg Fiel met een voor Igor onbegrijpelijk sarcasme.

'Hè, wat? Zijn we er al? Ga je me hier afzetten?'

'Je hebt me het adres gegeven, maar nu wil je zelf niet uitstappen,' antwoordde Fiel. 'Je zegt dat je hier niet woont.'

'Welk adres heb ik dan genoemd?' vroeg Igor.

Fiel noemde het adres.

'Geen wonder dat ik niet uit wil stappen,' zei Igor. 'Dit is het oude adres. We hebben hier vroeger gewoond, maar een paar jaar geleden zijn we verhuisd. Ik snap niet hoe ik dat heb kunnen zeggen, maar nu moeten we toch op de een of andere manier thuis zien te geraken. Je gaat me toch hoop ik hier niet afzetten?'

Fiel mat Igor met zo'n zware blik dat, als Igor een weegschaal bij zich had gehad, hij het gewicht ervan had kunnen aflezen.

'Man wat jullie me vandaag geflikt hebben,' zuchtte Fiel, terwijl hij de motor startte en de wagen in beweging zette. 'Ik was al bang dat wij tweeën hier tot de ochtend in de auto zouden moeten blijven zitten. Ik had me daar zelfs al min of meer bij neergelegd.'

'Hoezo geflikt,' vroeg Igor schuldbewust.

'Het adres, please,' vroeg Fiel met stemverheffing, maar niet op een kwade maar eerder vermoeide toon.

Igor noemde het adres, waarop Fiel zachtjes vloekte.

'Als je wil, neem ik wel een taxi,' zei Igor. 'Ik begrijp het allemaal best.'

'Dat ontbrak er nog maar aan,' zei Fiel, waarna hij zich verder concentreerde op de weg en op iets wat in zijn hoofd rondmaalde. Hij stelde zich waarschijnlijk voor wat een lul hij zou zijn als hij het bestond Igor nu uit de auto te zetten. En de gedachte daaraan maakte zijn stemming er niet beter op.

'Dus waar had je het over?' vroeg Igor toen Fiels gezicht weer enigszins ontdooide.

Fiel siste iets tussen zijn tanden, waarna hij diep zuchtte en hoofdschuddend zei:

'Het was een ware odyssee. Drie idioten, de een nog idioter dan de ander. Jij en Jonkie hebben onderweg verschillende keren het portier opengetrokken om te kotsen, zonder dat er iets uit kwam, maar een paar Kaukasiërs dachten dat Jonkie een wiel van hen had geraakt, dus die reden ons klem. Toen is Vasiljevitsj uitgestapt om ze uit te leggen wat hij met hun mama's en papa's had gedaan en daarna dropen ze af, maar Vasiljevitsj heeft daarna de godganse rit, tot hij thuis was, zitten vertellen wat hij nou precies met hun mama's en papa's had gedaan. Hij schijnt morgen met ze afgesproken te hebben.'

'En heb ik verder nog iets gedaan?' vroeg Igor.

'Hoezo verder nog, was dit dan nog niet genoeg?' vroeg Fiel verbaasd. 'Je hebt onderweg geprobeerd te kotsen – dat is één. Je hebt ons naar het verkeerde adres gestuurd – dat is twee. En nu zijn we nog steeds aan het rijden, en wanneer we eindelijk op de plaats van bestemming zijn – god mag het weten. Heb je me nu wel het juiste adres gegeven?'

'Ja ja, zeker weten,' stelde Igor hem gerust.

'Het is je geraden,' waarschuwde Fiel.

'Mensen zijn toch rare wezens,' begon Fiel na een korte pauze. 'Ik bedoel die jongens die het aan de stok hadden met Vasiljevitsj, en Vasiljevitsj zelf ook, en eigenlijk wij allemaal. We worden wel kwaad om dingen die niet de moeite waard zijn, terwijl we niet kwaad worden als er echt iets ergs gebeurt, als er werkelijk iets is waarover je je zou moeten opwinden.

Neem nou Vasiljevitsj, die tegen hen over hun mama's en papa's begon. Het is nogal wiedes dat hij daar nooit iets mee gedaan heeft, hij kletst maar wat uit zijn nekharen, daar hoeft niemand van in de gordijnen te klimmen. Maar hoeveel mensen hebben niet vanwege een ongelukkig gekozen lelijk woord een doodschop gekregen – ik zou ze de kost niet willen geven. Neem nou mijn oom, die heeft er op de verjaardag van zijn vriend iets uitgeflapt wat niemand zich later nog kon herinneren, maar die vriend heeft hem wel mooi meteen met een mes in zijn longslagader gestoken. De een ligt nu op het kerkhof en de ander is voor vijf jaar de bak in gedraaid. Maar toen ze indertijd die geldhervorming erdoor drukten, dacht niemand eraan om de verantwoordelijken een doodschop te verkopen, hoewel ze met die streek toch heel wat levens kapot hebben gemaakt. Niemand heeft geprobeerd om die Gratsjov[21] een kopje kleiner te maken, hoewel hij dat toch had verdiend. Of neem nou die voetbalsupporters. De mensen van de ene club zeggen van de andere dat die shit is, terwijl hun tegenstanders juist roepen dat ze zelf shit zijn – en daar komen geweldige knokpartijen van. Ik bijvoorbeeld ben in feite een flikker. Maar als iemand mij zo noemt in de kroeg, breek ik hem al zijn poten, hoewel hij misschien helemaal niet weet wie ik ben en dat woord hem alleen maar uit zijn mond is gerold. En ook als hij mij wel had gekend en hij gewoon gelijk had, dan nog was hij er niet heelhuids vanaf gekomen. Je snapt het niet.'

Tijdens deze onverstoorbaar uitgesproken monoloog van Fiel had Igor de gehele tijd naar het dashboard zitten staren, omdat hij besefte dat hij niet in staat was zijn hoofd een andere kant op te draaien: de onophoudelijke voortbeweging veroorzaakte bepaalde vage borrelingen op de plaats waar hij vermoedde dat zijn maag zich bevond. Het wijzertje van de brandstofmeter liet zien dat er nauwelijks nog benzine was, maar Fiel leek daar geen acht op te slaan. Igor maakte zich ongerust dat hij ergens midden in deze winterkou uit de auto zou moeten stappen, maar toch zei hij niets over de benzine en begon hij over iets anders dat hem bezighield:

'Als de zaken er zo voor staan, ga jij dan ooit nog 's Jonkie de nek omdraaien?' vroeg Igor.

Fiel snoof alleen een keer maar deed er het zwijgen toe. Alsof hij had geraden wat Igor werkelijk bezighield, maakte hij een scherpe bocht en opeens stonden ze bij een verlicht benzinestation.

Terwijl Fiel druk in de weer was – eerst op een drafje naar het kassaloket, daarna naar de pomp en ten slotte weer terug naar het loket – opende Igor het raampje naast zich, vond in het handschoenenkastje een aangebroken pakje sigaretten van Igor Vasiljevitsj en stak er, ondanks de waarschuwing voor de schadelijke gevolgen van roken op de verpakking, eentje op. Bij de eerste de beste haal al begonnen er allerlei tegenstrijdige gevoelens door zijn lichaam te stromen. Zijn maag reageerde met een ongemeen heftig gevoel van misselijkheid. Het was of die volstroomde met rook, of liever heliumgas, dat de maag als een ballon naar boven stuwde, waarbij alleen de slokdarm de doorgang naar de buitenwereld afsloot. Daarentegen zonden zijn door de nicotine bevredigde hersenen een golf van ontspanning en gelatenheid door zijn spierstelsel, terwijl zich in de buurt van zijn voorhoofd een beginnende kater begon te manifesteren in de vorm van een licht geklop. Al met al had Fiel in de auto een enigszins beschonken en ironisch gestemde man achtergelaten, maar trof hij bij terugkeer een hooghartig voor zich uit kijkende misantroop aan die vanouds geleerd had om te gaan met nachtelijke migraineaanvallen.

'Pas op dat je geen brandplekken maakt in de bekleding van Vasiljevitsj,' waarschuwde Fiel, toen Igor bij het wegrijden zijn peukje door het raam naar buiten had gegooid en aanstalten maakte nog een tweede sigaret op te steken, in de vage hoop dat die tweede hem weer in een goede conditie zou brengen, hoewel hij uit ervaring wist dat dit ijdele hoop was.

'Neem liever dit hier,' zei Fiel en hij haalde een langwerpig groen bierblikje uit zijn zak tevoorschijn. 'Heb ik net gekocht op het benzinestation.'

'Te gek,' zei Igor, want daar had hij naast zijn sigaret juist behoefte aan. Hij greep het blikje, opende het gretig en merkte het volgende moment dat zijn halve gezicht en zijn broek onder het schuim zaten.

Nu pas ontdekte Igor dat hij zijn gewone kleren aan had, terwijl ze toch in hun werkoveralls hadden zitten te drinken. Hij kon zich niet herinneren wanneer hij zich had omgekleed. Maar daar maakte hij zich verder niet druk om, want alleen al de aanraking van het koude schuim op zijn lippen en de bijbehorende graangeur brachten hem in een staat van stille euforie, vergelijkbaar met het moment van verlichting dat een boeddhistische monnik bereikt.

Fiel ging door over Jonkie: dat die er niets aan kon doen dat er een steekje aan hem loszat, dat hij, Fiel, blij was dat Jonkies ruggengraatsverkromming, platvoeten en papaatje hem ervoor behoed hadden dat hij in militaire dienst had gemoeten, maar dat hij het jammer vond dat Jonkie zijn bestemming nog niet gevonden had en maar wat rondlummelde bij hen in plaats van door te studeren, een normaal baantje te vinden en een normaal leven te lijden. Volgens Fiel zou je zonder Jonkie best eens knettergek kunnen worden tussen al die ernstige collega's, die zich verbeeldden dat ze met iets heel gewichtigs bezig waren.

'Wat natuurlijk niet wil zeggen dat we níet met iets gewichtigs bezig zijn,' zei Fiel, zichzelf corrigerend. 'Maar dat betekent nog niet dat je daarbij elkaars humeur moet verpesten. Het is toch al niet zo'n vrolijke boel, dan moet je het allemaal niet nog erger maken.'

'En hoe kijk jij hier zelf eigenlijk tegenaan?' vroeg Igor, terwijl hij voelde hoe het bier zich in zijn maag vermengde met de wodka en hoe dit mengsel in de stofwisselingslift langzaam opsteeg naar zijn hoofd, zodat Fiels antwoord hem grotendeels ontging. Hij herinnerde zich later alleen dat Fiel het erover had dat de ene mens op zich geen vijand was van de andere, een enkele uitzondering daargelaten, maar dat hijzelf nu eenmaal een soldaat was, die de plicht had in actie te komen tegen mensen die waren aangemerkt als vijand. Daarna was voor Igor alles verdwenen in een soort mist, hij herinnerde zich alleen dat hij ook nog het een en ander gezegd had en blijkbaar een beetje de spot had gedreven met een dergelijke soldatenmentaliteit van Fiel.

Toen kwam het moment dat het begon te dagen bij Igor. Hij stond in de kou met openstaande jas en was wankelend bezig de piepers af te gieten in de struiken vlak voor zijn flat, terwijl Fiel aanbood met hem mee te lopen naar zijn appartement, wat door een groepje jongeren bij de ingang met hilariteit werd begroet. Igor van zijn kant stelde Fiel voor dat deze bij hem bleef overnachten, hetgeen opnieuw lachsalvo's ontlokte aan de jongeren. Fiel vertrok pas toen Igor eindelijk veilig en wel het flatgebouw was binnengestrompeld.

Lange tijd stond Igor aan te bellen bij de deur van zijn appartement, omdat hij zijn sleutels nergens kon vinden. Ten slotte werd de deur opengedaan door zijn vrouw, in een peignoir die ze over haar nachtjapon had aangetrokken, en met pantoffels aan haar voeten. Zonder een woord te zeggen deed ze het licht in het halletje uit, zodat Igor het weer aan moest doen, en verdween in het duister van de flat.

HOOFDSTUK 5

Igor had niet verwacht dat hij zo in zijn werk zou opgaan dat hij het klaarspeelde om binnen één dag een rapport bij elkaar te schrijven, en dan nog wel met een kater. Het bleek dat het uitschrijven van het verhoor op zich niet al te veel tijd in beslag nam, het scheelde dat hij nu niet de omgeving hoefde te beschrijven. Igor constateerde met een zekere verbazing hoe afstandelijk hij de reacties van de jongeman die hij had ondervraagd, wist te noteren. De genoten alcohol had zo'n weldadige uitwerking op zijn brein gehad dat het hele gebeuren hem voorkwam als een scène uit een film die hij getrouw moest navertellen. Tegen de avond wandelde hij, na gedane arbeid, alweer voldaan rond door het ketelhuis en probeerde hij om zich heen de geur van het gecremeerde lijk op te snuiven, terwijl de anderen nog zaten te zweten boven hun papiertjes en zelfs amper tijd hadden voor een rookpauze.

Omdat hij niets beters te doen had, begon hij uit een soort schuldgevoel tegenover Fiel, die stilzwijgend verantwoordelijk werd gehouden voor het onderhoud van alle vertrekken in het gebouw, de vloer in het vergaderlokaal te boenen. Aanvankelijk wilde hij alleen de sigarettenas opvegen onder de stoel waar hij de vorige dag had zitten roken, maar van de weeromstuit liet hij zich door het schoonmaakwerk meeslepen en deed hij het hele lokaal. Toen hij echter in de gang bepaalde tekenen van leven bespeurde, trok hij zich weer schielijk terug in zijn kantoor, bang dat hij voortaan altijd de verantwoording voor de schoonmaak van het gebouw in zijn schoenen geschoven zou krijgen.

Hij had nog niet plaatsgenomen achter zijn computer, met het air van iemand die druk aan het werk is, of er werd

door Sergej Sergejevitsj verzamelen geblazen. Zijn stem
klonk ook werkelijk als iets wat het midden hield tussen een
blaasinstrument en het alarmerende getrompetter van een
olifantenslurf.

De collega's kwamen allemaal gelaten aangesjokt naar de
buitengewone vergadering. Ze deden geen moeite hun ergernis te verbergen en wierpen sceptische blikken in de richting
van Sergej Sergejevitsj. Wat zou hij nu weer te vertellen hebben? Ook Igor drukte, om niet uit de toon te vallen bij zijn
collega's, ergernis en scepsis uit op zijn gezicht. Niemand,
behalve Fiel, nam notitie van de schoongeboende vloer, zodat
ook Igor maar deed of zijn neus bloedde.

Een van opwinding en woede stomende Sergej Sergejevitsj viel met de deur in huis en deelde zijn gehoor meteen
geagiteerd mee dat hij zojuist gebeld was door Oleg met de
mededeling dat een of andere smiecht uit een hiërarchisch
hogere afdeling lucht had gekregen van het werk dat hier in
de afdeling werd verricht, en in het geniep zijn voordeel had
gedaan met de flatjes van de door hen gedode burgers door de
nagelaten onroerende goederen op zijn eigen naam en die van
zijn familie over te laten schrijven. Jonkie reageerde op deze
slimme zet van de hogergeplaatste collega met een uitroep
van ontzag, wat hem bij SS te staan kwam op een vernieti-
gende audiovisuele afstraffing (dat wil zeggen met woedende
blikken en oorwassingen), zodat hij verder maar zijn mond
hield, al bleef zijn gezicht onverminderd bewondering om
de gewieksheid van de man uitstralen. Inmiddels bevond de
hooggeplaatste verrader zich in een van de Baltische staten en
dreigde hij alle informatie over de FSB als bloederige opvolger
van de KGB aan de grote klok te hangen, mocht iemand het
wagen hem en zijn gezin iets aan te doen of aan zijn bezittingen te komen. Sergej Sergejevitsj moest met spijt vaststellen
dat het hier weliswaar niet om al te grote bedragen ging, maar
dat het gevaar bestond dat de verrader, als het geld opraakte,
door zou gaan de dienst te chanteren, wat niet zo best zou zijn.

Igor Vasiljevitsj begon direct verontwaardigd te roepen dat het probleem hier helemaal niet bij hun afdeling lag, maar bij degenen die er niet in slaagden hun eigen personeel in het oog te houden, en dat zij daarboven dit zaakje dus maar moesten zien op te lossen. Waarop Sergej Sergejevitsj antwoordde dat de onverlaat al kans had gezien, een deel van de informatie door te spelen naar de plaatselijke justitiële instanties en dat er voor morgen een inspectie van hun ketelhuis gepland stond, bedoeld om vast te stellen wat dat nu eigenlijk voor een ketelhuis was. Na deze woorden gingen bij Igor de alarmbellen af. Hij kon het niet zetten dat welke rol de staat hem ook toebedacht – die van een fanatiek de partij dienende Pavlik Morozov[22] of die van een gedienstige klerk – diezelfde staat hem onveranderlijk bleef zien als een element dat op elk willekeurig moment juridisch vervolgd kon worden. Een gevoel van spijt dat hij voor niks zo zijn best had gedaan om snel het hele verhoor uit te schrijven, stroomde als bittere gal door hem heen.

'Moeten we daar ook weer een verslag over schrijven?' vroeg Fiel sarcastisch. Al dat papierwerk en gerapporteer hing hem blijkbaar danig de keel uit. Van de personen die hen via de bureaucratische touwtjes aanstuurden, zou hij graag een wat meer vooruitziende blik en planmatige aanpak willen zien, volgens hem zou er ook in de omgekeerde richting gecommuniceerd moeten worden in de vorm van duidelijke, op papier vastgelegde instructies en garanties.

Sergej Sergejevitsj zei dat ze zelf moesten zien zich hier uit te redden, want de persoon die zich uit de voeten had gemaakt, had de afdeling afgeschilderd als een bende criminele vastgoedspeculanten (Igor Vasiljevitsj begon instemmend te lachen en in zijn handen te klappen). En dat de medewerkers daar ook allemaal in principe, als er voldoende compromitterend materiaal gevonden werd, als zodanig berecht zouden kunnen worden. Toen de spanning bij alle aanwezigen in het lokaal naar een kookpunt was gestegen, maar niemand er nog toe gekomen was zijn onverbloemde mening te spuien over de leiding, zei Sergej Sergejevitsj dat Oleg met het idee was gekomen om de hele zaak voor te stellen als een project van nationaal belang, waarbij het ging om terrorisme of het aanzetten tot interetnische verdeeldheid. En daarna zou de hele zaak in de doofpot worden gestopt, voorgoed of tot de volgende deserteur. Het was alleen zaak om af te komen van die van nu en de inspectie te overleven zonder negatieve gevolgen voor het personeelsbestand.

'Een wijkagent zou je nog kunnen wijsmaken dat het hier gaat om een ketelhuis dat tijdelijk niet in gebruik is,' zei Sergej Sergejevitsj, 'maar als justitie bij ons begint rond te neuzen en hun oog valt op onze namen, kunnen we het wel schudden. Voormalige medewerkers van inlichtingendiensten, uit alle hoeken van Rusland aangeworven, plus de zoon van een generaal, die een ketelhuis bewaken! Ik zie dat smoelwerk van die teef met haar kapiteinsrang die op Rusland 4 persberichten voorleest, al voor me. Dat zal inslaan als een bom.'

Igor Vasiljevitsj stelde voor om een stelletje zuipschuiten in te huren met geantidateerde werkcontracten, die zich dan zouden voordoen als plaatselijke bewakers en dronken gevoerd konden worden, zodat ze geen fatsoenlijk woord meer zouden uitbrengen en op geen enkele vraag konden antwoorden, terwijl Rinat Iosifovitsj zou worden opgevoerd als de baas. Die zou zich er dan wel meteen weten uit te lullen. 'Het belangrijkste is om Fiel ergens weg te moffelen, die werkt bij iedereen als een rode lap op een stier.'

'Of eerder een roze,' merkte Jonkie op, in het geheel niet beducht voor zijn onverzorgde puberkop.

'Zeg, wijsneus, jij die alles zo goed weet, kun je me ook vertellen wat we godverdomme aan moeten met die stukken ijzer van jou?' vroeg Sergej Sergejevitsj. 'De helft ervan, daar mag je niet aankomen, terwijl ze meer kosten dan alle buitenhuisjes van jouw pappie bij elkaar.'

'We kunnen zeggen dat we het terrein bewaken voor de bouw van een supermarkt,' zei Rinat Iosifovitsj, nooit verlegen om een listig ideetje.

'De kwesties van de stukken ijzer en van het pas gerenoveerde toilet zijn daarmee niet opgelost,' pareerde Sergej Sergejevitsj onmiddellijk. 'Wat voor de fuck zouden we het toilet renoveren als de boel hier toch tegen de vlakte gaat?'

'Misschien een museum?' opperde Igor voorzichtig, waarop hij werd aangestaard alsof hij totaal krankjorum was. Maar in plaats van verder te discussiëren over de vraag waarvoor ze hun verwaarloosde ketelhuis dan wél moesten laten doorgaan, gingen ze om de een of andere reden gretig in op een opmerking van Jonkie die zich afvroeg waarom ze niet bij voorbaat al een stel fanatieke, wegens terrorisme achter slot en grendel gezette islamisten hadden gecharterd. Die zouden maar al te graag een slachting aanrichten onder die 'Russische zuipvarkens', zoals hij zich uitdrukte, en hadden dan later, in een geval als dit, kunnen worden afgemaakt in het kader van een antiterroristische operatie of worden gedeporteerd naar een andere stad.

Plotseling begon Sergej Sergejevitsj, terwijl hij er eens goed voor ging zitten, Jonkie en indirect ook Igor te vertellen hoe de zaken in de afdeling in de loop der tijden ten goede waren gekeerd. Naar alle waarschijnlijkheid zat het nieuws over de gevluchte collega hem zo dwars dat hij de behoefte voelde om zijn gedachten wat te laten afdwalen. Hij begon met iets wat iedereen allang wist: dat er aan het huidige collectief al heel wat andere vooraf waren gegaan, maar dat die allemaal om verschillende redenen uiteen waren gevallen. Het eerste collectief was helemaal samengesteld uit, zoals Sergej Sergejevitsj het uitdrukte, 'maatschappelijk marginale elementen', dat was nog in de tijd van de Sovjet-Unie. Natuurlijk werd die mensen helemaal niets uitgelegd ('Alsof we nu wel iets uitgelegd krijgen,' interrumpeerde Jonkie). Alles speelde zich af onder het mom van roofmoorden, maar indertijd was het niet zo simpel om het ene flatje na het andere af te werken zonder in het vizier van de militie te komen. Hoewel het aan de andere kant wel weer simpeler was, omdat de mensen soms niet eens de moeite namen om de deur op het nachtslot te doen. Op een keer werden die criminele elementen gewoon ergens in een restaurant opgepakt en toen was het spelletje uit. Daarna vertelde Sergej Sergejevitsj nog over een collectief uit de Noordelijke Kaukasus, waarvoor personen werden gerekruteerd die zelfs in de Kaukasus hun hachje niet zeker waren, als ze het al waagden daarheen terug te keren.

'Maar nee,' klaagde Sergej Sergejevitsj, 'wat doen die lui? Ze worden gezocht door hun eigen mensen, die hen willen straffen, en ze worden gezocht door de federale diensten, door ons dus, die hen ook willen straffen, dus je zou zeggen, hou je gedeisd, laat je niet zien. Maar niks hoor. Eentje had een wagen op afbetaling gekocht en die begon rond te hangen in nachtclubs en zich voor te doen als een vastgoedmakelaar. We hebben alles gedaan om hem te bepraten, door gesprekjes te voeren als kameraden onder mekaar en een beroep te doen op zijn gezonde verstand, want hij was op zich best een waardevolle medewerker. Eindeloos zijn we met hem bezig geweest. Ten slotte is hij met een mes bewerkt door een Russische vrouw die hij had meegenomen naar het bos om haar te verkrachten. En dan was er nog eentje die ons begon aan te geven bij de FSB. Die meende zo een goede beurt te maken bij de diensten. Hij dacht dat wij een of andere extremistische islamitische groepering waren. En nog weer een andere kluste in zijn vrije tijd bij als snorder en is met zijn wagen tegen een paal geknald. Kortom, niks als ellende met die gasten. En nu werken we dus met jullie. Soms loopt het wel eens uit de klauwen, maar over het algemeen doen jullie je werk naar behoren. Zou jammer zijn als we werden opgedoekt.'

Igor zou het helemaal niet erg vinden als ze werden opgedoekt. Sergej Sergejevitsj keek hem doordringend aan en vroeg, alsof hij zijn gedachten kon lezen:

'Waar denk je aan, Igor Petrovitsj?'

'Een museum,' herhaalde Igor.

'Begin je daar nou weer over!' stoof Sergej Sergejevitsj
op. 'Wat nou museum? Een ketelmuseum of zo? Of een
museum van, hoe heet dat, het socialistisch realisme?'

Bij deze laatste woorden keek hij met een schuin oog
naar de buste van Lenin en leek hij zich te moeten beheersen om geen kruisje te slaan.

'Nee nee,' hakkelde Igor, die alweer spijt had van zijn
ideetje. 'Ik dacht bijvoorbeeld aan een modern museum, ik
bedoel van moderne kunstenaars.'

'Een museum van hedendaagse kunst,' preciseerde Jonkie.

'En?' vroeg Sergej Sergejevitsj op geladen toon.

'We kunnen Jonkie hier achterlaten,' begon Igor zich
nader te verklaren. 'Dan hebben we een generaalszoontje
dat besloten heeft een galerie te beginnen. Die stukken ijzer van hem kunnen doorgaan voor *art objects*. Overal in
het gebouw worden netten gespannen, dat spreekt. Tegenwoordig is het hot om over alles wat eigentijds is, netten te
spannen. We kunnen een stel dronkenlappen inhuren met
geantidateerde contracten. Dat zijn dan de bewakers. We
kunnen zelfs de pers uitnodigen en interviews geven. Me
dunkt dat Jonkie zich er wel uit weet te ouwehoeren.'

'Ja, dat zal wel lukken,' zei Jonkie monter. 'Ik laat gewoon
een paar keer de naam Warhol vallen, dan zit het wel snor.'

Sergej Sergejevitsj staarde Igor zonder enig blijk van enthousiasme aan. Igor kon wel door de grond zakken onder
die blik.

'Mocht het nodig zijn, dan kunnen we later altijd nog
zeggen dat het stadsbestuur geen goedkeuring heeft ver-
leend en dat het Ministerie van Cultuur niet akkoord is
gegaan, of dat de plaatselijke bewoners hebben geprotes-
teerd, omdat ze op deze plek liever een kleuterschool wilden
hebben,' rondde Igor op vlakke toon af.

'Haha, een kleuterschool op een industrieterrein,' zei Sergej Sergejevitsj, terwijl hij Igor onveranderlijk strak bleef aankijken.

'Het was maar een voorbeeld,' verklaarde Igor, terwijl hij merkte dat ook Rinat Iosifovitsj naar hem keek en dat er in zijn ogen iets van jaloezie en bewondering flikkerde.

'Fucking goed,' zei Sergej Sergejevitsj na een lange pauze, gedurende welke er in het vergaderlokaal een doodse stilte heerste (toen SS ten slotte begon te spreken, kwam iedereen ineens tot leven, alsof het commando 'ingerukt' was gevallen).

'Hoe heb jij je ooit op straat laten zetten?' vroeg Sergej Sergejevitsj op meewarige toon aan Igor. 'Het is natuurlijk mooi dat je bij ons terecht bent gekomen, zoals nu wel blijkt, maar man, hoe heb je dat ooit kunnen laten gebeuren?'

'Het is gewoon gebeurd,' antwoordde Igor die geen zin had om daar verder op in te gaan.

Igors idee viel in zo'n goede aarde bij Sergej Sergejevitsj dat hij iedereen gebood te blijven zitten en zelf het lokaal verliet, blijkbaar om Oleg te bellen. Zodra zijn voetstappen zich verwijderd hadden, boog Igor Vasiljevitsj zich naar Igor toe en vroeg op schalkse toon:

'Heet jij echt wel Igor PETROVITSJ[23]?'

'Tut tut,' maakte Igor zich ervan af, terwijl de anderen geamuseerd glimlachten. Alleen het gezicht van Rinat Iosifovitsj stond strak, er viel een soort professionele afgunst op te lezen. Broodnijd, schoot het door Igor heen en hij knikte Rinat Iosifovitsj beleefd toe, maar deze wendde zijn blik af. Flikker dan maar op, dacht Igor bij zichzelf.

Igor kreeg het donkerbruine vermoeden dat Rinat Iosifovitsj beducht was voor zijn baan, dat zijn positie als boekhouder en voorraadbeheerder misschien niet zo zeker was als het op eerste gezicht leek. Igor probeerde zich voor te stellen hoe het zou zijn als hij de post van Rinat Iosifovitsj bekleedde, en hij voelde zich licht onpasselijk worden. Daarna herinnerde hij zich dat Fiel met Rinats vrouw had geslapen, wat zijn gevoel van onpasselijkheid nog verdubbelde. Hij besloot Rinat een keer apart te nemen om hem op kameraadschappelijke toon duidelijk te maken dat niemand erop uit was zijn baantje in te pikken of andere aan hem voorbehouden taken over te nemen.

Terwijl Igor worstelde met zijn schuldgevoelens tegenover Rinat, zaten Igor Vasiljevitsj, Fiel en Jonkie links in het lokaal druk met elkaar te smoezelen als een groepje schoolkinderen. Igor keek naar hen, in de veronderstelling dat ze het over hem hadden, maar dat bleek helemaal niet het geval te zijn.

'Het is toch verschrikkelijk,' zei Jonkie met gedempte stem. 'Tien jaar geleden was ik bang voor hem, omdat hij een seksueel roofdier was. Nu ben ik bang voor hem, omdat hij me zomaar de strot kan omdraaien. Wanneer kan ik me ooit eens bij hem op mijn gemak voelen? Fiel, wanneer ga je met pensioen?'

Fiel leek niet goed te weten hoe hij daarop moest reageren. In plaats van hem reageerde Igor Vasiljevitsj, die half omgedraaid naar Jonkie toe ging zitten, met zijn arm op de rugleuning van zijn stoel, als een taxichauffeur die om zijn geld vroeg.

'Hou toch 's op met dat gezeik, altijd maar dat gejen van jou.'

Het was vreemd dat hij op die manier ingreep, want daarvoor had hij nooit enige moeite gedaan om Jonkie af te stoppen als die de draak stak met Fiel. Het leek erop dat de meest recente onheilstijdingen hem uit het lood hadden geslagen.

'In de bajes zou hij nog wel wat meer over zich heen krijgen,' probeerde Jonkie zich, verbaasd over de stemmingswisseling bij Igor Vasiljevitsj, te verdedigen.

'Hou jij je maar liever gedeisd,' zei Igor Vasiljevitsj. 'Hij zou het daar best redden en niet op zijn smoel gaan, terwijl jij er niet zo gemakkelijk af zou komen als je de nor indraait voor die streken van jou. Dat snap je zelf ook wel.'

'Oké, zo kan het wel weer,' zei Fiel, die blijkbaar nog altijd niet goed raad wist met zijn houding.

Jonkie begon Igor Vasiljevitsj op zijn gemoed te werken door hem eraan te herinneren dat hij een jonger broertje had en dat hij elke keer als hij Fiel zag, niet goed werd bij de gedachte aan dat broertje. Igor had de indruk dat iedereen vandaag nogal opgefokt was. Het was alleen nog wachten op het moment dat Rinat Iosifovitsj zou ontploffen. Luisterend naar het gebekvecht tussen Jonkie en Igor Vasiljevitsj, merkte Igor dat Rinat af en toe een loerende blik op hem wierp, als een hond die zou willen vechten met een andere hond, maar niet helemaal zeker was of hij dat wel zou winnen. Ik moet beslist zo snel mogelijk een openhartig gesprek met hem hebben voordat hij een bom in mijn auto legt, dacht Igor.

'Ik heb jouw broertje nooit gezien,' zei Igor Vasiljevitsj, 'maar als hij op jou lijkt, hoef je je om hem geen zorgen te maken.'

Sergej Sergejevitsj kwam net zo energiek weer binnengestormd als hij het lokaal had verlaten. Zijn terugkeer onderbrak de half-schertsende, half-geladen woordenwisseling tussen Jonkie en Igor Vasiljevitsj, die alleen door de uiteenlopende fysieke omvang van de twee ruziemakers niet was uitgelopen op een vechtpartij. Zodra Sergej Sergejevitsj in de deuropening verscheen, leek er een last van Fiel af te vallen en ging hij er ontspannener bij zitten, terwijl Jonkie en Igor Vasiljevitsj, alsof er niets was gebeurd, met hun lichaamshouding uitdrukten dat ze een en al aandacht en bezorgdheid om de ontstane situatie waren.

Sergej Sergejevitsj wachtte tot Lenins buste op de smalle standaard ophield heen en weer te wiebelen, en zette opnieuw uiteen hoe de zaken ervoor stonden, maar dit keer met toevoeging van de oplossingen die waren aangedragen door henzelf en door Oleg of een nog hogere leidinggevende instantie.

Fiel en Igor Vasiljevitsj werden voor een paar dagen op dienstreis gestuurd, terwijl Jonkie zolang moest achterblijven als de kersverse directeur van het nog in aanbouw zijnde museum van hedendaagse kunst. Hij kreeg als taak eventuele rechercheurs te woord te staan en zich te laten interviewen door journalisten, want die zouden geheid gaan bellen en op bezoek komen. De anderen, Sergej Sergejevitsj incluis, moesten naar huis gaan en daar op hun krent zitten wachten op een telefoontje met nadere instructies.

'Dus een nieuwe baan zoeken hoeft voorlopig nog niet, Sergej Sergejevitsj?' vroeg Rinat Iosifovitsj vanaf zijn stoel op de eerste rij. Hij probeerde zijn vraag luchtig te laten overkomen, maar zijn stem klonk toch enigszins verkrampt.

'Als alles verloopt volgens plan, zal dat niet hoeven,' antwoordde Sergej Sergejevitsj zonder al te veel overtuiging. 'Zijn er nog vragen?'

Jonkie stak, als een schooljongen, zijn vinger op. Hoewel hij losjes probeerde over te komen, was het duidelijk dat hij ergens over in zat.

'Jij daar, Sasja, zeg het 's?' antwoordde Sergej Sergejevitsj in dezelfde trant, op de wat afstandelijke en vermoeide toon van een schoolmeester.

'Kan het ook zonder interviews? Zonder ruchtbaarheid?'

'Hoezo?'

Jonkie slikte een keer en vertelde wat het probleem was. Het bleek dat er een of ander verschrikkelijk mens uit de buurt dankzij hem met een vrachtje was komen te zitten, hoewel het ook door iemand anders geweest had kunnen zijn. En dat hij zich tegenover haar voorlopig uitgaf als systeembeheerder, wat hij in feite ook was, hetgeen het voordeel had dat hij voor haar niet huwelijkskandidaat nummer één was. Ze dacht dat hij een of andere computernerd was die nog bij zijn alleenstaande mama woonde, en probeerde daarom werk te maken van iemand anders, een plaatselijke groentehandelaar met verschillende kraampjes. Maar als aan het licht zou

komen dat zijn papa een generaal was van de FSB en hij op
het punt stond een museum te openen, dan zou ze hem niet
zo gemakkelijk meer uit haar klauwen loslaten. Ze was zelfs
in staat om de televisie erbij te halen en zich pontificaal in
beeld te brengen met haar buik, en later met haar baby.

'Welja, dat kunnen we er nog wel bij hebben,' klaagde
Sergej Sergejevitsj. 'Verder nog problemen bij iemand? Had
je dat niet een beetje beter kunnen timen?'

'Vraag dat maar aan haar, of ze dat niet beter had kunnen
timen,' bitste Jonkie.

'En heb je behalve een alimentatieverplichting nog iets
anders bij haar opgelopen?' informeerde SS zakelijk.

Onder algemene hilariteit biechtte Jonkie op dat hij behalve een mogelijke plicht om onderhoudsgeld te betalen
inderdaad nog iets anders had opgelopen. Igor Vasiljevitsj
begon hem uit te vloeken. Waarom had hij niets gezegd,
nu had hij, Igor Vasiljevitsj, uit zijn kopje gedronken. Fiel
onderbrak het getier van zijn collega met het argument dat
het hier niet om syfilis ging en dat zoiets niet zomaar via een
kopje kon worden overgedragen. Igor Vasiljevitsj ging daar
weer tegenin met het argument dat je tegenwoordig niet
meer wist hoe en wat er godverdomme werd overgedragen.

'Je wordt gefeliciteerd,' probeerde Sergej Sergejevitsj de
anderen te overstemmen. 'Je lijkt al op een echte galeriehouder: vrolijke bohème, losse relaties, drugs, drank. Misschien
wel een goed idee trouwens als ze hier wat hasj of pilletjes
vonden, dat maakt het nog geloofwaardiger, we moeten alleen voorzichtig doseren, anders draait Sasja echt de bak in.'

'Er zou ook nog een soort van bar moeten komen,' opperde Rinat Iosifovitsj, 'zodat het niet te veel op een junkhol
gaat lijken.'

Iedereen stortte zich blijgemoed op dit idee. Rinat Iosifovitsj kreeg er een kleur van en voelde zich gevleid door
de positieve reacties, totdat SS voorstelde om de aankoop te
bekostigen uit de reservekas. Rinat Iosifovitsj probeerde een

　　　　　　　　　　　　　　　

pokerface te bewaren, maar Igor merkte dat hij zichtbaar verzuurde.

'Als er drank wordt ingeslagen, dan blijf ik,' maakte Igor Vasiljevitsj zich vrolijk over de hele situatie. 'Stel mij maar aan als bewaker, maak het contract maar vast klaar. Als ik zou weten waar je aan wiet moest komen, zou ik Sasja er wel eens mooi inluizen, zodat hij andere mensen niet meer bang gaat maken met de bajes.'

Sergej Sergejevitsj vroeg door over die laatste opmerking en kreeg in het kort uitgelegd waar dat op sloeg. Hij haalde alleen zijn schouders op en zei:

'Ach, wat Sasja zegt, valt wel te begrijpen. Zo te horen heeft hij de laatste tijd wat problemen gehad.'

'Dat is nog geen reden om de stemming van anderen te bederven,' beet Igor Vasiljevitsj hem toe. 'Het is toch geen wijf, hij heeft toch geen last van maandstonden of zo en aan zijn menopauze is hij ook nog niet toe. Problemen hebben we allemaal.'

'Mijn God, wat heb jij nou voor problemen?' vroeg Jonkie met weerzin.

'Jij bent mijn grootste probleem,' antwoordde Igor Vasiljevitsj. 'Had je je niet even kunnen afvragen in welk gat jij je lul stak, nou zitten we mooi in de shit. Je had hem beter in folie kunnen wikkelen en in de magnetron kunnen stoppen. Of je had gewoon kunnen doen wat je altijd doet. Waarom heb je je niet gewoon afgerukt? Je hebt je kwakkie in die juffrouw gedumpt – en nu zijn we allemaal de lul. Kon je niet beter uitkijken met wie je het deed?'

'Nee, dat kon ik niet,' bekende Jonkie, die zich maar met moeite beheerste en bij het spreken speekseldruppeltjes in het rond spatte. 'Ze draagt zo'n smal brilletje en heeft altijd en eeuwig een fototoestel om d'r nek hangen, zo'n stomme spiegelreflex. En ze kijkt met zo'n zedig neergeslagen blik. Wie zou denken dat ze met de halve buurt naar bed is geweest?'

'Zit toch niet zo te meieren,' onderbrak Igor Vasiljevitsj hem. 'Als ik jou was, zou ik met haar trouwen, doe haar maar een aanzoek. Je bent toch bijna nooit thuis. Je kunt net zo goed bij Fiel intrekken. We maken een bijgebouwtje met twee kamers voor jullie.'

Jonkie werd witheet van woede en maakte aanstalten om op te springen en met slaande deuren weg te lopen, zoals hij waarschijnlijk thuis deed, maar er was iets wat hem weerhield.

'Vasiljevitsj, het is wel mooi geweest, laat die jongen met rust,' zei Sergej Sergejevitsj vanaf het spreekgestoelte. 'Alsof jij zelf nooit in een dergelijke situatie bent beland.'

'Natuurlijk ben ik dat,' gaf Igor Vasiljevitsj ongegeneerd toe. 'Maar daarvoor heb ik dan ook op mijn sodemieter gekregen van oudere collega's.'

'Wat de fuck voor oudere collega's?' vroeg Sergej Sergejevitsj ongelovig. 'Volgens mij zijn wij allebei zelf al zo oud dat we nog uit de tijd stammen dat je uitgehuwelijkt werd en je als bruidsschat een mammoet kreeg.'

'Jij hebt misschien een mammoet gekregen,' zei Igor Vasiljevitsj, 'maar die van mij is later uit der eigen in een mammoetwijfje veranderd.'

Igor Vasiljevitsj en SS begonnen elkaar welgemoed om de oren te slaan met hun meningen en ervaringen op het gebied van echtelijke relaties. Het was duidelijk dat iedereen er behoefte aan had, de zinnen wat te verzetten na alle stress en onheilstijdingen. Als Igor Vasiljevitsj niet met zijn knieën vastgeklemd had gezeten tegen de rugleuning van de stoel voor hem, zou hij gewoon relaxed zijn weggesmolten en uitgevloeid zijn over de vloer. Terwijl Sergej Sergejevitsj daar op het spreekgestoelte deed denken aan een volgevreten duif, wiegend op de rand van een balkon. Nog even en hij zou gaan koeren en in slaap doezelen.

Igor liet zich aansteken door deze algehele stemming. De warmte en de voldoening om de gevonden uitweg

                        ALEKSEJ SALNIKOV

maakten dat hij zich slaperig begon te voelen. Er drong nog altijd enig geroezemoes en later ook sporadisch een flard van een verhitte discussie tot hem door, maar zelf viel hij stil, hij begon alles te registreren door het prisma van een soort doffe wazigheid. Het was of er vaag onzinnige oerwoudgeluiden van apen in een dierentuin tot hem doordrongen – met nu eens een schelle kreet zoals bij het zien van een luipaard, gevolgd door een kalmerend gegrom, en dan weer een hele reeks klanken zonder enige betekenis. Ten slotte schudde Igor Vasiljevitsj hem wakker aan zijn schouder en vroeg of hij niet kon ophouden met snurken. Hij kon maar beter naar huis gaan om te wachten op telefonische instructies.

Blijkbaar was het gekrijs dat Igor in zijn halfslaap voor de waarschuwingskreten van primaten had gehouden, afkomstig van Jonkie, want toen hij op zijn gemak, zich uitrekkend en geeuwend, het vergaderlokaal verliet, merkte hij dat zijn jongere collega helemaal in zijn eentje bezig was de kantoren leeg te halen en alle papieren en apparaten weg te dragen naar de kelder. Toen Igor zonder veel enthousiasme aanbood om te helpen, wierp Jonkie hem vanachter de stapel mappen die hij voor zich uit droeg, een giftige blik toe en bonkte hij zonder een woord te zeggen de trap af naar beneden.

'Waar zijn de anderen eigenlijk?' riep Igor hem na in het trapgat, maar als antwoord galmde er alleen een geïrriteerde kreet uit het keldergat. Igor vond zo'n onderaardse kreet wel grappig en daarom riep hij nog eens 'waar zijn ze dan' naar beneden, maar een nieuwe kreet bleef uit, er klonk alleen een soort gegrom.

Het nieuwtje dat hij een paar extra vrije dagen had, bevreemdde zijn vrouw dermate dat Igor zich zowaar beledigd voelde. Het leek wel of ze helemaal niet blij was, maar zich alleen ergerde en daar geen geheim van maakte.

'Wat doen jullie daar eigenlijk? Ben je wel echt aan het werk of zijn jullie al op straat gezet?' vroeg ze.

Toen kwam alle spanning die zich gedurende de dag blijkbaar ergens diep in hem had opgehoopt, ineens naar buiten. Hij gaf zijn vrouw meteen lik op stuk en wilde weten of zij eigenlijk zelf wel werkte, of ze echt wel voortdurend vergaderingen had en of ze het echt zó druk had dat ze niet gebeld mocht worden. Ze wierp tegen dat hij zelf ook niet op het werk door haar gebeld wilde worden. Zo haalde het ene woord het andere uit en het was al diep in de nacht toen Igor eindelijk op de bank in de woonkamer lag, terwijl de adrenaline van de echtelijke ruzie nog nakolkte in zijn bloed en hij driftig van de ene televisiezender naar de andere zapte, zonder naar het scherm te kijken. In plaats daarvan staarde hij naar een schilderij boven de televisie dat zijn vrouw nog in haar studiejaren cadeau had gekregen van een vriendje dat achter haar aan zat, een student grafische vormgeving aan de plaatselijke pedagogische academie. Dat schilderij was tijdens hun echtelijke ruzies een voortdurende steen des aanstoots gebleken, Igor had zelfs geprobeerd het bij hun verhuizing expres te vergeten in het oude appartement. Vol afkeer van zichzelf stond hij op van de bank, griste het schilderij van de muur en zette het op het balkon, in de hoop dat zijn vrouw niet zou merken dat het verdwenen was, maar diep in zijn hart nog harder hopend dat ze het wél zou merken.

Op het schilderij stonden paarse molens met daartussen groene zonnebloemen afgebeeld. Igor werd mateloos geïrriteerd door dit smalle, langwerpige schilderstuk. Als hij goedgehumeurd was, waren de kleuren op het doek hem wel aangenaam, maar tijdens hoog oplopende echtelijke ruzies dacht hij eraan hoe het artistieke vriendje van Olga haar meesleepte naar films van Tarkovski, omdat hij zich waarschijnlijk verbeeldde dat hij na zijn opleiding grafische vormgeving rechtstreeks zou worden toegelaten tot het VGIK, de beroemde filmschool in Moskou. Daar scheen hij nooit terecht te zijn gekomen, hij was blijven steken in het stadium van zuipen met drinkmaatjes en deze imponeren met zijn eruditie op het

gebied van schilderkunst, grafiek en cinematografie. Niettemin keek Igor bij elke hedendaagse Russische film nog altijd
jaloers naar de aftiteling, waardoor hij uiteindelijk een hekel
kreeg aan de vaderlandse cinema, omdat hij diep in zijn hart
vreesde dat hij niet kon tippen aan de artistieke aanbidder.

Elke keer als hij en zijn vrouw elkaar in de haren vlogen, had hij zin om het schilderij stuk te slaan op zijn knie.
Dan zag hij in detail voor zich hoe de dunne lijst krakend
doormidden brak en er op de breukvlakken splinters bleven
uitsteken. En hoe hij dan het kapotte schilderij door het raam
of van het balkon naar beneden mikte, waarna het traag zou
neerdwarrelen in de sneeuw of in een laag bladeren of in
de kruin van een populier, al naar gelang het jaargetijde. In
de sneeuw dus, dacht Igor. Zijn op het werk reeds lichtelijk
geschokte zenuwstelsel leek hem ineens over de streep te
trekken: hij stond snel op (nadat hij de deken van zich af had
geworpen, alsof het zijn mantel was en hij zich gereedmaakte
voor een duel), stormde het balkon op en sloeg uit alle macht
de lijst tegen zijn knie. Het hout boog een beetje door, maar
barstte niet. Daarna sloeg hij nog een paar keer met de lijst
op zijn uitgestoken knie, maar met hetzelfde treurige resultaat, dat wil zeggen geen enkel. Teruggekeerd in de warmte
van de kamer, probeerde hij op alle mogelijke manieren de
lijst op zijn zere knie en tegen zijn scheenbeen doormidden
te breken.

'Ben je nou helemaal gek geworden?' hoorde hij opeens.

Daar stond zijn vrouw, die blijkbaar was afgekomen op
zijn krampachtige gehijg en gegrom.

Des te beter, laat ze het maar zien, dacht Igor en hij ver-
driedubbelde zijn inspanningen. Zijn vrouw stormde op hem
af en probeerde het schilderij te grijpen, maar op dat moment
begon de lijst eindelijk te kraken en langzaam als een stuk
rubber mee te geven. Puffend en blazend richtte Igor zich
op, zette zijn handen in de zij en nam een overwinnaarspose
aan. Zijn vrouw wierp zich op het schilderij, dat aan Igors

voeten lag, alsof het niet een of ander kliederwerk van een onduidelijk studentje was, maar het ontzielde lijfje van een geliefd huisdier.

'Idioot,' zei ze met een van haat vertrokken gezicht.

Igor vertrok eveneens zijn gezicht en keek haar aan met een dodende blik. Hij rukte haar het doek uit handen, stond lange tijd aan de klink van de balkondeur te draaien tot die openging en probeerde daarna nijdig het doek in elkaar te frommelen, wat niet goed lukte, want het ding bleek net zo moeilijk klein te krijgen als kartonnen verpakkingsmateriaal uit de tijden van de Sovjet-Unie. De achterkant van het doek rook zelfs naar oud karton. Mijn god, wat een dikke laag verf heb je erop gekladderd, zei Igor in zichzelf tegen de schilder.

'Waag het niet,' waarschuwde zijn vrouw, die hem achternagelopen was naar de balkondeur.

'Ga weg, anders vat je vat nog kou,' zei Igor met een stem die hij zo gevoelloos en neerbuigend als maar mogelijk probeerde te laten klinken, terwijl hij ondertussen ineenkromp van de ijzige kou en de winterse wind op het balkon en hij er om een of andere reden niet toe kon besluiten om het kunstwerk naar beneden te slingeren.

Hij wachtte op het moment dat zijn vrouw toch achter hem aan zou komen op het balkon om het schilderij terug te pakken, maar zij maakte daar geen aanstalten toe. Misschien was haar gezondheid haar kostbaarder dan de herinnering aan haar vroegere vriendje of misschien was ze wel bang dat, als ze dichter op haar man toe zou stappen, hem dit alleen maar het extra zetje zou geven om het schilderwerk meteen naar beneden te gooien in de opgehoopte sneeuw onder de ramen. Het was een idiote situatie. Igor had het koud, nog langer zo blijven staan in zijn onderbroek en hemd was niet uit te houden. Hij was niet het type dat van winterzwemmen hield, of er überhaupt een gezonde levenswijze op nahield. Maar aan de andere kant was terugkeren naar binnen, met nederig gebogen hoofd en het schilderij onder de arm, hem toch het laatste beetje eer dat hem nog restte, te na. Zijn vrouw van haar kant had begrepen dat hij het schilderij echt naar beneden ging gooien – en dit al een paar seconden voordat hij hier ook daadwerkelijk toe overging en zelfs al voordat hij bij zichzelf hiertoe had besloten. Dat zij dit instinctief had aangevoeld, besefte Igor toen hij niet zonder voldoening de afdaling van het schilderij naar de zondige aarde (of de zondeloze sneeuw) gadesloeg. Die afdaling verliep overigens anders dan hij zich had voorgesteld. Het ding kwam met een ordinaire smak neer, als een meubelstuk of een van die vuilniszakken die door zijn dronken buren naar beneden werden gegooid.

Igor verwachtte van zijn vrouw een razende reactie, die hij zou beschouwen als een beloning voor de demonstratie die hij haar zojuist had gegeven. Dat zou voor hem het bewijs zijn dat het echt een demonstratie was en niet zomaar een aanval van hysterie. Maar Igor kreeg haar gezicht niet te zien, omdat ze de balkondeur had dichtgesmeten en de grendel ervoor had geschoven, zodat Igor voor joker op het balkon achterbleef en moest wachten tot zij hem genadiglijk weer binnenliet. Als een kat die een tijd buiten had rondgezworven, drukte hij zijn gezicht tegen het vensterglas en keek naar binnen, terwijl hij nog intenser voelde hoe bitter koud het wel niet was. Om de een of andere reden moest hij denken aan een scène uit een James Bond-film, waarin een schaars geklede bondgirl zich bij een temperatuur van min veertig graden door de sneeuw heen worstelde. Datgene wat hij op dit moment aan den lijve ondervond, deed hem beseffen hoezeer die filmscène van begin tot eind gelogen was. Hij probeerde op de thermometer die aan het raamkozijn was bevestigd, af te lezen hoe ernstig zijn situatie was, maar de voorkant van de thermometer was naar binnen gericht, terwijl het van opzij, en dan nog in het schemerduister, moeilijk was om de schaalverdeling en het niveau van de gekleurde alcohol te onderscheiden.

Op grond van wat hij kon zien door de vensterruiten, of liever gezegd door de balkondeur, want er zaten gordijnen voor de ramen, was zijn vrouw bezig haar jas aan te trekken om buiten het vermiste interieurstuk te recupereren. Aanwijzingen daarvoor waren het licht dat in het halletje brandde en de bewegingen van haar schaduw op de kamermuur. Vanwege de nerveuze springerigheid van die bewegingen vermoedde Igor dat krabben aan de deur en kloppen om binnengelaten te worden geen enkele zin had. Voor het eerst in zijn leven zag hij niet de humor in van het tafereel met de buitengesloten blote ingenieur bij Ilf en Petrov en kon hij ook niet lachen om Ostaps verhaal over een soortgelijke situatie,[24] hoewel het juist die scènes waren waaraan hij nu moest denken. Toen de bewegingen van de schaduw ophielden, verplaatste Igor zich snel van het raam naar het balkonmuurtje om zodra zijn vrouw zich zou vertonen, een aantal hatelijke opmerkingen over haar uit te storten. Wat hij precies zou gaan zeggen, wist hij nog niet, maar zijn instinct vertelde hem dat de passende woorden als vanzelf uit zijn mond zouden rollen op het moment dat zij zich binnen zijn blikveld vertoonde. Igor wilde er zo ongedwongen mogelijk bij staan, misschien zelfs relaxed met zijn ene ellenboog op het balkonmuurtje leunend, maar de eerste de beste aanraking met het beton en de metalen balustrade van het muurtje koelde hem zozeer af dat hij besloot om met een enigszins hooghartig air en de handen voor de borst, ondertussen zijn vingers warm houdend onder zijn oksels, haar komst af te wachten. Een plotselinge windvlaag ontlokte aan Igors borst een korte kreet, die deed denken aan een wanhopig jankende kat.

De verschijning van zijn vrouw beneden werd door Igor niet zonder opluchting begroet, maar zij keek niet één keer omhoog terwijl ze door de hopen sneeuw in de richting van het zwart afstekende schilderstuk waadde. Daardoor voelde Igor zich enigszins beledigd (verbazend hoe hij zich in die

　　　　　　　　　　　ALEKSEJ SALNIKOV

allesdoordringende kou nog druk kon maken over zoiets futiels).

Toen vrouwlief terugkeerde in het appartement en genadiglijk de deur opendeed, stapte Igor zwijgend naar binnen, sloot zich op in de badkamer en kroop onder de douche. Het water voelde warm aan tot hij ontdekte dat hij koudwaterkraan had opengedraaid. Hij probeerde warm water toe te voegen, maar dat voelde brandend heet aan. Geleidelijk aan kwam Igor weer op temperatuur en hij besloot zich ook van binnen wat op te warmen. Hij slofte naar de keuken om te genieten van een kop warme thee of koffie en iets alcoholisch, maar daar zat zijn vrouw. Na zich ervan vergewist te hebben dat alles in orde was met Igor, werkte ze zich langs hem heen, verdween in de slaapkamer en deed de deur op slot. Flikker toch op, mens, dacht Igor bij zichzelf. Na de procedure ter staling van het lichaam en de daaropvolgende opwarming ervan voelde hij zich weer verrassend energiek. En nadat hij een half glas wodka door zijn keel had gegoten, begreep hij dat hij zich ook zonder koffie en thee alweer opperbest voelde.

Ook de hele dag erna voelde hij zich prima, hoewel zijn vrouw die ochtend zonder een woord te zeggen vertrokken was en hem ook 's avonds demonstratief uit de weg ging, alsof hij ieder moment wraak kon nemen door haar plotseling beet te pakken, haar in haar nachtjapon mee te sleuren naar het balkon en haar daar in de vrieskou achter te laten. Toch leek ze zich ook een beetje schuldig te voelen, want toen Igor luid begon te lachen om een uitzending met een reportage op de plaatselijke nieuwszender, kwam ze in de woonkamer dicht bij hem staan om samen met hem, een vraagteken in haar ogen, naar het televisiescherm te kijken. Igor deed geen moeite om haar uit te leggen waar het om ging, hij nam zelfs helemaal geen notitie van haar, waarop ze weer even ongemerkt verdween als ze was gekomen, met achterlating van een elektrische spanning in de lucht waarin voelbaar was dat ze voor de zoveelste keer beledigd was.

Waar Igor zo om moest lachen was de transformatie die Jonkie had ondergaan en zijn pogingen om in het televisie-interview overtuigend over te komen op de kijker. Het was een soort bizarre theatervoorstelling. Niet alleen bizar omdat Jonkie eigenlijk helemaal geen theater hoefde te maken, want als zoon van een generaal hing hem toch niets boven het hoofd, maar ook omdat hij zich volledig inleefde in zijn rol als galeriehouder, al te zeer zelfs. Op alle mogelijke manieren probeerde hij de schaapachtige interviewer te kleineren, waarbij hij het air aannam van een arrogante Moskoviet die in staat was wel een stuk of tien van dat soort interviewertjes op te kopen. De journalist geloofde hem en was geïmponeerd, hoewel je zo kon zien dat de geïnterviewde persoon doorsloeg. Jonkie had niet de moeite genomen zich om te kleden, hij had zijn gewone werkkleding nog aan. Hij presenteerde zich voor de camera in zijn afgedragen overall, versleten truitje en over zijn schouders geslagen blauwe werkjasje, maar koketteerde ondertussen wel opzichtig met een blinkend horloge, waar de journalist zijn ogen maar niet van af kon houden. Opgetogen over een dergelijke show die Jonkie opvoerde, had Igor aanvankelijk niet geluisterd naar de inhoud van het interview zelf. Toen hij zijn aandacht verlegde naar wat er werd gezegd, bleek Jonkie helemaal warmgelopen te zijn.

'Dat is tegenwoordig een trend,' legde hij uit, terwijl hij omhoogkeek naar de veertigjarige journalist, maar wel met een blik alsof de man twee koppen kleiner was dan hij. 'Is dat woord u bekend – "trend"? Het lijdt natuurlijk geen twijfel dat heel dit land één groot woest terrein is waar onze kunstenaars meehobbelen in de staart van de mondiale moderne kunst en een paar generaties achterlopen. Maar juist dankzij deze woestheid kunnen onze lokale beeldende kunstenaars door de lokale bevolking begrepen en door de westerse kritiek geapprecieerd worden. De eerste groep is in haar prille rijpingsproces inmiddels al zo ver gevorderd dat ze begint te be-

                    ALEKSEJ SALNIKOV

grijpen wat door liefhebbers van de westerse kunst reeds lang geleden begrepen, naar waarde geschat en alweer vergeten is. De laatste groep is geïnteresseerd in onze lokale kunst, zoals toeristen geïnteresseerd zijn in handgemaakte souvenirs met hun woeste primitiviteit, authenticiteit en grove vormen. Stelt u zich Andy Warhol eens voor als iemand die geboren is in een gat als Tsjeljabinsk, Perm of Jekaterinburg en daar zijn werken creëerde. Welke processen zouden er zich in zijn brein hebben afgespeeld, hoe zouden zijn kinderjaren in de pioniersbeweging van de USSR en zijn jeugd als lid van de Komsomol zich als verschillende lagen in zijn kunst hebben gemanifesteerd? Snapt u waar ik heen wil? Herinnert u zich de tijd van de perestrojka, toen alles wat uit het Westen kwam, werd beschouwd als de zuivere waarheid? Zelf was ik daar niet bij, ik had het levenslicht nog niet aanschouwd, maar ik heb gehoord van al die massa's mensen die toen voor de perestrojka en de glasnost hebben gestemd. Die mensen hadden de illusie dat als ze zich zouden gedragen als in een speelfilm, ook hun hele leven zich net zo zou afspelen als in een film. Tegenwoordig doet dat natuurlijk belachelijk aan. Maar ook nu heb je dat nog. Je reinste cargocult. Momenteel zijn er plannen voor verschillende tentoonstellingen van plaatselijke jongeren die warmlopen voor fotografie. Weet u, dat zijn van die figuren die denken dat als ze een indrukwekkend fototoestel om hun nek hebben hangen en zich net zo kleden als echte fotografen of andere kunstenaars en zich navenant gedragen, dat ze dan zelf ook echte kunstenaars zijn. Socialistisch realisme is ook hot, er staat een duotentoonstelling op stapel van Sergej Sergejevitsj Zimonov en een Noord-Koreaanse kunstenaar, wiens naam, ook al is die nog zo kort, me steeds weer ontschiet. Die twee kunstenaars zijn leeftijdsgenoten, maar die van ons heeft al kans gezien een paar partijzuiveringen te doorstaan, zijn lidmaatschap van de communistische partij op te zeggen en toe te treden tot *Verenigd Rusland*, terwijl die andere zich zonder problemen staande heeft gehouden onder zowel Kim Jong-il als Kim Jong-un, voorlopig is hij nog in leven. Het is heel interessant om hun parallelle visies op de werkelijkheid te vergelijken, dus als de boel niet afspringt, belooft het een heel interessante expositie te worden.'

'Dus u bent van plan het culturele leven in onze stad wat nieuw leven in te blazen?' zag de journalist kans gebruik te maken van een korte adempauze bij Jonkie voordat deze opnieuw losbarstte.

Jonkie lachte honend toen de journalist het woord 'culturele' in de mond nam, stak daarna omstandig een sigaret op, blies de rook recht op de bril van de man en vervolgde:

'Wel, als u het hier over cultuur heeft in biologische zin, dan moet ik er ontkennend op antwoorden, nee, dat ben ik niet van plan, in dat opzicht bloeit het leven hier bij u al volop.'

Wat ben je toch ook een smiecht, dacht Igor bijna met bewondering, terwijl hij om de een of andere reden hoopte dat de journalist het niet langer zou uithouden en Jonkie recht voor de camera op zijn mieter zou geven. Maar de man begon, bijna lacherig, uit alle macht de rookwolken die Jonkie zijn kant op blies, van zich af te slaan.

'Wat wilt u van mij horen?' vroeg Jonkie. 'Kunst is altijd provocerend, nou ja, niet altijd, maar zo goed als, en hedendaagse kunst provoceert in negenennegentig procent van de gevallen. In de stad zal het enig stof doen opwaaien. Maar als ik u was, zou ik me er niet al te veel bij voorstellen. Voor een cultuurshock heb je een vrij intelligent publiek nodig, dat niet alleen in de handen klapt als er in de kerk wordt gedanst.[25] In dit land vind je misschien een stuk of acht mensen die daar rijp voor zijn, persoonlijk ken ik er vijf, mezelf meegerekend.'

De journalist leek niet goed te horen wat Jonkie zei. Hij had waarschijnlijk een vooraf opgestelde lijst met vragen bij zich en het optreden van Jonkie bracht het draaiboek van de televisieploeg enigszins in de war. Hij bleef maar geobsedeerd kijken naar Jonkies horloge, terwijl de geïnterviewde maar doorging onzin uit te kramen, zich uitgevend voor een bezopen kunsthandelaar of een terdoodveroordeelde die niets meer te verliezen had.

'Het is een ernstige misvatting te menen dat wij slechts een of twee generaties achterlopen bij de hedendaagse westerse kunstenaars. Als je in aanmerking neemt dat de kunst in dit land aanvankelijk in hoge mate klerikaal was en daarna zuchtte onder de knoet van de lijfeigenschap en de meest barbaarse censuur, eerst de tsaristische en daarna die van de Sovjets, dan krijg je alles bij elkaar een aantal jaren en generaties in onvrijheid dat gewoon niet te tellen is. Grof geschat een jaar of vijfhonderd. Kunt u zich dat voorstellen: een verschil van vijfhonderd jaar? Dat is nog meer dan het verschil tussen Japan en Nederland toen die betrekkingen met elkaar aanknoopten.'

'Vindt u niet dat u ietwat overdrijft,' liet de journalist zich, in een vlaag van patriottisme en met doorbreking van het vooropgezette scenario in zijn hoofd, ontvallen. 'Het is toch wel een land dat het fascisme heeft verslagen en de mens de kosmos in heeft gestuurd.'

Jonkie lachte schel in de microfoon en de journalist trok zijn hand snel terug, geschokt door dit gelach dat leek op het schateren van een hyena. Jonkie haalde de microfoon weer naar zich toe en lachte verder tot hij niet meer kon.

'U haalt de staat van technologische en die van culturele ontwikkeling door elkaar,' zei hij. 'De Chinezen hadden vroeger hun porselein, hun kompas en hun buskruit en wij hebben tegenwoordig onze kosmos, een terrein waar wij trouwens in sneltreinvaart onze positie aan het verspelen zijn. Als we ons alleen vastklampen aan de ruimtevaart en de overwinning in de oorlog, die dus helemaal niet werd behaald door Rusland, maar door een land met een laten we wel wezen enigszins andere naam, waarvan we inmiddels al de nodige afstand hebben genomen, dan staan we er niet al te best voor. We moeten ons niet afvragen wat we de wereld al gegeven hebben, maar wat we de wereld thans nog te bieden hebben behalve olie, gas en asociale toeristen. Verder schenken we de wereld op dit moment niks. Misschien dat er in technisch opzicht hier en daar nog iets leuks te beleven valt, al kan ik daar nou niet zo gauw opkomen, maar op het gebied van cultuur zie ik alleen maar een absoluut zwart gat. Er zijn een paar kunstenaars die hun werk verkopen in het Westen, maar die lijken eigenlijk meer op redelijk succesvolle souvenirhandelaars te midden van andere souvenirhandelaars op een Afrikaanse markt voor maskers en speerpunten. Zelfs de Russische cinema, die door iedereen wordt neergesabeld, lijkt beter te scoren dan onze schilderkunst en grafiek, al zijn ook onze films, op zijn zachtst gezegd, niet bijster opwindend.'

'Als alles echt zo slecht is, wat heeft dit dan allemaal nog voor zin?' kon de journalist zich opnieuw niet inhouden.

'Dat is nogal wiedes,' antwoordde Jonkie, terwijl hij de journalist bekeek met de blik van een microbioloog die door een microscoop een eencellig wezen bestudeert. 'We moeten niet alleen de voedingsbodem leggen voor de ontwikkeling van kunstenaars, maar ook voor die van het publiek. Die twee moeten gelijktijdig kunnen gedijen. Daartoe worden tal van performances gepland, zowel in het museum zelf als in de stad. We zijn ook bezig een beurzenstelsel voor jonge kunstenaars op te zetten, waarmee ze in het buitenland kunnen studeren. We denken aan verschillende prijsvragen op het gebied van grafiek, schilderkunst en beeldhouwkunst, waarmee zulke aanzienlijke bedragen gemoeid zijn dat niet alleen jongeren uit de regio worden aangesproken, zoals nu het geval is, maar dat ook internationale jury's en kunstenaars uit de hele wereld erbij worden betrokken.'

Zo ratelde Jonkie nog lange tijd door, uitweidend over het achterlijke Russische provincialisme en niet alleen de journalist maar ook de voltallige bevolking van stad en ommeland imponerend met zijn verblindende toekomstperspectieven. En hoewel zijn monoloog deed denken aan de luchtkastelen van Ostap Bender,[26] toch vulde hij al zijn beloften zo concreet mogelijk in: het publiek zou de nodige schilderijen en beeldhouwwerken te zien krijgen en de journalisten zouden worden voorzien van de nodige persberichten, al zou het prijzengeld waarschijnlijk naar buitenlandse kunstenaars gaan, want die zouden vanzelfsprekend alle concoursen winnen. Voor de plaatselijke bewoners was dat nog te hoog gegrepen.

Het was om deze beloften dat Jonkie een paar dagen later, toen SS opnieuw de hele afdeling optrommelde naar het vergaderlokaal, ongenadig op zijn kop kreeg. De collega's verzamelden zich in een opgewekte stemming, moest Igor in alle objectiviteit vaststellen, hoewel hij zelf niet in een al te best humeur was. De ruzie met zijn vrouw was nog niet bijgelegd, hun flatje was te klein om elkaar voortdurend te kunnen ontlopen, hun zoontje leed eronder dat zijn ouders alle contact met elkaar uit de weg gingen. Igor had geen idee hoe hij het moest goedmaken, hij speelde al met de gedachte om het schilderij te laten repareren en terug te hangen, maar dat zou een volledige capitulatie betekenen, een knieval, een smeken om vergiffenis.

'Waarom ben je godverdomme over geld begonnen?' vloekte Sergej Sergejevitsj tegen Jonkie, die ineengedoken op zijn stoel naar hem zat te luisteren. 'Terwijl je zo goed begon. Ik stond voor de televisie in mijn handen te klappen. Want je deed in het begin alles volgens de instructies. De galerie zo afschilderen dat niemand er ooit een voet zou zetten. Dat die al bij voorbaat in zo'n kwade reuk zou komen te staan dat iedereen zijn neus ervoor zou ophalen. Dat heb je prima gedaan. Over de Chinezen die ons qua socialistisch realisme hebben overtroffen – dat was helemaal uit de kunst. Het zou me niet verbazen als ze na die woorden van jou een paar ouwe lullen naar de dichtstbijzijnde hartkliniek hebben moeten afvoeren.'

'Wanneer heeft hij dat dan gezegd, ik kan me dat niet zo goed herinneren,' zei Igor, die zich trachtte los te maken van zijn eigen sombere gedachten.

'Daar begon hij zowat mee,' zei Sergej Sergejevitsj. 'Wat ik maar zeggen wou: dat was subliem, een knaller. Maar, jezus christus, het is je nog zo gezegd, in je moerstaal: hou je kop over geld. Neem zelfs het woord "geld" niet in je bek. Waarom heb je niet naar ons geluisterd?'

'Ik heb toch alleen maar gezegd dat de plaatselijke kunstenaars heel waarschijnlijk geen prijzengeld zouden krijgen,' probeerde Jonkie zich min of meer te rechtvaardigen.

'Sasja, wat ben je toch een stomkop!' donderde Sergej Sergejevitsj. 'Als de mensen eenmaal over "geld" horen praten, dan horen ze dat "geen" al niet meer. Ben je er wel van op de hoogte dat er bij ons in de stad alleen al een stuk of zes kunstenaarsbonden zijn? Als de militie je na dit alles niet in de kraag grijpt en als niet alles aan het licht komt, dan zullen die kunstenaars je wel met huid en haar opvreten. Die slachten elkaar elk jaar finaal af vanwege een of ander goedkoop blikken wisselbekertje, de "Galatea" genaamd, of iets in die trant, daar wil ik vanaf wezen. Maar vanwege dat stuk blik dus en een prijzenbedrag van een luttele twintigduizend roebel zijn ze bereid elkaar levend aan stukken te scheuren, terwijl jij hier met een paar miljoen voor hun neus zit te zwaaien. Wacht maar tot je vastgeklonken aan een stuk beton op de bodem van de stadsvijver ligt, dan zul je wel anders piepen. En dat is nog niet alles, Sasja. Stel dat je af bent van dat gepassioneerde juffertje, als die het tenminste niet in haar hoofd heeft gehaald om naar het plaatselijke nieuws te kijken, dan zijn er nog altijd zat jonge kunstenaresjes met invloedrijke papa's die niet alleen constant aan de telefoon gaan hangen maar je ook komen opzoeken als dochterlief zin heeft om wat bij te verdienen met haar talent. Of je hebt een papa die vindt dat hij niet genoeg verdient met het smeergeld dat hij incasseert, of eentje die zijn meisje wil motiveren om zich financieel afhankelijk van hem te voelen. En dan heb ik het nog niet eens over allerlei oude carrièristen die in hun jonge jaren nog heel wat hardere noten hebben gekraakt dan een ventje zoals jij, en die daar nu al helemaal niet hun hand niet voor omdraaien, zolang ze maar een nieuwe trofee kunnen bijzetten in hun prijzenkast, naast de eretekens uit de tijd van Stalin of god mag weten wie. Vind je het niet genoeg dat je de militie op je dak krijgt? Wil je dat hier elke dag hele menigten pelgrims op bezoek komen om een aalmoes af te smeken? Wil je dat je hier bij de oprit wordt opgewacht door allerlei gepensioneerden die hun doeken uitstallen en pontificaal met hun medailles blikkeren? Loopt het nog geen storm bij jou op *Vkontakte*? Word je nog niet overstelpt met vriendschapsverzoeken?'

'Ik zit niet op *Vkontakte*,' reageerde Jonkie gemelijk, waarna hij er in plaats van het hierbij te laten aan toevoegde: 'Ik zit alleen op Facebook en Twitter.'

Sergej Sergejevitsj hapte een halve minuut naar adem voordat hij zijn ontsteltenis hierover onder woorden kon brengen.

'Wat de fuck,' zei hij ten slotte. 'En?'

'Wat nou en?' pruttelde Jonkie, die er onder de stortvloed aan beschuldigingen enigszins verongelijkt bij zat.

'Wat schrijf je daar zoal op Twitter? "We zijn op karwei gegaan. Wens me succes." Of "Zit achter in de wagen te wachten tot mijn senior collega's een burger hebben omgelegd." Of "Leuk. Ze zijn al een uur weg. Duurt lang vandaag." En dan krijg je als antwoord van die smileys. Gaat dat zo?'

Aan Jonkies gezicht was te zien dat dit helemaal niet zo ging, maar hij vond niet zo gauw de juiste woorden om dat recht te zetten. Igor moest zich inhouden om niet te vragen hoe de toch niet meer al te jonge Sergej Sergejevitsj zo goed op de hoogte was van de stilistische bijzonderheden waarmee op de sociale media werd gecommuniceerd. Om niet toe te geven aan deze verleiding stond hij op en deed of hij zich wilde verwijderen, bijvoorbeeld om naar het toilet te gaan, je had immers allerlei redenen waarom je een vergadering mocht verlaten, een bezoek aan het toilet lag nog het meest voor de hand, daar hoefde je niet eens toestemming voor te vragen.

'Sommigen hier hebben zo te zien schijt aan wat tucht en orde,' zei Sergej Sergejevitsj, die het blijkbaar niet genoeg vond om zijn slechte humeur alleen maar op Jonkie af te reageren en daarom zijn gifpijlen gretig op Igor richtte. 'Strijders voor het vaderland die zomaar weglopen van een spoedvergadering, zonder een woord te zeggen ...'

'Had ik dan mijn vinger op moeten steken?' vroeg Igor op lichtelijk verveelde toon.

'Je kunt beter een beetje dimmen, Sergejevitsj,' nam Igor Vasiljevitsj het op voor Igor. 'Je had Jonkie net zo goed bij je op kantoor de mantel kunnen uitvegen, wat zitten we hier nou voor de fuck met zijn allen te zweten, alsof we een stelletje schoolkinderen zijn. Straks ga je Fiel en mij ook nog door de mangel halen.'

'Eigenlijk is dit ook allemaal voor jullie tweeën bedoeld,' zei Sergej Sergejevitsj. 'Jullie tweeën hebben het gemist, maar god, wat een vertoning was het!'

Om niet nog eens uitgebreid te moeten aanhoren wat hij zelf al op de televisie had gezien, daalde Igor af naar het toilet, waar hij een tijdje neerslachtig voor de wastafel bleef staan kijken naar zijn eigen uitgebluste gezicht in de spiegel. Hij had zijn telefoon al uit zijn zak gehaald om zijn vrouw te bellen, maar bedacht zich. Toen hij zich terugbegaf naar het vergaderlokaal, hoorde hij al van verre de luide stem van Sergej Sergejevitsj schallen. Zal ik me opsluiten in mijn kamer, dacht hij bij zichzelf, in de ijdele hoop dat niemand hem daar zou gaan zoeken. Zich moed insprekend ('wat zou ik als een schildpad in mijn schulp kruipen'), liep hij toch het lokaal in, maar in plaats van op zijn oude stoel te gaan zitten, koos hij een plekje op de achterste rij, wat verder weg van de ande-

                    ALEKSEJ SALNIKOV

ren. Sergej Sergejevitsj liet met een knik merken dat hij Igors terugkeer had opgemerkt, en vervolgde:

'Gezegd moet worden dat Aleksandr de rol van ideologische vijand met verve heeft gespeeld. Typisch een van die anarchisten die ze overal in de wereld met wapenstokken en traangas uiteenjagen. Bij bepaalde dingen die hij zei, voelde ik zelf het bloed in mijn aderen koken.'

Igor Vasiljevitsj vroeg schijnbaar achteloos maar toch nieuwsgierig aan Sergej Sergejevitsj om wat meer in detail te treden.

'Wat nou, in detail treden,' hief Sergej Sergejevitsj zijn armen ten hemel. 'Misschien kan Sasja zelf iets citeren uit zijn theatervoorstelling?'

'Het was een improvisatie,' zei Jonkie met neergeslagen ogen. 'Mijn vader belde ook al om te vragen wat voor een vertoning dat was. Hij zei dat als ik nog een keer zoiets deed, hij me niet meer zou helpen om uit de gevangenis te blijven.'

Igor Vasiljevitsj begon enthousiast te lachen.

'Kan ik daar ergens een opname van bekijken? Misschien heeft iemand het op YouTube gezet?'

'Wie zou dat dan doen?' vroeg Sergej Sergejevitsj. 'Onze regionale zender trekt alleen gepensioneerden, die alleen naar het nieuws kijken in afwachting van het weerbericht. Ik heb geprobeerd op hun site een video op te snorren, maar ze zijn daar ook niet gek, ze hebben die niet eens geüpload. Op het soort uitlatingen dat daar gedaan werd, staat minstens twee jaar. "Vaderland is een abstract begrip." "Het Westen heeft ons altijd geestelijke verlichting geschonken, maar die is steeds weer opgevat als een bedreiging van het staatsbestel en de etnische identiteit." Bonner[27] zou zich in haar graf omdraaien van spijt dat ze geen kans heeft gezien zo'n man aan de haak te slaan. Als je ook nog iets gezegd had over het Russische nationalisme, Sasja, dan hadden we je voedselpakketjes kunnen bezorgen, maar je bent bij wijze van spreken net voor de rand van de afgrond blijven staan.'

'Ik wilde het wat smeuïger maken,' bekende Jonkie, 'maar dat bleek niet goed samen te gaan met mijn image.'

'Wat, meneer had ook nog een image in gedachten? Dus je deed het allemaal met opzet?' kon Sergej Sergejevitsj zijn enthousiasme niet op. 'Dat loopt op tot zeven jaar! Zijn image kwam niet uit de verf! Wat ben je toch ook nog een broekenmannetje, daarom zal je dit niet al te streng worden aangerekend. Maar wat ik zeggen wou, ik heb de blog van die journalist gelezen, hij verkoopt daar liberale standpunten. Jij wordt daar opgevoerd als een fascistje, hij vond jou om de een of andere reden een strontverwende Moskoviet, een skinhead, god mag weten hoe hij daarbij kwam. Waarschijnlijk ontpopte jij je als een nog grotere liberaal dan hij, dan krijg je een soort concurrentie binnen de soort.'

'Ja, ik heb het gezien,' zei Jonkie. 'Ik was ook verbaasd toen ik dat bij hem las. Ik wilde reageren, maar ze hebben me gewoon geblokkeerd.'

'Dat is vanwege je horloge,' liet Igor zich eensklaps ontvallen. 'Dat kon hij niet verkroppen.'

'Precies,' herinnerde Sergej Sergejevitsj zich. 'Man, man, man, hij kon zijn ogen er niet van afhouden.'

'Wat zitten jullie toch te mieren,' wond Igor Vasiljevitsj zich op; 'Leg 's uit, waar gaat het over? Wat voor een horloge? Een duur horloge, of wat?'

'Natuurlijk, een duur horloge, wat dacht je,' antwoordde Sergej Sergejevitsj korzelig. 'Oleg had hem dat toegestopt, zodat Sasja er de blits mee kon maken en hij die man de ogen kon uitsteken. We hadden ook nog met een tractor een sportwagen aangesleept en die bij de slagboom neergezet. Een rode. Om de journalist groen en geel te doen uitslaan van klassenhaat.'

'Ha,' mengde Igor zich weer in het gesprek, 'dan had hij ook iets sjiekers moeten roken dan zo'n Bond Street-sigaret en niet zomaar een goedkope Feudor-aansteker moeten gebruiken.'

'Dat was geen enkel probleem,' stelde Sergej Sergejevitsj hem meteen gerust.

'Ja,' liet Jonkie zich weer horen, 'Oleg had gezegd dat ik niet een of andere maffioso moest spelen, ik was eerder het type van een opstandige jongere. Ze wilden me ook nog een pijp geven, maar dat zou weer té zijn, te hippieachtig. Een pijp, een bril met een dik montuur, een sjaal, een iPhone – en dat alles op afbetaling. Dat strookte niet met mijn image.'

Igor knikte instemmend, ten teken dat hij het begreep, hoewel hij er eigenlijk niks van begreep. Blijkbaar werd hij nog volledig in beslag genomen door de echtelijke ruzie of was hij al te oud of te dom om zich in te leven in iets als de look van een gefingeerd personage.

'Dus dát kun je je nog wel herinneren,' kwam Sergej Sergejevitsj weer terug op hetzelfde. 'Van die hippielook en zo. Maar dat hij je met zoveel woorden heeft gewaarschuwd dat je in geen geval over geld mocht praten, dat was je glad vergeten. Hij zei duidelijk: geld, subsidies, premies, concoursen, prijzen – mondje dicht daarover, anders krijgen we hier in de omtrek niet alleen een explosieve toename van beeldende kunstenaars, maar ook van allerlei types literatoren en filmmakers.'

Jonkie liet een sceptisch lachje horen.

'En jij dacht zeker,' vervolgde Sergej Sergejevitsj, 'dat als er hier niet ergens op een berghelling *Hollywood* geschreven staat, dat er dan ook geen filmmakers zijn? Ha, ha, we hebben hier zowel een bond van documentairemakers als een bond van jonge cineasten, die zich allebei maar al te graag zullen inzetten om een demonstratie van alternatief talent te organiseren. Verder zijn er nog allerlei bonden van grafici en kunstschilders, bij elkaar zo'n vier stuks als je het wil weten: een *Bond van grafici in Rusland* en een *Bond van Russische grafici* en de schilders zijn volgens hetzelfde stramien georganiseerd. En als die hele meute hier komt samendrommen, en dat zal gebeuren, dan kun je je lol wel op. Een oude schoolkameraad van mij is directeur van een staalconstructiebedrijf of zoiets, god mag weten wat precies, maar daar gaat het nu niet om, punt is dat ze besloten hadden een plaatselijke literaire prijs te sponsoren. En nu moet je weten dat de dingen in dat bedrijf een beetje anders zijn georganiseerd dan bij ons, het is daar geen zoete inval zoals hier. In elk gebouw en op zowat elke verdieping heb je een apart controlepunt. Om jaloers van te worden. Ik ben iemand van de oude stempel: hoe meer controlepunten, hoe meer ik me op mijn gemak voel. Dus zodra een of andere plaatselijke lul van een schrijver te weten was gekomen wie die prijs sponsorde, begon hij ze lastig te vallen en probeerde hij genomineerd te worden. De eerste keer mocht hij gewoon doorlopen, dat kan gebeuren. Hij deed of hij gek was. Hij was zogenaamd familie, een achterneef die zijn tante al een tijd niet had gezien. Zo kwam hij door de controle. Mijn klasgenoot heeft de mensen van de bewaking op hun donder gegeven: "Stelletje lapzwansen, waarom laten jullie zonder mij te raadplegen zomaar iedereen door, er kan maar zo, ik moet er niet aan denken, een killer bij zitten." En die bewakers beloofden dat het niet weer zou gebeuren. Maar het gebeurde mooi wel nog een paar maal. Eén keer wist die lul de bewaking te imponeren met een lidmaatschapskaart van de schrijversbond, en een andere keer met een getuigschrift dat hij ereburger was van de stad en met dreigementen dat hij zich tot de burgemeester zou wenden, want die kende hij persoonlijk. Toen later bleek dat hij de burgemeester helemaal niet kende, al was hij wel een soort van ereburger, werd de toegang hem voortaan ontzegd. Toen heeft die kloot eerst het nummer van de werktelefoon van mijn klasgenoot achterhaald, daarna dat van zijn vaste telefoon thuis en ten slotte ook nog van zijn gsm. Uiteindelijk heeft die schrijver de speciale prijs van de jury in de wacht gesleept. Dus zo'n toekomst staat jou nou ook te wachten, mijn beste Sasja. Achteraf is ook nog aan het licht gekomen dat die schrijver op diezelfde manier ook de titel van ereburger had afgetroggeld

   ALEKSEJ SALNIKOV

van de burgemeester, gewoon door hem voortdurend als een bloedzuiger op de huid te zitten, totdat die man ermee instemde om hem en zijn vrouw tot ereburgers te benoemen (ze zijn allebei zogenaamd literator, en hun zoon is ook literator, en hun hond waarschijnlijk ook). Maar dat is nog niet alles wat hij over die schrijver te weten is gekomen. Een jaar voor die prijs had ook de Japanse ambassade een wedstrijd uitgeschreven, met als thema iets als Japanse motieven in het werk van plaatselijke schrijvers. Het spreekt dat ook onze stadgenoot zijn zinnen had gezet op die prijs, ik weet niet wat ze daar precies hebben uitgereikt, maar hij heeft ze een Russisch antwoord op Pearl Harbor gegeven. En dit is nog maar één voorbeeld van de vele. Van dat soort gekken lopen er honderden rond in de stad.'

'Ja, ik snap het allemaal wel,' zei Jonkie. 'Ik heb al een lang telefoongesprek gehad met een zo'n juffrouw, ik weet niet in hoeverre dat mens wel normaal was.'

'Wat was dat voor gesprek?' vroeg Sergej Sergejevitsj.

'Nou, ze stelde zich voor als voorzitter van de *Bond van kinderen van veteranen van de Grote Vaderlandse Oorlog* en zaagde een half uur door over al het leed dat ze moest doorstaan. Alleen begreep ik niet goed wat nou precies de oorzaak was van haar leed. Ze had het over haar vader, die in de oorlog had gevochten, maar zelf was ze na de oorlog geboren, ergens in de jaren vijftig, afijn, het kwam erop neer dat zij net zo goed geleden had. En daarom drong ze erop aan om de eerste expositie te wijden aan de kinderen van veteranen van de Grote Vaderlandse oorlog, en verder wilde ze ook nog een extra culturele avond voor haar apart, als voorzitter van die bond. Ze wilde haar eigen gedichten voorlezen.'

Sergej Sergejevitsj had even tijd nodig om deze informatie te verteren. Daarna koelde hij plotseling zijn woede op Igor.

'Had jij niks anders kunnen bedenken?'

'Wat wil je dan?' vroeg een in zijn wiek geschoten Igor kalm. Hij had meteen vanaf het moment waarop het idee bij hem was opgekomen, al voorzien wat voor een appeal zo'n museum zou hebben. 'Laat ze de deur maar platlopen hier, we zeggen gewoon dat ze over een jaar moeten terugkomen, als alles klaar is.'

'En als ze dan over een jaar terugkomen?' vroeg Sergej Sergejevitsj.

'Dan zeggen we wéér dat ze over een jaar terug moeten komen. Dat alles heel gecompliceerd is, dat we het met het plaatselijke bestuur niet eens kunnen worden over de eigendomsrechten van het terrein. Dat die verdomde bureaucraten altijd creatieve mensen proberen te ontmoedigen. Daarom waren die waarschijnlijk ook kunstenaars geworden en geen projectontwikkelaars, omdat ze nu eenmaal geen zin hadden in al dat gedoe.'

'O ja? Wat zijn we weer slim,' snoof Sergej Sergejevitsj, terwijl hij zijn best deed om op zijn dikke gezicht een sarcastische uitdrukking tevoorschijn te toveren, maar de spieren onder de vetlagen hadden moeite om deze opdracht naar behoren uit te voeren, zodat het sarcasme alleen tot uitdrukking kwam in zijn stem, die een paar octaven naar boven toe uitschoot. 'En wat zou je zeggen als ik je vertelde dat ze én het terrein hebben weggegeven, als een stuk grond aan lijfeigenen, én geld hebben toegekend aan … wat dacht je aan wie? Onze Sasja hier is nu de eigenaar van het terrein waar onze afdeling zich bevindt. Alsmede de jonge curator van het project.'

Zelfs vanaf de achterste rij, en ondanks het feit dat hij met zijn rug naar Igor toe zat, was te zien dat Rinat Iosifovitsj bleek wegtrok.

'Mijn vader heeft me ook alleen pas vergeven toen hij daarvan hoorde,' bekende Jonkie, eveneens bleek van opwinding. 'Vroeger dacht hij dat jullie me hier slechte dingen leerden en me met justitie in aanraking zouden brengen, maar nu heeft hij gemerkt dat het bergop gaat met me.'

Je kon horen dat het woord 'bergop' en de trots die hierin doorklonk, rechtstreeks van zijn vader afkomstig waren.

'Aan mijn reet bergop, soms kun je maar beter beneden blijven' kwam Igor Vasiljevitsj op zijn beurt met een citaat in de stijl van Vysotski.[28]

'Dat bedoel ik dus ook,' zei Sergej Sergejevitsj. 'Samengevat, wat is de situatie? De eerstkomende tijd zullen we de militie, het Openbaar Ministerie, de commissie van onderzoek of wat onze dierbare overheid nog meer aan instanties heeft bedacht, waarschijnlijk niet over de vloer krijgen. Misja en Vasiljevitsj hebben een succesvol bezoekje afgelegd. Terwijl Igor en Rinat een paar dagen rust hebben gehad.'

'Mooie rust,' kon Igor zich niet inhouden.

'Sorry, dat is jouw zaak,' antwoordde Sergej Sergejevitsj schouderophalend. 'Iedereen doet maar wat hij wil in zijn vrije tijd. Bereid je trouwens voor op een nieuwe psychische belasting, want ze hebben ons weer een klus toegeschoven tegen de jaarwisseling – iets wat jullie niet in je kouwe kleren zal gaan zitten.'

Alle aanwezigen, Sergej Sergejevitsj incluis, begaven zich naar de rookhoek. Onderweg werd er druk iets besproken, maar wat precies, dat ontging Igor, want hij werd geheel in beslag genomen door zijn eigen sombere gedachten. Alleen Rinat Iosifovitsj haakte onderweg af en kroop weg in zijn hol. Igor merkte opeens dat hij alleen in de gang stond. Hij wilde zich al terugtrekken in zijn eigen kamer, maar realiseerde zich het volgende moment dat hij de hele tijd bij een open raam had gestaan en een half pakje sigaretten had opgerookt. Ik ben blijkbaar gehard, dacht hij met bittere ironie bij de herinnering aan de balkonscène en hij versomberde nog meer. Het kwam waarschijnlijk door die voortdurende duisternis, het grootste deel van de dag was het donker, zo probeerde hij de ruzie met zijn vrouw te verklaren. De spoedvergadering was 's ochtends begonnen en toen hij zich had teruggetrokken in het toilet, had de opkomende zon hem door de grote ramen van het ketelhuis recht in het gezicht geschenen, maar nu was de schemering alweer ingevallen, waardoor de platgetrapte sneeuw rond het ketelhuis een rustgevende blauwige tint had gekregen, zoals onder het schijnsel van een kwartslamp. Over deze sneeuw liep, de staart omhoog, met een air alsof hij nergens iets mee te maken had, een grijze kater. Op zijn gemak verplaatste hij zich van de slagboom naar de struiken bij de muur.

'Kst, kst,' riep Igor hem toe, maar de kater deed of hij niets hoorde, al versnelde hij wel voor alle zekerheid zijn pas.

Om niet gek te worden van het irritante geluid van de stemmen en de lachsalvo's die uit de rookhoek tot hem doordrongen, besloot Igor zijn heil te zoeken bij Rinat Iosifovitsj en ook diens humeur te bederven. Hij hoopte enig begrip te vinden bij deze raadselachtige boekhouder, al was het maar vanwege hun overeenkomstige beroep en het feit dat de stemming waarin Igor zich nu alweer enkele dagen bevond, voor Rinat de normale, alledaagse gemoedstoestand was. Bij wie anders zou Igor kunnen rekenen op tenminste een klein beetje morele steun in plaats van alleen maar ironische opmerkingen en zwaar neerkomende, bemoedigende kloppen tussen zijn schouderbladen?

Zoals gewoonlijk reageerde Rinat Iosifovitsj lange tijd niet toen er bij hem werd aangeklopt. Igor had het gevoel of hij een huiszoeking kwam verrichten, terwijl Rinat ondertussen ijlings bezig was allerlei compromitterende documenten te verbranden, stempels op een geheime plaats weg te stoppen en een vlag van de plaatselijke communistische cel op zijn lichaam te verbergen, waarbij hij het doek om zijn romp probeerde te wikkelen en met koortsachtig trillende handen zijn overhemd daaroverheen vastknoopte. Zonder nog langer af te wachten of er een reactie zou komen op zijn steeds aanhoudender geklop op het hout, besloot Igor naar binnen te gaan. Hij trof Rinat achter zijn bureau aan. Zich voelend als een schooljongen die zich komt inschrijven in een bibliotheek, richtte hij zich tot de vragend naar hem opgeheven dioptrische brillenglazen van de man achter het bureau en vroeg: 'Mag ik u even gezelschap houden?'

Rinat Iosifovitsj verdween zonder een woord te zeggen achter de stellingkasten en kwam terug met een stoel. Daarna deed hij zwijgend het licht in de kamer aan (daarvoor brandde alleen zijn bureaulamp), zette zijn elektrische waterkoker aan en plaatste een schone malachietgroene asbak vlak voor de plaatsnemende Igor.

Wat een service, dacht Igor en hij kon slechts met grote moeite een glimlach onderdrukken.

Onwillekeurig luisterend naar de lachsalvo's die opklonken uit de rookhoek, begonnen Rinat en Igor koffie te drinken en verbeten aan hun sigaretten te trekken. Als eerste doorbrak Rinat Iosifovitsj het stilzwijgen.

'Laten we elkaar tutoyeren.'

'Best,' zei Igor totaal niet verrast.

'Problemen thuis?'

Igor knikte.

'Sowieso voel ik me nogal beroerd,' zei Igor tegen de stellingkasten, zonder Rinat aan te kijken.

'Neem vitaminen,' adviseerde Rinat. 'Het is nu winter. Soms hebben mensen helemaal geen puf meer zonder vitaminen.'

Igor zou niet vreemd hebben opgekeken als Rinat meteen was begonnen met het aanprijzen van bepaalde wonderdoende vitaminen en cosmetische producten voor zijn vrouw, maar het bleek dat hij nergens reclame voor wilde maken, hij wilde gewoon goede raad geven. Niet wetend waar hij zich meer over moest verbazen – over die gratis goede raad of over het feit dat Rinat niet eens bijverdiende met internetmarketing – keek Igor de boekhouder recht in het gezicht en stuitte op twee duidelijke weerspiegelingen van zichzelf in diens bril.

'Serieus, ik weet waar ik het over heb,' zei Rinat. 'Jij bent een asthenisch type. Ik werk hier al een paar jaar en ik weet dat ze om de een of andere reden steeds weer asthenische medewerkers aanwerven, en dat jullie dan al na een paar maanden helemaal doordraaien. Hoe schat je op dit moment je toestand in?'

'Niet veel zaaks,' gaf Igor toe. 'En aan het doordraaien ben ik al een tijdje, alleen niet vanwege het werk, maar omdat ik overhoop lig met mijn vrouw. Als ik geen baan had, zou ik niet weten wat ik moest beginnen.'

'Onzin,' gaf Rinat onomwonden zijn mening, terwijl hij achterover leunde op zijn bureaustoel. En toen hij een lichte trilling in Igors gezicht zag, herhaalde hij nog eens: 'Nee, echt, dat is onzin. Jullie moeten je verzoenen, ook al hebben jullie nog zo vaak ruzie.'

'Ja, ik weet dat we ons moeten verzoenen, het zal niet voor het eerst zijn, maar ik word gewoon horendol van dat eeuwige gezaag en die kinderachtige spelletjes.'

'Je moet je daar niet zo druk om maken, vrouwen zul je toch nooit begrijpen,' zei Rinat. 'Die van mij is met Misja naar bed geweest en wat moet ik nu: strychnine in zijn soep strooien?'

Igor probeerde zich van de domme te houden en te doen alsof hij nog niet op de hoogte was van het overspel van Rinats vrouw.

'Ach kom,' zei Rinat met een soort wegwerpgebaar. 'De hele afdeling weet ervan en dan zou jij het niet weten?'

Igor maakte net zo'n wegwerpgebaar, al was dat in zijn geval eerder bedoeld als een soort schuldbekentenis.

'Maar we spelen niet mee in een Braziliaanse soap,' zei Rinat ernstig. 'Zij heeft mij van de drank afgeholpen, we zijn al twintig jaar samen, tweeëntwintig jaar zelfs, en we hebben drie dochters. Hoewel ik wel eens denk dat de middelste niet van mij is. Dus wat moet ik nu? Met een bijl achter haar aan rennen? Ze maakt hysterische scènes, maar daar is ze nu eenmaal een vrouw voor. Ik heb haar gezegd dat ze een stom mens is, dat ze nog in staat is om met Aleksandr naar bed te gaan – en daar is het bij gebleven.'

Igor moest zich inhouden om niet te zeggen dat hij zelf anders zou hebben gereageerd.

'Maar goed, Rinat, eigenlijk ben ik hier om mijn verontschuldigingen aan te bieden.'

'Waarvoor?' vroeg Rinat.

'Wel, in de eerste plaats voor het feit dat ik slecht over je heb gedacht, ten onrechte, zoals nu blijkt.'

'Jij blijkt ook best mee te vallen,' onderbrak Rinat hem. 'Maar ik heb net zo goed reden om me tegenover jou en alle andere collega's te verontschuldigen.'

En in de tweede plaats voor het feit dat we je de vorige keer niet hebben uitgenodigd om met ons mee te zuipen, had Igor er nog aan toe willen voegen, maar hij vroeg alleen: 'Hoezo dat dan?'

'Kijk, jij hebt slecht over mij gedacht,' antwoordde Rinat. 'Maar ik denk helemaal niet over jullie. Op het werk komt het wel eens voor dat ik iemand op de gang hoor en dat er dan een bepaalde gedachte in me opkomt. Of als jullie eropuit trekken voor een operatie, dan hoop ik wel dat alles goed zal gaan, maar zodra ik in mijn auto stap om naar huis te rijden, valt alles van me af. Jullie worden uit mijn hoofd gewist tot de volgende dag. Dat is misschien niet goed, of wat? Ik ben gewoon een kantoorrat, een miezerig stuk ongedierte. Maar zo ben ik nu eenmaal geworden toen ik van de drank af was. Wat doe je eraan?'

'En dan nog iets,' onderbrak Igor aarzelend Rinats biecht, waaronder hij zich eerlijk gezegd wat ongemakkelijk begon te voelen.

'Ja?' vroeg Rinat op geïnteresseerde toon, hoewel er op zijn gezicht geen spoortje interesse te bespeuren viel.

'Wel, ik heb toen op die spoedvergadering dat museumidee geopperd en ik had op dat moment de indruk dat je onaangenaam getroffen werd door het feit dat ik met dat voorstel kwam,' zei Igor met een diepe zucht.

'Welnee,' glimlachte Rinat. 'Ik begreep onmiddellijk wie er dan aan de bak zou moeten als jouw idee zou worden aangenomen. Op zich best een goed idee, daar niet van. Als er iemand iets kwalijk genomen moet worden, ben ik dat, omdat ik er zelf niet op ben gekomen. Maar dat jij erin geslaagd bent een luie donder als Jonkie in actie te doen schieten – chapeau! Ik heb vroeger op een militair rekruteringsbureau gewerkt, waardoor zijn smoelwerk me doet denken aan zo'n typisch groentje dat me mateloos irriteert. Hij en ik zijn als kat en hond, twee totaal verschillende biologische entiteiten.'

Een paar dagen later deelde Sergej Sergejevitsj met een nerveus lachje mee dat het overhaaste museumideetje van de baan was. Om bepaalde redenen had men besloten, het justitiële onderzoek met zowat een half jaar uit te stellen tot juli.

HOOFDSTUK 6

Igor kwam de verhoorkamer binnen, sloeg zijn ogen op van de envelop met vragen en had het gevoel of zijn benen het onder hem begaven. Het allereerste moment dacht hij dat zijn vrouw daar vastgebonden in de stoel zat. Dat was een hoogst onaangename ervaring. Tijdens de paar tellen dat hij dit dacht, flitste er meteen een vluchtplan door hem heen: de kelder uit rennen, naar buiten, weg uit de stad.

Ongelooflijk, wat een gelijkenis, dacht Igor, nadat hij met knikkende knieën had plaatsgenomen op het krukje.

Het was inderdaad een vrouw van ongeveer dezelfde leeftijd als zijn echtgenote en dus ook even oud als hijzelf. Als Olga hier nu zou zijn, dacht Igor, zou zij dat dametje eigenhandig hebben vermoord, want haar vastgesnoerde evenbeeld was precies zo gekleed als zijzelf soms gekleed ging. Ze droeg net zo'n groenachtig broekpak van een Italiaans designmerk en ook haar laarzen leken dezelfde, al was Igor daar niet helemaal zeker van. In ieder geval iets in dezelfde stijl. Zelfs de bril en het kapsel waren, voor zover Igor kon beoordelen, precies dezelfde. Zou dat haar natuurlijke haarkleur zijn of is het geverfd? dacht hij bij zichzelf en hij had dat bijna hardop gevraagd. Zijn vrouw gebruikte geen verf.

Behalve de positie waarin ze zich bevond, leek ook de doordringende blik waarmee Igor haar bekeek, de vrouw schrik aan te jagen. Toen Igor doorhad dat hij vanwege dat doordringende gekijk op een pervers mannetje leek, begon hij zich zo ongemakkelijk en zelfs beschaamd te voelen en werd hij aangegrepen door zo'n ontzetting bij de gedachte aan de afloop, dat hij de kamer uit zou willen lopen om nooit meer terug te keren.

'Weest u maar niet bang,' bracht Igor uit na twee keer proberen, omdat zijn stem het bij de eerste keer begaf. Zijn poging om de vrouw gerust te stellen had duidelijk geen effect. Hij had de indruk dat er een spastische rilling door het lichaam van de vrouw trok en zich voortzette op de stoel waar ze zat. Igor bedacht dat hij er nog erger aan toe was dan die vrouw, omdat zij in een staat van onwetendheid verkeerde, zij het een verschrikkelijke, terwijl híj heel goed wist wat er stond te gebeuren, en ook omdat hij wist dat zij op zijn eigen vrouw leek en zij daar geen weet van had. 'Op dezelfde manier zullen waarschijnlijk sommige officieren in de concentratiekampen zich gerechtvaardigd hebben,' zei Igor tegen zichzelf en het leek of ergens uit een van zijn inwendige organen een stroom zelfafkeer naar buiten gulpte. Hij zag zichzelf door haar ogen en begreep dat hij er werkelijk uitzag als een perverseling: met zijn donkerblauwe werkkleding, zijn smalle fonkelende brilletje, zijn gladgeschoren gelaat en zijn kortgeknipte schedel. De enige reden waarom de vrouw nog geen hysterische toeval had gehad, was het feit dat de verhoorkamer er te officieel uitzag – met die iedereen uit films vertrouwde spiegel – en bovendien droeg Igor geen bebloede rubberen handschoenen en was ook de ruimte zelf niet besprenkeld met het bloed van vorige slachtoffers.

'Weest u maar niet bang,' herhaalde Igor, zijn handen in elkaar klemmend om het trillen ervan tegen te gaan. De vrouw mocht eens denken dat hij beefde van opwinding. 'Dit is gewoon ...'

Wat gewoon? Wat nou gewoon? Wat zeik je nou? tolde het rond in zijn hoofd.

'We hebben gewoon een melding binnengekregen. Vastgesteld is dat uw ex-man banden heeft met terroristen. En wij moeten u nu een paar vragen stellen – dat is alles,' probeerde Igor, geen moment rekening houdend met de mogelijkheid dat ze misschien helemaal geen ex-man had.

'Ik ben nooit getrouwd geweest,' zei de vrouw en haar stem begon wat zelfverzekerder te klinken. 'Zijn jullie gek geworden?'

'Dan heb ik het verkeerde woord gekozen,' probeerde Igor zich eruit te redden. 'Ik bedoelde uw vorige ...'

Hij pauzeerde even om haar de gelegenheid te geven hem aan te vullen.

'Viktor? We hebben alleen samengewoond,' zei de vrouw, waarop Igor gretig knikte.

'Ik heb niets met hem te maken,' vervolgde ze met een stem die beefde van de doorstane stress. 'Maak me los, dan leg ik alles uit.'

'Nee, u moet eerst op onze vragen antwoorden, daarna wordt u losgemaakt. Blijft u in godsnaam rustig. Dit is nu eenmaal de procedure.'

'Hoe kan ik rustig blijven als iemand een kind bij mij verwekt, daarna spoorloos verdwijnt en een paar jaar later een terrorist blijkt te zijn,' zei ze verontwaardigd. 'En dan word ik samen met mijn kind opgepakt, in een auto gepropt en god weet waarheen afgevoerd. Jullie zijn hartstikke gek. Begrijpt u niet dat dit een absoluut misverstand is? U beseft toch wel dat ik straks onmiddellijk naar de rechter stap.'

Ze zweeg, een en al gekrenktheid en verontwaardiging, terwijl Igor als enige in de kamer die wist wat er stond te gebeuren, verstijfde van ontzetting.

Precies een dag geleden, om dezelfde tijd, zat hij naast zijn zoontje games uit te zoeken die in het kader van een kerstactie op Steam te koop werden aangeboden. Igor controleerde of de games ook in het Russisch te verkrijgen waren, anders zou zoonlief ze niet begrijpen. Ze betaalden ter plekke met de credit card voor die games, tot waanzinnig enthousiasme van het kind. En even daarvoor hadden hij en zijn vrouw verschillende winkels afgelopen om te beslissen wat voor cadeautjes ze voor hem zouden kopen voor onder de nieuwjaarsboom. En daar krijgt hij opeens te horen dat er godverdomme ergens vlakbij een kind zit dat het niet eens zal maken tot Nieuwjaar, iets waaraan hij, Igor, zelf medeplichtig is. En hier in deze kamer zit een volkomen onschuldige vrouw, die het ook niet zal maken tot Nieuwjaar.

'Neemt u me niet kwalijk, ik moet even weg,' zei Igor.

'Neemt u míj niet kwalijk, maar zou u mij toch niet even los kunnen maken, ben ik dan echt zo'n enorm gevaar voor de nationale veiligheid?'

'Helaas, dat kan niet,' zei Igor bij de deur.

'En moet ik nog lang zo zitten?' vroeg ze, terwijl Igor de deur al achter zich dichtsloeg, vastbesloten om een einde te maken aan deze verschrikking.

In de gang werd hij al opgewacht door Igor Vasiljevitsj, die hem de weg versperde naar het vertrek achter de spiegel.

'Kom mee,' zei hij tegen Igor en hij greep hem bij de kraag en sleurde hem mee naar de ontspanningsruimte.

Daar gooide hij Igor op een sofa en bleef vlak naast hem staan, de armen voor de borst gevouwen.

'Jullie zijn echt gek geworden,' zei Igor, hoestend vanwege de bedompte stoffige lucht die er hing.

'Dat zijn we niet,' antwoordde Igor Vasiljevitsj. 'SS heeft domweg geen toestemming om te vertellen wat er aan de hand is.'

'Waarom moeten er zo nodig mensen vermoord worden? Kunnen ze na afloop niet gewoon op vrije voeten worden gesteld? Wat heeft het voor zin juist deze mensen uit de weg te ruimen? Die eerste twee gevallen waar ik bij betrokken was, daar kan ik ergens nog inkomen, daar zou je misschien nog een link kunnen leggen met een of andere terroristische dreiging, maar nu? Denk toch zelf eens na, Vasiljevitsj, wat is hier de dreiging?'

Igor probeerde overeind te komen, maar Igor Vasiljevitsj gebood hem met een gebaar zich niet te verroeren.

'Zitten blijven.'

Igor besloot niet tegen te stribbelen maar voorlopig te blijven waar hij was.

'Niet hysterisch doen,' waarschuwde Igor Vasiljevitsj. 'Je begrijpt het niet. Het is hier geen kwestie van waken over de veiligheid van de staat.'

'Waar is het dan godverdomme wel een kwestie van? Waar zijn we hier mee bezig, hoe valt dit hele kutgedoe te rechtvaardigen? Deze poppenkast.'

'Het gaat er hier niet om dat we ons moeten beschermen tegen interne en externe vijanden. Het gaat om de restanten van bepaalde staatsinstellingen, zoals die nog voortbestaan. In feite gaat het om het voortbestaan van de staat.'

Igor moest hartelijk lachen.

'Van welke staat? Van de Sovjet-Unie soms? Nee, jullie zijn echt gek geworden. Snap je zelf niet, Vasiljevitsj, dat dit het werk van krankzinnigen is, dat jij en SS en Fiel psychisch totaal gestoord zijn? Snap je niet dat we gewoon een vrouw en haar kind gaan vermoorden? Hadden jullie dan tenminste niet dat kind erbuiten kunnen houden en achter kunnen laten op de plek waar jullie die arme vrouw hebben gekidnapt. Die had dan later naar een weeshuis of zo gekund ...'

Het gezicht van Igor Vasiljevitsj bleef onbewogen toen hij zei:

'Igor, er is al geen kind meer.'

Dit nieuwtje was zo verpletterend dat Igor het gevoel had of hij ineens kalm werd.

'En hoe kijkt Fiel hier tegenaan?' vroeg hij na een korte stilte en hij keek Igor Vasiljevitsj recht in de ogen, omdat hij benieuwd was naar de uitdrukking op het gezicht van deze man op het moment dat hij volstrekt onmenselijke dingen zei.

'Fiel heb ik dit bespaard, want die heeft het ook wat op de zenuwen, hij houdt niet zo van dit soort toestanden. En twee hysterische wijven om me heen is wat te veel van het goede,' zei Igor Vasiljevitsj met een onveranderlijk rustige en zakelijke uitdrukking op zijn gezicht.

'Dan heb je nu dus nog maar één hysterisch wijf om je heen,' reageerde Igor. 'En als ik niet terugga? Ik ben niet van plan mee te doen met deze waanzin.'

'Tja, dan blijf ik hier staan tot je wel gaat. En gaan we hier niet weg voordat je zover bent,' antwoordde Igor Vasiljevitsj nog altijd even kalm en onbewogen. 'Maar bedenk wel: als we hier nog een paar uur zitten, dan komt er van een verhoor van dat mens niks meer terecht. Nog even en ze krijgt een paniekaanval, vervolgens gaat ze nog een poosje wild tekeer, dan begint ze te hyperventileren en ten slotte is ze klaar om voor onbepaalde tijd afgevoerd te worden naar het gekkenhuis. Dan is het kind voor niks gestorven. Alsjeblieft.'

'Stel, ik ga naar haar toe,' zei Igor, 'dan ben ik als ik haar zie zitten niet eens in staat de envelop open te krijgen, ze lijkt op mijn vrouw. En nu ik weet dat het lijk van haar kind in de kamer ernaast ligt, draai ik helemaal door als ze ernaar vraagt, dan raak ik zelf in paniek. Zo kun je toch niet omgaan met mensen.'

Igor Vasiljevitsj verplaatste zijn gewicht van de ene voet op de andere en er leek even een soort scheve glimlach op zijn gezicht te verschijnen.

'Daar kan ik inkomen,' zei hij.

Plotseling kreeg Igor het vermoeden dat de hele afdeling misschien wel één groot psychologisch experiment was en dat hij hierin zelf als proefkonijn fungeerde. Dat hij zogenaamde verdachten verhoorde, maar ondertussen zelf de hele tijd met een verborgen camera werd gefilmd. Misschien was er wel een hele groep geeks bezig om zijn hele leven, van werk tot huis, nauwkeurig te registreren en zijn reacties op steeds krankzinnigere beproevingen vast te leggen. In feite had hij nog nooit echt iemand zien vermoorden, behalve dan die allereerste keer, maar misschien was dat ook wel van begin tot eind in scène gezet. De andere moorden hadden zich ergens buiten Igors blikveld afgespeeld. Een organisatie als hun afdeling zou in principe niet kunnen bestaan. Zelfs in de stadslegenden die rondgingen, had Igor er met geen woord over horen reppen. En hoeveel sterke verhalen had hij tijdens zijn leven niet gehoord. Van collega's, kennissen en veteranen uit de Tsjetsjeense en Afghaanse oorlogen. Blijkbaar weerspiegelde deze plotselinge openbaring zich op Igors gezicht, want Igor Vasiljevitsj haastte zich rechtstreeks in te grijpen en Igors gedachtegang te onderbreken.

'Oei-oei-oei,' zei hij, 'wat zie ik daar, jij begint ook al de kolder in je kop te krijgen.'

'Hoezo?' schrok Igor op, beledigd.

'Er komt een moment,' antwoordde Igor Vasiljevitsj, 'dat mensen beginnen te denken dat dit allemaal geënsceneerd is, dat ze voor de gek worden gehouden. Dat de hele afdeling speciaal voor hen alleen maar een toneelstuk opvoert. De een denkt dat er elk moment iemand kan onthullen dat ze meedoen aan een programma met een verborgen camera. De ander, wat slimmer, denkt aan een psychologisch experiment. En jij denkt nu ook dat dit een of ander psychologisch experiment is in de trant van die ene figuur, Mil ..., of hoe heet die knakker ook alweer?'[29]

Igor sloeg somber zijn blik neer.

'Maar dat laat zich gemakkelijk ontkrachten,' zei Igor Vasiljevitsj. 'Je kunt naar de kamer hiernaast gaan en de pols van het lijk voelen en daarna, als het verhoor voorbij is, roep ik je bij me en mag je ook nog eens de pols van die meid voelen en kijken naar de kleur van haar gezicht. We kunnen haar zelfs een paar dagen in de kelder laten liggen, zodat je kunt zien dat het ontbindingsproces is begonnen. Wil je dat?'

Igor Vasiljevitsj verwachtte geen antwoord, maar voor alle zekerheid schudde Igor toch maar zijn hoofd. Hij was bang dat als Igor Vasiljevitsj tot de conclusie zou komen dat Igor hem niet geloofde, hij hem mee zou sleuren naar het vertrek achter de spiegel, hem het lijkje van het kind zou laten zien en hem zou dwingen de pols te voelen, terwijl Igor absoluut niet wilde weten of het een jongen was of een meisje en hoe het kind eruit zag. Hij wilde daar liever niet aan denken, het moest een abstract dood wezen blijven, zoals in het nieuws melding wordt gemaakt van een 'onbepaald aantal slachtoffers'.

'Hoe lang ben je al samen met je vrouw?' vroeg Igor Vasiljevitsj.

Igor begon te rekenen, maar hoewel deze rekenkundige bewerking toch zo simpel leek, lukte het hem niet het aantal jaren vast te stellen. Zijn gedachten dwaalden steeds weer af naar de verhoorkamer waarheen hij hoe dan ook zou moeten terugkeren. Als Igor Vasiljevitsj nu zou beginnen te dreigen met moord en doodslag of als hij iets zou zeggen in de trant van 'je wordt bedankt voor bewezen diensten, maar nu ga ik je vermoorden, als je wilt, steken we nog een laatste sigaretje op voor je doodgaat,' dan zou Igor dat liever gehad hebben.

'Ik weet het niet precies,' zei Igor. 'Ik denk een jaar of vijftien.'

'Alsjeblieft,' zei Igor Vasiljevitsj. 'Iemand anders in jouw plaats zou, als hij na vijftien jaar huwelijk een kopie van zijn vrouw voorgeschoteld kreeg, geprobeerd hebben haar eigenhandig te wurgen, nog voordat het verhoor was begonnen. En als ze in de kamer ernaast ook nog een kopie van je schoonmoeder achter de hand hadden gehouden, of liever je schoonmama zelf, dan hadden we een spektakel meegemaakt dat niet voor gevoelige types was bestemd.'

'Jezus Christus, wat zijn we weer grappig,' zei Igor, terwijl hij opkeek naar Igor Vasiljevitsj.

Ze begonnen elkaar aan te kijken, Igor in de hoop dat de ander plotseling in het niets zou oplossen, Igor Vasiljevitsj met een peinzend afwachtende blik, als een Ivan Pavlov die toekijkt hoe een hond gaat reageren. Dat hij over iets peinsde, was te zien aan zijn houding, hij stond niet meer met de armen over de borst gevouwen, maar had de handen in zijn zakken gestoken en begon lichtjes heen en weer te schommelen.

'Goed,' zei hij ten slotte. 'Ik wist dat een van jullie tweeën vandaag moeilijk zou gaan doen, dus heb ik een pilletje van Renat weten los te peuteren. Dat helpt je over je bibberaties heen, al kun je daarna misschien een paar etmalen niet slapen. Het is een speciaal soort geheim wapen dat eigenlijk aan iedereen voorafgaand aan een operatie zou moeten worden uitgereikt, maar Renat houdt de hele voorraad achter, zoals hij dat gewoon is, misschien dealt hij er wel stiekem in, je kent hem. Hij heeft een punt als hij zegt bang te zijn dat jullie er afhankelijk van kunnen worden, maar daar gaat het eigenlijk niet om. Als je eenmaal uitgesnotterd bent, kun je ook best zonder. Of je gebruikt het als medicijn om je angst weg te nemen, maar dan mag je niet meer achter het stuur kruipen en kun je je beter helemaal niet op straat vertonen, want het is eigenlijk meer bedoeld voor militaire doeleinden. Terwijl dat in onze vreedzame stad ...'

'Vreedzame ...,' herhaalde Igor sarcastisch, zich afvragend hoe het mogelijk was dat in een vreedzame stad vrouwen met kinderen werden gekidnapt en hun de nek werd omgedraaid in kelders die "Hollywood" heetten.

Igor Vasiljevitsj trok zo zijn eigen conclusies uit Igors sarcasme.

'Begrepen,' zei hij en hij tastte in zijn zak. 'Zonder pilletjes gaat het niet lukken.'

'Wat verandert dat aan de situatie?' vroeg Igor, achterdochtig toekijkend. 'Ga ik die hele vertoning dan ineens in een ander licht zien?'

'Nee, je wordt gewoon rustig,' legde Igor Vasiljevitsj uit. 'Geloof me, over tien minuutjes zal je zo rustig zijn als je nog nooit in je leven bent geweest.'

Igor Vasiljevitsj toverde een glazen buisje uit zijn zak tevoorschijn en schudde het een keer heen en weer om zich ervan te overtuigen dat er binnenin echt een pilletje tinkelde – zo schudden verstokte rokers ook steeds weer aan hun pakje sigaretten om te controleren of er nog eentje in zit, ook al is het pakje nog bijna vol (Igor deed dat zelf ook). Daarna beet hij met zijn tanden het dopje van het buisje af en spuwde het weg, zodat het ding springerig wegschoot onder het tijdschriftentafeltje. In het buisje zat nog een plukje watten, dat hij met twee vingers eruit pulkte en om de een of andere reden in zijn voorzak stopte. Hij hield zijn handpalm onder het buisje en ving daarin een heel klein pilletje op. Igor Vasiljevitsj keek ernaar en vervolgens naar Igor, waarna hij het buisje terugstopte in zijn voorzak en het pilletje voorzichtig tussen zijn duimen doormidden begon te breken. Een paar witte kruimeltjes vielen op de betonnen vloer.

'Hou zolang even vast,' zei hij, terwijl hij Igor een piepklein afgebroken stukje in de hand stopte en wat over was, op de grond gooide en met zijn schoenzool fijnwreef, alsof hij een peuk doofde. 'Ik ga water halen.'

'Waar is water voor nodig?' zei Igor, die zich afvroeg of hij zoiets kleins überhaupt wel in zijn mond zou voelen. Het zou helemaal wegsmelten voordat het zijn slokdarm zou bereiken.

'Slik dan maar door,' beval Igor Vasiljevitsj.

Igor mikte het stukje pil in zijn mond en slikte het door. Igor Vasiljevitsj trok het tijdschriftentafeltje naar zich toe en ging erop zitten alsof het een krukje was. Op de mouw van zijn werkjack ontdekte Igor een fijn blond haartje, dat glom in het licht van de lamp. Blijkbaar was het pilletje nog niet beginnen te werken, want er knapte iets in Igor.

'Het is nu eenmaal zoals het is,' zei Igor Vasiljevitsj hem recht in het gezicht.

'Ben jij soms van plan om me te hypnotiseren?' vroeg Igor, die zijn best deed om in zijn lichaam tekenen te bespeuren dat het wondermiddel begon te werken.

'Nee,' zei Igor Vasiljevitsj, 'ik wil gewoon iets ophelderen wat jij nog niet begrepen hebt.'

'Rot toch een eind op,' zei Igor. 'Wat jij niet-begrijpen noemt, noem ik totaal afwijzen. Ik kan er niet bij dat wij men-

 ALEKSEJ SALNIKOV

sen vermoorden, erger nog, dat wij vrouwen en kinderen vermoorden. Voor mij is dat niet zomaar "niet-begrijpen".'

'Wat zit je nou dwars?' vroeg Igor Vasiljevitsj. 'Elke dag vermoord jij door je afzijdig te houden een massa mensen, waaronder kinderen. Als je hoort dat er ergens een kind dringend een operatie nodig heeft, ga jij toch ook niet halsoverkop je appartement verkopen om een paar miljoen vrij te maken voor zijn behandeling. Jij brengt toch ook geen partij Afrikaanse kinderen hiernaartoe om ze te redden van de honger en de dorst. Als je een bedelaar op straat ziet, wend jij je toch ook af en ben je blij dat jij het niet bent. Als er in de Kaukasus een woning met de grond gelijk wordt gemaakt en er in het nieuws wordt gezegd dat daarbij zo- en zoveel terroristen zijn vernietigd, dan geloof jij toch ook gewoon dat er echt terroristen vernietigd zijn. Maar als de afstand tussen jou en de reële bedreiging kleiner wordt en ze iets dichter bij je komt, als ze tastbaarder is dan een bericht op internet, dan begin je wel plotseling te praten over moraal en gewetensnood.'

'Toch zou ik wel eens willen weten welke bedreiging voor de nationale veiligheid er uitgaat van een vrouw en een kind.'

'Sergej Sergejevitsj, jouw directe superieur, wil niet dat jij dat weet, voor je eigen bestwil,' antwoordde Igor Vasiljevitsj. 'Ik heb al in de tijden van de Sovjet-Unie af en toe voor de afdeling gewerkt. Zelf ben ik er voorstander van dat de mensen van meet af aan geïnformeerd worden waar ze voor worden ingezet. SS is daar altijd op tegen geweest. En bij elke nieuwe veiligheidsagent krijg je dan steeds weer het moment dat die eigenlijk niet meer kan functioneren zonder dat hij de waarheid weet. En elke keer weer speelt Sergej Sergejevitsj dan open kaart, waarna het collectief uit elkaar valt, omdat dan iemand een schietpartij organiseert, of zijn gezin smoort onder een kussen en er met een bijl op los slaat en daarna zelf uit het raam springt. Of gewoon wegvlucht naar een of ander boerengat waar je hem godverdomme niet meer terugvindt.

Wees maar blij met je onwetendheid en je gewetensnood, want dat is prima zo: je schuldig voelen en niets weten. Maar in principe ja, je zou de mensen helemaal in het begin al moeten zeggen wat er aan de hand is. Als het dan niks wordt met jou en het hele collectief weer op zijn gat komt te liggen, terwijl alleen SS en ik overblijven, dan heeft het inderdaad zin om de mensen meteen maar de waarheid te vertellen. Dan kunnen ze óf gelijk besluiten om op te stappen omdat wij gek zijn, óf blijven en beseffen waarvoor ze het doen.'

'Je hebt daar een kinderhaartje,' zei Igor, terwijl hij op de mouw van Igor Vasiljevitsj wees.

'Nou en?' antwoordde Igor Vasiljevitsj onverschillig en hij blies het weg, alsof het gewoon een haartje was dat na het scheren was achtergebleven. 'Moet ik soms in huilen uitbarsten? De tranen van een onschuldig kind in een kolf opvangen en om mijn nek hangen als aandenken?'

Hij boog zich over naar Igor en zei:

'Om je de waarheid te zeggen, als het jouw zoon was geweest in plaats van dat kind, zou ik hem precies zo de nek hebben omgedraaid en daarna zou ik zijn lijkje, dat bij de deur in de weg lag, met mijn voet aan de kant hebben geschopt.'

Igor probeerde uit de processen die zich in zijn lichaam afspeelden, op te maken hoe het reageerde op deze ontboezeming, maar hij voelde niets, woede noch angst, helemaal niets. Zoals Igor Vasiljevitsj had beloofd, was hij zo rustig als hij nog nooit in zijn leven was geweest. Zelfs als klein kind had hij altijd al last gehad van angst om zijn ouders teleur te stellen, van ongemak bij het gedrag van minder timide klasgenootjes, die hem overigens niet lastig vielen, nee, hij voelde zich ongemakkelijk omdat hij het niet kon opbrengen, op te komen voor anderen die wel werden lastig gevallen. Verbaasd over de innerlijke harmonie die hij op dit moment ervoer en die normaal zo onbereikbaar was voor hem, waardoor het leek of de echte Igor door deze nieuw verworven sereniteit uit zijn lichaam was gebannen, keek hij

   ALEKSEJ SALNIKOV

als het ware van buitenaf naar zichzelf. Hij zag hoe de oude Igor een potlood dat in zijn zak bleek te zitten, in het been van Igor Vasiljevitsj stak en het tijdschriftentafeltje onder zijn achterwerk vandaan trapte. Het volgende moment strekte die oude Igor zijn handen uit naar de boekenplank om een deel van de Grote Sovjet-Encyclopedie te pakken, kennelijk met de bedoeling om daarmee de hersens van Igor Vasiljevitsj in te slaan. Maar die liet zich niet kennen, hoewel het even duurde voor hij op Igors handelingen reageerde. Terwijl hij nog op de grond lag, schopte hij met een van zijn reusachtige poten de oproerling onderuit, greep hem met één hand vast bij de keel en bracht het met zijn bloed besmeurde potlood tot vlak onder Igors oog.

Igor Vasiljevitsj ademde zwaar, aan zijn ogen zag je hoe vol hij zat met adrenaline. Igor achtte het verstandiger geen beweging te maken om geen oog te verliezen. Hij keek naar Igor Vasiljevitsj als naar een wild beest in de dierentuin, met een zekere spijt dat hij hem het potlood in de dij had gestoken en niet in een oog of in zijn kruis, en tegelijk beseffend dat als hij op het gezicht of de gulp van Igor Vasiljevitsj had gemikt, dat beest hem met zijn klauw allang tot moes had geslagen.

'Wat nu?' vroeg Igor met een schuine blik op het potlood. 'Een tweede ronde?'

Igor Vasiljevitsj verslapte geleidelijk zijn greep op Igor en ging kreunend en steunend van de pijn op de bank zitten. Igor verhief zich op zijn ellenboog, zonder de aandrang te voelen op te staan en weg te lopen. Hij betastte de plekken waarmee hij in aanraking was gekomen met de vloer, met name zijn hoofd, maar die was nog heel, alles zat er nog op en aan.

'Je bent behoorlijk sterk, kerel,' zei Igor Vasiljevitsj verwijtend, terwijl hij met half toegeknepen ogen zijn duim naast het potlood hield om te meten hoe diep het in zijn been was doorgedrongen. 'Waar haalt een kantoorpik als jij zoveel wreedheid vandaan? Wordt die jarenlang opgespaard? Wat een opgekropte haat, je houdt het niet voor mogelijk, erger nog dan een of andere fanatieke extremist. Ik dacht dat Renat zelf stiekem die pilletjes innam, maar nu denk ik dat niet meer. Als hij er eentje zou slikken, zou hij zijn vrouw op straat schoppen en daar in de kou laten staan of hij zou haar een keer zo op d'r mieter geven dat ze voortaan poeslief was.'

Daarna onderbrak hij zijn overdenkingen en vroeg Igor op luide toon:

'En, ben je nu klaar om te verhoren? Bibberen je knietjes niet meer?'

Igor, die om de een of andere reden zijn ogen had neergeslagen en naar de punten van zijn schoenen staarde, luisterde naar zijn innerlijke stem.

'Ja,' antwoordde hij eerlijk, terwijl hij zijn blik opsloeg naar Igor Vasiljevitsj. 'Ik denk dat ik genoeg morele kracht heb om me bezig te houden met die mevrouw en daarna nog met jullie allemaal hier. Ik raad je aan om SS ergens te verstoppen, want ik heb zin om met een soldeerbout op hem af te stappen en alles uit hem te persen wat hij ooit als klassenvijand misdaan heeft.'

'Waarom heb ik niet eerder doorgehad dat er een Beria in jou school?' zei Igor Vasiljevitsj.

Igor stond op en begon het stof van zijn broek en de mouwen van zijn jasje te kloppen. Igor Vasiljevitsj kwam moeizaam overeind om Igor te helpen. Hij klopte hem af op zijn rug, draaide hem aan zijn schouders naar zich toe en bracht zijn kapsel in orde. Toen hun blikken elkaar kruisten, zag Igor iets van twijfel in zijn ogen.

'Man, wat zie je eruit,' zei Igor Vasiljevitsj onwillekeurig. 'Als ik nu vastgesnoerd zou zitten in de stoel en jij zou binnenkomen, zou ik van de schrik spontaan een kind baren. Ben jij toevallig geen familie van Tsjikatilo.'[30]

'Dat moet jij nodig zeggen,' reageerde Igor en hij begaf zich naar de verhoorkamer.

'U bent lang weggebleven,' zei de vrouw. 'Voelt u zich wel goed?'

Igor ging zwijgend op zijn krukje zitten en deed de envelop open. Ondanks het tabletje dat hij had ingenomen, voelde
hij zich nog altijd ongemakkelijk onder de blik van de gevangene. Daarom besloot hij te doen of hij doodgewoon vragen
voorlas waar een abstract personage dan op antwoordde. Om
de een of andere reden bleek juist deze tactiek kalmerend te
werken op de vrouw. In tegenstelling tot de vorige gedeti-
neerde in Hollywood toonde zij zich bij geen enkele vraag
geamuseerd, ze vroeg zelfs niet naar haar kind. Blijkbaar
kwam Igor zo zakelijk en officieel over dat elke uitoefening
van geweld van de kant van de organisatie die hij vertegen-
woordigde, uitgesloten leek.

Het enige wat haar interesseerde, was de reden waarom
hij haar antwoorden niet noteerde. Igor wist zelf niet waarom hij geen dictafoon had meegekregen naar de kelder. Hij
maakte zich ervan af door te zeggen dat het verhoor werd
opgenomen met een camera achter de spiegel. Met dat antwoord nam de vrouw zonder meer genoegen.

Verlost van zijn gebruikelijke, aan paniek grenzende ner-
vositeit, bleef Igor zichzelf als het ware van buitenaf observeren, door de ogen van de vrouw. Hij zag zich daar zitten
aan tafel, met ineengestrengelde handen. Het leek of hij die
het volgende moment voor zijn borst wilde vouwen, maar
in plaats daarvan leunde hij met zijn ellenbogen op het tafelblad en boog zich diep over het vel papier heen. Hij zag hoe
het licht van de lamp zijn gezicht bleker maakte en zijn neus
en wenkbrauwen door schaduwwerking zo geprononceerd
deed uitkomen dat zijn hoofd op een schedel ging lijken. De
observerende Igor vroeg zich met belangstelling af hoeveel
de Igor die daar zat, eigenlijk verdiende, want hij droeg niet
zo'n strak kostuum als de outfit waarin de jongens van de
veiligheidsdiensten doorgaans de blits maken, maar een gewone werkoverall.

Toen hij klaar was met het verhoor, kon Igor zich niet langer inhouden en wierp hij nog een laatste blik op de vrouw.

Hij zag zijn eigen kalmte volledig in haar weerspiegeld. Ze keek geïnteresseerd om zich heen: naar de inrichting van het vertrek, naar de velletjes papier en envelop op de tafel en naar de spiegel waarachter ze wist dat er zich iemand bevond.

'Dat is alles,' besloot Igor. 'Zo meteen wordt u vrijgelaten. Dank u wel voor uw medewerking.'

'Graag gedaan,' zei ze hem achterna, want Igor was al naar de deur gelopen, met achterlating van zijn papieren op de tafel.

Op de gang stond Igor Vasiljevitsj hem al op te wachten. Igor wierp een schuine blik op zijn gewonde been en zag een schoon wit verband schemeren door het gaatje dat het potlood in zijn broekspijp had gemaakt. Het gaatje werd omringd door een nog niet helemaal opgedroogde bloedvlek. Igor probeerde om de een of andere reden extra hard met zijn schouder tegen Igor Vasiljevitsj aan te stoten, maar die was blijkbaar al voorbereid op dat soort nukken, want Igor had het gevoel of hij niet gewoon opbotste tegen een mens van vlees en bloed maar tegen de stenen hoek van een huis. Daar kwam bij dat Igor Vasiljevitsj die stoot niet over zijn kant liet gaan maar Igor bij zijn kraag greep en voor zich uit verder de gang in duwde.

'Waag het niet die kamer te betreden,' waarschuwde hij Igor, waarbij hij blijkbaar niet op de ontspanningsruimte doelde, maar op het vertrek achter de spiegel. 'Ga je nu kijken, dan lig je later, als je weer nuchter bent, 's nachts te janken in je bed.'

'Spreek je uit eigen ervaring?' vroeg de andere, kalme Igor, maar hij besloot toch maar geen blik te werpen in de kamer en ging naar boven.

Toen hij ten slotte Hollywood verliet, stond Fiel bij de uitgang met een sigaret in zijn mond en een gespannen blik in zijn ogen al op hem te wachten.

'De ene killer groet de andere,' zei Igor tegen hem. En toen hij zag dat de gespannen blik van Fiel plaatsmaakte voor een verbaasde, voegde hij eraan toe: 'Vasiljevitsj heeft me een pilletje gegeven.'

De verbazing op het gezicht van Fiel verdween niet, maar werd nog groter.

'Een half pilletje,' verduidelijkte Igor.

Pas toen verscheen er enig begrip op Fiels gezicht.

'Leeft hij daar beneden nog?'

Igor moest even nadenken om de toestand van Igor Vasiljevitsj juist in te schatten.

'In principe ja, maar hij zal een paar weken mank lopen. Zeg maar tegen Jonkie dat hij dat heilige offervuur van jullie vast aansteekt,' zei hij. 'De tijd is daar.'

'Jij kunt beter niet naar huis gaan,' zei Fiel heel stellig. 'Je bent stoned.'

'Ik ga nu eerst naar Rinat Iosifovitsj om een tegengif te vragen,' zei Igor nadenkend. 'En daarna loonsverhoging. Of nee, eerst loonsverhoging en daarna tegengif. Ik ben nu in zo'n staat dat hij me die zal geven, zelfs al heeft hij niks.'

Fiel lachte enigszins gedwongen en begeleidde Igor, hem half ondersteunend, naar zijn kantoor.

'Misschien kun je me maar beter opsluiten?' vroeg Igor.

'Dat zou inderdaad geen gek idee zijn,' antwoordde Fiel in alle ernst. 'Daar zou je me later dankbaar voor zijn.'

'Geen nood, ik heb de zaken onder controle,' zei Igor.

Alleen achtergebleven stak hij een sigaret op bij het raam, hoewel hij niet de minste behoefte voelde om te roken. Toen de peuk was doorgesmeuld tot aan de filter, hoorde Igor dat het spuien van de ketel was begonnen. De elektromotor werd in beweging gezet en produceerde een geluid dat helemaal in het begin deed denken aan het zoemen van een opgeroepen lift om pas daarna aan te zwellen tot het luide snorren van een ronddraaiende luchtventilator. De muren hier zijn net zo dun als in een Chroesjtsjov-flatje, dacht Igor en hij besloot zijn vrouw te bellen.

Eerst duurde het twintig seconden voordat de oproep werd beantwoord met een langgerekte, telkens onderbroken kiestoon, daarna werd de verbinding helemaal verbroken, omdat het nummer buiten het bereik van het netwerk viel. Interessant, dacht Igor en hij keek op zijn horloge: het was nog geen zes uur. Ondanks zijn onbekommerde en gelaten gemoedstoestand, voelde hij dat de linkerhelft van zijn naar het half geopende raam gekeerde romp, alsmede de linkerkant van zijn nek en zijn linkeroor heel koud waren, terwijl rechts alles heel warm was. Beseffend dat hij zijn hoofd de volgende dag maar moeilijk op zijn verstijfde nek heen en weer zou kunnen draaien, deed hij het raam dicht en belde zijn vrouw op haar werk, maar ook daar werd zijn oproep niet beantwoord. Daarop deed hij het raam weer open, stak een nieuwe sigaret op, hoewel hij daar ook dit keer geen enkele behoefte toe voelde, en belde naar de inlichtingendienst om te vragen naar een ander nummer van de firma waar Olga werkte. Ondertussen deed hij het raam verschillende keren open en dicht, waarbij hij zichzelf vergeleek met een soort airco, totdat hij ten slotte het secretariaat te pakken kreeg. De juffrouw die hem antwoordde, zei dat zijn vrouw in vergadering zat en niet gestoord mocht worden, dat ze daar niet zomaar mocht binnenlopen om te zeggen dat er telefoon was voor Olga Vitaljevna, maar toen Igor zei dat hij haar man was en dat hij niks zou doorvertellen aan zijn vrouw als de secretaresse haar zou verklappen, bekende de juffrouw op fluistertoon dat er helemaal geen vergadering was, maar dat zijn vrouw gevraagd had of ze wat eerder naar huis mocht wegens familiale omstandigheden. Het was niet te voorspellen hoe Igor gereageerd zou hebben als hij nuchter was geweest. Misschien zou hij naar een rechtvaardiging voor haar gedrag hebben gezocht en gedacht hebben dat ze eerder was weggegaan om een nieuwjaarscadeautje voor hem te kopen. Maar de Igor in zijn huidige staat, de persoon die nog nuchterder was dan normaal, doorzag alles meteen en

vroeg de secretaresse met wie zijn vrouw op het werk rotzooide. Het idiote was dat het de systeembeheerder bleek
te zijn met wie ze rotzooide, iemand van wie het volstrekt
onduidelijk was wat haar in hem aantrok, in ieder geval niet
zijn bestialiteit of masculiniteit, want zelfs de oude, geen pilletjes innemende Igor had die systeembeheerder zonder enige
moeite de ruggengraat op vijf plekken kunnen breken. Igor
kwam tot de conclusie dat zijn vrouw gewoon behoefte had
aan een tweede kind en dat zij die behoefte op deze manier
bevredigde.

Nadat hij het gsm-nummer van de systeembeheerder
had gekregen en een beleefd 'dankuwel' had gezegd tegen
de secretaresse, van wie er letterlijk elektrisch geladen gol-
ven door de telefoonlijn heen stroomden – zo graag wilde
zij met iemand delen welke verwikkelingen zich voordeden
in het privéleven van het hoofd van de boekhoudafdeling –
belde Igor naar de minnaar van zijn vrouw. Op dat moment
had Igor al plaatsgenomen voor zijn computer, blijkbaar in
een poging om zich in hetzelfde paradigma te bevinden als
de informaticaman. Terwijl hij naar de kiestoon luisterde,
tokkelde hij met ontspannen wijsvinger op de spatiebalk de
dodenmars van Chopin.

De systeembeheerder deed niet moeilijk toen Igor vroeg
of hij zijn vrouw kon spreken, maar gaf zijn telefoon zonder
morren door aan haar, waarschijnlijk opgelucht dat er alleen
opgebeld en niet aangebeld werd.

'Wat de fuck?' vroeg Igor aan zijn vrouw. 'Wat de fuck
ben je aan het doen? Mag ik weten: is dit een tijdelijke bevlieging of is het voor altijd?'

Terwijl zijn vrouw een stortvloed van klachten over hem
uitstortte, een litanie die ze naar alle waarschijnlijkheid al lange
tijd had voorbereid, keek Igor met zijn hand onder zijn kin
naar de ijsbloemen op het raam. Vredig gestemd als hij was,
begreep hij dat zij natuurlijk gelijk had, dat hij inderdaad hard-
vochtig was, dat hij altijd al zo was geweest, al sinds hun aller-

eerste ontmoeting, waaraan zelfs de geboorte van hun zoon niets had veranderd. Dat hij zich altijd al had laten leiden door een abstract gevoel van rechtvaardigheid en dat die hang naar rechtvaardigheid grensde aan een verstandelijke beperking. Hij waardeerde het dat zij hem niet had verlaten toen hij zonder werk zat, want dan zou hij zijn teruggekeerd naar zijn ouderlijk huis en er voor de buitenwereld nog deerniswekkender hebben uitgezien dan de systeembeheerder. Om Igor definitief mores te leren, liet zijn vrouw weten dat hij het appartement mocht houden, dat zij en haar nieuwe man voor zichzelf al een nieuwe woning hadden gekocht en dat ze het zoontje bij zich in huis zouden nemen, want het kind was sowieso niet van hem, zelfs in dat opzicht was hij een complete nul.

'Als je klaar bent met je verhaal, doe dan je eigen telefoon weer aan,' stelde Igor voor. 'Anders ben je niet bereikbaar, stel dat ik je wil bellen als je alleen bent.'

Razend van woede, zo scheen het Igor, verbrak ze de verbinding.

Terwijl Igor doorging het patroon op het raam te bestuderen, probeerde hij zich voor te stellen hoe hij eraan toe zou zijn als het tabletje was uitgewerkt, maar hij had geen idee. Jammer dat ik niet het type ben dat doordrinkt tot hij erbij neervalt, dat zou nu de meest passende reactie zijn, dacht hij bij zichzelf. Tegelijkertijd twijfelde hij er eigenlijk niet aan dat zijn vrouw weer terug zou keren en begreep hij dat hij haar ook terug zou nemen. Wat had het voor zin om de ene sukkel in te ruilen voor een andere, nog grotere sukkel? Igor zag al voor zich wat voor een zielige indruk het zou maken als hij haar werkelijk weer terugnam, maar het tabletje wist alle zelfafkeer min of meer weg te poetsen.

'Ik zal Rinat Iosifovitsj nog een paar pilletjes moeten afbedelen voor het geval ze echt terugkomt,' zei Igor tegen zichzelf.

Er werd voorzichtig op de deur geklopt en daar verscheen op de drempel, alsof hij afkwam op Igors gedachten, een bedremmelde Rinat Iosifovitsj. Hij kwam niet binnen, maar probeerde vanaf een redelijk veilige afstand in te schatten in welke staat Igor verkeerde.

'Alles oké?' informeerde hij.

'Ja hoor,' antwoordde Igor met een stem die hem zelf wat afwezig en verveeld in de oren klonk. Op dat moment voelde hij weinig behoefte om vertrouwelijke informatie uit de persoonlijke sfeer te delen met iemand uit kringen van de boekhouding.

'Oleg heeft Sergej Sergejevitsj gebeld,' verklaarde Rinat Iosifovitsj zich nader. 'Hij zei dat jij de vrijer van je vrouw had gebeld.'

'Ik ga die Oleg ook nog eens aanpakken,' antwoordde Igor. 'Hij heeft mijn gezin bedreigd. Hoewel het er nu alle schijn van heeft dat ik geen gezin meer heb.'

'Echt waar?' vroeg Rinat Iosifovitsj voorzichtig.

'Heel echt zelfs,' zei Igor. 'Ze zei dat ik niet de vader was van mijn zoon.'

'Ach wat, ze zit jou gewoon op stang te jagen, dat zegt ze expres,' zei Rinat Iosifovitsj vol overtuiging.

Na dit even te hebben laten bezinken, gaf Igor hem gelijk. Zijn zoon leek toch wel heel erg op hem, zodat het meer dan waarschijnlijk was dat zijn vrouw loog om Igor op de kast te jagen. Maar waar hij zich nog het meest druk om maakte, was niet eens de kwestie van het vaderschap, maar die ongelooflijke verbittering waarmee zij hem van alles en nog wat voor de voeten wierp. Als je haar zo hoorde, zou je denken dat ze was weggevlucht bij een huistiran die haar zo goed als elke avond afranselde. Igor maakte Rinat Iosifovitsj, die het nog steeds niet waagde de drempel te overschrijden, deelgenoot van zijn vermeende hartzeer (dat hij eigenlijk niet voelde, maar wel zou moeten voelen). Het was dom om daarover te praten, alleen al omdat hij zelf ook wel wist dat er tijdens ruzies allerlei dingen werden gezegd waar je later spijt van kreeg, maar de haat van zijn vrouw wees op een soort zenuwcrisis, terwijl hij toch niet degene was die vreemd was gegaan.

'Tja, ze moest toch wat verzinnen om die bevlieging van haar te rechtvaardigen. Misschien gelooft ze zelf wel helemaal niet wat ze zegt,' zocht Rinat Iosifovitsj naar een verklaring.

'Maar als ze het niet gelooft, waarom gaat ze dan weg?' vroeg Igor met zo'n verveelde stem dat hij er zelf verbaasd over was.

'In ieder geval kun je nu beter niet naar Igor Vasiljevitsj luisteren,' raadde Rinat Iosifovitsj hem aan. 'Die gaat je vertellen dat je moet vechten voor vrouwen en dan ga je in jouw toestand gekke dingen doen. Het kan zijn dat ze zelf wil dat jij voor haar vecht, dat je karakter toont. Ik had een zuster die zo was. Die zette mannen tegen elkaar op, gewoon omdat ze dat leuk vond, die maakte daar een soort sportwedstrijd van. Als je aan zoiets mee wil doen, ga je gang, maar probeer eerst weer jezelf te worden. Anders ga je er zo heftig in dat je er later spijt van krijgt. Eerst wachten tot het pilletje uitgewerkt is, dat is mijn goede raad.'

'Blijft het nog lang doorwerken?' vroeg Igor.

'Hij heeft je toch geen hele gegeven, hè? Je zult vandaag en morgen nog wat trippen, daarna zak je in als een dweil.'

'Dus ergens tussen overmorgen en overovermorgen, dan is het Nieuwjaar,' herinnerde Igor zich.

'Vreemd dat je daar nog over in zit, maar ja, zo is het, je zult waarschijnlijk de feestdagen slapend doorbrengen,' gaf Rinat Iosifovitsj toe. 'Daar mag je de leiding voor bedanken.'

Zelfs in de staat waarin hij nu verkeerde, had Igor geen zin om terug te keren naar huis. Voorlopig had hij überhaupt geen zin om terug te gaan.

'Wat denk je, zou ik Fiel niet te veel op zijn lip zitten als ik hier blijf tot die pil is uitgewerkt?' vroeg Igor en hij had de indruk dat er op het gezicht van Rinat Iosifovitsj een zweem van opluchting te bespeuren viel. Naar alle waarschijnlijkheid hadden ze hem ook naar Igor toe gestuurd om het daar over te hebben.

'Die zou dat wel leuk vinden,' zei Rinat Iosifovitsj. 'Overigens zou hij ook zonder jou wel gezelschap hebben, want Igor Vasiljevitsj is van plan hier wat te blijven rondhangen, en Sasja ook, ze willen Nieuwjaar vieren op het werk. Dan kan Igor Vasiljevitsj er meteen op toezien dat jij geen alcohol drinkt voor je je roes hebt uitgeslapen, al zal ik daar zelf niet bij zijn. Daarna kun je er eentje nemen.'

Hij zweeg en voegde er op gedempte toon aan toe, zijn handen vol overgave tegen zijn borst klemmend:

'Je hebt me trouwens al een cadeautje voor Nieuwjaar bezorgd – door die mastodont een prik te geven. Iedereen trekt natuurlijk een medelijdend gezicht, maar volgens mij is zelfs Sergej Sergejevitsj tevreden dat eindelijk iemand hem eens heeft aangepakt.'

'Het was niet helemaal eerlijk,' zei Igor. 'Als ik niet terug had gemoeten naar de verhoorkamer, waar ik met een kapotgeslagen smoel die vrouw schrik had kunnen aanjagen, zou ik nu helemaal in verband gewikkeld in Stadsziekenhuis nr. 4 hebben gelegen of hadden ze me misschien al hebben opengesneden in de sectiekamer. "Merkwaardig geval, hele beendergestel gebroken, heupbeen vertoont ook op verschillende plaatsen breuken."'

Terwijl Igor deed of hij citeerde uit het rapport van een patholoog-anatoom, maakte Rinat Iosifovitsj een gnuivend geluid, niet zozeer als teken van instemming maar eerder om te tonen dat hij begreep dat Igor een grapje maakte. Daarna informeerde hij voorzichtig:

'Ga je er echt niet van tussen? Ze zijn hier allemaal in de hoogste staat van paraatheid, ze weten niet wat ze nu moeten doen: lichamen verbranden of jou in de gaten houden.'

'Geef maar door dat de situatie onder controle is,' zei Igor. 'Ik bel nu alleen nog even mijn vrouw om te zeggen dat ik niet thuis kom, laat ze de jaarwisseling maar in onze flat vieren, daar staat tenminste een opgetuigde nieuwjaarsboom, dat maakt de schok voor onze zoon wat minder groot.'

Rinat trok zich terug, waarbij hij voor alle zekerheid de deur half open liet staan. Igor boog zich over zijn telefoon, beseffend dat het pilletje hem absoluut niet hielp om het vertrek van zijn vrouw en kind goed te verwerken. Hij begreep dat hij het na de gebeurtenissen van deze dag zelf ook beter vond dat ze weg waren, omdat hij het niet verdiende om in menselijk gezelschap te verkeren als hij zulke dingen deed op het werk. Dan hoefde hij tenminste niet meer te liegen als er gevraagd werd hoe het was op kantoor en wat ze daar uitspookten. Laten vrouw en zoon maar denken dat ze daar de wc renoveerden en wat rondlummelden. Ergens leek Igor er wel vrede mee te hebben dat zijn gezin introk bij een man die een T-shirt met bontgekleurde paardjes droeg.

In de stem van zijn vrouw viel een lichte irritatie te bespeuren toen ze de oproep beantwoordde.

'Wat nou weer?' vroeg ze. 'Je mag je zoon zien wanneer je maar wilt. Maar kom hem wel zelf hier halen.'

Het was duidelijk dat ze al had zitten nadenken over alle mogelijke manieren waarop Igor ingepast kon worden in het nieuwe zogenaamde gezinsleventje met haar vriend. Igor dacht terug aan een keer toen ze met hun drieën in een café hadden gezeten, het zoontje was toen nog maar een jaar of drie, en er aan het tafeltje achter hen twee mensen hadden gezeten, een oma en haar kleinzoon. Die oma had dat jongentje zitten uithoren over zijn nieuwe papa en verteld hoe moeilijk zijn echte papa het zonder hem wel niet had. En alles wat ze zei, kwam erop neer dat het kind eigenlijk terug zou moeten gaan naar papa, terwijl mama maar beter haar eigen nieuwe leventje kon leiden. Ze probeerde te achterhalen of de stiefvader hem sloeg en het leek wel of ze graag had dat dit inderdaad het zo was. Het ventje had diplomatiek wat zitten mompelen met zijn mond vol ijs, zodat je niet wist of hij op al die domme vragen van oma nu 'ja' of 'nee' antwoordde.

Igor en zijn vrouw hadden toen samen belangstellend zitten luisteren naar die opmerkelijke dialoog, waarbij met

name de rol van de oma, die van éminence grise, hen in verrukking had gebracht. Later moesten ze vooral nog vaak
terugdenken aan de manier waarop oma haar kleinzoontje
geprobeerd had op te beuren met het verhaal dat ze bij hem
op school was geweest met het voorstel om een of ander
hobbyclubje te organiseren, een voorstel dat helaas was afgewezen. Zolang oma er niet bij had verteld dat ze nul op het
rekest had gekregen, had de jongen er zo verkrampt bij gezeten dat hij geen hap meer door zijn keel had kunnen krijgen,
terwijl waarschijnlijk het ene spookbeeld na het andere voor
zijn ogen opdoemde: hoe oma zich elke pauze naar hem toe
zou reppen om te kijken of niemand hem lelijk behandelde;
hoe ze in de eetzaal zou controleren of hij alles wel opat, en
hoe ze erop toe zou zien dat hij actief meedeed met haar clubje. Hij had een uitdrukking op zijn gezicht gehad of zich elk
moment alle poorten van de hel voor hem konden openen.
Toen hij ten slotte had gehoord dat het er niet van gekomen
was, ontsnapte hem een zucht van verlichting, die door oma
werd aangehoord voor een zucht van teleurstelling. Verder
had oma nog bekend dat ze naar zijn juf was toegestapt en
zich had aangeboden als voorzitster van het oudercomité,
maar ook daar was niet op ingegaan.

Zijn vrouw maakte er geen geheim van dat ze van Igor
verwachtte dat hij nu een soortgelijke rol zou gaan spelen
als die oma.

'Mooi bekeken,' zei Igor met een stem die dankzij het chemische middel zo vredelievend als maar mogelijk klonk. 'Wat
ik wilde zeggen, is dat jullie bij ons Nieuwjaar kunnen vieren,
zodat de shock voor Misjka een beetje opgevangen wordt. Ik
hang de feestdagen toch maar wat rond op het werk, dus of
we nou ruzie hebben of niet, samen Nieuwjaar vieren zit er
sowieso niet in.'

Zijn vrouw verdacht Igor van een of andere valstrik, ze
was bang dat hij wel eens plotseling zou kunnen binnenvallen
terwijl het feest in volle gang was, met alle gevolgen voor

het smoelwerk van de systeembeheerder van dien. Of ze dat nu leuk vond of niet, ze twijfelde ze er om de een of andere reden geen moment aan dat Igor de sterkere van de twee was.

'Nee, ik kom echt niet,' stelde Igor haar gerust. 'Nu het zover is gekomen, had ik onmiddellijk zijn adres kunnen achterhalen, als ik dat gewild had, en onaangekondigd op bezoek kunnen komen en misschien wel niet in mijn eentje.'

'Hoe ben je er eigenlijk achter gekomen?' vroeg ze.

Ze had altijd al een nuchtere kijk gehad op de hechtheid van vrouwenvriendschappen, met name als het ging om het collectief op haar werk, zodat ze onmiddellijk op zoek ging naar de identiteit van de schuldige. In elk schijnbaar onverschillig uitgesproken woord van haar klonk door: 'Welke teef heeft me dat gelapt, dat zou ik wel eens willen weten!' Van de secretaresse, of enig andere ondergeschikte, wie dan ook, zou ze geen spaan heel hebben gelaten. En ook haar vriendinnen, voor zover Igor die kende, konden zich maar beter bergen.

'Ik weet niet, het kwam gewoon in me op,' zei Igor. 'We hadden een wat nerveuze pauze op het werk, maar toen de rust bij ons was weergekeerd, heb ik een sigaret opgestoken en kreeg ik opeens die ingeving. Toen heb ik besloten een en ander te checken. Wat de doorslag gaf, was dat je het vroeger vaak over dat sukkelige computerventje bij jullie had. Trouwens, doe je luidspreker eens aan, dan zal ik het nog een keer zeggen, kan hij meeluisteren.'

'Mooi niet,' reageerde ze.

'Dus – daarna hoor ik ineens niks meer over hem. Wel over de algemeen directeur, en over je vriendinnetjes, en over de nieuwe collega die ze hebben aangenomen in plaats van de zoon van de baas. Maar over hem – geen woord. Dan hoef je niet eens zo slim te zijn om iets te gaan vermoeden. Zo is dat gegaan. Ik heb naar jullie werk gebeld en gezegd dat ik die en die moest hebben. En ze hebben me zijn nummer gegeven. Ik heb hem gewoon gebeld, om uit te proberen. Als die nieuwe vriend van jou een beetje bluftalent had gehad, had

ALEKSEJ SALNIKOV

hij zich gewoon van de domme gehouden en kunnen zeggen dat er niemand bij hem was en dat er niks speelde. Maar wat doe je eraan, zo is het nu eenmaal gelopen. Had maar een iets slimmere minnaar uitgekozen, dan had je me ook nu nog om de tuin kunnen leiden als je gewild had. Alleen één ding begrijp ik niet: jullie gaan nog geen maand met elkaar om en zijn nu al een paar – hoe is dat zo snel gegaan?'

'Dat zijn jouw zaken niet,' gaf zijn vrouw hem te verstaan.

'Akkoord,' zei Igor. 'Als dat mijn zaken niet zijn, oké, wat kan ik daar verder nog op zeggen. Als je overigens besluit om terug te keren, staat de deur nog een tijdje open. Maar pas op, treuzel niet te lang. Anders kan het maar zo dat je daar staat en het blijkt dat ik de sloten heb veranderd en mijn geaardheid.'

'Ach, hou toch op,' zei ze en ze verbrak de verbinding.

Igor stelde zich voor dat zijn huidige gezinsloze leven inderdaad zou kunnen doen vermoeden dat hij lid was van een gay club waarvan de leden een voorliefde hadden voor moorden. 'Alsof je al niet eerder van geaardheid was veranderd,' bedacht Igor wat zijn vrouw hem nog sarcastisch toe had kunnen voegen voor ze het gesprek beëindigde. Of ze had kunnen sneren: 'Ik denk niet dat je daar iets mee opschiet, want zelfs homo's zullen het niet bij je uithouden.' Omdat Igor zich eigenlijk nog in een harmonieuze zielstoestand bevond, liet hij het hierbij wat zelfspot betreft en ging hij niet over tot het ultieme stadium van zelfvernedering.

Zijn overpeinzingen werden onderbroken doordat om de hoek van de half openstaande deur een bleek gezicht met fonkelende ogen en een zwarte baard was verschenen. Ergens, heel diep in zijn binnenste, schoot er een huivering door Igor heen. Toen de persoon aan de andere kant van de drempel zag dat hij was opgemerkt, tikte hij met de knokkels van zijn met een ontsmettingsmiddel of verf besmeurde hand alsnog tegen de deurpost.

'Wat kan ik voor u doen?' vroeg Igor op strenge en officiële toon, omdat hij begreep dat het hier waarschijnlijk ging om een van die kunstenaars die afkwamen op de nog niet geopende galerie.

De persoon viel enthousiast Igors kantoor binnen, een schilderij van enorme afmetingen, bijna twee meter lang, met zich mee torsend. Met veel moeite draaide hij het doek zo dat de voorkant naar Igor gericht was. Toen hij daar eindelijk in geslaagd was, zag Igor een groot aantal gele, zich op x-vormige voetstukken verheffende driehoeken, met daartussen groene zonnen. De vermoeide maar voldane kunstenaar ademde zwaar, genietend van de verbijsterde uitdrukking op Igors gezicht.

'Ja, en?' vroeg Igor op een toon die aangaf dat het artistieke effect nog niet tot hem was doorgedrongen en hij er met zijn gevoel en verstand niet geheel bij kon.

De kunstenaar keek naar het doek, zei 'pardon' en keerde het om.

Dit is te mooi om waar te zijn, dacht Igor bij zichzelf, want het schilderij bleek een uitvergrote kopie te zijn van het kunstwerkje dat hij van het balkon had gegooid. Blijkbaar heeft het noodlot bepaald dat ik vandaag geconfronteerd wordt met allerlei vriendjes van Olga, concludeerde hij, maar hij kon niet ontkennen dat de toestand waarin de haveloze kunstschilder verkeerde, hem plezierde.

'Ik wil een tentoonstelling van mijn werk bij u organiseren,' bracht de schilder uit en zijn woorden veroorzaakten een lichte trilling in de stilstaande lucht van het kantoor, waarna een drankgeur Igors neus binnenstroomde.

'U meent het' zei Igor ironisch. 'Bent u er niet van op de hoogte dat de galerie pas over een jaar opengaat?'

Het stemde Igor tot tevredenheid dat de schilder hem niet herkende, al zou ook Igor hem niet herkend hebben als hij bij hém was binnengevallen. Ze waren allebei wat dikker geworden en Igors gezicht zag er nu bleker uit dan vroeger, terwijl het gezicht en de handen van de schilder gedurende de vijftien jaar dat ze elkaar niet hadden gezien, een paarsrode tint hadden gekregen.

De schilder wist best dat de galerie pas over een jaar open zou gaan. Hij vertelde omstandig hoe hij dat te weten was gekomen, terwijl hij Igor opnieuw met alcoholische geurgolven omgaf, maar de man – wiens voornaam Igor maar niet te binnen wilde schieten, hij herinnerde zich alleen de achternaam – hoopte dat er nog voor de officiële opening een begin kon worden gemaakt met de tentoonstelling, en hij wilde hierover alvast bindende afspraken maken.

'Zijn al uw werken in dezelfde stijl geschilderd?' vroeg Igor, terwijl hij naar de rode handen van de schilder keek en zich voorstelde hoe de man waarschijnlijk geregeld op straat in de kou zijn molens en zonnebloemen stond te slijten of zijn kunst te voet met zich mee zeulde van de ene plek naar de andere, of om beurten het een en het ander.

Als ze vandaag in plaats van een kind en zijn mama deze schilder hadden vermoord, bedacht Igor, zou dat geen onmenselijke daad zijn geweest, maar integendeel een daad van barmhartigheid. Toen hij evenwel een beetje doordacht, moest hij erkennen dat als hij zelf vandaag om zeep was geholpen, daar ook geen mens rouwig om had hoeven te zijn.

Igors vraag naar de stijl van zijn andere werken bracht de schilder in verlegenheid, het had er alle schijn van dat hiermee een gevoelige snaar in hem was geraakt. Zijn afgedragen gewatteerde jack, dat bij de uiteinden van de mouwen en bij de zakken vettig glansde van het aangekoekte stadsvuil, zat onder de groene en gele verfvlekken. Dezelfde vlekken prijkten ook op zijn spijkerbroek en winterschoenen, waar Igor maar een korte blik op hoefde te werpen om te zien dat deze totaal versleten waren. Het was duidelijk dat de schilder niet alleen stilistisch eenzijdig was, maar ook over een vrij beperkt kleurenpallet beschikte en zich daar bijzonder voor geneerde. Hij begon uit te leggen dat de thematiek van zijn schilderijen verbonden was met een emotioneel zeer beladen moment in zijn leven, waar Igor niet van opkeek, want dit was hem al bekend uit andere bron.

'Maar van een kunstenaar mag je ook niet verlangen dat hij al te veel variatie aanbrengt,' begon de bezoeker zich te rechtvaardigen. 'Hij dient zijn eigen weg van begin tot einde te vervolgen. Iemand als u zou dat toch moeten begrijpen.'

Het chemische preparaat dat zich in Igors bloed had opgelost, stelde hem in staat zijn gespreksgenoot bijna geheel te doorzien. En naarmate de man verbaal meer op stoom kwam, werd het Igor duidelijker dat hij helemaal niet geïnteresseerd was in een lang leven vol ontberingen, gevolgd door een postume erkenning van zijn verdiensten door zijn kunstbroeders, maar dat hij integendeel op staande voet erkenning wilde, of liever nog dat Igor zijn schilderij subiet aankocht. De man had geen zin om zijn kunstwerk weer mee terug te zeulen, hij leek bereid om het gewoon achter te laten in het ketelhuis. En als hij daar dan ook nog geld voor zou krijgen, zou dat helemaal prachtig zijn. Omdat Igor een lichte sympathie voelde voor de kunstenaar, gezien het feit dat zijn vrouw uiteindelijk niet was weggelopen naar hem, maar naar een jongere en in alle opzichten betrekkelijk gezonde rivaal, vouwde hij zakelijk zijn handen ineen, hield deze een tijdje nadenkend tegen zijn lippen en zei:

'Goed, ik stel het volgende voor…' De kunstenaar merkte Igors zakelijke uitdrukking en vatte moed. 'Wat ik zou willen voorstellen,' herhaalde Igor, terwijl hij zich probeerde te herinneren hoeveel contant geld hij in zijn jaszak had zitten, 'is dit: ik noteer uw contactgegevens en we gaan u bellen zodra het feest hier gaat beginnen. Maar nu wil ik alvast dat schilderij van u kopen, voor mezelf. Is dat oké voor u? Voor laten we zeggen zo'n tienduizend roebel.'

Op het gezicht van de kunstenaar viel te lezen dat hij óf gerekend had op een bedrag van slechts een roebel of vijfduizend óf meteen maar een half miljoen. Alles of niets.

'Als ik erin slaag het ergens te verkopen, betaal ik u nog eens tien à vijftien procent van de verkoopprijs erbovenop,' voegde Igor er om de een of andere reden nog aan toe. 'Akkoord?'

De man begon zenuwachtig heen en weer te draaien, maar bleef ondertussen vreemd genoeg als aan de grond genageld staan. Hij leek op een kat die betrapt was met een stuk worst en niet goed wist wat hij nu moest beginnen. Zijn ogen schoten heen en weer en zijn vingers, die de bovenrand van het schilderdoek omklemd hielden, deden eerder denken aan die van een pianist die zich opmaakt om iets wervelends van Mozart te spelen dan op die van een schilder. Zonder dat hij een woord uitbracht, was het duidelijk dat hij akkoord ging.

'Afgesproken dus,' zei Igor tevreden en hij stond energiek op, maar opeens herinnerde hij zich dat zijn jas in de kleedruimte met de kastjes hing. En als de man met hem mee zou lopen en die kastjes zou zien, zou hij nooit kunnen geloven dat het ketelhuis voorbestemd was om een galerie te worden, en dat de mensen hier allemaal rijke galerijhouders waren. Igor bleef even besluiteloos staan, maar op dat moment begon zijn telefoon te trillen en hij nam opgelucht de hoorn op. Als dat zijn vrouw was, bedacht hij, zou de situatie waarin hij zich bevond, buitengewoon komisch zijn. Maar aan de andere kant van de lijn bleek zich Oleg te bevinden.

'Hoezo, welke Oleg in godsnaam?' vroeg Igor, hoewel er in zijn kennissenkring nauwelijks Olegs waren. Op dat moment kende hij er eigenlijk maar eentje, en dan nog alleen maar van stem.

'Dezelfde als de vorige keer,' klonk het door de hoorn. 'Is alles oké daar bij u? Er is iemand van buiten bij u op bezoek?'

Igor keek om zich heen. Waar was de videocamera die Oleg gebruikte om hem te bespioneren? Het verbaasde hem eigenlijk niet zozeer dat hij in de gaten werd gehouden, hij nam het zichzelf eerder kwalijk dat hij, wel vermoedend dat hij afgeluisterd werd, geen rekening had gehouden met de mogelijkheid dat ze hem ook nog eens konden zien.

'Doet u geen moeite, u vindt hem toch niet,' zei Oleg, die raadde waarom Igor rondkeek.

'Het is gewoon om te weten welke kant ik op moet zwaai-en,' verklaarde Igor.

'Geen sarcasme, alstublieft,' zei Oleg. 'Een en ander dient slechts ter verzekering van uw eigen veiligheid. Hier hebben zich vroeger allerlei onaangename incidenten voorgedaan. En ik probeer nu te achterhalen of er op dit moment niet opnieuw sprake is van zo'n incident.'

'Momentje,' onderbrak Igor hem. 'En bij mij thuis – is daar toevallig ook niet iets geïnstalleerd voor mijn eigen veiligheid?'

'Laten we het erop houden dat dit niet het geval is,' stelde Oleg verzoenend voor. 'Eigenlijk zou u mij best een beetje dankbaar kunnen zijn. Ik had net zo goed uw telefoontje naar de vriend van uw vrouw kunnen blokkeren om te garanderen dat uw gemoedsgesteldheid min of meer even positief zou blijven als daarvoor. En om u in zalige onwetendheid te laten. Maar dat heb ik niet gedaan.'

'Mijn dank is groot,' antwoordde Igor met een zwierig armgebaar ten teken van zijn diepe erkentelijkheid.

'Graag gedaan. Dus alles is oké?' vroeg Oleg.

'Ja. Alles onder controle,' zei Igor. 'Er is hier iemand voor de galerie. Ik ben een schilderij aan het kopen.'

'Momentje,' zei Oleg. 'Heeft u dat speciaal besteld voor uw vrouw, om het goed te maken? Als ik me niet vergis, hing er bij u aan de muur net zo een, alleen wat kleiner.'

'U doet dus zelfs geen moeite om te verbergen dat u ook bij de mensen thuis rondsnuffelt,' zei Igor. 'Hier heerst toch al niet zo'n aangename sfeer – en u vindt het nodig om daar nog een portie paranoia aan toe te voegen. Wie heeft u geleerd om zo met uw personeel om te gaan? Het is te merken dat u al een jaar of dertig geen bijscholingscursus meer heeft gevolgd.'

Oleg reageerde op geen enkele wijze op Igors brutale re-pliek, hij ademde alleen een tijdje in de hoorn als een goed-moedige retriever die over iets nadenkt.

'Zijn dat van die kunstenaars die afkomen op de nieuws-uitzending met Aleksandr,' raadde Oleg ten slotte.

'Daar ziet het wel naar uit, ja,' zei Igor.

'Wacht even,' verbaasde Oleg zich. 'Hoe kan het dan dat die kunstenaar toevallig net is komen aanzetten met een schilderij dat een kopie is van dat schilderstuk bij u?'

'Probeert u daar zelf maar achter te komen,' gaf Igor hem in overweging. 'Mijn hoofd loopt me toch al om vandaag.'

'Oké,' zei Oleg, waarna hij Igor nog een prettige dag toewenste en de verbinding verbrak.

Igor moest, of hij wilde of niet, terugkeren naar het gesprek met de kunstschilder. De man stond daar nog altijd wat heen en weer te draaien, zijn blik gericht op de natte sporen gesmolten sneeuw die hij mee naar boven had genomen aan de zolen van zijn afgetrapte schoenen. Wat moet ik met jou beginnen? dacht Igor met lichte ergernis.

'Blijft u hier even vijf minuutjes wachten,' zei Igor, 'dan ga ik snel geld halen. Gaat u zolang maar zitten, het schilderij kunt u ...'

De schilder had zelf al besloten waar hij zijn doek het beste neer kon zetten, en voordat Igor zijn zin had kunnen afmaken, was de man al begonnen een plaatsje in te richten in de dichtstbijzijnde lege hoek van het kantoor. Het zag er allemaal zo triest en schrijnend uit dat Igor het niet kon aanzien en haastig het vertrek verliet.

In de ketelruimte hing de onmiskenbare geur van brandend vlees. Zelfs in de toestand van hogere sferen waarin hij verkeerde, werd Igor met ontzetting vervuld. In het gangetje tussen de ketels en de ramen stond Jonkie. Hij keek omhoog naar een van de ketels en leek zich volkomen op zijn gemak te voelen. De witte lampen aan het plafond beschenen zijn gezicht. Te midden van alle buizen en ventielen leek Jonkie op een jonge ingenieur uit een steampunk-film. Zoals hij erbij stond met zijn handen in de zij, verbeeldde hij zich misschien zelf ook wel dat hij werkelijk zo'n ingenieur was.

'Wat ben je aan het doen?' vroeg Igor op montere toon, terwijl hij op Jonkie af liep.

Jonkie besefte dat die monterheid van Igor niet helemaal natuurlijk was en keek zijn collega onderzoekend aan. Hij antwoordde dat hij het waterpeil in de ketel in de gaten hield.

'Heb je geen last van die geur?' vroeg Igor.

'Hoezo, hangt die hier dan nog steeds?' antwoordde Jonkie. 'In het begin was die behoorlijk sterk, maar volgens mij ruik je nu niks meer.'

'Jawel, je ruikt nog wel wat,' zei Igor. 'Maar eigenlijk kwam ik ergens anders voor.'

Jonkie spitste zijn oren.

'Jouw zaaisel begint vrucht af te werpen,' zei Igor.

Jonkies oren spitsten zich nog meer. Hij probeerde te begrijpen waar Igor op doelde.

'Ik heb bezoek gekregen van een kunstschilder,' begon Igor omzichtig om het sarcasme van zijn daaropvolgende woorden nog scherper te doen uitkomen. 'Kun je nagaan, hij is door ons hele bewakingssysteem heen gedrongen en heeft zich rechtstreeks toegang verschaft tot mijn kantoor. Ik was gedwongen een schilderij van hem te kopen om hem zand in de ogen te strooien, anders zou hij hebben gemerkt wat zich hier afspeelt: die sterke geur hier, ook al is die weer wat afgezwakt, de figuren die hier rondlopen. Zouden we dan tenminste niet de buitendeuren op slot kunnen doen, zolang het er hier zo aan toegaat?'

'Dat zou inderdaad beter zijn,' gaf Jonkie toe, terwijl hij ondertussen probeerde in te schatten in hoeverre hij zelf ook schuldig was aan het feit dat Igor het schilderij had moeten aankopen. Met schuin neergeslagen blik berekende hij hoeveel hij zou moeten ophoesten. 'Wat vraagt hij voor zijn schilderij?'

'Tienduizend,' zei Igor, tot schrik van Jonkie. 'Maar wees gerust, ik denk nu gewoon aan later, we zullen ons op een of andere manier moeten afsluiten voor de buitenwereld, anders komen we er niet onderuit de ketels nog verder op te stoken met nieuwe getuigen.'

   ALEKSEJ SALNIKOV

'Dat is waar,' antwoordde Jonkie zonder een spoor van het honende toontje dat zo typerend was voor hem.

Igor kon maar niet begrijpen waarom zijn jongere collega zich zo gedroeg: was hij onder de indruk van het gewonde been van Igor Vasiljevitsj of was hij opgelucht dat Igor geen probleem maakte van de onkosten?

'Ik stel voor dat als ik hem betaald heb, jij met hem meeloopt naar de uitgang,' zei Igor, waarop Jonkie knikte. 'Dan kun je die lul gelijk eens van dichtbij opnemen. Zijn aanblik is het beste afschrikwekkende middel voor mensen die ervan dromen een vrij kunstenaar te worden.'

Jonkie blikkerde Igor toe met zijn gele tanden.

'Jammer dat we hier geen Silicon Valley openen,' zei hij. 'Dan zou ik je het beste afschrikwekkende middel tegen het verlangen om een vrij programmeur te worden, laten zien.'

Igor lachte met hem mee, hoewel het hem ontging wat hier zo grappig aan was.

'Zeg jongelui, wat staan jullie hier te lachen?' hoorde Igor en hij voelde hoe hij op zijn schouder werd geklopt. Daar stond Igor Vasiljevitsj, die in het geraas van de ketels onhoorbaar naderbij was geslopen. 'Hebben jullie het over onze bezoeker?'

Igor keek met een schuin oog naar het been van Igor Vasiljevitsj, maar zag geen verband door het gaatje in zijn broek schemeren. Igor Vasiljevitsj bleek zijn overall ingewisseld te hebben voor een ander exemplaar dat nog geen enkele keer door de wasmachine was gehaald en zo schoon en gloednieuw was dat het deed denken aan een spijkerpak waar nog witte stiknaden op de zomen van de zakken en de bretels zaten.

'Ja, ik heb me omgekleed,' legde Igor Vasiljevitsj uit aan Igor, wat deze dus al had begrepen.

'Waarom laten jullie de mensen zomaar binnen?' vroeg Igor. 'Hij heeft me tienduizend roebel lichter gemaakt.'

'Je had hem toch gewoon een schop onder zijn kont kunnen geven, dan was je ervan af geweest,' antwoordde Igor Vasiljevitsj.

'Hoe kan ik hem wegjagen als we hier een galerie hebben. Eentje die blijkt te stinken als een crematorium?'

'Je ruikt toch niks,' wierp Igor Vasiljevitsj tegen en hij snoof in het rond. 'In het begin was er natuurlijk wel een onmiskenbaar geurtje, alleen niet van een crematorium, eerder van een barbecue.'

'Zullen we dat soort onsmakelijke vergelijkingen maar liever achterwege laten,' stelde Igor voor. 'Anders word ik straks, als ik weer nuchter ben, meteen lid van de veganistenbond. Als je die man gezien hebt, waarom heb je hem dan zelf niet de deur gewezen?'

'Ik weet het bij god niet,' bekende Igor Vasiljevitsj en hij haalde zijn schouders op. 'Ik zie daar een of andere baardaap met een schilderij rondbanjeren en ik denk: waarom zou ik hem tegenhouden? Ik ben bang dat hij de eerste is van een hele stoet kunstenaars die hier komen aanzetten. Hij is de eerste zwaluw die de kracht had om over het industrieterrein door de vorst naar ons toe te vliegen. Maar pas op, als straks de lente komt en de modder opdroogt, dan komen ze hier als drommen zombies aangezet, zodat we beter nu al kunnen gaan oefenen hoe we ze het beste kunnen ontvangen en retourneren.'

'Als jij dat allemaal zo goed weet, waarom heb je hem dan zelf niet geretourneerd?' vroeg Igor. 'Nog een geluk dat hij niet is afgedaald naar Hollywood.'

'Ja, stel je voor, dan was er nu één kunstenaar minder geweest,' gaf Igor Vasiljevitsj hem gelijk.

'Kunnen we niet een of andere controlepost organiseren?' vroeg Igor zich af. 'Een tourniquet of zo, of een soort bewakingssysteem, wat dan ook. Ik heb Jonkie al voorgesteld om alle deuren van binnen op slot te doen, maar hij gaat het onderwerp uit de weg.'

'Wat zit je nou op mij te pikken, ik ga niks uit de weg,' zei Jonkie.

'Hij is het niet die het onderwerp uit de weg gaat,' zei Igor Vasiljevitsj. 'Het is onze Fiel. Behalve die obsessies waar jij al van op de hoogte bent, is hij ook nog eens bang voor gesloten ruimtes. En ook voor open ruimtes. En die twee fobieën hangen bij hem op een speciale manier samen. Je moet zelf maar eens aan hem vragen hoe het daar bij hem in zijn hoofd allemaal in elkaar zit nadat hij een keer een hersenschudding heeft gehad. Als hij in de lift komt vast te zitten, geen probleem, maar als hij in een kamer is, moet er beslist een raampje of een deur openstaan. En ook in het open veld voelt hij zich op zijn gemak zolang er tenminste hoog gras staat of hij zich ergens kan verstoppen. Maar als er aan de rand van dat veld een paar gebouwen staan, kan hij maar zo een paniekaanval krijgen. Hetzelfde liedje met gesloten ruimtes: het is daar een heel ingewikkeld samen-spel van factoren die bepalen of hij al dan niet in paniek raakt.'

'Fijn dat je me dat nú zegt,' antwoordde Igor. 'In mijn hui-dige toestand interesseert me dit eigenlijk geen zak, maar wat moet ik er morgen mee aan.'

'Maak je maar geen zorgen, morgen ben je nog steeds onder invloed,' stelde Igor Vasiljevitsj hem gerust. 'En als je daarna weer bij je positieven komt, denk er dan maar 's goed over na. Maar even wat anders, beste mecenas van verf spuitende lullen: wil je dat wij financieel bijspringen?'

'Dat heb ik ook al aangeboden,' klaagde Jonkie. 'Maar hij doet trots en weigert.'

'Nee, ik weiger niet,' sprak Igor hem tegen. 'Ik wil geen bijdrage van jou, omdat jij hier bij ons meer bezig bent met het oplossen van intellectueel hoogstaande vraagstukken en het niet jouw schuld is dat er zich iemand toegang heeft verschaft tot ons. Bovendien moet je voor Oudejaarsavond nog een paar cadeautjes kopen, voor je moeder en voor je vriendin.'

Jonkie grijnslachte schamper, waarmee hij te kennen gaf dat hij er nog niet aan had gedacht iets voor zijn moeder te kopen, en dat hij op dit ogenblik ook geen vriendin had.

'Hoe dan ook, jij hebt je geld hard nodig,' zei Igor tegen Jonkie. 'Maar van Vasiljevitsj neem ik graag een cofinanciering van een paar duizend roebel aan.'

'Oké, kom mee,' zei Igor Vasiljevitsj en hij knikte in de richting van de ruimte waar hun kleren hingen. 'Laten we die Picasso onder mekaar verdelen.'

Uiteindelijk gingen ze met hun drieën naar de kunstenaar toe. De man was geïmponeerd door het bijzijn van Jonkie, die hij beschouwde als de drijvende kracht achter de toekomstige galerie. Igor Vasiljevitsj deed alles om hierop in te spelen en de bezoeker in deze overtuiging te sterken: hij noemde Jonkie deftig Aleksandr Sergejevitsj en stelde voor om de aankoop te bezegelen met een glaasje wodka. Jonkie bloosde onder het eerbetoon van de schilder en daarna nog meer onder de lovende woorden van Igor Vasiljevitsj en pas toen deze zich slepend met zijn ene been had verwijderd om de schilder naar de uitgang te begeleiden, slaakte hij een zucht van verlichting en liet hij zich neerploffen op een stoel, terwijl hij het denkbeeldige zweet van zijn voorhoofd wiste.

'Wat is dat voor iemand?' vroeg Jonkie geërgerd. 'Een volwassen kerel zou je zeggen, maar man, wat een schertsfiguur, gewoon gênant om te zien.'

'Misschien probeert hij zo de stress van zich af te schudden,' opperde Igor. 'Het was vandaag geen gemakkelijk dagje, zeker ook niet voor hem.'

'Zullen we ons bezatten?' zei Jonkie na een lange stilte, die was ingetreden nadat de voetstappen van Igor Vasiljevitsj en de kunstenaar op de trap verstomd waren en nadat er ongeveer vier minuten waren verstreken sinds het laatste woord was gevallen.

'Ik weet niet hoe dat chemische middel gaat reageren als ik alcohol drink,' zei Igor saai, waarop Jonkies gezicht vertrok van teleurstelling. 'Rinat Iosifovitsj heeft gewaarschuwd dat er bepaalde bijwerkingen kunnen optreden, zonder erbij te zeggen welke. Ik wil dit even overleggen met Igor Vasiljevitsj.'

'Als Vasiljevitsj zelf zin heeft om te drinken, zal hij sowieso zeggen dat het geen kwaad kan. Hij is op het ogenblik in zo'n stemming dat hij automatisch op alles zegt dat het helemaal geen kwaad kan. Dan kan hij later lekker kijken hoe het uitpakt en achteraf herinneringen ophalen aan dat grappige voorval.'

'Dacht je?' vroeg Igor. 'Heb jij het wel eens meegemaakt dat er iemand dronk met een pilletje op?'

'Ze hebben hier inderdaad wel zitten drinken met pilletjes op,' antwoordde Jonkie. 'Alleen weet ik niet of dat dezelfde pilletjes waren als deze, ze hebben me de recepten niet laten zien.'

Igor knikte en vroeg niet verder door. Ze spitsten allebei hun oren toen ze de zware voetstappen van Igor Vasiljevitsj hoorden naderen. Jonkie bereidde zich er mentaal al op voor dat hij erop uit gestuurd werd om drank te halen.

'Maar goed dat we niet al te vaak een klus in Hollywood hebben, anders zouden we hier continu lazarus zijn,' zei Igor, waarop Jonkie een instemmend en nerveus gromgeluid liet horen.

Igor Vasiljevitsj hield even halt voor de dichte deur en zwaaide hem toen plotseling met een ruk open, met het air van een goochelaar die plotseling tevoorschijn treedt uit een spiegelkast.

'Tadaa!' zong hij. 'Ik zou u willen voorstellen om de nadering van de nieuwjaarsfeesten op te luisteren met een glaasje en de voor deze en gene laatste treurige gebeurtenis van het jaar weg te spoelen.'

Igor zweeg, hoewel dat 'deze en gene' op hem sloeg. Eigenlijk vond hij dat alles wat ze deden, in meer of mindere mate treurig was, met de meest recente gebeurtenis als absoluut dieptepunt, maar voordat deze gedachte definitief vorm had kunnen krijgen in zijn hoofd, had de naar vrieslucht ruikende Igor Vasiljevitsj al kans gezien, zich met de kordate tred van een Peter de Grote naar de andere kant van de kantoorkamer te begeven en daar op de vensterbank een fles met theekleurige inhoud en een goudglanzend etiket met sterretjes neer te zetten.

'Had je dat nog over van vorig jaar?' vroeg Jonkie, die zijn hoofd zo bruusk had omgedraaid naar de vensterbank dat zijn stem enigszins schril klonk.

'Jazeker,' antwoordde Igor Vasiljevitsj. 'Laten we iedereen bijeenroepen. En jij mag, traditiegetrouw, naar de winkel.'

Iedereen bijeenroepen lukte niet. Zoals hij zelf al had aangekondigd, was Rinat Iosifovitsj hem al gesmeerd voordat het drinkgelag was begonnen. Niet eens het vooruitzicht op gratis meedrinken, wat hem de vorige keer zo had aangelokt, had zijn angst voor de bijwerkingen van Igors pilletje kunnen wegnemen.

Toen iedereen al dronken was, moest Igor denken aan die beloofde bijwerkingen, die zich nog altijd niet manifesteerden. Hij zat er even onderuitgezakt bij als de anderen, terwijl hij in afwachting was van een soort klaarheid van geest of, in het ergste geval, een epileptische aanval. Igor Vasiljevitsj zei luchthartig:

'Wat nou bijwerkingen, je hebt toch niet in Vietnam gevochten of zo. Oké, het kan je zomaar ineens voor je ogen gaan draaien. Dat gebeurt wel 's als je het middel mengt met alcohol. Zorg dus dat er steeds iemand bij je in de buurt is, zelfs als je even naar buiten gaat om te roken, anders kom je in de vrieskou terecht en blijf je daar liggen, of je dondert de trap af. En dat kunnen we nou net niet hebben.'

Toen hij uitgepraat was, keek Igor Vasiljevitsj om zich heen en monsterde het dronken gezelschap: de op zijn stoel krakende Sergej Sergejevitsj; de bij de gordijntjes rokende Jonkie en de lichtelijk beneveld tegen de kast leunende Fiel. Vervolgens keek hij naar de deur, of liever gezegd de klink, waarna hij, blijkbaar aangemoedigd door de alcoholdampen die er in de kamer hingen, Igor een vraag stelde die hij eerder niet had willen stellen.

'Waarom heb je dat stuk touw nog altijd niet weggehaald?' vroeg hij, wankelend op zijn stoel. 'Uit respect voor de collega die hier voor jou werkte soms?'

'Hoe bedoel je?' vroeg Igor niet-begrijpend. 'Ik ben al zo gewend aan dat touw dat ik het niet eens meer opmerk.'

'Eigenlijk heeft Serjoga zich daaraan opgehangen,' legde Igor Vasiljevitsj uit. 'Er was toen iets soortgelijks als vandaag en een paar dagen later – je bent gegroet, Serjoga. Net als in dat liedje, weet je: *Kom je hier – dan is het goed. Ga je weg – je bent gegroet.*'[31]

Bij het woord 'gegroet', uitgesproken met een nadrukkelijk rollende r, zwaaide Igor Vasiljevitsj de deurklink toe.

'Als jullie me meteen hadden gezegd waar dat stuk touw vandaan kwam, had ik het direct weggehaald,' bekende Igor. 'Ik ben nogal bijgelovig.'

'Ik heb hem gevonden,' zei Jonkie. 'Ik ben ook bijgelovig, daarom krijg ik elke keer weer de koude rillingen als ik bij jou op kantoor kom.'

'Jij krijgt na de feestdagen toch ook geen suïcidale neigingen?' vroeg Igor Vasiljevitsj aan Igor.

'Lijkt me niet,' antwoordde Igor, die goed luisterde naar zijn innerlijke stem, maar moest vaststellen dat het nieuws over de gehangene hem weinig deed. 'Ik heb het gevoel of ik het stadium van zen heb bereikt, dat ik voor altijd tot rust ben gekomen.'

'Mooi, ik help het je hopen,' merkte Sergej Sergejevitsj op, terwijl hij zijn hoofd oprichtte van zijn halflege glaasje en zijn blik op Igor richtte, waardoor de stoel onder hem vervaarlijk begon te kraken, als een den met ingezaagde stam die op het punt staat om te vallen.

HOOFDSTUK 7

'Je prolactinegehalte zal zo meteen wel omlaaggaan, dan word je weer rustig,' verzekerde zijn vrouw, wat bij Igor leidde tot een nieuwe aanval van volstrekt oncontroleerbare woede.

'Wat zit je nou te ouwehoeren?' brulde hij in de hoorn van de telefoon. 'Hoor je zelf wel wat je zegt? Is het je nou helemaal in je kop geslagen door al die veranderingen in je leven?'

Terwijl hij tekeerging, observeerde Igor zichzelf en herkende hij het driejarige jongetje dat met zijn voetjes stampte en zich in de winkel krijsend op de grond wierp. En hoewel Igor nu niet met zijn voeten stampte maar gewoon op zijn kantoorstoel zat, na zich even losgemaakt te hebben van het rapport dat hij na de feestdagen moest inleveren en maar niet af kon krijgen, leken de emoties die door hem heen raasden, toch precies op het hysterische gedrag van dat driejarige ventje. Ze hadden zijn zoon van hem afgepakt en ze hadden zijn vrouw afgepakt en wilden die niet teruggeven. Igor had geprobeerd om zich in te houden, een ironische toon aan te slaan en zich badinerend vrolijk te maken over zijn vrouw en haar amoureuze bevlieging, maar toen de magie van het pilletje eenmaal was uitgewerkt, had hij niet langer het gevoel dat zijn vrouw en zoon slechts tijdelijk elders een heenkomen hadden gezocht, met als gevolg dat hij voortdurend uitbarstte in een onbeheerst geschreeuw. Jonkie had zelfs al een paar keer zijn hoofd om de hoek van de deur gestoken om te vragen of het niet wat zachter kon, maar telkens was hij zonder plichtplegingen naar de duivel gewenst.

'Eerlijk gezegd,' antwoordde zijn vrouw, 'beviel je me voor de feestdagen beter. Ik heb je zelfs ten voorbeeld gesteld.'

Het idee dat zij hun echtelijke breuk met anderen besprak, dat hij dus een soort derde voor haar geworden was, vervulde Igor opnieuw met woede.

'Dus je zit daar ook nog met jan en alleman over te kletsen?' brulde hij.

'Rustig aan maar,' suste ze. 'Luister nou 's. Wanneer een man, en dat geldt net zo goed voor een vrouw, een kind moet opvoeden, wordt de concentratie van het hormoon prolactine in zijn bloed verhoogt. Pas als die concentratie omlaaggaat, wordt hij weer rustig. Misschien is het beter als je je zoon voorlopig maar helemaal niet ziet?'

'Ben jij tegenwoordig een specialist op het gebied van endocrinologie?' stoof Igor op. 'Sinds wanneer? Je kunt je beter afvragen hoe jijzelf zo de kolder in je kop hebt kunnen krijgen toen je met die computerfreak begon te kroelen. Wat ben je toch ook een stom wijf.'

Igors razernij werd nog aangewakkerd doordat hij wist dat hun gesprek werd afgeluisterd. Hij had zin om het gesprek af te breken, Oleg te bellen en hem op sarcastische toon te vragen of hij genoot van wat hij hoorde en of zijn oren nog niet toeterden van alle decibellen die hij, Igor, produceerde.

'Heb je besloten om mij alle contact met hem te ontzeggen?' ging Igor verder, terwijl hij zich moest beheersen om niet abrupt op te staan en door zijn kantoor te gaan ijsberen, want hij voelde dat hij onmogelijk het gesprek voort kon zetten in zittende positie. Maar hij bleef zitten waar hij zat, hij verschoof alleen zijn stoel een beetje, zodat de poten over het linoleum schuurden.

'Kun je nu rustig blijven of niet?' antwoordde zijn vrouw geduldig. 'Ten eerste: het kind is toch niet van jou, als je wil mag je een DNA-test doen. Ten tweede: als je hem voorlopig nog wilt zien, gaat niemand je dat verbieden. Maar probeer het dan wel zo te regelen dat je hem zelf komt ophalen en weer terugbrengt. Geef het liefst van tevoren een seintje wanneer je hem wilt zien, dan is er minder gedoe. Ten derde:

je zag hem altijd maar een uurtje per dag, hoe komt het dan dat er nu opeens van die ouderlijke gevoelens in je wakker zijn geworden?'

Alle drie de opmerkingen van zijn vrouw deden Igor nog meer zwart uitslaan van woede en zijn razernij nam alleen maar toe door het besef dat hij volstrekt machteloos stond tegenover haar. Hij wist dat de rechter het kind sowieso aan de moeder zou toewijzen, wat des te meer voor de hand zou liggen als Olga niet loog over het vaderschap.

'Juist,' zei Igor zwaar ademend. 'Als ik niet de vader ben, wie dan wel? Zeg dat dan gewoon, want iedereen hier op het werk vindt dat hij op mij lijkt. En hoe ik mijn hersens ook pijnig, ik kan in mijn of jouw kennissenkring niemand bedenken die zoveel op mij lijkt dat zijn zoon eruit ziet als een kopie van mij.'

Igor schrok van zijn eigen woorden, want zij zou die kunnen aangrijpen om hem helemaal in de hoek te dringen met het argument dat hij dus blijkbaar zelf ook met mensen op het werk over zijn huwelijksperikelen kletste. Dan stond zij sterk, want zij was simpelweg een vrouw, terwijl hij als man alles stoïcijns zou moeten verdragen, althans niet zou moeten reageren als nu, met zoveel dramatisch misbaar. Maar zij koos voor een andere tactiek.

'Ja, ik ga daar mooi open kaart over spelen met jou, dan zou die later gedonder krijgen,' redeneerde ze. 'Alsof ik niet weet waar jij werkt. Wat ik trouwens wel vreemd vind, en dat pleit voor jou, is dat we nog steeds geen last hebben gehad.'

Het interessantste was nog dat zelfs dit terloopse complimentje ontdooiend werkte op Igor. Als hij een staart had gehad, dan zou hij ermee gekwispeld hebben. Zijn vrouw voelde onmiddellijk aan dat zijn stemming veranderd was en deed alles om die bres in hem groter te maken met alle ontwapenende kracht waarover ze beschikte.

'Luister, laten we proberen op een menselijke manier uit elkaar te gaan,' stelde ze voor. 'Hoeveel scheidingen heb ik al

   ALEKSEJ SALNIKOV

niet gezien – steeds weer dat gehakketak, dat pietepeuterige opdelen van bezittingen, kinderen die bijna per kilogram worden opgesplitst. Laten we het normaal doen. We hebben het toch goed met elkaar gehad, we moeten het contact tussen ons er niet door laten verpesten, laten we zo uit elkaar gaan dat iedereen er jaloers van wordt. Net zo jaloers als toen we nog samen waren. Ja? Jij mag van mij toch maar mooi het appartement houden. Gewoonlijk zijn het niet de kinderen, maar is het de woning waar alle ruzies om ontstaan. Tja, ik ben van iemand anders gaan houden, niet omdat jij slechter bent, maar omdat hij beter bij me past. En jij vindt misschien ook nog wel degene die beter bij jou past, iemand zonder allerlei kunstenaars in het verleden en zonder financiële jaar-verslagen, vergaderingen en een krankzinnige directie.'

Haar stem klonk bijna smekend, alleen wist Igor niet of dit nu een echte bijna-smeekbede was of een knap gespeelde.

'Mij best,' zei Igor vermoeid. De aanvaring met zijn vrouw had alle energie uit hem weggezogen. Hij zat voorovergebogen op zijn stoel en had zijn hand met de telefoon erin op zijn knie gelegd. 'Laten we maar proberen in vrede uit elkaar te gaan, al zie ik nog niet hoe. En jou raad ik aan wat minder medische boekjes te lezen, dat is duidelijk niet aan jou besteed.'

'Maar eigenlijk,' kon ze zich niet inhouden, 'gaat het bij ons net zo als in de handboeken staat beschreven, alle stadia van rouwverwerking.'

'Olja, wil je nu hierover ophouden?' vroeg hij. 'Hoe gaat het daar met jullie?'

'Het gaat prima,' zei ze.

'Ik bedoel niet met jullie tweetjes, ik dacht meer aan Misjka. Zo in het algemeen, als je dat nog niet begrepen had,' zei Igor, die moeite deed niet te laten merken hoezeer hij zich stoorde aan haar luchthartige toontje.

'Ik had het ook over hem,' antwoordde ze. 'Dacht je heus dat ik het over ons zou gaan hebben?'

'Het zou me niet verbaasd hebben,' zei Igor rechtuit. 'Je zult begrijpen dat ik, gezien de recente ontwikkelingen, alles van jou kan verwachten. Mag ik dan tenminste even door de telefoon met hem praten?'

Igor wist dat zijn vrouw dit niet zou weigeren, al sprak hij eigenlijk maar heel zelden, om niet te zeggen nooit, met zijn zoon door de telefoon. Zo'n situatie deed zich gewoon niet voor, ze praatten alleen als ze elkaar in levende lijve zagen. Eerlijk gezegd hoopte Igor dat zijn zoon niet in de buurt was, want hij wist niet goed wat hij tegen hem moest zeggen.

Met een stem die heel ver weg klonk door de telefoon, waarschijnlijk omdat de hoorn opzij was gelegd, riep zijn vrouw het zoontje, waarna alle geluid wegstierf in een geheimzinnige leegte (Igor kon die leegte in zijn verbeelding op geen enkele manier invullen, omdat hij nog nooit op de plek waar zijn vrouw en zoontje nu woonden, was geweest; daarom stelde hij zich een of andere onduidelijke ruimte voor, een soort betonnen doolhof met een behang van onbestemde kleur).

'Ik wil niet!' klonk de stem van het zoontje energiek.

Toen Igor dat hoorde, had hij de meest tegenstrijdige gevoelens: aan de ene kant was hij enigszins gekwetst omdat het zoontje niet met hem wilde praten, aan de andere kant was hij opgelucht omdat hij niet wist waar hij het met hem over moest hebben. Verder voelde hij zijn keel krampachtig dichtgeknepen worden bij het horen van de montere kinderstem, terwijl hij tegelijk gerustgesteld was dat zijn zoontje het zo goed maakte dat hij zijn vader eigenlijk niet nodig had.

'Misja!' riep zijn vrouw. 'Ben je nou helemaal gek geworden? Kom onmiddellijk hier!'

Igor hoorde een soort borrelende keelklanken, iets tussen braakgeluiden en wanhoopszuchten in, waarmee het zoontje uiting gaf aan zijn allerdiepste weerzin. Daartussendoor hoorde hij de lichte en tegelijk wat slepende voetstappen waarmee het zoontje naderbij kwam, totdat er in de hoorn

                                   ALEKSEJ SALNIKOV

het typische gerommel waarmee een telefoon wordt doorgegeven aan iemand anders, te horen viel.

'Hallo daar,' zei het zoontje ongeduldig. 'Ben jij dat, papa?'

Igor had het gevoel of zijn zoontje gelijktijdig door zijn neus en mond ademde, zo'n luid gesnuif klonk er door de hoorn.

'Ben je verkouden of zo?' vroeg Igor.

Het zoontje zei dat hij niet verkouden was, maar dat hij gewoon heel hard aan was komen lopen. Omdat hij niet wist waar hij het verder nog over moest hebben, informeerde Igor of hij nu een eigen computer had, waarop het zoontje antwoordde van ja en begon te vertellen, zij het zonder al te veel enthousiasme, met welke game hij op het ogenblik bezig was. Igor vermoedde dat Misja zich wat schaamde, omdat hij niet bij hem, zijn papa, was gebleven. Hij besloot hem verder maar met rust te laten en liet hem weer teruggaan naar zijn computer, met de stereotiepe vermaning dat hij zich goed moest gedragen. Zijn vrouw nam de hoorn weer over, maar alleen om afscheid te nemen. Igor verbrak opgelucht de verbinding. Het telefoontje had hem zo uitgeput dat hij het gevoel had of hij niet een gesprek had gevoerd, maar een stuk grond had omgespit of een piano naar de vierde verdieping had gezeuld.

Van zijn poging om terug te keren naar zijn professionele bezigheden, te weten het opstellen van het rapport, kwam niets terecht. In plaats van zich te concentreren op het computerscherm, met zijn vingers in aanslag boven het toetsenbord, keek Igor naar de deurklink waar inmiddels niets meer hing. Zijn linkerhand hield een asbak vast, terwijl in zijn rechterhand de ene sigaret plaats maakte voor de andere. Hij was al toe aan zijn vierde toen Jonkie bij hem aanklopte om te zeggen dat hij bij 'de baas' werd verwacht.

Met onbewogen gezicht sloeg Sergej Sergejevitsj gade hoe Igor zijn kantoor binnenkwam, zich sloffend naar een stoel begaf en zich ongevraagd liet neerploffen.

'Waar is het vuur in je ogen gebleven?' vroeg Sergej Sergejevitsj. 'En waar het driftige getrappel van je hoeven?'

'Wat nou ogen en hoeven. Kijk liever naar de horens die mij zijn opgezet,' zei Igor mat. 'Die zeggen genoeg, meer dan die ogen en hoeven van jou.'

'Hou daarover op,' onderbrak Sergej Sergejevitsj hem. 'Wat zit je nou steeds in hetzelfde kringetje rond te draaien. Straks eindigt het nog met de deurklink. Zal ik jou eens vertellen wat er met je aan de hand is?'

Alsof ik dat zelf niet weet, dacht Igor bij zichzelf. Hij wilde instemmend knikken, maar toen hij zich realiseerde dat hij hopeloos achterliep met zijn rapport, besloot hij ter verzachting van zijn professionele tekortkomingen zijn superieur milder te stemmen door een gedienstige toon aan te slaan en als een trouw soldaat te antwoorden: 'Tot uw orders.' Het meest verwonderlijke was dat dit werkte. Sergej Sergejevitsj ging onmiddellijk recht overeind zitten op zijn stoel en dwars door zijn slobberige trainingspak en vetplooien heen werd ineens een militaire houding zichtbaar. Het was of die houding plotsklaps oplichtte onder de invloed van röntgenstraling, vrijgekomen tijdens een kernexplosie. Het was zelfs of het hoofd van Sergej Sergejevitsj een paar kilo lichter was geworden en een zekere gelijkenis begon te vertonen met het ingevallen gelaat van Lanovoj.[32]

'Ik zie dat je toch nog een zeker moreel hooghoudt,' zei Sergej Sergejevitsj. 'Dat valt te prijzen. Laat me proberen je moreel nog wat meer op te krikken.'

Igor trachtte nog een ander militair antwoord op deze woorden van Sergej Sergejevitsj te verzinnen, maar zijn woordenschat op het gebied van legerjargon bleek uitgeput, er schoot hem niets anders te binnen dan 'ingerukt mars', maar dat leek in deze context minder toepasselijk. Proberend zich te houden aan zijn zelfbedachte rol van officier die zich niet strikt aan de regels had gehouden, sloeg Igor schuldbewust zijn ogen neer.

   ALEKSEJ SALNIKOV

'Oké, ten eerste,' begon Sergej Sergejevitsj. 'Jij maakt een afkickproces door. Van dat preparaat raak je heel snel, duizelingwekkend snel zelfs, afhankelijk. Je hebt niet de traditionele ontwenningsverschijnselen, maar eerder perioden van neerslachtigheid. Allicht dat je daar last van krijgt: een paar dagen lang loop je zelfverzekerd rond, nergens aan twijfelend, onverstoorbaar als een tank, en dan opeens krijg je alle problemen op je dak, alles dient zich weer aan. Daar kon je ook niet mee geconfronteerd worden toen je onder invloed van zo'n pilletje de stad niet in mocht. Wacht nog even een weekje en je voelt je alweer beter. Wees blij dat je niemand op zijn bek hebt geslagen, alleen Vasiljevitsj heeft ervan langs gekregen, maar voor zover ik heb begrepen is hij zelf als eerste begonnen met jou te terroriseren, dus hij heeft erom gevraagd.'

'Dankzij dat pilletje ging het ruzie maken met mijn vrouw me een stuk gemakkelijker af,' grijnsde Igor. 'Normaal stuurt ze me tijdens zo'n ruzie alle kanten op, maar toen was het helemaal anders.'

'Dat verbeeld je je maar,' onderbrak Sergej Sergejevitsj hem resoluut. 'Neem van mij aan dat zij het ook niet makkelijk heeft. Stel je voor dat jullie elkaar met koekenpannen de hersens aan het inslaan waren en jij nam dan een shot morfine of ander spul, en dat jullie dan doorgingen elkaar met koekenpannen te bewerken. Dan heb je koppijn en je denkt dat het van de morfine komt, dat je daar alles aan te danken hebt, maar eigenlijk zouden jullie moeten ophouden elkaars hoofden met koekenpannen te bewerken. Goed, jij had haar met je zelfverzekerde stem en de hele indruk die je toen maakte, terug kunnen winnen, maar daar was je zoon misschien aan onderdoor gegaan – dan weer hierheen, dan weer daarheen. Het is nog tot daaraan toe als je een kind eens en voor altijd wegsleept ergens anders naartoe en zegt "Dit is je nieuwe papa," maar het is iets anders als je hem wegsleept naar een nieuwe papa en dan, hopla, weer mee terugneemt naar zijn oude papa. Waarna je vrouw je nog eens goed van dichtbij zou bekijken en zou merken dat jij tijdens je ontwenning een nog korter lontje zou hebben gekregen dan normaal, waarop ze opnieuw zou aftaaien naar die andere. En je zoon zou zich dan weer opnieuw moeten aanpassen. Hoe gaat het trouwens met hem? Heeft hij het er erg moeilijk mee?'

'God mag het weten,' antwoordde Igor. 'Hij had volgens mij niet eens tijd om met me te praten, hij schijnt zich daar voorlopig uitstekend te vermaken.'

'Dan zit er voor jou niets anders op dan je daar rustig bij neer te leggen,' zei Sergej Sergejevitsj. 'Die vrouw van jou is niet helemaal op haar achterhoofd gevallen. Die kerel voor wie ze jou verlaten heeft, lijkt in orde te zijn. Ik heb het voor alle zekerheid laten natrekken.'

'Je wordt bedankt,' antwoorde Igor.

'En als je het goed bekijkt,' deed Sergej Sergejevitsj of hij Igor niet gehoord had, 'wat was dat nou eigenlijk voor leven? Misschien dat er voordat je bij ons kwam, nog wat bewoog, nog iets smeulde, of dat er hier en daar zelfs nog wat brandde, maar met jouw huidige werk viel er voor hen toch niets goeds meer van jou te verwachten. Spiegel je niet aan Rinat Iosifovitsj. Hij is dan wel een gezinsman, maar hij heeft bij ons een aparte positie, los van het collectief, hij neemt eenvoudigweg niet direct deel aan onze operaties.'

Igor zag zichzelf ook als iemand met een aparte positie in het collectief. Hij had het gevoel of ook hij niet echt betrokken was bij de operaties van de afdeling. Uiteindelijk kwam het erop neer dat hij zowel op het werk als thuis een buitenstaander was.

'Maar jij hebt toch ergens wel je plaats gevonden in het collectief, op Sasja bijvoorbeeld heb je een positieve uitwerking gehad, hoewel je dat zelf niet in de gaten hebt.'

'Op welke manier, als ik vragen mag?' informeerde Igor mat, eraan twijfelend of er überhaupt iets was wat, zoals SS het uitdrukte, positief zou kunnen uitwerken op Jonkie, behalve natuurlijk een of andere hersenoperatie, zoals een frontale lobotomie.

'Dat zal ik je zeggen,' antwoordde Sergej Sergejevitsj. 'Ik sta er zelf versteld van, maar hij lijkt door jouw komst wat rustiger te zijn geworden. Eerder had je bij ons een paar figuren rondlopen, van die stoere ijzervreters die de afdeling zagen als een opstapje naar eerherstel in hun vorige functie. En wat is er van hen geworden?'

Deze vraag van Sergej Sergejevitsj was duidelijk retorisch bedoeld en hoewel er niet aan getwijfeld hoefde te worden dat er niets goeds van die ijzervreters was geworden, vroeg Igor toch: 'Nou, wat dan?'

Sergej Sergejevitsj kraakte met zijn stoel. We hadden geld moeten inzamelen en een stoel voor hem moeten kopen als nieuwjaarscadeau, dacht Igor bij zichzelf, want dat houtgekraak werkte hem danig op de zenuwen. Hij begon te tellen hoeveel dagen er nog over waren tot 23 februari,[33] de volgende gelegenheid om een cadeautje voor hem te kopen.

'Je hebt zelf het touw aan de deur zien hangen,' antwoordde Sergej Sergejevitsj. 'Een jonge kerel nog – zijn hoofd erin en hij was er geweest. En dat terwijl hij nooit tegen zijn vrouw schreeuwde, een keurige gezinsman was het. Zo op het oog iemand met stalen zenuwen. Na de eerste operatie probeerde hij niet, zoals sommige collega's, de auto onder te kotsen. Maar ineens – daar hield hij het voor bekeken. Vóór hem was er nog zo eentje: als er nekken werden gebroken waar hij bij was, had hij daar geen enkele moeite mee. Hij zou zelfs bereid zijn om tegelijk te verhoren en eigenhandig nekken te breken, als dubbelbaantje zogezegd. Maar wat gebeurt er? Met hetzelfde onbewogen porum als waarmee hij mensen verhoorde, probeert hij me daar het voltallige personeel overhoop te schieten. Ik zal je de details besparen. Je had toen ook nog een derde man die met Fie..., die met Misja en Igor Vasiljevitsj samenwerkte. Maar ja, nu zijn er nog maar twee koppensnellers bij ons over in de afdeling. Fiel draait binnenkort waarschijnlijk ook door.

Volgens mij is het geen goed teken als iemand op zijn werk woont. En dan was er ook nog vóór die schutter iemand bij ons die de hele tijd normaal zijn werk deed, tot hij hem eensklaps gesmeerd was. Het bleek dat hij was afgetaaid naar verre familie in een of ander godvergeten dorpje. Met veel moeite konden we hem opsporen. We hebben hem verder maar ongemoeid gelaten. Want laten we wel wezen, waarom zouden we ons druk maken om die man? Wie zou er in dat boerengat naar hem luisteren als hij wat zou vertellen? Zijn stem gaat daar verloren in het algehele koor van dorpsgekken. De een vertelt dat hij nog handen heeft geschud met Fidel Castro, de ander dat hij in het nationale voetbalelftal van de Sovjet-Unie heeft gespeeld, de derde dat er bij hem een spook in huis rondwaart. Dus mocht je het in je kop halen om de benen te nemen, ga dan naar een of ander afgelegen boerengat. Maar bespaar ons die poespas met dramatische zelfmoorden, gewetenswroegingen en pogingen om in één klap korte metten te maken met alles om je heen. Je kunt misschien denken dat ik maar wat klets, maar ons werk is al levensgevaarlijk genoeg. Wij hangen aan zo'n dun draadje dat iedereen hier het in zijn broek zou doen als ze zouden weten hoe dun dat draadje wel niet is.'

Igor keek ongelovig naar Sergej Sergejevitsj, die driftig met zijn hoofd knikte, alsof hij daarmee zijn woorden kracht wilde bijzetten.

'Waarom zeg ik dit allemaal?' vervolgde hij. 'Omdat jij ergens een goeiige sul bent. Oké, als je het moeilijk hebt, kun je tekeergaan, dan ga je op je werk en thuis zitten te piekeren en verkloot je het humeur van iedereen met je sacherijnige kop en je gekanker, maar tegelijk doe je toch je werk naar behoren. En het moet gezegd, al is dit misschien een twijfelachtig compliment: je hebt zelfs, alleen al door je voorkomen, een kalmerende invloed op de mensen die je ondervraagt.'

'Dat is inderdaad een twijfelachtig compliment,' bromde Igor, waarop Sergej Sergejevitsj een grijns tevoorschijn toverde.

'Dus… eh… wat ik zeggen wou,' zei hij, na even nagedacht te hebben. 'O ja. Wat Sasja betreft. Onze Aleksandr dus, Aleksandr Sergejevitsj. Naamgenoot van.[34] Hij heeft hier eindelijk een vriend opgedaan. Je kunt dat natuurlijk stom vinden van mij – dat ik daar zo mee begaan ben. Maar weet je, het is nog een jong ventje, het hele leven ligt nog voor hem, terwijl hij hier in feite omgeven wordt door een stelletje psychopaten. En dan kom jij ineens. Vroeger keek hij naar de mensen om zich heen met een blik van: "Ik heb schijt aan iedereen, mijn papa is een big shot." Of wij keken zo naar hem, daar wil ik vanaf wezen. Wie zijn wij om dat uit te pluizen, we zijn per slot geen psychoanalytici. Maar in ieder geval is hij minder gif gaan spuiten. Belangrijk was ook dat jij je zoon een keer hebt meegenomen en aan hem hebt toevertrouwd. Je moet weten dat zijn moeder zijn jongere broertje niet bij hem durft achter te laten, omdat ze bang is dat hij die ofwel aan de drugs helpt of hem lelijke woorden bijbrengt. Verder is het zo dat wij hier allemaal officier zijn, terwijl jij eigenlijk meer iemand uit de financiële kringen bent. Soms beginnen militairen elkaar behoorlijk de strot uit te komen en iemand met een civiele achtergrond als Sasja moest daar al helemaal van kotsen. Hij moet zich gevoeld hebben als een of andere hippie die terecht was gekomen in het hol van een of andere krijgszuchtige roversbende. Maar jij bent iets tussen een normaal persoon en een staatsambtenaar met epauletten in.'

Igor wist dat hij onderdeel was van een militaire hiërarchie, maar had zich altijd al afgevraagd welke rang hij nu eigenlijk bekleedde. In zijn werkpasje stond 'opsporingsambtenaar' zonder dat daarbij zijn rang werd vermeld. En als iemand die ooit voor een bepaalde carrière bij de overheid had gekozen, wilde hij natuurlijk weten hoeveel geheime virtuele streepjes hijzelf en ook degenen met wie hij samenwerkte, tijdens hun loopbaan hadden opgedaan.

'Dat is mooi, met epauletten, maar het zou ook wel leuk zijn om te weten wie welke rang bekleedt,' bekende Igor.

'Wel wel,' riep Sergej Sergejevitsj uit, 'zo'n hopeloos geval ben je dus ook weer niet. Je bent dus toch niet alleen maar boekhouder. Eén procentje militair gif stroomt er dan toch door je aderen, waar of niet?'

'Ik begrijp,' zei Igor, in verlegenheid gebracht, 'dat dit allemaal geheim moet blijven, omdat er nooit over gepraat wordt, maar het zou gewoon interessant zijn om te weten wie hier hoger en wie lager in de rangorde staat.'

'Oké, ik snap het,' onderbrak Sergej Sergejevitsj hem. 'Ik geef je de pikorde, van boven naar beneden. Je houdt het niet voor mogelijk, maar Misja en Igor Vasiljevitsj hebben hier de hoogste rang. Maar omdat ze hierheen overgeplaatst zijn vanuit een andere dienst, ben ik, op grond van allerlei clausules en afwegingen, hun superieur. Na mij kom jij. Je staat lager in rang dan Misja en Igor Vasiljevitsj, maar als ik erbij word gelapt of ik verslik me in een oliebol of god weet wat, dan krijg jij mijn baan en niemand anders. En dan zullen Misja en Igor Vasiljevitsj jou net zo braaf moeten gehoorzamen als ze mij nu gehoorzamen.'

Wat je maar braaf noemt, dacht Igor bij zichzelf.

'Braaf tussen aanhalingstekens,' raadde Sergej Sergejevitsj zijn gedachten. 'De laagste hier in rang is Rinat Iosifovitsj, die op zijn vorige werk wegens overijverigheid gedegradeerd is en daar weg moest. Maar hij klaagt niet, zoals je wel hebt gemerkt. Hij heeft er volgens mij volkomen vrede mee: hij is er qua rang op achteruitgegaan, maar qua salaris op vooruit. Hij is in staat om jou en mij en iedereen hier op te kopen en weer met winst door te verkopen. Zo compenseert het een het ander. Blaas dus maar niet te hoog van de toren tegenover hem.'

Zoals hij de eerste dagen nadat hij was teruggekeerd naar huis, verdwaasd had rondgelopen in zijn desolate flat – waarvan de aanblik hem zwaar viel, vooral na de feestdagen, die hij zich nog maar vaag kon herinneren in zijn benevelde staat – zo bleef hij ook nu na het gesprek met Sergej Sergejevitsj weer achter met een verdwaasd gevoel. Hij had zich het werk op de afdeling veel simpeler voorgesteld: hij had niet gedacht dat hij voorbestemd was om ooit de baas te vervangen, maar zichzelf eerder gezien als iemand op het niveau van Jonkie, om de eenvoudige reden dat hij nog maar een goede twee maanden op de afdeling in dienst was. Hij verkeerde eigenlijk in de veronderstelling dat zijn proefperiode nog niet voorbij was en dat ze hem op een goede dag zouden verzoeken zijn kantoor op de afdeling te ontruimen wegens professionele incompetentie en een totaal gebrek aan enthousiasme. Omdat hij nu eenmaal dit beeld van zichzelf had, hoopte hij hartgrondig dat Sergej Sergejevitsj zijn versleten lichamelijke omhulsel nog zou weten mee te torsen tot hij negentig was of nog langer.

Terwijl Igor op zijn werk nog de indruk wekte dat het gesprek met Sergej Sergejevitsj een heilzame werking op hem had gehad en hem zelfs in staat had gesteld om het rapport over het verhoor van de ongelukkige vrouw en haar reacties op elke afzonderlijke vraag af te krijgen, kon hij thuis niet tot rust komen doordat hij steeds moest denken aan de plotselinge verantwoordelijkheid waaronder hij bedolven kon worden. Zelfs zijn huwelijksproblemen werden erdoor naar de achtergrond gedrongen.

Het gevolg was dat zijn vrouw, die eraan gewend was dat Igor haar om de zoveel tijd belde, de radiostilte niet langer uithield en zelf belde om te vragen of alles wel in orde was met hem.

Igor was dus duidelijk niet in orde. Omdat hij het niet meer kon opbrengen om dezelfde hoeveelheid drank achterover te slaan als tijdens de feestdagen, was hij begonnen om op werkdagen zowat elke avond een paar keer de hele flat aan kant te maken en tijdens zijn vrije dagen een keer of zes te stofzuigen en de vloeren te boenen. In een opwelling waste hij al zijn kleren, daarna die van zijn vrouw en ten slotte die van zijn zoontje. Ook met de televisie in de woonkamer was hij enkele uren in de weer. Hij veegde het stof weg, ontdekte vervolgens een paar nieuwe vlekken op het scherm en begon weer van voren af aan, totdat hij er eindelijk in slaagde zich te beheersen. Ongeveer hetzelfde deed hij met de spoelbak in de keuken. Toen deze net zo schoon was als op de dag dat hij was geïnstalleerd, of misschien nog wel schoner dan toen hij uit de fabriek kwam, rook hij aan de afvoergoot en kneep zijn neus dicht. Hij keek bij het licht van zijn aansteker in het gat van de gootsteen en huiverde. Daarop repte hij zich onmiddellijk naar een winkel voor huishoudartikelen om allerlei verschillende schoonmaakmiddelen te kopen, zodat hij zeker voldoende in huis zou hebben. Hij kwam pas tot rust toen de afvoerpijp van binnen en van buiten weer brandschoon was.

Igors handen waren die dagen enigszins roze van kleur geworden door het water, de bleekmiddelen en de zeep. 'Zijn ze bevroren geweest, of heb je je gebrand,' vroeg Igor Vasiljevitsj.

Al met al was Igor dus niet in orde, maar hij had geen zin om daarover uit te wijden en zei tegen zijn vrouw dat hij 's avonds alleen wat doorzakte, terwijl hij overdag geen tijd had om te bellen.

Toen de hele flat van onder tot boven was gedweild en geschrobd, toen zelfs de stekkerdoos in de slaapkamer onnatuurlijk wit blonk na eindeloos te zijn schoongewreven met natte doekjes, toen zelfs het snoer van de stekkerdoos was gewassen en op een keurige manier, zoals Igor dat had afgekeken op Internet, was opgerold – toen verscheen er in de flat een muis.

Het beestje dook een keer 's nachts op en begon te rommelen met halflege bussen *Domestos, Glorix, HG, Witte Reus* en wat al niet, als wilde het protesteren tegen het gebrek aan voedsel in huis. Igor werd wakker van het lawaai, maar omdat hij daarbij waarschijnlijk een al te bruuske beweging maakte, hield de voorzichtige muis zich onmiddellijk weer stil. Voordat Igor opnieuw de slaap kon vatten, werd het diertje opnieuw actief. Igor dacht dat hij misschien wat te

veel chemische schoonmaakmiddelen had gebruikt en daarbij
schadelijke stoffen had opgesnoven, dat een of ander bestand-
deel een psychedelisch effect veroorzaakte, maar hij hoefde
maar een kleine beweging te maken of het geluid hield weer
op. Om te controleren of hij niet gek aan het worden was,
begaf hij zich naar de badkamer en ging daar, met zijn achterwerk tegen de wastafel geleund, staan wachten tot het geluid
zich opnieuw zou voordoen.

De muis gaf een tijdlang geen teken van leven, waarschijnlijk omdat het diertje bang was van het licht dat was
aangedaan. Terwijl hij daar nog stond, begon Igor alweer weg
te dommelen. Hij had een korte droom waarin het beeld dat
werd weerkaatst in de spiegel, waar hij met zijn achterhoofd
tegenaan stond, angstaanjagend ernstig naar hem keek. Hij
schrok wakker, deed zijn ogen open en merkte dat er vlak
bij zijn voeten, met zijn snuit naar hem toe, een muis zat.
Het diertje hield iets in zijn pootjes waaraan het knabbelde.
Dat kan helemaal niet, dacht Igor, want er viel in zijn flat
echt helemaal niets te eten voor muizen. Igor probeerde zich
voorzichtig naar voren te buigen om te kijken wat de muis in
zijn pootjes hield, maar het diertje glipte bij deze beweging
schielijk weg achter een plint, zo geluidloos en bliksemsnel als
een flits die je alleen uit je ooghoeken meent waar te nemen.

Igor had gehoord dat muizen gevaarlijke infecties kunnen overdragen, wat voor hem reden zou moeten zijn om
zijn obsessieve schoonmaakwoede met driedubbele kracht
op te voeren en een kapitale renovatie aan te vangen of dan
tenminste de hele woning vol te zetten met muizenvallen,
maar het tegendeel was waar: de verschijning van de muis
werkte kalmerend op hem. Om de een of andere reden voelde
hij zich een stuk beter bij de gedachte dat hij niet helemaal
alleen thuis was. Hij ging er zelfs toe over om elke avond een
stukje beschuit in de badkamer achter te laten. Als hij dan 's
nachts wakker werd van het karakteristieke knabbelgeluid
waarmee de muis aan de beschuit knaagde, voelde hij zich

gerustgesteld en sliep hij dadelijk weer in. Het was verbazend hoe een beestje, nauwelijks groter dan een vingerkootje, in staat was al knagend zoveel decibellen te produceren. Je zou haast denken dat er een hond bezig was.

Als ook die muis nog eens weggaat hier, is het helemaal met me gedaan, dacht Igor soms bij zichzelf. Het was hem opgevallen dat de afdeling over het algemeen alleenstaande mensen verhoorde, mensen zonder naasten die onmiddellijk op zoek zouden gaan naar hen. Igor hoorde nu ook min of meer in die categorie thuis. Hij stelde zich al voor wat er met hem zou kunnen gebeuren. Hoe een paar jongens van de afdeling bij hem zouden aanbellen, hoe hij de deur zou opendoen en hen zou binnenlaten, hoe ze aandachtig zouden rondkijken om alle details in zich op te nemen, waarbij ze zouden vaststellen dat daar een net persoon woonde die niet dronk, en hoe ze hem dan zouden neerplanten op een stoel en hem een emmer op zijn kop zouden zetten, waarna ze hem zouden verhoren en vermoorden. Deze gedachte had zich zo diep in zijn onderbewustzijn genesteld dat Igor niet meer in zijn onderbroek ging slapen maar een trainingspak aantrok voor hij naar bed ging, en dat hij het ventilatieraampje wat verder openzette om te voorkomen dat hij het 's nachts te warm zou krijgen. Hij begon zich zelfs te scheren voor hij naar bed ging. Hij knipte zijn toch al kortgeknipte haar nog wat bij om er, als die collega's binnenkwamen, niet al te sullig en verfomfaaid uit te zien.

Al deze opmerkelijke ontwikkelingen en wederwaardigheden in Igors leven hadden zich afgespeeld binnen een tijdsbestek van enkele weken. Om precies te zijn: op een woensdag had het gesprek met Sergej Sergejevitsj plaatsgevonden, waarna Igor begonnen was zijn woning blinkend op te poetsen; een week later, of eigenlijk op de donderdag van de week erna, was de muis verschenen, en de woensdag daar weer op ging hij al geschoren, bijgeknipt en aangekleed naar bed. Het was inmiddels februari, de periode van voorjaarsdepressies was nog lang niet aangebroken, maar de gemoedstoestand van Igor ging er nu al zienderogen op achteruit. Het was of zijn psychische gesteldheid als een losgeraakt treinstel op een hellend vlak naar beneden denderde, dit ondanks alle verzekeringen van Sergej Sergejevitsj dat Igor een stabieler persoon was dan zijn voorgangers.

Ook met Fiel verliep niet alles naar wens. Midden januari was hij beginnen te zoeken naar een huurappartement: hij kocht een hele rits plaatselijke kranten vol advertenties, begon allemaal mensen af te bellen en ging onder werktijd appartementen bezichtigen. Igor was steeds bang dat Fiel ergens zou worden opgehouden en dat hij er dan alleen met Igor Vasiljevitsj en Jonkie op uit zou moeten voor een operatie. Al dat onrustige gedoe met Fiel maakte de toch al gespannen Igor alleen maar nog nerveuzer.

Ondanks zijn vurige verlangen naar een eigen woonruimte slaagde Fiel er maar niet in om iets geschikts te vinden. Nu eens was de huur te hoog en dan weer schrokken de verhuurders hem af, omdat hij ze te veel vond lijken op personen die ze ooit hadden verhoord, wat hem een ongemakkelijk gevoel gaf. Igor vroeg zich af hoe Fiel, gezien de rijke keur aan ondervraagden door de jaren heen, überhaupt nog rustig over straat kon lopen zonder overal om zich heen lijken te zien. Verder waren er nog appartementen die Fiel niet aanstonden, omdat de kwaliteit ervan te wensen overliet, hoewel een dergelijke kieskeurigheid van een persoon die een paar jaar in een achterkamertje van een voormalig ketelhuis had gewoond, merkwaardig was te noemen.

Op een keer had Fiel zich uitermate geschokt getoond toen hij was afgekomen op een adres dat in de krant vermeld stond, en daar gezien had hoe er een doodskist met een oud vrouwtje erin het appartement werd uitgedragen en door het smalle trapportaal naar beneden werd gezeuld, terwijl een betraande dame die achter de kist aan liep, Fiel

probeerde over te halen om ter plekke het huurcontract te
tekenen.

Ook kreeg hij een keer een prachtig appartementje in een
souterrain aangeboden, maar bij nadere afweging kwam hij
tot de slotsom dat zich daar na een paar maanden in de lente
grote problemen zouden voordoen als alles zou gaan druppen
en overal tinkelende stroompjes water naar binnen zouden
sijpelen.

Onverwachts had Fiel nieuwe hoop gekregen dankzij
Jonkie. Die had verteld dat de nieuwe man van zijn moeder
een woning te huur had waar de vorige huurder net uit vertrokken was. Toen had de pa van Jonkie zich ermee bemoeid
en hen per telefoon gewaarschuwd, waarna Fiel te horen
had gekregen dat het niet doorging, omdat het appartement
al verhuurd was. Jonkie was Fiel daarop uit de weg gegaan
omdat hij niet durfde te zeggen waarop de beslissing van zijn
ouders gebaseerd was, maar Fiel snapte het ook zo wel en
haalde alleen zijn schouders op. Hij onderschepte Jonkie een
keer in de gang op weg naar de rookhoek en zei dat hij wel
begreep waar die aversie tegen hem vandaan kwam en waarom hij indertijd in de afdeling terecht was gekomen, maar dat
hij Jonkie niets kwalijk nam, en ook zijn familie niet. Jonkie
knikte, maar het was een soort timide knikje, wat eigenlijk
niets voor hem was, want normaal nam hij geen blad voor
de mond en bekommerde hij zich er niet al te veel om wat de
consequenties van zijn woorden zouden kunnen zijn.

'Je hebt toch geen ruzie met ze geschopt, hoop ik?' vroeg
Fiel in de rookhoek.

Jonkie vertrok zijn gezicht tot zo'n schuldbewuste grimas
dat het geen twijfel leed dat het hem inderdaad niet gelukt
was geen ruzie te schoppen.

'Doe maar niet, laat ze maar met rust, je familie,' zei Fiel.
'Bekijk het eens van hun kant. Jij ziet mij elke dag, je kent me
al zo'n beetje, maar die andere mensen maken zich zorgen om
hun kinderen. Dat is ergens wel normaal.'

　　　　　　　　　　　　　　ALEKSEJ SALNIKOV

'Dat is helemaal niet normaal,' riep Jonkie terug. 'Je moet mijn stiefvader eens horen als die met zijn dronken kop begint op te geven over "normale" vrouwtjes, over die keer dat hij op het instituut een twintigjarige studente een dikke buik heeft bezorgd en zij niet eens alimentatie van hem wilde hebben. Zijn eigen pa heeft hem zijn hele leven steeds weer uit de shit moeten helpen, net zoals mijn pa mij. Hij heeft ervoor gezorgd dat hij twee hogere opleidingen heeft kunnen volgen, heeft hem mooie baantjes bezorgd en is nu nog altijd bezig iets voor hem te ritselen om hem vooruit te helpen, god mag weten hoe. En zo iemand denkt dan dat hij beter is dan jij. Dat is niet normaal, godverdomme.'

'Dank je dat je het voor me opneemt,' zei Fiel, 'maar hij is wel degelijk beter dan ik. Echt, Sasja, ik ben door en door slecht. En geloof me, dan heb ik het nog niet eens over die jongetjes. Als jouw papa hun de hele waarheid over mij en Vasiljevitsj zou vertellen, zouden ze meteen vol afgrijzen de wijk nemen, weg de stad uit. En jou zouden ze ingepakt hebben in een koffer, als Elektronicus,[35] en meegenomen hebben op reis.'

Mijn god, wat doe ik hier, dacht Igor op dat moment neerslachtig en zijn neerslachtigheid vertaalde zich in een diep gezucht en een gekwelde uitdrukking op zijn gezicht, waarop Igor Vasiljevitsj hem opbeurend op de schouder klopte en veelbetekenend tegen hem knipoogde.

Het zag ernaar uit dat, als deze gemoedstoestand van Igor zou aanhouden, hij weinig kans maakte om de lente te halen zonder helemaal zijn verstand te verliezen. En als het eenmaal lente was, zou het allemaal nog erger worden. Toen hij een keer op een vrije dag bezig was zijn beddengoed te wassen, realiseerde hij zich opeens dat hij het hoeslaken en het dekbedovertrek van zijn zoontje was vergeten. Hij raakte verschrikkelijk in paniek bij de gedachte dat er misschien geen ander beddengoed zou zijn als zijn zoontje plotseling zou komen. Hoe moest die dan slapen als er niets was om zijn bed op te maken? En Igor liet het water uit de wasmachine lopen, slingerde zijn eigen beddengoed in de badkuip, liep naar de kinderkamer en begon de deken uit het dekbedovertrek te trekken. Het overtrek was fel van kleur, net als Igors waanzin, en bedrukt met zulke vrolijke bonte beestjes dat het pijn deed aan de ogen. In de uitdrukking op de snuitjes van die beestjes viel een manische stoornis te lezen. Igor kon zich niet goed voorstellen wat dat precies inhield, maar twijfelde er niet aan dat hij hier zichzelf zag. De sloop en het hoeslaken hadden hetzelfde patroon en alles bij elkaar hakte heel deze kleurenrijkdom vol levenslust er zo in bij Igor dat hij het dekbedovertrek en de sloop op de grond smeet en het hoeslaken van de matras rukte. Daaronder lag, helemaal platgedrukt en met uitgespreide mouwen, een vergeten kledingstuk van zijn zoon: een lichtblauw coltruitje met donkerblauwe manchetten. Dat zoiets daar zomaar vergeten lag, bracht Igor helemaal van zijn stuk.

Hij pakte het truitje, niet wetend wat hij ermee moest doen. Moest hij het in de wasmachine stoppen of viel het onder de categorie bonte was? Toen herinnerde hij zich dat het laken, de sloop en het dekbedovertrek zelf ook bont waren, zodat die in één wasbeurt samen met het coltruitje gewassen konden worden. Het volgende moment betrapte hij zich erop dat hij daar verdwaasd stond met het verfomfaaide truitje tegen zijn gezicht gedrukt, terwijl hij probeerde de geur van zijn zoontje op te snuiven. Maar hij rook niets behalve de lucht van een kledingstuk dat te lang ergens onder had gelegen, en hij moest vechten tegen de aandrang om zich het raam uit te werpen.

Met de coltrui nog steeds in zijn handen geklemd, alsof alleen dit kledingstuk hem nog een houvast bood in deze wereld, liep Igor naar de woonkamer en belde Fiel.

'Heb je nog geen appartement gevonden?' vroeg hij meteen.

'Geen fucking idee of dat ooit gaat lukken,' antwoordde Fiel met een stem waarin een existentieel onvervuld verlangen doorklonk.

  ALEKSEJ SALNIKOV

'Als je wil, mag je zolang bij mij komen wonen,' stelde Igor behoedzaam voor.

'Maar word je dan niet helemaal gek van mij,' vroeg Fiel met een sterke nadruk op gék, al had Igor de indruk dat hij eigenlijk de klemtoon op helemáál had willen leggen. 'We zien elkaar toch al de hele dag op het werk. Dan zouden we thuis ook nog eens op elkaars lippen gaan zitten.'

'Ik stel ook niet voor dat je voor altijd bij me intrekt,' zei Igor. 'Zodra je een appartement vindt, vertrek je weer. Of wie weet wil je wel weer terug naar je achterkamertje in het ketelhuis als je een poosje in een normaal appartement hebt gewoond.'

'Wat is er met je stem?' wilde Fiel weten. 'Heb je kougevat of zo?'

'Nee hoor. Ik ben hier gewoon wat aan het opruimen en rondklooien,' antwoordde Igor.

Fiel verzonk in gepeins, de bank in zijn kamertje kraakte zachtjes. Igor hoorde hoe hij aan zijn stoppelige onderkaak krabde. En om de een of andere reden voelde Igor aan zijn eigen kaak, als wilde hij controleren hoe goed die geschoren was in vergelijking met de kaak van Fiel. Tegen de achtergrond van hun ietwat geremde gesprek was dit een gebaar dat niet eens gewoon roze maar dieproze van kleur was

'Heb je daar echt niets op tegen?' vroeg Fiel ten slotte. 'Als dat wel zo is, zeg het dan meteen. Om allerlei hatelijkheden over en weer te voorkomen en om te zorgen dat er later geen narigheid van komt op het werk. Dat er geen scènes worden getrapt, zoals bij echtelijke ruzies.'

Igor grinnikte gegeneerd terwijl hij zich voorstelde hoe zo'n scène eruit zou kunnen zien en hoe Igor Vasiljevitsj en Jonkie daarop zouden reageren.

'Nee echt, ik meen het serieus,' zei Fiel enigszins korzelig. 'Het is gewoon zo dat ik, toen ik jong was, in het studentenhuis altijd mot had met een kamergenoot. En later heb ik samen met een makker een flatje gehuurd en dat was ook niet wat je noemt koek en ei. Eigenlijk heb ik altijd problemen als ik ergens iets huur. Waar ik me ook probeer te settelen, het is altijd gezeik. Zelfs toen met mijn vrouw. We hadden net een flatje gekocht of je kreeg dat schandaal. Dat bedoel ik maar.'

Fiel lachte beschaamd, alsof hij zijn woorden hiermee nog eens extra wilde onderstrepen. En hij krabde zich opnieuw aan zijn kin.

'Je kunt gerust bij me wonen, alleen niet mijn woning gebruiken om van daaruit afspraakjes te maken met jochies,' zei Igor voor alle zekerheid. Dat was als grapje bedoeld, maar tegelijk meende hij het ook wel, want hij wist eigenlijk niet wat er omging in Fiels hoofd. 'En ook niemand bij mij thuis uitnodigen, dat spreekt. Geen jongetjes en geen vrouwspersonen, ik hou er niet van als in de kamer naast me het bed kraakt. Kwestie van lijfsbehoud.'

'Kom op, zeg,' zei Fiel.

'Bovendien blijf jij dus doorzoeken naar een eigen appartement. Ooit zul je er toch een vinden. En als je een normaal dak boven je hoofd hebt, is het toch wat makkelijker zoeken dan vanuit de gribus waar wij werken. Steeds naar de stad rijden vanaf zo'n afgelegen industrieterrein is geen lolletje.'

Fiel verzonk opnieuw in gepeins. Je kon horen hoe de televisie in zijn kamertje zachtjes aanstond en hoe hij slokjes nam van zijn thee of van de koffie die hij van Rinat Iosifovitsj had ontvreemd.

'Bedankt voor je aanbod,' zei Fiel na een tijdje en zijn stem klonk welgemeend. Om de een of andere reden was Igor op dat moment bang dat Fiel het aanbod zou afslaan. 'Wanneer zou ik kunnen komen?'

'Als je wilt, nu meteen,' antwoordde Igor zo ongedwongen mogelijk, terwijl hij zijn best deed te verbergen dat hij het liefst zou zien dat Fiel onmiddellijk zijn spullen pakte. Hij moest zich beheersen om niet zijn eigen wanhoop uit te schreeuwen.

'Ik sta altijd paraat, als een goed soldaat,' bekende Fiel. 'Een praktijkervaring van jaren.'

'Kom dan maar op staande voet,' zei Igor ongeduldig, waarop Fiel onwillekeurig zijn oren spitste.

'Is alles wel oké met jou?' informeerde hij voorzichtig na een korte stilte. 'Ben je echt wel alleen thuis? Heeft niet iemand je daar gedwongen om mij te bellen? Staat mij niet een of andere verrassing te wachten?'

Igor liet de coltrui van zijn zoon uit zijn handen op de grond glijden, zette zich op het kinderbed en zuchtte.

'Misja, hou op met dat paranoïde gedoe. Is het dan zo moeilijk om te begrijpen dat iedereen bij mij is weggegaan. Ik zou zelf bereid zijn om bij jou in te trekken, maar dat zou dan weer al te gek zijn. Het kan natuurlijk niet dat we de afdeling gaan veranderen in een of andere woongemeenschap. De volgende dag al zouden we elkaar in de ketelruimte aan stukken rijten. Terwijl ik hier tenminste een echte woning heb. Toch min of meer een stukje beschaafde wereld.'

'Er speelt hier eigenlijk nog een ander probleem,' bekende Fiel. 'Iemand moet het gebouw bewaken, anders wordt het leeggeroofd. Ik fungeer hier als een soort vaste huisbewaarder. Hoe kan ik de boel zomaar in de steek laten? Ik zal toch tenminste eerst met Sergej Sergejevitsj moeten overleggen.'

'Misja, ik snap niets van jou, wie of wat ben je nu eigenlijk?' barstte Igor los. 'Je begrijpt toch zelf wel dat nergens officieel is vastgelegd dat jij als nachtwaker moet fungeren. Je weet toch ook wel dat er daar om de zoveel meter een camera of een microfoon hangt. Er hoeft daar maar even iemand zijn snufferd te laten zien of tien minuten later komt de hele cavalerie met Oleg aan het hoofd al aangegaloppeerd. Sluit de boel af en kom als de wind hierheen voor we allebei compleet ons verstand verliezen. Jij omdat je geen appartement kan vinden, en ik omdat ik vanuit mezelf gek aan het worden ben. Je weet zelf ook wel dat Oleg ons op het ogenblik afluistert. En als hij erop tegen zou zijn, had hij allang ingegrepen. Dat is trouwens nog iets waar ik de

zenuwen van krijg – het idee dat ik dag en nacht in de smiezen word gehouden. Ik heb iemand nodig om mijn zinnen
te verzetten.'

'Oké, ik geef me gewonnen,' klonk een instemmend gebrom uit de telefoon.

'Dus je komt eraan? Zal ik vast wat laden leegmaken waar
je je kleren in kunt doen?'

Fiel leek een wegwuivend gebaar te maken.

'Doe maar.'

Maar toen Fiel de hoorn had neergelegd, begon Igor niet
haastig de laden van de commode in de slaapkamer leeg te
halen noch de wasmachine vol te stoppen met beddengoed
en kleren, maar legde hij de telefoon naast zich neer en begon
te wachten op een telefoontje van Oleg. Hij twijfelde er niet
aan of de man zou bellen. En lang hoefde hij inderdaad niet
te wachten. Misschien was er wel een bug recht op het kin-
derbedje gericht en konden ze zien aan de manier waarop hij
met een scheef oog naar de naast zijn heup liggende mobiele
telefoon keek, en aan de spiertrekkingen in zijn been en op
zijn gezicht dat hij in afwachting was van een telefoontje.

'U hoeft zich niet zo op te winden, Igor Petrovitsj,' begon
Oleg op beleefd verwijtende toon. 'Vanwaar toch die agressie
in uw stem?'

'Dat verbaast u?' begon Igor even slangachtig als de ander.
Hij was inmiddels al zo vertrouwd met Oleg dat hij zich het
recht toe-eigende een vrijpostige toon aan te slaan. 'Ik zou
úw stem wel eens willen horen als u wist dat er bij u in de
plee een paar videocamera's en een microfoon waren geïnstalleerd.'

'Weer maakt u zich druk om niets,' zuchtte Oleg. 'In het
toilet is alleen een microfoon aangebracht, net als in de slaapkamer. In feite is dat allemaal alleen maar bedoeld om uw
buitendeur en uw ramen in de gaten te houden, niet om u te
observeren. Bij de ingang beneden zijn enkele cameraatjes
aangebracht, net als in het trappenhuis en de lift. Dus als het

　　　　　　　　　　　　　　　ALEKSEJ SALNIKOV

niet uw gewoonte is uw natuurlijke behoeften in de lift te doen, zoals de jongelieden die boven u wonen, dan kunt u dat rustig in de u vertrouwde omgeving doen zonder bang te hoeven zijn dat u bij ons in het video-archief belandt.'

Igor schraapte enigszins beduusd zijn keel. Hij voelde zich niet op zijn gemak, omdat hij rekening hield met de mogelijkheid dat Oleg hem tijdens het gesprek zat te observeren. Daarom moest hij zich anders voordoen dan hij zich in werkelijkheid voelde.

'Wat vindt u trouwens, was het niet heel dom van mij om Michail hier uit te nodigen?' vroeg hij en toen hij zichzelf hoorde, dacht hij dat een buitenstaander dit maar een zielige vertoning zou vinden, terwijl die vraag zelf ook zielig was.

Igor had al geen fut meer om te protesteren tegen het feit dat zijn woning dag en nacht in de gaten werd gehouden, ook al was dat voor zijn eigen veiligheid. Als ze hem een half jaar geleden verteld hadden dat er bij hem in huis een bug was geïnstalleerd, zou dat voor hem reden zijn geweest om te verhuizen, en zou hij al helemaal niet iemand die hem begluurde, naar zijn mening hebben gevraagd over iets wat hij had gedaan.

'Nee, u heeft juist gehandeld,' gaf Oleg vriendelijk toe. 'Dat Michail verantwoordelijk zou zijn voor de bewaking van de afdeling, is voor hem natuurlijk een vorm van zelfrechtvaardiging. Dat hij op die plek terecht is gekomen, iemand die zo laag gevallen was als hij, daar mag hij alleen maar blij mee zijn. Hij had de keus om daar tot het einde van zijn dagen te blijven of te proberen op een andere manier weg te kruipen uit de modderpoel waarin hij was beland. Bij u is dat ook zo.'

'Hoezo?' vroeg Igor niet-begrijpend en enigszins beledigd omdat hij op één lijn werd gesteld met een pedo.

'Wel, u bent een meer respectabele versie van hetzelfde geval,' verduidelijkte Oleg. 'Op minder dan de functie van plaatsvervangend hoofd van de afdeling hoeft u niet te rekenen, want u houdt zich goed, ook al is alles in één keer tegelijk op u afgekomen. U heeft, om zo te zeggen, een betere uitgangspositie.'

Igor werd bekropen door het vermoeden dat ze misschien expres alles in één keer op hem af hadden laten komen. Misschien was het wel een of andere stresstest? Aan de andere kant, als je de moord op de vrouw en het kind nog wel in de schoenen van de leiding kon schuiven, dan hadden ze toch zeker niet het vertrek van zijn eigen vrouw en zoon kunnen arrangeren, laat staan zijn reactie daarop. 'God nog aan toe,' zei Igor tegen zichzelf en hij dacht met afkeer terug aan die futloze zelfbespiegeling waarmee hij op alles had gereageerd, een houding die zich elk moment opnieuw meester van hem kon maken. Die opmerkingen over zijn stressbestendigheid begonnen hem enigszins te irriteren. Hij wist dat hij stuk zat, terwijl de toespelingen op zijn geestelijke onverstoorbaarheid en zijn kwaliteit om zonder zijn verstand te verliezen elke verschrikking te doorstaan, veronderstelden dat er misschien een nieuwe verschrikking zat aan te komen, nog erger dan wat hij tot nu toe had meegemaakt. Wie stond er verder nog op het programma? Een kind? Een kankerpatiënt? Een gehandicapte? Een panda?

'Op die zogenaamde uitgangspositie en wat u me zojuist hebt verteld, heb ik niets te zeggen,' zuchtte Igor. 'Vertelt u me liever als ingewijd persoon, wie er verder nog gepland staat.'

'Laat ik het zo zeggen: erger dan waarmee u tot nu toe geconfronteerd bent geweest, wordt het niet,' antwoordde Oleg ontwijkend.

'Kunt u niet wat explicieter zijn?' vroeg Igor.

'Nee, dat kan ik niet.'

'En dan nog een laatste vraag,' zei Igor, die met deze woordkeus een beleefde manier had gevonden om te kennen te geven dat hij een einde wilde maken aan het gesprek, dat hem begon te vervelen, omdat Oleg toch elk direct antwoord uit de weg ging. 'Nu ik eenmaal aangewezen ben als opvolger van Sergej Sergejevitsj, kunt u me dan niet uitleggen, of tenminste hierop zinspelen, wat het hogere doel van dit alles is?'

Oleg moest van harte lachen.

'Nee, hier wordt niet op gezinspeeld. Persoonlijk ben ik er niet op tegen om alles eerlijk te vertellen, maar het is aan Sergej Sergejevitsj om hierover te beslissen. Als u hoofd van de afdeling wordt, zal ik beslist de sluier voor u oplichten. Maar oefent u voorlopig nog eventjes geduld: Sergej Sergejevitsj neemt zich telkens plechtig voor om zijn medewerkers in het ongewisse te laten, maar toch voelt hij zich steeds weer geroepen om zijn mensen de waarheid te vertellen. Het is alweer een tijd geleden dat hij zich niet kon inhouden, dus ik denk dat het niet lang meer zal duren voor hij weer doorslaat. Hij heeft dat toch ook tegenover u laten doorschemeren, niet?'

'Ja ja,' antwoordde Igor haastig. 'En dan nog een allerlaatste vraag. Waar zijn al die mensen die hier vroeger gewerkt hebben, gebleven? Ik heb begrepen dat dit hier allemaal al in de tijden van de Sovjet-Unie is begonnen.'

'Hoezo waar gebleven?' zei Oleg. 'Sommigen zijn met pensioen gegaan. Anderen zijn gesneuveld. Gaat u hier alstublieft niet op zoek naar een complottheorie, die is er niet. U dacht misschien dat wij de getuigen van onze operaties uit de weg ruimen? Het is gewoon toeval dat het huidige collectief twee jaar geleden in deze vorm is ontstaan. Maar onze Igor Vasiljevitsj is al een veteraan en toch is hij, zoals u zelf ziet, nog gezond en wel. Hij was er trouwens nog bij toen de fundamenten van Hollywood werden gelegd.'

Oleg zweeg. Blijkbaar uit hoffelijkheid verbrak hij de verbinding nog niet.

'Heb ik hiermee uw nieuwsgierigheid enigszins kunnen bevredigen?' vroeg hij, omdat Igor nog bezig was datgene wat hij gehoord had, te verteren en niets terugzei.

'Ja ja,' schrok Igor op. 'Dus tot hoors?'

'Tot hoors,' zei Oleg en hij verbrak kalm en vol waardigheid, zoals het Igor toescheen, de verbinding.

Ik moet 's bij iemand informeren wat voor snaak dat eigenlijk is, die Oleg, dacht Igor bij zichzelf, omdat hij het niet bepaald prettig vond om geobserveerd te worden. En om geobserveerd en gesuperviseerd te worden door iemand die in nevelen gehuld bleef, was dubbel zo onprettig.

De telefoon was nog warm van Igors hand toen hij alweer het nummer van Fiel koos.

'Kom je er al aan?' vroeg hij.

'Over een half uurtje ben ik er,' zei Fiel. 'Doet de lift het bij jullie?'

'Volgens mij wel,' antwoordde Igor, terwijl hij zich de laatste keer dat de lift het niet had gedaan, probeerde te herinneren.

'Het is gewoon dat wij vroeger in een nieuwe flat woonden waar alles in orde zou moeten zijn, maar bijna elke week was de lift stuk,' legde Fiel uit. 'Hoogst irritant.'

In afwachting van Fiels komst begon Igor haastig een plek voor hem in te ruimen. Hij stopte de vuile was uit de kinderkamer in de machine en verschoonde het beddengoed in de slaapkamer, die hij aan Fiel had toebedacht. Al dat nerveuze gedoe stond hem eigenlijk tegen, omdat het net was of hij zich voorbereidde op een romantisch treffen, maar het ging allemaal als vanzelf. Hij had nog geen tijd gehad om even rustig uit te blazen en tot rust te komen of er werd al aangebeld. Zonder een moment te verliezen stormde hij naar de voordeur om open te doen, alsof hij bang was dat Fiel zich zou bedenken als hij een paar seconden langer zou moeten wachten.

'Sorry dat ik geen bloemen heb meegebracht,' zei Fiel met een ernstige plooi op zijn gezicht. Hij had alleen een sporttas bij zich. Zijn hele hebben en houden, dacht Igor.

Fiels grapje werkte om de een of andere reden kalmerend op Igor, het was of hij niet thuis was maar op zijn werk. Het merkwaardige was dat, hoewel hij op het werk juist gek aan het worden was, het nu leek of die sfeer van eeuwige schimpscheuten en grapjes, eenmaal van de werkplek naar de huiselijke omgeving getransporteerd, juist een soort therapeutisch effect had op hem.

'Probeer je daarin geen jongetje mee naar binnen te smokkelen?' vroeg Igor.

Fiel wierp een schuine blik op zijn tas en zei:

'Jawel. Een opblaasbaar exemplaar.' Daarna begon hij om zich heen te ruiken. 'Jezus, heb jij smetvrees of zo? Hopelijk wordt het eten hier ook niet met chloor bereid?'

Fiel knoopte zijn schoenveters los en vervolgde:

'En ik maar denken op het werk: waar komt die chloorlucht toch vandaan, wat ruikt het hier toch naar schoonmaakmiddelen? Het toilet is toch al een tijdje geleden gerepareerd. Nu begrijp ik dat het van jou kwam. Ben je neurotisch geworden na de gebeurtenissen van de laatste tijd?'

'Zoiets, ja,' knikte Igor.

Het was duidelijk dat Fiel zijn eigen gevoel van ongemak probeerde te overstemmen door een luchtige en schertsende toon aan te slaan. Igor voelde zichzelf ook wat gegeneerd en daarom begon hij Fiel maar uit zijn jas te helpen en hing die op aan de kapstok. Fiel deed of hij dat niet merkte.

'En waar moet ik mijn intrek nemen?' informeerde hij, terwijl hij rondkeek en nog altijd om zich heen rook.

'O ja, ik heb onze vroegere slaapkamer voor jou in gereedheid gebracht,' zei Igor. 'Kom maar mee. Deze kant op, linksaf na de badkamer.'

'En waar slaap je zelf? Op de bank in de woonkamer?' Aan Fiels stem was te horen dat hij bereid was zich te plooien naar alle mogelijke wensen van Igor en te doen wat zijn gastheer het beste uitkwam.

'Kom op zeg, Misja,' zei Igor. 'Ik kan in de kamer van mijn zoon slapen of in de woonkamer. Ik heb er niets op tegen om een tijdje op de bank te liggen, terwijl jij denk ik lang genoeg bankslaper bent geweest.'

'Da's waar,' gaf Fiel toe. 'Maar zeg het eerlijk als het een probleem wordt... Overigens denk ik dat ik wel snel iets zal vinden.'

'Voorlopig ben ik nog zo positief gestemd dat je wat mij betreft zo lang kunt blijven als je zelf wil,' zei Igor. 'De laatste tijd was het leven zo'n feest voor mij dat ik zelfs een muis als huisdier heb geadopteerd om maar niet alleen te hoeven zijn.'

Fiel knikte begrijpend.

'Ik kan ook nog wel een spin voor je regelen,' stelde hij met een glimlachje voor. 'Kunnen we net als gevangenen in een middeleeuwse kerker onze huisdiertjes dresseren.'

'Oké,' zuchtte Igor. 'Doe of je thuis bent, ik ga intussen iets te eten opwarmen.'

'Ik heb trouwens een flesje meegenomen,' zei Fiel. 'Ik drink eigenlijk bijna nooit, maar ter ere van deze gelegenheid neem ik ook een slok.'

Igor voelde niet zijn gebruikelijke afkeer van alcohol.

'Ik heb zelf ook wat in huis,' bekende hij. 'Nog over van nieuwjaar. Kun je nagaan, we hebben hem op het werk flink zitten raken, terwijl de huisvoorraden er nog onaangesproken bij staan.'

Terwijl Igor de soep opwarmde, zag Fiel kans zijn spullen uit te pakken, zich te wassen, zijn scheerapparaat, scheerschuim en tandenborstel op de plank in de badkamer te zetten en het ventilatieraampje in de slaapkamer open te doen. En hij zou ook nog kans hebben gezien om tussendoor een man of vijf te vermoorden en hun lijken te verbergen, dacht Igor bij zichzelf.

Zonder blauwe overall, in zijn alledaagse kleren, in dit geval een spijkerboek en een rode trui, zag Fiel er zo verbluffend anders uit dan de Fiel op het werk dat Igor hem niet eens herkend zou hebben als hij hem op straat was tegengekomen. Hij bewoog zich zelfs anders, zelfverzekerder, terwijl hij in de afdeling altijd maar stilletjes ergens zat, weliswaar op een plek waar iedereen hem kon zien, maar toch altijd afzijdig in een hoekje. Igor kon zich niet inhouden en maakte daar een opmerking over.

'Hetzelfde kan ik ook van jou zeggen,' zei Fiel met een brede glimlach en hij zette een fles cognac neer op tafel. 'Wat dacht je, zullen we overgaan tot het niet-officiële gedeelte?'

Ze hadden nog maar een derde van de fles meester gemaakt of ze schakelden over op wodka. Daarvan stond er nog een fles onaangebroken in de koelkast. 'Past goed bij jouw bietensoep,' vond Fiel. Binnen een paar uur hadden ze de helft van een 0,7 literfles soldaat gemaakt en waren de tongen losgeraakt, waarna ze besloten ermee op te houden, want de volgende dag was het maandag. Tijdens het drinken hadden ze tijd om eens flink hun hart te luchten bij elkaar.

Fiel vertelde hoe zijn vrouw hem op straat had gezet, waarbij hij met zoveel bezieling verslag deed van de hele gang van zaken dat Igor, die in het begin nog geprobeerd had meelevend over te komen, gaandeweg steeds meer begon te gniffelen en het ten slotte uitproestte van het lachen.

'Wat zit je nou te lachen?' deed Fiel quasi beledigd. 'Als je eens wist hoe ik er toen aan toe was, ik wilde mezelf van kant maken. Ik liep rond met net zo'n kop als waarmee jij tegenwoordig de hele tijd op het werk rondloopt. Net een opgejaagde kat.'

En hij trok een gezicht dat zo sprekend leek op Igors chagrijnige smoel dat deze het niet hield en bijna over de tafel rolde van het lachen.

'Maar het was toch allemaal je eigen schuld,' probeerde Igor zich te rechtvaardigen voor zijn reactie. 'Niemand had je toch gevraagd om te corresponderen met dat jochie. Een mooi figuur ben je, ouwe Griek.'

'Ho 's even,' moest ook Fiel lachen. 'Je geaardheid, daar kun je niks aan doen. En hij is trouwens zelf begonnen.'

'Maak dat je grootje wijs,' riep Igor ongelovig uit. 'Dat zeggen ze allemaal. Vooral die vreemdelingen, zo van: "Zij heeft me geprovoceerd door geen hijab te dragen."'

Fiel stak vermanend zijn vinger op.

'Nee, serieus,' zei hij. 'Ik zou hem nooit geschreven hebben als hij niet zelf begonnen was. Hij correspondeerde met verschillende kerels tegelijk. Ik heb daar bewijs van, als je me niet gelooft.'

'Wat zegt dat nou?' antwoordde Igor. 'Ik heb geen kinderen als correspondentievriendjes. Ik ben niet actief op de sociale media. Wil je zeggen dat het een lokeend was? Neergezet door die hedendaagse strijders tegen het kwaad in de wereld? Van jou had ik een dergelijke naïviteit niet verwacht, Misja. Jij die bij de organen werkt.'

'Ik werk met allerlei organen,' lachte Fiel. 'Maar hier speelde heel iets anders. Zijn moeder had dus in de smiezen gekregen dat hij daar op internet mee zat te donderjagen en toen rolden er koppen. Mijn kop rolde naar de afdeling, terwijl een paar gepensioneerden alleen de mantel werd uitgeveegd en de wat jongere mannen gewoon een waarschuwing kregen.'

'Ja, dat kan ik me nog herinneren,' zei Igor. 'Daar heb ik van gehoord.'

'En wat ook nog zo stom was,' begon Fiel opnieuw te lachen. 'Dat was dat heel wat kerels meer dan eens ook in levende lijve met hem in aanraking waren geweest. Hij had sinds hij amper acht jaar oud was, allerlei shows gedaan op zijn webcam. Ja, het was een jochie met een rijkgevuld leven. En die kerels lieten allemaal met zoveel woorden weten wat ze met hem wilden doen en in welk standje godverdomme – en ze kwamen ermee weg. Terwijl ik, onnozele hals die ik was, wat ik tot mijn schande moet bekennen, een romantische correspondentie met hem voerde, zonder enige toespeling of wat dan ook, ik schreef gewoon over tv-series, kun je je voorstellen, en raadde boekjes aan om te lezen. Belachelijk gewoon. Terwijl ik me bij zijn foto op het strand zat af te trekken, als een puistige puber.'

Fiel moest smakelijk lachen om zichzelf, wat iets wegnam van de afkeer die hij met zijn bekentenis bij Igor wekte.

'Wat? Ben ik nu te ver gegaan?' begreep Fiel.

'Zo ver dat ik even tijd nodig heb om dit te verteren,' gaf Igor toe.

Fiel maakte een wegwuifgebaar.

'Wat maakt het ook uit. Iets ergers dan wat we nu doen, bestaat niet. Dus over alle andere dingen kunnen we zonder problemen spreken. Maar daarbij moeten we wel de nodige distantie in acht nemen, anders zou je nog bezwijken voor mijn charmes. De mensen raken allemaal zo aan mij gewend dat ze vergeten wie ik ben.'

'Jezus nog aan toe! Begin alsjeblieft niet zo!' protesteerde Igor zo heftig dat hij wild met zijn armen om zich heen begon te slaan, alsof hij zijn emoties niet onder woorden kon brengen en dat al gesticulerende probeerde te compenseren. 'Ik heb al genoeg aan mijn eigen miserabele zelfbeeld. Stel je voor, mijn vrouw heeft me verlaten voor een jongere vent. En als het nou een of andere bodybuilder of oligarch was, hoe idioot dat ook zou zijn, of desnoods een of ander zakenmannetje. Maar nee, het is gewoon een tweede Jonkie. Alleen wat ouder en serieuzer.'

'Probeer nou niet van onderwerp te veranderen,' antwoordde Fiel. 'Ik was nog niet klaar. Weet je waarom ik eigenlijk op straat ben gezet? Dacht je dat mijn vrouw bezorgd was om ons dochtertje? Of dat ze zich schaamde om met mij onder één dak te wonen? Laat me niet lachen!'

'Nou, waarom dan?' vroeg Igor. 'Voor mij zou dat al genoeg reden zijn geweest om je weg te jagen.'

'Het verbaast mij niet dat je vrouw bij je weg is gegaan, want je snapt geen bal van vrouwen,' verklaarde Fiel op een toon van morele superioriteit.

'Waaróm dan!' schreeuwde Igor met dronken stem, vertwijfeld op een antwoord wachtend.

'Het komt erop neer dat ze me niet kon vergeven,' zei Fiel met een nauwelijks merkbare glimlach, 'dat ik haar ontrouw was.'

'Wààt?' lachte Igor.

'Ja, dààt,' lachte Fiel op zijn beurt. 'Het kon haar geen zak schelen met wíe ik haar ontrouw wilde zijn, het ging haar om de ontrouw op zich, en of dat nou met een jongetje was, dat maakte haar niks uit. Kun je je voorstellen! Ik zei nog tegen haar: "Het waren alleen maar een paar briefjes, je mag ze lezen." Maar goed, het huwelijk was naar de knoppen.'

'Heeft ze nu iemand anders?' vroeg Igor om het stilzwijgen te doorbreken, want na zijn hart gelucht te hebben was Fiel in een wel erg somber gepeins verzonken.

'Ik geloof het niet,' mompelde Fiel, waarna hij weer opleefde en Igor twinkelend aankeek. 'En jij, waarom ben jij de laan uitgestuurd? Bij ons doen allerlei versies de ronde. Sergej Sergejevitsj zegt dat het ons niet aangaat, maar iedereen denkt dat je steekpenningen hebt aangenomen.'

Ook Igor leefde enigszins op. Hij had zich niet erg op zijn gemak gevoeld toen werd besproken wat Fiel met zijn snikkel uitspookte. Al was het maar om het feit dat, voordat Olga bij hem weg was gegaan, hun hele seksleven eigenlijk was neergekomen op een half mechanisch gecopuleer in missionarishouding, met het licht uit of in het schemerdonker. Hij bedacht dat hun verwijdering misschien mede hierdoor was veroorzaakt, maar zette deze onaangename gedachte weer van zich af.

'Eigenlijk ben ik weggewerkt wegens ongeschiktheid voor de uitoefening van mijn functie,' zei Igor. 'Eerst wilden ze me beschuldigen van het aannemen van steekpenningen, maar dat lukte niet.'

'Was je dan de onschuld zelve?' vroeg Fiel met een ironisch lachje.

'Tja, weet je,' antwoordde Igor, 'je kent het Russische gezegde: "Een simpele ziel is erger dan een dief." En zo'n meneertje Simpelmans ben ik blijkbaar. Als ik bijvoorbeeld in jouw schoenen had gestaan, dan zou ik aldus gehandeld hebben: in plaats van berichtjes te sturen, zou ik een speelgoedautootje hebben gekocht en had ik bij dat ventje aangebeld. En als zijn mammie had opengedaan, zou ik in de deuropening tegen haar hebben gezegd: "Goedemiddag, ik kom voor uw zoontje, hier is alvast een cadeautje voor hem, waar is zijn kamer?"'

'Een mooi voorbeeld, ik zie het al voor me!' glimlachte Fiel. 'Maar kun je wat meer in detail treden?'

'De details zijn niet zo interessant,' zei Igor. 'Ik had een stel collega's betrapt op een constructie waarbij douanebeambten onderdelen van huishoudelijke apparaten over de grens heen kregen onder het mom van innovatief materiaal en het argument van "Rusland herrijst". Daarna kocht een in Rusland gevestigd buitenlands filiaal van een fabrikant van huishoudelijke apparatuur deze onderdelen tegen een hogere prijs weer op van die brievenbusfirma over de grens, waarbij het verschil in prijs in de verschillende stadia van tussenhandel verder werd opgedreven. Vervolgens werden die koelkasten en magnetrons, die dus in feite van eigen makelij waren, verpatst als Duits merk, met een Duitse kwaliteitsgarantie. Verder werden er nog extra winsten opgestreken doordat alles op de pof werd gekocht tegen rentes van bijna honderd procent. En ik vond dat niet kunnen. Mijn eigen familie raadde me af om iets te ondernemen toen ik vertelde wat ik had ontdekt. Een achterneef van me zei me dat toen hij op een politiebureau werkte waar dronken arbeiders in ontnuchteringscellen werden opgesloten en vervolgens door hem en zijn collega's werden kaalgeplukt, daar één goudeerlijke collega was, net zo'n onnozelaar als ik. Die moest daar dus al snel vertrekken en zelfs zijn uniform inleveren. Terwijl het daar, zoals hij zei, slechts om bedragjes van een paar duizend roebel per shift ging. Kun je je voorstellen welke bedragen er in mijn geval mee gemoeid waren?'

'Maar het was toch een Duitse firma, zei je,' onderbrak Fiel hem en op zijn gezicht viel een licht ongeloof te bespeuren.

'Nou praat je als een echte politieke opposant. Wie weet, als ik had aangeklopt bij een of andere Europese rechterlijke instantie, was alles wellicht anders gelopen,' zei Igor. 'Dan was ik nu misschien wel een bekende Russische dissident geweest, want daarna had ik nooit meer terug gekund. Maar ook daar ligt het allemaal niet zo simpel.'

'Tot wie heb je je uiteindelijk gewend?' vroeg Fiel.

'Tot de leiding,' antwoordde Igor op spijtige toon. 'En dat betekende het einde van mijn carrière. Weg mijn aspiraties om me op te werken tot generaal.'

'Wat, je kreeg zelfs geen geld aangeboden?' verbaasde Fiel zich. 'Probeerden ze zich niet eens eruit te smoezen?'

'Tegenover wie? Tegenover mij?' lachte Igor vol sarcasme. 'Ik mocht nog blij zijn dat ze me alleen maar ontsloegen en niet nóg iets bedachten wat mijn reputatie voorgoed te grabbel zou gooien.'

Fiel keek toe hoe Igor een sigaret opstak, deze oprookte en daarna uitdrukte, en vroeg toen:

'Dacht je dat je wat dat betreft beter af was bij ons in de afdeling?'

'Ja, daar zeg je zo wat,' gaf Igor toe. 'Ook een fraaie werkplek. Er zijn volgens mij maar twee manieren om daar weg te raken: of via het gerecht of via het kerkhof.'

'Ho ho, niet zo zwartkijkerig,' protesteerde Fiel. 'Tijdens mijn dienstverband hier hebben ze toch wel een collega rustig op pensioen laten gaan, al moet ik erbij zeggen dat het volgens mij iemand was die doordronk tot hij beestjes zag, wat op zich wel begrijpelijk is. Daarom hebben ze hem ook met pensioen gestuurd.'

'Ik verbaas me erover dat jij en Vasiljevitsj niet elke avond zitten te hijsen. Als je bedenkt wat voor werk jullie moeten opknappen ...'

Fiel keek Igor recht in de ogen en zei:

'Igor, vóór de afdeling heb ik met deze zelfde handen tegen terroristen gevochten, dus veel verschil maakt het niet uit.'

   ALEKSEJ SALNIKOV

'Maar hier gaat het dus niet om terroristen,' antwoordde Igor en hij stak nog een sigaret op toen hij de verbeten blik in Fiels ogen zag.

'Bijna geen verschil,' herhaalde Fiel. 'Je zweert trouw aan het vaderland – en dat volstaat. Daarin verschillen gewone burgers van soldaten. Vasiljevitsj heeft dat ook al uitgelegd. Vandaag beveelt het land je te vechten tegen het ene soort mensen en morgen tegen het andere. En of het nu terroristen, fraudeurs, opposanten of schenders van auteursrechten zijn – dat maakt allemaal niet uit. Stel, er is een meeting. Een van de studentjes wil niet in de boevenwagen – dus draaien ze zijn armen op zijn rug en proppen hem naar binnen. En dan maakt het niet uit of hij nou goed studeert of niet en of hij al dan niet een bril draagt. En als er een of andere demonstratie uit elkaar wordt geslagen, wordt er ook niet naar gekeken wie er met de wapenstok van langs krijgt, alleen op gezichten mag je niet timmeren. Ook als het om een vreedzame demonstratie gaat, maakt niet uit. Is er een bevel om de boel uit elkaar te slaan, dan wordt er ook uit elkaar geslagen. Zo is het bij ons ook, alleen hoeven wij de mensen goddank niet met bosjes tegelijk af te maken. Vergelijk dat eens met de aantallen die tijdens allerlei marsen worden opgepakt. Er wordt gewoon gezegd dat het vijanden zijn, en de mensen geloven dat. Indertijd werd dat ook tegen de Duitsers gezegd – en toen ging het loos.'

'Dat vind je al bij Tolstoj,' zei Igor tegen hem.

'Wat?' vroeg Fiel

'Dat de Fransen naar geen enkele Napoleon zouden hebben geluisterd als ze zelf niet hadden willen aanvallen. Maar dat ze dan toch mee ten strijde zijn getrokken, bewijst dat ze dat zelf wilden, dus is er een collectieve verantwoordelijkheid.'

'Dat is een extremistisch standpunt, vriend,' lachte Fiel. 'Maar toen wij op een keer in de bergen achter een of andere tyfuslijer aan zaten, weet je wat er toen door me heen schoot? Wat de fuck verschanst die kloot zich in de bergen en organiseert hij ondergrondse acties, uit naam van welk emiraat? Waarom zitten wij niet gewoon allebei thuis? Wat voor reden van bestaan zou hij hebben als wij niet achter hem aan zaten? En wat voor reden van bestaan zou ik hebben als er niet van die figuren waren zoals hij? Of zouden ze dat soort mensen als hij soms speciaal bedacht hebben om mensen als ik scherp te houden? Een paar primaten maken andere primaten zo gek dat ze zichzelf opblazen in een volle menigte primaten, en dan gaan weer andere primaten, waaronder ik, op jacht naar bepaalde primaten om te voorkomen dat die weer andere primaten gek gaan maken. Voor een buitenstaander die deze poppenkast aanziet, zal dit gewoon een vermakelijk schouwspel zijn. Jammer dat de dinosauriërs geen intelligente wezens geworden zijn die op grond van een duidelijk kenmerk onderscheid konden maken tussen de verschillende soorten, zo van: wie schubben heeft, is een vijand; wie geen schubben heeft, is er eentje van ons. Zoals je bijvoorbeeld in fantasyfilms mensen, elfen en goblins hebt. De elfen – dat zijn nu onze vrienden, maar met de goblins gaan we vechten. Dan bestaat er geen twijfel wie de vijand is, en hoeven we ons niet steeds af te vragen of iemand wel aan onze kant staat of alleen maar doet alsof.'

'In het algemeen kun je de soorten duidelijk van elkaar onderscheiden op grond van bepaalde kenmerken,' zei Igor, 'maar dat wil nog niet zeggen dat de mens altijd opgewassen is tegen inferieure diersoorten. Neem nou kakkerlakken, mieren of darmwormen. Alleen hier en daar kan hij ze verslaan, maar volledig uitroeien lukt niet. Om maar niet te spreken van wezens met een hogere intelligentie. Die zouden ons platwalsen op het beton.'

'Wat nou wezens met een hogere intelligentie,' pareerde Fiel. 'Zelfs hersenloze wezentjes kunnen ons kapotmaken. Wat dacht je van het griepvirus? Als dat muteert tot een dodelijke variant, al kan het ook nu al dodelijk zijn, berg je dan maar. Daarentegen heb ik nooit schrik gehad van een zombieplaag, zelfs niet toen ik nog een kind was. Misschien omdat ik als kind in het dorpje waar ik opgegroeid ben, al genoeg levende lijken heb gezien.'

'Ik zie het verband niet,' zei Igor.

'Daarmee wil ik maar zeggen dat als er een zombievirus opduikt, wat op zich een idiote veronderstelling is, maar zelfs al zou dit gebeuren, dat er dan in het warme jaargetijde na enkele dagen niks niemendal meer over zijn van het lijk, of dat nou wandelt of niet. De vliegen zouden het in een mum van tijd hebben opgevreten, waar of niet? Hoe meer lijken, hoe meer vliegen. En dan komen er ook nog allerlei roofdieren op af, die door de aaslucht worden aangelokt. En het is gedaan. Je moet niet bang zijn voor zombies, maar eerder voor een troep hongerige honden en wolven. Ik heb ook nooit goed kunnen begrijpen hoe in die zombiefilms zo'n wegrottend wandelend lijk ongemerkt naderbij kan sluipen. De mensen die zulke scenario's schrijven, zijn die dan 's zomers nooit eens langs het lijk van een dode kat gelopen? Om maar te zwijgen van een mens, die stinkt zó erg, daar kun je niet omheen, dat kan ik je verzekeren. Eén enkel afstervend lichaamsdeel verspreidt al zo'n geur dat je het nergens mee kunt verdrijven.'

'En in de winter?' vroeg Igor met belangstelling, hoewel hij al min of meer voorvoelde wat het antwoord zou zijn.

'In de winter verandert een varkenskadaver van tweehonderd kilo binnen enkele uren in een ijsklomp, kun je nagaan hoe dat bij een mens zal zijn. Van een titanische veldslag tussen twee kampen zal geen sprake zijn.'

'Dat doen ze ter versterking van het artistieke en dramatische effect,' nam Igor het op voor de filmmakers.

'Ja, dat begrijp ik ...,' antwoordde Fiel.

Dit soort gesprekken voerden Igor en Fiel elke avond, alleen de drank lieten ze verder achterwege.

In de afdeling werd het bericht dat Fiel bij Igor was ingetrokken, uiteraard met de nodige humor becommentarieerd, al was de algemene reactie toch positief. Jonkie maakte zich nog het meeste vrolijk over zijn twee collega's. Hij dreef de spot met ze, probeerde ze op stang te jagen en maakte dubbelzinnige opmerkingen, hoewel hij zelf in de clinch lag met zijn ouders en plannen had om samen met een van zijn vrienden een flatje te gaan huren. Dat was voor Igor en Fiel dan weer aanleiding om zich over hém vrolijk te maken en zich smakelijk lachend af te vragen of zo iemand als hij er wel vrienden op na kon houden. Igor Vasiljevitsj haalde bij het horen van het nieuwtje enkele anekdotes op uit het dagelijkse leven in een communale woning voor arbeiders in de tijden van de Sovjet-Unie, waar hij zelf ook enige tijd had vertoefd. Toch kon ook hij niet nalaten eraan toe te voegen dat Igor en Fiel 'nog jong waren' en dat er 'op het ogenblik geen artikel was die dit verbood', dus 'woon maar fijn samen'. Sergej Sergejevitsj van zijn kant juichte een en ander van harte toe: hij prees Igor omdat hij Fiel bij zich had uitgenodigd, en hij prees Fiel omdat die erin had toegestemd om tijdelijk te verhuizen naar een, zoals hij het uitdrukte, 'menswaardig onderkomen'. Hij verklaarde Igor waarom hij zo blij was: ze stonden allebei, zowel Fiel als Igor, de laatste tijd strak van de zenuwen en als alles bij het oude was gebleven, zou het niet lang geduurd hebben voordat een van de twee zijn kop in een strop had gestoken of het zoveelste bloedbad in de afdeling had aangericht.

Rinat Iosifovitsj was alles een rotzorg, zolang het niet om zijn eigen gezin of om geld ging.

In Igors dagelijkse leven werden door Fiel enkele verbeteringen aangebracht. Ten eerste bleek hij een fervent sportieveling te zijn, hij ging tenminste elke ochtend een eind joggen, wat betekende dat hij een uur eerder opstond. Hij kwam voor dag en dauw zijn bed uit en probeerde zich dan zo stilletjes mogelijk gereed te maken en aan te kleden, maar juist door die gedempte geluiden schoot Igor elke keer weer met het klamme zweet op zijn voorhoofd wakker. Als Fiel nou net zo veel lawaai zou maken als een grote hond die luid snuivend rondstommelde door het huis zonder dat iemand daar nog aandacht aan besteedde, maar nee, hij bewoog zich griezelig zachtjes, als een slangachtig wezen dat door een ventilatiekoker uit het naburige appartement naar binnen kroop, of als een alien uit de gelijknamige film. Na op een dergelijke manier wakker te zijn geschoten, kon Igor de slaap niet meer vatten en begon hij veel vroeger dan gewoonlijk aan zijn dagelijkse routine en arriveerde hij frisser op zijn werk.

Ten tweede leerde Fiel hem van uien te houden. Dat was des te opmerkelijker omdat zelfs Igors moeder daar vroeger nooit in was geslaagd. Om iets om handen te hebben, waren Igor en Fiel begonnen samen te koken. In het begin verzette Igor zich hardnekkig tegen het toevoegen van ui als er aardappels werden gebakken of vlees werd bereid voor de soep, maar Fiel, die hier onverwacht hardnekkig op zijn strepen bleef staan en alle bezwaren van Igor wegwuifde, schotelde hem een keer twee porties gebakken aardappelen voor – eentje met ui en eentje zonder – en liet hem proeven. Hoogstwaarschijnlijk gaf hier de doorslag dat Fiel de ui heel fijn sneed, terwijl Igor en zijn vrouw de ui in een paar grote stukken hakten en zo in de koekenpan of soeppot mikten. Verder bleek Fiel nog waanzinnig lekkere pannenkoeken en flensjes te bakken, al weigerde hij de recepten te delen, met het argument dat ook hij recht had op zijn geheimpjes.

Ten derde had de muis, die Igor met zoveel zorg tot huisdier had getemd en aan wie hij 's nachts zoveel plezier beleefde, duidelijk zijn hart verpand aan Fiel en liet het diertje zich al meteen de avond na de eerste kennismaking door hem uit de hand voeren. 'Waarom neem je hem niet mee naar bed?' stelde Igor voor toen Fiel demonstreerde hoe het diertje op zijn hand kwam zitten, zich gedwee liet aaien en zijn oortjes in de nek legde. Pas toen de muis op Fiels hand zat, kon Igor hem goed bekijken. Hij werd vooral getroffen door het contrast tussen de intelligente oogjes van het beestje en zijn kleine kopje waar nauwelijks plaats leek voor hersenen.

Het enige wat Igor enigszins irriteerde in Fiel, was dat hij niet tegen gesloten ventilatieraampjes kon. Welk vertrek Fiel ook betrad, hij deed meteen een raam open, waardoor het gelijk overal begon te tochten. Igor was bang dat hij een longontsteking zou oplopen, maar in plaats daarvan was het verrassenderwijze Fiel die problemen kreeg met zijn gezondheid. Hij zat waarschijnlijk wat al te veel vlak bij het half geopende venster in zijn kamer, waardoor de kou op zijn linkerschouder sloeg. En dat kwam slecht uit, omdat ze de volgende dag erop uit moesten voor een nieuw verhoor.

Ze hadden inmiddels een goede anderhalve week samengewoond. Al vanaf de eerste dag na aankomst had Fiel geklaagd over pijn in zijn linkerarm. Igor hield hem met onverholen leedvermaak voor dat het tijd was om de procedure ter staling van het lichaam stop te zetten, want ze waren per slot van rekening geen achttien meer. Fiel antwoordde dat het nog te bezien stond wie van hun tweeën het langste zou leven: hij met zijn osteochondritis of Igor met zijn rookverslaving en gebrek aan lichaamsbeweging. Het bleek dat Igor aan het langste eind zou trekken.

HOOFDSTUK 8

Toen gevraagd werd wie de urn met de as van Fiel zou wegbrengen, was het uiteraard Igor Vasiljevitsj die zich als eerste meldde. SS was er eigenlijk mordicus op tegen dat ze er helemaal mee naar een naburige stad zouden rijden, naar de vrouw die waarschijnlijk helemaal geen boodschap zou hebben aan Fiel, laat staan aan zijn stoffelijk overschot. Ook Igor was van mening dat het beter zou zijn om Fiels vrouw in de waan te laten dat haar man vermist was. Verder vond hij het verstandiger om de urn met de as te begraven op het terrein van de afdeling en er een eenvoudig grafmonument neer te zetten. Maar Igor Vasiljevitsj zag dat niet zitten.

'Als we hier voor iedereen een grafmonument zouden oprichten, zou het een regelrecht kerkhof worden,' zei hij met een buitengewoon duister gezicht.

Igor was niet blij met deze opmerking. Ze was niet in overeenstemming met het beeld van de afdeling dat hij voor zichzelf had gecreëerd, noch met zijn plannen om hier tot zijn pensioen te blijven.

'Begrijp je zelf wel wat je zegt?' vroeg Sergej Sergejevitsj aan Igor Vasiljevitsj. 'Snap je dan niet dat het haar niet eens zozeer niet zou kunnen schelen, maar dat het haar misschien zelfs geen ene ROTMOER zou kunnen schelen! Als je met alle geweld een toneelstukje opgevoerd wilt zien, ga dan maar naar het theater, maar ik wil niet dat de afdeling erbij gelapt wordt.'

Dit gesprek vond plaats in het kantoor dat Fiel leeg had achtergelaten en waar nu alle collega's bijeen waren gekomen voor een geïmproviseerde werkbespreking. Het kantoor zag er net zo uit als dat van Igor, alleen zonder buste van Tsjajkovski en zonder klok, terwijl Fiel ook niet de moeite had genomen om de monitor van zijn computer te vervangen door een groter exemplaar. Vlak naast die monitor stond de bus met as die aanleiding had gegeven tot de woordenwisseling. Jonkie kon om de een of andere reden zijn ogen niet afhouden van die bus, terwijl Igor zijn best deed er helemaal niet naar te kijken, al werd zijn blik er toch voortdurend naartoe getrokken.

'Wat als we eens zouden proberen om ondanks alles mens te blijven?' stelde Igor Vasiljevitsj voor. 'Als we tenminste in dít geval eens naar eer en geweten zouden handelen?'

'Of als we eens zouden proberen om zo lang mogelijk in leven te blijven?' pareerde Sergej Sergejevitsj. 'Heb je daar niet aan gedacht?'

'Misschien kunnen we dan maar beter de afdeling opheffen, ter verhoging van onze levenskansen,' zei Igor Vasiljevitsj. 'Oké, er is natuurlijk een grote kans dat het een vergeefse reis wordt, maar er is toch ook een kansje dat ik niet voor niets daarheen rij. Als we zulke grote risico's nemen om mensen te vermoorden, kunnen we ons dan nu niet een klein risicootje veroorloven?'

'Je doet maar wat je wilt. Ik kan het je nog zoveel verbieden, je gaat toch, met of zonder as.'

'Ik ga met je mee,' zei Igor tegen Igor Vasiljevitsj, terwijl hij SS een vragende blik toewierp.

Deze knikte ten teken van toestemming.

'Ik ook,' zei Jonkie.

'Nee, jij blijft hier,' zei SS op een toon die geen tegenspraak duldde.

De naburige stad en het tijdverlies waar Sergej Sergejevitsj het over had, bleken in feite niet meer dan holle woorden, bedoeld om zijn overijverige collega's de lust te benemen erop uit te trekken. De rit in de jeep van Igor Vasiljevitsj, die in een bezadigd tempo verliep, nam amper anderhalf uur in beslag. Meer tijd ging er verloren met het wachten op de weduwe van Fiel. Het was een doordeweekse dag en ze was aan het werk. Ze hadden haar natuurlijk op haar werk kunnen bezoeken, zoals Igor voorstelde, maar Igor Vasiljevitsj deed dit af met het tegenvoorstel om naar haar kantoor te gaan met een militaire fanfare en vaandels en de as mee te voeren op een affuit. Igor begreep dit sarcastische grapje niet, maar ging er verder niet op in.

'Herrie komt er toch van,' verklaarde Igor Vasiljevitsj, die zich steeds meer in een somber stilzwijgen hulde, en weer begreep Igor niet wat hij bedoelde.

De hele rit verliep trouwens in stilzwijgen, want wat viel er in een dergelijke situatie nog te zeggen? Igor had aangeboden mee te gaan om de gestorvene een laatste eer te bewijzen, ofschoon hij wel voelde hoe Fiel zelf tegenover een dergelijke plichtmatige onderneming zou hebben gestaan. Hij had verwaaid willen worden in de wind en niemand tot last willen zijn. Daarom verscheen Fiel nu voor Igors geestesoog met een schuldbewust, scheef glimlachje op zijn gezicht, waarvan Igor zijn keel voelde dichtknijpen.

'Kijk, daar loopt zijn dochtertje, die komt vast van de naschoolse opvang,' merkte Igor Vasiljevitsj op. 'Maar we kunnen beter niet op haar af stappen, anders zou het kind kunnen schrikken.'

Igor keek in de richting die Igor Vasiljevitsj met zijn kin aanwees. De sneeuw was grijs geworden door de dooi van de laatste dagen en ook Fiels dochter was helemaal in het grijs gekleed. In het wazige landschap van de flatgebouwen rondom gingen haar contouren verloren. Door het met modderspatten bevuilde raam van de wagen tekende zich alleen haar roze rugzak duidelijk af, zo een met dezelfde soort paardjes als op het T-shirt van de systeembeheerder, voor wie zijn vrouw hem had verlaten (Igor had dat shirt gezien op foto's van een personeelsfeestje die zijn vrouw op *Vkontakte* had gezet; kortgeleden had hij die foto's nog eens bekeken en toen hadden ze hem al niet meer zo onschuldig geleken als de eerste keer dat hij ze had gezien).

Igor vertelde Igor Vasiljevitsj wat hem was opgevallen, en deze ging daar onverwacht gretig op in.

'Dat is uit die serie *My Little Pony*. Daar stikt het van zulke paardjes. Mijn kleinzoon en kleindochter verzamelen ze in alle mogelijke soorten en maten. Dat mijn kleindochter zoiets doet, kan ik nog begrijpen, maar waarom mijn kleinzoon daar voor de fuck aan meedoet, daar kan ik met mijn kop niet bij. Je hebt zelfs van die intellectuele types die er gek op zijn, dus wat wil je. *Friendship is magic*. Ik ken zelfs de namen van een paar van die paarden, je houdt het niet voor mogelijk. Pinky Pie. Applejack. En de hele beestenboel woont in Equestria.'

'Hoe oud zijn je kleinkinderen?' vroeg Igor.

'Allebei elf,' antwoordde Igor Vasiljevitsj. 'Het is een tweeling. Kun je nagaan, terwijl ik mijn leven lang heb neergekeken op tekenfilms, behalve dan toen ik zelf nog een kind was. Maar ja, wat stelden tekenfilms toen nog voor? Toen had je nog niet eens overal televisie, als ik me goed herinner. Maar op een gegeven moment liet mijn kleinzoon me wat van die films zien. En, weet je, wat daar soms wordt afgebeeld, dat lijkt precies op wat wij doen. Neem nou *American Dad*, dat gaat over een CIA-agent die nog tot over zijn nek in de tijden van Nixon zit. En *South Park* – dat is een goede satire op dat hele gekkenhuis waar we middenin zitten. En vooral de grapjes die daarin worden gemaakt – zelfs ik als volwassen kerel, die toch al het een en ander heeft meegemaakt, zit daar soms met rode koontjes naar te kijken. Dat gaat over dingen waarover ik, als ik met een stel maten zit te drinken, liever niet praat, terwijl zij het daar in die film open en bloot over hebben. Heel die jonge generatie humoristen bij ons – wat voor grappen en grollen ze ook maken, ze durven nooit 's echt ver te gaan, ze houden zich altijd ergens in, terwijl die daarginds geen enkele remming hebben. Ik ben een patriot, maar op het gebied van satirische animatie staan wij nog hopeloos in de kinderschoenen vergeleken bij wat die hippiefiguren in het Westen doen.'

Het meest interessante aan deze cinefiele monoloog was dat Igor Vasiljevitsj hem uitsprak met een kalme, zachte stem, op de toon van iemand die een trieste vaststelling doet.

'Laten we liever de radio aanzetten, anders worden we nog gek van die stilte hier,' stelde Igor voor.

Igor Vasiljevitsj begon zonder morren de zenders op zijn autoradio af te zoeken en hield uiteindelijk halt bij een zender die nog moeilijker te verdragen was dan die doodse stilte, namelijk eentje waarop trage klassieke muziek te horen was. Die gaf, tezamen met de as op de achterbank en de zwarte bekleding van het interieur, Igor het gevoel dat ze in een lijkwagen reden. Hij kon er niet toe komen, Igor Vasiljevitsj te vragen of hij niet van golflengte kon veranderen, maar begon somber naar buiten te kijken.

Door het druilerige weer leek het of het al was gaan schemeren. De eerste bewoners van het flatgebouw waarvoor ze halt hadden gehouden, begonnen terug te keren van werk en school en begaven zich met boodschappenzakken naar de verschillende ingangen. Ze verschenen allemaal via dezelfde toegangspoort op de binnenplaats. Igor zag alleen hun zich verwijderende ruggen. Hij had het gevoel of ze wegstroomden op een mistroostige lopende band.

'Gaan we haar zo niet mislopen?' vroeg Igor.

'Die kans is heel klein,' verklaarde Igor Vasiljevitsj stellig. 'Het is nog licht, ik weet welke ingang ze moet hebben. Zodra ze zich vertoont, herken ik haar.'

Geleidelijk aan begon de stroom mensen weg te ebben, maar de vrouw op wie ze wachtten, had zich nog altijd niet laten zien. Uit de ingangen verschenen overal hondenbezitters. Het was moeilijk te zeggen wat triester stemde: de aanblik van mensen die onder begeleiding van de zwaarmoedige muziek naar binnen en naar buiten kropen, of van de riesenschnauzer die vlak voor de motorkap van hun auto, letterlijk op twee meter afstand van de bumper, op de maat van diezelfde klassieke muziek zijn vrachtje loste, terwijl zijn bazin, een oud vrouwtje met een rode hoofddoek en gehuld in een dik blauw gewatteerd jack, dat deed denken aan het jack van de kunstschilder, aandachtig het proces van de ontlasting gadesloeg. Pas toen viel het Igor op hoeveel bruine hoopjes er rondom de auto vanonder de smeltende sneeuw vandaan staken. In de wijze waarop ze waren neergelegd, school een zekere systematiek, een eigen logica en een bijzondere harmonie.

'Waarom ruimt dat mens de rotzooi van haar hond niet op?' gromde Igor Vasiljevitsj, nadat de riesenschnauzer zijn behoefte gedaan had.

Alsof ze de gemelijke opmerking van Igor Vasiljevitsj had gehoord, richtte het vrouwtje haar hoofd op, keek naar de auto en begaf zich met kordate tred, het zwartharige hondengeval achter zich aan trekkend, naar het linker voorportier. Als reactie op haar afgemeten geklop deed Igor Vasiljevitsj het raampje een stukje open.

'Waarom ruimt u de rommel van uw hond niet op?' zei hij berispend.

'Waarom staat u hier? Wacht u op iemand?' antwoordde het vrouwtje, alsof ze hem niet had gehoord.

'We wachten op jou, schoonheid, we willen je kidnappen, volgens aloude Kaukasische traditie,' reageerde Igor Vasiljevitsj.

'Als u de auto hier wilt laten staan, moet u betalen,' ging het hondenvrouwtje opnieuw niet in op de opmerking van Igor Vasiljevitsj. Haar stem klonk zelfverzekerd en kortaangebonden, alsof het haar persoonlijke parkeerplaats betrof.

Opeens verscheen er naast het vrouwtje als uit het niets een lange donkere jongeman van een jaar of twintig. Hij klopte ook bij Igor Vasiljevitsj op het raam, ten teken dat de bestuurder het raam nog wat verder naar beneden moest laten zakken.

'Hoor 's, vriend,' begon de jongeman, terwijl hij zich naar de open spleet van het raam toe boog. 'Je mag hier niet gratis staan, vriend, deze parkeerplaats is voorbehouden aan de bewoners. Als je geen problemen wilt, moet je of dokken of wegwezen.'

Igor Vasiljevitsj keek Igor vol verrukking aan.

'Heb je dat gehoord?' vroeg hij. 'Zo'n brutale snotaap toch!'

De jongeman bleef met een zeer bezorgd gezicht over het half geopende raam heen hangen alsof het een ticketloket was en hij al meer dan drie dagen wachtte op een vervoersbewijs van Moskou naar Salechard in Siberië.

'Kan jij al lezen?' vroeg Igor Vasiljevitsj aan de jongeman.

'Niet zo onbeschoft, jij,' zei het oude vrouwtje.

'Ik zou niet durven om onbeschoft te zijn in tegenwoordigheid van een dame,' wees Igor Vasiljevitsj haar terecht, waarop hij zijn pasje tevoorschijn haalde en het toonde.

De jongeman verloor onmiddellijk zijn belangstelling voor de auto en verdween weer even plotseling als hij was opgedoken. Daarentegen las het vrouwtje aandachtig, met samengeknepen ogen en prevelende lippen, wat er op het pasje geschreven stond, waarna ze liet weten dat het nu geen 1937 meer was, toen de mensen nog bang gemaakt konden worden met dat soort pasjes.

'U zult dat beter weten dan ik,' zei Igor Vasiljevitsj.

Alvorens zich te verwijderen maakte de hondenbezitster nog een paar rondjes om de auto, waarschijnlijk in de hoop dat haar beest zijn poot zou optillen bij een van de wielen, maar Igor nam niet de moeite om in de achteruitkijkspiegel te kijken of ze in haar opzet slaagde.

'Vast iemand die vroeger bij ons heeft gewerkt,' zei Igor Vasiljevitsj toen ze wegliep. 'Of bij onze kameraden van de militie.'

'Maar dat mormel van haar is toch wel netjes opgevoed,' stelde Igor vast, terwijl hij toekeek hoe de riesenschnauzer een nieuwe bolus bakte onder de struiken bij een van de ingangen. 'Een kwaaie hond had het mens overal mee naartoe gesleurd over de binnenplaats.'

'Da's waar,' gaf Igor Vasiljevitsj toe. 'Omaatje heeft het getroffen met zo'n hond.'

Er passeerden nog een paar honden met hun baasjes en daarna verschenen er kinderen die een sneeuwpop begonnen te maken. Ze probeerden sneeuw te verzamelen die nog min of meer schoon was, en rolden een bal tussen de hondendrollen door.

Toen de kinderen de onderkant van de sneeuwpop klaar hadden en aan een tweede bal voor de romp begonnen, kwam Igor Vasiljevitsj ineens tot leven.

'Kom mee, nu!' commandeerde hij. En hij pakte haastig zijn rugzak van de achterbank en klom naar buiten.

Igor stapte gehoorzaam uit. Hij had met zoveel interesse de bouw van de sneeuwpop gevolgd dat hij niet meer had gelet op de mensen die op de binnenplaats waren verschenen. Maar nu, nadat Igor Vasiljevitsj hem plotseling wakker had geschud, zag hij een vrouw langs de spelende kinderen lopen. Al voordat Igor Vasiljevitsj kans had gezien om 'Wacht even!' tegen haar te roepen, had ze zich al naar hen omgedraaid.

Natuurlijk wist zij nog nergens van, maar toch trof het Igor dat weduwen vaak helemaal niet op weduwen lijken. Igor had verwacht iemand te zien die getekend was door smart. Hij had haar verdrietig willen zien, want als hij zelf zou omkomen, zou hij van zijn eigen vrouw toch ook tenminste een klein beetje droefheid verwachten. Maar nee, ze liep daar volkomen onbezorgd voorbij en draaide zich naar hen om zonder zich ook maar in het minst verrast te tonen, net of een of andere kennis haar had aangeroepen. Toen Igor haar zag, besefte hij waarom zij zo kwaad was geworden toen ze had ontdekt dat haar man haar had willen bedriegen met een jongen.

Fiels vrouw was uitzonderlijk mooi. Zo lelijk als Igor zelf was in vergelijking met Fiel, zo onaantrekkelijk was Igors vrouw in vergelijking met de vrouw van zijn collega. Fiels huwelijk was een heel bijzondere verbintenis tussen twee zeer aantrekkelijke filmsterren of fotomodellen die er geweldig uitzagen maar het niet gemaakt hadden in het leven. Ondanks haar onooglijke wollen muts en haar op een trainingspak gelijkende kleding, zag je, zoals ze daar onder een rekstok op de kinderspeelplaats stond, hoe fotogeniek ze wel niet was.

Zelfs vanwaar Igor stond, was te zien hoe donker en diep haar ogen waren.

Igor Vasiljevitsj sprong in zijn gelakte schoenen en grijze pak over de sneeuw, waarbij hij als een kat tussen de plassen door manoeuvreerde, en je kon je voorstellen hoe hij, eenmaal bij de vrouw aanbeland, zijn voeten zou gaan afschudden, zoals katten dat ook doen als ze in iets nats gestapt zijn. Igor haastte zich achter hem aan, waarbij hij zich om de een of andere reden ook met sprongetjes voortbewoog. Aangestoken door de energie die Igor Vasiljevitsj plotseling uitstraalde, had ook hij zijn jas inderhaast in de auto laten liggen.

Van dichtbij bleek de vrouw van Fiel nog mooier dan van veraf. Zo te zien kende ze Igor Vasiljevitsj wel, want zijn verschijning wekte geen verbazing bij haar, daarentegen monsterde ze Igor met een vragende blik. Igor had de hele reis zijn gezicht in een sombere plooi gehouden, maar toen deze vrouw met een flauwe glimlach op hem neerkeek, moest hij blozen als een klein jongetje.

Haar blik gleed naar Igors rechterhand en Igor had om de een of andere reden de neiging om die hand, waaraan hij nog altijd zijn trouwring droeg, achter zijn rug te verstoppen. Toen de vrouw de ring zag, gleed er iets van verwondering over haar mooie gezicht. Ze was er blijkbaar aan gewend dat de collega's van Fiel óf vrijgezel óf gescheiden waren, zodat Igor een zeldzaam exemplaar leek. Bijna als vanzelf, nog voordat Igor Vasiljevitsj tegen haar begon te praten, nam Igor de boodschappenzak die ze in haar hand hield, van haar over.

'Irina, ik heb geen al te prettig nieuws voor je,' zei Igor Vasiljevitsj 'Wat zeg ik? Slecht nieuws, Ira.'

Ze verbleekte enigszins.

'Dan kunnen we beter naar binnen gaan,' zei ze met een stem waaruit Igor opmaakte dat de dood van Fiel hard zou aankomen.

Het meest gênante van de hele situatie was dat, toen ze zich omdraaide en naar de ingang van het flatgebouw liep, Igor onwillekeurig naar haar achterwerk keek en evenzo onwillekeurig de vorm ervan bewonderde. Hij schaamde zich tegenover de overledene, maar voelde iets wat sterker was dan zijn verdriet en sterker dan de liefde voor zijn eigen vrouw, waarmee hij al anderhalve maand geen seks meer had gehad.

Fiels vrouw begon te rommelen in haar tas, maar slaagde er niet om haar sleutels op te diepen. Ze voerde het nummer van haar appartement in op de intercom, maar haar dochter reageerde niet, die was er blijkbaar aan gewend dat haar moeder de deur van het flatgebouw zelf opendeed met haar sleutels. Ten slotte werd de deur van binnenuit opengedaan door een groepje tieners, die daarop allemaal naar buiten stormden. Een van de jochies groette Fiels vrouw ('Dag, tante Irina') en zij groette verstrooid terug. Een andere tiener kwam in het voorbijgaan met zijn been aan tegen de zak met boodschappen die Igor in zijn hand hield, terwijl weer een andere met zijn schouder tegen hem op botste. Toen de deur achter Igor met een metalen en tegelijk magneetachtige klik dichtsloeg, hoorde hij buiten een lachsalvo.

In het trapportaal rook het net zo als in het ketelhuis, omdat er dampen opstegen uit de kelder. Igor, Igor Vasiljevitsj en Fiels vrouw stapten in de lift die, hoewel nog nieuw, met een klaaglijk geluid heen en weer schudde toen Igor Vasiljevitsj zijn hand naar zijn kin bewoog om zich te krabben, en nog verschrikter begon te trillen toen hij het drietal omhoogtilde naar de vierde verdieping.

Pas in de lift vond Irina in haar tas de bos met sleutels, waartussen Igor ook een paar autosleutels opmerkte. Hij fantaseerde hoe hij haar in de nek zou kussen, maar realiseerde zich vervolgens dat hij daarvoor op een krukje zou moeten klimmen, en hij kreeg medelijden met zichzelf.

Fiels vrouw stond lang in het slot te peuteren, maar het lukte haar doodgewoon niet om de sleutel in het gaatje te krijgen. Igor Vasiljevitsj, die het niet langer kon aanzien, pakte voorzichtig de sleutel uit haar hand, wat zij zonder protest toeliet, en draaide de twee sloten open, waarna hij de deur openduwde en de vrouw voor liet gaan naar binnen.

In de lange gang rook het enigszins naar kattenbakken, hoewel er geen kat te zien was, en naar popcorn of iets dergelijks. Igor moest denken aan zijn zoontje en aan die keer toen zijn vrouw hen allebei had uitgefoeterd, omdat zoonlief overal in het appartement stukjes popcorn had gemorst.

Fiels vrouw deed het licht in het halletje aan en verzocht de twee mannen met zachte stem door te lopen naar de woonkamer. Haar dochtertje, die haar tegemoet kwam, vroeg ze met dezelfde zachte stem naar haar kamer te gaan. Igor deed zijn schoenen uit, maar wist niet waar de woonkamer was, waarop Igor Vasiljevitsj hem met zich mee trok, langs de vrouw heen, die lusteloos, alsof ze in trance was, bezig was haar jas uit te trekken en haar eindeloos lange witte sjaal los te wikkelen.

In de woonkamer kwakte Igor Vasiljevitsj Igor neer in een fauteuil naast een laag bijzettafeltje. Aan de andere kant van het tafeltje stond net zo'n fauteuil, waarin een zandkleurige pluche leeuw zetelde, die Igor aandachtig aankeek. Over de rugleuning van de fauteuil hing een paarse kindermaillot. Op het tafeltje lagen een paar witte kindersokken, die van onderen grijzig van kleur waren. Zenuwachtig wordend onder de aandachtige blik van de leeuw besloot Igor te verzitten en naast Igor Vasiljevitsj op de bank plaats te nemen. Omdat zijn collega zich midden op de bank had geposteerd, draaide Igor besluiteloos wat om de bank heen, niet wetend aan welke kant van Igor Vasiljevitsj hij zou gaan zitten, links of rechts.

Igor Vasiljevitsj keek op van de rugzak die hij in zijn handen hield, en klopte op de plaats links van hem. Igor ging rechts van hem zitten. Vanaf die plaats zag hij onmiddellijk zijn eigen meelijwekkende spiegelbeeld in de televisie. Door de antireflecterende laag op het scherm zag hij er nog ouder en roestiger uit dan normaal. En hij had spijt dat hij het zitvoorstel van Igor Vasiljevitsj niet had aangenomen.

Onverwachts verscheen in de woonkamer, om even plotseling weer weg te rennen, het dochtertje. Het was een meisje van een jaar of acht, met net zo'n paarse maillot aan als het exemplaar dat op de fauteuil hing. Ze griste de sokken van het bijzettafeltje en Igor kon het niet laten om ook haar zich verwijderende achterwerk, strak omspannen door het tricot, aan een taxerende blik te onderwerpen, waarna hij zichzelf in gedachten een paar maal achter elkaar op de bek sloeg.

De vrouw van Fiel stak haar hoofd om de deur en vroeg wat ze wilden drinken:

'Irina, we zijn hier niet gekomen om thee te drinken,' zei Igor Vasiljevitsj met neergeslagen blik.

'Hebben jullie dan niet eens vijf minuutjes tijd?' vroeg Irina. 'Nu jullie er toch zijn.'

'Dan maar koffie,' zei Igor Vasiljevitsj.

'En u?' wendde ze zich tot Igor.

'Ik ook koffie,' stamelde Igor.

Ze kwam terug met een presenteerblad waarop een paar rode kopjes, een suikerpot en een plat bord met wat ronde koekjes stonden. Ondertussen had ze kans gezien zich om te kleden. Ze droeg nu een grijs sportpak en pluizige pantoffels met hondensnuiten. Ze bleef even staan in de deuropening, terwijl ze met één hand het presenteerblad vasthield en met de andere het lichtknopje indrukte. De kopjes en lepeltjes op het blad begonnen vervaarlijk te rinkelen en ze pakte het haastig met beide handen beet. Pas toen het licht was aangefloept, besefte Igor dat het buiten al was begonnen te schemeren. De vrouw des huizes zette het presenteerblad nogal bruusk neer op het tafeltje, zodat er wat koffie heen gutste over de rand van de kopjes, die Igor deden denken aan een poppenservies.

'Schenk liever een grote mok in,' mopperde Igor Vasiljevitsj met een blik op het presenteerblad. 'Je kent me toch, hoe kan ik nou zo'n piepklein dingetje in mijn handen houden? Dat is toch niet serieus.'

Irina dronk het kopje dat blijkbaar voor Igor Vasiljevitsj was bestemd, in één teug leeg en verwijderde zich weer.

Het bijzettafeltje was helder verlicht, het leek wel een operatietafel. Igor keek naar boven en zag acht felle lampen. Daarop keek hij om de een of andere reden Igor Vasiljevitsj aan, maar deze ontweek zijn blik, verstrakte en bleef onbeweeglijk zitten, totdat de gastvrouw aan kwam zetten met een grote blauwe mok die bijna tot de rand toe gevuld was met koffie. Het scheelde niet veel of ze had die haar bezoeker in het gezicht geduwd.

Toen pas kwam er beweging in Igor Vasiljevitsj. Hij zette de mok kalmpjes voor zich neer en deed er op zijn gemak vijf schepjes suiker in. Fiels vrouw ging in de fauteuil zitten waar Igor kort daarvoor door Igor Vasiljevitsj in was geplant. Waarschijnlijk door het felle licht leek haar gezicht even groenig van kleur als het omringende behang. Ze scheen te wachten op het moment dat Igor Vasiljevitsj iets zou gaan zeggen, maar deze maakte geen haast. Eerst roerde hij uitgebreid de suiker door zijn koffie, waarbij zijn lepeltje met een dof galmend geluid tegen het aardewerk tikte, daarna begon hij te drinken en ten slotte zette hij de mok terug op tafel – en dit alles zonder zijn blik op te slaan.

'En, heeft hij er dan toch eentje geneukt?' kon Fiels vrouw zich niet inhouden. 'En nu moet ik hem voedselpakketjes gaan brengen, als een trouw gangsterliefje? Ja?'

Igor Vasiljevitsj versteende. Igor was blij dat hij op dat moment niet van zijn koffie zat te drinken, want hij zou zich bij het horen van die vraag beslist dramatisch verslikt hebben.

'Nee, Irina, zo is het niet,' schudde Igor Vasiljevitsj zijn hoofd. 'Hij heeft niemand geneukt.'

Behalve de vrouw van Rinat, dacht Igor bij zichzelf en bijna had hij dat hardop gezegd.

Om te voorkomen dat hem daadwerkelijk een onbezonnen woord zou ontsnappen, greep hij haastig naar zijn kopje koffie en probeerde er met zo langzaam mogelijke teugjes uit te drinken, al was hij zich ervan bewust dat een kolibrie een dergelijke minuscule portie binnen de vijf minuten helemaal zou hebben opgezogen.

'Misja is gestorven,' zei Igor Vasiljevitsj met afgewende blik.

Igor betrapte zich erop dat hij Irina en Igor Vasiljevitsj om beurten aankeek, alsof hij een tenniswedstrijd volgde.

De vrouw van Fiel stond op en begon om de een of andere reden de maillot die over de rugleuning van de fauteuil hing, op te vouwen, alsof ze van plan was die in de kast te leggen, maar in plaats daarvan smeet ze het ding plotseling op de armleuning en begon denkbeeldig stof van de pluche beer af te kloppen. Terwijl Igor Vasiljevitsj haar gadesloeg, maakte hij een onbestemd keelgeluid, iets als een kuch. Igor durfde niet naar hem te kijken, bang dat hij tranen in de ogen van zijn maat zou zien en het dan zelf ook, zoals het heet, niet meer zou houden. En toezien hoe de vrouw van Fiel nog altijd bezig was het stof uit de leeuw te kloppen, kon hij ook niet. En omdat hij nu eenmaal zijn ogen niet van het tweetal kon afhouden, richtte hij zijn blik daarom maar beurtelings op de met grijze stof overtrokken knie van Igor Vasiljevitsj en de pantoffels van de weduwe, die hem vrolijk aanstaarden met hun hondenoogjes.

'Hoezo?' vroeg Irina met een stem die leek te trillen van ingehouden woede.

'Aan een infarct,' zei Igor Vasiljevitsj.

'Nee, dat bedoel ik niet,' zei ze met dezelfde trillende stem. 'Ik bedoel, hij had zich met jullie ingelaten, en sindsdien was hij voortdurend op pad, nu eens hierheen, dan weer daarheen, er ging geen maand voorbij of hij moest weer zo nodig voor een tijd ergens naartoe, weg bij mij, en plotseling verschijnen jullie hier in je nette pak en verkondigen ...'

Haar adem stokte en ze begon gesmoord te huilen. Daarna begon ze Igor met de pluche beer tegen zijn hoofd en zijn hals te slaan. De eerste klap kwam zo onverwachts dat het al bijna lege kopje tegen Igors voortanden aan klapte. Om te voorkomen dat het kopje aan scherven viel, zette hij het tussen twee klappen door voorzichtig op het presenteerblad. In het begin deden de klappen geen pijn, omdat ze Igor met de achterkant van de leeuwenkop sloeg, maar daarna nam ze het beest in haar andere hand en bewerkte ze Igor met de snuit, waar de plastic ogen waren ingeplant en zich een massieve plastic neus bevond, die volgens Igors inschatting bijna evenveel woog als de hele leeuw. Hij onderging de afstraffing stoïcijns, terwijl ook Igor Vasiljevitsj totaal geen aanstalten maakte om in te grijpen, alsof niemand anders dan Igor zelf schuldig was aan Fiels dood.

Uiteindelijk sloeg ze een keer mis en trof ze met de leeuw het presenteerblad. Het door Igor voorzichtigheidshalve daar neergezette kopje, dat niet zo breekbaar bleek als gedacht, vloog van het tafeltje en rolde, ronddraaiend als een tol, onder een van de fauteuils. Irina ging zitten en begon onbedaarlijk te huilen, terwijl ze haar gezicht in de buik van de leeuw verstopte en haar tranen probeerde te smoren. Het hoofd en de hals van Igor brandden alsof er met een schuurborstel overheen was gewreven. Hij merkte dat zijn handen en knieën lichtjes trilden.

'Ira, toe,' smeekte Igor Vasiljevitsj zachtjes, zonder dat hij al te veel hoop leek te koesteren dat ze zich zou laten kalmeren.

'Wat doen jullie hier eigenlijk?' schreeuwde ze woedend, terwijl ze zich losscheurde van de leeuw. 'Ik heb een levende man nodig!'

Igor Vasiljevitsj frommelde de rugzak op zijn schoot met beide handen in elkaar en zei zachtjes:

'Als je je straks weer wat beter voelt, moet je misschien het een en ander regelen. Hier is zijn as. En de overlijdensakte, daarmee kun je een wezenpensioen voor je kind aanvragen. En zijn onderscheidingen.'

Na even gewacht te hebben tot ze enigszins tot rust was gekomen, liep Igor Vasiljevitsj op haar toe en legde zijn handen op haar schouders.

Igor voelde voorzichtig aan zijn hoofd en keek naar de nog bijna onaangeraakte koffiemok van Igor Vasiljevitsj. Daarom ontging het hem aanvankelijk dat zijn collega hem met gebaren probeerde duidelijk te maken dat ze maar beter stilletjes konden vertrekken. Igor sprong onmiddellijk op uit zijn stoel. Meteen al toen de aanval met de leeuw was ingezet, had hij beseft dat ze beter geen voet over de drempel van het appartement hadden kunnen zetten of zich zelfs beter helemaal niet in het trappenhuis hadden kunnen wagen. Het was waarschijnlijk het beste geweest als ze Fiels vrouw het slechte nieuws gewoon onder het klimrek hadden verteld en haar daar de rugzak hadden overhandigd om daarna meteen, zonder om te kijken, terug te lopen naar de auto. Verder bedacht hij dat de leeuw niet met de handen afgeklopt maar buiten met de mattenklopper bewerkt had moeten worden of binnen met de stofzuiger, want in zijn neus rook het nog altijd naar stoffig pluche.

Igor Vasiljevitsj gebaarde naar zijn rugzak. Igor hing die met één riem over de schouder van zijn collega, als over een kleerhanger, en zocht schielijk zijn heenkomen in het halletje. Hij kon het verdriet van Fiels vrouw moeilijk aanzien, omdat hij bijna hetzelfde doormaakte als zij, met het verschil dat hij en Fiel geen gemeenschappelijke kinderen hadden en hij ook niet kon terugkijken op een lang maar geregeld door dienstreisjes onderbroken echtelijk leven. Huilen en mensen om de oren slaan met pluche speelgoedbeesten zou Igor niet zo gauw doen, maar wel had hij bijna de hele tijd, vanaf het moment dat Fiel gestorven was tot aan dit moment, de aandrang gevoeld om zijn gevoel van machteloosheid op iemand af te reageren.

Hij speelde met de gedachte om Igor Vasiljevitsj nog een keer een potlood in zijn been te steken, al was het maar omdat hij de indruk had dat zijn collega, net als alle anderen, beschuldigend naar hem keek, alsof Igor een arts was en de symptomen van een naderend infarct al een paar dagen van tevoren had moeten herkennen.

Nadat hij zijn schoenen weer had aangedaan, stond Igor nog een minuut of tien in het halletje te wachten tot Igor Vasiljevitsj klaar was met zijn teergevoeligheden of hoe je zijn tien minuten lang durende verblijf in de woonkamer naast de vrouw van Fiel ook mocht noemen.

Eindelijk verscheen Igor Vasiljevitsj in het halletje. Hij ademde zwaar, alsof hij net hard had gelopen, schoot zonder zich te bukken snel zijn schoenen aan en trok Igor met zich mee het appartement uit. Eenmaal in het trappenhuis haalden ze allebei opgelucht adem, ondanks de damplucht die er hing, die had voor hen blijkbaar iets vertrouwds. Nadat ze elkaar een blik van verstandhouding hadden toegeworpen, stortten ze zich tegelijkertijd, alsof er een startschot had geklonken, op de drukknopjes van de lift. De reactie van Igor Vasiljevitsj bleek sneller, maar dat maakte allemaal niet uit, want de lift bleef lange tijd knarsend tussen de verschillende verdiepingen hangen en leek zelfs een paar keer te passeren zonder te stoppen.

Igor voelde zich des te zenuwachtiger, omdat hij vreesde bitter geschrei te horen achter de deur van het appartement dat ze zojuist hadden verlaten. Hij wist niet goed wat hij moest doen: angstig wegrennen of blijven wachten op de lift.

'Zullen we de trap nemen?' stelde Igor Vasiljevitsj voor en uit zijn gespannen stem en de manier waarop hij telkens omkeek naar de deur, maakte Igor op dat zijn oudere collega door dezelfde twijfels werd verscheurd als hij.

Gelukkig schoven de liftdeuren opeens wijd open. Binnenin stond een oude ijskast van het merk *Joerjoezan* met daarbovenop een geranium. Verder was er niemand.

'Er is denk ik iemand aan het verhuizen,' vermoedde Igor Vasiljevitsj, waarna hij zich toch, de verdere doortocht van de ijskast en de geranium naar beneden belettend, onmiddellijk in de lift wurmde. Ook Igor wrong zich achter hem aan naar binnen. Tijdens de afdaling merkte hij op dat de geranium er schoon uitzag, alsof de plant was afgewassen met een lapje, dat de bloempot al even schoon was en dat zelfs het witte schoteltje eronder meermaals leek te zijn afgespoeld. Daarentegen was de potaarde bedekt met een laag stof, alsof de geranium al jaren geen water meer had gehad.

Beneden aangekomen zagen ze een paar mannen van een jaar of veertig met een vertwijfelde blik staan wachten. Toen die zich ervan vergewist hadden dat de ijskast geen averij had opgelopen en er heelhuids vanaf was gekomen, slaakten ze gelijktijdig een zucht waarin zich een grote opluchting liet bespeuren. Igor slaakte eveneens een zucht van opluchting toen hij de donkerblauwe rechthoek van de openstaande buitendeur en de markeringslichten van een bestelwagen daarachter zag.

'Kom, we steken een sigaretje op,' stelde Igor Vasiljevitsj voor, terwijl ze de lift verlieten en plaats maakten voor de verhuizers. Igor ging maar al te graag akkoord, hij had hetzelfde idee.

Ze liepen naar buiten en begonnen, te midden van de uitlaatgassen van de bestelwagen, gulzig te roken. De wagen was er eentje van het merk Gazelle en leek precies op de wagen die ze bij de afdeling in gebruik hadden. Zelfs de verhuizers leken weggelopen uit de afdeling, met het enige verschil dat ze hier iets zinvols schenen te doen, namelijk het vervoeren van huisraad in plaats van het plegen van moorden. Terwijl hij daar stond te dampen, vroeg Igor zich vergeefs af of de mannen nu spullen kwamen brengen of kwamen ophalen.

Samen met Igor Vasiljevitsj keek hij toe hoe een andere ijskast, dit keer een groot zwart geval, naar binnen werd gedragen, gevolgd door een opgerold tapijt en een kast met glazen
deurtjes, terwijl er daarentegen een piano, een televisietoestel
en een wasmachine naar buiten werden gedragen.

Voordat Igor hier verder over had kunnen nadenken en
zich met deze vraag tot de verhuizers had kunnen wenden,
klonk van boven Irina's stem:

'Igor,' riep ze.

Igor begreep dat dit niet voor hem bestemd was en rookte
op zijn gemak verder. De afstand die er tussen hem en de
vrouw van Fiel lag, stelde hem min of meer gerust.

Igor Vasiljevitsj keek omhoog en vroeg:

'Ja, Irina, wat is er?'

'Ik hoef jullie aalmoezen niet,' zei ze. 'Begrepen? Stik er
maar in!'

Dat 'stik er maar in' deed in Igor een klein alarmbelletje
rinkelen. Hoezo, waar moesten ze in stikken? En toen hij de
halfopen mond van Igor Vasiljevitsj zag, nam zijn ongerustheid nog toe. Het volgende moment werd Igor vol op zijn
nek getroffen door de rugzak die naar beneden was gegooid,
waardoor de sigaret uit zijn mond vloog en hij zelf met zijn
gezicht naar voren tegen de platgetrapte laag sneeuw op de
stoep smakte. De verhuizers, die zich daarvoor beperkt hadden tot het uitwisselen van verhuistechnische opmerkingen,
onderbraken hun werkzaamheden en verstarden, zo had Igor
de indruk.

'Irina, ben je nou helemaal gek geworden?' hoorde Igor in
zijn staat van lichte hersenschudding zijn collega naar boven
schreeuwen. 'Stel je voor dat hier een kind had gelopen! Snap
je dan niet dat er een urn van twee kilo in zit, die hebben zijn
vrienden speciaal voor hem laten maken, compleet met zijn
naam erin gegraveerd, klotewijf dat je bent!'

'En waar waren die zogenaamde vrienden van hem toen
hij nog leefde?' schreeuwde ze terug.

'Die waren er altijd voor hem,' riep Igor Vasiljevitsj. 'Nou zal-ie mooi zijn! Zíj hebben hem toch niet op straat gezet, was jij dat niet, jij en die knettergekke ma van jou en zijn eigen knettergekke ma!'

'Lul!' riep ze terug.

'Bitch!' antwoordde Igor Vasiljevitsj.

Terwijl Igor Vasiljevitsj en Irina elkaar de huid vol scholden, hadden de verhuizers hun spullen neergezet en waren begonnen Igor overeind te helpen, nadat ze zich er eerst van vergewist hadden dat hij nog bewoog en gekeken hadden of de mevrouw daarboven zijn hoofd niet al te erg beschadigd had. Igor Vasiljevitsj ging zo op in zijn scheldpartij en het afvuren van rake beledigingen dat hij er helemaal niet op lette of Igor wel stevig op zijn benen stond. De mannen klopten hem af, ondersteunden hem, gaven hem zijn sigaret terug, staken die weer aan en liepen voorzichtig bij hem weg, terwijl ze geleidelijk hun handen van hem aftrokken, alsof hij een porseleinen vaas was die stond te wankelen op net zo'n standaard van spaanplaat als waarop de buste van Lenin in hun vergaderlokaal wankelde. Igor bukte zich om de rugzak op te rapen, opende hem en controleerde of de urn met as nog heel was. Hoewel, wat had ermee kunnen gebeuren, realiseerde hij zich. Hij keek hoe de stalen zijkant van de urn blonk in het licht van de reeds ontstoken straatlantaarns en de markeringslichten van de bestelwagen, terwijl hij over zichzelf in de derde persoon dacht: 'Het leed was met verpletterende kracht op hem neergedaald.' En hij lachte kort, snuivend door zijn neus, waarin hij de geur van bloed gewaarwerd.

Nadat hij de rugzak weer dicht had gegespt, bleef Igor nog een tijdje wachten tot de gemoederen tussen Fiels vrouw en Igor Vasiljevitsj wat zouden bedaren, maar toen hij op een gegeven moment Igor Vasiljevitsj met een stem vol gif hoorde zeggen: 'In de Kaukasus had hij het gemakkelijker dan bij jou, daar is hij naartoe gevlucht om van jou af te zijn,' en Irina daarop antwoordde: 'Nogal wiedes, hij vond het altijd

al leuk om met mannen te rotzooien, vertel mij wat' – toen
vond Igor het welletjes en trok hij, voordat Fiels vrouw kans
zou zien weer iets zwaars naar beneden te gooien, Igor Vasiljevitsj aan zijn mouw mee tot achter de bestelwagen, in de
richting van hun eigen auto.

Terwijl hij zijn scheldpartij met Irina voortzette, liet Igor
Vasiljevitsj zich gewillig meevoeren, zonder te kijken waar
hij liep. Igor leidde hem langs de hondendrollen en de platge-
treden resten van de sneeuwpop en loodste hem veilig over
de sneeuw die overdag was begonnen te smelten maar in
de avondkou weer was aangevroren en onder hun voeten
kraakte.

Igor moest Igor Vasiljevitsj een paar keer in zijn zij porren
voordat deze eindelijk kalmeerde en plaatsnam in de auto.
Toen Igor Vasiljevitsj eenmaal zat, deed hij het binnenlicht
aan en keek hij naar Igor, alsof hij nu pas tot zijn positieven
was gekomen.

'Man, wat zie je eruit,' zei hij. 'Laat je hoofd eens zien. Ben
je misselijk?'

Igor schudde van nee. Hij voelde zich lichtelijk onwel,
maar dat kwam waarschijnlijk doordat hij de hele dag niets
gegeten had en alleen koffie had gedronken. Hij had ook last
van maagzuur, alsof hij te veel koppen sterke thee achter
elkaar had gedronken.

'Kun je wat vrolijks opzetten?' vroeg Igor, op de radio
wijzend. 'Ik krijg wat van die klassieke muziek.'

Het duurde lang voor ze de stad uit waren. Ze reden over
bevroren karrensporen door een soort achterafbuurten, die
nu eens deden denken aan een volkstuinencomplex en dan
weer aan het industrieterrein waar ze zelf werkten. Igor zou
graag een tukje willen doen, want hij was doodmoe, zowel
mentaal, na alles wat hij had doorgemaakt, als puur fysiek,
maar door de hobbelige rit kon hij niet in slaap komen. Pas
toen de auto een spoorwegovergang passeerde en de snelweg
op reed, zonk Igor weg in een soort halfslaap waarin hij bleef

doorrijden op zijn passagiersstoel en bleef toekijken hoe snel de bomen vlak langs de weg voorbijschoten en hoe langzaam de wat verder weg gelegen bomen voortgleden, terwijl de maan al die tijd volkomen onbeweeglijk aan de hemel bleef staan. Daarna herinnerde hij zich dat het de hele dag al betrokken weer was geweest, en dat er dus eigenlijk helemaal geen maan te zien kon zijn. Igor werd wakker in een volledige stilte, die slechts doorbroken werd door het ronken van de motor en het zoeven van de banden, en vroeg:

'Is het nog ver?'

'Nee,' antwoordde Igor Vasiljevitsj. 'Slaap nog maar wat door.'

Te oordelen naar een bepaalde beweging die Igor Vasiljevitsj maakte, en een speciale intonatie in zijn stem, concludeerde Igor echter dat zijn collega liever niet had dat hij verder sliep, maar eigenlijk verlegen zat om een praatje.

Igor wreef met zijn handen over zijn gezicht en sloeg zich op de wangen om klaarwakker te worden. Hij deed het raampje open en stak zijn hoofd naar buiten. Het rook naar smeltende sneeuw en asfalt. Af en toe drong de stank van rioolwaterzuiveringsinstallaties tot hem door en Igor begreep dat ze inderdaad al bijna in hun eigen stad waren. Dat viel ook op te maken uit de zwakke neonachtige gloed die zich links voor hen aan de hemel aftekende.

Igor stak eerst een sigaret op om zijn slaperigheid definitief te verdrijven en vroeg toen pas:

'En ga jij ook net zo ruziemaken met mijn vrouw als er iets met mij gebeurt?'

'Hoezo, wat gaat er dan met jou gebeuren?' vroeg Igor Vasiljevitsj. 'Zijn je hersens zo erg door elkaar geklutst dat je je verstand hebt verloren?'

'Gaat het er altijd zo aan toe?' vroeg Igor weer.

'Eigenlijk is ze best oké,' zei Igor Vasiljevitsj na een kort stilzwijgen. 'Iedereen heeft nu eenmaal zijn eigen manier om zijn verdriet af te reageren. Ik bel haar nog wel als ze wat tot

   ALEKSEJ SALNIKOV

rust is gekomen. Het zou toch goed zijn als ze Michail naast zijn vader kon bijzetten en ze de benodigde documenten kreeg. Het leven gaat door, waar of niet?'

'Maar waarom zaten jij en SS elkaar hierom eigenlijk zo in de haren?' ging Igor door.

'Ach, daar hoef je niks achter te zoeken,' reageerde Igor Vasiljevitsj monter. 'Hij is een voorstander van strenge geheimhouding, hij vindt dat medewerkers in geval van overlijden als vermist moeten worden opgegeven. En hij vindt ook dat de personen die af en toe iemand doden, recht hebben op vergetelheid. Voor een deel heeft hij daar misschien ook wel gelijk in. Voor Misjka was het misschien beter geweest als hij spoorloos was verdwenen. En voor zijn vrouw was het ook makkelijker geweest als ze zou denken dat hij nog in leven was. Ondanks alles heeft ze toch van hem gehouden en houdt ze waarschijnlijk nog steeds van hem, want ze heeft na hem nooit een ander gehad.'

'Misschien is ze bang om nog een keer verneukt te worden,' opperde Igor.

'Dat kan maar zo, natuurlijk,' gaf Igor Vasiljevitsj toe. 'Ze roepen het steeds weer op het nieuws: dan is er hier weer iemand opgepakt, dan daar weer iemand. We gaan wetten aannemen ter bescherming van de goede zeden. En daarna gaan we wetten aannemen ter verzekering van de bescherming van de goede zeden. We hebben hier in het land niets anders aan ons hoofd dan goede zeden, homo's en pedo's.'

'Om maar niet te spreken van homofiele pedofielen,' deed Igor zijn duit in het zakje.

'Zo is dat,' beaamde Igor Vasiljevitsj. 'Sorry dat ik het zeg, maar de huidige regering doet me denken aan de bemanning van een zinkend schip die de gaten probeert dicht te plakken met pleisters.'

Igor deed er het zwijgen toe, omdat hij niet hield van politieke discussies. Die leidden nooit ergens toe, of liever gezegd, ze liepen altijd weer uit op drie onvermijdelijke vaststellingen: dat het in Rusland klote was, dat het in het buitenland, als je geen geld had, soms net zo klote was, en dat eigenlijk de hele wereld naar de kloten ging.

'Sergej Sergejevitsj staat trouwens weer eens op het punt om door te slaan en de collega's te openbaren waar we in de afdeling mee bezig zijn,' liet Igor Vasiljevitsj zich ontvallen. 'Het ziet er dus naar uit dat de zaken er weer eens slecht voorstaan.'

Maar Sergej Sergejevitsj volhardde nog enkele dagen in een grimmig stilzwijgen, zonder dat hij tot een besluit kwam. Als Igor Vasiljevitsj en Igor langs zijn kantoor liepen, hoorden ze aan de andere kant van de deur een vreemd hoesterig geluid, zoals Igor nog niet eerder van zijn chef had gehoord, een soort wanhopig keelgeschraap. Je zou denken dat de baas kou had gevat, maar elke keer als Igor Vasiljevitsj dat gehoest hoorde, gaf hij Igor veelbetekenend een por tussen zijn ribben, waardoor Igor bijna tot het uiterste werd gedreven en hij al begon te denken dat Igor Vasiljevitsj hiermee wraak nam voor het potlood in zijn been. Op de terugweg uit de rookhoek liepen ze telkens in dezelfde slagorde door de gang – Igor rechts en Igor Vasiljevitsj links – en door al die porren in zijn ribben die hij overdag moest incasseren, had Igor 's avonds behoorlijk pijn in zijn linkerzij. Hij begon al te vermoeden dat dit een symptoom was van een naderend infarct, net als bij Fiel, en werd een beetje ongerust.

Igor bracht hele avonden door in zijn badkamer terwijl hij probeerde het trucje van Fiel met de muis die op zijn hand kroop, na te doen. Oleg had gezegd dat er in de badkamer geen bewakingscamera's waren aangebracht, wat hem enigszins geruststelde. Het ergerde hem zelfs niet dat de muis zich net zo achterdochtig gedroeg als de eekhoorns in het stadsbos: het diertje sloop behoedzaam, telkens even stilhoudend, naar Igors op de vloer rustende hand toe, griste er snel een paar kruimeltjes af en verstopte zich dan weer schielijk achter een plint.

Igor had om de een of andere reden besloten om de urn met de as bij zich in huis te bewaren. Hij had het ding in een hoekje van de badkamer gezet, in de buurt van de plek waar de muis woonde: het enige schepsel dat volgens hem de overledene een warm hart had toegedragen.

Overigens had Igor Vasiljevitsj het bij het rechte eind gehad.

'Om kort te gaan,' zei Sergej Sergejevitsj met een nauwelijks hoorbare stem vanaf zijn spreekgestoelte, nadat hij iedereen een half uurtje voor beëindiging van de werkdag bijeen had geroepen in het vergaderlokaal. 'De gelederen hier zijn weer eens uitgedund. Over een tijdje zijn er misschien nog minder over. Daarom heeft het geen zin nog langer te zwijgen over de diepere zin van al die verhoren en de reden waarom er mensen dood moeten gaan, zowel aan onze kant als onder de civiele bevolking.'

Igor voelde zich opgelucht – niet omdat hij eindelijk de hele waarheid of althans datgene wat getracht zou worden als zodanig te verkopen, te horen zou krijgen, maar omdat er nu enkele rijen stoelen tussen hem en de wijsvinger van Igor Vasiljevitsj lagen.

'Op een keer heeft Igor Vasiljevitsj een fout gemaakt en alles voortijdig verklapt aan de collega's,' vervolgde Sergej Sergejevitsj met zachte stem. 'De gevolgen waren catastrofaal. Binnen een paar weken was de afdeling bijna helemaal leeggelopen. Sindsdien hebben we afgesproken slechts in een uiterst geval mededelingen te doen over de essentie van het project waaraan jullie meewerken. En nu is er dan weer zo'n geval. Van de analisten is alleen nog Sasja over, van de operationele medewerkers hebben we alleen nog Igor en …'

Om de een of andere reden zocht hij met zijn blik het lokaal af, totdat zijn toegeknepen, bijziende ogen Igor Vasiljevitsj hadden ontdekt:

'De andere Igor.'

Sergej Sergejevitsj zweeg, terwijl hij probeerde zijn gedachten te ordenen. Igor meende dat hij wel erg lang bezig was met dat ordenen, als je bedacht dat er in de loop der jaren toch al de nodige ervaring was opgedaan met dergelijke personeelstekorten.

'Elke keer als ik het erover heb, kan ik het zelf niet geloven,' zei Sergej Sergejevitsj. 'Maar Sasja hier had al zo zijn vermoedens over wat er hier speelt, en waartoe al die kidnappingen, verhoren en moorden dienen, en hij heeft voor een deel gelijk, hoewel hij er eerder bij wijze van grap over praat dan dat hij het serieus meent. Dit alles lijkt natuurlijk meer op een van de pot gerukt waanidee, zoals in een of andere goedkope, paranoïde sciencefictionfilm, maar het klopt inderdaad dat we eigenlijk jacht maken op aliens, alleen niet zozeer ruimtewezens als wel plaatselijke bewoners, al kan er onder de huid van die doodgewone bewoners god weet wat schuilgaan.'

Igor keek eigenlijk niet zo op van deze onthulling. Het maakte hem allemaal nog maar zo weinig uit dat, als hij gehoord had dat ze mensenvlees produceerden als delicatesse voor hooggeplaatste kannibalen, of dat ze strijd leverden met een geheime wereldregering van illuminaten, of meededen aan een reality show met echte moorden, dit zijn wereldbeeld op geen enkele wijze aan het wankelen zou hebben gebracht. Hoe complex dit beeld van Igor ook was, het kwam er onveranderlijk op neer dat hij ergens een plaatsje op de achterste rij toegewezen had gekregen en dat hij weliswaar getuige was van reële handelingen, maar dat er toch altijd iemand stiekem aan de touwtjes trok. Op Jonkie daarentegen maakte het nieuws grote indruk. Hij begon heen en weer te schuiven en kraakte nadrukkelijk met zijn stoel, hiermee te kennen gevend dat hij nadere bijzonderheden eiste. Van Rinat Iosifovitsj zag je alleen zijn achterhoofd, maar het leek erop dat zijn reactie dichter bij die van Igor stond dan bij die van Jonkie.

'Wat zal ik zeggen, het is allemaal lang geleden begonnen,' zei Sergej Sergejevitsj. 'Met een of andere Italiaan of Duitser, die nog voor de oorlog een paar artikelen had gepubliceerd, waarin hij de vooruitgang in de achttiende en negentiende eeuw linkte aan de aanvoer van slaven uit Afrika. Onder aanhaling van Darwin sprak hij zijn bezorgdheid uit en toonde hij met het nodige bewijsmateriaal aan dat niet alleen de mens zijn oorsprong heeft in Afrika, maar ook degene die na de mens komt: een nieuw soort wezen, mensachtig van uiterlijk, alleen veel intelligenter en geraffineerder, in vergelijking waarmee wij op het niveau van chimpansees staan. Natuurlijk hechtte indertijd niemand veel belang aan die artikelen, en daarna, in de jaren '40, hadden de mensen wel andere dingen aan hun kop. Pas in de jaren '60 werd het thema opgepakt door de Amerikanen. Je had daar een paar gekken, of figuren die juist helemaal niet gek waren, wie zal het zeggen, die zich met hun onderzoeksresultaten toegang wisten te verschaffen tot de regering, want het was volgens hen waarschijnlijk dat er echt nieuwe wezens bestonden en dat het niet uit te sluiten viel dat die elkaar konden herkennen en hun handelingen konden coördineren. Er mocht niets aan het toeval worden overgelaten, dit verdiende heel serieus te worden genomen, anders zou het met ons wel eens net zo slecht kunnen aflopen als met de neanderthalers, de mammoeten en de holenleeuwen. En natuurlijk deden ze er, om de nodige middelen ter financiering van hun onderzoeksprojecten in de wacht te slepen, nog een schepje bovenop door te waarschuwen dat die nieuwe wezens wel eens sympathie konden hebben voor het communisme, of dat het misschien wel negers waren, of negroïde communisten. En de zaak ging aan het rollen. Onze oudjes in het Politbureau pikten dit idee ook op, alleen waren ze eerder bang voor precies het tegenoverstelde: namelijk dat die nieuwe mensen een soort kosmopolieten zouden blijken te zijn. Zowel onze ouwe zakken als hun collega's aan de andere kant van de oceaan waren zich wild geschrokken van al die langharige jongeren met hun wijd uitlopende broekspijpen en alle andere outfit die daarbij hoorde. Wat betekende dat? Dat alles waarvoor ze hadden gestreden, bedreigd werd door een gevaarlijke kracht, iets wat zich voorlopig nog even op de vlakte hield? Waartegen je niet goed je leger kon inzetten of een tactisch kernwapen? Zowel bij ons als bij hen ontstond het idee om die nieuwe mensensoort om te smeden naar onze gelijkenis, om grof gezegd, die mens te dwingen te werken voor de aap. Ze wilden om te beginnen al was het maar eentje gevangennemen om te kijken waartoe die in staat was.'

'En zijn er veel van dat soort nieuwe mensen opgespoord?' kon Jonkie zijn nieuwsgierigheid niet bedwingen, waarmee hij Igor net iets voor was, want die had eigenlijk ook die vraag willen stellen, maar hij was nog zoekende was naar de juiste, bij een ondergeschikte passende formulering.

'Nu komt de grote grap, Sasja,' zei Igor Vasiljevitsj.

'Niet één,' antwoordde Sergej Sergejevitsj. 'Maar wacht nog even met lachen en spotten.'

'Hoe kun je nou niet lachen en spotten,' vroeg Jonkie zich verbaasd af, 'als weer eens blijkt dat er gewoon om niks een hele hoop mensen zijn koud gemaakt. Zoals dat altijd gaat.'

Jonkie zoog zich al vol met sarcasme om de hele gang van zaken op humoristische wijze af te kraken, maar Sergej Sergejevitsj onderbrak hem.

'Al was het maar uit respect voor de gestorvenen. Voor degenen die voor niets zijn gestorven, ja. Wat onze daden rechtvaardigt – of liever gezegd wat onze schuld enigszins verlicht – is dat er in vergelijking met wat er allemaal wordt uitgehaald om ...'

'Ja ja, maar waarom moeten ze vermoord worden?' sprak Jonkie met luide stem zijn verbazing uit. 'Wat is dat voor een rare traditie? Kan zoiets niet gewoon op school of op de universiteit of bij een sollicitatie worden aangetoond, met een of andere verplichte test?'

'Alsof dat al niet wordt gedaan. Alsof dat soort testen nu al niet bestaan, alsof er nu al niet om het minste of geringste allerlei bloedstalen worden genomen en er op elke straathoek videocamera's worden opgehangen,' antwoordde Sergej Sergejevitsj, terwijl hij Jonkie niet zonder een zekere voldoening in de ogen keek. 'En dan al die lichamelijke onderzoeken, medische keuringen, quizzen, enzovoorts. Alsof ze niet expres in heel Afrika de boel overhoophalen om een eventuele nieuwe soort, hoe intelligent ook, minder kans te geven levend te ontsnappen uit de omgeving van Limpopo. Alsof daar zomaar zonder reden allemaal artsen, huurlingen van allerlei slag, VN-mensen en waarnemers van alle mogelijke organisaties rondhangen. Alsof ze zomaar zonder reden gelijk ook maar het Nabije Oosten platbombarderen – voor alle zekerheid, je weet maar nooit. Zelfs als die nieuwe mens nog niet zou bestaan, dan nog is het zaak om te voorkomen dat hij opduikt. De pacifisten klagen dat de mensheid zijn eigen ondergang bewerkstelligt, maar pas op, als er een nieuwe soort verschijnt, zal die schijt hebben aan onze economie, onze democratie, wat die dan ook moge voorstellen, onze godsdienst, onze luxe apparaten die voor hem niet meer zijn dan vishaakjes en kraaltjes uit het stenen tijdperk, en onze nieuwste uitvindingen die voor hem oude koek zijn. De nieuwe mens zal gewoon overal in de wereld een einde maken aan de voorstellingen onze imbeciele poppenkast, tenzij we zijn opkomst in de kiem smoren. De vraag is alleen: zijn we al niet te laat? Eentje hebben we alvast uitgeschakeld om de eenvoudige reden dat hij er in het computerspel "Mijnenveger" binnen de achtentwintig seconden in slaagde zo'n twintig keer een groot veld open te klikken. Dus hebben ze die maar uit voorzorg geliquideerd. Verder hebben we een voormalige winnaar van de Wiskunde Olympiade, die was opgegroeid in het gezin van alcoholisten, gedood, alleen omdat hij niet wilde doorstuderen maar na zijn militaire dienst als sjouwer is gaan werken. Wij weten niet aan welke kenmerken ze herkend kunnen worden, maar de kans bestaat dat ze heel goed in staat zijn om hun ware aard te verbergen. Dat ze zelfs onze genetische code en de hersenactiviteit van mensen weten na te bootsen. Zo iemand in handen krijgen en weer loslaten zou een te groot risico zijn. Snap je dat niet?'

'Misschien is die nieuwe mensensoort wel goedaardig,' sneerde Jonkie. 'Een soort elf of zo.'

'Sasja, hoogstwaarschijnlijk zal het een rechtop lopende primaat zijn,' antwoordde Sergej Sergejevitsj met grote stelligheid. 'Ja, hij zal intelligent zijn. Mogelijk met humane trekken. Hij zal inventief, handig en op zijn eigen manier mooi zijn. Maar de mensen goedgezind zal hij niet zijn, zolang hij de mens niet heeft teruggejaagd naar het stenen tijdperk, zolang hij niet overal zijn eigen afscheidingen en laboratoria heeft neergezet. Pas daarna wordt hij ons misschien wat beter gezind.'

'En wat vinden jullie ervan?' vroeg Igor Vasiljevitsj, toen ze weer in het trapportaal stonden en hij lang genoeg had aangezien hoe Igor en Jonkie zwijgend aan hun derde sigaret stonden te lurken. 'Komt het hard aan, de krankzinnige waarheid?'

'Me reet, totaal niet,' antwoordde Jonkie. 'Alsof je naar een geschiedenisles over de repressies luistert. Stel je voor, er zijn overal in het land miljoenen mensen die geen flikker hadden gedaan, vervolgd en doodgeschoten, maar je hebt dat niet met eigen ogen gezien, je was er niet bij, dus wat je hoort over de slachtoffers maakt niet zoveel indruk. Een grotere hekel dan aan die beulen van toen heb je toch aan je bovenbuurman die om twee uur 's nachts keiharde muziek opzet. Ik kan daar met mijn verstand niet bij. Wat maakt het uit welke redenen er worden aangevoerd? Ik wist ook zo wel wat zich hier afspeelde, wat doet het ertoe wat voor sausje eroverheen wordt gegoten?'

'Gelukkig maar dat we jou nooit mee hebben genomen naar onze feestjes in die flatjes,' zei Igor Vasiljevitsj. 'Maar Igor hier voelt zich bij zijn kloten gepakt, zie ik, hij staat al een minuut of zeven naar hetzelfde punt te staren.'

Ze vielen opnieuw stil. Jonkie wilde nog wat zeggen en een nieuw gesprek aangaan, hij kuchte een paar keer, stootte een klank uit die het midden hield tussen een 'a' en een 'e', maar hield ten slotte toch maar wijselijk zijn mond.

Ze werden uit hun overpeinzingen opgeschrikt door het geluid van naderende voetstappen, waarin de bedachtzame tred van Rinat Iosifovitsj te herkennen was. Het rookgezelschap verbaasde zich erover dat hij, in plaats van ergens rond te zwerven door het ketelhuis om bepaalde eigen zaakjes te regelen, zomaar naar het portaal op de tweede verdieping kwam om zich bij hen te voegen.

'God nog aan toe,' fluisterde Jonkie. 'Als hij zomaar uit het niets was opgedoken toen Fiel nog leefde, wist ik wel wie er schuldig was aan zijn infarct.'

'Ik hoor alles,' zei Rinat Iosifovitsj mat.

Hij slofte naar hen toe, gaf Igor, die het dichtst bij de trap stond, om de een of andere reden een schouderklopje, zette zijn bril recht en zei:

'Nogal wat onthullingen die we daar over ons heen uitgestort krijgen. En dan nog Michail die dood is, zouden we hem niet moeten gedenken met een glaasje?'

'Daar hadden we zelf ook al aan gedacht, maar Sergejevitsj is erop tegen,' zei Igor Vasiljevitsj, vanuit zijn hoogte op hem neerkijkend.

'Nee, die is bijgedraaid,' antwoordde Rinat Iosifovitsj.

'Mijn god, Renat, heb je echt besloten de teugels te laten vieren en heb je nu een aanleiding gevonden?' vroeg Igor Vasiljevitsj bijna bewonderend.

'Stel dat het zo is,' zei Rinat Iosifovitsj gereserveerd, 'wat maakt dat dan uit?'

Jonkie werd met de nodige instructies naar de winkel gestuurd. Hij sputterde eerst wat tegen en zei dat hij eigenlijk in rang verhoogd zou moeten worden, omdat de gelederen waren uitgedund. Volgens hem was het zo langzamerhand tijd om lootjes te gaan trekken. Bovendien kon Igor Vasiljevitsj, als dommekracht, meer meenemen.

'Zoveel hoeft er nu ook weer niet te worden ingeslagen,' reageerde Igor Vasiljevitsj op deze poging van Jonkie er onderuit te komen.

Jonkie verdween, terwijl Rinat Iosifovitsj zijn plaats innam en een sigaret opstak. Daarna zette hij zich, waarschijnlijk omdat hij daar niet van op de hoogte was, op de plaats waar Fiel vroeger altijd had gezeten, mompelend dat het hier wel een staande receptie leek. Na het vertrek van Jonkie, die de zwaarwichtige ernst van Rinat Iosifovitsj gewoonlijk compenseerde met luchtige opmerkingen, ontstond er een drukkende stilte. Een stilte die Igor zo beklemde dat hij weg wilde lopen en zich wilde opsluiten in zijn kamer om er pas weer uit te komen als de drank was aangerukt.

'Wat ik wilde zeggen,' doorbrak Rinat Iosifovitsj de stilte, 'is dat ik nu waarschijnlijk zwaar schuldig ben tegenover Michail en tegenover jullie. Ik zie dat jullie allemaal in de rouw zijn, en ik ben dat ook, maar tegelijkertijd voel ik leedvermaak, daar kan ik niets aan doen. Met jullie vrouwen heeft Misja niet geslapen, maar wel met die van mij. Met mijn verstand begrijp ik dat hij op jonge leeftijd is gestorven en dat je zijn dood moet betreuren, maar met mijn hart kan ik maar niet bevatten dat jullie hem wel geaccepteerd hebben zoals hij was en nu zo om hem zitten te treuren, terwijl ik persoonlijk geen jongetjes lastig val en niet met jullie vrouwen slaap, maar voor jullie toch een vreemde ben, een soort alien. Hoe kan dat nou?'

Rinat Iosifovitsj schommelde lichtjes heen en weer op de vensterbank en plotseling zag Igor dat hij dronken was, en niet zomaar een beetje, maar straal. Het meest opmerkelijke was dat er sinds het moment dat de bijeenkomst in het vergaderlokaal was beëindigd, amper een half uur verstreken was.

'Natuurlijk ben je geen alien voor ons,' zei Igor Vasiljevitsj met niet al te veel overtuiging. 'Waarom denk je nou dat je er niet bij hoort? Je zoekt zelf geen contact, je zit daar maar de hele tijd in je kantoor het nufje uit te hangen.'

'En waarom vallen jullie dan ineens stil als ik langsloop?'
vroeg Rinat Iosifovitsj. 'Nou? Waarom vormen jullie een
apart kliekje? Waarom vragen jullie niet of ik met jullie mee
kom roken?'

'Hoezo niemand vraagt jou?' antwoordde Igor Vasiljevitsj
verbaasd. 'Je bent ons toch zelf gaan mijden na dat akkefietje
bij mij in mijn buitenhuis. Misschien omdat je van je vrouw
op je kop hebt gehad? We hebben toen allemaal van haar op
onze kop gehad. Moet je daarom altijd zo bokkig zijn tegen
iedereen? Het is jouw vrouw, niet die van een vreemde, al
gaat ze soms ook vreemd.'

'Eigenlijk houd ik niet meer zo van woordjes als "vreemd"
en "alien" na de onthullingen van vandaag,' bekende Rinat
Iosifovitsj. 'Laten we die liever eventjes niet gebruiken.'

'Oké,' grijnsde Igor Vasiljevitsj. 'Jouw vrouw dus. Eigenlijk
zijn wij het die ons beledigd zouden moeten voelen, niet jij.
En dat jij niet mag drinken, dat is ook niet onze schuld.'

'Wie zegt dat ik niet mag drinken?' vroeg Rinat Iosifovitsj.
'Ik heb zonet al het een en ander achterovergeslagen en voel
me prima daarbij. Ik heb maar niet afgewacht tot ik door
jullie zou worden uitgenodigd, ik ben maar vast begonnen,
anders had ik tot sint-juttemis kunnen wachten.'

'Renat, echt,' bezwoer Igor Vasiljevitsj met de hand op zijn
hart, 'we hebben niks tegen jou. Alleen, we dragen gewoonlijk allemaal bij als er drank wordt ingeslagen, maar als we
dan later ook aan jou vragen om een schamele driehonderd of
vijfhonderd roebel in de gemeenschappelijke pot te stoppen,
heb je altijd wel een uitvlucht. Nu eens heb je het godverdomde druk. Dan weer heb je geen kleingeld bij je. Dan weer
moet je geld overhouden om benzine tanken. Dan weer moet
je een verjaardagscadeautje voor je dochter kopen. Dan weer
medicijnen. Snap je niet dat anderen daarvan balen?'

'Dat snap ik,' knikte Rinat Iosifovitsj met zijn dronken
kop. 'Maar al die uitvluchten die je nu opsomt, dat was allemaal echt waar. Ik kon er niks aan doen dat ik al die keren

niet kon betalen, het was steeds stom toeval dat ik geen los geld op zak had. Er rust een soort vloek op me als het om geld gaat. Maar vooruit, vandaag is het een bijzondere dag. Vandaag ga ik het volle pond betalen. Vandaag zou bij mij alles moeten lukken. Ik voldoe al mijn oude schulden en draag mijn deel bij aan het drinkgelag van vandaag. Kijk maar. Geloof het of niet.'

Rinat Iosifovitsj stak triomfantelijk zijn hand in de zak van zijn overall, waarbij hij voor het gemak zijn achterwerk een stukje oplichtte van de vensterbank, maar zodra je zag dat zijn vuist zich om het geld in zijn zak klemde, zakte zijn lichaam in de vensteropening als een plumpudding in elkaar, alsof de eigenaar ervan een onmiddellijk werkend spierverslappend middel toegediend had gekregen. De sigaret viel uit Rinats krachteloze mond en rolde langs zijn broekspijpen op de grond.

'Jezus Christus,' zei Igor Vasiljevitsj verbijsterd, terwijl hij Rinat Iosifovitsj aan zijn schouder door elkaar schudde. 'Wat heeft hij daar op zijn kantoor zitten drinken. Chloroform of zo?'

Igor lachte ingehouden, maar Igor Vasiljevitsj wees hem op gemaakt strenge toon de les:

'Eigenlijk valt hier niets te lachen, Igor. Onze belangrijkste kopzorg is nu: wat doen we met hem? Hem hier laten liggen is uitgesloten, hij zou het ons nooit vergeven. We weten inmiddels dat Renat een gevoelige ziel is. Onze economisch directeur heeft grijpgrage vingers, een stijve kop en een lichtgeraakt hart. Hem naar zijn eigen kantoor brengen is ook geen goed idee, dat zal hij ons ook niet vergeven. En naar Misja's kamertje is wat ver.'

'Misschien wat ver, maar volgens mij is dat de enige optie,' zei Igor. 'Vooruit, wie pakt de benen en wie de armen?'

'Aaah,' wimpelde Igor Vasiljevitsj Igors voorstel minachtend af.

Igor bewonderde de wijze waarop Igor Vasiljevitsj kans zag om met één enkele klank, één enkele klinker, over te brengen dat hij het voorstel afwees en tegelijk zijn verachting voor Igors lichamelijke conditie wist te uiten.

In één vlotte beweging slingerde hij Rinat over zijn schouder. Igor maakte zich sterk dat Igor Vasiljevitsj ook hemzelf even zo vlotjes over zijn andere schouder zou kunnen slingeren, zonder dat hem dit enige inspanning kostte. Daarna dacht hij aan Fiel, die ook zo iemand was die almaar aan het joggen en springen was en nekken omdraaide, terwijl hij nooit dronk of rookte – maar dat het evengoed zo met hem afgelopen was. Igor liet Igor Vasiljevitsj voorgaan. En terwijl hij volgde, luisterde hij hoe zijn collega, die onderweg bij elke bocht met Rinat tegen de muur botste, zijn mening gaf over alcoholisten:

'Ik heb ook zo'n vriend, die ik nog ken van de militaire dienst. Soms zien we elkaar lange tijd niet, dan moeten we elkaar hoognodig weer eens ontmoeten. We bellen elkaar en spreken af. Dan komt hij en we drinken een paar glaasjes. En voor je het weet is hij zo zat als een kanon en valt hij van zijn stokje, om je dood te ergeren. Maar dan wordt hij wel midden in de nacht wakker, terwijl ik al slaap, en begint hij verder te zuipen. Je hoort hem met flessen rinkelen en naar de wc gaan. En dan gaat hij ook nog naar de winkel om extra drank in te slaan. Maar als ik dan opsta, is hij alweer onder zeil. En zo gaat het een paar dagen achter elkaar door. Elke keer weer. Renat is er ook zo een. Het valt alleen te hopen dat de stoppen niet doorslaan bij hem als hij wakker wordt, anders breekt de hel los. Hij is in staat het hele ketelhuis steen voor steen af te breken. En daarna weer op te bouwen, waarbij hij begint met het topje van de schoonsteenpijp.'

Omdat Igor Vasiljevitsj zich niet al te duidelijk uitdrukte, moest Igor even nadenken wat hij nou bedoelde: dat Rinat Iosifovitsj het ketelhuis zo begon op te bouwen dat het op zijn kop kwam te staan, of dat hij eerst het bovenste deel van de schoorsteenpijp begon te metselen om er daarna een nieuwe laag bakstenen onder te leggen, alsof hij die aan de lopende band produceerde met een 3D-printer, en zo verder tot het nieuwe ketelhuis klaar was. Verder werd Igor geobsedeerd door de in de lucht bungelende hand van Rinat, waaraan een horloge prijkte met een blikkerend rond glas.

'Het blijft natuurlijk raar dat we ons nog altijd druk maken om dit soort dingen. In het bijzonder ik dan. Ik heb dat verhaal al zo vaak door Sergej Sergejevitsj horen vertellen en ik heb het er al met zoveel verschillende teams van medewerkers over gehad. En steeds weer krijg je dezelfde lacherige reacties. Altijd is er in het gezelschap wel een of andere droge alcoholist. Zou Oleg zulke mensen expres uitzoeken? En jullie zijn ook elke keer weer zo naïef om te denken dat je hier gewoon je tijd uitdient tot aan je pensioen. Haal jij je pensioen?'

Igor Vasiljevitsj keek Igor ernstig aan.

'Weet ik veel,' antwoordde Igor korzelig. 'We gaan het proberen. Ik heb geen plannen om me op te hangen.'

'Dat is in ieder geval goed nieuws,' zei Igor Vasiljevitsj sarcastisch.

In het achterkamertje waar Fiel vroeger verblijf had gehouden, troffen ze Sergej Sergejevitsj aan, die daar al zat te wachten. Hij interpreteerde datgene wat hij zag op zijn eigen manier.

'Wat nou, hebben jullie hem knock-out geslagen?' vroeg hij half ontzet, half beschuldigend.

'Hij heeft zichzelf knock-out geslagen,' zei Igor Vasiljevitsj. 'Schuif 's wat op, dan leg ik hem hierzo neer op de bank ... Toen hij bij jou kwam om te vragen of je meedeed met de gedenkbijeenkomst, was hij toen nog nuchter?'

'Ja. Volgens mij wel,' antwoordde Sergej Sergejevitsj, terwijl hij, niet geheel op zijn gemak, met een schuin oog keek naar het lichaam dat op het andere uiteinde van de bank zat.

Igor Vasiljevitsj keek vanuit zijn hoogte als een aasgier neer op de zwaar door zijn neus ademende Rinat.

'Dan begrijp ik er niets meer van,' zei hij. 'Als hij zich nou in zo'n korte tijd had bezat op andermans kosten of voor een weddenschap, dan had ik het nog gesnapt.'

'Misschien heeft hij al dagen lang stilletjes zitten drinken,' opperde Sergej Sergejevitsj. 'Er is per slot iets gebeurd wat je niet in je kouwe kleren gaat zitten.'

'Da's waar,' gaf Igor Vasiljevitsj toe en zijn jukbeenderen verstrakten, terwijl zijn ogen zich vulden met iets als medeleven – met Rinat Iosifovitsj of misschien wel met Fiel en Rinat Iosifovitsj allebei

Bijna op hetzelfde moment verscheen Jonkie met een ritselende zak vol rinkelende flessen en met een frisse kleur op zijn wangen omdat hij zo gerend had. De treurige aanleiding was hem nergens aan te zien. Toen hij de slapende Rinat Iosifovitsj zag, vroeg hij waar die zo moe van was en wanneer hij onder zeil was gegaan. Ze legden hem uit hoe de vork in de steel zat. Met zijn rinkelzak vol flessen sloop Jonkie wat dichter op Rinat Iosifovitsj af en snoof zijn adem op.

'Het lijkt erop dat hij de dranklucht heeft proberen te verdrijven met laurierblad,' concludeerde hij, terwijl hij zich weer oprichtte. 'Net als in *Liefde en duiven*.[36]

'Ik had eens een kennis,' ging Igor Vasiljevitsj hier grif op in. 'Dat was ook zo'n stille drinker en die gebruikte zo vaak laurierblad dat er, zoals hij zelf zei, een voorwaardelijke reflex bij hem optrad: telkens als hij laurierblad rook, had hij het gevoel of hij al dronken was.'

Igor stelde met een zekere ergernis vast dat Igor Vasiljevitsj er wel heel veel vreemde kennissen op na hield, en vroeg zich af of hij zelf ook niet, net als alle anderen, op die lijst met vreemde kennissen zou belanden, mocht er iets gebeuren.

'Mijn god, Vasiljevitsj,' kon Igor niet laten deze gedachte hardop uit te spreken. 'Je hebt nogal wat vreemde types rondlopen in die kennissenkring van jou. Als ik jou zo hoor, word je omringd door gekken. Je zou haast denken dat je vrienden bent met ons omdat wij ook gestoord zijn.'

'Ja, mensen zijn nu eenmaal vreemde wezens,' antwoordde Igor Vasiljevitsj grif, met een brede grijns. 'Dat zul je toch zelf moeten toegeven. En dat je zelf ook niet helemaal normaal bent, zul je toch ook niet kunnen ontkennen. Toen Misja me vertelde van jullie gesprek over films, begon ik me af te vragen of jij soms films kijkt als je onder invloed bent van iets.'

'Wat was dat dan voor gesprek?' vroeg Sergej Sergejevitsj.

Igor moest om de een of andere reden blozen, al was er niets waarvoor hij zich hoefde te schamen. Hij kon het alleen moeilijk zetten dat Fiel datgene wat hij had gezegd, had doorverteld aan iemand anders.

'Ach, daar werd zoveel gezegd,' wendde Igor Vasiljevitsj zich tot SS. 'Ze haalden allerlei Amerikaanse sciencefictionfilms door de mangel. Maar één observatie was wel raak. Ik heb toch al een behoorlijk aantal meesterwerkjes van daarginder gezien, maar er nog nooit zo op gelet. Weet je, je hebt zo'n specifiek genre met als thema dictatuur en het verzet van opstandelingen daartegen. Dat is bedoeld als een onverholen waarschuwing voor de dingen die gaan gebeuren als de communisten de macht grijpen of als de Sovjets de VS bezetten. Je hebt dan altijd in zo'n rioolstelsel een handjevol verzetsstrijders. En het interessantste van alles is dat er in die gemeenschap van opstandelingen sprake is van echt communisme, iets waar ze dus juist tegen willen vechten: gratis eten, gratis medische verzorging en ook het onderwijs is gratis en voor iedereen toegankelijk.'

'Genoeg gekletst, tijd om te drinken,' stelde Sergej Sergejevitsj na een korte pauze voor.

'Of neem nou de film *Aliens*,' probeerde Igor Vasiljevitsj het gesprek voort te zetten, maar of dit nu toeval was of niet, of misschien had Rinat zich de onthulling van SS op de vergadering echt persoonlijk aangetrokken – in ieder geval vertrok zijn gezicht zich bij het woord 'aliens' weer tot een ontevreden slaperige grimas en produceerde hij daarnaast een klagerig geluidje.

'Kom op, laten we liever een glaasje nemen,' herhaalde Sergej Sergejevitsj met een schuine blik op Rinat.

Ze gingen aan tafel zitten en dronken twee glaasjes op het zielenheil van Fiel, waarna ze stilvielen, omdat ze niet wisten waar ze verder nog over moesten praten.

'Dat glijdt goed naar binnen,' zei Sergej Sergejevitsj. 'Dus was het een goeie kerel. Het nadeel is alleen dat als het de hele tijd zo goed blijft glijden, jij mij straks naar huis mag rijden, Igor Vasiljevitsj.'

'Mooi niet, we bellen gewoon een taxi,' antwoordde Igor Vasiljevitsj op luchtige toon.

'Ik zou er maar niet op rekenen dat zoiets gaat lukken,' bemoeide Igor zich ermee. 'Toen ik hier voor de eerste keer kwam, kon ik jullie nauwelijks vinden.'

'Ik herinner me nog hoe je naar me zwaaide,' lachte Igor Vasiljevitsj. 'Bij de slagboom. Ik dacht nog: wat voor de fuck doet die snuiter hier?'

'En toen jij wegliep, dacht ik: wat een klootzak,' zei Igor, hoewel hij niet zeker meer wist of hij dat echt had gedacht.

'En dan te bedenken,' merkte Sergej Sergejevitsj op, 'dat ik nota bene iedereen van tevoren had gewaarschuwd dat er een nieuwe medewerker zou komen. Ik had zelfs beschreven hoe zijn auto eruit zag, en volgens mij had ik zelfs zijn nummerplaat gegeven.'

'Ik had hem gewoon zo vanuit de verte niet herkend,' erkende Igor Vasiljevitsj. 'Ik dacht nog, wat een sukkel is dat, durft niet eens het terrein op te komen – en die zou dan verhoren moeten afnemen! Die rent al na de eerste de beste ondervraging naar de militie of hij smeert hem naar een andere stad om nergens meer mee te maken te hebben en zichzelf wijs te maken dat het allemaal maar een boze droom was.'

'Je wordt bedankt,' zei Igor. 'Wie gedenken wij hier eigenlijk, mij of Misja?'

'Maar goed dat Rinat slaapt,' zei Jonkie, terwijl hij iedereen een derde glaasje inschonk. 'Anders zou die nu zulke herinneringen aan Misja gaan ophalen dat het gewoon gênant zou zijn.'

'Gênant is nog zachtjes uitgedrukt,' zei Igor Vasiljevitsj. 'Weet je wat hij daarnet over Misja heeft gezegd, Sergej Sergejevitsj? Dat hij het niet erg vindt dat Misja dood is, omdat hij hem dat met zijn vrouw nog altijd niet heeft vergeven.'

'Da's toch normaal,' antwoordde Sergej Sergejevitsj. 'Over zoiets kun je je toch niet zomaar heen zetten.'

'Dus zijn vrouw heeft hij wel vergeven, maar Misja niet? Vind je dat normaal?' vroeg Igor Vasiljevitsj. 'Hij zou toch gewoon kunnen doen alsof. Het in zichzelf opkroppen en er niet over praten. Zeker als je bedenkt dat zijn eigen vrouw er net zo goed schuld aan had.'

'Volgens mij,' begon Jonkie, enigszins van zijn stuk rakend toen er drie blikken op hem gericht werden, 'heeft de onthulling van vandaag totaal geen effect op hem. Hij wist allang wat hier gaande was, hij is zo'n type dat het liefst gewoon lekker thuis zit en zich verder nergens het hoofd over breekt. Wat maakt het hem uit als ze hem een keer bedrogen heeft? Ik denk dat hij niet eens weg zou gaan bij zijn vrouw als ze uit haar vel zou kruipen en een of andere hydra zou blijken te zijn.'

Igor wist niet wat een hydra was, maar schaamde zich om daarnaar te vragen. Ook de anderen leken het niet te weten. En het kwam waarschijnlijk door dit gebrek aan kennis en de schaamte hierover dat Igor Vasiljevitsj het onverwachts voor Rinat opnam en Jonkie toesnauwde:

'Jij hebt gemakkelijk praten, wacht maar tot jij zo oud bent als hij.'

'Misschien kunnen we in plaats van "vreemde" mensen te vangen beter buitenaardse parasieten gaan opsporen,' besloot Igor het over een grappige boeg te gooien, hoewel zijn keel eigenlijk werd dichtgesnoerd door gevoelens van wanhoop. 'Je leidt een rustig leventje en hopla – opeens lijkt je vrouw de kolder in haar kop gekregen te hebben. Zou het niet kunnen dat er dan een alien ín haar is gevaren?'

Igor Vasiljevitsj en Sergej Sergejevitsj moesten smakelijk lachen.

                              ALEKSEJ SALNIKOV

'Ik ken dat,' zei Igor Vasiljevitsj. 'In mijn vrouw is ook iets gevaren toen ze drieënveertig was. En in mijn dochter toen ze puber werd. Je zult zelf ook nog wel merken hoe jouw zoon verandert als hij een jaar of dertien is – daar word je hoorndol van. Daarmee vergeleken zal Jonkie, die de ergste hormonale stormen al achter de rug heeft, jou een engeltje lijken. En denk er vooral ook aan: omdat je altijd op je werk bent, zul je het gevoel hebben dat die hele verandering zich in één dag heeft voltrokken.'

Door het ter sprake brengen van de hormonen werd Igor in zijn ziel geraakt, omdat hij onmiddellijk moest denken aan het gesprek met zijn vrouw over prolactine. Ook Jonkie leek onaangenaam getroffen door iets wat Igor Vasiljevitsj had gezegd. Hij kuchte en sprak vermanend:

'Het lijkt hier wel een boekenclubje. Alsof we zitten te discussiëren over een boek van dokter Spock. Gaan we nou nog drinken, of wat? Of gaan we alleen maar ouwehoeren?'

'Allebei gaan we doen,' verzekerde Igor Vasiljevitsj hem. 'Maak je maar niet ongerust.'

HOOFDSTUK 9

De dag voordat ze erop uit moesten trekken voor een nieuwe operatie, had Fiel paddenstoelensoep gemaakt, maar omdat Igor niet van paddenstoelen hield, had Fiel die in zijn eentje opgegeten. Toen ze zich bij de garage op het werk gereedmaakten voor vertrek, had Igor Vasiljevitsj opgemerkt dat Fiels gezicht een beetje groenig van kleur was, wat zelfs in het matte licht van het garagelampje opviel, en dat er zweetdruppeltjes op zijn voorhoofd parelden. Fiel had moeten toegeven dat hij ook een beetje misselijk was en dat zijn maag aanvoelde alsof hij een mes had doorgeslikt. Igor Vasiljevitsj had gevraagd of Fiel iets bijzonders had gegeten, waarop deze had verteld van de paddenstoelen. Heel dit gesprek had plaatsgevonden toen ze op het punt stonden om te vertrekken, zodat er snel beslist moest worden.

'Kun je niet beter hier blijven?' stelde Igor Vasiljevitsj voor. 'Voordat je begint te kotsen.'

'Welnee, het gaat wel,' probeerde Fiel zich manhaftig voor te doen en hij toverde zelfs een glimlach tevoorschijn, maar die glimlach had iets kunstmatigs en leek eerder een beetje triest. Je werd er niet vrolijker van, je kreeg integendeel het gevoel dat er iets niet klopte.

Zelfs Igor Vasiljevitsj leek zich ongemakkelijk te voelen onder die glimlach, want hij zei tegen Fiel dat die maar beter zijn boeltje bij elkaar kon pakken en moest aftaaien naar huis, of op het werk moest blijven, in zijn achterkamertje of op zijn bureau. En dat hij eerst maar wat Norit-tabletjes moest innemen of misschien maar beter meteen een ambulance kon bellen.

'Maar dat komt niet van die paddenstoelen,' wierp Fiel tegen. 'Wat kan ik daar nou van krijgen? Ze kwamen uit een blikje. Niet uit het bos. In blikjes worden geen groene knolamanieten gestopt. Het lijkt meer op een buikgriep.'

'Je weet maar nooit,' zei Igor Vasiljevitsj. 'Ik heb net ergens gelezen dat een of andere kerel een stokbrood had zitten vreten en dat iemand in de bakkerij daar een slaapmiddel in had gestopt. En als je echt buikgriep hebt, dan kunnen we jou al helemaal missen als kiespijn. Straks ga je me daar in de woning nog de hele godverdomde boel onderschijten en onderkotsen. Dus wegwezen, we redden het wel zonder jou.'

Fiel sputterde voor de vorm nog wat tegen, maar gaf toe dat hij in zieke toestand beter niet mee kon doen aan de operatie.

'Ga nou maar lekker naar binnen, uitsloverig stuk stachanov-arbeider dat je bent,' zei Igor Vasiljevitsj tegen Fiel en hij klopte hem op de rug. 'Ingerukt mars, loop je krijgsmakkers niet in de weg.'

Fiel slofte weg naar het ketelhuis.

'Zullen we misschien Renat meenemen voor de afwisseling?' dacht Igor Vasiljevitsj hardop.

Rinat Iosifovitsj, die daar ook stond, onder het afdak van de garage, schoot in beweging, alleen was het niet duidelijk of hij zich verheugde over het voorstel van Igor Vasiljevitsj of dat hij ervan schrok.

'Op grond van het reglement moeten er eigenlijk drie personen mee,' mompelde hij.

'Op grond van het reglement moet er zoveel,' antwoordde Igor Vasiljevitsj luchtig. 'Ga liever de dingen die Fiel moet afgeven, in ontvangst nemen.'

En ook Rinat Iosifovitsj slofte weg. Igor Vasiljevitsj wierp een ironische blik op de achterblijvers. Zowel Jonkie, die al in de auto zat, met zijn voeten op het gevaarte, als Igor zagen er niet al te zelfverzekerd uit toen ze hadden begrepen dat Fiel niet mee zou gaan.

'Maak jij je maar niet te sappel, Jonkie, voor jou verandert er niets. Geef je pistooltje maar aan ome Igor,' begon Igor Vasiljevitsj te redderen. 'Ik rijd. En jij, andere Igor, mag twee rapporten opstellen, eentje voor jezelf en de andere voor deze jongeman hier.'

'Waarom moet ik dat doen?' vroeg Igor enigszins verontwaardigd. 'Laten we het liever opdelen.'

'We zien wel,' antwoordde Igor Vasiljevitsj ontwijkend en hij kroop achter het stuur. Toen hij instapte, helde de Gazelle duidelijk over naar links.

Igor wurmde zich achter in de wagen naast Jonkie.

'Kopen we meteen spuitwater of zoeken we onderweg een winkel?' vroeg Igor Vasiljevitsj, terwijl hij zijn hoofd naar hen omdraaide en de bestelwagen startte. 'Wil iemand misschien vast een pilletje tegen de misselijkheid? Een papieren zakje?'

'Vasiljevitsj, hou je handen op het stuur, kijk voor je op de weg en hou je klep,' snauwde Jonkie.

Igor Vasiljevitsj moest, zoals hij dat gewoon was, smakelijk lachen en reed de wagen naar de slagboom, waar ze bleven wachten tot Rinat Iosifovitsj hem open zou doen, maar die liet op zich wachten, misschien wel uit angst dat ze hem toch mee zouden nemen. Daarop stapte Jonkie, door zijn tanden heen vloekend, de auto uit, tilde de slagboom omhoog, keek met zijn handen in de zij toe hoe de Gazelle langs hem heen reed en werkte zich opnieuw naar binnen, met een rode kop van woede, waar Igor niets van begreep.

Igor Vasiljevitsj loodste de wagen vlotjes de stad uit. Ze werden dit keer niet meer zo erg door elkaar geschud op de ijzige hobbelweggetjes van het industrieterrein, want de sneeuw was al aan het smelten en gaf mee onder de banden, je hoorde hoe het water dat van boven nog bedekt was met een laagje ijs maar daaronder vloeibaar was gebleven, uit de sporen spatte. Het was zo warm binnen dat Igor en Jonkie de raampjes een stukje openzetten.

Toen Igor Vasiljevitsj de Gazelle de snelweg op reed en het wegdek min of meer effen werd, terwijl de stad opzij langzaam voorbijgleed, begon Igor zich al een stuk beter en zelfs op zijn gemak te voelen. De lucht, die na alle winterdagen zacht aanvoelde, streek langs zijn rechterschouder en bewoog de haartjes in zijn nek. Hij moest wel oppassen dat hij zelf ook geen osteochondritis opliep als hij ook op de terugweg weer bij het open raampje zou zitten, maar hij dacht dat het allemaal wel los zou lopen.

'Je hebt nu net zo'n vrolijke toet als het locomotiefje uit Romasjkova,'[37] merkte Jonkie gemelijk op.

'Wat jij met je kattenogen al niet ziet in het donker,' zei Igor.

Igor wist wat ze gingen doen en waar het ten slotte op uit zou draaien, maar om de een of andere reden verbeeldde hij zich dat het wel goed zou komen. Sergej Sergejevitsj had laten weten dat er dit keer geen sprake zou zijn van vrouwen of kinderen, waardoor Igor zich bemoedigd had gevoeld.

'Waar gaan we eigenlijk heen?' riep Jonkie tegen Igor Vasiljevitsj. 'Zijn we soms op weg naar het kerkhof? Ben je van plan ons daar te begraven?'

Igor Vasiljevitsj glinsterde met zijn tanden en rechteroog in hun richting.

'We rijden naar een datsja-wijk,' legde hij bereidwillig uit.

'Aha,' zei Jonkie. 'Mijn stiefvader heeft daar een huisje en een moestuin. Hoewel ik niet weet of het dezelfde wijk is.'

'In Malinki,' zei Igor Vasiljevitsj.

'Dan is het ergens anders,' zei Jonkie. 'Die van mij heeft een huisje met moestuin in Sjachtjory. In Malinki heeft hij geen fuck.'

Lange tijd waren rechts door de bomen heen de lichtjes van de voorbijschuivende stad te zien, terwijl zich links alleen maar bomen en uitgestrekte, nog altijd besneeuwde velden aftekenden. Daarna werden de bomen heel schaars en de velden steeds talrijker, totdat er zich tot aan de horizon alleen nog maar één eindeloos veld uitspreidde met slechts hier en daar in de verte een zwart afstekend bosje. Opeens dook er in het donker langs de weg, op een plek zonder enige menselijke bewoning, een verlaten betonnen bushokje op, dat van buiten grijs en van binnen zwart was. Igor kon tijdens het voorbijrijden zien dat er aan het schuin overhellende dak een blikken bordje met de dienstregeling hing, en had te doen met de passagiers die zich 's winters door de besneeuwde en winderige velden of in de herfst langs een platgetrapt modderpaadje een weg hiernaartoe moesten banen.

Na het bushokje liep de weg verder over een damachtige verhoging, waardoor alles wat zich naast de weg bevond, in de diepte leek weggezonken. De weg nam een zwakke, bijna onmerkbare bocht en daar begon tussen de bomen langzaam een afgelegen dorpje met allemaal dicht opeengedrongen huisjes van één of twee verdiepingen op te doemen. Iets verderop stond ook nog een huis van drie verdiepingen, zoals je die eerder in de stad verwacht. In dat huis, helemaal rechts bovenaan, glansde zwak een roodgelig venster, dat spookachtig werd verlicht, waarschijnlijk door een lamp vanuit de gang erachter. Het huis stond aan de ene rand van het dorpje, terwijl aan de andere rand de lange staart van een passagierstrein te zien was, met ook daar weer achter de raampjes het zwakke schijnsel van nachtlichtjes. Bij het zien van dit schijnsel kroop er een voor Igor zelf onbegrijpelijke zoete weemoed in zijn hart, zoiets als ook honden waarschijnlijk ervaren bij het zien van de volle maan.

Boven het dorpje uit torende de schoorsteenpijp van een ketelhuis, niet zo een als bij hen op het werk, een bakstenen, maar hoogstwaarschijnlijk eentje van metaal, met een rood lichtje aan de top, als een smeulend sigarettenpeukje. Je kon nog net een sliertje rook uit de pijp zien opstijgen. Igor was iemand die meer van warm weer hield, maar toch keek hij als geboren stadsmens altijd met welgevallen naar de rookpluimen die op vorstige dagen door fabriekspijpen werden uitgestoten en in weelderige zuilen rechtstreeks naar de hemel oprezen.

Nadat de wagen zonder problemen een spoorwegovergang was gepasseerd, maakte het voertuig een scherpe bocht naar rechts, alsof het via een omtrekkende beweging terug wilde keren naar de stad. Opnieuw kwamen er kuilen in het plaveisel en reden ze over een weg die was uitgesleten door de banden van vrachtwagens en andere transportmiddelen die af en aan naar de stad reden. Daarna kreeg Igor het gevoel of de weg helemaal onverhard was en er alleen smeltende sneeuw, vermengd met modder, lag. Dat maakte hij op uit het soppende geluid dat de banden in de kuilen maakten, alsof ze van leem waren gemaakt.

'Ik zie al voor me hoe mooi jullie er gaan uitzien als we straks blijven steken in de modder en ik jullie de auto laat voortduwen,' zei Igor Vasiljevitsj over zijn schouder heen, maar zijn stem klonk toch eerder ongerust dan spottend.

'Me reet, dat had je gedacht,' antwoordde Jonkie resoluut. 'Als we blijven steken, kruip ik zelf wel achter het stuur en mogen jullie duwen, want aan mij hebben jullie toch niks. Ik ben de meest scharminkelige van jullie allemaal.'

Inmiddels had Igor het gevoel of ze door een soort oerbos reden. In het licht van de voorlampen was alleen een compacte wand van sparren te zien en dat ging zo eindeloos lang door dat Igor op een gegeven moment niet meer de lol kon inzien van het grapje dat Igor Vasiljevitsj aan het begin van de rit over de papieren zakjes had gemaakt. Terwijl Igor versomberde, vloekte Jonkie alles bij elkaar. Krampachtig zijn gevaarte met handen en voeten en alles wat hij bij zich had op zijn plaats houdend, vroeg hij aan Igor Vasiljevitsj of die geen normale weg had kunnen uitzoeken.

Ten slotte leek de sparrenmuur hier en daar gaten te vertonen en flitsten er een soort lantaarnpalen voorbij. Eén keer werden ze zelfs gepasseerd door een personenauto, wat des te opmerkelijker was omdat die auto geenszins moei-

zaam leek voort te hobbelen op het pokdalige wegdek maar
voorbij leek te zweven op een luchtkussen. Jonkie reageerde
pijnlijk getroffen op de vloeiende gang van de zich verwijderende auto en informeerde bij Igor Vasiljevitsj of die wel
over de weg reed en bijvoorbeeld niet door de berm.

'Dat is iemand hier uit de buurt,' rechtvaardigde Igor Vasiljevitsj zich onmiddellijk. 'Die kent natuurlijk alle kuilen
in de weg en kan hier met zijn ogen dicht rijden.'

Hij had dit nog niet gezegd of hij trapte bruusk op de
rem en trok blijkbaar ook de handrem omhoog, zodat alle
passagiers als zakken aardappels door de wagen heen buitel-
den. Jonkies gevaarte gleed verrassend lichtjes over de vloer
tot het ergens tegenaan tot stilstand kwam. En vanonder
Jonkies stoel rolde luid kletterend de op het hoofd van de
te verhoren persoon te zetten emmer tevoorschijn.

'Foei, heb ik bijna iemand aangereden,' legde Igor Vasiljevitsj snel uit voordat hij de nodige scheldwoorden naar
zijn hoofd geslingerd zou krijgen.

'Wie heb jij dan bijna doodgereden?' brulde Jonkie tegen
hem, terwijl hij zijn gevaarte voorzichtig betastte alsof het
een baby was die zonder gordel in de auto had gezeten en
met zijn fontanel ergens tegenop had kunnen botsen. 'Net
als in een of andere flutfilm wanneer iemand roept: "Ojee,
ik heb een hertje aangereden." En daarna worden we achter-
nagezeten door een stel plaatselijke rednecks, die net zulke
overalls aan hebben als wij.'

'Maar wel vuile overalls,' voegde Igor eraan toe, terwijl
hij over zijn bezeerde hoofd wreef en om zich heen keek om
te zien waar hij tegenaan gestoten was.

'Volgens mij was het een hond,' zei Igor Vasiljevitsj. Hij
stak zijn hoofd uit het raam en floot.

'Vooruit, moven,' drong Jonkie aan, terwijl hij zich af-
klopte en met de emmer in zijn handen plaatsnam tegenover Igor. 'We komen er toch niet achter wat het was. We
kropen met een slakkengangetje voort en opeens ging je

op de rem staan. We flikkerden bijna met onze kop tegen de voorruit.'

Igor Vasiljevitsj zette voorzichtig de wagen weer in beweging.

'Hadden we toch maar Fiel meegenomen,' bleef Jonkie hem jennen. 'Ik zie nu ook al net zo groen als hij door jouw rijstijl, en Igor ook. Als Fiel erbij was geweest, was het er dun bij hem uitgelopen.'

Dat de datsja-wijk niet meer ver weg was, liet zich raden doordat zich buiten een grote vuilnisbelt begon af te tekenen. Door het omringende bos kon je die niet goed als vuilnisbelt herkennen, maar dat het er wel degelijk een was, kon je opmaken uit het feit dat je onder de wielen niet alleen het soppen van modder hoorde, maar ook het knarsen van gebroken flessen en andere troep. Tussen de bomen door zag je overal hopen afval zwart afsteken. En vlak langs de weg was een man bezig iets van de grond te rapen en in een grote zak te stoppen. Jonkie duwde zijn gezicht tegen het vensterglas om hem beter te kunnen zien.

'Krijg nou wat,' zei hij enthousiast. 'Het is nog nacht en hij staat daar al afval te verzamelen. Net een griezelfilm. 's Zomers zijn hier waarschijnlijk zoveel vliegen dat er geen plaats meer is voor de muggen.'

Vlak na de vuilnisbelt hield het bos op. Aan de ene kant van de weg doemde een transformatorhuisje op. Igor meende door het lawaai van de motor heen te horen hoe het snorde. Aan de andere kant vertoonde zich een scheve telegraafpaal met afhangende draden, net als de snor bij een van de solisten van *Pesnjary*.[38]

De weg maakte een flauwe bocht en daalde af naar een terrein dat kriskras bezaaid was met zwarte huisjes en hoge schuttingen. Hier en daar brandde een eenzame lantaarn op een lange paal. In het schijnsel van de autolampen zag je het zich snel verwijderende, langstaartige achterwerk van een wegvluchtende witte hond.

'Had ik het niet gezegd,' zei Igor Vasiljevitsj, toen de koplampen de hond in de duisternis deden oplichten en het dier omkeek met de fonkelende groene puntjes van zijn ogen.

'Weet jij eigenlijk wel welk huis we moeten hebben?' vroeg Jonkie, die Igor hiermee de woorden uit de mond nam.

'Ik heb op de kaart gekeken,' antwoordde Igor Vasiljevitsj, 'maar alleen vluchtig, omdat ik dacht dat Fiel zou rijden.'

'Gaan we die huizen niet door elkaar halen?' vroeg Jonkie benauwd.

'Mijn god, wat zit je je nou op te fokken, jij hoeft toch niet mee naar binnen,' kon Igor Vasiljevitsj zich niet inhouden.

De huisjes die vanuit de verte gezien geen duidelijke contouren hadden, waren van dichtbij nog altijd even vormeloos. Toen er onder de wielen van de wagen grind begon te knarsen en het dorpje hen van alle kanten omringde, kreeg Igor het gevoel of hij zich voortbewoog in een droom, waarbij zijn hersenen allerlei losse beelden tevoorschijn toverden: uit het duister traden eerst de donkere planken van scheve schuttingen, een bakstenen muur en een gazen hekwerk tevoorschijn; vervolgens doken er plotseling vlakbij tegen de ruiten krassende struiken en het karkas van een vrachtwagen met een verroeste bestuurderscabine op, en tenslotte vertoonden zich de skeletten van broeikassen en ingezakte schuurtjes. Een paar keer achter elkaar passeerden ze, zo meende hij, één en dezelfde waterpomp, die daar op haar sokkel in een flauwe hoek overhelde naar het ijs. Daarom begon hij al te vrezen dat ze waren verdwaald en niet dichter bij hun plaats van bestemming raakten, ze leken gewoon in een kringetje rond te draaien. In die hele sfeer deed de pomp denken aan een of ander primitief grafmonument. Hier en daar klonk het enigszins plichtmatige geblaf van luie dorpshonden.

'We zijn er. Aan het werk,' zei Igor Vasiljevitsj en hij schakelde de motor uit.

Igor nam de emmer over van Jonkie, klemde hem onder zijn arm en stapte uit. Met zijn achterwielen stond de wagen midden in een enorme plas, waarin allemaal driehoekige dunne stukjes ijs ronddreven. Igor zette voorzichtig zijn voeten in het water om te controleren hoe diep de plas was. Daarop begaf hij zich in de richting van Igor Vasiljevitsj, die al bij de auto wegliep, het ijs onder zijn schoenzolen vermorzelend.

Jonkie klopte op het raam om hun aandacht te trekken.

'Wat is er?' vroeg Igor Vasiljevitsj zachtjes, na even gewacht te hebben tot de honden stil waren.

'Kunnen jullie dan tenminste niet een pistool bij mij achterlaten,' zei Jonkie.

'Wie wil je daarmee van het lijf houden? Nachtspoken?' vroeg Igor Vasiljevitsj schamper, zonder zijn stem te verheffen. Het toenemende kabaal dat de honden maakten, leken hem enigszins op de zenuwen te werken. 'Sluit jezelf op van binnen en doe niet open voor vreemde meneren.'

Jonkie siste iets nijdigs en wanhopigs door zijn tanden. Igor moest grinniken, in zijn hart was hij blij dat hij bij Igor Vasiljevitsj bleef, want die straalde zelfs op deze duistere plek een soort veilige rotsvastheid uit.

Terwijl ze zich met soppende schoenen een weg baanden door de blubber van grind en smeltende sneeuw, liepen ze nog een stukje verder tot ze op een gegeven moment rechtsaf sloegen. Igor keek om de een of andere reden nog één keer achterom naar hun wagen die, hoewel besmeurd met modder, tegen de verlatenheid van de weg witglanzend afstak, als de volle maan.

Nadat ze waren afgeslagen, zagen ze een laag dorpshuis met zuilen, dat was ingericht als kerk. Dat het tegenwoordig een kerk was en geen dorpshuis meer, was te zien aan de uienkoepel met orthodox kruis die was aangebracht op het schuin overhellende dak en die zwart afstak tegen de bijna zwarte hemel. De ramen van de kerk waren zwak verlicht en je zag binnen iemand rondlopen. Igor zou er niet gek van hebben opgekeken als dat een of andere plaatselijke Choma

Broet zou blijken te zijn die bezig was de laatste sacramenten toe te dienen aan een plaatselijke heks.[39]

'Wat sta je daar nou godverdomme te bibberen, man,' zei Igor Vasiljevitsj met een schuine blik op Igor. 'Vind je het hier nu echt zo eng? Dan zou je hier overdag 's moeten komen. Dan zou je met die fijnbesnaarde ziel van jou de tronies van de inboorlingen 's moeten zien.'

Met deze woorden stapte Igor Vasiljevitsj onder een uitgedoofde straatlantaarn de ondoordringbare duisternis in. Igor volgde hem en liep op tegen iets hards en metaligs, waarbij hij zijn enkel pijnlijk bezeerde. Met geamuseerde blik Igors gesmoorde gekreun aanhorend, verwijderde Igor Vasiljevitsj een plank in een hoge, van boven met prikkeldraad bespannen schutting en klom daarna behendig door de ontstane spleet, terwijl hij de trekkebenende Igor achter zich aantrok, zodat die niet eens de tijd had om te vragen of ze achter de schutting niet moesten oppassen voor de spreekwoordelijke kwade hond waar op bordjes voor gewaarschuwd wordt. Te meer omdat het daar, gelet op het rondom opklinkende geblaf, krioelde van de honden.

Ze stonden aan de rand van een lange moestuin, met in het midden een soort hoog opgezette rug, blijkbaar omdat de plaatselijke kleiige bodem elk jaar vers bemest en begierd werd, maar alleen in het centrum en niet aan de zijkanten. Door de sneeuw die nog op het land lag, leek die dwars door de moestuin lopende rug nog hoger. Aan de andere kant van het bouwland, dat rondom beplant was met frambozenstruiken, bevonden zich van links naar rechts: een houtschuur, een woonhuis met veranda die uitliep in de moestuin, en een verticaal oprijzend wc-hok. Boven aan de veranda brandde een flauw lampje onder een kap en die kap wiegde zachtjes in de wind.

Igor Vasiljevitsj zette resoluut koers in de richting van het huis. Igor probeerde hem bij te benen en deed zijn best even grote passen te maken als zijn collega, maar dat viel niet mee, omdat de sneeuw aan zijn voeten bleef plakken. Igor vroeg zich af of ze hen later, als het gerechtelijk onderzoek naar de moord begon, niet zouden kunnen traceren op grond van die sporen.

Dichter bij het huis was de sneeuw aangetrapt. In de richting van het wc-hok liep een lijnrecht paadje. De hoogte van de sneeuwhopen aan weerskanten van het paadje vertelde hoeveel sneeuw er die winter was gevallen.

Igor Vasiljevitsj liep de eerste twee treden van het trapje naar de veranda op, trapte tegen het derde en bovenste treetje de sneeuw van zijn schoenen af en trok met een blik op Igor zijn handschoenen aan. Igor stapte op hem af, maar Igor Vasiljevitsj stak zijn hand uit ten teken dat hij moest blijven staan. Igor hield voor de deur halt. Igor Vasiljevitsj gebaarde hem dat hij opzij moest gaan en Igor deed gehoorzaam een stap naar rechts. Maar Igor Vasiljevitsj gebaarde nog eens, dit keer licht geïrriteerd, en Igor deed nog een stapje naar rechts, waarop Igor Vasiljevitsj tevreden knikte. Igor moest denken aan zijn schooltijd – als er een groepsfoto werd gemaakt en een speciaal ingehuurde fotograaf de leerlingen in rijen opstelde en steeds weer iemand nu eens naar recht en dan weer naar links liet opschuiven.

Igor Vasiljevitsj liep naar de deur en controleerde voor alle zekerheid of die open was. De deur bleek niet op slot te zitten. Igor Vasiljevitsj draaide zich om naar Igor en keek hem broedend aan. Blijkbaar wist hij niet goed wat hij aan moest met zijn maat. Hij deed de deur een stukje open en wierp een blik in de totale duisternis daarachter. Uit de duisternis klonk een ouwelijke stem, die iets zei op triomfantelijke toon. Igor meende te horen: 'Ik had jullie al verwacht, mannen.'

Binnen in het huis klonk één enkele scherpe knal, waarop de honden in de omtrek losbarstten in een volkomen hysterisch geblaf. Ook de honden die tot dan toe gezwegen hadden, huilden nu mee in het koor. Igor twijfelde er geen moment aan dat de knal was veroorzaakt door een vuurwapen.

Hij verstijfde, niet wetend wat te doen, hij had eigenlijk nog nooit een heuse schietpartij meegemaakt. Igor Vasiljevitsj stormde naar binnen en verdween het volgende moment, alsof zich vlak achter de drempel een open kelder bevond en hij daarin was gedonderd. Igor bleef alleen achter met de woedende elementen die aan het lampje rukten, de met kunstleer beklede voordeur van het huis deden piepen en tekeergingen in de televisieantenne op het dak. In de kozijnen van de twee ramen waar Igor tegenaan keek, waren in een geometrisch patroon bloemen uitgesneden, maar de decoraties waren van ouderdom gebarsten en de verf was er afgebladderd.

Toen in een van de ramen plotseling het licht aanging, schrok Igor zich een ongeluk. Tot zijn geruststelling tekenden zich daar de contouren af van Igor Vasiljevitsj, die hem gebaarde te komen.

Igor ging naar binnen. In het voorhuis was het opvallend koud, als in een koelwagen. Hij keek om zich heen, maar wist in het donker niet welke kant hij op moest. Hij zag alleen een dun streepje licht langs een deurkozijn en een flauw oplichtend, kommavormig vlekje in een sleutelgat – daar moest de deur naar de eigenlijke woonruimte zijn.

Zijn hoofd stotend tegen iets wat aan het plafond hing, misschien samengebonden berkentwijgen voor de sauna, liep Igor in de richting van het licht. Terwijl het buiten winderig en nat was en in het voorhuis koud en droog, bleek het in het woongedeelte moordend heet te zijn en rook het er naar koolzuur. Igor had het gevoel of hij een glas goedkoop sovjet-prikwater vlak onder zijn neus geduwd kreeg. Hij stampte de sneeuw van zijn schoenen af op een rond, uit verschillende lapjes stof samengeknoopt en op een schietschijf lijkend vloermatje.

'Kunnen we niet ergens een raampje openzetten?' vroeg Igor meteen, nog voordat hij Igor Vasiljevitsj of de te verhoren persoon te zien had gekregen. 'Het is hier godverdomme om te stikken.'

'Hier, drink,' klonk ondertussen uit de kamer ernaast de stem van Igor Vasiljevitsj, die blijkbaar niet gehoord had wat Igor zei.

Igor stapte over een lange, eveneens uit verschillende kleurige lapjes stof samengeknoopte loper in de richting van de stem, terwijl hij onderweg oplettend om zich heen keek om alles te onthouden voor het rapport. Toen hij omkeek naar de deur, zag hij dat er onder een kapstok, waaraan enkele geruite jassen met beestenkoppen op de kragen hingen, netjes opgesteld tussen enkele vilten en rubberen laarzen, een Kalasjnikov zonder magazijn stond.

De halve kamer werd in beslag genomen door een witte kacheloven waar van boven een soort katoenen gordijntje hing. Het was deze oven die verantwoordelijk was voor de ongezonde benauwende warmte. Bij het raam stond een tafel van dikke planken, bestreken met een dikke bruine verflaag die glansde in het licht van een kaal gloeilampje. In een van de hoeken was een primitieve wasbak ingebouwd, een groenig plastic geval dat deed denken aan een kindergieter of speelgoedemmer. Vlak onder de wasbak stond een zinken teil, terwijl er naast de wasbak, aan een paar spijkers in de muur, een ovalen spiegeltje met zwart uitgeslagen amalgaam en een plankje met scheergerei hingen.

In de kamer ernaast stond een oud ledikant en op dat ledikant zat Igor Vasiljevitsj. Hij hield hun cliënt bij de keel vast en had een knie in zijn buik geplant. Ondertussen dwong hij hem water te drinken uit de tuit van een geëmailleerde witte theepot, die hij tegen de lippen van de man gedrukt hield. Deze sloeg om zich heen, of liever spartelde wild onder Igor Vasiljevitsj, maar je zag dat zijn krachten op raakten. Overal op de vloer slingerden kussentjes rond, het ene nog kleiner dan het andere. Zonder te weten waarom raapte Igor ze op en legde ze terug op het ledikant, vlak bij de machteloos heen en weer trappende, in grijsbruine wollen sokken gestoken voeten van de te verhoren persoon. Hij was gekleed in een dikke zwarte maillot en een ruitjestrui. In die outfit had hij wel wat weg van een bergbeklimmer, die plotseling gedwongen was zijn activiteiten te staken. De gelijkenis met een bergbeklimmer werd nog versterkt door zijn volle baard, net zo een als bij de papa in de tekenfilm over oom Fjodor.[40]

De televisie in de hoek stond afgestemd op *Ren TV*.[41] Te midden van het monotone televisiegeruis onderscheidde Igor de woorden 'Nibiru' en 'reptiloïden'. Toen hij zag dat Igors blik op het blauwe scherm was gericht, zei Igor Vasiljevitsj met onverholen ergernis:

'Zet die lulkoek uit, ik word er gek van.'

Igor keek zoekend om zich heen naar de afstandsbediening, maar Igor Vasiljevitsj snauwde, zwaar ademend:

'Trek de stekker eruit, godverdomme.'

Toen het eenmaal stil was, kwam Igor Vasiljevitsj duidelijk tot rust. Hij wachtte nog even, terwijl hij naar de ronde wekker op het nachtkastje keek, liet toen de cliënt los en ging er wat gemakkelijker bij zitten. Hij liet zijn ellenbogen op zijn knieën rusten en wiste van tijd tot het tijd het zweet van zijn voorhoofd. Igor stond daar met de emmer in zijn handen, niet wetend wat ermee te doen. De bewoner van het huis lag nog altijd op zijn bed, zo te zien had hij niet meer de kracht om weg te vluchten of zich teweer te stellen. Qua lichaamsbouw hield hij het midden tussen Igor en Igor Vasiljevitsj. Hij zag er iets ouder uit dan Igor Vasiljevitsj, maar misschien leek dat maar zo, omdat hij lam was gebeukt.

'Oef,' zuchtte Igor Vasiljevitsj opgelucht, terwijl hij beurtelings naar de cliënt en naar Igor keek. 'Maar goed dat we Fiel thuis hebben gelaten. Hij is iemand die ervan houdt om meteen binnen te vallen. Dan had hij nu in het voorhuis gelegen met een gat in zijn pens. En hadden wij een groot probleem.'

Igor was van mening dat Igor Vasiljevitsj zelf ook niet al te veel schroom aan de dag legde bij het betreden van woningen en dat hij gewoon geluk had gehad dat hij nu niet badend in

   ALEKSEJ SALNIKOV

het bloed op de grond lag. Igor zou niet weten wat hij moest doen als er iets gebeurde met zijn collega. Ze hadden geen telefoon bij zich om een ambulance te bellen en als er toch een gebeld zou worden, zou dat waarschijnlijk niet al te slim zijn.

'Gelukkig maar,' vervolgde Igor Vasiljevitsj, 'dat hij niet begonnen is jou vanuit het raam te trakteren op een portie blauwe bonen. Dan hadden we ons plezier wel op gekund. Natuurlijk was de kans maar heel klein dat hij je bij het eerste het beste schot geraakt zou hebben, maar als dat wel het geval was geweest, had ik een onaangenaam gesprek met je vrouw moeten voeren.'

'Hoe kom jij aan dat machinegeweer, vriend?' vroeg Igor Vasiljevitsj aan de bewoner van het huis, maar die zweeg hardnekkig, terwijl hij een blik vol haat wierp op Igor. 'Mijn god, mooi volk heb je hier rondlopen. Vreedzame landelijke bevolking, zou je denken, maar toen ik een keer wat zat door te zakken met een paar loodgieters en we over wapens kwamen te spreken, bleek dat iedereen wel ergens voor alle zekerheid een blaffer achter de hand hield. Je had er nota bene twee bij die vroeger als transportgeleider van gevangenen hadden gewerkt, twee maten die ooit uit hetzelfde dorpje waren opgeroepen voor de militaire dienst. Die hadden kans gezien uit een depot een voorraad pistolen te ontvreemden. Ik vroeg ze wat ze daar voor de fuck mee van plan waren. Ze waren van een lichting uit de jaren zeventig, toen er nog helemaal geen sprake van was dat er wel eens iets ergs zou kunnen gebeuren, een revolutie of zo, of een andere shit. "Voor het geval dat," zeiden ze. Dat soort "voor-het-geval-dat"-mentaliteit van die boerenhengsten zit me tot híer. Het kan maar zo dat iemand een tank in een hooimijt verstopt heeft.'

Igor schonk nauwelijks aandacht aan wat Igor Vasiljevitsj vertelde. Hij keek naar de man die op het ledikant lag en dacht dat hij een lijk zag, en dat alles wat Igor Vasiljevitsj vertelde, alleen maar bedoeld was om het voorgevoel van de naderende moord enigszins weg te poetsen. Ook Igor zelf voelde niet meer dan een licht ongemak als hij eraan dacht wat er na het verhoor stond te gebeuren. Hij nam het de man kwalijk dat ze zich zoveel moeite moesten getroosten om hem te kalmeren. Hij bedacht dat de man alleen maar zijn eigen dood uitstelde en daarmee de levenden tot last was. Hoe lang hij ook naar de bewoner van het huis keek, hij kon hem maar niet zien als een levend wezen. Verder besefte Igor dat, als hij nu een vrouw of een kind voor zich zou zien, hij er net zo naar kijken zou, zij het natuurlijk wel met een medelijdende blik – want zelfs Fiel met zijn brede ervaring op het gebied van moorden in de qua leeftijd en gender meest uiteenlopende bevolkingsgroepen, bleek toch emotioneel opvallend kwetsbaar als het ging om een moord op een vrouw of een kind. Zowaar Igor Vasiljevitsj was niet zo onverschillig als hij het wilde doen voorkomen. Maar Igor zelf had al na een paar verhoren alle gevoelens van mededogen aan de kant geschoven, alsof hij een soldaat was in een of andere krankzinnige oorlog waarin iedereen zomaar een medewerker van de afdeling kon doden. Elke inwoner van de stad was in principe een vijand, behalve Oleg, die hij nog nooit in levende lijve had gezien.

Toen ze zich over het bultige bouwland een weg terug naar de schutting baanden, bedacht Igor dat hij vroeger nog ontzet was over wat ze deden, terwijl hij nu alleen nog maar ontzet was over de transformatie die hij had ondergaan.

'Je zit weer te piekeren,' merkte Igor Vasiljevitsj zijn stemming op. 'Ik heb hem nota bene nog een kansje gelaten om het er levend af te brengen. Of stikken van de rook, of niet stikken. Zoek het maar uit. Humanisme in optima forma.'

'We hadden hem ook gewoon kunnen laten lopen,' protesteerde Igor. 'Je zag zo dat hij ze niet allemaal op een rijtje had.'

Het was zo gegaan: na het verhoor had Igor Vasiljevitsj de bewoner van het huis gedwongen een sigaret op te steken, waarna hij hem met één klap bewusteloos had geslagen en de peuk naast het lichaam op het bed had gegooid.

'Eigenlijk zouden dat soort idioten onmiddellijk doodgeschoten moeten worden, zonder enig verhoor,' gaf Igor Vasiljevitsj als zijn mening. 'Je hoort toch al overal geknal: het ene moment wordt er geschoten omdat iemand probeert appels te stelen uit een boomgaard, het andere omdat er een kras op een auto is gemaakt. Nog maar goed dat hij doordraaide op het moment dat wij kwamen, het had net zo goed een buurman kunnen zijn die zout kwam lenen.'

'Je praat net als Fiel, die denkt ook altijd dat hij in zijn recht staat,' zei Igor geërgerd.

'Volgens mij denkt hij dat niet,' antwoordde Igor Vasiljevitsj. 'Maar ik wel, ja, ik denk dat ik in mijn recht sta. Net als ook een arts moet denken dat hij in zijn recht staat als hij een diagnose stelt. Wat wij doen, is niet niks: mensen vermoorden. Erger kan eigenlijk niet. Dan moet je wel een innerlijke overtuiging hebben. Ze zeggen dat alleen pubers zwart-wit denken, maar ook militairen zien alles in zwart en wit. Daar kun je om lachen, maar het is wel zo. Wie vandaag nog een vriend is, kan morgen zomaar een vijand zijn. De enige met twijfels is misschien een of ander luitenantje dat aan de drank is geraakt door de stupiditeit van de ijzervreters om hem heen, maar dat luitenantje kan de pot op en mag van mij verder gaan zich het apelazarus drinken – de militaire machine dendert wel door zonder hem. Dat is niet erg, erg is het als de hele staat verandert in een militaire machine, dan kun je het wel schudden.'

Jonkie stond hen, tegen de motorkap van de Gazelle geleund en verbeten rookwolken om zich heen verspreidend, al op te wachten.

'Prachtig,' zei hij, terwijl hij zijn peukje wegsmeet. 'Als Fiel er niet is, gaat hij jou wel de keel uithangen met zijn lulpraatjes.'

Igor glimlachte besmuikt.

'Wat was dat voor een knal?' vroeg Jonkie. 'Heeft onze patiënt van zich af geschoten? Waarmee?'

'Een Kalasjnikov,' antwoordde Igor Vasiljevitsj kortaf.

'Waarom niet een heel salvo tegelijk?' vroeg Jonkie.

'Weet ik veel,' zei Igor Vasiljevitsj, die de handgreep van het autoportier al had vastgepakt, om er na even nagedacht te hebben aan toe te voegen: 'Misschien wilde hij patronen uitsparen en de laatste voor zichzelf bewaren.'

'Gelukkig dat ik niet met jullie ben meegegaan,' antwoordde Jonkie.

'Hoe gek het ook klinkt,' riep Igor Vasiljevitsj hem toe, nog altijd de handgreep vasthoudend zonder het portier open te doen, 'maar er bestaat een kansje, hoe piepklein ook, dat je op een mooie dag toch met ons mee mag.'

Jonkie reageerde niet op de sneer van Igor Vasiljevitsj en werkte zich de wagen in, waarbij hij Igor ruw opzijduwde, die daarop begon te twijfelen aan zijn vermeende goede invloed op Jonkie.

Op de terugweg probeerde Jonkie de stemming er een beetje in te brengen door Igor op te stang te jagen en te vragen of hij dit keer niet van plan was over te geven. Igor ging hier niet op in, maar beperkte zich tot een vaag geglimlach, dat in het donker trouwens onopgemerkt bleef. Hij voelde zich weer eens totaal leeg. Pas toen ze opnieuw door het dorpje reden, kwam er wat leven in hem. Hij keek uit het raam om te zien of de trein er nog stond, al was het ook nog zo dom om te denken dat die daar al die tijd was blijven staan wachten. De trein was inderdaad vertrokken.

'Hoor 's, mannen, dit kan zo niet,' merkte Jonkie op. 'Op de heenweg zei niemand een stom woord en nu op de terugweg hangt er weer een doodse stilte. Kan niemand de boel 's wat opvrolijken?'

'Moeten we soms voor clown gaan spelen?' reageerde Igor Vasiljevitsj vanaf zijn bestuurdersplaats. 'Pas op, ik zet je zo de auto uit, dan kun je je lol op.'

Igor had geen zin om te praten, want wat viel er nog te zeggen of te doen na de verschrikkelijke misdaad die ze hadden gepleegd? Er restte niets anders dan gewoon terugrijden. Na dit verhoor zou het nog een tijd duren voor er weer een nieuw verhoor zou plaatsvinden. Daarom kon hij nu even gedachteloos genieten van de afwezigheid van geweld in zijn leven en zich willoos voort laten rijden, waarbij hij nu eens wat naar links en dan weer wat naar rechts overhelde op zijn stoel, al naar gelang Igor Vasiljevitsj het gaspedaal dieper indrukte of juist afremde, en al naar gelang de toestand van het wegdek. Er kon niets slechts meer gebeuren. Zijn vrouw was toch al weg bij hem. De moord was gepleegd. Hij hoefde zich niet meer op te sluiten in zijn appartement en zich in zijn eentje over te leveren aan duistere gedachten, want hij had nu thuis gezelschap van Fiel, met wie hij kon bespreken wat ze in de afdeling uitspookten, zonder dat het nodig was om met zijn vrouw te bekvechten en met een chagrijnige kop rond te lopen.

Het werd kouder in de wagen. Ze moesten alle raampjes dichtdoen en de verwarming aanzetten.

'Tussen twee haakjes, ik ben toch weggegaan bij mijn ouders,' deed Jonkie opnieuw een wanhopige poging het gesprek op gang te trekken. 'Ik huur nu samen met een vriend een flatje, we wonen nu samen, net als jij en Fiel, alleen zonder seks en met meer pret. Omdat jullie al zo oud zijn en zo saai en van ellende uit elkaar vallen, terwijl wij er nog volop tegenaan gaan.'

'Jullie moeten eerst en vooral leren koken,' kwam Igor Vasiljevitsj onmiddellijk met goede raad, blijkbaar viel de stilte ook hem zwaar. 'Want ik heb een kennis, die er in zijn jonge jaren vrolijk op los leefde en nu met een maagzweer zit.'

Jonkie begon zijn collega's naïef uit te leggen wat het betekent om op zichzelf te wonen. Daarop begon Igor Vasiljevitsj herinneringen op te halen aan wat hij en zijn vrienden in hun jonge jaren zoal niet hadden uitgespookt. Igor hoorde hen aan en dacht bij zichzelf dat Igor Vasiljevitsj waarschijnlijk heel wat verzweeg. Dat hij, toen hij zo oud was als Jonkie nu, al had meegedaan aan militaire acties en god weet wat nog meer had meegemaakt. Terwijl Igor zelf op Jonkies leeftijd al kans had gezien in het huwelijksbootje te stappen met een vrouw die een kind wilde hebben, omdat al haar vriendinnen ook al rondliepen met een dikke buik. Igor herinnerde zich hoe ze tekeer was gegaan naar aanleiding van een zwangere vriendin, die pontificaal pronkend met haar dikke buik deelnam aan tentamens en niet beoordeeld werd op grond van haar kennis maar alleen op grond van haar buik. En hij herinnerde zich hoe ze elkaar de eerste twee jaar van hun huwelijk furieus in de haren waren gevlogen, omdat Igor niets begreep van vrouwen en zij niets van mannen. Hoe de ouders van beide kanten aan waren komen dragen met adviezen ter verbetering van hun echtelijke betrekkingen en ruzie met elkaar hadden gemaakt over de vraag wiens schuld het nu was dat er nog altijd geen kleinkinderen waren.

Terwijl Jonkie vertelde over de dolle pret die ze hadden met Chatroulette, dacht Igor dat een leven zoals hij dat zo'n vijftien jaar geleden had geleid, Jonkie voortijdig grijze haren zou hebben bezorgd. Zich de meest pijnlijke momenten uit deze periode van zijn echtelijke bestaan weer voor de geest halend – zo herinnerde hij zich hoe zijn vrouw allerlei literaire en artistieke evenementen afliep, omdat ze zich om de een of andere reden verbeeldde een kunstzinnig persoon te zijn, en hoe ze een jaar lang bijna één keer per week wegliep naar haar moeder – kwam Igor tot de slotsom dat zijn huidige emotionele afstomping, die hem hielp om het werk dat hij nu deed, te verdragen, terug te voeren was op deze fase in zijn bestaan. De capriolen van Igor Vasiljevitsj en Jonkie waren niets in vergelijking met de stormen die hij had moeten doorstaan. In het gebabbel van de puberale neusvreter en de doorgewinterde moordenaar school iets rustgevends, iets uit een ander leven dat heel ver van hem afstond. Het geronk van de motor, het sonore stemgeluid van Igor Vasiljevitsj, het monotone gemummel van Jonkie en de duisternis buiten, waarin alleen wat vage vlekken heen en weer bewogen, begonnen Igor in slaap te wiegen. Hij legde zijn voeten op het gevaarte van Jonkie, die inmiddels zo opging in het gesprek met Igor Vasiljevitsj dat hij dat niet eens merkte. Igor had het gevoel of hij al wegdommelend alles bleef horen wat er door de bestuurder en de andere passagier in de auto gezegd werd, maar uiteindelijk viel hij toch in een diepe slaap en ontging het hem dat ze op hun werk arriveerden en Rinat Iosifovitsj hun het slechte nieuws mededeelde.

Igor werd pas wakker toen Jonkie hem aan zijn schouder schudde en in plaats van het gebruikelijke 'wakker worden en uitstappen' zei dat Misja dood was. Eerst begreep Igor niet goed wat Jonkie bedoelde, maar daarna drong het tot hem door waar die het over had. Het eerste moment dacht hij dat het over zijn zoon ging en zijn hart sloeg een slag over. Toen hij begreep dat ze het niet over zijn zoon hadden, voelde hij zich zo opgelucht dat de droevige tijding hem niet meteen in rouw dompelde. Zijn ogen uitwrijvend en geeuwend keek hij toe hoe Igor Vasiljevitsj met hangend hoofd, als een paard, aanhoorde wat een van de kou en de zenuwen rillende Rinat Iosifovitsj hem vertelde. Nog een lijk erbij die nacht, dat ging toch echt te ver. Daar kon hij met zijn verstand niet bij, alles was immers nog bij het oude: het weer, het ketelhuis. Als iemand die was opgegroeid met de negentiende-eeuwse Russische literatuur, had Igor zich eraan gewend dat de natuur in samenklank was met de situatie waarin de personages zich bevonden, maar ditmaal was de natuur (vertegenwoordigd in de vorm van sneeuw, struiken en de wind op het terrein van de afdeling) helemaal niet veranderd. Ze was nog altijd dezelfde: toen Igor had gezien hoe Fiel zich voor de laatste keer verwijderde in de richting van het ketelhuis; toen hij daarna zelf in de wind bij het plattelandshuis had gestaan, en nu weer bij hun terugkeer.

'Wat is er gebeurd?' vroeg Igor aan Jonkie, geïrriteerd omdat ze hem wakker hadden geschud en ineens alle warmte door de openstaande portieren uit de wagen naar buiten was gestroomd. Hij vernikkelde van de kou en begon net zo erg te rillen als Rinat Iosifovitsj.

'Ik heb het toch net gezegd,' antwoordde Jonkie.

Igor sprong in de sneeuw en liep naar Igor Vasiljevitsj, die zo wit zag als een doek, en naar Rinat Iosifovitsj, die waarschijnlijk vrolijker had gekeken als niet Fiel was gestorven, maar Igor Vasiljevitsj met zijn hebbelijkheid om hem eeuwig en altijd aan te spreken met 'Renat'.

'Wat is dat voor gezeik?' vroeg Igor. 'Waar is hij dan aan gestoven? Aan de paddenstoelen soms?'

'Wat nou paddenstoelen, godverdomme!' snauwde Igor Vasiljevitsj, alsof Igor iets onvergeeflijk stoms had gezegd of misschien wel direct schuldig was aan Fiels dood.

'Waarschijnlijk een infarct,' zei Rinat Iosifovitsj op rustiger toon. 'Sergej Sergejevitsj heeft gelijk Oleg gebeld, zijn mensen zijn al geweest, ze hebben hier een tijdje lopen redderen en de dood als gevolg van een infarct geconstateerd en daarna het lijk meegenomen.'

'Kijk 's aan, dat is typisch onze Oleg,' gromde Igor Vasiljevitsj. 'Maar zo gemakkelijk komt hij er niet vanaf.'

En hij beende met vastberaden tred naar het ketelhuis om de telefoon te grijpen en Oleg te vertellen wat hij van hem dacht.

Om daar niet als een zoutpilaar te blijven staan na het horen van het nieuws, besloot Igor Jonkie een handje te helpen bij het wegslepen van zijn gevaarte naar het ketelhuis. Jonkie stribbelde voor de vorm wat tegen en stelde voor om alles te laten zoals het was, en alleen de auto in de garage te zetten, maar het was duidelijk dat ook hij niet goed raad wist met de situatie, en uiteindelijk, om ook wat onder handen te hebben, stemde hij toe.

Nadat ze het gevaarte naar het werkvertrek van Jonkie hadden gesleept, sloot een amechtig hijgende Igor zich op in zijn eigen kamer, waar hij zijn draai niet kon vinden. Hij verwisselde steeds van plaats: nu eens ging hij verzitten van zijn stoel naar de vensterbank, dan weer van de vensterbank naar de rand van zijn tafel en dan weer van de tafel terug naar zijn stoel. Als Oleg het lijk van Fiel niet had laten weghalen, had hij ernaar kunnen kijken om zich ervan te vergewissen dat die werkelijk dood was. Al twijfelde hij eraan of hij het wel had kunnen opbrengen om het stoffelijk overschot te aanschouwen, maar wie weet, misschien had hij het toch aangedurfd. Maar nu, in deze hele paranoïde sfeer waarin ze zichzelf hadden ondergedompeld, drong de gedachte zich op dat dit allemaal een van die spelletjes van Oleg was, een toneelstukje waarin ook SS en Rinat als boodschappers van de leugen figureerden. Ze hadden Fiel net zo goed kunnen overplaatsen naar een andere afdeling of zich gewoon voor het gemak van hem kunnen ontdoen. Igor was vastbesloten om niets te geloven van wat er in de afdeling gebeurde als hij het niet vlak voor zijn ogen zag gebeuren.

Toen hij erover nadacht, besefte Igor dat hij had kunnen weten dat pijn in de linkerarm kon duiden op een naderend infarct, omdat zijn eigen grootvader dat ook had gehad. Daarentegen kon hij niet geloven dat Fiel, die bijna even oud was als hijzelf, kon overlijden aan net zo'n hartkwaal als een door excessief skiën en joggen in het park broodmager geworden oud mannetje van negenenzestig jaar. Igor maakte consequent onderscheid tussen zijn eigen familieleden en andere mensen, die ook al kende hij ze nog zo goed, toch vreemden voor hem bleven. Die vreemde mensen stierven anders, op een manier die hem minder raakte. De symptomen van Fiel en zijn grootvader aan elkaar gelijkstellen kon Igor ook niet opbrengen, alleen al vanwege het feit dat zijn grootvader zich totaal niet interesseerde voor kleine jongetjes maar een oorlogsveteraan en held van de arbeid was. Het was voor Igor onbestaanbaar dat zulke verschillende mensen aan dezelfde kwaal konden overlijden. Zeker omdat grootvader voor Igor gold als een lichtend baken, terwijl Fiel met die verhalen van hem over zijn wederwaardigheden op internet soms zelfs afkeer in hem wekte.

Een paar dagen later zou Igor met verbazing luisteren naar de ontboezeming van Rinat Iosifovitsj, die bekende dat hij geen verdriet voelde bij de dood van Fiel. Maar de eerste uren na de onheilstijding was Igor dus zelf ook niet erg aangedaan door het verlies van zijn collega. En toen hij naar de rookhoek ging om niet langer alleen te hoeven zijn – thuis zou hij toch al geconfronteerd worden met zijn eenzaamheid – en hij daar Igor Vasiljevitsj en Jonkie aantrof, waarbij de ogen van de laatste onmiskenbaar vochtig waren, moest hij zich dwingen om ook een treurig gezicht te trekken.

In de rookhoek vernam Igor dat ook de vader van Igor Vasiljevitsj op een vergelijkbare wijze aan zijn einde was gekomen, eveneens aan een hartaanval. Igor Vasiljevitsj verweet zichzelf dat hij niet beter op Fiel had gelet, maar deze spijtbetuiging maakte op Igor een nogal obligate indruk. Hij moest denken aan iets wat er op school was gebeurd toen hij, als hij het zich goed herinnerde, in de derde klas zat. Toen was een van zijn klasgenootjes uit een boom gevallen en met zijn hoofd te pletter geslagen tegen de grond. Ze hadden daarop de hele klas gedwongen in een lange rij te gaan staan, als een soort erewacht, wat een verschrikkelijke kwelling was geweest. Igor had geprobeerd om niet naar het opgebaarde lijk te kijken, maar uit zijn ooghoeken had hij toch de groenige vlek van het gezicht gezien. Ten slotte had een van de meisjes uit de klas, wie het lange wachten in de rij te veel was geworden, moeten overgeven, waarbij het braaksel bijna in de kist terecht was gekomen. Toen pas hadden ze de erewacht ontbonden. Maar daarna waren ze wel nog allemaal naar de begrafenis gesleept en vervolgens naar het begrafenismaal. Tijdens de begrafenisplechtigheid was Igor niet goed geworden van de ingehuurde klaagvrouwtjes en krijsende familieleden, die om het hardst hadden gehuild alsof het een wedstrijd betrof, en van de moeder van het gestorven klasgenootje, die had geprobeerd in het open graf te kruipen. Op het begrafenismaal had Igor geen kans gezien om een plaatsje te bemachtigen tussen de andere kinderen, maar was hij aan een tafel beland met allemaal oude vrouwtjes, waarvan er eentje had gestonken naar pis en een andere naar ranzige boter. De oudjes hadden Igor allerlei eten toegestopt en hem voorgehouden dat hoe meer hij zou eten, hoe zoeter het leven in het hiernamaals de overledene zou smaken. Dat was nog erger geweest dan de erewacht houden.

Dan had je nog de vader van een meisje uit de klas, die zich had opgehangen vanwege een ongelukkige liefde voor een buurvrouw uit dezelfde flat. Die keer hadden ze geen kinderen opgesteld om de erewacht te houden, maar ze hadden wel de hele klas meegesleept naar de begrafenis en het maal erna. Weer waren daar die klaagvrouwtjes geweest en weer had een vrouw geprobeerd in het graf te klimmen. Die was teruggeduwd door de familie, waarop ze zich op haar knieën had laten zakken en geprobeerd had op handen en voeten over de platgetrapte kleiige aarde naar het rechthoekig uitgegraven gat te kruipen.

Igor was opgelucht dat zoiets in de afdeling niet zou gebeuren. Hij was Oleg bijna dankbaar dat hij het lijk had geruimd, en vooral dat er geen klaagvrouwtjes zouden zijn noch een begrafenismaal. En als er toch een soort herdenkingsbijeenkomst met spijs en drank zou zijn, zou dit goddank enkel plaatsvinden in strikt mannelijk gezelschap, met alleen Igor Vasiljevitsj, Sergej Sergejevitsj en Jonkie erbij. Igor Vasiljevitsj zei dat hij niemand van de personen met wie hij had samengewerkt, zomaar spoorloos zou laten verdwijnen, hoe graag Oleg dat ook zou willen, en dat hij al een hele tijd geleden speciale urnen voor het bewaren van as had klaargezet. Bij een bevriende metaaldraaier had hij een soort kokervormige hulzen besteld en daar lagen er nu een stuk of dertig van in Hollywood opgeslagen. Zodat ze nu alleen maar een van die hulzen naar een bevriende graveerder hoefden te brengen om er een inscriptie in te laten griffen, waarna ze de as van Fiel of datgene wat Oleg hun in plaats daarvan zou bezorgen, in ontvangst konden nemen. Het was de bedoeling van Igor Vasiljevitsj om de as over te dragen aan de weduwe. Wat die ook gedacht mocht hebben van haar man toen die nog leefde, ze had er recht op om te weten dat hij dood was. Uit datgene wat Igor Vasiljevitsj vertelde, maakte Igor één ding op: dat hij Oleg niet erg vertrouwde en eigenlijk ook niet zo veel geloof hechtte aan de plotselinge dood van Fiel. Igor Vasiljevitsj leek ervan overtuigd dat, als Oleg was opgedoken en Fiel had meegenomen en de anderen had bevolen er het zwijgen toe te doen, deze zeker niet hun mond voorbij zouden praten. Ook Igor was daarvan overtuigd.

Door al die onduidelijkheden ging Igor thuis niet slapen met het licht of de televisie nog aan, zoals hij beslist zou hebben gedaan als hij het lijk van Fiel met eigen ogen had gezien, en ging hij ook niet opnieuw als een bezetene het hele appartement poetsen. Om voor zichzelf te bewijzen dat Fiel geen vergiftiging had opgelopen door het eten van zijn zelfbereide soep, at hij een paar lepels van diezelfde soep en wachtte de hele dag tot er een effect zou optreden. Uiteraard trad er geen enkel effect op.

Igor beging een fout door, tegen de regels in, na het verhoor naar het plaatselijke nieuws te kijken. Op de lokale televisiezender werd bericht over iemand die met een brandende sigaret op zijn bed in slaap was gevallen en gestikt was in de rook. De verslaggever vertelde op ernstige en zelfs aangedane toon dat de brandweer acht minuten nadat de brand was opgemerkt, al ter plaatse was, maar dat de drieënzestigjarige man helaas niet meer gered had kunnen worden. De camera toonde een beroete kamer, een zwart uitgeslagen televisietoestel en een deken op bed met een brandgat erin, die deed denken aan de krater van een uitgedoofde vulkaan, zoals vanuit de lucht gezien. Van de Kalasjnikov maakte de verslaggever

　　　　　　　　ALEKSEJ SALNIKOV

geen gewag. Zelfs door zijn stem heen was het geblaf van honden te horen. Daarna werd om de een of andere reden getoond hoe de vermoeide brandweerlieden naast het huis onder de zwarte nachtelijke hemel stonden te roken. Een van hen gaf een kort interview, of liever gezegd maakte een paar opmerkingen over de gevolgen die de onachtzaamheid van bepaalde burgers kon hebben. De rest van zijn betoog was tijdens het montageproces ineens weggevallen, tot verontwaardiging van Igor. De nachtelijke opnames gaven het huis en zijn omgeving een nog desolatere en onheilspellendere aanblik. Het bleek dat er tussen het huis en de houtschuur waslijnen waren gespannen, die er van ouderdom al wat doorgezakt bij hingen. De cameraman had die kennelijk in een artistieke opwelling in beeld willen brengen. Ze wiegden daar, bedekt met rijp, in het schijnsel van de cameralamp, heen en weer in de wind. Igor vroeg zich alleen af hoe het mogelijk was dat de buren geen schot hadden gehoord, maar wel rook hadden gezien.

Anders dan gewoonlijk voelde Igor dit keer geen compassie met de persoon die door hun toedoen was gestorven. De dood of vermeende dood van Fiel had dat gevoel naar de achtergrond gedrukt. Ergens sluimerde nog wel iets van spijt in hem, alleen besefte hij dat niet.

HOOFDSTUK 10

De gevoelens van neerslachtigheid en ergernis om het feit dat er om hem heen vrolijk op los gedronken werd, werden sterker naarmate Igor zelf ook steeds meer beneveld raakte. Hoe konden mensen lachen en grapjes maken tijdens het herdenken van een dode? Hoewel hij ook eerder al herdenkingsplechtigheden had meegemaakt waar men in een opperbeste stemming raakte zodra het lijk uit het zicht was verdwenen en men zich als het ware opmaakte om zich opnieuw in het leven te storten, toch had het afscheid van Fiel naar Igors mening anders moeten verlopen. Hij had gerekend op een soort stilzwijgend drinkgelag met sombere zuchten, bedrukte blikken en strakke gezichten. Iemand als Jonkie zou je een dergelijke lichtzinnigheid nog kunnen vergeven, maar van Igor Vasiljevitsj en Sergej Sergejevitsj had hij dit toch zeker niet verwacht. Terwijl het geestrijke vocht hem doorstroomde, herinnerde hij zich niet meer dat hij zelf ook het bericht van Fiels dood vrij onaangedaan had opgenomen.

Toch bezat Igor nog wel het vermogen om nuchtere afwegingen te maken, want ondanks de aandrang om zijn collega's tot de orde te roepen en zelfs toe te schreeuwen, besefte hij heel goed dat dit niets zou uithalen. Ergens begreep hij wel dat hij alleen maar het humeur van iedereen zou bederven, dat de mensen met wie hij samenwerkte, toch al dagenlang aan het treuren waren en nu eindelijk een uitlaatklep hadden gevonden in de drank en het ophalen van lollige herinneringen aan de overledene. Hij besefte dat schreeuwen tegen hen een vechtpartij zou kunnen uitlokken en dat een potje knokken met Igor Vasiljevitsj een geweldige stommiteit zou zijn. Je kon je net zo goed meteen van de trap af naar beneden gooien of zelf een paar keer met je kop op de tafel slaan.

Om zijn toenemende ergernis over het gedrag van de mensen rondom hem in het achterkamertje te temperen en de misselijkheid die hij na alle genoten drank voelde opkomen, te verlichten, stond Igor op van tafel en begaf zich enigszins wankel naar buiten. Niemand deed moeite om hem tegen te houden, wat zijn dronken irritatie alleen nog maar verergerde.

Buiten was het stikdonker, alleen boven de ingang van het ketelhuis brandde een klein lampje onder een blikken kap, net zo een als op de veranda van het huis waar ze hun laatste operatie hadden uitgevoerd. Je zag de door het lampje afgeworpen vlek glanzen in de sneeuw, terwijl iets verderop de zachte weerschijn van het licht dat naar buiten stroomde door de ramen van het achterkamertje waar het drinkgelag zich afspeelde, zich op de sneeuw had gevleid. Daarvandaan, uit diezelfde ramen, hoorde je hoe er gelachen en door elkaar heen gepraat werd, waarbij niet te onderscheiden viel wie wat zei. In de frisse buitenlucht voelde Igor zich iets minder misselijk en kreeg hij gelijk trek in een sigaretje, hoewel hij wist dat hij bij de eerste de beste haal weer onpasselijk zou worden. Toch haalde hij een sigaret tevoorschijn en begon te roken. En omdat hij vond dat hij aan één sigaret niet genoeg had, stak hij nog een tweede op. Daarop begon het hem lichtjes te duizelen, hij zocht steun tegen een muur en sloot zijn ogen, wachtend tot zijn hoofd minder zou gaan draaien. Hij betreurde het dat er naast het ketelhuis geen bankje stond waar hij op kon gaan zitten. Hoewel de wc vlakbij was en hij eigenlijk de hele ondergesneeuwde binnenplaats vrijelijk tot zijn beschikking had, scheurde hij zich plotseling met een ruk los van de muur en wankelde over de sneeuwhopen helemaal naar de andere kant van de garage, waar hij onbarmhartig begon te kotsen op het loopspoor van een kat in de sneeuw. Uit Igor stroomde alleen wodka naar buiten, omdat hij de hele dag niets had gegeten en ook geen hartig hapje had genomen tijdens het drinken.

Na enkele braakaanvallen voelde Igor zich alweer zoveel beter dat hij aan de andere kant van de muur die het ketelhuis omringde, de verre lichtjes van de stad en de langzaam over de stadsbrug voortglijdende voorlampen van auto's begon te onderscheiden. De lucht, die geurde naar smeltende sneeuw, voelde onbeschrijflijk zacht aan. Igor woelde met zijn handen in de sneeuw, verzamelde een hele plak en wreef zijn gezicht ermee in. Hij voelde hoe zijn natte gezicht droog werd geblazen door een vleugje wind, als een warme tocht die uit een open raampje de kamer binnenstroomde. Zich voornemend niets meer te drinken, liep Igor terug in de richting van het ketelhuis. Pas nu merkte hij dat hij helemaal verkleumd was. Hij probeerde zich vergeefs te herinneren hoe lang hij buiten had rondgehangen. Verder merkte hij dat er ergens vandaan water in zijn kraag druppelde. Hij keek omhoog, maar noch bij het ketelhuis noch bij de garage waren ijspegels of rijmplekken te bekennen.

Rillend van de kou keerde Igor keerde terug in het achterkamertje, maar weer nam niemand notitie van hem, net of hij nooit was weggeweest. Ditmaal voelde hij zich daardoor niet beledigd, per slot van rekening was de herdenkingsdrink niet ter ere van hem georganiseerd. Dat hij wegging en weer terugkwam was immers de gewoonste zaak van de wereld. Het zou wat anders zijn geweest als ze een stoffelijk overschot in de deuropening hadden zien verschijnen. Om weer wat warm te worden, zette Igor zich opnieuw aan de tafel en dronk zijn inmiddels bijgevulde glaasje leeg. Hij kreeg onmiddellijk zin om ook zijn zegje te doen, maar net op dat moment stokte het gesprek en viel iedereen stil. Ze keken allemaal toe hoe Igor zijn adem inhield en de doortocht van de alcohol door zijn slokdarm trotseerde.

'Alles oké, Igor?' vroeg Sergej Sergejevitsj.

Igor knikte en gebaarde dat ze vooral hun onderbroken gesprek voort moesten zetten.

'Je kunt het zo gek niet bedenken,' wendde Sergej Sergejevitsj zich daarop tot Jonkie. 'Tot aan die hele, op zelfdestructie lijkende consumptiewaanzin toe. Maar die zelfdestructie
is slechts schijn. Voorlopig hebben ze het hier wel naar hun
zin, ze proberen alleen die universele genotzucht nu eens hier
en dan weer daar nog wat aan te wakkeren. Het enige wat
we kunnen doen, is ze opsporen en proberen te begrijpen of
contact met ze te leggen.'

Sergej Sergejevitsj had hem duidelijk om en dat was geen
wonder, want hij had om de een of andere reden meer achterovergeslagen dan wie dan ook. Igor sloeg hem bevreemd
gade: dit was de typische vorm van dronkenschap die je vaak
bij militairen aantrof en die hij alleen van horen zeggen kende, maar waar hij nog maar zelden persoonlijk mee in aanraking was geweest. Hij kende de verhalen van officieren die
continu, soms zelfs jaren achtereen, in een dergelijke staat
verkeerden, terwijl ze al die tijd de schone schijn ophielden
en wisten op te klimmen in de militaire hiërarchie, totdat ze
ten slotte beestjes begonnen te zien. Het toch al rode gezicht
van Sergej Sergejevitsj was op bepaalde plaatsen – zijn neus,
zijn wangen en de bovenkant van zijn oorschelpen – nog ro-
der geworden. Op zijn voorhoofd parelden zweetdruppeltjes
en in zijn stem sloop een dwingend commanderend toontje,
alsof hij op een exercitieterrein zijn manschappen toesprak
en met zijn stem door de dikke lucht om hem heen trachtte
te dringen. Van tijd tot tijd schoot zijn stem zo hard uit dat
Igor een moeilijk gezicht trok. Jonkie deed hetzelfde. Igor
Vasiljevitsj daarentegen, die blijkbaar al de nodige ervaring
had opgedaan met dat soort vocale uitschieters, zat er met
zijn ellenbogen op tafel leunend wat ongeïnteresseerd en
onderuitgezakt bij.

'Wat ik me zelfs afvraag,' vervolgde Sergej Sergejevitsj, 'is
waar die hele waanzin om ons heen eigenlijk vandaan komt.
Doen we dat allemaal zelf of spelen hier vreemde invloeden?
Neem nou ons eigen land. Hoeveel jaar hebben we niet ge-

worsteld met het systeem van gemeenschappelijke woningen en geprobeerd onszelf te verlossen van onze huisgenoten en af te komen van dat gesamenwoon, van gedeelde keukens en wachtrijen voor de plee en de badkamer. En toen dat eindelijk min of meer gelukt was, kreeg je weer het gedonder met die sociale netwerken waar we in verstrikt raakten. Terwijl de mensen net al die tijd gevochten hadden voor wat privacy en eenzaamheid, voor een eigen territorium waar niemand je tot last was. En dan gaan ze ineens met al hun kwaaltjes op internet zitten en hebben het daar open en bloot over dingen waar ze vroeger alleen hun huisgenoten of buren op de binnenplaats stilletjes over hoorden fluisteren. Het is gewoon verschrikkelijk wat zich daar afspeelt. En als het nou nog anoniem was. Maar nee hoor, het gaat over dingen waar je normaal alleen vertrouwelijk met je arts over praat. En alles onder je eigen naam en met foto's van jezelf erbij. Is dat nou gewoon de menselijke natuur, dat zou ik wel eens willen weten, of is het toch een invloed van buitenaf? Een jaar of twintig geleden moesten diezelfde mensen er niet aan denken dat hun fotoalbum met gezinskiekjes door misschien wel honderd mensen zou worden bekeken, en nu, alsjeblieft – de hele wereld kijkt mee!'

'Een stuk zwager van mij,' deed Igor Vasiljevitsj zijn duit in het zakje, 'staat om de een of andere reden op alle foto's afgebeeld met alleen een boxershort aan. God mag weten waarom, maar het is niet anders. Zelfs als hij bij vrienden op bezoek gaat voor een winterbarbecue, waar iedereen een muts op heeft en een jas aan heeft, draagt hij enkel laarzen en een onderbroek. En ook op het jaarlijkse stadsfeest springt hij in de vijver met alleen zijn ondergoed aan. En dat alles staat te bewonderen op *Vkontakte*. Op de Dag van de Parachutist, als de anderen met kleren aan in het water spartelen, zit hij in zijn onderbroek en met een baret op gitaar te spelen. "Je moet de telefoonpalen naast je huis ook maar volhangen met jouw foto's," zeg ik tegen hem, maar hij moet daar alleen om lachen. En dan heb ik het nog niet eens over mijn dochter.

Hoe ze het klaarspeelde om zich in Turkije en Egypte te laten fotograferen zonder dat de muzelmannen haar stenigden, begrijp ik nog steeds niet. Zelfs ik als progressief man, opgegroeid in de Sovjet-Unie, had die aanvechting toen ze mij haar foto's liet zien en een filmpje over hoe ze daar aan het feesten waren.'

Sergej Sergejevitsj knikte instemmend en vervolgde:

'Sorry dat ik het zeg, maar vroeger waren de mensen, ondanks het totalitarisme, toch ergens tegendraads gestemd. Om één enkel persoon in de gaten te houden moest je heel veel tijd investeren, terwijl je nu gewoon naar zijn account gaat en daar vind je alles. Je kunt er zowat zijn hele leven van minuut tot minuut traceren, je kunt via zijn telefoon achterhalen waar hij overal rondhangt. Van alles kun je te weten komen. Andropov had in zijn stoutste dromen niet kunnen voorzien dat de burgers uit eigen vrije wil bewakingscamera's met zich mee zouden slepen om hun eigen gangen te laten nagaan en zichzelf zouden verlinken. Hij zou helemaal uit het lood geslagen zijn door dat soort sciencefiction. Hij zou hebben gezegd dat zulke idioten niet konden bestaan en dat het allemaal puur gefantaseer was.'

Igor ging tegen hem in:

'Maar jullie zelf dan, die gekozen hebben voor dit soort werk, jullie konden toch weten dat je zelf ook de hele tijd in de gaten werd gehouden. Jullie zijn er toch ook mee akkoord gegaan dat jullie thuis en op het werk worden afgeluisterd en bespied. Dat jullie daar niet stapelgek van worden: weten dat je de klok rond bespioneerd wordt, en dat jaren achtereen. Neem mij nou, ik ben hier nog geen jaar, maar het werkt me nu al behoorlijk op de zenuwen.'

Sergej Sergejevitsj keek Igor een tijdje niet-begrijpend aan en zei toen op langgerekte toon:

'Aààh, dat bedoel je. Maak je daar niet druk om. Ik geloof niet dat er iemand de klok rond mee zit te kijken. Jij bent geen Smoktoenovski,[42] wat valt er nou aan jou te zien?

Het is gewoon werk dat moet worden gedaan. Neem nou de bewakers in een winkel, die liggen er toch ook niet wakker van dat er camera's op hen gericht zijn. Terwijl er burgers zijn die speciaal camera's in hun huis installeren waarmee ze vierentwintig uur per etmaal alles live uitzenden. Zou jij dat kunnen? Dat er niet een select groepje mensen naar je zit te koekeloeren, maar de hele reutemeteut? Hoe zou jij dat vinden? Voor mij is dat de waanzin ten top. Waar is de logica? Aan de ene kant wordt er luidkeels geroepen dat de privésfeer moet worden gerespecteerd, aan de andere kant hangen ze zelf overal camera's op. Aan de ene kant wordt er vrijheid van meningsuiting geëist, aan de andere kant wissen ze soms een hele thread met een discussie waar een onwelgevallige mening wordt verkondigd. Of neem de perversiteiten van Misja. Maar goed, laten we die maar vergeten – Misja – naar de duivel met hem (sorry, zo spreek je niet over een dode). Laten we liever naar normale mensen kijken. Om de een of andere reden is de goegemeente verschrikkelijk verontwaardigd als er foto's worden getoond van blote kinderen. Terwijl een plaatje van een bloot kind bij een normaal iemand eigenlijk alleen maar vertedering zou moeten wekken, tenzij er een of andere smerigheid mee wordt uitgehaald, tenzij er op de foto, om het grof te zeggen, een volwassen lul te zien is. Maar nee, de mensen maken zich zo kwaad dat voor hen het enige middel om iedereen in toom te houden tien jaar strafkamp is, anders zouden die viezeriken daar midden in de zandbak gaan liggen neuken. Alsof zijzelf zich wél trouw aan het celibaat houden, terwijl iemand anders de regels overtreedt. Of neem de televisie. Wat ze daar ook uitzenden, ze gaan er onmiddellijk weer een parodie op maken, alsof ze zich op die manier willen indekken tegen wat ze daarvoor hebben gedaan. Over de politiek wil ik het al helemaal niet hebben. Maar om nog even terug te komen op het internet. Dat is een regelrechte hel. Vasiljevitsj hier heeft op een keer zo'n site bezocht en daar heeft een of andere voormalige gevangenenbewaker,

   ALEKSEJ SALNIKOV

die nog nooit buskruit had geroken, hem de les gelezen over liefde voor het Vaderland, terwijl een of andere reserve-sergeant begon te dreigen dat zodra ze een USSR 2.0 op poten hadden gezet, hij dat soort lieden als Vasiljevitsj zou laten fusilleren en hem zelf in een strafbataljon zou stoppen en naar de vijandelijke vuurlinies zou sturen.'

Igor Vasiljevitsj sloeg zijn ogen neer, kreeg een kleur en begon besmuikt te lachen.

'En dan te bedenken,' wond Sergej Sergejevitsj zich op, 'dat diezelfde lieden die nu met het schuim op de lippen overal verraders zoeken, er onder een nieuwe bezettingsmacht als de kippen bij zouden zijn om een Ausweis en een armband van de Landwacht aan te vragen ...'

'Ha, jullie halen míj de hele tijd door de stront vanwege mijn liberale ideeën,' sprong Jonkie erbovenop, zodra Sergej Sergejevitsj even stilviel om zijn emoties de baas te worden en naar adem te happen. 'Terwijl je nu net zelf meneer de liberaal uithangt en ideeën verkondigt die je staatsgevaarlijk zou kunnen noemen.'

'Dat hele liberalisme van jou, Sasja – en ik heb het over jou en jouw generatie, van de andere generaties wil ik af wezen – is alleen maar gebaseerd op een gebrek aan levenservaring en op het geloof dat alle mensen broeders zijn,' zei Sergej Sergejevitsj met hernieuwde bezieling. 'Op het geloof dat je de mensen van je gelijk kunt overtuigen met een geslaagde slogan en een demotiverende poster, met een leuke flashmob en een praatje aan de keukentafel over die klootzak van een Poetin die de boel verstikt. Maar de mensen zijn om de donder geen broeders van mekaar, Sasja, en dat zijn ze ook nooit geweest, met uitzondering van een paar zeldzame gevallen van mensenliefde. De vriendschap tussen broedervolkeren was alleen maar gebaseerd op de bajonet en de knoet en op de overtuiging dat als naties of andere groepen met elkaar op de vuist gaan, iedereen dan zonder uitzondering op zijn flikker krijgt. Je kunt net doen of de mensen gelijk zijn aan elkaar en evenveel recht hebben op dit en op dat en ik weet niet wat, maar hoe meer je die schijn ophoudt, des te meer spanningen hopen zich op in de maatschappij, want nergens zijn de mensen gelijk aan elkaar en hebben ze gelijke rechten, ze hebben alleen verschillende achterpoortjes om zich toegang te verschaffen tot die rechten. En plotseling kan de boel dan barsten, net waar je het niet verwacht. Aan de ene kant heb je de plotselinge oprispingen van de massa en aan de andere de mitrailleurschutters in de wachttorens – en de brave burger moet tussen die twee vuren in een veilig plekje zien te vinden om te voorkomen dat ze op een nacht bij hem op de deur komen kloppen.'

'Trouwens,' onderbrak Jonkie hem, terwijl hij lachend naar zijn telefoon greep. 'Over nachtelijk bezoek gesproken. Gisternacht heb ik in één keer een stuk of wat e-mails in mijn inbox gekregen. Blijkbaar hebben een paar kunstenaars mijn emailadres opgespoord, waarna ze me meteen zijn gaan bestoken met berichten.'

'Laat 's zien,' zei de al wat verveeld erbij zittende Igor Vasiljevitsj geïnteresseerd.

'Hierzo!' zei Jonkie. 'O nee, dit is de verkeerde ... Hier! "Geachte!"'

'Ha ha,' reageerde Igor Vasiljevitsj.

'"Geachte!"' gebaarde Jonkie hem zijn bakkes te houden. '"De kunstenaars uit de streek hebben er de smoor in. Punt uit. Als ..." Hier breekt het bericht af, blijkbaar was die persoon niet al te nuchter meer toen hij dit schreef en heeft hij het zo verzonden. Daarop kwam er meteen een nieuw bericht. Met veel pathos geschreven. Zo te zien hield de pathos van de man gelijke tred met zijn promillage. Net als bij ons nu. "Een kunstenaar vernederen, hem beledigen met geld en hem trollen." En verder is hij weer niet gekomen.'

'Wat betekent "trollen",' vroeg Igor Vasiljevitsj.

'Ja, precies,' liet ook Sergej Sergejevitsj blijken het niet te begrijpen.

'Tja, hoe zal ik het zeggen,' antwoordde Jonkie en hij draaide zijn ogen naar boven, waardoor hij bijna van zijn krukje tuimelde. En terwijl hij zijn telefoon ronddraaide in zijn handen, ging hij op zoek naar de juiste woorden. 'Dat is synoniem met "provoceren" of "op stang jagen".'

'Wat voor een lulkoek ze al niet verzinnen,' zei Sergej Sergejevitsj en hij wierp de instemmend meeknikkende Igor Vasiljevitsj een blik van verstandhouding toe.

'Dat jullie dat niet weten,' schamperde Jonkie.

'Tot zover geen al te fijne berichtjes,' erkende Igor Vasiljevitsj. 'Eerlijk gezegd had ik een meer intellectualistische ontboezeming verwacht, zodat ik mijn grove soldatenziel had kunnen troosten met de gedachte dat ik toch niet zo'n debiel ben als zij. Zodat het meteen allemaal duidelijk was en je onmiddellijk de stank kon ruiken van geldzucht en innerlijke rotting, zoals van beschimmelde kaas.'

'Mijn god,' zei Sergej Sergejevitsj, die zich blijkbaar verbaasde over de beeldspraak waarvan Igor Vasiljevitsj zich bediende.

Ook Igor was zo verbaasd over de wijze waarop Igor Vasiljevitsj zijn verwachtingen omtrent het niveau van de berichten van de kunstenaars formuleerde, dat hij wodka morste uit zijn glaasje, dat hij inmiddels zelf al had bijgevuld zonder op Jonkie te wachten, hetgeen niet geheel strookte met de alcoholetiquette, maar hij was nu eenmaal in zo'n stemming dat het hem geen lor kon schelen wat zijn senior collega's daarvan vonden.

'Dan heb ik er nog eentje, momentje,' zei Jonkie, geïrriteerd omdat hij zich door de anderen opgejaagd voelde. 'Hierzo. Die kwam een paar uur later binnen, samen met nog een aantal andere. Ik haal nu gewoon de sappigste eruit, om jullie geduld niet langer op de proef te stellen. De eerste berichtjes heb ik alleen voorgelezen om jullie wat begrip bij te brengen voor de innerlijke strijd en de existentiële gekweldheden van de kunstenaar.'

Ze gingen er allemaal stil bijzitten, als in het theater wanneer het doek opgaat. De wodka die Igor in de tussentijd achterover had weten te slaan, viel niet goed. Het voelde of de drank ergens in zijn slokdarm was blijven steken en zelfs aanstalten maakte om terug te keren. Igor durfde niet te kuchen en drukte alleen zijn hete vuist tegen zijn gevoelloze lippen aan in een poging een nieuwe braakaanval tegen te houden.

"'Geachte,'" begon Jonkie weer. "'Aangezien ik uw naam vergeten ben en ik niet weet hoe ik u moet aanspreken, zal ook ik mijn naam niet noemen om u niet in verlegenheid te brengen.'"

Igor Vasiljevitsj en Sergej Sergejevitsj grijnsden tevreden, klaarblijkelijk ondervonden ze een zekere esthetische voldoening bij het horen van de tekst die Jonkie voorlas.

"'Het verbaast mij te horen,'" vervolgde Jonkie, "'over de successen van de westerse avant-garde in vergelijking met de avant-garde uit de tijden van de Sovjet-Unie en onze hedendaagse avant-garde, terwijl het Westen toch zulke namen heeft erkend als ...'"

Jonkie begon de namen op te sommen, wat bij elkaar zo'n drie minuten in beslag nam. En bij elke nieuwe naam die ze hoorden, begonnen Igor Vasiljevitsj en Sergej Sergejevitsj steeds breder te grijnzen. Igor begreep niet wat er te grijnzen viel en waarom ze steeds vol ongeduld leken te wachten op de volgende naam die Jonkie zou oplezen.

'Verschrikkelijk,' liet Igor Vasiljevitsj zich ontvallen toen Jonkie even pauzeerde om op adem te komen. 'Net een of andere zwarte lijst van de Zwarte Honderden.'[43]

"'En daarnaast onze alom in het Westen erkende lokale kunstenaars,'" citeerde Jonkie toen hij weer genoeg adem had verzameld.

'Dus dat waren nog niet alle namen?' vroeg Igor Vasiljevitsj verbluft, waarop Jonkie hem, glimlachend tegen het scherm van zijn telefoon, gebaarde dat hij zijn mond moest houden, om vervolgens een nieuwe reeks namen op te lezen.

Terwijl hij daarvoor alleen de achternamen had genoemd, voegde hij er nu ook de initialen aan toe. Alleen al de naam 'Ivanov' kwam een keer of vijf voor, waaronder twee met de initialen 'A.I.'

Toen alle namen waren opgelezen, vroeg Igor Vasiljevitsj geïnteresseerd of er echt twee A.I. Ivanovs bij stonden. Misschien had Jonkie zich vergaloppeerd bij het oplezen, Jonkie bevestigde dat het er echt twee waren.

'Ik ben niet zozeer verbaasd dat er zoveel Ivanovs op de lijst staan, maar dat er überhaupt zoveel zijn,' zei Sergej Sergejevitsj .

'Nee, Sergejevitsj, je snapt de diepere betekenis van die lijst niet,' antwoordde Igor Vasiljevitsj hem. 'Die knakker heeft niet voor niets twee A.I. Ivanovs genoemd. Volgens mij is het een soort open brief. Een polemiek met de volgevreten smoel van het barbaarse kapitalisme, vertegenwoordigd in de persoon van Sasja. Die gasten houden er een hiërarchie op na die nog strikter is dan in het leger, neem dat van mij aan. Als de figuur die dit geschreven heeft, maar één A.I. Ivanov had genoemd, zou iedereen onmiddellijk begrepen hebben wie hij bedoelde, en dan zou die andere zich geheid gepasseerd hebben gevoeld en hem niet meer de hand hebben willen schudden. De Sovjet-Unie bestaat al twintig jaar niet meer, maar nog altijd kruipen de vrije kunstenaars oudergewoonte voor autoriteiten. Als er nu geen FSB zou bestaan, zouden ze die zelf wel uitvinden om gewillig verder te zuchten onder zijn knoet.'

Om de een of andere reden trok Igor zich deze woorden over kunstenaars persoonlijk aan. En hij zei gemelijk tegen een paar hoopjes sigarettenas die naast zijn voeten op de vloer lagen, dat hij er maar vandoor ging. De onontkoombare sovjettegeltjes waarmee het hele interieur was afgewerkt, waren zo geel en priegelig dat alles voor zijn ogen was beginnen te draaien. De anderen hadden bijna onmiddellijk verstaan wat hij zei en probeerden hem te overreden om te blijven, anders zou hij ergens onderweg in een smeltende sneeuwhoop in slaap vallen. En als de vorst dan weer zou invallen, zou hij doodvriezen of een longontsteking oplopen.

'Neem dan tenminste de auto, maar rij wel voorzichtig,' stelde Sergej Sergejevitsj voor. 'Of laten we een taxi bellen.'

'Hoezo taxi,' zei Igor koppig. 'We staan niet eens op de kaart. Toen ik hier voor het eerst kwam, kon ik het nauwelijks vinden.'

'Dat is waar,' gaf Sergej Sergejevitsj toe. 'Neem dan liever je eigen auto, er is nu toch niemand op de weg, je moet gewoon heel zachtjes rijden.'

'Je kunt me de pot op,' zei Igor, terwijl hij opstond. 'En als ik tegen een lantaarnpaal op bots of iemand naar de bliksem rijd?'

Toen hij zich later weer probeerde te herinneren hoe hij was weggelopen, twijfelde hij eraan of hij dat echt zo afgemeten en duidelijk gearticuleerd had gezegd, maar het waren exact deze bewoordingen die uit zijn geheugen boven kwamen drijven. Naar alle waarschijnlijkheid was hij gewoon opgestaan waarbij hij iets onduidelijks had gemompeld, en hadden zijn collega's dat alleen maar begrepen omdat ze zelf al straalbezopen waren, anders zouden ze hem wel belet hebben om zoiets ondoordachts te doen als zich in dronken toestand het industrieterrein en de straten van de nachtelijke stad op te wagen. Het volgende wat Igor zich herinnerde, was dat hij een plotseling ontnuchterende kou binnenstapte, dat hij voortstrompelde over een weg die overdag modderig was geworden door de dooi maar 's nachts weer was veranderd in een ijsvlakte, en dat hij verschillende keren in de sneeuwhopen langs de weg, die er fluweelzacht hadden uitgezien maar in werkelijkheid keihard waren, was gevallen, zodat hij het elke keer uitschreeuwde van de pijn als hij erin donderde. Igor herinnerde zich ook nog dat hij er spijt van had gehad dat hij niet naar Sergej Sergejevitsj had geluisterd en de wagen niet had genomen. Toen hij weer nuchter was, bedacht hij dat als de sneeuwhopen zacht waren geweest, hij in de eerste de beste hoop was blijven liggen tot het ochtend was.

Als door een wonder belandde Igor ten slotte ergens in de stad op een trottoir en kon hij zich gemakkelijker voortbewegen. De koude lucht en de pijn in zijn ribben door de vele kneuzingen gaven hem de illusie van een zekere nuchterheid, een toestand die gewoonlijk wordt gevolgd door het ultieme stadium van totale bewusteloosheid. En in de toestand waarin hij op dat moment verkeerde, was hij zich daarvan wel degelijk bewust, zodat hij zo snel mogelijk probeerde thuis te raken.

Tweemaal werd zijn pad gekruist door één en dezelfde politieauto die de straten afreed op zoek naar een crimineel. De eerste keer werd Igor uit de auto gevraagd of het wel ging en of hij niet dronken was, waarop Igor antwoordde dat alles oké was, hoewel hij wel degelijk in kennelijke staat verkeerde. De tweede keer, toen Igor al lopend een sigaret opstak, kwam de auto naast hem rijden en werd er uit het raampje gevraagd of hij niet nog een sigaretje had, waarop hij inderdaad nog een sigaret plus aansteker uit zijn zakken had opgediept en vriendelijk werd bedankt. Vervolgens was hij getuige geweest van een bijna huiselijke scène uit het leven van politieagenten toen een van de twee de ander probeerde te overtuigen dat hij nu echt moest stoppen met roken, omdat alles al naar tabak stonk en de andere collega's inmiddels allemaal al waren gestopt en omdat de stank van tabaksrook nog erger was dan de lichaamsgeur van zwervers, waarop de rokende agent de niet rokende voorstelde om dan maar te gaan zoenen met die zwervers. Igor had dit alles met een glimlach aangehoord om daarna zijn weg te vervolgen.

De promilles in zijn bloed hadden de aanblik van de werkelijkheid dusdanig opgesmukt dat de stad was gaan lijken op een sprookjesachtige plek vol frisse lentebriesjes en lichtjes van Broadway. Af en toe was er een snelle, opgewonden auto voorbijgeflitst, met binnenin het monotone gebonk van luide muziek, terwijl de glinsteringen van de straatlantaarns langs de gladde flanken en zwart geblindeerde ramen ervan gleden. Onderweg was Igor een vrolijk groepje jongeren tegengekomen, die hadden gevraagd of ze hem ergens mee konden helpen, maar hij had beleefd bedankt en gezegd dat hij niet ver weg woonde, waarop ze 'Oké, het beste dan maar' hadden geantwoord.

Toen Igor, verheugd over zoveel gelukzaligheid om hem heen, ten slotte was aanbeland bij een boulevard met in het donker blinkende tramrails, was er zomaar uit het niets een tram komen aanrijden en was er uit het rijtuig gevraagd of hij niet mee wilde rijden.

'Hangt ervan af waar u naartoe gaat,' had Igor gezegd.

Omdat de tram dezelfde kant bleek op te gaan als hij, was Igor het volkomen lege rijtuig in geklommen. Het was er zo hel verlicht dat hij achter de zwarte ruiten niets had kunnen zien van de straat tot hij had plaatsgenomen achter een raam. Tevreden dat hij zijn voettocht met bijna de helft had ingekort, was hij begonnen zich vanuit de ongedachte hoogte van zijn zitplaats in het openbaar vervoer te vergapen aan de uithangborden en de bomen. Daaraan was hij geheel ontwend geraakt tijdens al die jaren dat hij had rondgereden in zijn auto.

'Over een maand worden we opgedoekt,' had Igor opeens gedacht. 'We gaan op slot of achter slot en grendel. Dat kan niet anders.' Deze gedachte had hem zoveel pret bezorgd dat hij het uitproestte van het lachen.

EPILOOG

Tot zijn verrassing waren de buren op het terrein met de buitenhuisjes en moestuintjes nog altijd dezelfde, ze waren alleen een stuk ouder en lelijker geworden. Niemand was er verdwenen, ziek geworden of doodgegaan, enkel Igors ouders waren er niet meer. Hun ooit groen geschilderde huis stond er grauw en doods bij, overal was de verf afgebladderd. Igor had verwacht dat het huis kleiner zou blijken dan hij zich had voorgesteld, omdat alle voorwerpen die in zijn herinnering groot waren, uiteindelijk kleiner bleken te zijn, maar hoewel de moestuin inderdaad kleiner was, leek het of het huis gedurende al de tijd dat Igor er niet was geweest, alleen maar was gegroeid.

'Ik zal de brandnetels om het huis wegmaaien als ze te hoog worden,' zei zijn buurman vanachter het gaaswerk dat de afscheiding vormde tussen hun stukken grond. 'Oké? Geen bezwaar? Anders waaien de zaadjes straks naar mij over.'

'Prima, bedankt,' antwoordde Igor afwezig. 'Ik zal er wel voor betalen.'

De buurman gebaarde dat dit later wel in orde zou komen. Daar hoefde Igor zich op dit moment geen zorgen over te maken.

'Hem betalen? Ik zou die zuiplap geen rooie cent geven,' riep de vrouw van de buurman ergens vanuit haar broeikas.

Om te voorkomen dat hij in een ongemakkelijke positie zou belanden en verwikkeld zou raken in andermans echtelijke perikelen, gaf Igor met handgebaren te kennen dat hij beslist zou betalen, maar niet nu.

Zijn eigen vrouw had gezegd dat ze hun zoontje over een paar dagen bij hem zou komen afleveren, en ook Jonkie had beloofd om te komen ('Anders wurg ik mijn schoonmoeder of hang ik mezelf op,' had hij Igor inderhaast toegevoegd). Igor stofte het hele huis, verschoonde de bedden, spoelde het met spinnenwebben bedekte serviesgoed af en wreef de eveneens met spinrag overtrokken hanglamp schoon. Daar gingen een paar uur mee heen en vervolgens klom hij om de een of andere reden de zolder op, waar hij lange tijd bleef rondhangen nadat hij er een grote verzameling ingebonden oude jaargangen van sovjet-tijdschriften had aangetroffen. Het was een raadsel dat dit alles niet vergaan, van ellende uit elkaar gevallen en door de muizen opgevreten was. Verder lagen er nog boeken die vader principieel geweigerd had weg te gooien, onder andere eentje waar Igor als kind gretig in gelezen had, namelijk *Het probleem van het zoeken naar leven in het Heelal.* In zijn jonge jaren had een ontmoeting met een buitenaards wezen hem zo ongeveer het summum van geluk geschenen. Voor de kleine Igor was een dergelijke gebeurtenis zo fantastisch dat zijn verbeelding het niet eens kon omvatten: voor zich zag hij alleen een schotel met lichtjes waaruit een grijs mannetje stapte – verder reikte zijn fantasie niet.

Eigenlijk had hij zich ook de toekomst, waarin hij zich nu bevond, heel anders voorgesteld dan ze in werkelijkheid was gebleken toen hij er tijdens zijn volwassenwording in belandde. Ook de kleine Igor zou zwaar teleurgesteld zijn geweest als hij te weten was gekomen dat de toekomst er wel heel anders uit zou zien dan door Kir Boelytsjov[44] was beschreven. Zelfs de geringste afwijking van dat toekomstsjabloon zou hem helemaal uit het lood hebben geslagen, zoals hij zich nu ook, nu de toekomst heden was geworden, uit het lood geslagen voelde.

'Kijk eens hier,' zou de Igor van nu tegen zijn vroegere ik gezegd hebben. 'Zie je deze ijskast, die drie jaar ouder is dan jij? Als je ouders doodgaan, kom ik hier een paar jaar later en zet hem aan. En hij zal weer werken en ik zal er mijn eten in

　　　　　　　　　　　ALEKSEJ SALNIKOV

zetten. Niet in een of ander fabelachtig nieuw apparaat, maar in dit ding hier, dat nu al geel begint te worden van ouderdom. En mijn vrouw zal onze zoon hier brengen in een gewone automobiel, niet in een vliegende, en hij zal rondrijden op een gewone fiets. Wel zal hij meer interessante speeltjes en snoepjes hebben, maar een enkeltje Mars of een retourtje Maan – dat zit er niet in. Afijn, die speeltjes en snoepjes, dat is al heel wat. Beter dan niks.'

Ongeveer een uur voordat zijn vrouw arriveerde, verscheen de sinds zijn huwelijk iets dikker geworden Jonkie.

'Het is je reinste hel,' zei hij toen hij uit de auto stapte. 'Mijn handen trillen nog altijd.'

'Wat moet dat met jou worden als het kind geboren wordt?' vroeg Igor.

'Ha, alsof ik nu al niet voor kinderjuf speel,' antwoordde Jonkie giftig. 'De enige troost is dat er nu een normaal figuur als zaakwaarnemer van de galerie is aangesteld. Bij zijn kunstbroeders heeft hij zich daarmee niet geliefd gemaakt, maar ze willen hem wel graag bij de Kunstenaarsbond hebben. Hoe is het met die rakker van jou? Waar is die trouwens? Ik heb zin om 'm eens een flinke knuffel te geven. Ik heb er behoefte aan eindelijk eens iemand te zien die je een goed gevoel geeft en niet met een chagrijnige kop rondloopt.'

'Hij schijnt het op zijn eindrapport zonder zesjes geklaard te hebben,' antwoordde Igor op zo'n voldane toon dat het leek of hij zelf het schooljaar had afgesloten met louter negens en tienen. 'Hij is er nog niet, hij komt zo.'

Zoonlief had daarvoor een hele maand doorgebracht in het zomerhuis van zijn oma, met het gevolg dat hij niet alleen vervreemd was geraakt van Igor, maar zelfs met een scheve blik naar zijn moeder was gaan kijken, alsof hij haar niet herkende. Hij was zo verbrand dat hij bijna zwart zag, alleen onder zijn ogen waren nog een paar lichte kringetjes uitgespaard, die vooral opvielen toen hij met opgetrokken wenkbrauwen zijn nieuwe fiets inspecteerde. Igor voelde zichzelf ook wat vervreemd van zijn zoon, omdat Misja's gelaatstrekken wat grover leken te zijn geworden, zijn wangen niet meer zo bolden, zijn haren in de zon waren verbleekt tot een vaalbruine kleur en zijn stem onherkenbaar hees was geworden, alsof hij gedurende de tijd dat Igor hem niet gezien had, alleen maar had lopen schreeuwen. Hij bracht het nog op om Jonkie ter begroeting een boks te geven, en dat alleen nog na enig aandringen, maar toen Igor hem probeerde te omarmen, bedankte hij daar feestelijk voor en glipte weg naar zijn fiets, waarna hij onmiddellijk met toestemming van zijn moeder in de buurt een ritje ging maken.

'Volgens mij zitten jullie geen van beiden lekker in je vel,' zei Igor stekelig tegen zijn vrouw, die er in tegenstelling tot haar zoon juist bleker uitzag dan gewoonlijk.

'Wat wil je, ik ben in verwachting,' sloeg ze Igor met stomheid, waarna ze doodleuk over iets anders begon: 'Vergeet zijn zwembadje niet op te blazen, anders zie je hem alleen 's ochtends en 's avonds, hij gaat hier snel vriendjes maken.'

'Die kans is klein,' zei Igor zonder al te veel overtuiging. 'Je hebt hier alleen gepensioneerden.'

'Waar gepensioneerden zijn, zijn ook kleinkinderen.'

'Ja, da's waar,' lachte Igor.

'Je hebt ook nog kans om hem thuis aan te treffen als het regent,' zei zijn vrouw, waarna ze opnieuw abrupt van onderwerp veranderde: 'En, hoe was je dienstreis?'

'Alsof je dat niet weet,' zei Igor met een zucht. 'Mijn reputatie snelt me nog altijd vooruit. Ze hebben meteen geprobeerd me smeergeld toe te stoppen.'

De ogen van zijn vrouw verrieden niets.

'Is er nog niemand in je leven gekomen?' vroeg ze. 'Ik weet misschien wel iemand voor je. Ik heb er een paar op het oog, allebei single, eentje lijkt zelfs niet al te veel last te hebben van rare kronkels in d'r hoofd.'

                                        ALEKSEJ SALNIKOV

Igor wilde jokken, maar zei dan toch dat hij op het moment niemand op het oog had, om er vervolgens tot zijn
eigen verrassing op mismoedige toon uit te flappen:

'Ik zit alleen wel 's op een pornosite.'

En hij mompelde iets schaapachtigs toen zijn vrouw in
de lach schoot.

'Schaam je je niet op jouw leeftijd,' zei ze berispend.

'Ik was het wat ontwend geraakt tijdens al die jaren van
mijn huwelijk, maar we gaan de schade nu inhalen,' antwoordde Igor. 'Er blijkt heel wat nieuws bij gekomen te zijn
sinds ik de puberteit ben ontstegen.'

'Wat dacht je!' beaamde zijn vrouw met de nodige kennis
van zaken, naar het Igor toescheen. 'Misschien laat je me
een beetje meegenieten?'

'Ja zeg,' zei Igor gemelijk, met een scheve glimlach. 'Maar
zwangere vrouwen neuken, daar begin ik niet aan.'

'Hoor hem,' sneerde ze. 'Vroeger was je daar beslist niet
vies van.'

En ze spreidde haar handen uit alsof ze hem iets voorhield op een dienblad, terwijl ze veelbetekenend haar wenkbrauwen optrok.

'Ach ja, dat is waar ook,' herinnerde Igor zich. 'Ik was
alweer zo'n beetje vergeten hoe we de beest hebben uitgehangen. Toen je 'm smeerde, heb ik je meteen uit mijn
geheugen gewist, alsof je er nooit was geweest.'

'Nee, Igor,' zei zijn vrouw op een toon die geen tegenspraak duldde en tegelijk enigszins bestraffend klonk. 'Ik
was er wel degelijk. En hoe.'

Ze tekende met een breed gebaar iets groots in de lucht,
dat blijkbaar niet zomaar uit Igors geheugen gewist kon
worden. En ze wilde er nog iets aan toevoegen, tot ze merkte dat Jonkie er bij was komen staan en aandachtig meeluisterde.

'Afijn, je snapt wel wat ik bedoel,' zei ze.

'Ja ja,' antwoordde Igor met een frons.

'Jij was me er een ...' begon ze weer, terwijl ze haar lachen niet kon houden.

'Mijn god, wat is er met je?' vroeg Igor vol weerzin. 'Valt het soms tegen met je nieuwe geliefde? Ben je met hem nog slechter af dan met mij?'

'Volgens mijn moeder wel,' bekende ze. 'Ze ziet Tolik helemaal niet zitten. Weet je wat haar criteria zijn? Als ze zelf niet met een bepaald type naar bed wil, dan is het niks. Ze zegt dat hij een snotneus is, dat ik me zou moeten schamen. Maar waarom zou ik? Hij is al over de dertig. Zijn eigen mama vindt dat ik te oud ben voor hem en ze heeft ook niks op met haar nieuwe kleinzoon. Ze vindt dat ik haar zoontje alleen maar tot last ben. Gelukkig maar dat het ene gekke mens nog verder weg woont dan het andere. Stel je voor dat we allemaal samenwoonden, dan zou het een hel zijn. Dan werd het je reinste Jeroen Bosch.'

'Trouwens, ik heb die kunstschilder van jou twee winters geleden ontmoet,' herinnerde Igor zich plotseling, via een simpele associatie. 'Misschien wil je je nieuwe vriendje dumpen voor die van vroeger?'

'Echt?' leek zijn vrouw ineens een en al oor. 'Hoe gaat het met hem?'

'Vraag maar aan Sasja. Hij heeft jouw kunstenaar in dienst genomen.'

'Het gaat best wel goed met hem,' zei Jonkie. 'Hij heeft alleen lang zijn weg niet kunnen vinden in het leven, maar nu voelt hij zich wel op zijn plaats, voorlopig nog tenminste, zolang het Ministerie van Cultuur ons niet aan onze benen uit het gebouw heeft gesleept, of de brave burgers niet het schuim op de lippen hebben gekregen van een van onze exposities en aan zijn komen stormen met hooivorken en brandende toortsen.'

'Hij schildert nog altijd van die molens,' zei Igor. 'Alleen het formaat is nu bijna monumentaal geworden. Net als in die ene film over een kunstacademie, waar ook nog moorden worden gepleegd en waarin een van de kunstenaars, Malkovich, zijn leven lang driehoeken tekent.'[45]

'Een stomme film trouwens,' meende zijn vrouw.

'Nee hoor, een grappige,' meende Igor.

'Nee, maar in het algemeen, wat doettie?' vroeg ze.

'Dat heb ik je net gezegd. Ik heb van mijn eigen geld een schilderij van hem gekocht. Dat kom ik je nog wel eens brengen, je kunt het ergens tegen de muur zetten. Kun je jouw Tolik mee op stang jagen. Is ook niet zo gemakkelijk van het balkon te gooien.'

Deze laatste woorden kwamen maar met moeite uit zijn mond, omdat hem de adem werd benomen door zijn vrouw die hem omhelsde en met haar haren in zijn neus kietelde. Om een of andere reden kon hij het niet opbrengen om haar op zijn beurt te omhelzen. Jonkie kuchte ongemakkelijk, maar ging niet net doen of hij iets anders te doen had. Hij bleef gewoon staan waar hij was en wendde niet eens zijn blik af.

'Heb je me al is het maar een klein beetje vergeven?' vroeg ze met een klein stemmetje. 'Dat ik zomaar ben weggegaan. En dat alles is gegaan zoals het is gegaan. Moeder zit vanaf de eerste de beste dag aan mijn hoofd te zagen dat ik op mijn knieën naar jou terug moet kruipen.'

Igor lachte geluidloos. Zijn armen hingen nog altijd slap langs zijn lichaam.

'Zegt ze dat echt zo?'

'Wat meer is, ze zegt dat ik een teef ben.'

'Daar kan ik wel een beetje inkomen,' zei Igor tegen de kruin van zijn vrouw. 'Maar dat je toen bent weggegaan en onze zoon hebt meegenomen, eigenlijk was dat voor mij ... Eerlijk gezegd kon ik daardoor een beetje vrijer gaan ademen. Ook nu nog voel ik dat zo. Het is goed voor mijn gemoedsrust dat jullie weg zijn.'

Zo stonden ze daar nog een tijdje, zich misschien wel afvragend of het zin had terug te keren naar datgene waar ze anderhalf jaar geleden mee waren opgehouden. Vervolgens viel het Igor op dat zijn vrouw voor de gelegenheid haar lichtblauwe jurk had aangetrokken, eentje die ze 's zomers vaak droeg, maar alleen als ze onder elkaar waren, nooit in het gezelschap van anderen, zodat ze ook dit keer niet afweek van de traditie. Haar viel het dan weer op dat er voor zijn huis gras door de spleetjes tussen de tegels groeide. Volgens haar kon hij dat beter zo laten, want dat was ergens wel knus.

'Mamaatje is wat aan het klooien geweest met twee kale sukkels en heeft voor zichzelf een buitenhuis laten bouwen – man, als je dát optrekje zou zien,' zei ze in een klaarblijkelijke poging om de knusheid van Igors huisje nog eens extra te accentueren. 'Net als in een of andere film. Met van die panoramavensters en op zolder een soort studio met een glazen dak. Alles in het wit en overal glas. Alle bezoekers hebben al een paar keer hun kop gestoten tegen die doorzichtige tussenwanden. En naast het huis heb je een zwembad. En niet zomaar eentje, maar een met bodemverlichting. De hond van de buren komt er water drinken. Dat zwembad is al tweemaal bijna Misjka's ongeluk geworden. De eerste keer is hij erin gedonderd toen het nog leeg stond. Ik dacht al dat hij zijn nek had gebroken, maar nee hoor, hij had niet eens schrammetje. En de volgende keer is hij er haast in verdronken. Maar hij wist toch naar de kant te zwemmen. Voor we kwamen aangerend, was hij al op het droge.'

Vervolgens stonden Igor en Olga nog lange tijd afscheid van elkaar te nemen naast haar auto, in de brandende zon. Ze praatten over allerlei onbenulligheden, die Igor onmiddellijk weer vergat als er een nieuw onderwerp ter sprake kwam. Zijn vrouw was er niet zozeer op uit om zo lang mogelijk door te praten met hem, maar wachtte eigenlijk op haar zoon, zodat ze afscheid van hem kon nemen. Ook Jonkie kwam erbij staan en mengde zich in het gesprek. Hij vertelde dat er op de schilderijen van de kunstenaar helemaal geen windmolens en zonnen stonden, maar koffiemolens en citroenen. 'Een complexe metafoor van het leven, dat ons vermaalt en ons iets aanreikt dat tegelijk felgekleurd en zuur is, terwijl wij zelf hard en bitter zijn, als koffiebonen.'

'Wat nou metafoor,' zei Igors vrouw. 'Hij had gewoon een keer zijn kans gegrepen in een van de kamers van de studentenflat, maar zijn gastvrouw had alleen koffie en citroenen in de aanbieding, ze had niet eens suiker in huis.'

'Maar zij had dan toch wel duidelijk indruk op hem gemaakt, want hij is er nog altijd bezeten van,' zei Jonkie.

Igor ging de weggetjes op het terrein afzoeken naar zijn zoon. Eén keer pakte hij een wildvreemd jongetje dat op eenzelfde soort fiets voorbijreed, beet bij zijn schouder, in de veronderstelling dat het zijn zoon was. En toen zijn zoon zelf vlak na dat jongetje voorbijreed, herkende hij hem niet meteen.

Toen zoonlief te horen kreeg dat ze een zwembad zouden opblazen, besloot hij in de buurt te blijven. Igor, die hier van tevoren verschillende keren aan was herinnerd en door schade en schande wijs was geworden, had een wat groter exemplaar gekocht, maar zijn vrouw, die weinig vertrouwen had in Igors geheugen, had nog een ander zwembadje uit de bagageruimte van haar auto tevoorschijn gehaald en bij hem achtergelaten. Igor en zijn zoon stonden lang te dubben welke van de twee ze zouden oppompen. Zoals ze daar uitgespreid in de tuin lagen, als twee doorzichtige en tegelijk kleurige tapijten, leken ze precies even groot, alleen rook het ene naar pas uitgepakt nieuw plastic en het andere naar rubberbanden die lange tijd opgeslagen in een garage hadden gelegen. Ten slotte besloten ze eerst het nieuw ruikende exemplaar uit te proberen en, als daar gaatjes in bleken te zitten, het andere op te pompen.

Terwijl de autopomp zoemde en het zwembad geleidelijk de vorm aannam van een kleine arena van dik polyetheen, installeerden Igor en Jonkie zich op de veranda en begonnen bier te lurken uit blikjes. Ondertussen nam het zoontje midden in het zwembadje plaats om voortdurend aan de wanden te voelen of die al begonnen op te bollen. Jonkie kon binnen de kortste keren geen puf meer zeggen, of als gevolg van de hitte of van oververmoeidheid, want thuis werd hij voortdurend omringd door familieleden die elke avond bij hem rondliepen en deden alsof ze hem en zijn zwangere vrouw aan het helpen waren. Bijgevolg verloor Jonkie al snel het laatste restje monterheid dat hij had meegenomen naar het zomerhuisje. Hij kon het alleen nog opbrengen een paar keer naar Igors zoontje toe te wankelen, hem een paar keer aan zijn handen en voeten rond te draaien en hem met moeite een stukje omhoog te gooien om hem daarna met nog meer moeite weer op te vangen. Totdat hij ten slotte aan Igor vroeg waar hij ergens een tukje kon doen, waarop hij naar de inmiddels opgeruimde zolder werd begeleid en voor pampus op een veldbed werd achtergelaten. Daarna vroeg Igor zijn zoon of hij wat wilde eten, maar die weigerde, hij wilde alleen wat drinken. Toen Igor aan kwam zetten met cola uit de koelkast en zijn zoon het rode blikje zag, keek hij moeilijk en zei dat hij dat niet mocht drinken van oma, want dat drankje kon je alleen gebruiken als wasmiddel en een stuk vlees loste in een glaasje prik binnen de vierentwintig uur helemaal op. Daarop trok Igor op zijn beurt een lang gezicht.

'Dat hoort oma op die televisiezenders waar ze naar kijkt en leest ze in die tijdschriften van haar. Daarvan lossen je hersens binnen de vierentwintig uur op,' sneerde hij. 'Maar goed, ik kan je wel wat sap of water geven.'

'Nee, laat maar, ik neem die prik wel,' zei het zoontje.

Al die tijd dat Igor bezig was geweest afscheid te nemen van zijn vrouw en met zijn zoontje het zwembad had uitgekozen, had de buurman aan de andere kant van de afscheiding voortdurend 'ja, ga nou maar' geroepen tegen zijn vrouw. Die moest in de stad zijn en stond op het punt te vertrekken, terwijl ze hem dreigde met hel en verdoemenis als hij zich tijdens haar afwezigheid zou bezatten. Zodra haar stem ver-

stomde, vertoonde buurman zich bij de afscheiding en zei
op vleierige toon, zonder te verbloemen waar hij op uit was:

'Igortje, is dat je zoon, is die echt al zo groot? Precies zijn
vader, ik zie je nog rondlopen, net of het gisteren was.'

In plaats van iets te antwoorden zwaaide Igor met zijn
bierblikje en wees op een hele rij blikjes die nog in de schaduw stonden te wachten. Het duurde niet lang of buurman
zat al op de veranda naast Igor gretig zijn dorst te lessen.

'Mag u trouwens wel drinken?' vroeg Igor beducht. 'Misschien is er een probleem met uw gezondheid en ben ik u nu
aan het vergiftigen?'

Buurman maakte een wegwuivend gebaar.

'Wat nou gezondheid? Die is mijn leven lang al klote.
Als het aan Ninka ligt, mag ik alleen brandnetels eten en die
wegspoelen met bronwater. Jij kent me toch al langer dan
vandaag. Zij heeft me altijd al uitgekafferd. Toen jij nog net
zo'n kereltje was als jouw zoon nu, bazuinde ze al overal rond
dat ik een alcoholist was. Omdat jouw vader en ik af en toe
een glaasje namen, maakte ook jouw moeder haar man uit
voor verstokte alcoholist. Zo ging dat toen – als een kerel 's
wat dronk, werd hij onmiddellijk uitgemaakt voor alles wat
mooi en lelijk was. In de tijd van míjn vader waren de vrouwen nóg erger. Toen was het gewoonte om iemand die een
keer een glaasje nam, zo af te kijven dat zijn handen ten slotte
los begonnen te zitten. Ik kan het anders ook niet verklaren
waarom mijn moeder de gewoonte had om mijn vader, terwijl die sliep, door elkaar te schudden en tot het uiterste te
drijven met van die vragen als: "Heb je je weer bezat, klootzak
die je bent? Hè? Hè?" Terwijl het ook zo wel duidelijk was dat
hij er een paar op had. En als hij haar dan van zich af begon te
duwen, rende ze krijsend de gang in. Onze generatie is al wat
milder. En die van jullie geeft bijna helemaal geen kik. Neem
mijn eigen vrouw nou. Ze doceert nota bene op de universiteit, ze is filosofe. En ik heb mijn leven lang les gegeven op
school als leraar algebra en meetkunde ...'

Igor keek hem ongelovig aan.

'Ja, ja,' zei de buurman, 'geloof het of niet. Maar hier op het land zijn we gewoon een primitieve klusjesman en boerenmeid! Niet dat ik iets tegen klusjesmannen en boerenmeiden heb, maar dat zijn nu eenmaal de stereotiepe typeringen waarmee je wordt betiteld.'

'Zeg!' schrok de buurman plotseling op. 'Krijgt hij zo geen zonnesteek?'

Met vereende krachten verschoven Igor en de buurman het zwembadje met het zoontje erin naar een plek in de schaduw.

'Aan de andere kant,' zei de buurman met een blik op Igors zoontje in het zwembad. 'Het badje is al opgeblazen, maar als het in de schaduw staat, gaat het nog lang duren voor het water opgewarmd is.'

Ze trokken het zwembadje met zoon en al terug in de zon.

Igor was van plan om het badje met emmers water te vullen, maar de buurman verdween naar zijn eigen terrein en kwam terug met een feloranje tuinslang.

'Spiksplinternieuw,' zei hij met de trots van de ware werkman. 'Kijk, zelfs het klemmetje zit er nog op.'

Nadat ze de slang aan de keukenkraan hadden bevestigd en tot het zwembadje hadden afgerold, lieten ze het water stromen. Het zoontje besloot niet af te wachten tot het badje was volgelopen, maar trok onmiddellijk zijn sandalen en shirtje uit, slingerde alles haastig neer op de tegels en in het gras en ging midden in de zich gestaag uitbreidende plas op de polyethene bodem zitten. Lang hield hij het daar niet uit, omdat het water inderdaad nog behoorlijk koud was. 'Uit de grondwaterpomp,' zei de buurman trots. Toen het badje nog maar voor een derde gevuld was, zat het zoontje al in lotushouding vlak ernaast met hypnotiserende slangenogen toe te kijken hoe het waterpeil steeg. Zijn halflege blikje cola dreef als een dobber op het oppervlak. Het zwembadje zette uit als een rijpende vrucht en werd zo zwaar dat het niet meer te tillen was.

'Handig ding trouwens,' meende de buurman. 'Als het te heet wordt, kun je er zelf ook in klimmen.'

Het zoontje reageerde hierop met een geluidloze brede glimlach, in de veronderstelling dat de buurman een grapje maakte. Toen pas merkte Igor dat zijn zoontje geen melktanden meer had.

'Hoe komt 't dat je hier zo plots bij ons bent opgedoken?' vroeg de buurman aan Igor. 'Moeilijkheden?'

Dat is zachtjes uitgedrukt, dacht Igor bij zichzelf en alles kwam hem weer levendig voor de geest. Het had geen enkele zin om de buurman uit te leggen wat er allemaal gebeurd was. Igor knikte maar van ja en stak een sigaret op.

'Heel ernstige moeilijkheden, of wat?' liet de buurman niet af. Om de een of andere reden wilde hij doorgaan op dit onderwerp. 'Financiële problemen misschien? Of ben je ziek? Of gewoon de laan uitgestuurd?'

Igor keek zijn buurman lange tijd aan, terwijl hij probeerde te achterhalen in hoeverre die gewoon uit beleefdheid hiernaar informeerde of dat hij het deed uit een welgemeende belangstelling voor de zoon van zijn overleden vriend. De buurman sloeg er geen acht op dat Igor hem aanstaarde, hij keek toe hoe het zwembadje zich vulde en dronk bier. Hoe hardnekkig hij ook doorvroeg, toch leek het erop dat hij simpelweg een reeks vragen opsomde die door de jaren heen waren opgeslagen in zijn brein en waarop het antwoord dat hij ontving, er niet zo veel toe deed. Op elk antwoord van Igor zou hij waarschijnlijk al een passende troostrijke frase klaar hebben.

Terwijl Igor zijn buurman van dichtbij opnam, begreep hij dat die niet had gelogen over zijn vermeende drankverslaving en dat een en ander inderdaad enigszins werd opgeblazen door zijn vrouw. Je zag dat hij geen alcoholist was, maar dat hij zich gewoon wat had laten verslonzen door al het werk in de tuin. Hij had zich doodeenvoudig al drie dagen lang niet meer geschoren en geen kam meer door zijn haar gehaald.

Voor een leraar wiskunde zag hij er echter niet abnormaal uit, zeker niet als je dacht aan zo'n vakidioterig type dat niet merkt dat de bel voor de pauze overgaat en gewoon met de hele klas doorgaat een of andere ingewikkelde vergelijking op te lossen.

'Nee,' zei Igor, 'dat valt wel mee. Ze willen me promotie geven.'

Op zijn nieuwe werkplek was inderdaad gezinspeeld op een promotie, maar na de afdeling was eigenlijk bijna elk soort werk, in welke functie dan ook, in principe al een promotie. Igor wist niet of het zin had om op het aanbod in te gaan en daarmee een of andere fanatieke carrièrist in de wielen te rijden.

'O ja,' knikte de buurman, alsof hij kon begrijpen wat zich in de afdeling had afgespeeld, 'dus het werk bevalt je niet zo goed en je krijgt nu meer verantwoordelijkheid? En hoe hoger je opklimt, hoe meer tijd je kwijt bent op je werk? Mijn zoon is ook zo opgeklommen. En nu worden zijn kinderen door mijn dochter opgevoed, omdat hij geen tijd meer voor ze heeft en zijn ex ook niet. Toegegeven, mijn vrouw en ik hadden ook niet erg veel tijd voor onze zoon en dochter. Dat is typisch zo'n geval van leraarskinderen die geen tijd overhebben voor hun eigen kinderen.'

'Zo ongeveer ja,' beaamde Igor om te voorkomen dat hij zich nader moest verklaren en de buurman hem verder zou lastigvallen met vragen over zijn werk. Maar buurman had inmiddels andere dingen aan zijn hoofd en was verzonken in een diep gepeins over opvoedkundige zaken.

Terwijl de buurman, omhuld door tabakswolken, in zijn eigen wereld vertoefde, draaide Igor de waterkraan dicht, rolde de tuinslang op, waarbij hij zich verlustigde in de sinaasappelachtige kleur die van binnenuit verlicht leek te worden, en legde de slang neer aan de voeten van zijn buurman.

'Blijft u nog maar even zitten,' zei hij tegen hem. 'Ik maak iets te eten klaar.'

'Nee nee, ik ga ervandoor.'

'Welnee, u stoort niet, echt niet,' zei Igor, met een bijzondere nadruk op 'echt', want de man stoorde hem inderdaad absoluut niet, Igor was al blij dat er tenminste één persoon was die met hem wilde omgaan, zijn zoontje zei geen stom woord tegen hem. 'Eerlijk waar.'

Bovendien leek de buurman zo frappant op bepaalde personen die ze hadden verhoord, dat Igor onwillekeurig zijn schuld jegens alle slachtoffers enigszins wilde gladstrijken door gastvrijheid te betonen. Hij begreep dat hij al niet meer het recht had om nee te zeggen als de man zou vragen iets voor hem te doen of geld zou proberen te lenen. Hij begreep dat het aanhalen van goede nabuurschapsbetrekkingen betekende dat hij zich daarmee ook min of meer afhankelijk maakte. Dat zoiets gemakkelijk zou kunnen ontaarden in een soort dagelijks opdringerig contact, een soort banale familiariteit en allerlei continue verzoeken om de buurman en zijn vrouw thuis af te zetten, omdat 'ze toch die kant op moesten', of mee te nemen naar het zomerhuisje, omdat 'niemand anders een lift kon geven, dan zouden ze reuze dankbaar zijn.' Maar toen de buurman vroeg of er nog genoeg bier was en of hij niet even naar huis zou gaan om zijn barbecue, een zak houtskool en wat worstjes te halen, zei Igor dat die barbecue en houtskool geen slecht idee waren, maar dat er nog genoeg bier was en hij zelf ook nog worstjes in de ijskast had liggen.

'Vlees roosteren is schadelijk,' liet zoonlief zich horen, terwijl hij zich om de een of andere reden tot de buurman richtte.

'Pal in de zon zitten is ook schadelijk,' liet de buurman zich niet onbetuigd. 'Je zit er middenin.'

Het zoontje zette een lelijk gezicht om te tonen dat hij het er niet mee eens was, maar toen de buurman zich had verwijderd naar zijn eigen terrein, ging hij toch ongemerkt op een ander plekje ergens in de schaduw naast het huis zitten.

Terwijl de buurman, omgeven door rookwalmen, in de weer was met de barbecue en Igor toekeek hoe het water in het zwembadje lag te glinsteren, herinnerde hij zich plotseling dat hij een motorbootje had willen kopen voor zijn zoon, waar hij bij nader inzien toch maar van af had gezien. In plaats daarvan had hij wat anders gekocht. Hij glipte naar binnen en haalde een paar speelgoedbeesten, een orka en een haai, uit hun verpakking. De reeds van batterijen voorziene opblaasdieren waren zo groot als zijn hand. Igor had ze uitgekozen omdat de planken boordevol hadden gestaan met bootjes, met daartussen slechts een stuk of wat eenzame beesten. Vooral de haai was Igor goed bevallen. Het dier was grijs en fluweelzacht, twee eigenschappen die heel mooi samengingen in het dier. De orka was ook fluwelig, maar dat viel niet zo op door de contrasterende witte en zwarte vlekken. In de winkel hadden ook nog een dolfijn en een zeehond te koop gestaan, maar die waren Igor minder goed bevallen, omdat hun ogen gewoon met plukjes zwarte verf waren aangeduid, terwijl de oogjes van de orka en de haai net echt waren, inclusief iris en pupil. De designer had de haai zo ontworpen dat deze zich rechtstandig over het water voortbewoog waarbij de bek met ontblote tanden naar voren was gestoken. Door die grimas kreeg het roofdier iets bandieterigs, bravourachtigs en positiefs, net een of andere sales manager.

Igor bracht de speelgoedbeesten zonder iets te zeggen naar buiten en liet ze te water in het zwembad, waarop ze traag rondjes begonnen te draaien naast het colablikje. Terwijl hij, reeds een beetje aangeschoten, naar de haai keek, bedacht hij dat dit beest het enige ding was dat volledig aan zijn verwachtingen voldeed. Het zwom inderdaad rechtstandig en zijn vin en zijn bek staken duidelijk uit. Terwijl het door het water kliefde, schoten er scherpe golfjes langs zijn snuit en keek hij, nu eens met zijn ene plastic oog en dan weer met zijn andere, guitig uit het water naar Igor.

De buurman was al bezig de worstjes op het rooster te leggen. Zodra de braadgeur zich had verspreid en de speelgoedbeesten hun rondjes waren gaan draaien, was alles ineens heel anders geworden. Vóór de speeltjes en de worstjes hadden er in de tuin een paar mensen afstandelijk en aftastend met elkaar zitten te converseren, terwijl zich daarna een luidruchtig lachend gezelschap had verzameld. Het zoontje stak een teen in het water om te voelen hoe koud het was, en Igor, die zoveel voorzichtigheid om de een of andere reden niet uit kon staan, pakte hem beet bij zijn heet aanvoelende, bruinverbrande heupen en plonsde hem in het water. Het ging allemaal zo snel dat zoonlief geen kik kon geven voor hij in het zwembad belandde. Hij sprong onmiddellijk op en begon zich, helemaal overdekt met beweeglijke tijgerachtige streepjes zonlicht dat op de golfjes werd gereflecteerd, met veel geplas en gespat in de richting van zijn vader te bewegen. De druppels sisten op het braadrooster, wat een kreet van protest ontlokte aan de buurman. Igor, die van voren kleddernat en van achteren kurkdroog en zonverwarmd was, rekte zich uit naar zijn zoontje, pakte hem bij zijn nekvel en dompelde hem onder in het water. Daarna bleef hij even staan wachten tot zijn zoon proestend weer boven zou komen. Hij was bang dat de jongen het op een brullen zou zetten, maar die hoestte alleen een paar keer, stak daarna zelf opnieuw zijn hoofd onder water en begon heen en weer te zwemmen, waarbij hij zich telkens afzette tegen de randen van het badje.

De buurman begon te vertellen over de frambozen die het slecht deden bij hem in de tuin, hoewel frambozen toch net als brandnetels overal goed zouden moeten gedijen. Igor herinnerde zich dat hij ergens op zolder een paar opklapstoelen en een tafeltje had zien staan. De schaduw die door het huis op de grond werd geworpen, was al zo ver gevorderd dat de meubeltjes naast de barbecue neergezet konden worden zonder dat de barbecue zelf verplaatst hoefde te worden.

'Jouw vader had ook nog een rieten ligbank,' herinnerde de buurman zich. 'Een handig ding.'

'O ja,' herinnerde Igor zich ook. 'Ik weet alleen niet waar die nu is.'

'Maar ik wel,' zei de buurman. 'Een of andere luizenkop heeft hem meegenomen naar zijn eigen terrein een paar huizen verderop. Zie je dat stenen bouwsel daar?'

Igor keek gehoorzaam in de aangeduide richting. Daar stond achter een hoge spar een bouwwerk van twee verdiepingen, opgetrokken uit grijze betonblokken, zonder dak en met holle venstergaten.

'Ja, daarzo,' zei de buurman. 'Maar misschien was het er wel gewoon een die er veel op leek. Hij is er een keer dronken op in slaap gevallen en gestikt in zijn eigen, excusez le mot, kots. Dat huis is trouwens helemaal vervloekt, het staat er al een jaar of twintig en ze krijgen het maar niet afgebouwd. Soms gebeuren er van die dingen dat je denkt, is dat nou toeval of niet? Stel je voor, hoe waarschijnlijk is het dat achtereenvolgens zo'n vijftien mensen een bouwwerk kopen en dan een paar maanden na aankoop allemaal de pijp uitgaan? Eerst heeft dat huis het grootste deel van het gezin dat het had opgetrokken, naar de andere wereld geholpen. Daarna konden ze het lange tijd aan niemand verkopen. Toen verscheen er een of andere bandiet, zo'n afgetraind type, die zei dat zodra hij het huis klaar had, de hele buurt uit zijn dak zou gaan. Die bandiet werd door iemand overhoopgeschoten. Daarna nam zijn zoon, een jong ventje, het over – en die legde ook het loodje.'

'Jammer dat mijn ex-schoonmoeder zojuist een optrekje voor zichzelf heeft laten bouwen,' grapte Igor op de hem eigen wijze. 'Of misschien is dat vervloekte huis wat voor mijn chef.'

Igor en zijn buurman hadden ongemerkt alle bier opgedronken, waarna ze zich aan de thee zetten. Igor had nog wel wat langer willen doorzakken, maar de nabijheid van zijn zoon, die telkens bij hen kwam zitten om zich te warmen bij de barbecue, bracht hem in verlegenheid, of liever gezegd weerhield hem ervan dat hij zich liet wegzakken in de verlokkende diepten van een prettig ongeremde staat.

Geleidelijk aan verschenen de muggen en je rook dat de houtkachels in de sauna's werden opgestookt. Er werd vlees gegrild en af en toe werd op een vleugje wind de geur van borsjtsj aangevoerd. De haai en de orka dobberden rond met lege batterijtjes, Igor liep naar binnen om nieuwe te halen. Het colablikje lag op de bodem van het zwembad.

'Oké, ik ga nu echt,' zei de buurman toen Igor weer op de veranda verscheen. 'Mijn dochter heeft een hele zooi tv-series bij me achtergelaten. Die moet ik bekijken, want ze wil daar graag met mij over praten. Kijk jij geen series?'

'Ik heb hier een televisietoestel dat nog van mijn vader is geweest,' antwoordde Igor. 'Nog zo'n zwart-witte volgens mij. Ik zou hier eigenlijk een nieuw toestel moeten hebben, waar je een USB-stick in kunt doen en een dvd-speler op kunt aansluiten.'

De buurman pakte zijn barbecuespullen bij elkaar, schudde de as uit over de met onkruid overwoekerde bloembedden en liep langzaam, met wankele tred, terug naar zijn eigen terrein, na afscheid te hebben genomen met de woorden dat ze dit nog eens over moesten doen, maar dan wel bij hem en met zijn vrouw erbij.

'Anders wordt het wat gênant,' gaf hij toe. 'Zij kent jou ook al van kinds af aan, ze wil ook graag wat met je babbelen. Ze gaat natuurlijk wel proberen om onze dochter aan jou te koppelen, maar dan moet je de boot maar afhouden.'

Igor lachte beleefd, hoewel de gedachte dat men hem met voorbedachten rade kennis wilde laten maken met iemand, hem met zo'n ontzetting vervulde dat hij langs zijn ruggengraat een stroompje kwikzilver voelde kruipen, van zijn staartbotje tot aan zijn nek.

Igor zette nog een keer thee en riep zijn zoon, omdat hij vond dat die iets warms moest drinken, anders zou hij kou vatten. De zon ging rood onder en de hele omgeving werd overtrokken met een roodachtige gloed, als in een doka. Het zoontje kroop het zwembad uit voor de thee, waarbij hij met zijn fijne mensenvoetjes natte apensporen achterliet op de droge tegels. Terwijl de tegels overdag bijna onmiddellijk weer opdroogden als hij erover heen liep, bleven ze nu nog lange tijd vochtig naglinsteren. Tussen Igor met zijn koud wordende thee en het zwembad lag nu een nat paadje.

'Vooruit, tijd om eens naar binnen te gaan,' zei Igor ten slotte.

Binnen was het al helemaal donker. Igor deed het licht aan en daarna de televisie, haalde de spullen van zijn zoontje uit de tas die zijn vrouw had meegegeven, en legde ze in de gele kast naast de stilstaande slingerklok. De sleutel om de klok op te winden kon Igor nergens vinden, zodat het de klok waarschijnlijk beschoren was om voor eeuwig te zwijgen. Nadat hij Misja zijn pyjama had gegeven, stak hij de muggenstekker in het stopcontact omdat de insecten door de open ramen naar binnen begonnen te vliegen, al waren het er duidelijker minder dan in de tijden dat Igor hier zelf als kind logeerde. Dat kwam waarschijnlijk doordat tegenwoordig het gras op alle plekken werd weggemaaid, terwijl het vroeger overal langs de schuttingen groeide.

Het zoontje kleedde zich zwijgend om en ging naar bed, waarbij hij uitgerekend het bed koos waar Igor vroeger in sliep. Hij vroeg zijn vader of hij nog een film mocht kijken, maar wilde niets meer eten. Igor gaf hem zijn tablet met *Teenage Mutant Ninja Turtles*, maar toen hij even naar buiten ging om de sandalen, het shirtje en de orka en haai bij elkaar te rapen en daarna weer terugkwam, bleek het zoontje al te slapen met de tablet op schoot.

Igor dekte hem voorzichtig toe met een laken en zette zich achter zijn notebook, terwijl hij met een schuin oog naar het nieuws op de televisie keek. Telkens wanneer de ijskast aansloeg, werd het gedempte geluid van de televisie overstemd door het brommen van de *Joerjoezan*. Igor was helemaal vergeten wat voor een hels toestel het vroeger was.

Tijdens de periodes van stilte, als de ijskast niet dreunde en loeide en de oude kopjes in de buffetkast niet door elkaar werden geschud, kon je horen hoe er buiten op de kiezelpaadjes mensen voorbijliepen en hoe ergens in de verte steeds weer dezelfde hond blafte, met dezelfde niet-kwaaie blaf en met regelmatige tussenpozen, als een opwindmechaniek.

Langzaam werd het kouder, de wind begon door de bladeren van de struiken in de tuin te ruisen, het voelde onprettig rillerig aan. Igor deed de ramen dicht. Hoewel het ook in huis kil was geworden, kroop het zoontje onder zijn laken vandaan, of liever gezegd trapte hij het in zijn slaap geleidelijk van zich af en trok hij zijn pyjamajasje uit. Igor maakte zich los van zijn notebook, liep naar zijn zoon toe en voelde aan zijn voorhoofd, bang dat hij kou had gevat doordat hij uren in het zwembadje had doorgebracht. Zijn voorhoofd voelde koud aan. Door de aanraking fronste het kind zijn voorhoofd en draaide zich van zijn rug op zijn buik. Om hem niet wakker te maken liep Igor stilletjes bij hem weg en deed het licht uit, waarna hij de bureaulamp aandeed, hoewel hij die eigenlijk niet nodig had om naar het beeldscherm te turen. Daar waren in de stomende heksenketel van een van die talloze internetfora liberalen en patriotten bezig verbaal gehakt van elkaar te maken en een zinloze, maar qua giftige scherpzinnigheid van beide kanten schitterende ruzie uit te vechten. De discussie, die zoals altijd uitliep op persoonlijke beledigingen en allerlei absurde dreigementen, amuseerde Igor bovenmate. Hij stelde zich voor dat er nu duizenden mensen, die net zo door het leven waren geslagen als hijzelf, in hun zomerhuisje of flatje zaten, met op de achtergrond net zo'n dreunende ijskast en klok met tot stilstand gekomen slinger, en die gek werden van die ijskast, dat zomerhuisje en die klok en alleen wat afleiding vonden in het meedoen aan een eindeloos gehakketak met altijd weer dezelfde, over en weer herhaalde en herkauwde argumenten. Hij wist wat voor mensen dat waren, want hij was er zelf een van, maar hij begreep niet waarom zij, en hijzelf ook, hun tijd op aarde verprutsten met het produceren van lettertjes op een elektrisch papier, dat alleen bij de gratie van de aan/uit-knop op een magnetische schijf bestond.

Of het nu kwam doordat Igor helemaal opging in zijn eigen gedachten en het beeldscherm, of doordat de ijskast op dat moment juist aan het daveren was, maar hij merkte niet dat Jonkie stilletjes op hem af was gelopen. Hij schrok op toen die hem op zijn schouder klopte.

'Jezus, ik heb al een maand of twee, drie niet meer zo vast geslapen,' fluisterde Jonkie, terwijl hij in de ijskast begon te snuffelen. 'Laten we een sigaretje nemen. Ha, worstjes.'

Omdat hij al zo lang niet meer in het zomerhuisje was geweest, zocht Igor lange tijd naar de schakelaar om het lampje op de veranda aan te doen. Ondertussen zat Jonkie, kleumerig maar tevreden, half slaperige gromgeluidjes makend en met zijn tanden klapperend, koud bier te drinken en koud geworden worstjes te eten. Plotseling beschenen door het gele en wiebelige licht van het lampje, draaide Jonkie zijn bleke gezicht met de toegeknepen ogen naar Igor toe en zei:

'Ik weet wel waarom ze ons uiteengejaagd hebben.'

'Dat kan me geen moer schelen,' zei Igor. 'Eet maar, of laten we liever naar binnen gaan. Waarom moest je trouwens zo nodig naar buiten, er staat een koude wind.'

'Ik wil hierna ook nog wat roken,' legde Jonkie uit. 'Waarom zou ik twee keer heen en weer lopen. Ik heb hier in het donker de boel al een beetje verkend op zoek naar een plee. Ik ben eerst op een saunahok gestuit, daarna heb ik het ergens in de bosjes gedaan.'

'Interesseert het je echt niet?' vroeg Jonkie een kwartiertje later toen hij al een paar sigaretten had gerookt en zich bijna languit had neergevlijd op het trapje van de veranda, met één ellenboog leunend op een van de treetjes, alsof het de leuning van een sofa was. 'Al was het alleen maar om te weten waarom Oleg zo'n begrafenissmoel had toen hij de spullen bij elkaar zocht?'

'Ik had toen ook een begrafenissmoel, hoewel ik niet kan ontkennen dat het me ook wel deugd deed dat de boel op slot ging,' smaalde Igor.

'Jij hebt altijd een begrafenissmoel,' jende Jonkie hem. 'Jij hebt blijkbaar verschillende gradaties van begrafenisstemming die andere mensen niet kunnen onderscheiden, maar waarmee jij denkt verschillende emoties op je gezicht te kunnen uitdrukken, zonder dat het verder iemand opvalt.'

'Klets maar een end weg,' zei Igor. 'Vooruit, kom er dan maar mee voor de dag, als je dat zo graag wil. Of hou anders liever je snuit, ik zit niet te wachten op allerlei onthullingen. Vroeger had je kasten en waren de mensen onderverdeeld in heersers, priesters en boeren – en tegenwoordig is al het niet anders. In de tijden van weleer liepen de priesters rond met een gewichtig air en met boekjes en deden ze net of ze iets wisten, hoewel ze eigenlijk geen flikker wisten, terwijl ze nu ook nog precies op dezelfde manier rondlopen om hun offers te rechtvaardigen. Jouw geheim is net zo'n soort lulkoek als wat SS ons heeft wijsgemaakt. Al die klootzakken met hun dure pakken en uitgestreken smoelen zijn windbuilen die als enige taak hebben, zich dienstbaar te maken aan steeds wisselende afgodsbeelden, al heten die tegenwoordig ook anders. Wat nauwelijks enige zin heeft of volstrekt zinloos is. De archiefstukken worden pas na dertig of vijftig jaar vrijgegeven, en als het dan eindelijk zover komt, blijkt er geen fuck in te staan wat reden geweest had kunnen zijn om het zo lang geheim te houden, afgezien van een paar lulligheidjes die zijn uitgewisseld met de priesters van een andere stenen afgod, maar dat is dan alleen interessant voor die andere priesters. Verder is het enige geheim dat niemand eigenlijk schijnt te weten waarom ze in de meeste gevallen zomaar mensen neerknallen en verder zitten te niksen. Een ander geheim is er niet en iedereen weet dat.'

'Mijn pa heeft in een dronken bui zijn mond voorbijge-
praat,' onderbrak Sasja hem. 'Jij dacht dat het een herstructu-
rering was, dat het te maken had arrestaties aan de top, maar
daar is geen flikker van aan. Ze hebben ons opgeheven omdat
we niet meer nodig waren.'

'Je meent het?' Igor liet zich zo meevoeren in zijn sarcasme
dat hij niet meer te stuiten was. 'Goddank, ze hebben blijkbaar toch nog iets van menselijk gevoel bewaard.'

'Ha, je dacht dat je daar van die mensen had die uit huma-
nistische overwegingen, huppakee, besluiten er voor eens en
voor altijd mee te kappen? Naïeve jongeman die je bent. Ze
hebben gewoon die nieuwe soort ontdekt. De schellen zijn
hun zogezegd van de ogen gevallen.'

'En wie gaan ze nu weer op de nek zitten? De moslims? De
homo's? De kattenliefhebbers?' Igor wilde nog even doorgaan
met zijn opsomming van veronderstelde slachtoffers, maar
om de een of andere reden stokte hij toen hij het bloedseri-
euze gezicht van Sasja zag.

'Eerst wilde iedereen die ontdekking voor zich houden,
maar toen realiseerden ze zich dat het toch al te laat was,' zei
Sasja, terwijl hij in de omringende duisternis staarde. 'Het
is een gemuteerde levensvorm in het Noordpoolgebied. Ze
hebben daar al een eigen industrie. Ze stoten freon uit in de
atmosfeer, en nog zo het een en ander. En kennelijk hebben
ze zich ook, de duivel weet waarom, ingegraven in de Sahara,
maar het is daar zo'n verschrikking dat de mensen die niet
weten wat er aan de knikker is, er massaal wegvluchten. Eerst
zijn de Amerikanen op ze afgekomen, en zoals dat gaat bij
beschaafde volkeren – met glimlachjes, kraaltjes en pokken-
dekens. Afijn, die onderhandelingsdelegatie hebben ze nooit
meer teruggezien.'

'En onze mensen?'

'Da's nogal wiedes, je kent die van ons toch. Eerst hebben
ze de boel platgebombardeerd met alles wat ze maar hadden,
met nucleaire, chemische en bacteriologische wapens, en pas

daarna zijn ze gaan onderhandelen. Maar daar is ook nooit iemand van teruggekeerd. Nu zitten ze allemaal met de handen in het haar. Die van ons zijn bezeten van een arctische troepenmacht, de buitenlanders proberen een raket naar Mars klaar te stomen om al was het maar de leiders eruit te halen en de ruimte in te sturen. Je kunt je lachen niet op.'

'En wat valt daar dan te lachen, als ik vragen mag,' antwoordde Igor.

'Het is om je rot te lachen,' zei Sasja, 'dat er een soort macht op het toneel is verschenen waarvoor je onmogelijk met vaandels de straat op kunt gaan, waarbij het ondenkbaar is dat je voor het oog van de camera koppen gaat afhakken, die je niet kunt imponeren met welke vlag van welke staat dan ook, wie het een rotzorg zal zijn of je ergens in gelooft of niet. Het gaat hier niet om een elementaire natuurkracht, noch om angst voor de onvermijdelijke dood, noch om iets abstracts, om een idee dat je filosofisch kunt doorgronden en al filosofisch doorredenerend geheel kunt ontkrachten. Het is iets anders, iets wat zijn eigen leven leidt, voor wie ons leven geen enkele betekenis heeft. Het ziet ernaar uit dat die nieuwe mens de oude heel goed kent, want hij heeft zich onmiddellijk van ons afgeschermd en om zich heen een muur opgetrokken waar je onmogelijk doorheen kunt. In zekere zin is dat ook wel mooi. Maar die andere existentie is voorlopig nog zo ver weg dat het lijkt of die niet bestaat, net zoals voor ons het grootste deel van de wereld bijna ons hele leven lang niet bestaat, wanneer er niets anders lijkt te zijn dan wat zich binnen ons blikveld bevindt.'

'En hoe ben je van plan jouw kind groot te brengen te midden van die andere mooie existentie?' kon Igor niet nalaten te vragen.

Sasja sloeg zijn ogen zelfs niet op naar Igor.

'Maar ze hebben geen menselijke gedaante,' antwoordde hij vlot en luchtigjes. 'Het schijnt dat ze van de ijsberen afstammen, of van de orka's, of wat er daar nog meer op die ijsvlakten leeft. Dat stemt in zekere zin hoopvol, want hun menslievendheid is in zekere zin geloofwaardiger dan de menslievendheid van de mensen. Mijn kind zal bij hen meer kans maken om te overleven dan wanneer hij in militaire dienst gaat en een of andere ouwe stomp hem daar de hersens inslaat (de kleinzoon van een generaal die in dienst moet, haha, dacht Igor onwillekeurig bij zichzelf). Of er kan een of andere psychopaat op straat zichzelf en anderen overhoop-schieten. Of er is een schoolreisje en de bus waarin hij zit, wordt geramd door een dronken wegpiraat. Er zijn voorlopig nog genoeg mensen om ons heen die allerlei leuke dingen in petto hebben.'

'Je vergeet onze elite, de kaste der verdedigers van de staat, je hebt het niet over de hulptroepen van je vader,' merkte Igor op. 'Meegesleept in de algehele sfeer van achterdocht waren wij bezig mensen op te ruimen, maar er waren al-leen verdenkingen, meer niet. Stel je voor wat er nu gaat gebeuren. Wat gaan ze in hun hoofd halen om het geheim te bewaren dat ze bijna helemaal niks meer zelf beslissen, dat die nieuwe mensen, als ze willen, gewoon grenzen wegva-gen, staten opheffen en de economie stopzetten? Dat is niet zomaar een geheim, zoals die dingen waar vroeger niet over mocht worden gesproken, zoals dat tijdelijke, slecht bewaarde geheimpje van Fiel. Nee, het gaat hier om een waarachtig priesterlijk geheim. Toen we nog in het ketelhuis werkten, verbeeldden we ons dat we wat betekenden, dat er iets was wat ons onderscheidde van gewone stervelingen, wat ons toestond vreemde huizen binnen te dringen en mensen van het leven te beroven. In werkelijkheid waren we complete nullen. En zij daarboven ook, vroeger waren ze al bijna niks en nu al helemaal. Om dat geheim te bewaren, zullen ze nog meer mensen gaan afmaken dan er zouden sneuvelen als die nieuwe mensen echt agressief zouden blijken te zijn en te-gen ons ten strijde zouden trekken en ga zo maar door. Ik verzeker je dat ze zo'n bacchanaal gaan aanrichten dat je je beter kunt bergen. En het is heel goed mogelijk dat wij, als getuigen en uitvoerders van onze eigen schanddaden, het eerst aan de beurt zijn.'

'Daar had ik nog niet zo aan gedacht,' bekende Sasja eerlijk.

'Denk er dan verder ook maar niet over na,' raadde Igor hem aan. 'Ik vermoed dat het geen pijn gaat doen als het zover is. Eén klap en je bent morsdood. Laten we gaan slapen.'

'Ik blijf nog even zitten,' antwoordde Sasja. 'Ik wil nog wat zuipen. Het lukt me nu toch niet om zomaar in slaap te vallen.'

Igor zelf plofte neer op bed en viel meteen in slaap, alsof er nooit een afdeling in zijn leven was geweest. Toch hoorde hij nog door zijn slaap heen dat het begon te regenen en dat er water door de regenpijp gutste, waarbij de regenpijp zelfs in zijn slaap onveranderlijk een regenpijp bleef en niet veranderde in een kapotte verwarmingsbuis of iets anders rampzaligs in huis. Hij hoorde hoe zijn zoon hem probeerde wakker te maken, maar had niet de kracht om op te staan. Hij nam er alleen notitie van dat het buiten al licht was. In zijn halfslaap gaf hij mompelende instructies aan zijn zoon – dat die maar wat te eten moest pakken uit de koelkast en moest opwarmen in de magnetron. Hij hoorde hoe de televisie werd aangezet, hij hoorde voortdurend de stemmen van tekenfilmpersonages en hij hoorde de muziek waarmee in tekenfilms bijzonder dramatische of grappige passages werden begeleid, maar zelfs die geluiden konden hem niet wegrukken uit zijn slaap.

Toen Igor eindelijk zijn ogen opendeed, was het al middag. Hij staarde lange tijd naar de klok aan de muur en het lege televisiescherm. De regen ruiste nog altijd in het gras en in de struiken. Zijn zoon was er niet, maar Igor maakte zich helemaal niet ongerust. Hij kleedde zich aan, zocht zijn sigaretten en liep de veranda op.

Zoonlief zat op zijn hurken voor het zwembad, gekleed in een onuitstaanbaar geel regenjasje van ondoorzichtig polyetheen en gestoken in onuitstaanbaar blauwe rubber laarsjes, die hij waarschijnlijk zelf had gevonden in de tas met zijn spullen toen hij Igor niet wakker kon krijgen. Naast het zwembad lag zijn door het verse hemelwater schoongespoelde roodbruine fiets. Bij deze belichting en vanaf deze afstand leek het Igor of het fietsframe was gemaakt van mahonie. Het zwembad was tot de rand toe gevuld met water en in dat water cirkelde, de bek naar voren en de vin opgezet, de haai rond. Bij de voeten van het zoontje slingerden twee lege batterijtjes. Het rook naar vochtig aardappelloof, hoewel er in de omgeving nergens aardappels werden verbouwd.

Het zoontje merkte Igors aanwezigheid op, maar draaide zich niet onmiddellijk om, alsof hij zich ergens voor schaamde. Pas toen Igor even later een sigaret opstak – nadat hij eerst aandachtig zijn blik had laten gaan over de natte, overal met dezelfde rode pannen bedekte daken van de huizen en had gekeken naar de haai in het zwembad met zijn vacht die even grijs was als de hemel – pas toen kwam het zoontje overeind en toverde een halve glimlach tevoorschijn. Onder zijn regenjas droeg hij nog zijn pyjama, die van boven vol ketchupvlekken zat en die rond zijn knieën kreukelde, omdat hij niet de moeite had genomen zijn pyjamabroek in zijn laarzen te stoppen.

'Hebben jullie vannacht zitten praten?' vroeg hij.

'Ja,' zei Igor.

'Is dat allemaal waar?'

'Nee,' zei Igor. 'Sasja is gewoon bezig een scenario te schrijven voor een griezelfilm en hij wilde weten wat ik ervan vond.'

Terwijl Igor deze woorden uitbracht, had hij zelf graag willen geloven dat het echt waar was. Per slot van rekening kende hij Jonkies vader niet en wist hij niet wat die in een dronken bui allemaal kon uitkramen.

Het was waarschijnlijk deze troostende leugen waarop in principe altijd alles was gebaseerd. Zelfs toen er op Aarde alleen nog maar mensen woonden, konden zij die in verschillende goden geloofden, alleen door dit bedrog en dit zelfbedrog bijeen worden gehouden. Slechts illusies lieten toe om te geloven dat het allemaal wel mee zou vallen toen er moeilijke en zelfs wanhopige tijden aanbraken.

AANTEKENINGEN

1 *'Ja, wat moet je?' 'Een chocoladetoetje'* – Parafrase van een regel uit een bekend Russisch kinderversje van Kornej Tsjoekovski (1882–1969).

2 Russen dragen, naar orthodox gebruik, hun trouwring aan de rechterhand.

3 De voornaam Rinat wordt door Igor Vasiljevitsj consequent verbasterd tot Renat, een naam die in de Sovjettijd een zekere populariteit genoot als acroniem van REvoloetsija, NAoeka, Troed (Revolutie, Wetenschap en Arbeid).

4 Stalins voornaam was Iosif (Jozef).

5 Geparafraseerde uitdrukking uit het Russische gevangenisjargon, bedoeld om een onmogelijke keus aan te duiden.

6 Vrije vertaling van het Russische 'chochloesjka', de vrouwelijke vorm van 'chochol', dat letterlijk 'kuif' betekent (verwijzing naar een oude kozakkenhaardracht). Het is de in Rusland gebruikelijke denigrerende aanduiding voor Oekraïners.

7 Feliks Dzerzjinski (1877–1926) was de oprichter van de Tsjeka, de eerste geheime dienst in de USSR.

8 Door gevangenen zelf op hun vingers getatoeëerde ringen ten teken dat ze tot het criminele milieu behoren.

9 Nikolaj Valoejev (1973) – Voormalig wereldkampioen bokser bij de zwaargewichten.

10 Denkbeeldig apparaat voor het registreren van gedachten, bekend uit de kinderboeken en boekverfilmingen van de populaire Russische sciencefictionschrijver Kir Boelytsjov (1934–2003).

11 Volgens een oud bijgeloof, in Rusland nog aangehangen, is
een toevallige ontmoeting met iemand die een lege emmer
bij zich heeft, een veeg teken.

12 Een van de bekendste liedjes van de Russische zanger Vladimir Vysotski (1938–1980), *Paarden* (*Koni*) geheten, waarin
de zanger zijn paarden aanmaant om wat minder snel de
afgrond tegemoet te ijlen.

13 Populair liedje uit de Russische tekenfilm *Het zijden kwastje*
(1941) van Lidia Soerikova.

14 Gedicht van Michail Lermontov (1814–1841).

15 Sociaal netwerk op internet, een soort Russische Facebook.

16 In Rusland is lichtblauw de kleur die homoseksualiteit sym-
boliseert.

17 *Om de een of andere reden moest hij denken aan Günter Grass* – In
2006 liet Günter Grass publiekelijk weten dat hij enige tijd
bij de Waffen-SS had gediend.

18 Verwijzing naar de enorme toevloed aan mensen met een
juristendiploma in het Rusland aan het begin van deze eeuw.

19 Filmklassieker uit het Sovjettijdperk van Vladimir Motyl
(1970).

20 Oude Russische tekenfilm van Joeri Norstein uit 1975.

21 Pavel Gratsjov (1948–2012), door corruptieschandalen omgeven voormalig Russisch minister van Defensie.

22 Boegbeeld van de stalinistische propaganda, jongetje dat zijn
eigen vader zou hebben aangegeven als vijand van het volk
(1918–1932).

23 Getrouw aan aloude antisemitische voorstellingen vraagt
Igor Vasiljevitsj zich af of Igors vadersnaam echt wel op zijn
zuiver-Russisch 'Petrovitsj' is en bijvoorbeeld niet 'Isaako-
vitsj', wat zou duiden op een joodse afkomst en een verklaring zou zijn voor zijn listigheid.

24 Verwijzingen naar de schelmenroman *De twaalf stoelen* (1928)
van het schrijversduo Ilja Ilf en Jevgeni Petrov. Ostap Bender
is de hoofdpersoon van deze roman.

25 Verwijzing naar het optreden van Pussy Riot in de Moskouse Christus-Verlosserkathedraal (2012).

26 Zie noot 24.

27 Jelena Bonner (1923–2011), de vrouw van Andrej Sacharov.

28 Vladimir Vysotski (zie noot 12) schreef veel liedjes over bergen en het lot van bergbeklimmers.

29 Bedoeld wordt de psycholoog Stanley Milgren (1933–1984), die aantoonde dat mensen tot de ergste wreedheden in staat zijn onder invloed van een autoriteit.

30 Andrej Tsjikatilo (1936–1994), beruchte seriemoordenaar en kannibaal in de tijden van de Sovjet-Unie.

31 Citaat uit het liedje *Serjoga Sanin* van Joeri Vizborg (1934–1984).

32 Vasili Lanovoj (1934–2021), acteur, aanvankelijk rabiaat communist en vervolgens rabiaat poetinist, bekend van rollen waarin hij heldhaftige officieren neerzette.

33 De datum waarop in Rusland de feestdag ter ere van de Verdedigers van het Vaderland wordt gevierd.

34 Bedoeld wordt Ruslands nationale dichter, Aleksandr Sergejevitsj Poesjkin.

35 Hoofdpersonage in de populaire kinderfilm *De avonturen van Elektronicus* (1979), een robotjongetje dat op een gegeven moment in een koffer zijn belagers ontvlucht.

36 Sovjetfilm uit 1984 van Vladimir Mensjov.

37 Gelijknamige tekenfilm (1967) van Vladimir Degtjarov over een levend locomotiefje met een menselijk gezicht.

38 Russisch muziekensemble.

39 Motieven uit Gogols griezelverhaal *Vi* (1835).

40 Bedoeld wordt de film *Oom Fjodor, de hond en de kat* (1975) van Joeri Klepatski en Lidia Soerikova naar een boek van Edoeard Oespenski.

41 Pseudowetenschappelijke Russische televisiezender van bedenkelijk allooi.

42 Innokenti Smoktoenovski (1925–1994), fameus acteur uit de tijden van de Sovjet-Unie.

  ALEKSEJ SALNIKOV

43 Ultrarechtse, antisemitische groeperingen die in het begin
    van de 20e eeuw pogroms organiseerden in Rusland.
44 Zie noot 10.
45 De Amerikaanse film *Art School Confidential* (2006) van Terry
    Zwigoff.

OVER DE VERTALER

Maarten Tengbergen studeerde Slavische taal- en letterkunde aan de Universiteit van Groningen, waar hij ook enkele jaren Russisch doceerde. Hij vertaalde romans en sprookjes uit het Fins, poëzie en proza uit het Pools en romans en novellen uit het Russisch. Hij stelde een bundel Russische verhalen uit de Zilveren Eeuw samen en redigeerde het cursusboek *Russisch voor Zelfstudie* en de *Prisma Spreekwijzer Russisch*. Zijn belangrijkste eigen werk is *Vijftig hoogtepunten uit de Russische literatuur, deel I en II* (2014/15), eerder verschenen als *Klassieken van de Russische literatuur* en *Russische meesterwerken in kort bestek*.

Uitgeverij Glagoslav Catalogus

- *The Time of Women* by Elena Chizhova
- *Andrei Tarkovsky: A Life on the Cross* by Lyudmila Boyadzhieva
- *Sin* by Zakhar Prilepin
- *Hardly Ever Otherwise* by Maria Matios
- *Khatyn* by Ales Adamovich
- *The Lost Button* by Irene Rozdobudko
- *Christened with Crosses* by Eduard Kochergin
- *The Vital Needs of the Dead* by Igor Sakhnovsky
- *The Sarabande of Sara's Band* by Larysa Denysenko
- *A Poet and Bin Laden* by Hamid Ismailov
- *Zo Gaat Dat in Rusland* (Dutch Edition) by Maria Konjoekova
- *Kobzar* by Taras Shevchenko
- *The Stone Bridge* by Alexander Terekhov
- *Moryak* by Lee Mandel
- *King Stakh's Wild Hunt* by Uladzimir Karatkevich
- *The Hawks of Peace* by Dmitry Rogozin
- *Harlequin's Costume* by Leonid Yuzefovich
- *Depeche Mode* by Serhii Zhadan
- *Groot Slem en Andere Verhalen* (Dutch Edition) by Leonid Andrejev
- *METRO 2033* (Dutch Edition) by Dmitry Glukhovsky
- *METRO 2034* (Dutch Edition) by Dmitry Glukhovsky
- *A Russian Story* by Eugenia Kononenko
- *Herstories, An Anthology of New Ukrainian Women Prose Writers*
- *The Battle of the Sexes Russian Style* by Nadezhda Ptushkina
- *A Book Without Photographs* by Sergey Shargunov
- *Down Among The Fishes* by Natalka Babina
- *disUNITY* by Anatoly Kudryavitsky
- *Sankya* by Zakhar Prilepin
- *Wolf Messing* by Tatiana Lungin
- *Good Stalin* by Victor Erofeyev
- *Solar Plexus* by Rustam Ibragimbekov
- *Don't Call me a Victim!* by Dina Yafasova
- *Poetin* (Dutch Edition) by Chris Hutchins and Alexander Korobko

- *A History of Belarus* by Lubov Bazan
- *Children's Fashion of the Russian Empire* by Alexander Vasiliev
- *Empire of Corruption: The Russian National Pastime* by Vladimir Soloviev
- *Heroes of the 90s: People and Money. The Modern History of Russian Capitalism* by Alexander Solovev, Vladislav Dorofeev and Valeria Bashkirova
- *Vijftig hoogtepunten uit de Russische literatuur* (Dutch Edition) by Maarten Tengbergen
- *Bajesvolk* (Dutch Edition) by Michail Chodorkovsky
- *Dagboek van Keizerin Alexandra* (Dutch Edition)
- *Myths about Russia* by Vladimir Medinskiy
- *Boris Yeltsin: The Decade that Shook the World* by Boris Minaev
- *A Man Of Change: A study of the political life of Boris Yeltsin*
- *Sberbank: The Rebirth of Russia's Financial Giant* by Evgeny Karasyuk
- *To Get Ukraine* by Oleksandr Shyshko
- *Asystole* by Oleg Pavlov
- *Gnedich* by Maria Rybakova
- *Marina Tsvetaeva: The Essential Poetry*
- *Multiple Personalities* by Tatyana Shcherbina
- *The Investigator* by Margarita Khemlin
- *The Exile* by Zinaida Tulub
- *Leo Tolstoy: Flight from Paradise* by Pavel Basinsky
- *Moscow in the 1930* by Natalia Gromova
- *Laurus* (Dutch edition) by Evgenij Vodolazkin
- *Prisoner* by Anna Nemzer
- *The Crime of Chernobyl: The Nuclear Goulag* by Wladimir Tchertkoff
- *Alpine Ballad* by Vasil Bykau
- *The Complete Correspondence of Hryhory Skovoroda*
- *The Tale of Aypi* by Ak Welsapar
- *Selected Poems* by Lydia Grigorieva
- *The Fantastic Worlds of Yuri Vynnychuk*
- *The Garden of Divine Songs and Collected Poetry of Hryhory Skovoroda*
- *Adventures in the Slavic Kitchen: A Book of Essays with Recipes* by Igor Klekh
- *Seven Signs of the Lion* by Michael M. Naydan

- *Forefathers' Eve* by Adam Mickiewicz
- *One-Two* by Igor Eliseev
- *Girls, be Good* by Bojan Babić
- *Time of the Octopus* by Anatoly Kucherena
- *The Grand Harmony* by Bohdan Ihor Antonych
- *The Selected Lyric Poetry Of Maksym Rylsky*
- *The Shining Light* by Galymkair Mutanov
- *The Frontier: 28 Contemporary Ukrainian Poets - An Anthology*
- *Acropolis: The Wawel Plays* by Stanisław Wyspiański
- *Contours of the City* by Attyla Mohylny
- *Conversations Before Silence: The Selected Poetry of Oles Ilchenko*
- *The Secret History of my Sojourn in Russia* by Jaroslav Hašek
- *Mirror Sand: An Anthology of Russian Short Poems*
- *Maybe We're Leaving* by Jan Balaban
- *Death of the Snake Catcher* by Ak Welsapar
- *A Brown Man in Russia* by Vijay Menon
- *Hard Times* by Ostap Vyshnia
- *The Flying Dutchman* by Anatoly Kudryavitsky
- *Nikolai Gumilev's Africa* by Nikolai Gumilev
- *Combustions* by Srđan Srdić
- *The Sonnets* by Adam Mickiewicz
- *Dramatic Works* by Zygmunt Krasiński
- *Four Plays* by Juliusz Słowacki
- *Little Zinnobers* by Elena Chizhova
- *We Are Building Capitalism! Moscow in Transition 1992-1997* by Robert Stephenson
- *The Nuremberg Trials* by Alexander Zvyagintsev
- *The Hemingway Game* by Evgeni Grishkovets
- *A Flame Out at Sea* by Dmitry Novikov
- *Jesus' Cat* by Grig
- *Want a Baby and Other Plays* by Sergei Tretyakov
- *Mikhail Bulgakov: The Life and Times* by Marietta Chudakova
- *Leonardo's Handwriting* by Dina Rubina
- *A Burglar of the Better Sort* by Tytus Czyżewski
- *The Mouseiad and other Mock Epics* by Ignacy Krasicki

- *Ravens before Noah* by Susanna Harutyunyan
- *An English Queen and Stalingrad* by Natalia Kulishenko
- *Point Zero* by Narek Malian
- *Absolute Zero* by Artem Chekh
- *Olanda* by Rafał Wojasiński
- *Robinsons* by Aram Pachyan
- *The Monastery* by Zakhar Prilepin
- *The Selected Poetry of Bohdan Rubchak: Songs of Love, Songs of Death, Songs of the Moon*
- *Mebet* by Alexander Grigorenko
- *The Orchestra* by Vladimir Gonik
- *Everyday Stories* by Mima Mihajlović
- *Slavdom* by Ľudovít Štúr
- *The Code of Civilization* by Vyacheslav Nikonov
- *Where Was the Angel Going?* by Jan Balaban
- *De Zwarte Kip* (Dutch Edition) by Antoni Pogorelski
- *Głosy / Voices* by Jan Polkowski
- *Sergei Tretyakov: A Revolutionary Writer in Stalin's Russia* by Robert Leach
- *Opstand* (Dutch Edition) by Władysław Reymont
- *Dramatic Works* by Cyprian Kamil Norwid
- *Children's First Book of Chess* by Natalie Shevando and Matthew McMillion
- *Precursor* by Vasyl Shevchuk
- *The Vow: A Requiem for the Fifties* by Jiří Kratochvil
- *De Bibliothecaris* (Dutch edition) by Mikhail Jelizarov
- *Subterranean Fire* by Natalka Bilotserkivets
- *Vladimir Vysotsky: Selected Works*
- *Behind the Silk Curtain* by Gulistan Khamzayeva
- *The Village Teacher and Other Stories* by Theodore Odrach
- *Duel* by Borys Antonenko-Davydovych
- *War Poems* by Alexander Korotko
- *Ballads and Romances* by Adam Mickiewicz
- *The Revolt of the Animals* by Wladyslaw Reymont
- *Poems about my Psychiatrist* by Andrzej Kotański
- *Someone Else's Life* by Elena Dolgopyat

- *Selected Works: Poetry, Drama, Prose* by Jan Kochanowski
- *The Riven Heart of Moscow (Sivtsev Vrazhek)* by Mikhail Osorgin
- *Bera and Cucumber* by Alexander Korotko
- *The Big Fellow* by Anastasiia Marsiz
- *Ilget* by Alexander Grigorenko
- *De afdeling* by Aleksej Salnikov
- *Liza's Waterfall: The hidden story of a Russian feminist* by Pavel Basinsky
- *Biography of Sergei Prokofiev* by Igor Vishnevetsky
- *A City drawn from Memory* by Elena Chizhova
- *The Food Block* by Alexey Ivanov
- *Guide to M. Bulgakov's The Master and Margarita* by Ksenia Atarova and Georgy Lesskis
- *Tefil* by Rafał Wojasiński

And more forthcoming . . .